Les écureuils de Central Park sont tristes le lundi

KATHERINE PANCOL

Les écureuils de Central Park sont tristes le lundi

ÉDITIONS FRANCE LOISIRS

Site internet : www.katherine-pancol.com

Édition du Club France Loisirs,
avec l'autorisation des Éditions Albin Michel

Éditions France Loisirs,
123, boulevard de Grenelle, Paris.
www.franceloisirs.com

ISBN : 978-2-298-03991-7

Pour Roman et pour Jean-Marie...

« Il y a bien une vie que je finirai par vivre pour de bon, non ? »

Bernard-Marie Koltès

Première partie

Hortense attrapa la bouteille de champagne au goulot et la renversa dans le seau à glace. La bouteille était pleine et cela fit un drôle de bruit. Le choc du verre contre la paroi de métal, le crissement des glaçons qu'on écrase puis un gargouillis suivi d'une pétarade de bulles qui éclatèrent à la surface en mousse translucide.

Le garçon en veste blanche et nœud papillon noir haussa un sourcil.

– Infect, ce champagne ! grogna Hortense en français en donnant une pichenette au cul de la bouteille. Quand on n'a pas les moyens de se payer une bonne marque, on n'en sert pas une qui tord les boyaux...

Elle s'empara d'une seconde bouteille et répéta son acte de sabotage.

La face du garçon s'empourpra. Il regardait, stupéfait, la bouteille se vider lentement et semblait se demander s'il devait donner l'alerte. Il jeta un regard circulaire, cherchant un témoin du vandalisme de cette fille qui culbutait les bouteilles en proférant des insultes. Il transpirait et la sueur soulignait le chapelet de furoncles qui lui ornait le front. Encore un plouc anglais qui bave devant le raisin gazeux, se dit Hortense en lissant une mèche rebelle qu'elle coinça derrière son oreille. Il ne la quittait pas des yeux, prêt à la ceinturer si elle recommençait.

– Tu veux ma photo ?

Ce soir, elle avait envie de parler français. Ce soir, elle avait envie de poser des bombes. Ce soir, il lui fallait massacrer un innocent et tout chez ce garçon réclamait le statut de victime. Il y a des gens comme ça, on a envie de les pincer au sang, de les humilier, de les torturer. Il n'était pas né du bon côté. Mauvaise pioche.

– On n'a pas idée d'être si laid ! Vous me faites mal aux yeux avec vos feux rouges qui clignotent sur le front !

Le garçon déglutit, s'éclaircit la voix et glapit :

– Dis donc, t'es toujours aussi punaise ou tu fais un effort spécialement pour moi ?

– Vous êtes français ?

– De Montélimar.

– Le nougat, c'est mauvais pour les dents... et pour la peau. Vous feriez mieux d'arrêter, vos bubons vont exploser...

– Pauvre conne ! T'as avalé quoi pour être aussi méchante ?

Un affront. J'ai avalé un affront et je m'en remets pas. Il a osé. Sous mon nez. Comme si j'étais transparente. Il m'avait dit, qu'est-ce qu'il m'avait dit déjà... et moi, je l'ai cru. J'ai troussé mon jupon et couru le cent mètres en moins de huit secondes. Je suis aussi conne que ce boutonneux pourpre à face de nougat.

– Parce que d'habitude quand les gens sont teigneux, c'est qu'ils sont malheureux...

– Ça va, Padre Pio, laisse tomber la soutane et sers-moi un Coca...

— J'espère qu'il te fera encore bien souffrir celui qui te met dans cet état !

— Fin psychologue, en plus ! T'es plutôt lacanien ou freudien ? Faut me dire parce que ta conversation va enfin devenir passionnante !

Elle prit le verre qu'il lui tendait, l'éleva vers lui pour trinquer et s'éloigna en tanguant dans la foule des invités. C'est bien ma chance ! Un Français ! Hideux et transpirant. Tenue obligatoire : pantalon noir, chemise blanche, pas de bijoux, les cheveux plaqués en arrière. Payé cinq livres de l'heure et traité en chien galeux. Un étudiant qui se fait de l'argent de poche ou un fauché qui a fui les trente-cinq heures pour gagner plein de blé. J'ai le choix. Le seul problème, c'est qu'il m'intéresse pas. Pas du tout. C'est pas pour lui que j'investirais dans une paire de pompes à trois cents euros ! Même pas que j'achète les lacets !

Elle faillit glisser, se rattrapa de justesse, retourna sa chaussure, constata qu'un chewing-gum rose couronnait le bout du talon en Bakélite mauve de son escarpin en crocodile rouge.

— Manquait plus que ça ! s'exclama-t-elle. Mes Dior toutes neuves !

Elle avait jeûné cinq jours pour les acheter. Et dessiné une dizaine de boutonnières pour sa copine Laura.

J'ai compris, c'est pas ma soirée. Je vais rentrer me coucher avant que les mots « Reine des pommes » ne s'impriment sur mon front. Qu'est-ce qu'il avait dit déjà ? Tu vas chez Sybil Garson samedi soir ? Grosse, grosse fête. On pourrait se retrouver là-bas. Elle avait fait la moue, mais noté la date et l'expression. Se retrouver signifie repartir ensemble bras dessus bras dessous. Ça valait le coup d'y réfléchir. Elle avait failli dire et tu y vas seul ou avec la Peste ?, s'était reprise à temps – surtout ne pas reconnaître l'existence de Charlotte Bradsburry, l'ignorer, l'ignorer – et avait commencé à supputer les moyens de se faire inviter. Sybil Garson, icône des journaux people, Anglaise de haute lignée, naturellement élégante, naturellement arrogante, n'invitant chez elle aucune créature étrangère – encore moins française – à moins qu'elle ne s'appelle Charlotte Gainsbourg, Juliette Binoche ou ne traîne dans son sillage le somptueux Johnny Depp. Moi, Hortense Cortès, plébéienne, inconnue, pauvre et française, je n'ai aucune chance. Ou j'enfile le tablier blanc de l'extra et passe les saucisses. Plutôt périr !

Il avait dit on se retrouve là-bas. Le « on » signifiait bien lui et moi, moi et lui, moi, Hortense Cortès et lui, Gary Ward. Le « on » supposait que miss Bradsburry n'était plus d'actualité. Miss Charlotte Bradsburry avait été renvoyée ou s'était fait la belle. Qu'importe ! Une chose paraissait certaine : la voie était libre. À elle de jouer. À Hortense Cortès, les soirées londoniennes, les boîtes et les musées, le salon de la Tate Modern, la table près de la fenêtre au restaurant du Design Museum avec vue plongeante sur la Tour de Londres, les week-ends dans des manoirs somptueux, les corgis de la reine qui lui lèchent les doigts au château de Windsor et le scone aux raisins accompagné de confiture de thé et de *clotted cream*, qu'elle grignoterait près du feu sous un Turner un peu passé en soulevant délicatement sa tasse de thé. Et on ne le mange pas n'importe comment le scone anglais ! Tranché en deux dans le sens de la largeur, tartiné de crème et tenu entre le pouce et l'index. Sinon, d'après Laura, on embrassait le statut de plouc.

Je pénètre chez Sybil Garson, je bats des cils, j'embarque Gary et je prends la place de Charlotte Bradsburry. Je deviens importante, glorieuse, internationale, on me parle avec respect, on me tend des bristols gravés, on m'habille de pied en cap, je repousse les paparazzi et choisis celle qui sera ma prochaine meilleure amie. Je ne suis plus une Française qui pagaie pour se faire un nom, je prends un raccourci et je deviens Arrogante Anglaise. Ça fait trop longtemps que je poireaute dans l'anonymat. Je ne supporte plus qu'on me considère comme une moitié d'humain, qu'on s'essuie les mains sur mes seins et qu'on me confonde avec une paroi de Plexiglas. Je veux du respect, de la considération, du relief, du pouvoir, du pouvoir.

Et du pouvoir.

Mais avant de devenir Arrogante Anglaise, il fallait trouver le tour de passe-passe qui la ferait entrer dans cette soirée privée, réservée aux happy few qui gigotent dans la presse trash des tabloïds anglais. C'est pas gagné, Hortense Cortès, c'est pas gagné. Et si je séduisais Pete Doherty ? C'est pas gagné non plus... Je vais plutôt essayer de pénétrer en clandestine chez Sybil Garson.

Elle avait réussi.

Devant le 3 Belgravia Square, elle avait emboîté le pas à deux Anglais qui parlaient cinéma en se frottant les narines. Elle les avait suivis, faisant semblant de gober leurs mots, s'était faufilée avec eux dans le vaste appartement au plafond aussi haut que la cathédrale de Canterbury et avait continué à boire les propos de Steven et Nick au sujet de *Bright Stars* de Jane Campion. Ils avaient vu ce film en avant-première au London Film Festival et se gargarisaient d'appartenir au club des happy few qui pouvaient en parler. *To belong or not to belong* semblait être la devise de tout Anglais chic. Il fallait « appartenir » à un ou plusieurs clubs, une famille, une école, un domaine familial, un beau quartier de Londres ou ne pas être.

Steven faisait des études de cinéma, parlait de Truffaut et de Kusturica. Il portait un jean noir moulant, de vieilles bottes en vinyle, un gilet noir à pois blancs sur un tee-shirt blanc à manches longues. Ses longs cheveux gras pendaient à chaque affirmation furieuse. Son copain, Nick, propre et rose, incarnait une version bucolique et jeune de Mick Jagger. Il hochait la tête en se grattant le menton. Il devait supposer que cela le vieillissait terriblement.

Elle les avait abandonnés après avoir posé son manteau dans une vaste pièce qui servait de vestiaire. Elle avait jeté le sien sur un grand lit jonché de fausses fourrures, de parkas kaki, d'impers noirs, avait tapoté ses cheveux devant la glace à trumeau de la cheminée et avait murmuré t'es parfaite, ma chérie, absolument parfaite. Il va tomber dans ton filet comme un joli poisson doré. Ses escarpins Dior et la petite robe noire Alaïa achetée dans une vintage-shop à Brick Lane la transformaient en bombe sexuelle réservée. Bombe sexuelle si je veux, réservée si je le décide, chuchota-t-elle au miroir en s'envoyant un baiser. Je n'ai pas encore décidé si je l'occis tout de suite ou si je fais traîner la mise à mort... On va bien voir.

Ce fut tout vu. En sortant de la pièce à manteaux, elle aperçut Gary au bras de la Bradsburry ; elle éclatait de rire en renversant sa gorge ivoire, plaçant délicatement sa main sur sa bouche pâle pour étouffer le bruit si vulgaire d'une gaieté subite. Gary la serrait contre lui, un bras passé autour de sa taille fine, si fine. Sa tête brune contre la tête de la Peste... Hortense crut trépasser.

Elle faillit retourner dans la chambre, injurier le miroir, attraper son manteau et repartir.

Puis elle pensa au mal qu'elle s'était donné pour pénétrer en ce lieu par effraction, serra les dents et se dirigea vers le buffet où elle passa sa colère sur le champagne bon marché et le garçon à boutons clignotants.

Et maintenant, se dit-elle, que faire ?

Harponner le premier homme comestible et roucouler à son bras ? Mille fois fait. Stratégie éculée, pathétique, pitoyable. Gary saura, si je m'affiche ainsi, que j'ai été « touchée » et me répondra, dans un sourire cruel, « coulée ».

Et je coulerai.

Non, non ! Arborer l'air satisfait de la célibataire qui ne trouve pas garçon à sa taille tant elle frôle les sommets... Pincer mes lèvres en un sourire dédaigneux, jouer la surprise si je tombe sur le couple maudit et tenter de repérer dans la foule une volaille ou deux à qui je puisse faire un semblant de conversation avant de rentrer chez moi... en métro.

Mary Dorsey ferait l'affaire. C'était une célibataire navrante, une de ces filles qui n'ont qu'un but dans la vie : trouver un homme. N'importe lequel pourvu qu'il reste avec elle plus de quarante-huit heures. Un week-end entier était le début de la félicité. La plupart des garçons que Mary Dorsey ramenait dans son appartement de la rive sud de la Tamise disparaissaient avant même qu'elle ait eu le temps de leur demander leur prénom. La dernière fois qu'Hortense l'avait rencontrée au Borough Market où l'avait traînée Nicholas, Mary lui avait murmuré il est trop mignon ! Quand tu en auras fini avec lui, tu me le passes ? T'as vu son torse ? Bien trop long ! avait protesté Hortense. Je m'en fiche. Torse long, appendice intéressant.

Mary Dorsey était un cas désespéré. Elle avait tout essayé : le speed dating, le slow dating, le Blind, le jewish, le christian, le New Labour, le Tory, le dirty, le wikipedi, le kinky... Elle était prête à prendre tous les risques pour ne plus rester seule chez elle, le soir, à manger des Ben & Jerry en sanglotant devant la scène finale de *An affair to remember*[1] lorsque Cary Grant se rend enfin compte que Deborah Kerr lui cache quelque chose sous le grand plaid beige. Seule, en survêtement déteint, une houle de Kleenex froissés autour d'elle, Mary gémissait je veux un homme qui soulève mon plaid et m'emporte dans ses bras ! Et comme elle avait englouti, en plus des pots de crème glacée, une bouteille de Drambuie, elle ajoutait, poisseuse de larmes et de Rimmel, « Il n'y a plus de Cary Grant sur terre, c'est fini, fini... l'homme viril est en voie de disparition » avant de rouler en sanglotant sur le parquet rejoindre les Kleenex froissés.

Elle aimait à raconter ces scènes pitoyables qui ne la mettaient pas vraiment en valeur. Elle affirmait qu'il fallait aller très bas dans le dégoût de soi afin de rebondir.

Le souvenir de cette conversation détourna la trajectoire d'Hortense qui allait poser la main sur l'épaule de Mary Dorsey. Elle bifurqua vers une silhouette blonde, ravissante, étonnante...

---

1. Film de Leo McCarey de 1957 sorti en France sous le titre *Elle et Lui*.

C'est alors qu'elle reconnut Agyness Deyn. Agyness Deyn, en personne. The it girl. The girl tout court. Celle qui allait bouter Kate Moss hors des podiums. L'égérie de Burberry, Giorgio Armani, Jean-Paul Gaultier, qui poussait la chansonnette au sein des Five O'clock Heroes et collectionnait les couvertures de *Vogue, Elle, Grazia*. Elle était là, très blonde, très mince, un foulard très bleu marine dans ses cheveux très blonds coupés très court, en collants très rouges et tennis très blanches, une petite robe à froufrous en dentelle et un blouson étriqué en vieux jean usé.

Divine !

Et avec qui parlait Agyness Deyn dans un grand sourire bienveillant, l'air visiblement intéressé même si ses yeux balayaient autour d'elle à la recherche d'autres poissons à ferrer ? Avec Steven et Nick, les deux cinéphiles qui lui avaient servi de carton d'invitation.

Hortense lança une hanche en avant et fendit la foule. Elle arriva à hauteur du petit groupe et se jeta dans la conversation.

Le plus comestible des deux, Nick, racontait comment il avait défilé à la Fashion Week à Paris pour Hedi Slimane. Agyness Deyn lui demanda ce qu'il pensait de la collection de Hedi. Nick répondit qu'il se souvenait à peine du défilé, mais bien mieux de la fille qu'il avait culbutée sous l'escalier d'une boîte parisienne.

Ils éclatèrent de rire. Hortense se força à les imiter. Puis Agyness sortit un feutre de son minuscule sac rouge et nota le nom de la boîte sur ses tennis blanches. Hortense l'observait, fascinée. Elle se demanda si, de loin, on voyait bien qu'elle faisait partie du groupe et se rapprocha afin qu'il n'y ait aucun doute.

Une autre fille s'avança et, attrapant le verre de

Nick, le vida d'un coup. Puis elle s'appuya sur l'épaule d'Agyness et dégoisa :

– *I'm so pissed off !* Cette soirée pue ! C'est vraiment un truc de pauvre de rester à Londres le week-end ! J'aurais mieux fait de filer à la campagne ! C'est qui celle-là ? demanda-t-elle en tendant une griffe rouge vers Hortense.

Hortense se présenta en essayant de gommer son accent français.

– *French* ? dégueula la nouvelle arrivée dans une moue de gorgone.

– Vous connaissez Hedi Slimane alors ? demanda Nick en ouvrant grand un œil charbonneux.

Hortense se souvint alors qu'elle avait vu sa photo dans *Metro*, il sortait d'une boîte au bras d'Amy Winehouse, un sac de vomi sur la tête.

– Euh... non ! bégaya Hortense, impressionnée par l'imberbe Nick.

– Oh, laissa-t-il tomber, déçu.

– À quoi ça sert alors d'être française ? dit la fille à griffes rouges en haussant les épaules. *Anyway*, dans la vie rien ne sert à rien, il faut juste attendre que le temps passe et que mort s'ensuive... Tu comptes rester longtemps ici ou on va se saouler ailleurs, *darling* ? demanda-t-elle à la somptueuse Agyness en tétant le goulot d'une bouteille de bière.

Hortense ne trouva pas de repartie et, furieuse contre elle-même, décida de quitter cet endroit qui puait vraiment. Je rentre chez moi, j'en ai assez supporté comme ça, je hais les îles, je hais les Anglais, je hais l'Angleterre, je hais les scones, je hais Turner, les corgis et *la fucking queen*, je hais le statut de Hortense Nobody, je veux être riche, célèbre, chic, que tout le monde me craigne et me déteste.

Elle pénétra dans la pièce à manteaux, chercha le sien. Elle en souleva un puis un autre puis un troisième, se demanda un instant si elle n'allait pas voler un Michael Kors à col de fourrure blonde, hésita puis le reposa. Trop risqué... Avec leur manie de mettre des caméras partout, elle se ferait pincer à la sortie. On était filmé jour et nuit dans cette ville. Elle perdit patience, enfonça la main dans le tas de défroques abandonnées et poussa un cri. Elle avait touché une chair tiède. Un corps animé qui se mit à bouger en grognant. Un homme gisait sous les vêtements. Il devait cuver un tonneau de Guinness ou avait avalé une cartouche d'herbe. Le samedi soir était le soir des cuites et des ivresses infinies. Les filles titubaient dans des ruisseaux de bière, le string à l'air, pendant que des garçons sans lâcher leur verre tentaient de les coincer contre un mur avant de vomir à l'unisson. Pathétique ! *So crass !* Elle pinça une manche noire et l'homme rugit. Elle s'arrêta, surprise : elle connaissait cette voix. Creusa plus profondément et arriva jusqu'à Gary Ward.

Il était allongé sous plusieurs couches de manteaux, des écouteurs sur les oreilles et savourait la musique, les yeux clos.

– Gary ! hurla-t-elle. Qu'est-ce que tu fous ici ?

Il ôta ses écouteurs et la considéra, hébété.

– J'écoute l'immense Glenn Gould... C'est si beau, Hortense, si beau. La façon dont il fait sonner ses notes comme si c'étaient des perles animées et...

– Mais tu n'es pas au concert ! T'es dans une soirée !

— J'ai horreur des soirées.
— Ben, c'est toi qui m'as...
— Je croyais que t'allais venir...
— Et là devant toi, c'est qui ? Mon fantôme ?
— Je t'ai cherchée, je t'ai pas vue...
— Et moi je t'ai vu avec miss que-je-veux-pas-nommer. Collé contre elle, enlacé, protecteur. Une horreur...
— Elle avait bu, je la tenais debout...
— Depuis quand tu bosses pour la Croix-Rouge ?
— Crois ce que tu veux mais je la tenais d'un bras et je te cherchais des yeux...
— Ben, tu vas pouvoir t'acheter une canne blanche !
— Même que tu parlais avec deux crétins... Alors, j'ai laissé tomber. T'adores les crétins.

Il avait remis ses écouteurs et tirait les manteaux sur lui, essayant de disparaître à nouveau sous cette épaisseur lourde et molle qui l'isolait du monde.

— Gary ! ordonna Hortense. Écoute-moi...

Il lança une main et l'attira vers lui. Elle plongea dans une immensité de lainages rugueux et doux, renifla plusieurs odeurs de parfum, reconnut un Hermès, un Chanel, un Armani, tout se mélangea, elle traversa des doublures de soie et des manches rêches, tenta de résister, de se déprendre du bras qui l'emmenait mais il la bloqua contre lui et l'arrima fermement en ramenant les manteaux sur eux.

— Chut ! Faut pas qu'on nous voie !

Elle se retrouva le nez dans son cou. Puis sentit un embout en plastique dans son oreille et entendit de la musique.

— Écoute, écoute comme c'est beau ! *Le Clavier bien tempéré...*

Il recula légèrement et la dévisagea. Il souriait.

— Tu connais plus belle chose ?

— Gary ! Pourquoi...

— Chut ! Écoute... Les touches, Glenn Gould ne les frappe pas, il les détache, il les imagine, il les recrée, il les sculpte, il les invente pour que le piano produise un son exceptionnel. Il n'a même pas besoin de jouer pour faire de la musique ! C'est à la fois terriblement charnel, matériel et immatériel...

— Gary !

— Sensuel, retenu, aérien... C'est comme si... je ne sais pas moi...

— Quand tu m'as dit de venir ici...

— Le mieux, c'est encore d'écouter...

— Je voudrais savoir...

— Tu peux donc jamais te taire !

La porte de la chambre s'ouvrit violemment et ils entendirent le fracas d'une voix de femme. La voix rauque, lourde, traînante d'une femme qui avait trop bu. Elle avançait en titubant dans la chambre, heurtait la cheminée, jurait, repartait à la recherche de son manteau...

— Je l'ai pas posé sur le lit, je l'ai mis là, sur le portant. C'est un Balenciaga tout de même...

Elle n'était pas seule. Elle parlait à un homme.

— Vous êtes sûre ? disait l'homme.

— Si je suis sûre ! Un Balenciaga ! Vous savez ce que c'est, j'espère !

— C'est Charlotte, murmura Gary. Je reconnais sa voix. Mon Dieu ! Qu'est-ce qu'elle tient ! Elle qui ne boit jamais !

Elle demandait vous n'avez pas vu Gary Ward ? Il devait me ramener... Tout à coup il a disparu. Parti. De la fumée ! *I'm so fucked up. Can't even walk !*

Elle se laissa tomber de tout son poids sur le grand lit et Gary ramena précipitamment ses jambes, les mêlant à celles d'Hortense. Il lui fit signe de se taire, de ne pas bouger. Elle entendait le bruit sourd du cœur de Gary et le bruit sourd de son cœur à elle. Elle essaya de les faire battre à l'unisson et sourit.

Gary devina qu'elle souriait et chuchota pourquoi tu ris ? Je ris pas, je souris... Il la serra contre lui et elle se laissa faire. Tu es ma prisonnière, tu ne peux plus bouger... Je suis ta prisonnière parce que je ne peux plus bouger mais attends un peu que... Il la bâillonna et elle sourit encore dans la paume de sa main.

— Vous avez fini de vous regarder dans la glace ? criait Charlotte Bradsburry d'une voix qui dégringolait les octaves. Je crois qu'il y a quelqu'un dans le lit... Ça vient de bouger...

— Et moi, je crois que vous avez trop bu. Vous devriez aller vous coucher... Vous avez l'air mal en point, répondit l'homme comme on parle à une enfant malade.

— Non ! Je vous assure, le lit bouge !

— C'est ce que disent tous les gens qui ont trop bu... Allez, rentrez chez vous !

— Mais je vais rentrer comment ? gémit Charlotte Bradsburry. Oh ! Mon Dieu ! Je n'ai jamais été dans un état aussi... Que s'est-il passé ? Vous avez une idée ? Et puis arrêtez de vous regarder dans cette glace ! Vous êtes fatigant à la fin !

— Je ne me regarde pas, je me dis qu'il me manque quelque chose... Quelque chose que j'avais quand je suis arrivé...

— Ne cherchez pas ! Il vous manque quelque chose que vous n'aurez jamais...

— Ah bon ?

Qu'est-ce qu'elle va lui sortir ? soupira Hortense. Elle ferait mieux de se casser et de nous laisser la voie libre... Je suis très bien, moi, dit Gary... On devrait faire ça dans toutes les soirées, se cacher sous des manteaux et... Il passa un doigt sur les lèvres d'Hortense et les caressa. J'ai très envie de t'embrasser... et d'ailleurs, je crois bien que je vais t'embrasser, Hortense Cortès. Hortense sentait son souffle comme une buée sur ses lèvres et répondit en effleurant sa bouche c'est trop facile, trop facile, Gary Ward, vous l'emporterez pas au paradis. Il parcourait l'ourlet de sa bouche de son index délicat. On fera plus compliqué après, j'ai plein d'idées...

— Je ne vous demanderai pas ce que c'est car je crains que ce ne soit désobligeant, répondit l'homme.

— Je vais rentrer. Demain je dois me lever tôt...

— Ah ! C'est cela, j'avais une écharpe rouge !

— Quelle vulgarité !

— Je vous en prie...

Quelle crétine ! pesta Hortense. Il ne va jamais vouloir la raccompagner ! Chut ! ordonna Gary et ses doigts continuèrent à dessiner les lèvres d'Hortense. Tu sais que tes lèvres n'ont pas le même renflement de chaque côté ? Hortense recula, tu veux dire que je suis pas normale ? Non au contraire... tu es terriblement banale, on a tous la bouche asymétrique. Moi pas. Moi, je suis parfaite.

— Je peux vous déposer si vous voulez. Vous habitez où ? demanda l'homme.

— Ah ! C'est la première phrase intéressante que vous prononcez...

Charlotte Bradsburry tenta de se relever et n'y parvint pas. À chaque essai, elle retombait lourdement sur le lit et finit par se laisser choir de tout son poids.

– Je vous dis qu'il y a quelqu'un là-dessous... J'entends des voix...

– Allez, donnez-moi le bras que je vous tire de là et que j'aille vous jeter chez vous !

Charlotte Bradsburry bougonna quelque chose que ni Hortense ni Gary ne comprirent et ils les entendirent partir, l'une trébuchant, l'autre la soutenant.

Puis Gary se pencha vers Hortense et la contempla sans rien dire. Ses yeux bruns semblaient habités par un rêve primitif, ombrés d'une lueur sauvage. Ce serait si plaisant de vivre cachés sous des manteaux, à l'abri, on mangerait des cookies et on boirait des cafés avec une longue paille, on ne serait plus jamais obligés de se mettre debout et de courir partout comme le lapin d'*Alice au pays des merveilles*. Jamais pu l'encadrer, ce Rabbit à la montre en perpétuelle érection. Je voudrais passer ma vie à écouter Glenn Gould en embrassant Hortense Cortès, en caressant les cheveux d'Hortense Cortès, en respirant chaque fleur de la peau d'Hortense Cortès, en inventant pour elle des accords, mi-fa-sol-la-si-do et en les lui chantant dans l'ourlet de l'oreille.

Je voudrais, je voudrais...

Il ferma les yeux et embrassa Hortense Cortès.

C'est donc cela un baiser ! s'étonna Hortense Cortès. Cette brûlure suave qui donne envie de se jeter sur l'autre, de l'aspirer, de le lécher, de le renverser, de s'enfoncer en lui, de disparaître...

De se dissoudre dans un lac profond, de laisser flotter sa bouche, ses lèvres, ses cheveux, sa nuque...

Perdre la mémoire.

Devenir boule de caramel, se laisser goûter du bout de la langue.

Et goûter l'autre en inventant le sel et les épices, l'ambre et le cumin, le cuir et le santal.

C'est donc cela...

Jusqu'à maintenant, elle n'avait embrassé que des garçons qui l'indifféraient. Elle embrassait utile, elle embrassait mondain, elle embrassait en repoussant une boucle de cheveux élastique et en regardant par-dessus l'épaule de son prochain. Elle embrassait en toute lucidité, s'indignant d'une meurtrissure des dents, d'une langue cannibale, d'une salive baveuse. Il lui était arrivé aussi d'embrasser par désœuvrement, par jeu, parce qu'il pleuvait dehors ou que les fenêtres avaient des petits carreaux qu'elle n'avait pas fini de compter. Ou, souvenir qui l'embarrassait, pour obtenir d'un homme un sac Prada ou un petit haut Chloé. Elle préférait oublier. C'était il y a longtemps. Elle n'était qu'une enfant, il s'appelait Chaval[1]. Quel homme grossier et brutal !

Elle revint à la bouche de Gary et soupira.

Ainsi il arrive qu'un baiser procure du plaisir...

Un plaisir qui se faufile dans le corps, jette des petites flammes, allume mille frissons dans des endroits qu'elle n'aurait jamais soupçonnés être inflammables.

Jusque sous les dents...

Le plaisir... Quel délice !

Et aussitôt, elle nota qu'il fallait se méfier du plaisir.

Plus tard, ils marchèrent dans le noir.

Dans les rues blanches des beaux quartiers en allant

1. Cf. *Les Yeux jaunes des crocodiles,* Éditions Albin Michel, 2006.

vers Hyde Park. Des rues où les perrons blancs s'ordonnent en ronde sage. Vers l'appartement de Gary.

Ils marchaient en silence en se tenant la main. Ou plutôt en balançant leurs bras et leurs jambes dans le même élan, la même cadence, en avançant un pied gauche avec le pied gauche de l'autre, un pied droit avec le pied droit de l'autre. Avec le sérieux et la concentration d'un *horse guard* à bonnet fourré de Sa Gracieuse Majesté. Hortense se souvenait de ce jeu-là : ne pas changer de pied, ne pas perdre la cadence. Elle avait cinq ans et donnait la main à sa mère en revenant de l'école Denis-Papin. Ils habitaient Courbevoie ; elle n'aimait pas les réverbères de la grande avenue. Elle n'aimait pas la grande avenue. Elle n'aimait pas l'immeuble. Elle n'aimait pas ses habitants. Elle détestait Courbevoie. Elle repoussa le souvenir et rattrapa le présent.

Serra la main de Gary pour s'ancrer solidement dans ce qui allait être, elle en était sûre, son lendemain. Ne plus le lâcher. L'homme aux boucles brunes, aux yeux changeants, verts ou bruns, bruns ou verts, aux dents de carnassier élégant, aux lèvres qui allument des incendies.

Ainsi c'est cela un baiser...

– C'est donc cela, un baiser, dit-elle à voix presque chuchotée.

Les mots s'évaporèrent dans la nuit noire.

Il lui rendit sa pression d'une main légère et douce. Et prononça des vers qui habillèrent l'instant de beauté solennelle.

Away with your fictions of flimsy romance,
Those tissues of falsehood which Folly has wove ;

Give me the mild beam of the soul-breathing glance
Or the rapture which dwells on the first kiss of love[1].

— Lord Byron... *The first kiss of love.*

Le mot *love* tomba dans la nuit comme un pavé enrubanné. Hortense faillit le ramasser et le glisser dans sa poche. Qu'est-ce qu'il lui arrivait ? Elle était en train de devenir terriblement sentimentale.

— Tu n'aurais pas pu te cacher sous des manteaux si on avait été en juillet..., gronda-t-elle pour se défaire de ce gluant rose bonbon dans lequel elle s'enfonçait.

— En juillet, je ne sors jamais. En juillet, je me retire...

— Comme Cendrillon après minuit ? Pas très viril comme posture !

Il la poussa contre un arbre, encastra ses hanches dans les siennes et reprit la course de son baiser sans lui laisser le temps de répondre. Elle reçut sa bouche, entrouvrit les lèvres pour que le baiser se déploie, passa la main dans sa nuque, alla caresser le rectangle de chair tendre juste derrière l'oreille, s'y attarda du bout des doigts, sentit les mille foyers d'incendie se rallumer sous le souffle chaud de Gary...

— Souviens-toi, Hortense, de ne pas me provoquer, murmura-t-il en déposant chaque mot sur les lèvres douces et fermes. Je peux perdre *self-control* et patience !

— Ce qui pour un gentleman anglais...

— ... serait regrettable.

---

1. « Arrière les fictions de vos romans imbéciles, / ces trames de mensonges tissées par la folie ! / Donnez-moi le doux rayon du soupir d'un cœur / ou le transport au premier baiser de l'amour », *Le Premier Baiser de l'amour* (1806).

Elle mourait d'envie de lui demander comment s'était terminée son idylle avec Charlotte Bradsburry. Et si elle était vraiment terminée. Finie, finie comme un grand trait tiré ? Ou finie avec promesse de retour, de retrouvailles, de baisers qui mordent les entrailles ? Mais Byron et le gentleman anglais la rappelèrent à l'ordre, la corsetant dans un dédain méprisant envers l'étrangère. Tiens-toi bien, ma fille, ignore la gourgandine. Classe l'affaire. C'est du passé. Il est là, à tes côtés, et vous marchez tous les deux dans la nuit anglaise. Pourquoi troubler cette douceur exquise ?

– Je me demande toujours ce que font les écureuils la nuit ? soupira Gary. Dorment-ils debout, allongés, lovés en boule dans un nid ?

– Réponse numéro 3. L'écureuil dort dans un nid, la queue en éventail au-dessus de la tête. Le nid est fait de brindilles, de feuilles et de mousse, posé dans l'arbre, pas plus haut que neuf mètres de peur d'être culbuté par le vent...

– Tu viens d'inventer ?

– Non. Je l'ai lu dans un *Spirou*... Et j'ai pensé à toi...

– Ah ! Ah ! tu penses à moi ! s'exclama-t-il en levant un bras en signe de victoire.

– Ça m'arrive.

– Et tu fais semblant de m'ignorer ! Tu joues les belles indifférentes.

– *Strategy of love, my dear !*

– Tu es imbattable en stratégie, Hortense Cortès, n'est-ce pas ?

– Juste lucide...

– Je te plains, tu t'imposes des limites, tu te ligotes,

tu te rétrécis... Tu refuses le risque. Le risque qui seul fait naître la chair de poule...

– Je me protège, c'est différent... Je ne suis pas de ceux qui pensent que la souffrance est la première marche du bonheur !

Le pied gauche passa son tour et le pied droit hésita, resta en l'air, boita. La main d'Hortense s'échappa de celle de Gary. Hortense s'arrêta et leva la tête, le menton fier d'un petit soldat qui part en guerre, l'air sérieux, grave, presque tragique de celle qui a pris une résolution importante et veut être entendue.

– Personne ne me fera souffrir. Jamais un homme ne me verra pleurer. Je refuse le chagrin, la douleur, le doute, la jalousie, l'attente qui ronge, les yeux bouffis, le teint jaune de l'amoureuse dévorée par le soupçon, l'abandon...

– Tu refuses ?

– Je n'en veux pas. Et je me porte très bien comme ça.

– Tu en es sûre ?

– N'ai-je pas l'air parfaitement heureuse ?

– Surtout ce soir...

Il essaya de rire et tendit la main pour lui ébouriffer les cheveux et ôter un peu de gravité à la scène. Elle le repoussa comme si avant qu'un autre baiser ne l'emporte, avant qu'elle ne perde pour quelques instants ses esprits, il fallait qu'ils signent tous les deux une charte de respect mutuel et de bonne conduite.

L'heure n'était pas à la plaisanterie.

– J'ai décrété une bonne fois pour toutes que je suis rare, unique, magnifique, exceptionnelle, belle à tomber, futée, cultivée, originale, douée, hyperdouée... et quoi d'autre ?

– Je crois que tu n'as rien oublié.

– Merci. Envoie-moi une note si j'ai omis une perfection...

– Je n'y manquerai pas...

Ils reprirent leur marche dans la nuit, mais le pied droit et le pied gauche s'étaient désunis et leurs mains s'effleuraient sans se joindre. Au loin, Hortense apercevait les grilles du parc et les grands arbres qui penchaient doucement sous le vent. Elle voulait bien se laisser ébranler par un baiser, mais elle ne voulait pas se mettre en danger. Il fallait que Gary le sache. Après tout, ce n'était que pure honnêteté de le prévenir. Je ne veux pas souffrir, je ne veux pas souffrir, reprit-elle en adjurant la cime des grands arbres de lui épargner les tourments ordinaires de l'amour.

– Dis-moi une chose, Hortense Cortès : tu le mets où le cœur dans tout ça ? Tu sais cet organe qui palpite, déclenche des guerres, des attentats...

Elle s'arrêta et pointa un doigt triomphant sur son crâne.

– Je le mets à la seule place qu'il devrait occuper, c'est-à-dire là... dans mon cerveau... comme ça j'ai une maîtrise totale sur lui... Pas bête, non ?

– Surprenant... Je n'y avais jamais pensé..., dit Gary en se voûtant un peu.

Ils marchaient maintenant écartés l'un de l'autre, se tenant à distance pour mieux se mesurer.

– Le seul truc que je me demande... devant une telle maestria qui force l'admiration... c'est si...

Le regard d'Hortense Cortès lâcha la cime des grands arbres pour venir se poser sur Gary Ward.

– Si je vais être à la hauteur de tant de perfection...

Hortense lui sourit avec indulgence.

– Ce n'est qu'une histoire d'entraînement, tu sais... J'ai commencé très tôt.

– Et comme je n'en suis pas sûr, qu'il faut que je peaufine encore quelques détails qui pourraient faire tache et me couler à tes yeux, je crois que je vais te laisser rentrer toute seule, Hortense ma belle... et regagner mon logis pour me perfectionner dans l'art de la guerre !

Elle s'arrêta, posa une main sur son bras, lui sourit d'un petit sourire qui disait tu plaisantes, là ? t'es pas sérieux..., appuya plus fort sur le bras... Elle sentit alors se creuser un gouffre dans son corps qui se vidait, se vidait d'un seul coup, se vidait de toute la chaleur délicieuse, de toutes les petites flammes, les petites fourmis, les mille allégresses qui lui faisaient mettre un pied droit dans son pied droit, un pied gauche dans son pied gauche et avancer, gaillarde et légère, dans la nuit...

Elle retomba sur le macadam gris et noir, un grand froid glacial lui coupa le souffle.

Il ne répondit pas et poussa la porte de son immeuble.

Se retourna et lui demanda si elle avait de quoi prendre un taxi ou si elle voulait qu'il en hèle un.

– Car je suis un gentleman et je ne l'oublie pas !

– Je... Je... J'ai pas besoin ni de ton bras ni de...

Et, ne trouvant plus ses mots qu'elle essayait de choisir les plus blessants, les plus humiliants, les plus assassins, elle serra les poings, remplit ses poumons d'une rage froide, fit monter une tornade du plus profond de son ventre et hurla, hurla dans la nuit noire de Londres :

– Va rôtir en enfer, Gary Ward, et que je ne te revoie plus jamais ! Jamais !

*
**

... parce que

C'est tout ce qu'elle savait dire. Tout ce qu'elle avait en bouche. Tout ce qu'elle pouvait articuler quand on lui posait des questions auxquelles elle ne pouvait répondre puisqu'elle ne les comprenait pas.

Alors, madame Cortès, on n'a pas songé à déménager après « ce qui est arrivé » ? Vous tenez vraiment à rester dans cet immeuble ? Dans cet appartement ?

La voix baissait d'un ton, on sortait les guillemets, on avançait sur la pointe des pieds, on prenait un air de conspirateur gourmand comme si « on » était dans le secret... Ce n'est pas sain, ça... Pourquoi rester ? Pourquoi ne pas essayer de tout oublier en déménageant ? Dites, madame Cortès ?

... parce que

Elle disait, toute droite, les yeux dans le vague. Dans la queue du Shopi ou à la boulangerie. Libre de ne pas répondre. Libre de ne pas faire semblant de répondre.

Vous n'avez pas l'air d'aller très bien... Vous ne croyez pas, madame Cortès, que vous devriez demander une aide, je ne sais pas moi, consulter quelqu'un qui... qui pourrait vous aider à... Un si grand deuil ! Perdre sa sœur, c'est douloureux, on ne s'en sort pas toute seule... quelqu'un qui vous aiderait à évacuer...

Évacuer…

Évacuer des souvenirs comme des eaux usées ?

Évacuer le sourire d'Iris, les grands yeux bleus d'Iris, les longs cheveux noirs d'Iris, le menton pointu d'Iris, la tristesse et le rire dans le regard d'Iris, les bracelets qui tintent aux poignets d'Iris, le journal des derniers jours d'Iris, le calvaire heureux dans l'appartement à attendre, attendre son bourreau, la valse dans la forêt sous les phares allumés des voitures… ?

Un, deux, trois, un, deux, trois… un, deux, trois.

La valse lente, lente, lente…

… vous pacifier, chasser les souvenirs qui vous hantent. Vous dormiriez mieux, vous ne feriez plus de cauchemars car vous faites des cauchemars, n'est-ce pas ? Vous pouvez vous confier à moi, la vie ne m'a pas toujours épargnée, vous savez… J'ai eu mon lot, moi aussi…

La voix se faisait douceâtre, écœurante, elle mendiait la confidence.

Pourquoi, madame Cortès ?

… parce que

… ou reprendre une activité professionnelle, vous remettre à écrire, un roman bien sûr… cela vous distrairait, vous occuperait la tête, on dit même que ça guérit, que l'écriture, c'est une thérapie… vous ne resteriez pas là à penser à… enfin, vous savez, à cet… ce malheureux… et la voix dérapait, descendait jusqu'au silence honteux de cette chose-là qu'on n'osait pas nommer… Pourquoi ne pas reprendre cette période que vous semblez tant aimer, le douzième siècle, hein ? C'est bien ça ? C'est le douzième siècle, votre spécialité, n'est-ce pas ? Vous êtes imbattable en douzième siècle ! Oh là là ! On vous écouterait pendant des heures. Je disais l'autre soir à mon mari, cette Mme Cortès, quel puits de culture ! On se demande où elle va chercher tout ça ! Pourquoi ne pas trouver une autre histoire comme celle qui vous a porté bonheur, hein ? Il doit y en avoir à la pelle !

... parce que

Vous pourriez faire une suite ! On ne demande que ça ! On est des milliers, que dis-je, des centaines de milliers à attendre ! Quel succès vous avez connu avec ce livre-là ! Comment s'appelait-il déjà ? *Une très belle reine,* non ? Non... Comment vous dites ? Ah oui ! *Une si humble reine,* je ne l'ai pas lu, je n'ai pas eu le temps, vous savez, avec le ménage, le repassage et les enfants, mais ma belle-sœur a adoré et elle a promis qu'elle me le passerait dès qu'elle l'aurait récupéré parce qu'elle l'a prêté à une amie... C'est cher, les livres. Tout le monde n'a pas la chance de... Alors, madame Cortès, allez-y, une petite suite... Ça vous vient naturellement à vous... Moi, si j'avais le temps, pour sûr, j'écrirais... tiens ! je vous raconterais bien l'histoire de ma vie pour vous donner des idées ! Vous vous embêteriez pas, je vous jure !

Les bras se croisaient, satisfaits, sur la poitrine. L'œil luisait, le cou se tendait, les yeux se plissaient... Le masque d'une charité simiesque. Si convenable. Elle devait se dire je fais ma BA, je la remets dans la vie, cette pauvre Mme Cortès, je l'exhorte, je l'exhorte. Si elle s'en sort, ce sera grâce à moi...

Joséphine souriait. Poliment.

... parce que

Elle répétait ce mot-là tout le temps.

Il lui servait de rempart. Il l'éloignait des bouches en trompette qui soufflaient des questions. L'emportait loin, elle n'entendait plus les voix, elle lisait les mots sur les lèvres, agitée d'une pitié dégoûtée pour ces gens qui ne pouvaient s'empêcher de parler, de vouloir communier avec elle.

Elle leur coupait la langue, elle leur coupait la tête, elle coupait le son.

... parce que
... parce que
... parce que

Cette pauvre Mme Cortès, ils devaient penser en s'éloignant. Elle avait tout, elle n'a plus rien. Plus que ses yeux pour pleurer. Faut dire que c'est pas courant ce qui lui est arrivé. On lit ça dans les journaux d'habitude, on ne se dit pas que ça peut nous tomber dessus. Au début, je l'ai pas cru. Pourtant, c'était à la télé. Au journal télévisé. Oui, oui... Je me suis dit que c'était pas possible. Être au cœur d'un fait divers comme celui-là. C'est pas banal tout de même. Ah ! parce que vous n'êtes pas au courant ? Vous ne connaissez pas l'histoire ? Ben, vous étiez où, cet été ? Tous les journaux en ont parlé ! C'est l'histoire d'une femme ordinaire, tout à fait ordinaire, une femme comme vous et moi à qui il arrive des choses extraordinaires... Si, si, je vous assure ! D'abord, son mari la quitte et part au Kenya élever des crocodiles ! Oui, des crocodiles au Kenya ! Il pense qu'il va faire fortune et décrocher la lune ! Un Tartarin de pacotille ! La pauvre reste seule en France avec deux petites filles à élever et pas le sou. Pas le sou et des milliers de dettes. Elle ne sait plus où donner de la tête. Elle a l'impression qu'il y a le feu partout... Or elle a une sœur qui s'appelle Iris... et c'est là que l'histoire s'emballe... Une sœur très riche, très belle, très en vue et qui s'ennuie à mourir dans la vie. Même si elle a tout, la sœur : un bel appartement avec de très beaux meubles, un beau mari, un beau petit garçon qui travaille bien en classe, une bonne et une farandole de cartes de crédit. Aucun souci ! La belle vie ! Vous me suivez ? eh ben... ça lui suffit pas ! Elle rêve de devenir célèbre, de passer à la télé, de poser dans les magazines. Un soir, lors d'un dîner en ville, elle déclare qu'elle va écrire un livre. Bien attrapée ! On attend donc le livre. On lui en parle, on lui demande où elle en est, si ça progresse et tout et tout ! Elle panique, ne sait plus quoi répondre, elle a des migraines du feu de Dieu... Alors elle demande à la pauvre Mme Cortès de l'écrire pour elle... La Mme Cortès qui étudie l'histoire du Moyen Âge et écrit des trucs compliqués sur le douzième siècle. On a tendance à l'oublier, mais ça a existé aussi, cette période. Elle en fait son beurre, elle. Elle est payée pour se pencher sur le douzième siècle. Oui, oui, y a des gens comme elle qui étudient des trucs morts depuis longtemps ! On se demande un peu à quoi ça sert, si vous voulez mon avis... Avec l'argent de nos impôts ! Après on s'étonne... Bon, je m'égare... La sœur lui demande donc d'écrire le livre et bien sûr, la petite Mme Cortès dit oui... Elle a besoin d'argent, faut la comprendre ! Et elle a toujours dit oui à sa sœur. Elle l'adore, à ce qu'on raconte. Ce n'est pas de l'amour, c'est de la vénération. Depuis qu'elles sont toutes petites, elle se fait mener par le bout du nez par l'autre qui la tyrannise, la rabaisse, la houspille... Elle écrit le livre, un machin sur le Moyen Âge, paraît-il très bien, je l'ai pas lu, moi, j'ai pas le temps, j'ai autre chose à faire que de m'abîmer les yeux avec des niaiseries sentimentales même si elles sont historiques... Le livre sort. Succès foudroyant ! La sœur parade dans les médias, se met à vous vendre n'importe quoi, sa tarte aux pommes, ses bouquets de fleurs, la carte scolaire, les pièces jaunes, la météo et je vous en passe ! Vous savez, ces pipoles, plus ils en ont, plus ils en veulent ! Ils sont avides d'eux-mêmes. Faut qu'on parle d'eux tout le temps. Supportent pas le moindre ralentissement... C'est alors qu'éclate le scandale ! La fille de Mme Cortès, Hortense, la plus grande, une petite peste entre nous, fonce à la télé et révèle toute l'affaire ! En direct ! Elle a pas froid aux yeux, celle-là, je vous le jure ! La belle Iris Dupin est démasquée, montrée du doigt, ridiculisée, elle ne s'en remet pas et s'enferme pendant des mois dans une clinique privée d'où elle sort complètement détraquée et pas du tout réparée, si vous voulez mon avis... Droguée à mort ! Bourrée de somnifères ! Entre-temps, le mari... Le mari de Mme Cortès, celui qui est parti au Kenya... Le mari, donc, s'est fait dévorer par un crocodile... Mais oui ! c'est atroce, atroce, quand je vous dis que c'est pas banal, c'est pas banal... et la pauvre Mme Cortès se retrouve veuve, avec une sœur cinglée, déprimée, alcoolique, qui pour se consoler va se jeter dans les bras d'un assassin ! C'est à peine croyable, cette histoire ! Que si c'était pas moi qui vous la racontais, vous me croiriez pas ! Un homme tout ce qu'il y a de bien, un très bel homme, bien mis, bonne réputation, bonne situation, un banquier avec tous les galons, tout le tsoin-tsoin, smoking et baise-main ! Mais en réalité : un assassin... Mais oui ! mais oui ! comme je vous le dis ! Un vrai, un sérieux killer ! Il n'en a pas zigouillé qu'une ! Une bonne dizaine ! Que des femmes, bien sûr ! C'est plus facile !

Et les lèvres de se retrousser, les yeux de s'allumer et le cœur des commères de battre plus fort en faisant la queue pour la baguette d'or à 1 euro 10.

La récitante se sent devenue tellement importante qu'elle ne veut plus lâcher son auditoire et poursuit, en apnée :

J'oubliais de vous dire qu'il habitait dans le même immeuble que Mme Cortès. C'est même elle qui l'a présenté à sa sœur, alors vous pensez qu'elle doit s'en vouloir ! Qu'elle se mange les doigts, qu'elle refait le film, le passe et le repasse. Qu'elle doit plus pouvoir fermer l'œil de la nuit avec sa conscience qui la titille, qui la titille... Elle doit même se dire, si vous voulez mon avis, elle doit même se dire que c'est ELLE qui l'a tuée, sa sœur ! Je la connais très bien, vous savez, j'ai suivi toute l'affaire, c'est ma voisine... non, non, pas ma voisine-voisine, mais la voisine d'une copine de ma belle-sœur... Elle, elle lui a serré la main à l'assassin, si, si... et moi je suis sûre de l'avoir vu chez le boucher un samedi matin, jour de marché... comme je vous le dis ! On attendait ensemble devant la caisse, il tenait un portefeuille en cuir rouge à la main, un portefeuille de marque, je l'ai bien vu... Faut dire qu'il était séduisant. Ils sont souvent séduisants, paraît-il... Forcément, ils entortillent. S'ils étaient minables, on se laisserait pas entortiller, n'est-ce pas ? On se retrouverait pas avec un couteau en plein cœur comme cette pauvre Iris Dupin...

Joséphine entendait tout.

Sans tendre l'oreille.

Elle lisait dans les dos quand elle faisait la queue au Shopi.

Elle interceptait des regards furtifs qui filaient sur elle comme des araignées.

Et elle savait que tous les bavardages finissaient toujours par la même phrase… la sœur, c'était autre chose. Une très belle femme ! Élégante, raffinée, belle, belle, des yeux bleus qui remplissaient un encrier ! Et une classe ! Une allure ! Rien à voir avec cette pauvre Mme Cortès. Le jour et la nuit.

Elle restait ce qu'elle avait toujours été.

Ce qu'elle serait toujours.

Joséphine Cortès. Une petite femme ordinaire.

Même Shirley chantait des questions.

Elle appelait de Londres presque chaque jour. Au petit matin. Elle prétendait avoir besoin d'un renseignement sur une marque de camembert, un mot de vocabulaire, un point de grammaire, un horaire de chemin de fer. Elle commençait, anodine, auscultant la voix de Joséphine, ça va, Jo ? T'as bien dormi ? *Everything under control ?* Elle racontait une anecdote sur sa croisade contre le sucre, le sauvetage des enfants obèses, les conséquences cardio-vasculaires, faisait semblant de s'emporter, épiait l'esquisse d'un sourire, guettant le petit silence qui le précéderait, le soupir ou le grognement de plaisir qui raclerait la gorge…

Digressait, digressait, digressait…

Posait chaque jour les mêmes questions :

Et ton HDR ? Tu le passes quand ? T'es prête ? Tu veux que je vienne te tenir la main ? Parce que je viens, tu sais… Tu me siffles et j'arrive. T'as pas trop le trac ? Sept mille pages ! *My God !* T'as bien travaillé… Quatre heures de soutenance ! Et Zoé ? En seconde ! Bientôt quinze ans ! Elle va bien ? Elle a des nouvelles de comment il s'appelle déjà son amoureux... Euh... Le fils de... Gaétan ? Il lui envoie des mails, il lui téléphone... Pauvre gosse ! Tu parles d'un traumatisme ! Et Iphigénie ? Il est revenu le mari-bandit ? Toujours pas ? Et les enfants ? Et M. Sandoz, il s'est déclaré ? Il ose pas ? Je vais venir lui botter le cul, moi ! Mais qu'est ce qu'il attend, ce grand dadais ? D'avoir du lichen dans les oreilles ?

Elle faisait tonner la voix, gronder les verbes, s'amonceler les questions pour que Jo sorte de son silence et agite le grelot d'un rire.

Tu as des nouvelles de Marcel et Josiane ? Ah... Il t'envoie des fleurs, elle te téléphone... Ils t'aiment beaucoup, tu sais. Tu devrais les voir. T'as pas envie... Pourquoi ?

... parce que

Et Garibaldi, le bel inspecteur, tu l'as revu ? Toujours en poste ? T'es bien gardée alors ! Et le fils Pinarelli ? Toujours avec sa maman ? Serait pas un peu homo celui-là ? Et le concupiscent M. Merson ? Et l'ondulante Mme Merson ?

Et dis-moi, les appartements des deux... euh... ils sont occupés ? Tu connais les nouveaux ? Pas encore... Tu les croises, mais tu leur parles pas... Celui de... il est vide encore... Forcément... Je comprends, ma Jo, mais va falloir que tu te forces à sortir... Tu vas pas rester toute ta vie en hibernation... Pourquoi tu viendrais pas me voir ? Tu peux pas à cause de ton HDR... Oui mais... après ? Viens passer quelques jours à Londres. Tu verras Hortense, tu verras Gary, on sortira, je t'emmènerai nager à Hampstead Pond, en plein Londres, c'est génial, on se croirait au dix-neuvième siècle, y a un ponton en bois, des nénuphars et l'eau est glacée. J'y vais tous les matins et je tiens une forme incroyable... Tu m'écoutes ou pas ?

Des rafales de questions pour secouer la torpeur douloureuse de Joséphine et chasser la seule question qui la hantait...

Pourquoi ?

Pourquoi est-elle allée se jeter dans la gueule de cet homme-là ? De ce fou qui assassinait de sang-froid, persécutait femme et enfants et l'a réduite en esclavage avant de lui transpercer le cœur ?

Ma sœur, ma grande sœur, mon idole, ma beauté, mon amour, ma plus que belle, ma plus que brillante, ton sang qui bat dans mes tempes, qui bat sous ma peau...

Pourquoi, suppliait Joséphine, pourquoi ?

... parce que

répondait une voix qu'elle ne connaissait pas.

... parce que

Parce qu'elle avait cru trouver le bonheur dans ce marché-là. Elle s'offrait sans calcul, sans rien garder dans sa poche, et il lui promettait tout le bonheur du monde. Elle y avait cru. Elle était morte heureuse, si heureuse...

Comme elle ne l'avait jamais été auparavant.

Pourquoi ?

Elle ne s'en sortait pas de ce mot-là qui enfonçait toujours le même clou dans sa tête, enfonçait d'autres clous brûlants de questions, érigeait de hautes parois contre lesquelles elle se heurtait.

Et pourquoi moi, je suis vivante ?

Parce que je suis vivante, il paraît...

Shirley ne renonçait pas. Elle lançait ses bras et son cœur par-delà la Tamise, par-delà la Manche et grognait :

— Tu m'écoutes pas... J'entends bien que tu m'écoutes pas...

— J'ai pas envie de parler...

— Tu peux pas rester comme ça. Emmurée...

— Shirley...

— Je sais ce qui te passe par la tête et t'empêche de respirer... Je le sais ! Ce n'est pas de ta faute, Jo...

— ...

— Et ce n'est pas de sa faute à lui non plus... Tu n'y es pour rien et il n'y est pour rien. Pourquoi tu refuses de le voir ? Pourquoi tu ne réponds pas à ses messages ?

... parce que

— Il a dit qu'il attendrait, mais il ne va pas attendre toute sa vie, Jo ! Tu te fais du mal, tu lui fais du mal, et tout ça pourquoi ? Ce n'est pas vous qui l'avez...

Alors Joséphine recouvrait la voix. Comme si on lui avait entaillé la gorge, ouvert la gorge, découpé la gorge, mis les cordes vocales à nu pour qu'elle hurle et elle hurlait, hurlait dans le téléphone, hurlait à son amie qui l'appelait chaque jour, qui disait je suis là, je suis là pour toi :

— Vas-y, Shirley, vas-y, dis-le...

— Merde ! Fais chier, Jo ! Ce n'est pas ça qui la fera revenir ! Alors pourquoi, hein ? Pourquoi ?

... parce que

Et tant qu'elle n'aurait pas répondu à ce mot-là, elle ne reprendrait pas la marche de sa vie. Elle resterait immobile, verrouillée, silencieuse, elle ne recommencerait jamais à sourire, à crier de joie et de plaisir, à s'abandonner dans ses bras à lui.

Les bras de Philippe Dupin. Le mari d'Iris Dupin. Sa sœur.

L'homme à qui elle parlait la nuit, la bouche enfoncée dans son oreiller.

L'homme dont elle dessinait les bras autour d'elle...

L'homme qu'il fallait qu'elle oublie.

Elle était morte.

Iris l'avait emmenée dans sa valse lente sous le pinceau des phares, sous le poignard à lame blanche. Un, deux, trois, un, deux, trois, suis-moi, Jo, on s'en va... Tu vas voir comme c'est facile !

Un nouveau jeu qu'Iris inventait. Comme lorsqu'elles étaient petites.

Cric et Croc croquèrent le Grand Cruc qui croyait les croquer...

Ce jour-là, dans la clairière, le Grand Cruc avait gagné.

Il avait croqué Iris.

Il allait croquer Joséphine.

Joséphine suivait toujours Iris.

— C'est ça, Jo, Shirley la harcelait au téléphone, c'est ça, tu veux aller la rejoindre... Tu vas faire le service minimum, vivre pour Zoé et pour Hortense, payer leurs études, vivre comme une bonne petite maman et t'interdire tout le reste ! tu n'as pas le droit d'être une femme puisque celle qui était « la » femme est partie... Tu te l'interdis ! Eh bien, moi, je suis ton amie et je ne suis pas d'accord et je te...

Joséphine raccrochait.

Shirley rappelait et c'était toujours les mêmes mots qui sortaient de sa bouche en colère, Mais je ne comprends pas, juste après, après la mort d'Iris, tu as dormi avec lui, il a été là pour toi, tu as été là pour lui, alors ? Réponds-moi, Jo, réponds-moi !

Joséphine laissait tomber le combiné, fermait les yeux, enfermait sa tête entre ses coudes. Ne pas se rappeler ce temps-là, oublier, oublier... La voix dans le téléphone résonnait comme la danse furieuse d'un petit lutin.

– Tu te laisses enfermer... c'est ça ? Mais par quoi ? Par quoi, Jo ! Merde ! Tu n'as pas le droit de...

Joséphine jetait le téléphone contre le mur.

Elle voulait oublier ces jours de bonheur.

Ces jours où elle s'était fondue en lui, engloutie en lui, oubliée en lui.

Où elle s'était raccrochée au bonheur d'être dans sa peau, dans sa bouche.

Quand elle y pensait, elle posait les doigts sur ses lèvres et disait Philippe... Philippe...

Elle ne le dirait pas à Shirley.

Elle ne le dirait à personne.

Il n'y avait que Du Guesclin qui savait.

Du Guesclin qui ne posait pas de questions.

Du Guesclin qui gémissait en la regardant quand elle devenait trop triste, que son regard tombait trop bas, que le chagrin la jetait à terre.

Il tournait en rond, un long gémissement modulé en plainte sortait de sa gueule. Il secouait la tête, il refusait de la voir dans cet état...

Il allait chercher sa laisse, la laisse qu'elle ne lui mettait jamais, qui rouillait avec les clés dans le panier de l'entrée, la faisait tomber à ses pieds et semblait dire viens, on va sortir, ça te changera les idées...

Elle se laissait faire par ce chien si laid.

Et ils partaient courir autour du lac du bois de Boulogne.

Elle courait, il la suivait.

Il fermait la marche. Il galopait lentement, puissamment, régulièrement. Il la forçait à ne pas ralentir, à ne pas s'arrêter, à ne pas poser le front contre l'écorce d'un arbre pour laisser échapper un sanglot trop lourd à porter.

Elle courait un tour, deux tours, trois tours. Elle courait jusqu'à ce qu'elle ait du bois dans les bras, du bois dans le cou, du bois dans les jambes, du bois dans le cœur.

Jusqu'à ce qu'elle ne puisse plus courir.

Elle se laissait tomber dans l'herbe et elle sentait le poids du corps de Du Guesclin s'affaler près d'elle. Il soufflait, il s'ébrouait, il bavait. Il gardait la tête dressée pour que personne ne tente de s'approcher.

Un grand dogue noir, couturé, amoché, couvert de sueur veillait sur elle.

Elle fermait les yeux et laissait couler des larmes de détresse sur son visage en bois.

*
**

Shirley regarda les trois pommes vertes, les mandarines, les amandes, les figues et les noisettes posées dans le grand saladier orange en terre cuite sur la table de la cuisine et pensa au petit déjeuner qu'elle prendrait en rentrant de Hampstead Pond.

Malgré le froid, la fine pluie mouillée, l'heure matinale, Shirley allait nager.

Elle oubliait. Elle oubliait qu'elle s'était encore cassé le nez contre le chagrin de Joséphine. Chaque matin, c'était pareil : elle se cassait le nez.

Elle attendait l'heure idéale. L'heure où Zoé était partie à l'école, où Joséphine, seule, rangeait la cuisine, pieds nus, en pyjama, un vieux sweat-shirt sur le dos.

Elle composait le numéro de Joséphine.

Elle parlait, parlait et raccrochait, bredouille.

Elle ne savait plus quoi dire, quoi faire, quoi inventer. Elle bafouillait d'impuissance.

Ce matin encore, elle avait échoué.

Elle prit son bonnet, ses gants, son manteau, son sac de nageuse – maillot, serviette, lunettes – et la clé de son antivol de vélo.

Chaque matin, elle allait plonger dans les eaux glacées de Hampstead Pond.

Elle mettait le réveil à sept heures, roulait hors du lit, posait un pied devant l'autre en s'invectivant pauvre folle ! T'es maso ou quoi ? glissait la tête sous le robinet d'eau, se faisait une tasse de thé brûlant, appelait Joséphine, rusait, échouait, raccrochait, enfilait un survêtement, de grosses chaussettes en laine, un gros pull, un autre gros pull, attrapait son sac et partait dans le froid et la pluie.

Ce matin-là, elle s'arrêta devant la glace de l'entrée.

Sortit un tube de gloss. Déposa une couche légère de

rose irisé. Mordit les lèvres pour l'étaler. Mit un peu de Rimmel waterproof, un soupçon de fard à joues, roula son bonnet à torsades blanches sur ses cheveux courts, tira quelques mèches blondes qu'elle fit boucler et dépasser, puis, satisfaite de cette touche de féminité, claqua la porte et descendit enfourcher son vélo.

Un vieux vélo. Rouillé. Grinçant. Bruyant. Un cadeau de son père lors d'un Noël dans son appartement de fonction à Buckingham Palace. Gary avait dix ans. Un sapin géant, des boules brillantes, des flocons de neige en coton et un vélo rouge à dix-huit vitesses avec un gros nœud argenté. Pour elle.

Autrefois, il avait été rouge rutilant avec un phare fanfaron, des chromes étincelants. Aujourd'hui, il était...

Elle ne pouvait pas le décrire vraiment. Elle disait pudiquement qu'il avait perdu de son lustre.

Elle pédalait. Elle pédalait.

Elle évitait les voitures et les bus à étage qui manquaient l'écraser en se déportant dans les virages. Tournait à droite, tournait à gauche avec un seul but en tête : atteindre Heath Road, Hampstead, North London. Passait devant la Spaniard's Inn, disait bonjour à Oscar Wilde, suivait la piste cyclable, montait, descendait. Dépassait Belsize Park, Byron et Keats s'y étaient promenés, saisissait le jaune d'or et le rouge flamboyant des feuilles, fermait les yeux, les rouvrait, laissait l'horrible parking sur le côté et... plongeait dans les eaux verdâtres de l'étang. Les eaux sombres aux longues algues brunes, aux branches qui trempaient dans l'eau et gouttaient, aux cygnes et aux canards qui décampaient en braillant si on s'approchait...

Avant de se jeter à l'eau, peut-être le croiserait-elle ?

L'homme à vélo qui se rendait au petit matin dans les étangs glacés. Ils s'étaient rencontrés la semaine précédente. Les freins de Shirley avaient lâché dans la descente de Parliament Hill, elle était allée s'écraser contre lui.

– Suis désolée, avait-elle dit en relevant son bonnet qui lui barrait le regard.

Elle se frottait le menton. Dans la collision, son visage avait heurté l'épaule de l'homme.

Il avait mis pied à terre et inspectait son vélo. Elle n'apercevait qu'un bonnet qui ressemblait au sien, un dos large dans une canadienne écossaise rouge penchée sur la roue avant et deux jambes de pantalon de velours côtelé beige. De grosses côtes beiges un peu râpées à l'emplacement des genoux.

– C'est vos freins. Ils sont usés, ils ont lâché... Vous ne vous en êtes pas rendu compte avant ?

– Il est vieux... Il faudrait que je le change !

– Ça vaudrait mieux...

Et il s'était relevé.

Le regard de Shirley était alors monté du câble de frein effiloché au visage de l'homme. Cet homme avait un bon visage. Un bon visage chaleureux, accueillant avec une... une... Elle se forçait à chercher les mots précis pour calmer l'ouragan qui montait en elle. Alerte ! Alerte ! Tempête force sept ! susurrait une petite voix. Un visage doux et fort, d'une puissance intérieure, d'une puissance évidente, sans chichis. Un bon visage avec un grand sourire, une grande mâchoire, des yeux qui riaient et des cheveux châtains, épais, qui s'échappaient en mèches folles du bonnet. Elle n'arrivait pas à détacher son regard du visage de cet homme. Il avait un air, un air… l'air d'un roi qui possède un butin sans valeur pour les autres, mais si important pour lui. Oui, c'était cela : l'air d'un roi modeste et enjoué.

Elle restait là, à le dévisager, et devait paraître particulièrement stupide car il eut un petit rire et ajouta :

– Si j'étais vous, je rentrerais à pied… en poussant mon vélo. Parce que sinon vous allez vous retrouver avec une belle brochette d'accidents à la fin de la journée…

Et comme elle ne répondait pas, qu'elle restait les yeux dans ses yeux à lui, tentant de se déprendre de ce regard si doux, si fort qui la rendait absolument idiote, absolument muette, il avait ajouté :

– Euh… On se connaît ?

– Je ne crois pas.

– Oliver Boone, avait-il dit en lui tendant la main. Des doigts longs, fins, presque délicats. Des doigts d'artiste.

Elle eut honte de l'avoir obligé à tripoter son câble de frein.

– Shirley Ward.

Il avait une poignée de main puissante et elle faillit laisser échapper un cri.

Elle avait émis un petit rire stupide, le rire d'une fille qui essaie désespérément de récupérer tout le prestige qu'elle vient de perdre en si peu de temps.

– Bon… ben alors, merci.

– De rien. Juste faites attention…

– Promis.

Elle avait repris son vélo, était allée jusqu'à l'étang en pédalant lentement, les pieds presque posés à terre pour freiner en cas d'urgence.

À l'entrée de l'étang, il y avait une pancarte qui disait :

No dogs
No cycles
No radios
No drowning[1]

Cette dernière phrase la mettait en joie. Interdiction de se noyer ! C'est peut-être ce qui lui avait le plus manqué lors de son exil en France : l'humour anglais. Elle n'arrivait pas à rire des blagues françaises et se disait chaque fois qu'elle était définitivement anglaise.

Elle attacha son vélo à la barrière en bois et se retourna.

Il attachait le sien un peu plus loin.

Elle fut bien embêtée.

Elle ne voulait pas avoir l'air de le suivre, mais elle devait bien se rendre compte qu'ils allaient tous les deux au même endroit. Elle prit son sac de bain, le brandit et s'exclama :

– Vous aussi, vous nagez ?

– Oui. Avant, j'allais à l'étang réservé aux hommes, mais bon... euh... Je crois que je préfère celui où les deux sss...

Il s'arrêta. Il avait failli dire où les deux sexes se mélangent mais s'était repris.

Ah ! Ah ! se dit Shirley, il est gêné lui aussi. Donc il a peut-être ressenti le même trouble que moi. Un partout.

1. « Pas de chiens, pas de bicyclettes, pas de radios, interdiction de se noyer. »

Et elle se sentit plus libre. Comme débarrassée.

Elle arracha son bonnet, s'ébouriffa les cheveux, proposa :

– On y va ?

Ensuite, ils avaient nagé, nagé, nagé.

Tous les deux seuls dans l'étang. L'air était froid, coupant. Des gouttes d'eau leur piquaient les bras, les épaules. Il y avait des pêcheurs sur la rive. Des cygnes qui se pavanaient. On apercevait leurs têtes émerger des hautes herbes. Ils poussaient des petits cris stridents, se poursuivaient en battant des ailes, se donnaient des coups de bec et repartaient en se dandinant, furieux.

Il avait un crawl puissant, rapide, régulier.

Elle avait réussi à rester à sa hauteur et puis, d'un coup d'épaule, il l'avait distancée.

Elle avait continué sans plus faire attention à lui.

Quand elle avait sorti la tête de l'eau, il avait disparu.

Elle s'était sentie terriblement seule.

Ce matin-là, elle ne vit pas de vélo attaché à la barrière en bois.

Elle ne sourit pas en lisant la pancarte qui disait « Interdiction de se noyer ».

Elle pensa que c'était mauvais signe.

Qu'elle allait entrer en zone rouge.

Et elle n'aima pas ça du tout.

Elle soupira. Se déshabilla en laissant choir ses vêtements sur le ponton en bois.

Les ramassa. Les rangea.

Se retourna pour vérifier qu'il n'arrivait pas en courant...

Plongea la tête la première.

Sentit une algue glisser entre ses jambes.

Poussa un cri.

Et se mit à crawler, la tête dans l'eau.

Il était encore temps de l'oublier.

D'ailleurs, elle avait oublié son nom.

D'ailleurs, elle refusait de se laisser émouvoir comme ça.

Une canadienne écossaise ? Un bonnet en laine ? Un vieux pantalon râpé ! Des doigts d'horloger. N'importe quoi !

Elle n'était pas une femme romantique. Non. Elle était une femme seule qui avait des rêves. Et elle rêvait d'être avec quelqu'un. Elle cherchait une épaule contre laquelle se caler, une bouche à embrasser, un bras auquel se pendre pour traverser la rue quand les voitures klaxonnent, une oreille attentive pour y verser des confidences idiotes, quelqu'un avec qui regarder *Eastenders* à la télé. Le genre de feuilleton crétin qu'on regarde justement quand on est amoureux, donc stupide.

Car l'amour rend stupide, ma fille, dit-elle en enfonçant vigoureusement un bras après l'autre dans l'eau comme pour marteler une évidence. Ne l'oublie pas. OK, t'es seule, OK, t'en as marre, OK, tu réclames une histoire, une belle histoire, mais n'oublie pas : l'amour rend bête. Un point, c'est tout. Et toi, spécialement. Pour ce que ça t'a réussi, l'amour ! À chaque fois, tu as frisé la boulette. Tu as le don de tomber sur des bons à rien alors si ça se trouve celui-là avec sa gueule d'ange, il sort de prison !

Cette constatation lui fit du bien et elle nagea trois quarts d'heure sans plus penser à rien : ni à l'homme à la canadienne rouge écossaise ni à son dernier amant qui avait rompu par texto. C'était la dernière mode. Les hommes se défilaient silencieux, presque muets. Il ne leur restait que leurs pouces pour dire adieu. Phonétiquement de préférence : *Liv U. Sorry.*

Justement dans le regard de l'homme à la canadienne rouge écossaise, il lui avait semblé lire autre chose : une attention, une sollicitude, une chaleur... Il ne l'avait pas balayée du regard, il l'avait regardée.

Regarder : porter son regard sur, considérer, envisager.

Regarder d'un bon œil : considérer avec bienveillance.

Alors regarder avec deux bons yeux ? C'était accorder beaucoup de bienveillance.

Sans pour autant être lourd, concupiscent. Un regard élégant, chaleureux. Pas un regard rapide, bâclé. Un regard qui prend l'autre en compte, l'installe dans un fauteuil rembourré, lui offre une tasse de thé, un nuage de lait, commence une conversation.

C'est ce début de conversation qui lui était monté au visage.

Cette chaleur qui, depuis, la faisait rêver debout, lui donnait envie de faire un + un, de former un couple.

Ça y est ! je l'ai dit, se dit-elle en se hissant hors de l'eau, en se frictionnant avec la serviette. Je veux faire un + un. J'en ai marre de faire un toute seule. Un toute seule, c'est zéro au bout d'un moment, non ?

Avec qui faisait-elle un + un ?

Avec son fils ? De moins en moins.

Et c'est très bien comme ça ! Il a sa vie, son appartement, ses copains, sa petite amie. Il n'a pas encore une carrière, mais ça viendra... À vingt ans, est-ce que je savais ce que je voulais faire ? À vingt ans, je m'envoyais en l'air avec le premier venu, je buvais de la bière, je fumais des pétards, roulais dans le ruisseau, portais des minijupes en cuir noir, des collants filés, me mettais des anneaux dans le nez et... tombais enceinte !

Il faut me faire une raison : je ne fais couple avec personne. Depuis l'homme en noir.

Vaut mieux ne pas y penser à celui-là. Encore frisé la boulette. Alors, ma fille, calme-toi. Apprends la sérénité, la solitude, la chasteté...

Elle eut envie de recracher ce dernier mot.

En revenant chez elle, en rangeant son vélo, elle pensa à Joséphine.

C'est elle, mon amour. Je l'aime. Mais pas d'un amour qui met les bras autour du cou et se coule dans un lit. J'escaladerais l'Himalaya en espadrilles pour la rejoindre. Et je suis triste aujourd'hui d'être inutile. On est comme un couple de vieux amants. Un vieux couple qui s'épie, qui voudrait que l'autre sourie pour sourire avec lui.

On a grandi ensemble. On a appris ensemble. Huit ans de vie commune.

Je m'étais réfugiée à Courbevoie, France, pour fuir l'homme en noir. Il avait découvert le secret de ma naissance et voulait me faire chanter.

J'avais choisi cet endroit au hasard en plantant la pointe d'un crayon dans la région parisienne. Courbevoie. Un grand immeuble avec des balcons qui pleuraient de rouille. Il ne viendrait jamais me chercher sur des balcons rouillés.

Joséphine et Antoine Cortès. Hortense et Zoé. Mes voisins de palier. Une famille de Français très française.

Gary oubliait l'anglais. Je fabriquais des tartes, des cakes, des flans et des pizzas que je vendais pour des fêtes d'entreprises, des mariages, des bar-mitsva. Je prétendais gagner ma vie ainsi. Je racontais que j'étais venue en France pour oublier l'Angleterre. Joséphine me croyait. Et puis, un jour, je lui ai tout dit : le grand amour de mon père et le nom de ma mère... Comment j'avais grandi dans les couloirs rouges du palais de Buckingham en faisant des roulades sur la moquette épaisse et la révérence devant la reine, ma mère. Comment j'étais une enfant illégitime, une bâtarde qui se cachait dans les étages, mais une enfant de l'amour, j'ajoutais en riant pour effacer l'émotion qui enveloppait mes mots de buée. Joséphine...

On a un passé d'album de photos. Un album de vieilles peurs, de rires chez le coiffeur, de gâteaux brûlés, de plongeons dans des lavabos de palace, de dindes aux marrons, de films qu'on regarde en sanglotant, d'espoirs, de confidences autour de la piscine. Je peux tout lui dire. Elle m'écoute. Et son regard est bon, doux, puissant.

Un peu comme le regard de l'homme à la canadienne écossaise rouge.

Elle se donna une claque et se lança à l'assaut des marches de l'escalier.

Gary l'attendait dans la cuisine.

Il avait les clés de son appartement, il allait et venait comme bon lui semblait.

Un jour, elle lui avait demandé tu ne penses jamais que je pourrais être en galante compagnie ? Il l'avait regardée, étonné. Euh... Non... Eh bien ! cela pourrait m'arriver ! OK, la prochaine fois, je rentrerai sur la pointe des pieds ! Je ne sais pas si ça suffira ! Moi, je ne vais pas chez toi sans téléphoner...

Il avait eu un petit sourire amusé qui signifiait tu es ma mère, tu ne traînes pas au lit avec un homme. Elle s'était sentie très vieille tout à coup. Mais j'ai à peine quarante et un ans, Gary ! Ben, c'est vieux, non ? Pas vraiment ! On peut s'envoyer en l'air jusqu'à quatre-vingt-six ans et j'entends bien le faire ! Tu n'auras pas peur de te casser les os ? il avait demandé très sérieusement.

Il haussa un sourcil quand elle ôta son bonnet et libéra ses cheveux mouillés.

– Tu reviens de la piscine ?

– Bien mieux. Hampstead Pond.

– Tu veux des œufs au plat avec du bacon, des champignons, une saucisse, une tomate et des pommes de terre ? Je t'offre un petit déjeuner...

– *Of course, my love !* T'es là depuis longtemps ?

– Faut que je te parle ! Y a urgence !

– Sérieux ?

– Mmouais...

– J'ai le temps de prendre une douche ?

– Mmouais...

– Arrête de dire mmouais, c'est pas mélodieux...

– Mmouais...

Shirley donna un coup de bonnet à son fils qui esquiva en éclatant de rire.

– Va te laver, m'man, tu pues la vase !

– Oh ! Vraiment ?

– Et c'est pas sexy !

Il étendit les bras pour empêcher sa mère de le battre comme plâtre et elle se précipita sous la douche en riant.

Je l'aime, mais je l'aime, ce petit ! C'est mon astre solaire, mon aurore boréale, mon roi des Fistons, mon petit cake à moi, mon fil de fer, mon paratonnerre... Elle chantonnait ces mots en se frottant le corps avec un savon parfumé de chez L'Occitane, cannelle-orange. Puer la vase ? Il n'en était pas question ! Puer la vase ! Quelle horreur ! Sa peau était parfumée, douce et elle remercia le Ciel de l'avoir faite grande, mince, musclée. On ne remercie jamais assez ses parents pour ces cadeaux de naissance... Merci papa ! Merci mère ! Elle n'aurait jamais osé dire cela à sa mère. Elle l'appelait mère, ne lui parlait jamais ni de son cœur ni de son corps et l'embrassait avec mesure sur une joue. Pas deux. Deux baisers auraient été déplacés. C'était étrange de toujours garder cette distance avec sa mère. Elle s'était habituée. Elle avait appris à déchiffrer la tendresse derrière le maintien raide et les mains posées sur les genoux. Elle la devinait à une petite toux subite, une épaule qui se hausse, le cou qui se tend et marque l'attention, une lueur dans l'œil, une main qui gratte l'ourlet de la jupe. Elle s'était habituée, mais parfois ça lui manquait. De ne jamais pouvoir se laisser aller, jamais pouvoir dire de gros mots en sa présence, jamais lui tapoter l'épaule, jamais lui piquer son jean, son rouge à lèvres, son fer à friser. Une fois... c'était au moment de l'homme en noir, quand elle débordait de chagrin, qu'elle ne savait plus comment... comment se défaire de cet homme-là, de ce danger que représentait cet homme-là... elle avait demandé à voir sa mère, elle l'avait prise dans ses bras et mère s'était laissé faire comme un bout de bois. Les bras le long du corps, la nuque raide, tentant de garder un écart décent entre sa fille et elle... Mère l'avait écoutée, n'avait rien dit, mais avait agi. Quand Shirley avait appris ce que sa mère faisait pour elle, rien que pour elle, elle avait pleuré. De grosses larmes qui roulaient pour toutes les fois où elle n'avait pas pu pleurer.

Sa crise d'adolescence, elle l'avait dirigée contre son père. Mère n'aurait pas approuvé. Mère avait plissé le front quand elle était revenu d'Écosse avec Gary dans ses bras. Elle avait vingt et un ans. Mère avait eu un léger recul qui indiquait *Shocking !* et avait soufflé que sa conduite n'était pas appropriée. « Appropriée » !

Mère avait du vocabulaire et ne se laissait jamais aller.

Elle sortit de la douche, vêtue d'un grand peignoir bleu lavande et la tête enturbannée d'une serviette blanche.

– Voici le Grand Mamamouchi ! s'exclama Gary.

– Tu as l'air d'humeur délicieuse...

– C'est ce dont je veux te parler... mais avant déguste et dis-moi ce que tu penses de mes œufs ? J'ai fini la cuisson avec une giclée de vinaigre à la framboise achetée au rez-de-chaussée de chez Harrods...

Gary était un cuisinier hors pair. Il avait rapporté ce talent de son séjour en France, du temps où il traînait dans la cuisine et la regardait faire, les reins ceints d'un grand tablier blanc, une cuillère en bois dans la bouche et le sourcil en l'air. Il pouvait traverser Londres pour trouver l'ingrédient qu'il lui fallait, la casserole nouvelle ou le fromage fraîchement arrivé.

Shirley prit une bouchée de bacon grillé, une bouchée de saucisse, de champignons frits, de pommes de terre. Creva le jaune de l'œuf. Goûta. Arrosa le plat d'une sauce de tomates fraîches au basilic.

– Bravo ! Délicieux ! Tu as dû commencer à l'aube !

— Pas du tout, je suis arrivé il y a à peine une heure.

— T'es tombé du lit ? Ce doit être vraiment important alors...

— Oui... C'est bon, vraiment bon ? Et le goût de framboise, tu le sens ?

— Je me régale !

— Bon... Je suis content que tu aimes, mais je ne suis pas venu pour parler gastronomie !

— C'est dommage, j'aime bien quand tu cuisines...

— J'ai vu Mère-Grand et...

Gary appelait sa grand-mère Mère-Grand.

— ... Elle accepte enfin que j'étudie la musique. Elle s'est renseignée, a lancé ses fins limiers sur la piste « Musique études » et elle m'a trouvé un prof de piano...

— ...

— Un prof de piano à Londres qui me donnera des cours particuliers, me mettra à niveau et ensuite, une très bonne école à New York... si les résultats avec le prof sont concluants. Elle m'ouvre une ligne de crédit, en un mot, elle me prend au sérieux !

— Elle fait tout ça ? Pour toi ?

— Mère-Grand est exquise sous sa cotte de mailles. Donc voici le plan : je fais du piano pendant six mois avec le prof en question et hop ! je m'envole pour New York où je m'inscris à cette fameuse école qui, d'après elle, est la crème de la crème.

Partir. Il allait partir. Shirley prit une profonde inspiration pour défaire le nœud qui l'étreignait. Elle aimait le savoir libre, indépendant dans son grand appartement de Hyde Park, pas loin du sien. Elle aimait apprendre qu'il était la coqueluche des filles, que toutes ces demoiselles bien affûtées lui couraient après. Elle se rengorgeait, faisait l'indifférente, mais son cœur battait plus vite. Mon fils..., pensait-elle avec gourmandise et fierté. Mon fils... Elle pouvait même se permettre de jouer les généreuses, les mères libérales, décontractées... Mais elle n'aimait pas apprendre qu'il s'en irait bientôt loin, très loin, et cela par la bonne volonté non de sa mère, mais de sa grand-mère. Elle était un peu vexée, un peu blessée.

— J'ai mon mot à dire ? demanda-t-elle en essayant de calmer la colère dans sa voix.

— Bien sûr, tu es ma mère !

— Merci.

— Moi, je trouve que pour une fois Mère-Grand est sensée..., insista Gary.

— Forcément, elle est d'accord avec toi !

— Maman, j'ai vingt ans... Pas l'âge d'être raisonnable ! Laisse-moi faire du piano, j'en meurs d'envie, je veux essayer rien que pour savoir si je suis doué ou pas. Sinon, je me rabattrai sur les saucisses et les pommes de terre...

— Et c'est qui, ce prof qu'elle t'a trouvé ?

— Un pianiste dont j'ai oublié le nom, mais dont l'astre monte au firmament... Pas encore célèbre, mais pas loin... J'ai rendez-vous avec lui, la semaine prochaine.

Ainsi tout était joué. Il lui demandait son avis parce qu'il ne voulait pas la froisser, mais les dés étaient jetés. Elle ne put s'empêcher d'apprécier cette délicatesse chez son fils, elle lui en fut reconnaissante et le tumulte sous son crâne s'apaisa.

Elle tendit la main vers lui et lui caressa la joue.

— Alors... T'es d'accord ?

Il avait presque crié.

— À une condition... que tu étudies sérieusement le piano, la musique, le solfège, l'harmonie... Que ce soit du vrai travail. Demande à ta grand-mère dans quelle école tu peux t'inscrire en attendant de partir pour New York... Elle doit savoir cela aussi puisqu'elle s'occupe de tout !

— Tu ne vas pas être...

Il s'était interrompu pour ne pas lui faire de peine.

— Jalouse ? Non. Juste un peu triste d'avoir été laissée à l'écart...

Il eut l'air déçu et elle se força à rire pour effacer la moue sur les lèvres de Gary.

— Mais non ! Ça va, ça va... C'est juste que tu grandis et il va falloir que je m'habitue...

Va falloir que j'atténue mon amour.

Ne pas peser. Ne pas l'étouffer.

Avant, on formait un presque couple. Tiens, encore une personne avec qui je forme un drôle de couple. Joséphine, Gary, je suis plus douée pour les couples clandestins que pour les officiels. Plus douée pour la complicité, la tendresse que pour la bague au doigt et tout le tsointsoin.

— Mais je serai toujours là, m'man... Tu le sais.

— Oui et c'est très bien comme ça ! C'est moi qui suis une vieille ronchon...

Il sourit, attrapa une pomme verte, croqua dedans à pleines dents et elle souffrit de voir qu'il avait l'air soulagé. Que le message était passé. J'ai vingt ans, je veux être libre, indépendant. Faire ce que je veux de ma vie. Et surtout, surtout que tu ne t'en occupes plus. Laisse-moi vivre, m'égratigner, m'user, me former, me déformer, me réformer, laisse-moi faire l'élastique avant de prendre la place qui me conviendra.

Normal, se dit-elle en attrapant à son tour une pomme verte, il veut se mettre à son compte. Ne plus passer par moi. Il a besoin de la présence d'un homme. Il n'a pas eu de père. Si cela doit être ce prof de piano, que ce soit lui ! Je m'efface.

Gary avait grandi entouré de femmes : sa mère, sa grand-mère, Joséphine, Zoé, Hortense. Il lui fallait un homme. Un homme avec qui parler de choses d'hommes. Mais de quoi parlent les hommes entre eux ? Et parlent-ils seulement ?

Elle chassa cette pensée narquoise en mordant dans la pomme verte.

Elle allait se transformer en mère légère. En mère montgolfière.

Et elle chanterait son amour pour son fils sous la douche. Elle le chanterait à tue-tête, comme on chante un amour qu'on ne veut pas avouer.

Sinon ce serait motus et bouche cousue.

Ils avaient chacun fini leur pomme et se regardaient en souriant.

Le silence tomba sur ces deux sourires qui racontaient, l'un le début d'une histoire et l'autre, la fin. Marquait la fin d'une vie à deux. Elle pouvait presque entendre son cœur se déchirer dans ce silence-là.

Shirley n'aima pas ce silence.

Il portait des nuages.

Elle essaya de faire diversion, de parler de sa fondation,

des victoires remportées dans sa lutte contre l'obésité. De sa prochaine bagarre. Il fallait qu'elle se trouve une nouvelle cause. Elle aimait se battre. Pas pour des idéologies fumeuses, ni pour des politiques qui s'agitent, mais pour des causes de tous les jours. Défendre son prochain contre les dangers quotidiens, les arnaques masquées comme celles de ces industriels de l'alimentaire qui font croire qu'ils baissent les prix alors qu'ils diminuent la quantité des rations ou changent les emballages. Elle avait reçu le résultat d'une enquête concernant ces magouilles et depuis la colère grondait...

Gary l'écoutait sans l'entendre.

Il jouait avec deux mandarines, les faisait rouler sur la table entre une assiette et un verre, les reprenait, en ouvrait une, l'épluchait, lui tendait un quartier.

– Et comment va Hortense ? soupira Shirley devant le manque d'intérêt de Gary.

– Hortense sera toujours Hortense..., dit-il en haussant les épaules.

– Et Charlotte ?

– C'est fini. Enfin, je pense... On n'a pas mis d'annonce dans les journaux mais c'est tout comme...

– Fini, fini ?

Elle se détesta de poser ces questions. Mais c'était plus fort qu'elle : il fallait qu'elle efface le silence entre eux en jetant des pelletés de questions idiotes.

– Maman ! Arrête ! Tu sais très bien que je n'aime pas quand...

– Bon..., déclara-t-elle en se levant. L'audience est terminée, je range !

Elle commença à débarrasser, à mettre les assiettes dans le lave-vaisselle.

– C'est pas tout ça, marmonna-t-elle, mais j'ai plein

de choses à faire... Merci pour ce petit déjeuner, c'était délicieux...

Il faisait rouler les figues, maintenant. De ses longs doigts sur la table en bois. Sans se précipiter. Lentement, régulièrement.

Comme s'il avait tout son temps.

Comme s'il avait tout son temps pour poser la question qui le taraudait, la question qu'il savait qu'il ne fallait pas poser parce que sinon la femme en face de lui, cette femme qu'il aimait tendrement, avec qui il faisait équipe depuis si longtemps, avec qui il avait vaincu tant de dragons et de vipères, celle qu'il ne voulait surtout pas meurtrir ni blesser... cette femme-là serait meurtrie, blessée. Par sa faute. Parce qu'il rouvrirait une vieille blessure.

Il fallait qu'il sache.

Il fallait qu'il se mesure à cet autre-là. À cet inconnu.

Sinon, il ne serait jamais entier.

Il serait toujours une moitié.

Une moitié d'homme.

Elle était penchée sur le lave-vaisselle, rangeait les fourchettes, les cuillères et les couteaux dans le panier à couverts quand la question la frappa en pleine nuque.

Lâchement.

– Maman, c'est qui mon père ?

*
**

On a souvent tendance à croire que le passé est passé. Qu'on ne le reverra plus jamais. Comme s'il était inscrit sur une ardoise magique et qu'on l'avait effacé. On croit aussi qu'avec les années, on a passé à la trappe ses erreurs de jeunesse, ses amours de pacotille, ses échecs, ses lâchetés, ses mensonges, ses petits arrangements, ses forfaitures.

On se dit qu'on a bien tout balayé. Bien tout fait glisser sous le tapis.

On se dit que le passé porte bien son nom : passé.

Passé de mode, passé d'actualité, dépassé.

Enterré.

On a commencé une nouvelle page. Une nouvelle page qui porte le beau nom d'avenir. Une vie qu'on revendique, dont on est fier, une vie qu'on a choisie. Alors que, dans le passé, on ne choisissait pas toujours. On subissait, on était influencé, on ne savait pas quoi penser, on se cherchait, on disait oui, on disait non, on disait chiche sans savoir pourquoi. C'est pour cela qu'on a inventé le mot « passé » : pour y glisser tout ce qui nous gênait, nous faisait rougir ou trembler.

Et puis un jour, il revient.

Il emboutit le présent. S'installe. Pollue.

Et finit même par obscurcir le futur.

Shirley avait cru être débarrassée de son passé. Elle avait cru qu'elle n'en entendrait plus jamais parler. Il lui arrivait cependant d'y penser. Elle secouait la tête et croisait les doigts en murmurant va-t'en. Reste où tu es. Elle ne savait pas exactement pourquoi elle prononçait ces mots, mais c'était sa façon à elle de repousser le danger. De l'ignorer. Et voilà qu'il revenait. Par l'intermédiaire de celui qu'elle aimait plus que tout au monde, son propre fils.

Ce jour-là, devant le lave-vaisselle, devant le jaune des

œufs qui traçait des zigzags sur les assiettes, Shirley sut qu'elle allait devoir affronter son passé.

Elle ne pourrait pas fuir. Pas cette fois. Elle avait déjà pris la fuite une fois.

Elle avait un fils de ce passé-là.

OK, se dit-elle en regardant le lave-vaisselle grand ouvert, OK...

Ça ne sert à rien de nier. Gary n'a pas été conçu par l'opération du Saint-Esprit. Gary a un père. Gary veut connaître son père. C'est tout à fait normal, respire un grand coup, compte un, deux, trois et affronte.

Elle mit en route le lave-vaisselle, prit un torchon, s'essuya les mains, compta un, deux, trois et se retourna vers son fils.

Le regarda droit dans les yeux et dit :

– Qu'est-ce que tu veux savoir exactement ?

Elle entendit sa voix, trop haute, légèrement tremblante comme si elle était coupable. De quoi au juste, se reprit-elle, qu'est-ce que j'ai fait de mal ? Rien. Alors... Ne commence pas en courbant l'échine comme si tu avais commis un crime.

Elle croisa les bras sur sa poitrine et tout son corps se redressa. Un mètre soixante-dix-neuf prêt à encaisser le choc. Elle s'exhortait, elle s'exhortait pour ne pas laisser la peur lui couper les jambes. J'en ai vu d'autres. Je ne vais pas me laisser désarçonner par ce blanc-bec que j'ai nourri au sein.

– Je veux savoir qui est mon père et je veux faire sa connaissance.

Il avait parlé en articulant chaque syllabe. Il avait

essayé d'adopter le ton le plus neutre possible. Ne pas l'accuser, ne pas lui demander des comptes, juste savoir.

Jusqu'à ce fameux jour, il ne se posait pas de questions.

Quand il remplissait des fiches pour l'école ou une demande de passeport, à l'emplacement du nom du père, il marquait « inconnu » comme si cela allait de soi, comme si tous les garçons du monde étaient nés de père inconnu, que les hommes étaient tous stériles et n'enfantaient jamais. Il était parfois étonné de l'air désolé que ce simple renseignement faisait naître sur le visage de certains, surtout chez les enseignantes qui passaient leur main dans ses cheveux en soupirant. Il souriait intérieurement et cherchait en vain pourquoi il était à plaindre.

Mais ce jour-là, à son club de squash, alors qu'il venait de finir une partie avec son copain Simon et se ruait vers la douche, ce dernier avait jeté en l'air il fait quoi, ton père déjà ? J'ai oublié... Gary avait haussé les épaules et répondu je n'ai pas de père en entrant dans la douche et en faisant couler l'eau brûlante. Comment ça... tu n'as pas de père ! On a tous un père ! Eh bien, pas moi ! avait répondu Gary en se savonnant et en faisant mousser le savon dans ses oreilles. Bien sûr que si, tu as un père..., avait insisté Simon de l'autre côté de la paroi.

Simon Murray était roux, de petite taille et perdait ses cheveux. Il essayait toutes les lotions censées lui garder quelques pousses sur la tête. Simon Murray était un scientifique. Il faisait partie d'une équipe qui étudiait en laboratoire la reproduction de l'asticot afin de fabriquer un antibiotique à base de sératicine, substance produite à partir de sécrétions naturelles de larves de mouches vertes, capable de lutter contre les infections nosocomiales. Seul problème, précisait Simon, il nous faut à l'heure actuelle vingt tasses de jus d'asticot pour produire une goutte de sératicine ! Eh bien, mon pote ! t'es pas près de décrocher le Nobel, s'esclaffait Gary.

Ce jour-là, ce fut au tour de Simon Murray de s'esclaffer :

– Tu te prends pour Jésus ou quoi ? il avait rétorqué en sortant de sa douche et en s'étrillant vigoureusement le dos. Et ta mère, c'est la Vierge Marie ! Pas à moi, mon pote ! Si tu veux pas parler de ton père, dis-le et je t'en parlerai plus jamais, mais ne dis pas que t'en as pas ! C'est rigoureusement impossible.

Gary avait été blessé par le ton catégorique de son copain. Il n'avait pas répondu. Ou plutôt il avait grommelé *not your business !* et Simon avait compris qu'il ne fallait pas insister.

Plus tard, dans sa chambre, alors qu'il écoutait pour la mille et unième fois un morceau du *Clavier bien tempéré*, la conversation avec Simon lui était revenue. Il avait reposé son paquet de chips biologiques – les seules que tolérait sa mère – et s'était dit tout haut, c'est vrai, quoi ! Il a raison ! J'ai forcément un père ! et cette découverte l'avait bouleversé.

Qui était cet homme ? Était-il vivant ? Où vivait-il ? Avait-il d'autres enfants ? Que faisait-il ? Pourquoi n'avait-il jamais donné signe de vie ? Il n'entendait plus le piano de Glenn Gould. Il s'était planté devant le miroir, avait imaginé un homme avec ses cheveux, ses yeux, son sourire, ses épaules qu'il jugeait trop étroites, s'était un peu voûté...

J'ai un père.

Et il était à la fois dévasté, enchanté, curieux, avide, étonné, angoissé, tremblant de questions.

J'ai un père.

Et comment s'appelle-t-il d'abord ?

Quand il était petit et qu'il demandait à sa mère s'il avait un père, sa mère disait sûrement, mais je m'en souviens pas... et puis un jour, en passant sous l'Arc de triomphe à Paris, elle lui avait montré la tombe du Soldat inconnu et avait ajouté, « inconnu comme ton père ». Gary avait regardé la petite flamme qui brûlait sous les hautes voûtes et avait répété « inconnu ».

Il n'avait plus jamais parlé de son père et l'avait baptisé Inconnu sur les fiches de l'école et d'ailleurs.

Mais ce matin-là, dans la cuisine de sa mère, il voulait connaître la vérité.

Et comme sa mère soupirait et ne répondait pas, il ajouta :

— Je veux tout savoir. Même si c'est dur à entendre...

— Maintenant ? Là ? Tout de suite ? Cela risque de prendre du temps...

— Je t'invite à dîner ce soir ? Tu es libre ?

— Non, j'entame une série de réunions avec mon association. On participe à un projet pour aller porter la bonne parole dans les écoles, il faut qu'on soit prêt. Je suis prise tous les soirs jusqu'à samedi...

— Alors samedi soir. Chez moi.

Shirley hocha la tête.

— Je te ferai la cuisine...

Elle sourit et dit :

– Si tu me prends par les sentiments...

Il se leva, s'approcha, ouvrit grand les bras et elle s'y engouffra la tête la première comme pour fuir une tempête.

Il lui caressa la tête tendrement et murmura :

– Maman, je ne serai jamais ton ennemi. Jamais...

Il l'embrassa, prit ses affaires, se retourna sur le pas de la porte, la regarda longuement et sortit.

Shirley se laissa tomber sur une chaise et compta un, deux, trois, ne pas m'affoler, un, deux, trois, dire toute la vérité, rien que la vérité même si elle n'est pas glorieuse.

Elle regardait ses mains qui tremblaient, ses jambes qui tremblaient et comprit qu'elle avait peur. Peur de ce passé qui revenait. Peur que son fils ne la juge. Peur qu'il ne lui en veuille. Peur que le lien incroyablement fort et beau qui existait entre eux ne se défasse d'un coup. Et ça, se dit-elle, en essayant de maîtriser le tremblement de ses bras, de ses jambes, je ne le supporterais pas. Je peux me battre contre des voyous, me faire arracher une dent sans anesthésie, recoudre une blessure à vif, me faire maltraiter par un homme en noir, mais lui, je ne veux pas le perdre de vue une seule minute. Je ne survivrais pas. Inutile de faire la fanfaronne, je perdrais le goût et la parole, le goût de la vie et la force de protester...

Il ne sert à rien de renier son passé, de repousser à plus tard, il vaut mieux l'affronter. Sinon le passé insiste, insiste et alourdit à chaque fois la note à payer jusqu'à ce qu'on plie les genoux et qu'on dise OK, je me rends, je dis tout...

Et parfois, il est trop tard...

Parfois le mal est fait...

Parfois il est trop tard pour avouer la vérité...

On ne vous croit plus. On n'a plus envie de vous croire, de vous écouter, de vous pardonner.

Elle se redressa, un, deux, trois, et se dit que samedi soir, elle lui dirait tout.

*
**

Il existe toutes sortes de gens nuisibles.

Le nuisible d'occasion, le nuisible par distraction, le nuisible oisif, le nuisible persistant, le nuisible arrogant, le nuisible repenti qui mord puis se jette à vos pieds en implorant votre clémence... Il ne faut jamais sous-estimer le nuisible. Ne jamais croire que l'on s'en défait d'un revers de manche ou d'un coup de torchon.

Le nuisible se révèle dangereux car le nuisible est comme le cafard : indestructible.

En cette fin de matinée, dans son bureau dont les hautes fenêtres donnaient sur Regent Street, juste au-dessus de la boutique Church's et non loin du restaurant Wolseley où il se rendait presque chaque jour pour déjeuner, Philippe se disait qu'il allait devoir affronter une armée de cafards.

Cela avait commencé par un coup de téléphone matinal de Bérengère Clavert.

« La meilleure amie d'Iris », se vantait-elle en avançant la bouche pour mimer l'étendue de son affection.

Philippe n'avait pu retenir une grimace en entendant son nom.

La dernière fois qu'il avait vu Bérengère Clavert, elle s'était offerte à lui. Longues mèches de cheveux qu'elle soulevait du plat de la main, regard coulé sous cils baissés, poitrine offerte dans l'échancrure du corsage. Il l'avait sèchement remise à sa place et avait cru en être débarrassé.

– Que me vaut l'honneur ? demanda-t-il en enclenchant le haut-parleur et en prenant la pile de courrier que lui tendait Gwendoline, sa secrétaire.

– Je viens à Londres, la semaine prochaine, et je me disais que nous pourrions nous voir peut-être...

Et comme il ne répondait pas, elle ajouta :

– En tout bien tout honneur, bien sûr...

– Bien sûr, répéta-t-il en triant son courrier et en lisant d'un œil un article du *Financial Times* : « Plus rien ne sera jamais plus comme avant. Près de cent mille emplois vont être supprimés dans la City. Soit un quart des effectifs. Une page se tourne. L'âge d'or où un type moyen pouvait finir l'année avec un bonus de deux millions est révolu. » Suivait un chapeau qui expliquait : « Il ne s'agit plus de savoir combien d'argent on va perdre, mais il s'agit de survivre. On est passé de l'euphorie totale à la crise totale. » Un ancien employé de Lehman Brothers déclarait : « C'est violent. Les administrateurs judiciaires nous ont promis qu'on serait payés jusqu'à la fin de l'année, après cela va être chacun pour soi. »

Des mots comme *leverager, credit rating, high yield, overshooter,* étaient devenus des boules puantes qu'on jetait à la poubelle en se pinçant le nez.

– ... et donc je me disais, poursuivait Bérengère Clavert, que l'on pourrait déjeuner ensemble pour que je te donne tout ça...

– Tu me donnes quoi ? demanda Philippe, délaissant la lecture du journal.

– Les carnets d'Iris... Tu m'écoutes, Philippe ?

– Et comment cela se fait-il que tu aies des carnets d'Iris ?

– Elle avait peur que tu tombes dessus et elle me les avait confiés... Il y a plein d'histoires croustillantes !

« Croustillantes », encore un mot qui le faisait grincer des dents.

– Si elle ne désirait pas que je les lise, je n'ai pas à les lire. Cela me paraît clair. Et il n'est donc pas nécessaire que l'on se voie.

Il y eut un long silence. Philippe allait raccrocher quand il entendit la voix sifflante de Bérengère :

– Tu es un mufle, Philippe ! Quand je pense que, chaque fois qu'on dit du mal de toi, je prends ta défense !

Philippe eut un petit mouvement de recul en entendant cette dernière phrase, mais préféra raccrocher. Nuisible et perverse, nota-t-il en demandant un café bien serré à Gwendoline qui passait la tête par la porte.

– Vous avez M. Rousseau en ligne... de votre bureau de Paris, chuchota-t-ellc. Faitcs attention : il vocifère.

Raoul Rousseau. Son associé. Celui à qui il avait vendu ses parts et laissé la direction de son cabinet d'avocats après avoir décidé de prendre du recul. De ne plus passer toute sa vie à lire des alinéas, des contrats, à aligner des chiffres, des déjeuners d'affaires. Raoul Rousseau, dit le Crapaud. Il dirigeait le bureau de Paris, avait la lèvre inférieure hurnide et épaisse de l'homme vorace. Philippe participait aux réunions du conseil d'administration et lui apportait des affaires de Londres, de Milan, de New York. Il travaillait dorénavant à mi-temps et cela lui convenait parfaitement.

Il prit la communication.

– Raoul ! Comment vas-tu ?

– Comment peux-tu poser une question aussi idiote ! s'emporta le Crapaud. C'est un tsunami ! Un véritable tsunami ! Tout se casse la figure ! Je nage au milieu des dossiers. Des contrats qui auraient dû être signés traînent, les gens s'affolent et se défilent, ils veulent des garanties et les banquiers grelottent ! Et moi, je rame comme un malade.

– Calme-toi et respire un bon coup..., le tempéra Philippe.

– Facile à dire ! On dirait que tu t'en laves les mains !

– Nous sommes tous concernés et nous serons tous touchés. Il ne sert à rien de gesticuler. Au contraire... Faut faire bonne figure !

– C'est la course contre la montre, mon vieux. Si tu ne gesticules pas, tu bascules dans le vide... Ils sont tous là, à chercher le vice dans la formulation du contrat pour ne pas signer, pas s'engager et, résultat des courses, tout est bloqué. C'est la merde, je te dis, c'est la merde ! Le tribunal de commerce croule sous les faillites et ce n'est que le début. On n'a encore rien vu !

– Nous avons des affaires saines, on ne s'énerve pas, on laisse passer l'orage et après on rachète...

– Du boulot de greffier, oui, mais pas du boulot qui rapporte ! Moi, je veux continuer à faire des affaires juteuses, je veux pas raccommoder les trous et grappiller quelques sous, je veux le gros lot !

– C'est fini le temps du gros lot...

– Réunion la semaine prochaine à Paris ! On met tout le monde au chômage technique en attendant. Tu peux venir quand ? Mon agenda ! hurla-t-il à sa secrétaire, apportez-moi mon agenda...

Ils convinrent d'une date et le Crapaud raccrocha en vociférant :

– Et t'as intérêt à trouver des solutions ! T'es payé pour ça, il me semble !

– Je ne suis pas payé, Raoul. Je ne suis pas ton employé, ne l'oublie jamais !

Philippe raccrocha, irrité. Quel cafard ! Un sale insecte qu'il aurait aimé écraser sous son talon. Bien sûr que tout allait s'effondrer... mais cela repartirait et ils rachèteraient à la baisse des valeurs avec lesquelles ils gagneraient encore plus d'argent.

Ou lui ne rachèterait pas.

Il laisserait les choses en état. Dans leur sale état.

Il s'en irait.

Ces derniers temps, il lui arrivait de plus en plus souvent d'être écœuré.

Par la rapacité des gens, leur manque de courage, leur manque de vision. Un marchand d'art à Los Angeles lui avait rapporté que les brokers jouaient les valeurs à la baisse dorénavant. Plus la Bourse perdait, plus ils gagnaient de l'argent. Et si ça remonte ? avait demandé Philippe. Ça ne remontera pas de sitôt, les gens ici pensent que ça va plutôt s'effondrer, en tout cas, ils s'y préparent.

Les temps allaient changer et ce n'était pas pour lui déplaire. Le monde débordait de passions sales. De l'écume jaunâtre sur un sentiment qui autrefois scintillait.

Il avait envie de se dépouiller.

Ce matin, en se levant, il avait vidé ses penderies et demandé à Annie de tout porter à la Croix-Rouge. Il avait ressenti une allégresse étrange à l'idée de ne plus voir dans ses placards ces costumes gris, ces chemises blanches, ces cravates rayées.

Il s'était dit en regardant le tas de vêtements à ses pieds, j'ai jeté l'uniforme.

Quand Philippe Dupin avait décidé de se retirer des affaires, de s'installer à Londres et de passer son temps en riche oisif à collectionner des œuvres d'art, la situation économique du monde semblait rassurante. Bien sûr, il y avait déjà eu des scandales financiers, des francs-tireurs qui se livraient à des opérations frauduleuses, mais la sphère économique mondiale ne paraissait pas menacée.

Aujourd'hui, la célèbre enseigne Woolworth était mise sous administration judiciaire et allait fermer. Plus de huit cents magasins et trente mille emplois étaient concernés. La City bruissait de rumeurs affolantes : avertissements sur résultats chez Marks & Spencer, Debenhams, Home Retail Group et Next, faillites annoncées d'une douzaine d'entreprises dites moyennes – entre cent et deux cent cinquante magasins –, disparition de quatre cent quarante chaînes d'ici la fin de l'année et deux cent mille chômeurs en plus. Même les entreprises de luxe n'étaient pas épargnées. Licenciements chez Chanel et Mulberry. Les mauvaises nouvelles s'égrenaient, lugubres. Chômage, pénurie du crédit, hausse des prix de l'alimentation et des transports en commun, chute de la livre sterling. Les mots sonnaient comme le lent balancement de croque-morts portant le cercueil de l'économie.

Cette crise semblait sérieuse. Le monde allait changer.

Il fallait qu'il change.

Et on ne le changerait pas en répétant les mêmes erreurs. La crise actuelle, pour le moment, frappait le secteur financier, mais elle n'allait pas tarder à descendre dans la rue, à toucher ces passants qu'il apercevait de sa fenêtre. Le monde avait besoin qu'on change de lunettes. Les gens devaient retrouver confiance en une économie qui fonctionne pour eux. Pour la rémunération d'un travail décent. Pas pour quelques privilégiés qui se remplissaient les poches sur leur dos.

La crise ne se résoudrait pas par des politiques au rabais. Le temps était à l'audace, à la générosité, aux risques à prendre pour que le monde redevienne humain.

Mais avant tout, il le savait, il faudrait que la confiance revienne.

La confiance, soupira-t-il en regardant la photo d'Alexandre sur son bureau.

On a tous besoin de croire, d'avoir confiance, de savoir qu'on peut donner tout son cœur à un projet, une entreprise, un homme ou une femme. Alors, on se sent fort. On se frappe la poitrine et on défie le monde.

Mais si on doute...

Si on doute, on a peur. On hésite, on chancelle, on trébuche.

Si on doute, on ne sait plus rien. On n'est plus sûr de rien.

Il y a soudain des urgences qui n'auraient pas dû être des urgences.

Des questions qu'on ne se serait jamais posées et que l'on se pose.

Des questions qui, soudain, ébranlent les fondements mêmes de notre existence.

J'aime l'art ou je spécule ? s'était-il demandé le matin même en se rasant et en entendant à la radio que le seul record à retenir des dernières ventes aux enchères à Londres était le taux des invendus.

Il collectionnait depuis qu'il était tout petit. Il avait commencé par les timbres, les boîtes d'allumettes, les cartes postales. Et puis un jour, il était entré avec ses parents dans une église à Rome.

San Luigi dei Francesi.

L'église était petite, sombre, froide. Le bord des marches pour y accéder était ébréché, certaines pierres descellées. Un mendiant, assis sur le côté, tendait un poignet décharné.

Il avait lâché la main de sa mère et était entré à pas de loup.

Comme s'il pressentait qu'une rencontre magnifique l'attendait...

Qu'il devait s'y présenter seul.

Il avait aperçu un tableau, accroché dans une petite chapelle sur la gauche. Il s'était approché et, tout à coup, il n'avait plus su s'il entrait dans le tableau ou si le tableau entrait dans sa tête. Rêve ou réalité ? Il restait là, figé, le souffle coupé, à pénétrer les ombres et les couleurs de cette *Vocation de saint Matthieu*. Bouleversé par la lumière qui jaillissait du tableau. Heureux, si heureux qu'il n'osait pas faire un pas de peur de rompre l'enchantement.

Il ne voulait plus partir.

Plus sortir du tableau.

Il tendait la main pour caresser le visage de chaque personnage, levait le doigt pour entrer dans le rayon de lumière, s'asseyait sur le tabouret en repoussant son épée sur le côté comme l'homme qui lui tournait le dos.

Il avait demandé s'il pouvait l'acheter. Son père avait ri. Un jour peut-être... si tu deviens très riche !

Était-il devenu riche pour retrouver cette émotion de petit garçon devant une peinture dans une église sombre de Rome ? Ou était-il devenu riche et avait-il oublié la pureté de ces premières émotions pour ne plus penser qu'au profit ?

— Mme Clavert à nouveau, le prévint Gwendoline. Sur la une... Et voilà, la liste de vos prochains rendez-vous.

Elle lui tendit un papier qu'il posa sur le bureau.

Il décrocha et demanda, courtois :

— Oui, Bérengère...

— Tu sais, Philippe, tu devrais peut-être les lire, ces carnets. Parce qu'ils te concernent, toi et quelqu'un qui t'est cher...

— À qui fais-tu allusion ?

— À Joséphine Cortès. Ta belle-sœur.

— Qu'est-ce que Joséphine vient faire là-dedans ?

— Iris la mentionne plusieurs fois et pas de manière anodine...

— Normal, elles étaient sœurs !

Mais pourquoi je lui parle ? Cette femme est mauvaise, cette femme est envieuse, cette femme salit tout ce qu'elle touche.

— Elle serait tombée amoureuse d'un professeur d'université... Elle se serait confiée à Iris qui se moquait de sa petite sœur si coincée... Je pensais que cela pourrait t'intéresser... Vous vous êtes beaucoup rapprochés à ce que j'ai entendu dire...

Elle eut un petit rire.

Philippe se taisait. Partagé entre l'envie de savoir et l'aversion qu'il éprouvait pour Bérengère Clavert.

Le silence s'installa. Bérengère sut qu'elle avait frappé juste.

Piquée au vif d'avoir été repoussée une nouvelle fois, elle avait décidé de rappeler et de le blesser à son tour. Pour qui se prenait-il, cet homme qui la rejetait ? Iris lui avait rapporté un jour que Philippe affirmait : Bérengère est un être inutile. Et nuisible, en plus !

Il prétendait qu'elle était nuisible. Elle le lui prouverait.

Le silence se prolongeait et Bérengère jubilait. Ainsi, c'était vrai ce qu'on lui avait raconté : Philippe Dupin en pinçait pour sa petite belle-sœur. Ils auraient même commencé une liaison avant la mort d'Iris. Elle poursuivit, hardie et insinuante :

– Elle l'aurait rencontré pour ses recherches sur le douzième siècle... Un beau professeur d'université... Il habite Turin... Divorcé, deux enfants. À l'époque, il ne s'était rien passé. Il était marié. Et tu connais Joséphine, elle a des principes et elle ne s'assied pas dessus. Mais il s'est rendu libre et il paraît qu'on les a vus ensemble, l'autre jour à Paris. Ils semblaient très proches... C'est une amie qui m'a dit ça. Elle travaille à la Sorbonne et connaît ta belle-sœur.

Philippe pensa un instant à Luca, puis se dit que Luca n'était ni professeur d'université, ni marié, ni père de famille. Et puis, Luca était interné depuis le mois de septembre dans une clinique en province.

– C'est tout ce que tu as à me dire, Bérengère ?

– Il s'appelle Giuseppe... Au revoir, Philippe... Ou plutôt *arrivederci !*

Philippe enfonça les deux mains dans ses poches comme s'il voulait en crever la doublure. Impossible, se dit-il, impossible. Je connais Joséphine, elle me l'aurait dit. C'est même pour cela que je l'aime. Elle est droite comme une épée.

Il n'avait jamais imaginé que Joséphine pourrait avoir une autre vie.

S'intéresser à un autre homme que lui.

Se confier, rire, lui prendre le bras en marchant...

Il se demanda pourquoi il n'y avait jamais pensé.

Son premier rendez-vous était arrivé. Gwendoline lui demanda s'il pouvait le recevoir.

– Une minute, demanda-t-il.

Oui mais...

Elle ne veut pas me blesser.

Elle ne sait pas comment me le dire.

Depuis des mois, elle ne répond ni à mes fleurs ni à mes lettres ni à mes mails.

Il fit entrer son rendez-vous.

C'était le type de client qui parle, parle et demande simplement qu'on opine à ce qu'il dit. Afin d'être rassuré. Il portait une veste beige en tweed et une chemise jaune. Son nœud de cravate suivait la ligne de son nez : de travers.

Philippe opinait et suivait la ligne du nez et la ligne de la cravate.

L'homme parlait, il acquiesçait, mais dans sa tête revenait la même interrogation « oui mais si... ».

Si Bérengère disait vrai...

Il s'était séparé d'Iris avant que celle-ci meure tragiquement.

Leur histoire s'était interrompue à New York. Il avait écrit le mot FIN sur la nappe blanche d'une table du Waldorf Astoria[1].

Quand il avait appris sa mort, il avait été choqué, triste. Il s'était dit quel gâchis ! Il avait pensé à Alexandre. La photographie de Lefloc-Pignel dans les journaux, son air hostile, buté l'avait longtemps hanté. Ainsi c'est cet homme qui a tué ma femme... C'est cet homme.

Puis les traits de la photo s'étaient estompés. Il n'avait gardé d'Iris que l'image d'une femme belle et vide.

Une femme qui avait été la sienne...

Ce soir, il appellerait Dottie et lui demanderait si elle avait le temps de boire un verre.

Dottie était sa confidente, son amie. Dottie avait un regard doux et des cils blonds. Des os qui pointaient sous ses hanches et des cheveux de bébé.

Il ne dormait plus avec elle. Il ne voulait pas se sentir responsable d'elle.

Qu'est-ce que tu veux ? lui avait-elle avoué un soir où elle avait un peu bu, où elle approchait sa cigarette si près de ses cheveux qu'il avait eu peur qu'elle y mette le feu, je crois bien que je t'aime. Oh ! Je sais, je ne devrais pas te le dire, mais c'est comme ça, je n'ai pas envie de faire semblant... Je découvre l'amour et je ne connais rien à la stratégie de l'amour... Je sais très bien que je

1. Cf. *Les Yeux jaunes des crocodiles, op. cit.*

suis en train de foutre ma vie en l'air. Mais je m'en fous. Au moins, j'aime... et c'est beau d'aimer. C'est pas bon de souffrir, mais c'est beau d'aimer... Ça ne m'était jamais arrivé. J'ai cru que j'avais aimé avant toi, mais je n'avais fait que tomber amoureuse. Tu ne décides pas d'arrêter d'aimer. Tu aimes pour la vie... Et c'est là toute la différence.

Toute la différence...

Il comprenait. Il lui arrivait de confisquer des femmes pour un soir. Un week-end.

Il remarquait la courbe d'une épaule au détour d'une rue à Chelsea, la suivait. L'invitait à dîner, s'allongeait auprès d'elle quelques nuits. Au petit matin, elle demandait dans un an, te souviendras-tu de moi ? Il ne répondait pas, elle ajoutait dans un an, avec qui tu seras ? Avec qui je serai ? Puis tu m'aimes un peu quand même ? Il restait la bouche sèche, le sourire figé. Tu vois bien... dans un an, tu seras avec une autre, tu m'auras oubliée...

Il protestait vivement.

Il savait qu'elle avait raison.

Il avait passé une nuit avec une Brésilienne qui se vantait d'écrire cinq heures par jour et de faire autant d'heures de gymnastique afin que le corps et l'esprit s'équilibrent. En la quittant, il avait déchiré le papier sur lequel elle avait noté son numéro de téléphone et suivi des yeux les confettis qui voletaient.

Il était parti en week-end avec une avocate qui avait emporté ses dossiers et passait son temps le téléphone coincé contre l'épaule. Il avait payé la note de l'hôtel, laissé un mot et pris la fuite.

Sur le chemin du retour, dans les embouteillages, il s'était rappelé ses débuts et son désir de conquérir le monde. New York et son premier boulot dans un cabinet d'avocats international. Il était le seul Français. Il avait appris à travailler à l'américaine. La belle maison qu'il fallait louer dans les Hamptons, les soirées de charité où il enfilait un smoking et paradait, une femme séduisante à son bras, différente à chaque fois. Des costumes chers qui venaient d'Angleterre, des chemises de chez Brooks Brothers, des déjeuners au Four Seasons. Il se regardait dans la glace en se rasant, il souriait à son reflet, se brossait les dents, choisissait son costume, sa cravate, pensait c'est si facile de conquérir les femmes quand... il s'arrêtait, honteux...

Quand on a l'impression qu'on sort d'un film dont on est le héros.

Et il avait rencontré Iris Plissonnier.

Son cœur s'était mis à battre. Une minute devenait un siècle. Il n'avait plus de certitudes, le film était cassé. Ou plutôt si... Il était sûr d'une seule chose : ce serait elle. Personne d'autre. Il s'était glissé dans sa vie avec l'aisance d'un prestidigitateur. Avait sorti huit as de ses manches et l'avait tirée d'un sale pétrin. L'avait convaincue de l'épouser. L'avait-il aimée ou avait-il aimé la belle image qu'elle donnait d'elle-même ? La belle image du couple qu'ils formaient ?

Il ne savait plus.

Il ne reconnaissait plus l'homme qu'il avait été autrefois.

Il se demandait s'il s'agissait du même type.

Ce matin-là, après avoir écouté les propos de l'homme au nez et à la cravate de travers et l'avoir raccompagné jusqu'à la porte, il s'appuya contre le battant de bois verni et ses yeux retombèrent sur la photo d'Alexandre. Il soupira. Que sait-on de ceux près de qui nous vivons ? Quand on croit les connaître, ils se dérobent.

Alexandre dérivait depuis la mort de sa mère. Il s'était enfermé dans un silence poli comme si les questions qu'il se posait étaient trop graves pour qu'il les pose à son père.

Chaque matin, au petit déjeuner, Philippe attendait qu'il parle. Un jour, il l'avait attrapé par le cou et lui avait demandé, et si tu séchais les cours et qu'on allait se promener tous les deux ? Alexandre avait refusé poliment, j'ai un devoir blanc de maths, je ne peux pas.

Il me fuit. Est-ce possible qu'il m'en veuille de m'être affiché avec Joséphine ? Ou est-ce le souvenir de sa mère qui le rattrape ?

Alexandre n'avait pas pleuré au Père-Lachaise. Pas un tremblement de lèvre ni de voix pendant la crémation. Est-ce qu'il lui en voulait de ne pas avoir su protéger sa mère ?

Pour le meilleur et pour le pire, pour le meilleur et pour le pire...

Durant ces derniers mois, son fils avait grandi, sa voix avait mué, des poils et des petits boutons rouges lui poussaient sur le menton. Il avait pris de la hauteur dans tous les sens du terme : physique et mentale. Il n'était plus son petit garçon. Il devenait un étranger...

Comme Iris était devenue une étrangère.

C'est drôle, se dit Philippe, on peut vivre côte à côte et ne presque rien savoir de l'autre. Se perdre de vue en se parlant chaque jour. Dans ma vie conjugale avec Iris, j'étais un invité. Une silhouette qui passait dans les couloirs, s'asseyait à table et repartait travailler dans son bureau. Le soir, je dormais avec un masque et des boules Quies.

Bientôt Alexandre aurait quinze ans, l'âge où les parents sont une source d'embarras. Il lui arrivait de sortir le samedi soir. Philippe le déposait et revenait le chercher. Ils ne se parlaient guère dans la voiture. Ils avaient chacun des gestes de solitaire. Alexandre tapotait ses poches pour vérifier qu'il avait bien ses clés, son portable, un peu d'argent puis se tournait vers la vitre, y posait son front et contemplait les lumières mouillées de la ville.

Philippe reconnaissait certains de ses gestes. Il souriait en regardant la route.

*
**

On était fin novembre et il faisait un drôle de froid pénétrant et humide. Alexandre traversait le parc pour rentrer chez lui et pestait parce qu'on lui avait encore piqué ses gants fourrés. C'était que des voleurs dans ce lycée. À peine posait-on des gants ou une écharpe, si on ne les clouait pas des yeux, on était sûr de se les faire piquer. Sans parler des portables ou des iPod, parce que ceux-là valait mieux les planquer.

Il aimait rentrer chez lui en marchant.

Il traversait un bout de Hyde Park puis sautait dans un bus. Le 24, le 6 ou le 98. Il avait le choix. Il descendait à George Street sur Edgware Road et marchait jusqu'à chez lui, au 48 Montaigu Square. Il aimait beaucoup son nouveau quartier. Sa chambre donnait sur un petit parc privé dont son père avait la clé. Une fois par an, les riverains ouvraient le parc et organisaient un pique-nique. Son père était chargé du barbecue et de la cuisson de la viande.

En métro, il risquait de rester bloqué un quart d'heure dans un tunnel et alors, il pensait à sa mère. Elle revenait toujours dans les tunnels, quand le métro s'arrêtait...

Dans le noir de la forêt dansant dans le rayon des phares avant de se faire planter un couteau dans le cœur. Il rentrait le cou dans le col de son manteau et se mordait les lèvres.

Il s'interdisait de dire « maman, maman... », sinon il ne répondait plus de rien.

Il passait par le parc. Il marchait de South Kensington à Marble Arch. Il s'entraînait à faire des pas de plus en plus grands comme s'il était monté sur un compas. Parfois, il tirait si fort sur ses jambes qu'il avait peur de les déchirer.

Ce qui l'occupait vraiment depuis la rentrée, c'était de dire adieu.

Il s'entraînait à dire adieu à chaque personne qu'il croisait comme s'il devait ne plus jamais la revoir, comme si elle allait mourir derrière son dos et il observait ensuite la peine que ça lui faisait. Adieu à la fille qui l'accompagnait jusqu'au bout de la rue. Elle s'appelait Annabelle, avait un long nez, des cheveux couleur de neige, des yeux dorés avec des petits points jaunes et, quand il l'avait embrassée, un soir, ça l'avait fait loucher. Il avait arrêté de respirer.

Il s'était demandé s'il l'avait bien fait.

Adieu à la petite vieille qui traversait la rue en souriant à tout le monde... Adieu à l'arbre aux branches tordues, adieu à l'oiseau qui plante son bec dans un bout de pain de mie sale, adieu au cycliste qui porte un casque en cuir rouge et or, adieu, adieu...

Ils vont disparaître, ils vont mourir derrière mon dos, et moi, je ressens quoi ?

Rien.

Il faudrait pourtant que je m'entraîne à ressentir quelque chose, se persuada-t-il en choisissant de marcher sur la pelouse plutôt que sur l'allée en dur. Suis pas normal. À force de ne rien ressentir, ça fait un grand trou à l'intérieur et ça me rend fou. J'ai pas l'impression d'être sur terre.

Parfois c'était comme s'il flottait au-dessus du monde, qu'il regardait les gens de loin, de très loin.

Peut-être que si on en parlait à la maison, je ressentirais quelque chose. Ça me ferait comme un entraînement et, à la fin, il sortirait de ma poitrine, cette espèce de grand trou qui me fait voir la vie de si loin.

On ne parlait pas de sa mère à la maison. Personne n'abordait le sujet. Comme si elle n'était pas morte. Comme s'il avait bien raison de ne rien ressentir.

Il essayait de parler avec Annie, mais elle secouait la tête et lui répondait, qu'est-ce que tu veux que je te dise, mon pauvre petit, je l'ai pas connue ta mère, moi.

Zoé et Joséphine. Avec elles, il aurait pu parler. Ou plutôt Joséphine aurait trouvé les bons mots. Elle aurait réveillé quelque chose en lui. Quelque chose qui aurait créé un lien entre lui et la terre. Il aurait cessé d'être un aviateur indifférent.

Il ne pouvait pas se confier à son père. C'était trop délicat. Il lui semblait même que c'était la dernière personne avec qui il souhaitait en parler.

Ça devait être compliqué dans la tête de son père. Y avait sa mère et y avait Joséphine. Il ne savait pas comment il faisait pour s'y retrouver.

Lui, ça l'aurait rendu fou d'être entre deux filles et de les aimer toutes les deux. Rien que de penser au baiser avec Annabelle, ça lui prenait toute la tête. La première fois qu'ils s'étaient embrassés, c'était par hasard. Ils s'étaient arrêtés en même temps au feu, avaient tourné en même temps la tête et hop ! leurs lèvres s'étaient jointes et ça avait le goût d'un buvard un peu sucré, un peu collant, qu'on se poserait sur les lèvres. Il avait voulu recommencer la fois d'après, mais c'était plus pareil.

Il était remonté dans l'avion. Il s'était vu d'en haut, il avait perdu l'émotion.

Au lycée ou dans les boums, il était souvent seul parce qu'il passait pas mal de temps à jouer au jeu de « dire adieu ». Et de ce jeu-là, forcément, il ne pouvait parler à personne. Dans un sens, il préférait. Parce que si on lui demandait pourquoi c'est toujours ton père qui vient te chercher ? Elle est où ta mère ? il savait pas très bien quoi répondre. S'il disait elle est morte, le garçon ou la fille faisait une drôle de tronche, comme si on lui avait refilé un truc bien lourd qui puait bien fort. Alors c'était plus simple de parler à personne. Et de ne pas avoir d'amis.

En tout cas, pas de meilleur ami.

Il pensait à tout cela en marchant dans le parc, en donnant des coups de pied dans des mottes de gazon qu'il soulevait, vertes d'un côté et marron de l'autre et il aimait bien ça, passer du vert au marron, du marron au vert, quand il s'immobilisa parce qu'il avait aperçu un drôle de truc.

D'abord, il crut que c'était un épouvantail qui agitait les bras et plongeait dans une de ces grosses poubelles cylindriques posées au milieu du parc. Puis il vit le tas de chiffons se redresser, sortir des affaires de la poubelle et les enfourner sous un grand poncho, retenu sous le menton par un crochet.

C'est quoi, ça ? se demanda-t-il en essayant de regarder sans regarder vraiment pour ne pas se faire remarquer.

C'était une vieille femme avec que des choses pourries sur elle. Des chaussures pourries, une couverture pourrie, des mitaines pourries, des bas en laine noirs avec des trous qui laissaient voir une peau pourrie et une sorte de bonnet enfoncé sur les yeux.

De là où il était, il pouvait pas voir la couleur de ses yeux. Mais il était sûr d'une chose, c'était une clocharde.

Sa mère avait peur des clochards. Elle traversait la rue pour les éviter, le prenait par la main et sa main tremblait dans la sienne. Il se demandait pourquoi. Ils avaient vraiment pas l'air méchant.

Sa mère. Elle s'intéressait à lui quand elle avait un trou dans son emploi du temps. Elle se tournait vers lui comme si elle se rappelait soudain qu'il était là. Elle le frictionnait, répétait mon amour, mon amour, qu'est-ce que je t'aime ! Tu le sais, ça, mon petit amour chéri ? comme s'il fallait qu'elle s'en convainque. Il ne répondait pas. Il avait appris tout petit qu'il ne fallait pas qu'il s'abandonne parce qu'elle le lâcherait comme elle l'avait pris. Comme un parapluie. Il éprouvait de la sympathie pour les parapluies qu'on oublie tout le temps partout.

Les seules fois où sa mère paraissait sincère, les seules fois où elle ne jouait pas à être la merveilleuse Iris Dupin, c'est quand elle voyait un mendiant dans la rue. Elle hâtait le pas en disant non, non, ne regarde pas ! Et s'il demandait pourquoi elle était passée si vite, pourquoi elle avait peur, elle s'agenouillait, lui prenait le menton et disait non, non, je n'ai pas peur, mais ils sont si laids, si sales, si pauvres...

Elle le serrait contre elle et il entendait son cœur battre comme un fou.

Ce soir-là, il passa à côté de la clocharde sans la regarder, sans s'arrêter. Il eut juste le temps de voir qu'elle traînait, accroché à la taille, un fauteuil roulant.

Le lendemain, il la revit. Elle avait mis de l'ordre dans ses cheveux blancs ondulés. Elle avait planté deux barrettes de chaque côté. Des barrettes de petite fille avec un dauphin bleu et un dauphin rose. Elle était assise dans le fauteuil roulant et avait posé très sagement ses mains toutes sales, toutes noires dans des mitaines multicolores sur ses genoux. Elle regardait passer les gens et les suivait en se dévissant la tête comme si elle ne voulait pas en perdre une miette. Elle souriait, tranquille, et cherchait un rayon de soleil en tendant ses joues ridées.

Il passa devant elle et il sentit qu'elle le détaillait avec beaucoup d'attention.

Le lendemain, elle était là encore, assise sur son fauteuil roulant, et il passa un peu plus lentement. Elle lui fit un grand sourire et il eut le temps de lui répondre avant de détaler.

Le jour d'après, il s'approcha. Il avait préparé deux pièces de cinquante pence pour les lui donner. Il voulait voir ses yeux. C'était comme une idée fixe qui l'avait saisi le matin : et si elle avait les yeux bleus ? Des grands yeux bleus, liquides comme l'encre d'un encrier.

Il s'approcha. Resta légèrement à distance. Hocha la tête. Muet.

Elle le regardait en souriant. Sans rien faire.

Il s'approcha, jeta les pièces sur ses genoux en faisant attention de bien viser. Elle baissa les yeux sur les pièces, les toucha avec ses doigts noirs aux ongles fendus, les mit dans une petite boîte cachée sous son bras droit et le regarda.

Alexandre fit un pas en arrière.

Elle avait deux grands yeux bleus. Deux grands lacs de glaciers comme sur les photos dans son livre de géographie.

— Je te fais peur, *luv* ?

Elle voulait dire *love* mais prononçait *luv* comme le marchand de journaux à côté de la maison.

— Un peu...

Il n'avait pas envie de lui mentir. De faire le fanfaron.

— Pourtant je t'ai rien fait, *luv.*

— Je sais...

— Mais je te fais peur quand même... C'est parce que je suis mal habillée...

Les yeux bleus avaient l'air de s'amuser. Elle sortit un peu de tabac d'une autre boîte en métal cachée sous son bras et entreprit de se rouler une cigarette.

– Tu fumes, *luv* ?

Elle léchait le papier à cigarettes et ne le quittait pas des yeux.

Ils étaient bleus, ses yeux, mais ils étaient aussi délavés. C'étaient comme des yeux d'occasion, des yeux qui avaient beaucoup vécu.

– Tu es amoureux, *luv* ?

Il rougit.

– T'es grand. T'as l'âge d'avoir une amie... Elle s'appelle comment ?

– ...

– Elle la connaît, ta maman ?

– Elle est plus là.

– Elle est partie ?

– Elle est morte.

Ça y est ! Il l'avait dit. C'était la première fois. Il eut envie de pousser un long cri. Il l'avait dit.

– *I'm sorry, luv...*

– Non. Vous saviez pas, c'est tout.

– Elle a eu une longue maladie ?

– Non...

– Ah ! Elle est morte dans un accident...

– Oui, si vous voulez...

– Tu veux pas en parler ?

– Pas maintenant...

– Tu reviendras me voir peut-être...

– Elle avait des yeux bleus, elle aussi...

– Elle était triste ou heureuse ?

– Je sais pas...

– Ah... tu sais pas.

– Je dirais plutôt triste, je crois...

Il chercha dans sa poche s'il avait encore de l'argent. Trouva une autre pièce de cinquante pence et la lui tendit. Elle la refusa :

– Non, *luv*, garde-la... J'ai été contente de parler avec toi.

– Mais vous allez manger quoi ?

– T'occupe, *luv*.

– Bon alors, salut !

– Salut, *luv*...

Il partit. En marchant tout droit, tout raide. Il voulait à tout prix paraître plus grand. Bon, il n'avait pas joué à son jeu idiot, il lui avait pas dit adieu en la quittant, il lui avait juste dit salut, mais il ne voulait surtout pas qu'elle croie qu'il allait revenir lui parler chaque jour. Fallait pas exagérer. Il lui avait parlé d'accord, mais il n'avait pas dit grand-chose. Juste que sa mère était morte. N'empêche que c'est la première fois que j'en parle, et il eut envie de pleurer et il se dit que c'était quand même pas une honte de pleurer parce que sa mère était morte. C'était même une sacrée bonne raison.

Et, comme il sentait le regard de la vieille dans son dos, il se retourna et lui fit un signe de la main. Elle doit avoir un prénom, il se dit, juste avant de monter dans l'autobus. Elle doit avoir un prénom. Il passa devant le conducteur sans montrer sa carte de transport et se fit rappeler à l'ordre. Il s'excusa.

Le conducteur ne plaisantait pas.

Il avait juste eu très peur de ne plus jamais la revoir en posant le pied dans l'autobus.

*
**

Zoé jeta son cartable sur le lit et alluma l'ordinateur.

Deux messages. De Gaétan.

Du Guesclin vint se jeter dans ses jambes. Elle lui prit la tête, le frotta entre les yeux, le gratta, en chantonnant mais oui, je sais, mon tout noir, mon tout laid, je sais que je t'ai manqué, mais tu vois, y a Gaétan qui m'écrit et je peux pas m'occuper que de toi... Elle est pas rentrée, maman ? Elle va pas tarder, t'en fais pas !

Du Guesclin écoutait, les yeux fermés, la chanson de Zoé et se laissait aller en balançant la tête puis, quand elle eut fini, il s'étala au pied de son bureau et étira les pattes comme s'il avait fait assez d'exercice pour toute la journée.

Zoé retira son manteau, son écharpe, enjamba le corps de Du Guesclin et s'installa devant l'ordinateur. Lire ses messages. Lentement. En prenant tout son temps. C'était son rendez-vous d'amour quand elle rentrait du lycée.

Gaétan vivait à Rouen depuis la rentrée. Dans une petite maison à Mont-Saint-Aignan que ses grands-parents avaient mise à la disposition de sa mère. Il était inscrit en seconde dans une institution privée. Il n'avait pas d'amis. N'allait pas boire de café en sortant de l'école. Ne faisait partie d'aucune bande. N'allait pas en boum. N'était pas inscrit sur Facebook. Il avait dû changer de nom de famille.

« Je ne sais même plus comment je m'appelle. J'te jure quand on fait l'appel, il se passe une plombe avant que je réalise que c'est moi, Mangeain-Dupuy ! »

Zoé finissait par se demander si ça avait été une bonne idée qu'il change de nom. Parce que d'accord, on avait beaucoup parlé de son père dans les journaux et puis, au bout d'une semaine, on était passé à une autre histoire, aussi terrifiante.

Ses grands-parents avaient insisté. Gaétan était devenu un Mangeain-Dupuy. Du nom de la banque familiale.

Zoé ne faisait pas le rapport entre Gaétan et le meurtrier de sa tante, Iris. Gaétan était Gaétan, son amoureux qui lui faisait gonfler des ballons dans le cœur. Chaque soir dans son journal, elle écrivait : « Je danse sous le soleil, je chante sous le soleil, la vie est belle comme un plat de tagliatelles ! »

Elle avait scotché une photo de Gaétan au pied de la lampe, à côté de l'ordinateur, et lisait ses mails en y jetant des coups d'œil. Aller-retour, aller-retour. Cela faisait comme un dessin animé.

Parfois, elle avait l'impression qu'il était triste, parfois qu'il était gai. Parfois, il souriait.

Le premier mail s'ouvrit.

« Zoé, ya un mec dans le lit de maman. Je viens d'arriver du lycée, il est cinq heures, et elle est au lit avec un mec ! Elle a entendu du bruit dans l'entrée et elle a crié "je suis pas toute seule". Ça me rend malade. Je suis en bas comme un con. Domitille, elle est jamais là. Je me demande ce qu'elle fabrique et Charles-Henri, il passe ses journées à bosser. Je l'ai jamais vu ce type, juste ses baskets pourries dans l'entrée et sa veste en cuir sur le canapé. Et ça pue la clope dans la maison. J'en peux plus. Vivement que je me casse ! »

C'était le premier message. Un peu plus tard, il en avait envoyé un autre :

« Je l'aime pas. Je l'aime pas d'avance. Il est chauve, il a des lunettes, bon d'accord, il est grand et pas trop mal fringué et gentil, mais, de toute façon je l'aime pas. Je m'inquiète pour maman, c'est affreux et elle est en colère contre moi genre "j'ai pas de comptes à te rendre !". Mais si ! Elle a des comptes à me rendre ! Je suis trop en colère contre elle. On dirait une gamine de quinze ans ! Tu sais où elle l'a rencontré le Chauve ? Sur MEETIC !!! Il fait au moins cinq ans de moins qu'elle. Je le déteste. J'en reviens pas, je t'jure, j'en reviens pas ! »

Zoé souffla bruyamment. Mince alors ! se dit-elle, Isabelle Mangeain-Dupuy s'envoie en l'air avec un chauve rencontré sur Meetic. On a dû lui brancher un nouveau cerveau quand elle a changé de nom.

Zoé se souvint de la mère de Gaétan : frêle, chétive, une ombre qui grelottait en robe de chambre, courait après ses enfants pour les embrasser puis s'arrêtait net comme si elle avait oublié pourquoi elle courait et tenait souvent des propos incohérents tu es une jolie petite fille, tu manges des Vache-qui-rit ?

Elle avait bien changé. Ça devait être parce qu'elle avait arrêté de prendre des tranquillisants. Mais de là à draguer des types sur Meetic ! Y avait des filles dans sa classe qui disaient que c'était vachement bien. On perd pas de temps en longs discours, je te plais, tu me plais et on se fourre au lit en buvant du rhum-Coca. Elles racontaient sûrement ça pour se vanter, mais n'empêche qu'elle, ça l'aurait terrorisée de sauter dans le lit d'un mec qu'elle ne connaissait pas. Avec Gaétan, ils l'avaient pas encore fait. Ils attendaient.

Elle dormait avec le vieux pull qu'il lui avait laissé. Sauf qu'il n'avait plus d'odeur. Elle avait beau enfoncer le nez dans chaque maille, le tordre, le frotter, l'éplucher, il ne sentait plus rien. Quand Gaétan viendrait à Paris, elle le rechargerait.

Elle répondit à Gaétan. Lui dit qu'elle comprenait, que c'était pas agréable d'apprendre que sa mère s'envoyait en l'air avec un chauve de chez Meetic, qu'il était pas le seul à avoir des problèmes, que, dans sa classe, y avait une fille qui avait deux mamans et que, toutes les deux, elles voulaient venir aux réunions de parents d'élèves et que la fille, elle s'appelait Noémie, avait dit à Zoé qu'elle voulait pas que toute l'école sache qu'elle avait deux mamans. Elle avait pris Zoé comme confidente parce qu'elle savait que Zoé avait eu des galères avec son père. Elles s'étaient promis que, lorsqu'elles seraient vieilles, à quarante ans, elles boiraient du rosé en se disant qu'elles n'étaient pas comme leurs parents. Qu'elles avaient tenu le coup.

« Mais c'est vrai que deux mamans, c'est embarrassant, écrivit Zoé, comme toi avec le blouson et les baskets du Chauve. Ça me fait penser que j'ai vu les nouveaux propriétaires qui s'installent dans ton ancien appart, ce soir, en rentrant de l'étude. Ça fait bizarre de voir des gens chez toi... »

Elle n'avait jamais été invitée chez Gaétan. Ses parents interdisaient à leurs enfants de recevoir des copains. Ils se retrouvaient dans la cave de Paul Merson. C'est là qu'ils avaient échangé leur premier baiser.

Quand elle avait vu les déménageurs dans l'appartement de Gaétan, elle avait passé la tête et aperçu deux messieurs, un qui devait avoir dans les trente-cinq et un autre plus vieux. Ils discutaient de l'emplacement des meubles. Ils n'avaient pas l'air d'accord et le ton montait. Mais on a dit que ça, c'était notre chambre, disait le plus jeune, alors on met notre lit là et on n'en parle plus !

Leur lit ! Ils dormaient dans le même lit.

« ... tu sais qui habite chez toi maintenant ? Un couple d'homos. Un vieux et un moins vieux... Yves Léger et Manuel Lopez. C'est ce qui est écrit sur l'interphone. Ils ont tout fait repeindre, tout changé, le plus vieux parlait de son bureau, et le plus jeune de sa salle de gym. Qu'est-ce qu'ils font comme boulots, d'après toi ? Tu veux qu'on fasse des paris ? »

Elle voulait surtout lui changer les idées pour qu'il pense à autre chose.

« ... et l'appart des Van den Brock aussi a été vendu. À un couple tout à fait convenable. M. et Mme Boisson. Ils pourraient s'appeler Poisson, ils ont des yeux de cabillaud froid. Ils ont deux fils qui viennent les voir le dimanche. Deux grosses têtes, c'est Iphigénie qui me l'a dit, ils ont fait tous les deux de grandes études. Et quand Iphigénie dit ça, faut voir comme elle arrondit la bouche ! Deux grosses têtes, avec des lunettes, des chemises boutonnées sous un pull en V et des cheveux bien aplatis. Toujours habillés pareil. Un parapluie accroché au bras. Ils montent les escaliers en levant les genoux très haut. On dirait les Dupond. Ils prennent jamais l'ascenseur. Le père a l'air sévère ; sa bouche est comme une fermeture Éclair, et la mère, on dirait bien qu'elle n'a jamais pété de sa vie ! Tu te rappelles quand Mme Van den Brock mettait ses airs d'opéra et qu'on entendait la musique dans tout l'escalier ? Eh bien, c'est fini, ça va être plus calme à moins que les deux homos soient des danseurs de tango ! »

Si elle ne lui arrachait pas un sourire avec cette galerie de portraits, elle se retirait de la littérature. Elle adorait noter les petits détails de la vie. Comme Victor Hugo. Elle aimait beaucoup Victor Hugo. Et Alexandre Dumas. « Ah ! Ah ! dit-il en brésilien, langue qu'il ne connaissait pas. » Cette phrase la faisait mourir de rire. Elle l'avait offerte à Gaétan, mais il n'avait pas ri.

Elle avait été déçue.

Elle mit *When the rain begins to fall*, poussa le son à fond et dansa comme toutes les fois qu'elle voulait oublier ou célébrer quelque chose. Elle se déhanchait, faisait les deux voix et finissait en sueur, débraillée, avec le collant qui la grattait tellement elle avait transpiré. Elle faisait claquer l'élastique en hurlant *You've got to have a dream to just hold on*, et envoyait des baisers à Gaétan. Il était son *rainbow in the sky, the sunshine in her life* ! *And I will catch you if you fall...*

Elle finit son mail en lui donnant rendez-vous sur MSN et en lui demandant quand il venait à Paris. Pas de problème, il habiterait chez elle. Et comme ça, sa mère pourrait roucouler avec le Chauve. Elle regretta d'avoir écrit ça et l'effaça. Elle signa : « Ton amoureuse. »

Elle appuyait sur « Envoyer maintenant » quand elle entendit la porte d'entrée claquer. C'était sa mère qui rentrait.

Du Guesclin se leva d'un bond et courut renverser Joséphine qui dut s'appuyer contre le mur pour rester debout. Zoé éclata de rire.

– Qu'est-ce qu'il t'aime, ce chien ! Ça va, petite mère ?

– J'en ai ras le bol de traîner en bibliothèque, c'est plus de mon âge ! Et je vais te dire un autre truc : j'en ai ras le bol du douzième siècle.

– Mais tu vas quand même te présenter à ton HDR..., demanda Zoé, inquiète.

– Bien sûr ! T'es bête ! T'as vu ? Y a des nouveaux au quatrième !

– Oui. Un couple d'homos.

– Et comment tu sais ça ?

– J'ai pointé mon nez dans leur appart et y a qu'un seul lit !

– Deux homos dans l'appartement de Lefloc-Pignel ! La vie a de ces ironies !

– Tu veux que je te fasse des pâtes au saumon, ce soir ?

– Avec plaisir. Je suis morte...

– Je vais chercher la recette dans mon cahier noir...

– Tu la connais pas par cœur ?

– Si. Mais j'aime bien la relire pour être sûre de rien oublier... Qu'est-ce que je ferais si je le perdais ? Elle soupira et fronça les sourcils. J'y tiens à ce cahier, maman, y a toute ma vie dedans !

Joséphine sourit et pensa mais elle ne fait que commencer ta vie, mon amour.

Dans son cahier, Zoé ne se contentait pas de recopier des recettes de cuisine, elle marquait scrupuleusement qui les lui avait données et dans quelles circonstances. Elle notait aussi la plupart de ses pensées et la progression de ses états d'âme. Ça l'aidait à faire le point quand elle se sentait triste.

Il y avait des choses qu'elle ne disait qu'à son cahier.

« Maman, elle croit qu'elle peut s'en sortir toute seule parce qu'elle l'a déjà fait, mais c'est parce qu'elle était bien obligée. Mais il lui manque quelqu'un à ses côtés. Elle est trop fragile. Elle a eu une vie pas drôle... La vie lui a trop bousillé l'âme. Même si je ne sais pas tout, je le sais quand même. Et moi, je dois absorber le malheur pour le lui retirer...

C'était un gros cahier noir. Sur la couverture, elle avait collé des photos de son père, de sa mère, d'Hortense, de Gaétan, de sa copine Emma, du chien Du Guesclin, ajouté des vignettes, des gommettes, des perles, des morceaux de mica, dessiné un soleil, une lune qui rigolait, découpé un morceau de carte postale du Mont-Blanc et un autre morceau d'une île tropicale avec palmiers et crustacés.

À la recette « tagliatelles au saumon », elle avait noté : « C'est Giuseppe, un copain de maman, qui me l'a donnée. Il fait des recherches sur le Moyen Âge comme maman. Il chante *Funiculi funicula* en roulant des yeux presque blancs. Je ne sais pas comment il se débrouille pour qu'on ne voie que le blanc de ses yeux. Il fait des tours de magie aussi. Il parle très bien français. Il dit qu'il aurait aimé avoir une fille comme moi, parce que lui, il n'a que des garçons. Je crois bien qu'il est amoureux de maman, mais maman dit que non. Depuis la rentrée, il vient dîner à la maison quand il est à Paris. C'est un soir après un dîner où j'avais fait des endives au gratin qu'il m'a donné la recette des pâtes au saumon pour me remercier tellement mes endives étaient bonnes. Il a précisé que c'était un secret de famille, qu'il la tenait de sa maman, Giuseppina. Ça veut dire Joséphine en italien et, quand il a dit ça, il a appuyé son regard sur maman. C'est un homme très séduisant, avec des chemises qui portent ses initiales, des cachemires de toutes les couleurs. Il a de très beaux yeux gris-bleu. Il est italien, mais ça, on le sait tout de suite, ça saute aux yeux. Il est très scrupuleux pour le temps de cuisson des pâtes ; il faut les remuer sans arrêt pour qu'elles ne collent pas et ne pas oublier de mettre de l'huile d'olive dans l'eau de cuisson et du gros sel. Il dit pas "huile", il dit "ouile, *amore*". La première fois que j'ai voulu faire la recette, j'ai laissé tomber le saumon par terre et Du Guesclin a tout mangé ! J'étais furax de chez furax. »

Elles étaient en train de déguster les pâtes au saumon quand on sonna à la porte.

C'était Iphigénie.

Elle s'assit tout essoufflée sur la chaise que lui désigna Joséphine et remit ses cheveux bien en place en les lissant du plat de la main, geste inutile, car ils se redressèrent aussitôt en épis rouges et bleu marine. Iphigénie changeait souvent de couleur de cheveux et, ces derniers temps, tentait des colorations de plus en plus audacieuses.

– Je reste pas longtemps, madame Cortès. J'ai laissé les enfants seuls dans la loge et puis vous êtes en train de manger... mais il faut absolument que je vous dise... J'ai reçu un courrier du syndic. Il veut me reprendre la loge !

– Comment ça ? Il n'a pas le droit ! Donne-moi un peu de sel, Zoé, s'il te plaît...

– Quoi ? C'est pas assez salé ? Pourtant j'ai fait comme Giuseppe m'avait dit...

Iphigénie s'impatientait.

– Mais si, madame Cortès, il a tous les droits. Elle fait des envieux, ma loge, depuis que vous m'avez tout remis en beau et y en a une qui la veut. Je le sais, j'ai fait la fouine et je me suis renseignée. Il paraît qu'elle est beaucoup plus chic que moi – elle porte le twin-set et le collier de perles blanches – et que, dans l'immeuble, y en a qui se plaignent que je suis pas assez classe. Qu'est-ce qu'ils veulent ? Que je parle grec et latin et donne des leçons de maintien ? Franchement, madame Cortès... Est-ce qu'on demande à une gardienne de descendre de la cuisse à Jupiter ?

Elle secoua la tête et marqua sa désapprobation en faisant un bruit de trompette bouchée avec ses lèvres.

– Vous savez d'où viennent les attaques, Iphigénie ?

– Mais de tout le monde, madame Cortés ! Ils ont tous un fer à repasser dans les fesses ici... L'autre jour, je jouais avec les enfants, je m'étais déguisée en Obélix avec deux oreillers dans la culotte et une casserole sur la tête quand Mme Pinarelli a frappé à la porte. Il était neuf heures du soir, c'est ma vie privée tout de même, neuf heures du soir ! Je lui ai ouvert et elle a failli avaler sa langue de vipère ! Elle a dit je suis médusée par ce spectacle, Iphigénie ! Je l'appelle pas Éliane, moi, je l'appelle Mme Pinarelli ! Et je lui demande pas si c'est normal que son fils à plus de cinquante ans habite encore chez elle !

– Bon, je vais appeler le syndic... demain, je vous promets...

– Je vais vous dire un autre truc, madame Cortès, le syndic... je crois bien qu'il...

Elle frotta ses index l'un contre l'autre.

– Qu'il fricote..., traduisit Joséphine. Avec qui ?

– Avec celle qui veut reprendre la loge. J'en suis

sûre ! C'est mon septième sens qui clignote. Et il me dit que je suis en danger et que je gêne.

– Je vais voir ce que je peux faire, Iphigénie, et je vous tiens au courant, promis !

– Avec vous, il va prendre des gants, madame Cortès. Il va devoir vous écouter. D'abord, parce que vous êtes une personnalité, ensuite, après ce qui est arrivé à votre sœur – elle fit son bruit de trompette bouchée –, il va vous ménager.

– Vous en avez parlé à M. Sandoz ? demanda Zoé qui aurait bien aimé marier M. Sandoz et Iphigénie.

M. Sandoz lui faisait de la peine à soupirer en vain. Elle le croisait souvent dans l'entrée. Ou dans la loge. Digne et triste dans son imperméable blanc qu'il pleuve ou pas. Un peu gris de teint. Cet homme, pensait Zoé, on dirait une cheminée éteinte. Manque plus qu'une allumette pour lui mettre la lumière. Il se tenait, de profil, un peu voûté comme s'il essayait de devenir transparent. Invisible.

– Non. Pourquoi je lui en parlerais ? Quelle drôle d'idée !

– Sais pas, moi. À deux, on est plus fort… et puis, vous savez, il a beaucoup vécu ! Il m'a raconté des bouts de sa vie. Des bouts d'autrefois avant qu'il connaisse la grande épreuve qui l'a presque tué…

– Ah ! fit Iphigénie, guère intéressée par ce que lui racontait Zoé.

– Même qu'il a travaillé autrefois dans le cinéma. Il peut vous parler de plein de vedettes. Il les a bien connues… Il a commencé tout gamin sur des tournages, y en avait plein à Paris à l'époque ! Il servait de garçon à tout faire. Il a peut-être encore des relations.

– Mais je suis pas vedette, moi, je suis gardienne. Il connaît rien au monde des gardiennes !

– On sait jamais..., soupira Zoé de façon mystérieuse.

– Je me suis toujours débrouillée toute seule, ce n'est pas aujourd'hui que je vais m'accoupler pour éviter l'adversité ! siffla Iphigénie. Et puis, vous savez quoi ? Il m'a menti sur son âge. L'autre soir, y a ses papiers qui sont tombés de sa poche revolver, je les ai ramassés et j'ai jeté un coup d'œil sur sa carte d'identité. Eh bien ! Il s'est rajeuni de cinq ans ! C'est pas soixante ans qu'il a, c'est soixante-cinq ! Si j'ai bien compté... Il veut faire son beau, son intéressant. D'ailleurs les bonshommes, ça n'apporte que des problèmes, crois-moi, ma petite Zoé. Fuis-les si tu as un sou de bon sens...

– Quand on partage, on est moins triste..., protesta Zoé en pensant à la cheminée éteinte de M. Sandoz.

Iphigénie se leva, ramassa un tube de rouge à lèvres et des bonbons tombés de sa poche et partit en faisant son petit bruit de trompette et en répétant amoureux, amoureux, comme si c'était la solution !

Joséphine et Zoé entendirent la porte claquer.

– Te voilà à nouveau transformée en petite sœur des pauvres, sourit Zoé.

– La petite sœur des pauvres, elle tombe de sommeil et réfléchira à tout ça demain. Tu te lèves à quelle heure ?

*
**

Josiane pénétra dans le salon où se tenait son fils, Junior. Elle revenait de Monoprix et tirait un caddie de fruits frais, de poissons au ventre brillant, de légumes vert chlorophylle, de fruits de saison, de gigot d'agneau qui tète encore sa mère, de rouleaux de Sopalin, de produits d'entretien, de bouteilles d'eau minérale et de jus d'orange.

Elle s'immobilisa et observa son fils d'un air désolé. Il était assis dans un fauteuil, un livre posé sur les genoux. Habillé comme un collégien anglais, pantalon de flanelle grise, blazer bleu marine, chemise blanche, cravate rayée vert et bleu, baskets noires. Un petit monsieur. Il lisait et leva à peine les yeux quand elle entra.

– Junior...

– Oui, mère...

– Où est Gladys ?

Gladys était la dernière employée de maison qu'ils avaient engagée. Une jeune Mauricienne, svelte et longue, qui passait le chiffon sur les meubles en ondulant des hanches au rythme du CD qu'elle glissait dans la chaîne hi-fi. Une domestique lente et nonchalante qui avait le mérite d'aimer les enfants. Et Dieu. Elle avait commencé à lire la Bible à Junior et lui tapait sur les doigts quand il évoquait le petit Jésus. On dit Grand Jésus ! Jésus est grand, Jésus est Dieu, Jésus est ton Dieu et tu dois le chanter chaque jour. Alléluia ! Dieu est notre berger, il nous conduit vers les verts pâturages de la félicité. Junior était subjugué par le verbe de Gladys, et Josiane soulagée d'avoir enfin trouvé une nounou qu'il semblait accepter.

– Partie...

– Comment ça, « partie » ? Partie faire des courses, partie poster une lettre, partie acheter un Lego...

En entendant le mot « Lego », Junior haussa les épaules.

– Un Lego, pour qui ? Tu joues encore à ça à ton âge ?

– JUNIOR ! hurla Josiane. Assez ! Tu entends, assez de... de...

– Persiflages. Oui, tu as raison, mère, j'ai été irrespectueux... Je te prie de m'en excuser.

– ET ARRÊTE DE M'APPELER MÈRE ! Je suis ta maman, pas ta mère...

Il avait repris la lecture de son livre et Josiane se laissa tomber, face à lui, sur un pouf en cuir noir, les mains nouées qu'elle agitait comme un encensoir en essayant de comprendre. Mon Dieu ! Mon Dieu ! Mais qu'est-ce que je Vous ai fait pour que Vous m'envoyiez ce... cet... Elle ne trouvait pas le mot pour qualifier Junior. Elle fit un effort, se reprit et demanda :

– Où est donc partie Gladys ?

– Elle a donné sa démission. Elle ne me supporte plus. Elle prétend qu'elle ne peut pas faire le ménage et me lire *Les Caractères* de La Bruyère en même temps. Elle prétend en plus que c'est le livre d'un mort, d'un cadavre, qu'il ne faut pas déranger les morts et nous nous sommes vigoureusement empoignés à ce sujet.

– Elle est partie..., répéta Josiane en se tassant sur son pouf. Mais ce n'est pas possible, Junior ! C'est la sixième en six mois.

– Compte rond. Remarquable. Nous avons donc des employées mensuelles.

– Mais qu'est-ce que tu as fait ? Elle avait l'air de s'être habituée pourtant...

– C'est ce vieux La Bruyère qui lui donne de l'urticaire. Elle prétend qu'elle n'y comprend rien, qu'il n'écrit pas en français. Que les vers grouillants de son cadavre viennent nous narguer. Elle m'a demandé de redescendre sur terre, à mon époque, et alors, pour lui faire plaisir et pour l'occuper, je lui ai suggéré de me trouver une paire de mocassins à ma taille car ces baskets à scratchs jurent terriblement avec ma tenue. Elle a prétendu que ce n'était pas possible et, comme j'insistais, elle s'est mise dans une rage froide et a rendu son tablier. Depuis, j'essaie d'apprendre à lire tout seul et je pense que je vais y arriver. En associant des sons et des syllabes, en travaillant par binômes, ce n'est pas si compliqué...

– Mon Dieu ! Mon Dieu ! se lamenta Josiane, qu'est-ce qu'on va faire de toi ? Tu te rends compte : tu as deux ans, Junior ! Pas quatorze !

– Tu n'as qu'à compter les années comme pour les canidés, tu multiplies mon âge par sept et j'ai quatorze ans... Après tout, je vaux bien un chien.

Devant l'air abasourdi de sa mère, il ajouta plein de compassion :

– Ne t'inquiète pas, mère chérie, je saurai me débrouiller dans la vie, je ne me fais aucun souci... Qu'as-tu acheté de bon ? Cela fleure le légume frais et la mangue juteuse.

Josiane ne l'entendit pas. Elle ruminait. Pendant des années, j'ai voulu un enfant, pendant des mois et des mois, j'ai attendu, espéré, consulté des spécialistes et le jour où j'ai su qu'enfin, enfin... je portais un bébé, ce jour-là a été le plus heureux de ma vie...

Elle se souvenait comment elle avait traversé la cour de l'entreprise de Marcel pour aller retrouver Ginette, sa copine, et lui annoncer l'heureux événement, comment elle avait eu peur de casser l'œuf dans son ventre en se tordant la cheville et en tombant sur les pavés, comment Marcel et elle s'étaient recueillis, agenouillés devant le

Divin Enfant… Elle rêvait de ce bébé, elle rêvait de lui enfiler des grenouillères bleues, d'embrasser ses menottes mignonnes, de lui voir faire ses premiers pas, de le voir tracer ses premières lettres, déchiffrer ses premiers mots, elle rêvait de recevoir des cartes de fête des Mères avec des phrases toutes cassées, toutes bancales, des phrases dont la maladresse fait fondre de bonheur, des phrases qui balbutient en mots éclaboussés de crayons de couleur « Bonne fête maman »…

Elle rêvait.

Elle rêvait encore de l'emmener au parc Monceau, de lui attacher une girafe à roulettes au poignet et de le regarder faire rouler sa girafe dans les allées de graviers blancs sous le grand érable rouge. Elle rêvait qu'il soit barbouillé de Choco BN et elle rêvait de lui nettoyer les babines en grommelant mais qu'est-ce que t'as fait, mon petit cœur d'amour ? en le pressant contre elle, si heureuse, si heureuse de le tenir bien au chaud sur son sein et de le bercer en le grondant parce qu'elle ne savait pas bercer sans gronder. Elle rêvait de l'emmener à sa première école, de le remettre en reniflant à la maîtresse, de le regarder derrière la vitre et de lui faire un petit signe de la main ça va aller, ça va aller, pas plus rassurée que lui qui aurait braillé en la regardant s'éloigner, elle rêvait de lui apprendre à colorier, à faire de la balançoire, à jeter du pain aux canards, à chanter des comptines imbéciles, il pleut, il mouille, c'est la fête à la grenouille, et ils auraient ri tous les deux parce qu'il n'arrivait pas à prononcer grenouille.

Elle rêvait…

Elle rêvait de faire les choses une par une, lentement, doucement, de grandir avec lui en lui tenant la main, en l'accompagnant sur le long chemin de la vie…

Elle rêvait d'avoir un enfant comme tous les enfants du monde.

Et elle se retrouvait avec un surdoué qui, à deux ans, voulait apprendre à lire en déchiffrant *Les Caractères* de La Bruyère. Et puis d'abord, c'est quoi, un binôme ?

Elle releva les yeux sur son fils et l'observa. Il avait refermé son livre et la contemplait avec bienveillance. Elle soupira oh ! Junior... en caressant la barbe des poireaux qui dépassait du caddie.

– Disons hardiment une chose triste et douloureuse pour toi, mère chérie, je ne suis pas un enfant lambda et, qui plus est, je refuse de me comporter comme ces crétins que tu me forces à fréquenter au parc... De pauvres bambins qui tombent sur leur culotte et braillent quand on leur ôte leur tototte.

– Mais tu ne veux pas faire un effort et essayer de te conduire comme tous les petits garçons de ton âge, au moins lorsqu'on est en public ?

– Tu as honte de moi ? demanda Junior en devenant tout rouge.

– Non... je n'ai pas honte, je suis mal à l'aise... Je voudrais être comme toutes les autres mamans et tu ne fais rien pour m'aider. L'autre jour quand on est sortis, tu as crié salut la bignole ! à la concierge et elle a failli en avaler son dentier !

Junior éclata de rire et se gratta les côtes.

– Je ne l'aime pas cette femme, elle a une façon de me reluquer qui me dégoûte...

– Oui mais moi, j'ai dû lui dire qu'elle avait mal entendu et que tu avais bafouillé bagnole. Elle t'a regardé d'un drôle d'air et m'a dit que tu étais bien précautionneux pour ton âge...

– Elle voulait dire précoce, je suppose.
– Peut-être, Junior... n'empêche que si tu m'aimais, tu essaierais de te comporter de manière que ma vie ne soit pas un long frisson d'angoisse à l'idée de ce que tu vas bien pouvoir sortir !
Junior promit de faire un effort.
Et Josiane poussa un soupir découragé.

Ce jour-là, ils allèrent au parc Monceau. Junior avait accepté la tenue que lui avait proposée sa mère, une tenue tout à fait adaptée à son âge, salopette et doudoune bien chaude, mais avait refusé la poussette. Il s'appliquait à marcher à grandes enjambées afin de développer le grand adducteur et le plantaire grêle. C'est ainsi qu'il appelait les muscles des jarrets.

Ils firent une entrée tout à fait classique dans le parc. Franchirent les lourdes grilles noires en se tenant la main et en souriant benoîtement. Josiane s'assit sur un banc, tendit à Junior un ballon. Il accepta sans broncher, laissa tomber la balle qui rebondit jusqu'à un petit garçon de son âge. Il s'appelait Émile et Josiane le voyait souvent avec sa mère, une femme charmante qui lui adressait de grands sourires et dont elle espérait se faire une amie.
Les deux gamins jouèrent un moment ensemble, mais Junior jouait... comment dire... avec un certain détachement. On sentait bien qu'il refrénait son impatience. Il envoyait la balle à Émile qui, une fois sur deux, trébuchait en cherchant à la bloquer et se relevait avec difficulté. Quel ballot ! lâcha Junior entre ses dents. La mère d'Émile n'entendit pas. Elle couvait les deux enfants d'un regard attendri.

– Ils sont mignons, n'est-ce pas ? Ils jouent bien ensemble...

Josiane opina, heureuse d'être enfin une mère normale qui produit un fils normal qui joue à un jeu normal avec un copain de son âge. Il faisait beau, les colonnes du temple grec resplendissaient d'un blanc vaporeux, d'un blanc de pierre chauffée par un soleil d'hiver, les bouleaux, les hêtres et les noyers agitaient les maigres branches que les frimas n'avaient pas encore dépouillées. Un cèdre du Liban au sommet large et aplati s'épanouissait, royal, ignorant les bourrasques, et les pelouses soigneusement entretenues formaient de larges taches vertes où l'œil pouvait se reposer.

Elle ouvrit un bouton de son manteau de laine pour laisser échapper un souffle de bonheur. Bientôt viendrait l'heure du goûter, elle sortirait de son sac un paquet de gâteaux et un biberon de jus d'orange. Comme toutes les mères. Comme toutes les mères, scandait-elle en poussant les graviers blancs du bout de ses chaussures.

C'est alors que la mère d'Émile ajouta :

– Que diriez-vous si votre petit Marcel venait jouer un après-midi avec Émile à la maison ? Nous n'habitons pas loin, nous en profiterions pour prendre le thé toutes les deux et bavarder...

Josiane fut propulsée au firmament du bonheur. Elle flottait et se raccrochait au rouge de l'érable, au vert du gazon pour ne pas s'envoler d'émotion. Enfin, une amie ! Une mère avec laquelle échanger des recettes de cuisine, des remèdes pour les dents qui poussent, les fièvres soudaines, les éruptions cutanées, des renseignements sur les écoles, les crèches et les garderies. Elle ronronna d'aise. Elle avait trouvé une solution à son tourment de mère : elle demanderait à Junior de jouer au bébé quelques heures chaque jour, heures pendant lesquelles elle le promènerait, l'exhiberait, le moucherait, le mignardiserait et, le reste du temps, elle le laisserait étudier tous les livres, les manuels d'histoire, les recueils de mathématiques qu'il voudrait. Ce n'était pas si difficile finalement, il suffisait que chacun fasse des concessions.

Elle imaginait de longs après-midi où sa solitude ne serait plus qu'un lointain souvenir, où les deux gamins babilleraient pendant qu'elle se confierait à sa nouvelle amie. Et qui sait, s'enflamma-t-elle, on pourrait même organiser des dîners entre couples. Des sorties. Aller au théâtre, au cinéma. Peut-être même jouer à la canasta. Cela nous ferait des amis. Nous n'en avons pas beaucoup, Marcel et moi. Il passe son temps à travailler. À son âge ! Il serait temps qu'il s'économise... Presque soixante-neuf ans ! Ce n'est pas raisonnable de ne jamais se détendre et de travailler comme un forçat de Tataouine.

Junior avait entendu la proposition de la mère d'Émile et, raidi dans une posture peu gracieuse, les fesses en arrière et les poings sur les hanches, le visage congestionné à l'idée des longues heures de supplice qui l'attendaient, il guettait la réponse de Josiane, comptant bien qu'elle soit négative. En aucun cas, il ne désirait passer du temps avec ce demeuré déformé par son paquet de couches-culottes qui, une fois sur deux, s'écroulait quand il s'agissait de viser le ballon. Il resta ainsi, oscillant sur sa base, cramoisi de colère, ignorant le nain qui voulait à tout prix lui renvoyer le ballon et s'élançait en titubant pour continuer l'échange. Quand sa mère répondit oui, ce serait formidable, ils s'entendent si bien, il donna un tel coup de pied dans la balle que celle-ci alla dévisser la tête du pauvre Émile qui tomba raide sur le gravier.

La mère se leva en hurlant, prit l'enfant dans ses bras, maudit Junior, le traita de criminel, de pervers sournois, d'assassin, de nazillon en culottes et s'enfuit en emportant son Émile encore inerte loin de son bourreau.

Ce jour-là, Josiane rangea le ballon, la girafe à roulettes, le paquet de Choco BN, le biberon de jus d'orange et quitta le parc en jetant un dernier coup d'œil aux pelouses vertes, au petit temple en pierre, à l'érable rouge, aux allées blanches comme on dit adieu à un paradis perdu.

Elle ne dit mot à son fils et avança telle une reine outragée.

Junior, furieux, la précédait en bougonnant qu'on ne pouvait décidément faire confiance à personne, qu'il s'était prêté au jeu pour gratifier sa mère mais qu'en aucun cas, il ne pouvait accepter de passer des après-midi avec un ignare, un importun, un sot qui ne s'était même pas rendu compte qu'il gênait. Un garçon habile aurait compris qu'il n'était là que pour faire bonne figure. Il n'aurait pas insisté. Il aurait de lui-même abandonné la balle et renvoyé Junior à sa délicieuse solitude. Je sais que la vie est encombrée de sots, soupira Junior, et qu'il faut s'accommoder de cette pénible réalité, mais cet Émile me dégoûte trop. Qu'elle me trouve donc un fort en maths ou un bricoleur de fusées. J'apprendrais les racines carrées et la force centrifuge. J'ai su tout ça autrefois, il faut juste que je me rafraîchisse la mémoire.

Ils étaient arrivés près de chez eux et contournaient le kiosque à journaux quand Junior aperçut à l'étalage, glissée sous le plastique transparent d'un magazine, une boussole. Il s'arrêta et se mit à baver de plaisir. Une boussole ! Il ne sut dire pourquoi, mais cet objet lui parut familier. Où avait-il déjà vu une boussole ? Dans un livre d'images ? Sur le bureau de son père ? Ou dans son autre vie...

Il pointa le doigt sur le magazine qui recelait, caché dans ses plis, le précieux objet et ordonna :

— Je veux ça !

Josiane détourna la tête et lui fit signe d'avancer.

— Je veux une boussole... Je veux savoir comment ça marche.

— Tu n'auras rien. Tu as été odieux. Tu es un petit garçon égoïste et cruel.

— Je ne suis ni égoïste ni cruel. Je suis curieux, j'ai envie d'apprendre, je refuse de jouer au bébé et je veux savoir comment marche une boussole...

Josiane l'attrapa par la main et le traîna vers la porte d'entrée de leur immeuble. Junior se raidit et, enfonçant ses baskets à scratchs dans le macadam, tenta de ralentir la marche de sa mère qui finit par le prendre sous le bras, le poussa dans l'ascenseur, lui donna deux gifles et le jeta dans sa chambre dont elle ferma la porte à clé.

Junior rugit et frappa de toutes ses forces :

— Je hais les femmes. Ce sont des coquettes stupides et vaniteuses qui ne pensent qu'à leur plaisir et se servent des hommes ! Quand je serai grand, je serai homosexuel...

Josiane se boucha les oreilles et partit pleurer dans la cuisine.

Elle pleura longtemps, elle pleura abondamment, elle pleura son rêve perdu de mère heureuse. Elle se consola en se disant que c'était le lot de toutes les mères de désirer un enfant parfait, un enfant selon leur cœur et que le Ciel vous en envoyait un avec lequel il fallait bien s'entendre. Si on était chanceuse, on recevait un petit Émile, si on ne l'était pas, il valait mieux s'adapter.

Elle alla délivrer son fils et ouvrit la porte de la chambre.

Il reposait sur la moquette dans ses habits froissés. Il avait tant crié, tant tempêté, tant martelé la porte qu'il s'était écroulé de fatigue et dormait comme dorment les braves après avoir ferraillé trois jours et trois nuits, ses boucles rousses emmêlées, des plaques pourpres sur le cou, les joues, la poitrine. Un faible ronflement sortait de sa bouche aux gencives en feu. Un Hercule terrassé qui gisait à terre, fiévreux et chaud de colère.

Elle se laissa tomber à côté de lui. Le regarda dormir. Songea quand il dort, c'est un bébé, c'est mon bébé, il m'appartient. Elle le contempla longuement, le souleva, le prit entre ses jambes comme une guenon qui épouille son petit, le berça en chantonnant maman, les p'tits bateaux qui vont sur l'eau ont-ils des jambes ? Mais oui, mon gros bêta, s'ils n'en avaient pas, ils ne marcheraient pas...

Junior ouvrit un œil et déclara la chansonnette idiote.

– C'est la mère qui est bête, pas l'enfant, protesta-t-il, à moitié réveillé. Les bateaux ont pas de jambes !

– Dors, mon bébé, dors... Maman est là qui t'aime et qui te protège...

Il rugit de bonheur, enfonça sa tête et ses poings dans le ventre de sa mère qui le reçut, des larmes aux yeux, l'enveloppa de ses bras et continua à chantonner dans le noir de la chambre.

— Maman...

Josiane tressaillit sous la douce appellation et resserra son étreinte.

— Maman, tu sais pourquoi La Bruyère a écrit *Les Caractères* ?

— Non, mon bébé d'amour, mais tu vas me l'apprendre...

Il restait enfoui dans son giron et expliqua à voix basse :

— Eh bien, vois-tu, il aimait beaucoup une fillette dont le père était imprimeur et qui s'appelait Michallet. Il l'aimait d'un amour pur. Elle emplissait son âme de beauté. Un jour, il se demanda quel mariage on lui ferait faire à cette petite puisqu'elle n'avait guère de dot. Alors, il alla trouver le père, le sieur Michallet, et lui donna le manuscrit des *Caractères* sur lequel il travaillait depuis des années. Il lui dit : « Tenez, mon brave, imprimez donc cette chose et si cela fait un profit, il ira à votre fille et constituera sa dot. » Ce que fit Michallet et c'est ainsi que Mlle Michallet fit un beau mariage... N'est-ce pas admirable, maman ?

— Oui, mon bébé, c'est admirable. Parle-moi encore de La Bruyère. Il m'a l'air d'un type très bien...

— Il faut le lire surtout, tu sais... Quand je saurai lire couramment, je te ferai la lecture. On n'aura plus besoin d'aller au parc, on restera tous les deux et je te tapisserai la tête de belles choses... Car je veux apprendre le grec et le latin pour lire Sophocle et Cicéron dans le texte.

Il fronça les sourcils, sembla réfléchir et ajouta :

— Maman, pourquoi cette ire, tout à l'heure ? Tu n'as

pas vu que ce garçonnet, Émile, était stupide et empoté ?

Josiane attrapa une boucle rousse entre ses doigts et la fit glisser d'un doigt à l'autre comme un long fil qu'on passe dans le métier à tisser.

– Je voudrais tant que tu sois comme les autres, comme tous les enfants de ton âge… Je ne veux pas d'un génie, je veux un bébé de deux ans.

Junior resta silencieux un moment puis dit :

– Je ne comprends pas. Je t'évite tant de soucis en m'élevant moi-même… Je croyais que tu serais fière de moi. Tu me fais de la peine, tu sais, en ne m'acceptant pas comme je suis… Tu ne vois en moi que ma différence, mais ne discernes-tu pas aussi à quel point je t'aime et tous les efforts que je fais pour te plaire ? Ce n'est pas parce que je suis différent qu'il faut m'en tenir rigueur…

Josiane éclata en sanglots et l'étouffa de baisers mouillés de larmes.

– Je suis désolée, mon bébé, désolée… Essayons de trouver des moments comme celui-là, tous les deux, des moments où mon cœur s'épanche, où j'ai l'impression que tu es à moi, et je te promets que je ne t'imposerai plus de stupide Émile.

Il lui demanda en bâillant promis ? Elle chuchota promis et il se laissa tomber comme un poids mort dans un sommeil profond.

Le soir, alors que Marcel Grobz se glissait dans le lit conjugal, cherchant de ses gros doigts aux poils roux le doux corps de sa femme, Josiane le repoussa et lui dit :

– Faut qu'on parle…

– De quoi ? demanda-t-il en grimaçant.

Il avait attendu toute la journée l'instant magique où il se poserait sur le corps de Josiane et la pénétrerait lentement, puissamment, en lui murmurant dans l'oreille tous les mots doux qu'il avait engrangés entre des papiers à signer, une colonne d'incendie à réparer, un fournisseur chinois et un fabricant de meubles de cuisine qui refusait de baisser sa marge.

– De ton fils. Je l'ai surpris aujourd'hui à lire *Les Caractères* de La Bruyère.

– Sacré fiston ! Oh, que je l'aime ! Oh, que je suis fier ! Mon fils, ma chair, mon souverain pontife !

– Et ce n'est pas tout ! Après m'avoir raconté l'histoire de La Bruyère, il a conclu qu'il avait envie d'apprendre le grec et le latin pour lire les classiques dans le texte...

Marcel Grobz jubilait en se grattant le ventre.

– Normal ! C'est mon fils. Si on m'avait un tant soit peu encouragé, j'aurais moi aussi appris le latin, le grec, les belles lettres et les hypoténuses.

– Balivernes ! Tu étais un enfant normal, j'étais une enfant normale et on a fabriqué un monstre !

– Mais non, mais non... Tu vois, Choupette, on a été élevés tous les deux à coups de torgnoles, on nous prenait pour des moitiés d'épluchures et on se retrouve aujourd'hui avec un petit génie... Elle est pas belle, la vie ?

– Sauf que Gladys, tu sais, notre dernière employée...

Marcel chercha. Ces temps-ci, il assistait à un défilé d'employées. Aucune ne restait. Pourtant la paie était joviale, et les conditions de travail confortables. Josiane était une patronne respectueuse qui n'avait pas peur de tremper ses doigts dans la Javel et souffletait l'impudent qui osait parler de sa « bonniche ». Elle l'avait été si longtemps, une bonniche.

– Elle s'est fait la malle ! Et tu sais pourquoi ?

Marcel se plissait de rire retenu.

– Non ? parvint-il à dire au bord de la congestion.

– À cause de Junior. Il voulait qu'elle lui fasse la lecture, elle voulait faire le ménage !

– C'est quand même moins fatigant de lire de belles œuvres que de récurer les lieux d'aisances...

– Tu parles comme lui, maintenant ! Quand je t'ai connu, tu disais « chiottes » comme tout le monde...

– C'est que... Choupette, je lui fais la lecture tous les soirs et forcément ça m'influence... Je le comprends, ce gamin, c'est un glouton, un curieux, il veut apprendre, ne pas s'ennuyer quand on lui parle. Il faut qu'on lui apprenne des choses tout le temps. En plus d'une maman, tu dois être Pic de La Mirandole.

– C'est qui celui-là ? Un pote à toi ?

Marcel éclata de rire et la chiffonna dans ses bras.

– Arrête de te faire du jus de cervelle, ma tourterelle. On est si heureux tous les trois et tu introduis le malheur avec tes questions...

Josiane bougonna quelques mots incompréhensibles et Marcel en profita pour glisser la main sur son sein.

– Tu ne trouves pas qu'il est vraiment très rouge ? reprit Josiane en s'écartant. Il a l'air en colère tout le temps... il est rouge furieux. Il me fait peur... J'ai peur aussi de ne plus arriver à le suivre, j'ai peur qu'il me méprise. Je n'ai pas fait l'ENA, moi ! Je sors pas de l'École nationale de l'admiration !

– Mais il s'en fiche, Junior, il est bien au-dessus de ça ! Tu sais ce qu'on va faire, Choupette, on va engager un précepteur, rien que pour lui. Il a pas besoin d'une nounou, cet enfant, il a besoin qu'on le nourrisse à la petite cuillère de savoir frais, qu'on lui apprenne la surface de la Terre, le grec et le latin, pourquoi la Terre tourne et pourquoi elle est ronde et comment elle ne finit pas maboule dans l'infinité de l'espace. Il exige qu'on lui enseigne l'usage d'une règle, d'un compas, la règle de trois et les racines carrées...

— Et pourquoi on dit racines carrées, d'abord ? Ce ne sont ni des racines ni des carrés ! Non, mon gros loup, avec un précepteur, je vais me sentir encore plus abandonnée. Encore plus ignare...

— Mais non ! Et puis tu apprendras des choses merveilleuses toi aussi... Tu assisteras aux cours et tu feras des oh et des ah de surprise en arrondissant les lèvres tellement ce sera beau et tellement ça ouvrira des firmaments dans ta tête...

— Ma pauvre tête ! soupira Josiane, elle est si pauvrement meublée. On ne m'a rien enseigné. Tu veux que je te dise, mon gros loup, la plus grande injustice du monde, c'est de ne pas avoir gobé ce beau savoir à la naissance.

— Eh bien, tu te rattraperas ! Et après, c'est toi qui me parleras avec dédain, qui me diras « pauvre fagot ! pauvre emplâtre ! » et il faudra qu'humblement je repasse mes leçons chaque soir. Crois-moi, ma beauté, tu n'es pas plus bête que ton fils et cet enfant nous est envoyé par le Ciel pour nous élever... Il est différent. Eh bien ! qu'il soit différent ! Je m'en fiche. Je le revendique ! Il aurait trois jambes et un seul œil que je le revendiquerais pareil. Tu voudrais quoi ? Un enfant estampillé normal ? On n'en peut plus de la norme ! Elle fabrique des petits ânes bâtés qui ânonnent et ne savent plus penser. Faut lui trousser le cul à la norme, la faire péter, la renverser ! Au diable toutes les mères flanquées de rejetons normaux ! Elles ne savent pas le trésor qu'on a chez nous, elles ne peuvent pas le savoir, elles portent des œillères. Alors que nous... Quel zéphyr ! Quelle félicité ! Quelle divine surprise à chaque heure du jour ! Allez, viens contre moi, ma replète, arrête de te centrifuger le sang, tu vas connaître l'ivresse, je vais te faire monter au Ciel, ma poupée, ma tendrelette, ma beauté magnifique, ma femme, mon toit, ma racine carrée, ma Pompadour lascive...

Et de mot en mot, Choupette s'alanguit, se dérida, finit par glousser, se laissa happer par son géant roux et ils escaladèrent en râles voluptueux et sinueux la grande échelle du plaisir.

Le lendemain matin, au petit déjeuner, ils reçurent un appel de l'avocat d'Henriette. Henriette Grobz, veuve Plissonnier, mère d'Iris et de Joséphine Plissonnier, mariée en secondes noces à M. Marcel Grobz, était prête à signer les papiers du divorce. Elle se rendait aux arguments de Marcel et ne demandait qu'une chose : conserver son nom.

– Et pourquoi elle veut garder ton nom, le Cure-dents ? demanda Josiane, méfiante, encore toute chiffonnée de sa nuit d'amour. Elle le détestait ce nom, il la faisait vomir. Ça sent l'embrouille, elle va encore nous jouer de l'entourloupe, tu vas voir...

– Mais non, ma délicieuse ! Elle se soumet, c'est le principal. Ne cherche pas la puce dans la cressonnière ! C'est fou, ça, dès qu'on se trémousse de bonheur, tu vois le diable et ses cornes.

– Comme si elle allait se transformer en agneau ! Je

n'y crois pas une seconde. Le loup, il perd les poils, mais il perd pas le vice. Et elle en a à revendre du vice...

– Elle se rend, je te dis. Je lui ai fait mordre la poussière et avaler tous les flocons un par un, elle étouffe, elle demande grâce...

Marcel Grobz éternua, sortit de sa poche un mouchoir à carreaux et se moucha vigoureusement. Josiane fronça le nez.

– Et les mouchoirs en papier que je t'avais donnés ? C'est pour les mouches ?

– Mais Choupette, j'aime mon vieux mouchoir à carreaux...

– C'est un nid de microbes, une pouponnière à virus ! Et puis, tu as l'air de quoi ? D'un paysan en sabots.

– Je n'aurais pas honte d'être un paysan..., répliqua Marcel en rangeant son mouchoir dans la poche avant que Josiane s'en empare.

Elle lui en avait jeté une douzaine à la poubelle, la semaine précédente.

– Et ça veut payer un percepteur à son fils ! Et ça veut jouer les Sommets de La Mirandole ! On fera belle figure devant le puits de culture avec ton mouchoir et tes bretelles !

– Je vais m'enquérir dès ce jour où trouver cet homme-là, enchaîna Marcel, ravi que l'on change de sujet.

– Et prends des références ! Je ne veux pas d'un petit marquis poudré ni d'un barbu marxiste. Dégote-moi un bon vieux dictionnaire que je puisse piger quand il se met à jacter...

– Alors, t'es d'accord ?

– On peut dire ça comme ça... Mais j'attends de le

voir avant de me prononcer. D'ici à ce que ce soit un espion du Cure-dents...

*
**

Est-il vraiment nécessaire de dire la vérité, toute la vérité ? se demandait Shirley en regardant Gary qui débarrassait la table, raclait le plat à lasagnes, faisait couler l'eau chaude dans le plat, ajoutait une giclée de liquide vaisselle. Est-ce qu'on fabrique du bonheur en disant la vérité ? Je n'en suis pas si sûre... Je vais parler et rien ne sera plus jamais comme avant.

On est là, tous les deux, dans cette tranquille habitude qui nous ressemble, je sais comment il va se retourner, sur quel pied il va s'appuyer, quelle main il va étendre en premier, comment il va tourner sa tête vers moi, hausser un sourcil, repousser une mèche de cheveux, je sais tout cela, c'est mon paysage.

Le dîner est terminé, les lasagnes étaient succulentes, Glenn Gould nous accompagne. On fait hmm-hmm du fond de la gorge et on est reliés.

Et dans deux minutes et demie...

Je vais parler, poser un tas de mots entre nous, introduire un étranger et rien ne sera plus limpide. La vérité est utile à celui qui la reçoit, peut-être, mais c'est une épreuve pour celui qui l'énonce. Lorsque j'ai dit « la vérité » au sujet de ma naissance à l'homme en noir, il m'a fait chanter. Et a obtenu une rente mensuelle en échange de son silence[1].

1. Cf. *Les Yeux jaunes des crocodiles, op. cit.*

Ce matin même, en allant à Hampstead Pond, elle était passée devant un grand panneau publicitaire qui vantait les mérites d'un jean avec pour slogan : « La vérité d'un homme, c'est ce qu'il cache. » Et juste en dessous : « Ne cachez plus vos formes, montrez-les avec le jean... » Elle avait oublié le nom de la marque, mais pas les mots qui l'avaient poursuivie tout le long du chemin et, quand elle avait attaché son vélo à la barrière le long de la mare, elle avait failli ne pas voir l'homme au bonnet et au pantalon côtelé qui repartait.

Damned !

Ils s'étaient souri. Il avait frotté son nez de son gros gant en cuir fourré et avait incliné la tête d'un geste appuyé en disant vous allez voir, elle est délicieuse. Elle était restée la bouche ouverte avec la phrase du jean qui revenait : « La vérité d'un homme, c'est ce qu'il cache. » Qu'est-ce qu'il cachait cet homme au sourire débonnaire, aux épaules larges ? Cet homme contre lequel elle avait une furieuse envie de s'abriter. Peut-être qu'il ne cachait rien et que c'est pour cette raison qu'elle avait envie de s'engouffrer en lui...

À ce moment précis, il aurait tendu la main vers elle, elle l'aurait suivi.

Elle soupira et effaça une trace de sauce tomate de son index sur la belle toile cirée que Gary avait rapportée de Paris.

Elle songea au rapport qu'ils avaient rendu la veille : *Comment chasser les pesticides de nos assiettes.* À quoi cela servait-il de manger des fruits et des légumes s'ils se révélaient dangereux pour la santé ? Seize produits toxiques avaient été relevés sur des grappes de raisin produit à l'intérieur de la Communauté européenne. Je me bats contre des moulins à vent.

Elle releva la tête vers Gary. Il avait entassé les assiettes dans l'évier. Cela signifie qu'il ne va pas faire la vaisselle tout de suite, cela signifie qu'on va parler tout de suite.

Elle sentit un disque de coton dans sa gorge qui asséchait sa langue, ses poumons, son ventre. Elle déglutit.

– Tu me fais une tisane ?

– Thym, romarin, menthe ?

– Verveine, t'as pas ?

Il la regarda, découragé :

– Je te dis les trois que j'ai et tu en demandes une quatrième que je n'ai pas...

Il semblait légèrement exaspéré. Tendu, même.

– OK. OK. Je prends le thym...

Il mit de l'eau dans la bouilloire, sortit une théière, un sachet de thym, une tasse. Elle pouvait deviner à la brusquerie de ses gestes qu'il avait hâte de s'asseoir en face d'elle et de poser ses questions. Il avait été assez courtois pour la laisser dîner en paix.

Au mur, affichés en posters, Bob Dylan et Oscar Wilde la regardaient. Bob semblait grave et fatigué, Oscar affichait un petit sourire ambigu qui lui donna envie de lui filer une paire de claques. Elle demanda :

– Tu as vu ton prof de piano ?

– Oui, cet après-midi... très sympa. J'avais rendez-vous chez lui, à Hampstead, pas loin de l'endroit où tu te baignes. Il habite un de ces ateliers d'artistes qui donnent sur la mare... Mais je ne pense pas qu'il trempe dans l'eau glacée dès le matin, lui ! Ce ne serait pas recommandé pour ses articulations.

– Tandis que moi, je peux m'esquinter les mains...

— J'ai pas dit ça ! Oh là là ! Tu prends tout du mauvais côté... *Relax, mummy, relax...* Tu es en train de devenir carrément chiante !

Shirley choisit d'ignorer le mot « chiante ». S'ils commençaient à s'affronter pour une histoire de vocabulaire, ils n'arriveraient jamais à se parler. Mais elle nota de lui rappeler plus tard de ne plus jamais lui servir ce mot-là.

— Et tu commences quand ?

— Lundi matin.

— Si vite...

— L'année scolaire est déjà bien entamée, et si je veux rattraper mon retard... Une leçon tous les deux jours chez lui, le reste du temps, je travaille chez moi cinq heures minimum par jour... Tu vois, je prends le piano au sérieux.

— Il demande combien par leçon ?

— C'est Mère-Grand qui paie.

— Je n'aime pas ça, Gary...

— Mais enfin, c'est ma grand-mère !

— J'ai l'impression que tu me rejettes de ta vie...

— Arrête de prendre la mouche ! Tu es anxieuse parce que tu vas me parler et un rien te blesse... *Relax...*

Il posa sa main sur la sienne.

— Allez, vas-y... Plus vite tu me parleras, plus vite la tension tombera.

— Bon d'accord... Oh ! ça va être court. Je suis désolée, ce n'est pas très romantique, ni très romanesque.

— Je n'attends pas un roman, j'attends des faits.

— Bon alors... Finalement j'aimerais bien un petit verre de vin. Il t'en reste un peu ?

Elle tendit son verre et Gary vida la bouteille jusqu'à la dernière goutte.

– Un bébé dans l'année ou un mari ! dit-il en riant.
– Ni l'un ni l'autre, fit-elle en ronchonnant.

Elle but une gorgée de vin, la fit rouler dans son gosier et commença :

– Je devais avoir seize ans quand ton grand-père m'a envoyée en Écosse. Dans un pensionnat très strict d'abord, puis à l'université d'Édimbourg. Parce que je lui menais la vie dure à Londres. Je faisais le mur, je rentrais un peu, disons, éméchée, je me plantais des épingles de nourrice dans le nez, portais des jupes grandes comme des napperons à thé et fumais de gros pétards qui empuantissaient les honorables couloirs du palais. Il n'arrivait plus à concilier sa tâche de grand chambellan et celle de père. C'était d'autant plus embarrassant que nous habitions Buckingham et qu'un scandale risquait d'éclater, éclaboussant la reine. Donc je fus envoyée en Écosse. J'ai continué à faire la fête, tout en passant mes examens sans me faire recaler. Et surtout, surtout, au bout d'un an environ, j'ai rencontré un garçon, un bel Écossais, Duncan McCallum, fils de grande famille, avec château, fermes, bois et futaies...

– Une vieille famille écossaise ?

– Je ne lui ai pas demandé son arbre généalogique. On n'était pas très regardants sur les pedigrees, les cartes de visite... Un coup d'œil, on se plaisait, on passait la nuit ensemble et puis on se quittait et si, d'aventure, on tombait nez à nez à nouveau, on recommençait ou pas. Avec ton père, j'ai recommencé plusieurs fois...

– Il était comment ?

– Eh bien... disons que tu lui ressembles beaucoup. Tu n'aurais aucun mal à le reconnaître si tu te trouvais en face de lui... Grand, brun, un long nez, des yeux verts ou bruns, cela dépendait de son humeur, des épaules de joueur de rugby, un sourire à faire tomber la lune, bref un beau garçon... Il avait quelque chose d'irrésistible. Tu ne te demandais pas s'il était intelligent, bon, courageux, tu n'avais qu'une seule envie, foncer dans ses bras. Je n'étais pas la seule... Toutes les filles lui couraient après. Ah ! si... il avait une longue et fine cicatrice sur la joue, il racontait qu'il avait reçu un coup de sabre en se battant avec un Russe ivre, à Moscou... Je ne suis pas sûre qu'il soit allé à Moscou, mais cela faisait beaucoup d'effet, les filles se pâmaient et voulaient toucher sa cicatrice...

— Et tu es sûre que je suis de Duncan McCallum et pas d'un autre ?

— J'étais tombée amoureuse – enfin, je m'interdisais d'appeler ça comme ça ! Je me serais fait trancher la gorge plutôt que d'avouer ce sentiment bourgeois – mais ce dont je suis sûre, c'est que, pendant que je le voyais, je n'ai couché avec personne d'autre...

— Coup de bol !

— On peut même dire que tu es un enfant de l'amour... Enfin de mon côté.

— Drôle d'amour, soupira Gary, ça sent un peu le bâclé...

— C'était une époque un peu dure... le monde quittait les années soixante-dix, « fleurs dans les cheveux et aimons-nous les uns, les autres » pour retomber dans la réalité. Et la réalité, elle était pas gaie. C'était l'époque de Margaret Thatcher, des punks, des Clash, des grandes grèves, du désespoir qui fleurissait partout. On pensait et on chantait que le monde était de la merde. Et l'amour aussi.

— Et lui, qu'est-ce qu'il a dit quand il a su...

— ... On était dans un pub, c'était un samedi soir, je

l'avais cherché toute la journée pour lui parler... Il était avec des copains, une pinte de bière à la main, je me suis approchée... je tremblais un peu... Il s'est penché vers moi, il a passé son bras autour de mes épaules, je me suis dit ouf ! je ne serai pas toute seule. Il m'aidera quoi qu'on décide. Je lui ai parlé et avec son beau sourire à faire tomber la lune, il m'a répondu franchement, ma chère, c'est ton problème, il s'est retourné vers ses potes et il m'a plantée là. J'en ai pris plein la gueule.

– Il n'a même pas eu envie de faire ma connaissance ?

– Il m'a quittée avant que tu arrives ! Quand je le croisais, il ne m'adressait pas la parole. Même quand j'ai eu un ventre en fer à cheval !

– Mais pourquoi ?

– Pour une seule raison : un truc qui s'appelle la responsabilité et dont il manquait totalement...

– Tu veux dire que c'est pas un type bien ?

– Je ne dis rien du tout, je constate...

– Et tu m'as gardé...

– Je savais que j'allais t'aimer à la folie et je ne me suis pas trompée...

– Et ensuite ?

– J'ai accouché toute seule. À l'hôpital. Je suis partie à pied, revenue à pied. Je t'ai déclaré sous mon nom. J'ai repris mes cours très vite. Je te laissais seul dans ma petite chambre. Je logeais chez une dame très gentille. Elle m'a beaucoup aidée, elle te gardait, te changeait, te donnait tes biberons, te chantait des chansons quand j'allais à l'université...

– Elle s'appelait comment ?

– Mrs. Howell...

– Mrs. Howell ?

– Oui. Elle t'aimait beaucoup, beaucoup. Elle a pleuré quand on est partis... Elle devait avoir quarante ans, pas de mari, pas d'enfant, elle connaissait ton père, elle venait du même coin que lui, dans la campagne écossaise. Sa mère avait travaillé au château, sa grand-mère aussi. Elle disait que c'était un vaurien, qu'il ne me méritait pas. Elle était un peu alcoolique, mais douce... Tu étais un bébé parfait. Tu ne pleurais jamais, tu dormais tout le temps... Quand ton grand-père est venu me voir en Écosse, il a eu un choc. Je ne lui avais rien dit. Il nous a ramenés tous les deux à Londres... Tu avais trois mois.

– Et tu n'as plus jamais eu des nouvelles de mon... ?

– Plus jamais.

– Même par cette femme, Mrs. Howell ?

– Il n'est pas venu te voir une seule fois, ne m'a pas demandé mon adresse quand je suis partie. Voilà, c'est tout. Ce n'est pas glorieux, mais c'est comme ça...

– Je m'étais imaginé des origines plus flamboyantes..., murmura Gary.

– Je suis désolée... À toi de rendre ta vie flamboyante, maintenant...

Et vingt ans après, je vais offrir un fils à cet homme indigne. Un fils pour lequel il n'aura pas sué une seule goutte. Pas gâché une seule heure de sommeil. Pas tremblé un seul instant en lisant le thermomètre. Pas économisé le moindre sou. Pas étudié le moindre carnet de notes. Pas tenu la main chez le dentiste.

Un fils prêt à aimer. Et il dira « Mon fils ! » en le présentant autour de lui.

Je suis le père. Je suis la mère. Je suis le père et la mère.

Il n'a été qu'un lanceur de spermatozoïdes. Pressé de jouir et de partir.

*
**

Hortense Cortès ignorait la peur.

Hortense Cortès méprisait la peur.

Hortense Cortès éprouvait du dégoût pour ce sentiment. La peur, déclarait-elle, c'est un lierre dans la tête. Il plante ses racines griffues, pousse ses feuilles, grossit, nous étrangle, nous étouffe, lentement, lentement. La peur est une mauvaise herbe et les mauvaises herbes, on les arrache, on les flingue aux pesticides.

Le pesticide d'Hortense Cortès s'appelait la mise à distance. Quand elle sentait la peur se dresser en houle menaçante, elle repoussait le danger, le mettait à l'écart, l'isolait et... le regardait en face en lui disant même pas peur. Même pas peur de toi, sale brindille que je vais arracher à la racine.

Et ça marchait.

Pour Hortense Cortès.

Elle avait commencé, petite fille, en se forçant à rentrer seule de l'école quand il faisait noir. Elle refusait que sa mère vienne la chercher. Et glissait une fourchette dans la poche de son manteau. Fourchette et menton haut, elle avançait le cartable dans le dos. Prête à se défendre. Même pas peur, elle répétait quand la nuit tombait et agitait des ombres de gueules de loup.

Puis elle avait mis la barre plus haut.

Avait sorti sa fourchette lorsqu'un premier garçon avait voulu l'embrasser contre son gré. L'avait plantée dans la cuisse d'un costaud qui lui barrait le chemin dans l'escalier et exigeait un péage de deux euros. Plantée dans l'œil de celui qui avait voulu l'entraîner dans la cave.

Bientôt, elle n'avait plus eu besoin de fourchette.

Elle s'était fait une réputation.

La seule question que se posait Hortense dans ce savant domptage de la peur était pourquoi elle était la seule à agir de la sorte.

Cela semblait si simple. Si simple.

Et pourtant...

Partout elle entendait résonner les mots j'ai peur, j'ai peur. Peur de ne pas y arriver, peur de ne pas avoir assez d'argent, peur de ne pas plaire, peur de dire « oui », peur de dire « non », peur d'avoir mal. À force de dire j'ai peur, le pire se produisait. Pourquoi sa mère, une adulte censée la protéger, frémissait-elle devant une dette d'argent, un homme menaçant ou une feuille qui vole au vent ? Elle ne comprenait pas. Elle avait décidé de ne plus se poser de questions et d'avancer.

Avancer. Apprendre. Réussir. Ne pas se laisser encombrer, alourdir par des émotions, des peurs et des désirs qui sont des parasites. Comme si le temps lui était compté. Comme si elle n'avait pas le droit de se tromper.

Une seule chose avait échappé à la fourchette d'Hortense : la mort de son père, dévoré par un crocodile dans un marais du Kenya. Elle avait beau dire Antoine, crocodile, même pas peur, il lui arrivait de faire des cauchemars dans lesquels elle périssait broyée par mille dents. Jamais ! se disait-elle en se réveillant trempée de sueur, jamais ! Et elle se promettait de renforcer sa carapace d'acier pour résister. Résister. Elle avait du mal à se rendormir. Il lui semblait apercevoir dans l'obscurité de sa chambre l'œil jaune d'un crocodile qui la guettait...

Après que Gary Ward l'eut abandonnée en pleine rue, après qu'il lui eut fait battre le cœur et le corps d'un désir anthracite, après qu'il l'eut embrasée au point de lui faire perdre la boussole, Hortense avait isolé l'image de Gary, l'avait éloignée, l'avait examinée le cœur froid et sec et avait décidé que le plus sage était d'attendre. Il rappellerait le lendemain.

Il n'appela pas le lendemain, ni le surlendemain, ni les jours d'après.

Elle le raya de sa liste.

Sa vie ne dépendait pas de Gary Ward. Sa vie ne dépendait pas d'un baiser de Gary Ward, du plaisir jailli ce soir-là des lèvres de Gary Ward. Sa vie dépendait de son bon vouloir à elle, Hortense Cortès.

Elle n'avait qu'à formuler clairement ses vœux, ses désirs pour qu'ils soient exaucés par le simple triomphe de sa volonté.

Gary Ward était impossible, imprévisible, odieux, irritant.

Gary Ward était parfait.

C'est lui qu'elle voulait. Elle l'aurait.

Plus tard.

Ce jour-là, dans le métro, sur la ligne Northern, la noire, qui la ramenait de son école à la grande maison qu'elle occupait avec quatre colocataires – tous des garçons –, Hortense lut son horoscope dans le *London Paper* qui traînait sur la banquette. À la rubrique « cœur », elle déchiffra : « Puisque cette relation vous pèse, envoyez-la promener. Vous la reprendrez plus tard. »

Bimbamboum, murmura-t-elle en repliant le journal, c'était décidé : elle l'oublierait.

Ce qui sauvait Hortense Cortès, outre sa détermination et la fourchette cachée dans sa poche, était la haute opinion qu'elle avait d'elle-même. Opinion qu'elle trouvait justifiée en regard du travail et des efforts qu'elle fournissait. Je ne suis pas une glandeuse, je ne me prélasse pas, je lutte pour obtenir ce que je veux et il est juste que je sois récompensée.

Elle se demandait parfois si elle aurait persévéré dans l'adversité.

Elle n'en était pas sûre.

Elle avait besoin de résultats pour continuer à avancer. Et plus la chance lui souriait, plus elle redoublait d'efforts. Une romance avec Gary m'aurait distraite du but à atteindre, songeait-elle ce soir-là en regardant les gens autour d'elle dans le métro. Je serais peut-être devenue comme cette fille qui montre ses cuisses rouges sous sa minijupe ou cette autre qui mâche son chewing-gum en parlant de sa soirée avec Andy. Alors, il m'a dit... alors je lui ai dit... alors il m'a embrassée... Alors on l'a fait... alors il a pas rappelé... alors qu'est-ce que je fais ? Deux pauvres victimes qui ânonnaient les bêtises d'un discours amoureux. En aimant peu, je ne prends pas de risque et je suis aimée en retour. Les hommes sont ainsi : plus on les aime, moins ils se consument. C'est une vieille loi de la nature. Puisque je n'aime personne, mes soupirants sont légion et je choisis celui qui me convient à l'occasion.

Le baiser de Gary dans la nuit noire de Londres en regardant frissonner les frondaisons du parc l'avait troublée. Elle avait perdu pied. J'ai failli devenir une larve amoureuse. Je ne suis pas une larve. Je ne fume pas, je ne bois pas, je ne me drogue pas, je ne drague pas. Au départ, c'était une pose, je ne voulais pas être comme les autres, aujourd'hui, c'est un choix, cela me fait gagner du temps. Quand j'aurai atteint mon but – ouvrir ma maison de mode, avoir ma propre ligne de couture –, alors je me pencherai sur les autres. Pour le moment, toute mon énergie doit se concentrer sur mon désir de réussir. Monter ma propre affaire, avoir un caractère de cochon, devenir Coco Chanel, imposer ma vision de la mode, même si, reconnut-elle, saisie soudain par un éclair de lucidité, j'ai encore beaucoup à apprendre. Mais je sais ce que je veux : de l'élégance extrême, du grand classique, déséquilibré par un ou deux détails débraillés. Culbuter la pureté. La salir. Et la sacraliser en la signant de mon nom. Apprendre le trait, le dessin, le détail puis tout bouleverser en lacérant la toile sage. Un coup de poignard dans l'immaculé.

Elle frissonna et laissa échapper un soupir. Elle avait hâte de se mettre à l'ouvrage. De toute façon, pensa-t-elle, il n'y a que ça qui me transporte... La chair humaine me paraît bien fade à côté de mes projets.

Elle descendit à Angel, faillit glisser sur un emballage de MacDo et jura. Passa devant la chaîne de restaurants « Prêt-à-manger » et haussa les épaules. Quel nom de plouc ! Finit les derniers mètres qui la séparaient de la maison en poursuivant le récit de son ascension sociale. Elle en était au moment délicieux où elle recevrait les journalistes du monde entier pour parler de sa collection, vêtue d'une veste et d'un sarouel en crêpe de laine bleu fumé, des sandales Givenchy aux pieds, lorsqu'elle mit la clé dans la porte, entra et reçut un commentaire acerbe de Tom :

– Hortense ! T'es dégueulasse !

Hortense leva un regard froid sur Tom. C'était un Anglais blond à la barbe rare, long et moite, qui la regardait d'habitude avec les yeux d'un basset artésien devant une gamelle posée hors d'atteinte.

– Que se passe-t-il, Tommy ? Je rentre de dix heures de cours et je n'ai pas la tête à écouter tes jérémiades...

Elle accrocha son manteau dans l'entrée, défit la lourde écharpe blanche qui lui entourait le cou de plusieurs rangs, posa son sac rempli de dossiers et de livres et secoua ses lourds cheveux auburn sous les yeux de celui qu'elle considérait comme un dadais inoffensif.

– T'as laissé traîner ton Tampax dans la salle de bains !

– Ah ! Je suis désolée. Je devais penser à autre chose et...

– C'est tout ce que tu trouves à dire !

– Tu ne savais donc pas, Tommy chéri, que chaque mois, les femmes ont un écoulement de sang qu'on appelle règles ?

– Tu n'as pas à laisser traîner tes tampons dans la salle de bains !

– Je suis désolée, je ne le ferai plus... Tu veux que je te le répète combien de fois ?

Elle lui adressa le plus gracieux des sourires factices.

– T'es une sale égoïste, t'as même pas pensé à nous, les garçons de cette maison !

– Je me suis excusée, deux fois, cela suffit, non ? Je ne vais pas faire pénitence et me barbouiller de cendres fraîches ! Je n'aurais pas dû le faire, c'est exact, maintenant que veux-tu ? Que je te roule une pelle en échange ? C'est exclu. Je pensais avoir été claire sur le sujet : je refuse toute étreinte charnelle avec toi. Comment s'est passée ta journée ? Cela doit être dur au bureau en ce moment avec cette Bourse en zigzag ? On ne t'a pas viré ? Ou si... Laisse-moi deviner : tu es viré et tu passes ta colère sur moi...

Le pauvre garçon sembla suffoqué par l'outrecuidance d'Hortense puis reprit ses récriminations en répétant le mot Tampax à chaque phrase.

— Mais enfin, Tommy, arrête ! Je vais croire que tu ne savais pas ce qu'était un tampon avant de tomber sur le mien... Va falloir t'y faire si tu veux avoir une liaison un jour avec une fille... Une vraie. Pas une souillon que tu trousses ivre mort le samedi soir...

Il se tut et tourna les talons en marmonnant quelle horrible fille ! Quel Narcisse en jupon ! J'avais bien dit pas de fille dans une maison ! J'avais raison !

Hortense le regarda s'éloigner en claironnant :

— Sache que celui qui n'est pas concentré sur lui-même ne fait rien de sa vie. Si je ne suis pas Narcisse à vingt ans, je finirai cloîtrée à quarante et c'est hors de question ! Et tu devrais prendre modèle sur moi au lieu de me critiquer ! C'est cinquante livres la leçon, et je te fais un prix si tu prends un forfait !

Et elle gagna la cuisine pour se faire un café.

Elle avait une longue nuit de travail devant elle. Le sujet du devoir à rendre : dessinez une garde-robe en vous fondant sur trois couleurs essentielles, le noir, le gris et le bleu marine, en partant des chaussures et en incluant pochette, sac, lunettes, foulard et accessoires.

Ses trois autres colocataires l'attendaient près de la machine à café.

Peter, Sam et Rupert.

Sam et Rupert travaillaient à la City et ça tanguait. Ils

rentraient de plus en plus tard du travail, le front barré de soucis, égrenaient le nombre de licenciés chaque soir en buvant des cafés noirs. Se levaient le matin de plus en plus tôt. Lisaient les petites annonces, serraient les dents.

Il régnait dans la cuisine un silence de chanoine chagrin. On aurait presque pu entendre les grains de chapelet s'égrener. Chacun arborait un air douloureux sur une mine renfrognée.

Hortense choisit une capsule noire pour un café fort et mit la machine en route sans qu'un mot franchisse les lèvres des trois chanoines. Puis elle ouvrit le Frigidaire, sortit son fromage blanc à 20 % et une tranche de jambon. Il lui fallait des protéines. Elle prit une assiette, renversa le fromage blanc, coupa le jambon en fines lamelles. Ils la regardaient, ne quittant pas leur air de chanoines chagrins.

– Qu'est-ce qu'il y a ? finit-elle par demander. Vous pensez au Tampax et ça vous coupe l'appétit ? Vous avez tort. Sachez que le Tampax est biodégradable et ne pollue pas...

Elle croyait avoir été drôle. Avoir fait un trait d'esprit qui allégerait l'atmosphère.

Ils haussèrent les épaules et continuèrent à faire leur moue de reproche.

– Je ne vous savais pas si fragiles, les garçons... Moi, je me tape vos caleçons sales dans les couloirs, vos chaussettes qui puent, les capotes à cheval sur les poubelles, les assiettes empilées dans l'évier, vos verres de bière qui font des ronds partout et je ne dis rien ! Ou plutôt si... je me dis que c'est la nature même des garçons de laisser le bordel partout où ils passent. Je n'ai pas eu de frère, mais depuis que je vis avec vous, j'ai une vague idée et j'imagine que...

– La sœur de Tom est morte. Elle s'est suicidée, ce matin..., l'interrompit Rupert en la fracassant du regard.

– Ah ! fit Hortense, la bouche pleine. C'est pour ça qu'il m'a agressée... Je pensais qu'il s'était fait virer de sa banque... Et pourquoi elle s'est tuée ? Chagrin d'amour ou peur de ne pas y arriver ?

Ils la dévisagèrent, choqués. Sam et Rupert se levèrent d'un même élan et quittèrent la cuisine pour montrer leur réprobation.

– Hortense ! Tu es un monstre ! s'exclama Peter.

– Oh ! Écoute, je ne la connaissais pas, la sœur de Tom ! Tu veux que je m'arrache la peau des joues et que je sanglote ?

– J'aurais aimé que tu montres un peu de compassion...

– Je hais ce mot ! Il pue ! Y a plus de sucre ? Alors si je pense pas à tout dans cette maison, tout va à...

– Hortense ! gronda Peter en frappant sur la table de la cuisine.

Peter était brun, sec et nerveux. Il avait vingt-cinq ans, une peau trouée d'ancien acnéique, les joues creuses. Il portait des petites lunettes cerclées et faisait des études de génie mécanique. Hortense n'avait jamais très bien saisi en quoi cela consistait. Elle hochait la tête quand il parlait de ses croquis, de ses projets, de ses expériences, des moteurs à l'essai, ayant décidé que cela ne valait pas la peine qu'elle creuse le sujet. Elle l'avait rencontré dans l'Eurostar, un jour où elle portait trois gros sacs. Il s'était proposé pour l'aider. Elle lui avait tendu les deux bagages les plus lourds.

C'est grâce à Peter qu'Hortense avait pu intégrer la maison. Il s'était battu pour que ses camarades acceptent la présence d'une fille. Hortense avait apprécié l'idée de vivre avec des garçons. Ses précédentes expériences avec des filles ne s'étaient pas révélées réjouissantes. Les garçons, si on mettait de côté leur négligence et leur laisser-aller, étaient plus faciles à vivre. Ils l'appelaient Princesse et s'occupaient des radiateurs en panne et des éviers bouchés. Et puis, ils étaient tous un peu amoureux d'elle... Enfin jusqu'à ce soir... Parce que là, se dit-elle, il va falloir que je rame pour rentrer dans leurs bonnes grâces. Et j'ai besoin d'eux. Besoin de rester dans cette maison, besoin de l'appui de Peter quand j'ai des problèmes. En plus, sa sœur est costumière dans un théâtre et elle pourrait me servir un jour. Calme-toi, ma fille, calme-toi, et penche-toi sur le malheur de cette pauvre fille.

– Oh bon ! D'accord. C'est triste. Elle avait quel âge ?

– Et ne fais pas semblant de t'y intéresser, tu es encore plus monstrueuse tellement ça sonne faux !

– Mais alors qu'est-ce qu'il faut que je dise ? demanda Hortense en ouvrant les bras pour marquer son embarras. Je ne la connaissais pas, je te dis, je ne l'ai jamais vue... Même pas en photo ! Tu veux que je fasse semblant et quand je fais semblant, tu me renvoies dans mes buts !

– J'aurais aimé que tu aies une seconde d'humanité, mais c'est sans doute trop te demander...

– Peut-être. J'ai renoncé depuis longtemps à me pencher sur la misère du monde. Y en a trop et je suis débordée. Non, sérieusement, Peter, pourquoi elle s'est tuée...

– Elle a perdu toute sa fortune en Bourse... et celle d'un paquet de gens dont elle s'occupait...

– Ah...

– Elle a sauté du toit de son immeuble...

– Il était haut ?

Et comme il la foudroyait à nouveau du regard :

– Enfin, je veux dire... elle est morte sur le coup ?

Elle comprit qu'elle s'embourbait et décida de se taire.

C'est toujours ce qui arrive quand on fait semblant : on n'a pas l'air convaincu et ça se sent.

– Oui. Quasiment. Après quelques convulsions. Merci de demander.

Au moins, elle n'a pas souffert, se dit Hortense. Peut-être que pendant les derniers mètres, elle a regretté... A eu envie de remonter, de freiner... Ce doit être horrible de mourir en bouillie. On n'est plus présentable. Le croque-mort scelle le couvercle du cercueil pour que personne ne puisse vous voir. Elle repensa à son père et grimaça.

– Hortense, il va falloir que tu changes...

Il laissa passer une minute et ajouta :

– Je me suis battu pour que tu viennes habiter ici...

– Je sais, je sais... mais je suis comme ça. J'ai du mal à simuler.

– Tu ne peux pas être gentille ? Un tout petit peu ?

Hortense eut une moue de dégoût en entendant le mot « gentille ». Elle détestait ce mot. Il puait aussi. Elle réfléchit un instant sous le regard insistant et sévère de Peter.

Comment fait-on pour être « gentille » ? Jamais essayé ce truc-là. Ça sent l'arnaque, le renversement de l'âme, la perte d'énergie et tout le tremblement.

Elle finit son fromage blanc, son jambon, but son café. Releva la tête. Fixa Peter qui attendait une réponse et lâcha dans un souffle :

– Je veux bien être gentille, mais je ne veux pas que ça se voie... Okay ?

*
**

Et puis arriva le jour où Joséphine passa son HDR.

Le jour où après des années d'études, de conférences, de séminaires, de longues stations en bibliothèque, de rédaction de thèses, d'articles, de livres, elle alla se présenter devant un jury et défendre son travail.

Son directeur de recherche avait décidé qu'elle était prête. La date avait été fixée. Ce serait le 7 décembre. Il était entendu que les membres du jury auraient reçu, chacun, en septembre un exemplaire du dossier de Joséphine afin qu'ils aient le temps de le lire, de l'étudier, de l'annoter.

Il était entendu qu'elle aurait trente minutes pour se présenter, détailler son parcours, ses recherches, chaque étape, chaque auteur étudié et trente minutes encore pour répondre à chaque question des jurés.

Il était entendu que l'épreuve durerait de quatorze heures à dix-huit heures et serait suivie par le verdict et un verre que la candidate offrirait à l'assemblée présente.

C'était le protocole.

Joséphine s'était entraînée comme pour une épreuve sportive. Avait écrit une introduction de trois cents pages. Avait envoyé un exemplaire de son dossier à chaque juré. Et en avait déposé un à la faculté.

La soutenance était publique. Il y aurait une soixantaine d'auditeurs dans la salle. Des collègues en grande partie. Elle n'avait invité personne. Elle voulait rester seule. Seule face au jury.

Toute la nuit, elle avait roulé sur son lit, cherchant le sommeil. Elle s'était levée trois fois pour vérifier que le dossier était sur la table basse du salon. Elle avait vérifié qu'aucun feuillet ne s'était envolé. Elle avait compté et recompté les différents éléments. Relu la table des matières. Feuilleté les chapitres.

Chaque axe de recherche se développait harmonieusement. « Du volume et du sens », avait recommandé son directeur de recherche.

Elle avait posé les mains à plat sur l'énorme paquet. Sept mille pages. Sept kilos et demi. « Le statut de la femme au douzième siècle en France dans les villes et les campagnes ». Quinze ans de travail, de recherches, de publications en France, en Angleterre, aux États-Unis, en Allemagne, en Italie. Des conférences, des articles qu'elle avait publiés, elle en prenait un au hasard et le feuilletait « le travail féminin dans les ateliers de tissage... Les femmes travaillaient autant que les hommes... le travail de haute tapisserie... », ou « le tournant économique des années 1070-1130 en France... les premiers signes de l'essor urbain... la pénétration de la monnaie dans les campagnes... la multiplication des foires en Europe... les premières cathédrales... », ou encore l'article final, sa conclusion, où elle faisait un parallèle entre le douzième et le vingt et unième siècle... L'argent qui devient tout-puissant et remplace le troc, modifie peu à peu les relations entre les gens, entre les sexes, les villages qui se vident, les villes qui s'agrandissent, la France qui s'ouvre aux influences étrangères, le commerce qui se développe et la femme qui prend sa place, qui inspire des troubadours, écrit des romans d'amour, devient le centre de l'attention de l'homme qui se polit, s'affine... L'influence de l'économie sur le statut de la femme. L'économie qui adoucit les mœurs ou, au contraire, rend les humains plus brutaux ?

C'était le chapitre rédigé par elle d'un petit livre publié aux éditions Picard, un livre écrit à plusieurs, qui s'était vendu à deux mille exemplaires. Un succès pour un ouvrage universitaire.

De le savoir là, ce livre modeste et brillant, l'avait rassurée. Elle s'était endormie en lisant l'heure sur le cadran aux chiffres lumineux de son réveil : 4:08.

Elle avait préparé le petit déjeuner.

Avait réveillé Zoé.

– Pense à moi, chérie, pense à moi cet après-midi entre deux heures et six heures, je serai devant le jury.

– Ton HDR ?

Joséphine avait hoché la tête.

– T'as le trac ?

– Un peu...

– Chacune son tour, avait répondu Zoé en l'embrassant. Ça va bien se passer, M'man, t'en fais pas, t'es la meilleure...

Elle avait des traces de confiture sur la joue gauche.

Joséphine avait tendu un doigt pour effacer le rouge des mûres sauvages et l'avait embrassée.

Vers midi, elle était prête.

Elle vérifiait une dernière fois si son dossier était complet, comptait et recomptait les pages, les ouvrages, les articles en rongeant les petites peaux autour de ses ongles.

Elle alluma la radio pour se forcer à penser à autre chose, fredonner une chanson, rire à un bon mot, écouter les infos. Elle tomba sur une émission qui parlait de la résilience. Un psychiatre disait que les enfants maltraités qu'on avait cassés, brûlés, battus, violés, torturés, ces enfants-là avaient tendance, une fois devenus adultes, à se considérer comme des objets. Des objets indignes d'être aimés. Et qu'ils étaient prêts à tout pour qu'on les aime. À faire la roue, le grand écart, le cou aussi long que celui de la girafe, à enfiler les rayures d'un zèbre...

Elle regardait son dossier, le gros sac bariolé Magasin U qui le contenait, trempait ses lèvres dans la grande tasse rose...

Décembre et sa lumière presque blanche. Un rayon de lumière morte traversait la cuisine et allait éclairer le pied de la table. Les grains de poussière dans le rayon froid de la lumière comme dans le pinceau des phares...

Bientôt quatre mois...

Quatre mois qu'Iris était partie en valsant dans la forêt...

Avant je comptais les jours et les semaines, maintenant je compte les mois.

« Ces enfants-là, insistait la voix à la radio, deviennent des adultes qui ont tellement besoin d'amour qu'ils sont prêts à tout pour qu'on leur en jette quelques miettes. Prêts à s'oublier, à se déguiser en désir de l'autre, à se faufiler en lui... Afin de lui plaire, d'être accepté et aimé, enfin !

Ces enfants-là, disait-elle encore, sont les premières victimes des sectes, des fous, des tortionnaires, des pervers ou, au contraire, se transforment en survivants magnifiques qui se tiennent debout et forts.

L'un ou l'autre. »

Joséphine écoutait les mots de la radio. Elle pensait sans cesse à sa sœur. Tentait de comprendre.

« Prêts à tout pour qu'on les aime... », répétait l'homme.

« Pas assez sûrs d'eux pour affirmer une opinion, énoncer un doute, remettre en question la parole de l'autre, défendre leur territoire... Quand on s'aime, on se respecte, on sait se défendre. On ne se laisse pas marcher sur les pieds. C'est quand on ne s'aime pas, qu'on laisse tout le monde entrer chez soi et nous piétiner... »

Elle entendait les mots... ils allaient se loger dans sa tête, prêts à grossir, à enfler. Pour lui indiquer une piste.

Elle tenta de les chasser. Pas maintenant, pas maintenant ! Plus tard... Il faut que je reste au douzième siècle... Il n'y avait pas de psys au douzième siècle. On brûlait les sorcières qui entraient dans votre tête. On ne croyait qu'en Dieu. La foi était si forte que saint Éloi coupa la jambe de son cheval pour mieux la ferrer en priant Dieu qu'Il la recolle prestement. Le cheval faillit mourir d'hémorragie et saint Éloi fut fort surpris !

Et elle reprenait, scolaire et appliquée. Comme si elle récitait une table de multiplication :

« Le douzième siècle, c'est le temps des constructions de cathédrales, d'hôpitaux, d'universités... C'est au douzième siècle qu'on commence à développer un enseignement de haut niveau. Dans les villes en plein essor, les bourgeois veulent que leurs fils sachent lire et compter, à la cour des princes, on a de plus en plus besoin de professionnels de l'écriture, de comptables, d'archivistes… Le jeune homme bien né – et parfois la jeune fille aussi – doit apprendre la grammaire, la rhétorique, la logique, l'arithmétique, la géométrie, l'astronomie et la musique… L'enseignement se fait en latin… les maîtres ont des élèves qui leur versent un salaire. Meilleurs ils sont, plus grand est le salaire, et les professeurs se livrent une compétition féroce puisqu'ils sont payés au mérite. Les plus brillants comme Abélard attirent des foules et sont détestés par leurs collègues envieux. C'est du douzième siècle que date le proverbe : "Dieu a créé les professeurs et Satan, les collègues." »

Elle était prête à affronter les professeurs et les collègues.

Elle choisit une jupe à godets qui lui cachait les mollets, tira ses cheveux sous un serre-tête noir, ne pas faire de charme, ressembler à un traité de grammaire. « Dieu a créé les professeurs et Satan, les collègues… » Elle n'avait pas mis *Une si humble reine* dans son dossier. Elle savait que ses collègues n'avaient pas apprécié qu'elle sorte du rang et remporte un succès si grand. On murmurait dans son dos, on se moquait, on traitait son livre de littérature Harlequin… Certains criaient à la vulgarisation de bas étage. Elle avait donc omis de mentionner son livre. Ressembler à la couleur des murs. Glisser sans se faire remarquer. Surtout ne pas briller…

Un classeur bleu dépassait du dossier. Joséphine en tapota la tranche pour le remettre en place. Puis, comme il résistait, elle le sortit délicatement. C'était son chapitre sur les couleurs et leur signification au Moyen Âge. Les couleurs et leur représentation dans les maisons, les mariages, les enterrements, les menus des fêtes confectionnées par la maîtresse de maison. Je l'ouvre au hasard et je m'y replonge une minute, se dit-elle. Non, non ! ce n'est pas la peine, je le connais par cœur. Elle l'ouvrit et tomba sur l'arc-en-ciel. Ou *iris* au Moyen Âge. Du latin *iris, iridis*, lui-même emprunté au grec *Iris, Iridos*, désignant la messagère des dieux, personnification de l'arc-en-ciel.

Elle reposa le classeur, troublée.

Peut-être qu'Iris avait été cassée, enfant...

L'idée revenait, prenait des bouts de vie par-ci, des bouts de vie par-là, remontait à l'origine de toute cette douleur qu'elle croyait être la seule à avoir reçue, cette douleur qui, pensait-elle, avait épargné Iris.

Peut-être avait-elle frappé Iris aussi ?

Peut-être avait-elle fini par croire qu'elle était un objet, qu'on pouvait tout lui faire, peut-être avait-elle brûlé de joie sauvage de s'offrir en cadeau à l'homme qui... La maltraitait. L'attachait. Lui donnait des ordres.

Son journal racontait cette joie étrange, cette jouissance. Racontait ces jours et ces nuits où elle devenait ce jouet cassé... désarticulé... cette poupée...

Mais alors, Iris aussi ? Iris comme moi...

Toutes les deux cassées.

Elle chassait cette idée de sa tête.

Non ! Non ! Iris n'était pas cassée. Iris était sûre d'elle. Iris était magnifique, forte, belle. C'était elle, Joséphine, la petite, la mal assurée, celle dont les oreilles rougissaient pour un rien, celle qui avait toujours peur de déranger, toujours peur d'être moche, pas à la hauteur...

Pas Iris.

Elle fermait la porte derrière elle.

Elle sortait un ticket de métro du petit porte-monnaie en peluche orange que lui avait offert Zoé pour la fête des Mères.

Elle prenait le métro.

Elle serrait sous son bras son dossier de sept kilos.

Mais la petite voix insistait. Et si elles avaient été cassées, toutes les deux, enfants ? Par la même mère. Henriette Grobz, veuve Plissonnier.

Elle changeait à Étoile. Prenait la ligne 6 direction Nation.

Regardait sa montre et...

Elle était à l'heure.

Le président du jury était son directeur de thèse. Les autres membres du jury... elle les connaissait tous. Des collègues qui avaient passé leur HDR, la jaugeaient comme une brindille et lui soufflaient dessus. Une femme, en outre ! Ils en souriaient entre eux. Eux qui, pour se présenter, avaient toujours besoin de faire figurer leurs états de service comme une carte de visite épinglée au revers de leur veste. Lors de ma leçon inaugurale au Collège de France, en sortant du ministère l'autre jour..., à mon retour de la villa Médicis..., lorsque j'étais rue d'Ulm..., dans mes séminaires à la Casa Vélasquez... Il fallait qu'ils précisent qu'ils n'étaient pas n'importe qui.

Mais il y aurait Giuseppe.

Un Italien érudit et charmant qui l'invitait à des conférences à Turin, à Florence, à Milan, à Padoue. Il l'encouragerait du regard et détendrait l'atmosphère. Josephina, *bellissima* ! Tou as peur, *ma... perché*, yé souis là, Josephina...

Courage, ma fille, courage, pensa Joséphine, ce soir, c'est fini. Ce soir, tu sauras... Ça a toujours été ça, ta vie, étudier, travailler, passer des examens. Alors n'en fais pas toute une histoire. Redresse les épaules et affronte ce jury, le sourire aux lèvres.

Sur les murs du métro, les publicités vantaient les cadeaux de Noël.

Des étoiles dorées, des baguettes magiques, le Père Noël, une barbe blanche, un bonnet rouge, de la neige, des jouets, des consoles vidéo, des CD, des DVD, des feux d'artifice, des sapins, des poupées aux grands yeux bleus...

Henriette avait transformé Iris en poupée. Choyée, célébrée, coiffée, habillée comme une poupée. Vous avez vu, ma fille ? Qu'elle est belle ! Mais qu'elle est belle ! Et ses yeux ! Vous avez vu la longueur de ses cils ? Vous avez vu comme ils se recourbent au bout ?

Elle l'exhibait, la faisait tourner, rectifiait un pli de robe, une mèche de cheveux. Elle l'avait traitée comme une poupée, mais elle ne l'avait pas aimée.

Oui mais... c'est elle qu'Henriette avait sauvée dans l'eau des Landes[1]. Pas moi ! Elle l'avait sauvée comme on agrippe son sac quand le feu se déclare. Comme une cassette, un trophée. La petite phrase entendue à la radio enflait, se développait et Joséphine écoutait...

Elle écoutait, assise dans le métro.

Elle écoutait en entrant dans l'université, en cherchant la salle de son jury.

Cela faisait comme deux musiques dans sa tête : la petite phrase qui poursuivait son argumentation et le

1. Cf. *Les Yeux jaunes des crocodiles, op. cit.,* et *La Valse lente des tortues,* Éditions Albin Michel, 2008.

douzième siècle qui tentait de se déployer et poussait, poussait pour se tenir sur ses deux pieds et être bien assuré quand viendrait l'heure de l'examen et des questions.

Commencer par sa « bio-bibliographie », expliquer d'où elle venait, comment elle avait travaillé. Puis répondre aux questions de chaque collègue.

Ne pas penser au public assis derrière elle.

Ne pas entendre le bruit des chaises qui raclent le sol, le bruit de ceux qui se déplacent, qui chuchotent, soupirent, se lèvent et sortent... Rester concentrée sur les réponses à fournir à chaque membre du jury qui, pendant trente minutes, dira ce qu'il pense, ce qu'il a trouvé intéressant ou non dans son travail, installer un dialogue, écouter, répondre, se défendre le cas échéant, sans s'énerver ni perdre ses moyens...

Elle répétait les étapes de cette épreuve qui allait durer quatre heures et la consacrer professeur de faculté.

Son salaire passerait de trois mille à cinq mille euros.

Ou pas.

Car il y avait toujours un risque qu'elle ne soit pas reçue. Oh ! Il était infime, il n'existait pratiquement pas, mais...

Quand tout serait fini, le jury se retirerait pour délibérer. Au bout d'une heure et demie, il reviendrait et prononcerait le verdict

« Le candidat a été reçu avec mention très honorable et les félicitations du jury... »

Et il y aurait une explosion d'applaudissements.

Ou « le candidat a été reçu avec mention très honorable sans les félicitations du jury ».

On entendrait *clap-clap*, le candidat ferait la grimace.

Ou « le candidat a été reçu avec mention honorable ».

Un silence embarrassant régnerait dans la salle.

Le candidat baisserait le nez et reculerait, honteux, dans sa chaise.

Dans quatre heures, elle saurait.

Dans quatre heures, elle commencerait une nouvelle vie dont elle ignorait tout.

Joséphine prit une profonde inspiration et poussa la porte de la pièce où l'attendait le jury.

*
**

Chaque matin, quand la lumière du jour pointait derrière les rideaux, Henriette Grobz se dressait sur son lit, allumait sa petite radio, écoutait les derniers cours des Bourses asiatiques et se lamentait. Quel malheur ! quel malheur ! elle répétait en se tortillant dans sa longue chemise de nuit. Ses économies fondaient comme saindoux sur le feu et elle se revoyait, enfant, dans la cuisine de la vieille ferme du Jura en train de frotter ses gros souliers l'un contre l'autre pour réveiller ses pieds engourdis pendant que sa mère essuyait des mains crevassées sur un tablier gris. La misère n'est belle que dans les livres qui mentent. La misère apporte des trous, des haillons et tord les articulations. En contemplant les mains déformées de sa mère, elle s'était juré de ne jamais devenir pauvre. Elle avait épousé Lucien Plissonnier, puis Marcel Grobz. Le premier lui avait apporté une honnête aisance, le second l'opulence. Elle se croyait définitivement à l'abri lorsque Josiane Lambert lui avait volé son mari. Et même si, lors du divorce, Marcel Grobz s'était montré généreux, il n'en restait pas moins qu'elle avait été dépouillée. Un vrai strip-tease.

Et maintenant la Bourse s'effondrait !

Elle finirait par se retrouver pieds nus, en chemise de nuit, dans la rue. Sans bourse dans laquelle puiser. Iris n'était plus de ce monde – elle se signa rapidement –, et Joséphine...

Joséphine... valait mieux l'oublier.

Elle allait vieillir chichement. Qu'ai-je donc fait pour mériter ce châtiment ? elle demanda en joignant les mains et en regardant le Christ crucifié au-dessus de son lit. J'ai été une femme exemplaire, une bonne mère. Et je suis punie. Le buis sur la croix était jaune et racorni. Il date de quand ? se dit-elle en pointant son menton vers le Messie. Du temps où je respirais de la poussière d'or, soir et matin. Et elle repiqua du nez en se lamentant de plus belle.

Elle achetait toutes les revues économiques. Écoutait les émissions sur BFM. Lisait et relisait des rapports d'éminents spécialistes. Allait dans la loge de la concierge, soudoyait le fils unique, Kevin, un garçon de douze ans, gras et ingrat, afin qu'il lui trouve sur Google les dernières tendances des instituts financiers. Il lui facturait un euro la connexion, puis un euro toutes les dix minutes et, enfin, vingt centimes le feuillet imprimé... Elle ne pipait mot et subissait la loi du gamin gélatineux qui la fixait en tournicotant sur sa chaise à vis et faisait claquer un élastique entre le pouce et l'index. Cela faisait un bruit de scie ondulante qu'il modulait avec les dents. Henriette se forçait à sourire pour ne pas perdre la face et échafaudait de sombres vengeances.

Qui aurait pu dire ce qu'il y avait de pire à observer : le manège de l'enfant gras et cupide ou la colère froide de la sèche Henriette ? Le face-à-face entre ces deux-là, s'il restait obstinément muet, témoignait de part et d'autre d'une franche hostilité et d'une subtile cruauté.

Henriette chercha à tâtons sur son lit le dernier texte imprimé par Kevin. Le rapport alarmant d'un institut européen. D'après certains spécialistes, l'immobilier allait s'effondrer, le prix du pétrole s'envoler, ainsi que celui du gaz, de l'eau, de l'électricité, des matières premières alimentaires et des millions de Français seraient ruinés au cours des quatre prochaines années. « Et vous pourriez en faire partie ! » concluait la lettre. Une seule valeur refuge, songea Henriette, l'or ! Il lui fallait de l'or. Mettre la main sur une mine d'or.

Elle gémit doucement sous les draps. Comment faire ? Comment faire ? Mon Dieu, aidez-moi ! Elle toussait, geignait, maudissait Marcel Grobz et sa poule, serinait qu'il l'avait abandonnée, ne lui avait laissé que ses yeux pour pleurer et l'obligation de se débrouiller seule sans être très regardante sur les moyens de s'en sortir. Et qu'on ne lui demande surtout pas de compatir aux malheurs des autres !

Pour vaincre l'affolement qu'elle sentait naître en elle, il fallait qu'elle affronte la journée debout. Elle resserra sur ses maigres épaules son châle à franges et sortit deux jambes blafardes de sous les draps.

Elle jeta un coup d'œil par la fenêtre pour savoir si le mendiant aveugle qu'elle avait l'habitude de détrousser n'était pas revenu en bas de son immeuble, ne le vit pas et en conclut qu'il avait définitivement changé d'emplacement, dégoûté par les maigres recettes récoltées dans son chapeau renversé. Peut-être aurais-je dû le ménager et le dévaliser avec moins d'ardeur ? se dit-elle en glissant ses longs pieds osseux dans des mules aux couleurs passées.

Elle traîna ses savates jusqu'à la cuisine, alluma le gaz, fit chauffer du lait pour se préparer son Ricoré, fendit une demi-baguette qu'elle tartina de margarine et d'un échantillon des confitures qu'elle prélevait dans les chariots des couloirs d'hôtel. C'était une nouvelle stratégie : elle s'introduisait dans les palaces à l'heure où l'on faisait les chambres – quand les chambrières laissent les portes grandes ouvertes afin d'aller et venir à leur guise –, montait dans les étages et, glissant telle une ombre le long des murs, remplissait son grand sac d'articles divers, allant de la savonnette parfumée aux petits pots de miel et de confiture. Il lui arrivait de repartir avec des restes de foie gras, des côtes d'agneau à moitié dévorées, des petits pains dorés, des fonds de bouteilles de vin ou de champagne dérobées sur les plateaux posés à terre devant les chambres. Elle aimait ces rapines furtives qui lui donnaient l'illusion de vivre dangereusement en grignotant du luxe.

Elle regarda la casserole de lait de son œil vitreux et sur sa figure rabougrie se développa un voile de réflexion qui en adoucit les traits. Cette femme, autrefois, avait dû être belle. Il flottait sur elle des restes d'élégance et de féminité, et l'on était en droit de se demander quel mal l'avait rongée pour qu'elle soit devenue aussi dure et aride. Était-ce l'avarice, l'orgueil, la cupidité ou la simple vanité de celle qui se croit arrivée et renonce à ajouter des rubans et des nuances d'âme à sa personne ? Pourquoi se maquiller le cœur et le visage quand on se pense intouchable et toute-puissante ? Au contraire ! On ordonne, on grimace, on tonne, on tranche, on humilie, on chasse de la main l'importun. On ne craint personne puisque l'avenir est assuré.

Jusqu'au jour où...

Les cartes changent de mains, et la petite secrétaire humiliée récupère les quatre as de sa patronne.

Ce matin-là, après avoir savouré sa demi-baguette, Henriette Grobz décida d'aller se recueillir dans le calme d'une église afin de faire le point. Le monde courait à sa perte, soit, mais elle n'avait pas l'intention de l'accompagner. Elle devait réfléchir au meilleur moyen de se préserver d'une faillite générale.

Elle fit une toilette de chat de gouttière, plaqua de la poudre blanche sur son long visage étroit, posa un rouge à lèvres épais sur ses lèvres minces, plaça un large chapeau sur son maigre chignon, enfonça une aiguille pour tenir le couvre-chef en place, grimaça en se regardant dans le miroir, répéta plusieurs fois il ne fait pas bon vieillir, ma fille ! chercha ses gants de chevreau, les trouva et sortit en fermant à double tour derrière elle.

Il lui fallait réfléchir. Inventer. Ruser. Méditer.

Et pour cela, rien ne valait le silence de l'église Saint-Étienne, non loin de chez elle. Elle aimait le recueillement des églises. L'air parfumé d'encens froid de la chapelle de la Vierge Marie en entrant sur la droite agissait sur sa conscience comme un baume apaisant qui l'aidait à perpétrer le mal en réclamant le pardon de Dieu. Elle s'agenouilla sur la dalle froide, inclina la tête et murmura une prière. Merci Seigneur Jésus, pour Ta miséricorde, merci de comprendre que je dois vivre et survivre, bénis mes projets et mes plans et pardonne le mal que je vais faire, c'est pour une bonne cause. La mienne.

Elle se releva et prit place au premier rang sur une chaise en paille.

Ainsi, au milieu des lueurs tremblantes des cierges et du silence troué de rares bruits de pas, elle fixait le manteau bleu de la Vierge Marie et échafaudait le plan de sa prochaine vengeance.

Elle avait signé les papiers du divorce. Soit. Marcel Grobz se montrait magnanime. C'était un fait. Elle gardait son nom, l'appartement et une confortable pension mensuelle. Elle voulait bien le reconnaître... Mais ce que n'importe qui aurait baptisé des doux noms de bienveillance et de générosité, Henriette Grobz le nommait aumône, misère, camouflet. Chaque mot sonnait comme un affront. Elle marmonnait à voix basse en faisant semblant de prier. Mal à l'aise sur la chaise qui grinçait sous son poids, elle ne pouvait s'empêcher de remâcher son aigreur et des bouts de phrase comme j'habite une mansarde, il se prélasse dans un palais en écrasant les grains de son chapelet. De temps en temps, lui revenaient en tête les bénéfices mirobolants de Casamia, l'entreprise que Marcel Grobz avait construite à la force du poignet, et elle enfouissait son visage entre ses mains pour étouffer sa rage. Les sommes dansaient sous ses yeux et elle fulminait de ne plus y avoir droit. Alors que j'ai tant donné de ma personne ! Sans moi, il ne serait rien, rien ! J'y ai droit, j'y ai droit !

Elle avait cru parvenir à ses fins en achetant les maléfices de Chérubine[1]. Elle avait été bien près d'atteindre son but, mais ne pouvait que constater son échec. Il lui fallait trouver un autre stratagème. Elle n'avait plus de temps à perdre. Il existait une solution, elle le savait.

---

1. Cf. *La Valse lente des tortues, op. cit.*

Marcel Grobz, distrait par son bonheur conjugal, ferait bientôt quelques erreurs.

Chasser ma colère, élaborer une stratégie, prendre un air de première communiante, mettre mon plan en action, énuméra-t-elle en regardant le tableau qui lui faisait face et représentait la trahison de Judas dans le jardin des Oliviers et l'arrestation de Jésus.

Chaque fois qu'elle prenait place dans cette chapelle de la Vierge Marie, Henriette Grobz finissait par relever la tête et contempler la fresque immense qui racontait le premier épisode de la Passion du Christ, le moment où Judas s'approche pour baiser la joue du Seigneur. Derrière lui : des gardes romains venus arrêter le Christ. Henriette était envahie par un sentiment étrange mêlé de pitié, de terreur et d'une sorte de jouissance à assister au début de ce drame fondateur de la chrétienté. L'âme noire de Judas se faufilait dans la sienne et lui présentait le péché comme un fruit mûr, appétissant, aux couleurs vermeilles. Elle détaillait le visage blond, débonnaire, assez fade finalement du Christ, puis regardait Judas, son nez fin et long, son regard noir, sa barbe fournie, sa tunique rouge. Il avait fière allure et elle soupçonnait le peintre d'avoir eu la même coupable faiblesse pour cet homme subtil, vénéneux, criminel.

La vertu peut être si ennuyeuse...

Elle pensa à sa fille, Joséphine, qui l'avait toujours irritée par son attitude de bonne sœur dévouée et regretta une fois encore la disparition d'Iris, sa fille de chair, sa fille véritable... Une vraie mine d'or, elle.

Elle baisa le chapelet et pria pour le repos de son âme.

Il faut que je trouve une ruse, chuchota-t-elle en

caressant du regard les longs pieds minces de Judas qui dépassaient de la robe rouge. Aide-moi, Judas l'obscur, aide-moi à décrocher, moi aussi, une bourse gonflée de sesterces. Tu le sais, le vice demande plus d'imagination, plus d'intelligence que la vertu qui est bête à pleurer, donne-moi une idée et je prierai pour le salut de ton âme.

Elle entendit les pas du curé qui se dirigeait vers la sacristie et se signa précipitamment, consciente d'avoir eu une mauvaise pensée. J'aurais peut-être dû me confesser, pensa-t-elle en se mordant les lèvres. Dieu pardonne tous les péchés et Il doit comprendre ma colère. Il n'était pas si angélique après tout ! Il parlait mal à sa mère et brutalisait les marchands du Temple. J'ai une sainte colère, voilà tout, Marcel m'a volée, dépouillée et je réclame vengeance. Qu'on me rétablisse dans mon droit. Mon Dieu, je Vous promets que je ne fais que reprendre mon bien. Ma vengeance n'excédera pas le prix des dettes de Marcel envers moi. C'est peu de chose finalement...

La fréquentation de cette petite chapelle l'apaisait. Elle se sentait confiante dans l'obscurité froide. Une idée lui viendrait bientôt. D'un jour à l'autre, un stratagème pourrait changer sa position et faire d'elle une femme intéressante.

Elle inclina la tête quand passa le curé, prit l'air meurtri de la femme qui a eu beaucoup de malheurs et revient adorer la longue face de l'Iscariote. C'est drôle, se dit-elle, il me rappelle quelqu'un. Y aurait-il quelque pressentiment là-dedans ? Un message subtil pour qu'un nom se glisse dans ma tête et m'indique un complice ? Où avait-elle vu ce long visage noir, mince, ce nez de prédateur gourmand, cet air fier d'hidalgo ténébreux ?

Elle pencha la tête pour mieux l'observer, à gauche, à droite, mais oui, voyons, je connais cet homme, je le connais...

Elle insista, revint sur la figure sombre et longue, s'énerva, claqua la langue contre le palais, faillit jurer à haute voix, c'est cela, c'est cela, je ne dois pas agir seule, il me faut un homme qui me serve de bras armé, un Judas, et je dois le trouver dans l'entourage de Marcel...

Un homme qui me donnera accès aux comptes, aux ordinateurs, aux commandes des clients, aux courriers avec les usines, les entrepôts...

Un homme que j'achèterai...

Un homme à ma botte.

Elle claqua ses gants l'un contre l'autre.

Une bouffée chaude dilata sa maigre poitrine et elle poussa un soupir de satisfaction.

Elle se leva. Fit une rapide génuflexion devant la Vierge au manteau bleu. Se signa. Remercia le Ciel de lui prêter main-forte. La veuve et l'orphelin, la veuve et l'orphelin, Mon Dieu, mon Dieu, Vous ne m'avez pas épargnée, mais Vous viendrez à mon secours, n'est-ce pas ?

Elle glissa trois fois dix centimes dans le tronc de la petite chapelle. Cela fit un doux bruit de pièces qui dégringolent. Une bigote cassée en deux sur sa chaise l'observait. Henriette Grobz lui adressa un sourire de paroissienne onctueux et sortit en ajustant sa large galette sur la tête.

*
**

Il y a des gens avec qui l'on passe une grande partie de sa vie et qui ne vous apportent rien. Qui ne vous éclairent pas, ne vous nourrissent pas, ne vous donnent pas d'élan. Encore heureux quand ils ne vous détruisent pas à petit feu en se suspendant à vos basques et en vous suçant le sang.

Et puis...

Il y a ceux que l'on croise, que l'on connaît à peine, qui vous disent un mot, une phrase, vous accordent une minute, une demi-heure et changent le cours de votre vie. Vous n'attendiez rien d'eux, vous les connaissiez à peine, vous vous êtes rendu léger, légère, au rendez-vous et pourtant, quand vous les quittez, ces gens étonnants, vous découvrez qu'ils ont ouvert une porte en vous, déclenché un parachute, initié ce merveilleux mouvement qu'est le désir, mouvement qui va vous emporter bien au-delà de vous-même et vous étonner. Vous ne serez plus jamais vermicelle, vous danserez sur le trottoir en faisant des étincelles et vos bras toucheront le ciel...

C'est ce qui arriva à Joséphine, ce jour-là.

Elle avait rendez-vous avec son éditeur, Gaston Serrurier.

Elle le connaissait peu. Ils se parlaient au téléphone. Il mettait le haut-parleur pour pouvoir faire plusieurs choses à la fois ; elle l'entendait ouvrir des lettres, des tiroirs tout en s'adressant à elle. Il énonçait ses chiffres de vente, évoquait l'édition en livre de poche, le film qui ne se tournait pas. Les Américains, il pestait, les Américains ! Ils promettent beaucoup et ne donnent rien. On ne peut jamais compter sur eux... Alors que je serai toujours là pour vous, Joséphine ! et elle perdait le son de sa voix, il avait dû se baisser pour ramasser un stylo ou un trombone, un contrat ou un agenda.

Gaston Serrurier.

C'était une relation d'Iris. C'est devant lui qu'un soir, lors d'un de ces dîners parisiens où chacun se gonfle et se gausse, Iris avait lâché j'écris un livre... et Gaston Serrurier, tapi dans la conversation, Gaston Serrurier qui observait avec une distance à la fois rude et lisse ce petit univers parisien qui s'étiole à la lueur des bougies en se croyant le phare de l'univers, Gaston Serrurier avait relevé le gant lancé par Iris et avait demandé à voir...

Le manuscrit.

Voir si ça n'était pas un propos de salon, un défi de petite marquise étourdie qui s'ennuie pendant que son riche mari remplit les caisses du ménage.

Et c'est ainsi qu'était né *Une si humble reine.* Manuscrit remis à Gaston Serrurier par Iris Dupin. Lu, retenu, publié, vendu à des centaines de milliers d'exemplaires. Un coup d'essai transformé en coup de maître.

Du jour au lendemain, Iris Dupin était devenue la reine des salons, la reine des chaînes de télévision, la reine des magazines. On saluait en elle une nouvelle étoile au firmament des lettres. On l'interrogeait sur sa coiffure, les confitures qu'elle ne faisait pas, ses auteurs préférés, sa crème de jour, sa crème de nuit, son premier amour, et Dieu dans tout ça ? Elle était invitée au Salon du chocolat, à celui de l'automobile, aux défilés de Christian Lacroix, aux avant-premières de films.

Puis il y avait eu le scandale, l'usurpatrice avait été démasquée, la timide sœur rétablie dans ses droits d'auteur.

Gaston Serrurier avait suivi toute l'affaire de son œil froid de connaisseur des mœurs parisiennes. Amusé. À peine surpris.

Quand il avait appris la mort violente d'Iris Dupin

dans les bois de Compiègne, il n'avait pas cillé. Jusqu'où n'iraient pas certaines femmes pour connaître de grands frissons ? Des femmes qui provoquent le destin comme on jette des jetons sur le tapis vert des casinos. Des femmes qui bâillent et s'inventent des histoires avec le premier bellâtre qui leur chauffe le sang.

C'est la douceur de la petite sœur qui l'intriguait...

D'où lui était venue cette imagination en corne d'abondance ? Pas seulement de ses sources historiques. Il ne fallait pas lui raconter d'histoires. Il y avait des scènes d'amour dans *Une si humble reine* qui annonçaient précisément la mort de la belle Iris Dupin. Les vrais auteurs ont des pressentiments tragiques. Les vrais auteurs ont de l'avance sur la vie. Et cette petite femme modeste, cette Joséphine Cortès, était sans le savoir un écrivain. Elle avait deviné le destin de sa sœur. C'est cette contradiction entre la femme et l'auteur qui allumait dans le regard froid et blasé de Gaston Serrurier une lueur d'intérêt.

Il lui avait donné rendez-vous dans un restaurant de poissons, boulevard Raspail, vous aimez le poisson ? Cela tombe bien car là où je vous emmène, il n'y a que du poisson... Alors on dit treize heures quinze, lundi.

Joséphine était arrivée à treize heures quinze exactement. Elle était la première, l'avertit le garçon avant de la conduire à une large table recouverte d'une nappe blanche. Un petit bouquet d'anémones jetait une ombre de timidité sur la table élégamment dressée.

Elle ôta son manteau. Prit place à table et attendit.

Elle laissa traîner son regard autour d'elle et s'exerça à reconnaître les habitués du lieu. Les habitués appelaient les garçons par leur prénom et demandaient quels étaient les plats du jour avant de s'asseoir, les nouveaux venus se tenaient raides et empruntés, laissaient les garçons les installer sans dire un mot et faisaient tomber leur serviette en la dépliant. Les habitués se laissaient choir sur la banquette de tout leur poids en étendant les bras tandis que les nouveaux venus demeuraient raides, silencieux, intimidés par l'abondance de vaisselle et la prestance alerte du personnel.

Elle regarda plusieurs fois l'heure à sa montre et se surprit à soupirer. C'est ta faute aussi, se dit-elle, les gens n'arrivent jamais à l'heure à Paris, il convient d'être en retard. Toujours. Tu te conduis comme une nouille.

À treize heures quarante-cinq, il arriva enfin. Entra dans le restaurant en tourbillon tout en poursuivant une conversation sur son portable. Lui demanda si elle attendait depuis longtemps. Répondit à son interlocuteur qu'il n'en était pas question. Elle bafouilla que non, elle venait juste d'arriver, il dit qu'il préférait ça. Il détestait faire attendre les gens, mais il avait été retenu par un de ces gêneurs dont on ne peut se débarrasser. Il fit le geste de secouer sa manche pour éjecter le gêneur et elle se força à sourire. Peut-être qu'un jour, je serai à la place du gêneur, ne put-elle s'empêcher de penser en fixant la manche.

Il éteignit son téléphone, jeta un coup d'œil rapide sur la carte qu'il connaissait par cœur et commanda en précisant, comme d'habitude. Elle avait eu tout le loisir d'étudier les plats et énonça à voix basse ceux qu'elle avait choisis. Il la félicita pour son choix et elle rougit.

Puis il déplia sa serviette, prit son couteau, un morceau de baguette, un peu de beurre et demanda :

— Qu'est-ce que vous faites en ce moment ?

– Je viens de passer mon HDR... J'ai été reçue avec félicitations du jury...

– Formidable ! C'est quoi ce...

– C'est le plus haut diplôme universitaire en France...

– Je suis impressionné, dit-il en faisant signe au garçon d'apporter la carte des vins. Vous prendrez bien un peu de vin ?

Elle n'osa pas dire non.

Il discuta avec le garçon, s'emporta parce qu'il n'y avait pas son vin habituel, commanda un puligny-montrachet 2005, année exceptionnelle, précisa-t-il en la regardant par-dessus ses lunettes, referma la carte en la faisant claquer, soupira, ôta ses demi-lunes, étendit un bras vers le beurrier et se confectionna une deuxième tartine tout en demandant

– Et maintenant... Vous comptez faire quoi ?

– C'est compliqué... je...

Son portable sonna, il s'exclama, contrarié mais je croyais l'avoir coupé ! vous permettez ? Elle hocha la tête. Il prit l'air soucieux, prononça quelques mots et raccrocha en vérifiant que, cette fois, il était bien éteint.

– Vous étiez en train de me dire...

– ... que j'ai été reçue à mon HDR avec les félicitations du jury et je pensais donc avoir un poste à l'université... Ou devenir directrice de recherche au CNRS... Ce dont j'avais très envie... J'ai travaillé toute ma vie pour ça...

– Et ça ne s'est pas fait ?

– C'est que... après le verdict du jury, il faut attendre les conclusions d'un rapport où les jurés ont consigné toutes les réflexions qu'ils n'ont pas osé vous dire en face...

– Un truc de faux culs, quoi !

Joséphine rentra la tête dans les épaules.

– Et de ce rapport dépend en fait votre affectation...

Elle essuya ses mains moites sur sa serviette et sentit ses oreilles s'empourprer.

– Et c'est là que j'ai appris... oh ! pas directement, non... j'ai appris par un collègue qu'il ne fallait pas rêver, que je n'aurais aucune promotion, que je n'avais pas besoin d'un poste prestigieux ni d'une augmentation de salaire et que j'allais rester chargée de recherche toute ma vie...

– Et pourquoi ? demanda Gaston Serrurier en levant un sourcil étonné.

– Parce que... ils me l'ont pas dit comme ça mais ça revenait au même... Parce que j'ai gagné beaucoup d'argent avec mon roman... et ils ont décidé qu'il y en avait d'autres plus méritants que moi... donc je me retrouve quasiment à mon point de départ.

– Et vous êtes furieuse, je suppose...

– Je suis surtout blessée... Je croyais appartenir à une famille, je croyais que j'avais fait mes preuves et je suis rejetée pour cause de trop grand succès avec un sujet qui pourtant...

Elle soupira pour bloquer des larmes intempestives.

– ... ils auraient dû être heureux que le public se passionne pour l'histoire de Florine... et ça a été le contraire.

– C'est parfait ! Parfait ! s'exclama Gaston Serrurier. Vous les remercierez pour moi !

Joséphine lui jeta un regard étonné et posa discrètement les mains sur ses oreilles pour les empêcher de brûler.

– Vous savez, c'est la première fois que j'en parle. Je ne voulais même pas y penser. Je ne l'ai dit à personne. Ça a été si violent d'apprendre ça... Toutes ces années de travail et... me faire jeter !

Sa voix s'était mise à chevroter et elle se mordit la lèvre supérieure.

– C'est parfait parce que vous allez pouvoir travailler pour moi ! Rien que pour moi...

– Ah, fit Joséphine, surprise, se demandant s'il désirait monter un département d'histoire médiévale dans sa maison d'édition.

– Parce que vous avez de l'or dans les doigts...

Son regard était devenu fixe, insistant. Le garçon venait de déposer devant eux une salade d'encornets frits et un carpaccio de bar et de saumon. Serrurier regarda longuement l'assiette d'un air exaspéré et s'empara de ses couverts.

– De l'or pour écrire, pour raconter des histoires... Pour trouver ce qui va intéresser les gens en les rendant intéressants eux-mêmes en leur apprenant des tas de choses, pas seulement historiques. Vous êtes douée, le seul problème, c'est que vous ne le savez pas, vous n'avez pas la moindre idée de votre valeur.

Ses yeux, braqués sur elle, l'avaient isolée, soulignée d'un projecteur, un pinceau de lumière. Il n'était plus l'homme pressé qui était entré dans le restaurant en bousculant les garçons, l'homme qui s'énervait en commandant le vin, l'homme qui maugréait en défaisant sa serviette, l'homme qui s'était à peine excusé de l'avoir fait attendre...

Il la regardait comme quelqu'un de grande valeur.

Et Joséphine oublia tout.

Elle oublia l'affront de ses collègues, oublia la peine qu'elle remâchait depuis qu'elle avait appris sa mise à l'écart, la peine qui la laissait dépourvue de toute envie, de tout projet. Elle ne pouvait plus ouvrir un livre d'histoire, écrire une ligne sur le douzième siècle, ne pouvait plus s'imaginer passant des heures en bibliothèque. Tout son être refusait de rester la petite chercheuse humble et travailleuse qu'on assignait à résidence. Et voilà que cet homme lui redonnait ses lettres de noblesse. Cet homme disait qu'elle avait du talent. Elle se redressa. Heureuse d'être en face de lui, heureuse d'avoir attendu une demi-heure, heureuse qu'il la regarde et la considère.

– Vous ne dites rien ? demanda-t-il en resserrant le projecteur sur elle.

– C'est que...

– Vous n'êtes pas habituée à ce qu'on vous fasse des compliments, c'est ça ?

– Vous savez, dans mon milieu universitaire, ça a été plutôt mal vu que j'écrive... euh... ce livre-là... Alors je pensais...

– Que votre livre était nul ?

– Non. Pas vraiment... Je pensais qu'il n'était pas si terrible que ça, que c'était un malentendu.

– Un malentendu vendu à plus de cinq cent mille exemplaires ! J'en veux bien tous les ans de ces malentendus-là... Pas terrible, la salade d'encornets aujourd'hui ! dit-il au garçon qui changeait les assiettes. Vous vous moquez de vos clients, maintenant ? De mieux en mieux ! Je me ferais du souci si j'étais à votre place !

Le garçon repartit, les épaules basses.

Serrurier eut un petit sourire satisfait et revint à Joséphine.

– Et votre famille ?

– Oh ! Ma famille...

– Ils ne sont pas fiers de vous ?

Elle eut un petit rire gêné.

– Pas vraiment...

Il recula pour la regarder attentivement.

– Mais alors comment faites-vous ?

– Comment je fais pour quoi ?

– Pour vivre, tout simplement. Je veux dire... si personne ne vous dit que vous êtes formidable, où trouvez-vous l'énergie de...

– C'est que... je suis habituée... Ça a toujours été comme ça...

– Vous comptez pour du beurre.

Elle leva vers lui un visage émerveillé, un visage qui demandait comment vous savez ?

– Et encore plus maintenant que votre sœur est morte... Vous vous dites que vous n'avez pas le droit de vivre, pas le droit d'écrire, pas le droit de respirer... Que vous ne valez rien et que si ça se trouve, c'est vraiment elle qui a écrit le livre !

– Ah non ! Ça, je sais que c'est moi.

Il la regardait en souriant.

– Écoutez... vous savez ce que vous allez faire ?

Joséphine secoua la tête.

– Vous allez écrire... Un autre livre. D'abord parce que bientôt vous n'aurez plus d'argent. Ce n'est pas éternel, l'argent d'un livre... je n'ai pas regardé vos comptes avant de venir, mais il me semble bien qu'il ne vous reste pas grand-chose... Vous avez engagé de gros frais en achetant votre appartement...

Et tout se mit à tanguer.

La table, le décor si parfait, les nappes blanches, les bouquets d'anémones, les garçons empressés, tout disparut dans un éclair blanc et elle eut le vertige. Seule dans un champ de ruines. Elle sentit la racine de ses cheveux transpirer, transpirer... Elle jeta un regard affolé à Serrurier.

– Non, ne vous en faites pas... Vous n'êtes pas totalement sur la paille, mais votre crédit chez nous a quelque peu baissé. Vous ne regardez pas vos comptes ?

– Je n'y comprends pas grand-chose...

– Bon... on va passer un contrat tous les deux : vous m'écrivez un livre et moi, je paie les factures. D'accord ?

– Mais c'est que...

– Vous ne devez pas dépenser des fortunes en plus. Vous n'allez pas me coûter cher...

– ...

– Vous n'avez pas l'air d'une femme qui a des goûts de luxe. Pas assez, même ! Il faut plastronner pour se faire respecter... Vous ne plastronnez pas du tout. Vous devez être du genre à avoir peur de faire de l'ombre à une ombre...

Le garçon toussota pour pouvoir poser les deux plats qu'il portait sur son bras. Serrurier s'écarta et réclama une eau minérale.

– Vous n'allez pas vous faire marcher dessus toute votre vie ! Vous n'en avez pas marre ? Qu'est-ce que vous attendez pour revendiquer votre place ?

– C'est Iris... Depuis qu'elle est...

– Morte. C'est ça ?

Joséphine se tortilla sur son siège.

– Depuis qu'elle est morte, vous passez votre temps à vous flageller et à vous interdire de vivre ?

– ...

– Ben... Vous êtes bien nouille !

Joséphine sourit.

– Pourquoi vous souriez ? Vous devriez m'insulter pour vous avoir traitée de nouille...

– Non, c'est que... j'ai longtemps pensé ça de moi : nouille et molle... Mais je me suis améliorée, vous savez, j'ai fait des progrès.

– J'espère bien. Il faut un peu d'estime de soi pour avancer et moi, je veux que vous m'écriviez un livre. Un bon livre plein des choses de la vie... comme votre premier... mais vous n'êtes pas obligée de vous cantonner au douzième siècle. Changez un peu, sinon vous serez condamnée au roman historique et vous vous ennuierez ferme ! Et je suis poli... Non ! Écrivez-moi un roman d'aujourd'hui avec des femmes, des enfants, des maris qui trompent leur femme et qui sont cocus, des femmes qui pleurent et qui rient, un bel amour, une trahison, la vie, quoi ! Vous savez, les temps sont durs et les gens ont envie qu'on les distraie... Vous savez raconter des histoires. C'était très bien le roman de Florine et pour un premier essai, chapeau !

– Je ne l'ai pas fait exprès...

Il la foudroya du regard.

– C'est exactement ce que vous devez vous interdire de dire dorénavant. Bien sûr que vous l'avez fait exprès ! Il n'est pas né comme ça ce livre...

Il claqua des doigts dans l'air.

– Vous avez travaillé dur, vous avez construit une histoire, écrit des dialogues, imaginé des rebondissements, ce n'est pas venu tout seul ! Arrêtez de vous excuser tout le temps ! Vous êtes fatigante, vous savez... On a envie de vous secouer de la tête aux pieds.

Il se radoucit, commanda deux cafés, vous prenez un café, n'est-ce pas ? alors deux cafés dont un bien serré ! Sortit un long cigare qu'il renifla et fit rouler entre ses doigts avant de l'allumer et ajouta :

— Oui, je sais, on ne fume plus dans les restaurants. Sauf moi. J'emmerde les lois. Vous savez, Joséphine, l'écriture, contrairement à ce que croient beaucoup de gens, ce n'est pas une thérapie... ça ne guérit rien. Rien du tout. Mais c'est une revanche sur le destin et vous, si je ne me trompe pas, vous avez une fameuse revanche à prendre.

— Je ne sais pas...

— Mais si, réfléchissez un peu et vous trouverez... Écrire, c'est empoigner sa souffrance, la regarder en face et la clouer sur la croix. Et après, on s'en fout d'être guéri ou pas, on a pris sa revanche... On a fait quelque chose avec tout ce chagrin et quelque chose qui parfois peut vous permettre de vivre ou de revivre, c'est selon...

— Je ne suis pas sûre de tout comprendre...

— Trouvez un sujet qui vous inspire et écrivez. Lâchez les vannes... Mettez-y tout votre chagrin, toute votre douleur et clouez-les sur la croix ! Osez respirer à nouveau, vivre à nouveau ! Vous êtes comme un petit oiseau au bord du nid qui bat des ailes et n'ose pas s'envoler. Pourtant vous avez déjà fait vos preuves, alors qu'est-ce qui vous manque ?

Joséphine eut envie de dire... de déjeuner chaque jour avec quelqu'un comme vous, mais elle se tut.

— Les gens en ont marre, poursuivit Serrurier, ils sont fatigués, racontez-leur des histoires... Des histoires qui leur donnent envie de se lever le matin, de prendre le métro et de rentrer chez eux le soir. Réinventez les conteurs d'autrefois, les contes des *Mille et Une Nuits.* Allez-y...

– Mais je n'ai pas d'histoires à raconter !

– C'est ce que vous croyez ! Vous avez des milliers d'histoires dans la tête et vous ne le savez pas. Les gens timides, les pauvres, les méconnus ont toujours des milliers d'histoires dans la tête parce qu'ils sont sensibles, que tout les froisse, tout les blesse, et de ces froissements, de ces blessures, ils font des émotions, des personnages, des situations... C'est pour cela que ce n'est pas une vie d'être écrivain, on souffre tout le temps... Croyez-moi, il vaut mieux être éditeur !

Il eut un large sourire en tenant son cigare entre les dents. Prit son café des mains du garçon en lui demandant comment il faisait pour garder sa place, il était si maladroit, jamais vu un garçon aussi empoté !

– Et pour mon compte ? demanda Joséphine qui sentait la panique l'envahir à nouveau.

– Oubliez votre compte et travaillez ! L'argent, je m'en charge... Dites-vous qu'à partir d'aujourd'hui, vous n'êtes plus seule avec vos doutes, vos angoisses et lâchez-vous ! Lâchez-vous ! Sinon je vous étripe !

Joséphine eut envie de se jeter à son cou, mais elle se retint et reçut sans rien dire une épaisse bouffée de cigare qui la fit tousser et effaça son sourire de septième ciel.

Ce soir-là, Joséphine attendit que Zoé fût couchée, puis alla s'installer sur le balcon. Elle avait enfilé des grosses chaussettes en laine achetées chez Topshop sur ordre d'Hortense qui lui avait affirmé que c'étaient les meilleures chaussettes du monde. Des grosses chaussettes qui montaient jusqu'aux genoux. Un pyjama, un gros pull, son édredon.

Et une infusion de thym avec du miel dans une cuillère.

Elle s'installa sur le balcon aux étoiles.

Elle écouta la nuit froide de décembre, le bruit d'une mobylette au loin, le souffle du vent, une alarme de voiture qui se déclenchait, un chien qui aboyait...

Elle leva le nez au ciel. Repéra la Petite et la Grande Ourse, la Chevelure de Bérénice, la Flèche et le Dauphin, le Cygne et la Girafe...

Elle n'avait plus parlé aux étoiles depuis longtemps.

Elle commença par remercier.

Elle dit merci pour le déjeuner avec Serrurier. Merci, merci. J'ai pas tout compris, j'ai pas tout retenu, mais j'ai eu envie d'embrasser le tronc des marronniers, d'escalader les feux rouges, d'attraper des bouts de ciel.

Elle but une gorgée de thym, fit glisser un morceau de miel sous la langue. Qu'est-ce qu'il a dit déjà ? Qu'est-ce qu'il a dit ? Ça donnait envie d'enfiler des bottes de sept lieues...

Écoute, papa, écoute...

Il a dit que j'avais du talent, que j'allais écrire un nouveau livre.

Il a dit que je réussirais à clouer ma souffrance sur la croix et à la regarder en face.

Il a dit que je devais oser. Oublier que ma sœur et ma mère m'avaient coupé les ailes. Réduite à la portion congrue.

Il a dit que ce temps-là était fini.

Plus jamais, plus jamais ! elle promit en regardant les étoiles pour la première fois depuis de longs mois.

Je suis un écrivain, je suis un écrivain formidable et je suis digne d'écrire. J'arrête de penser que tout le monde est mieux que moi, plus intelligent, plus brillant et que je ne suis qu'une pauvre chose... Je vais écrire un autre livre.

Toute seule. Comme j'ai écrit *Une si humble reine.* Avec mes mots. Mes mots de tous les jours qui ne ressemblent à personne. Il a dit ça aussi.

Elle chercha des yeux la petite étoile, sa petite étoile en bout de casserole, pour voir s'il était revenu, s'il voulait bien scintiller pour lui dire qu'il la recevait cinq sur cinq.

Parce que, tu comprends, papa, si je ne suis pas capable d'être fière de moi, qui le sera ?

Personne.

Si je n'ai pas confiance en moi, qui aura confiance en moi ?

Personne.

Et je passerai ma vie à me casser la figure...

Ce n'est pas un but dans la vie de se casser tout le temps la figure.

Je ne veux plus qu'on me traite de nouille et je ne veux plus me considérer comme portion congrue.

Je ne veux plus obéir à un chef. À Iris, à Antoine, aux instances du CNRS, aux collègues de la fac.

Je veux me prendre au sérieux. Me faire confiance.

Je fais la promesse solennelle de tenir debout et d'avancer.

Elle regarda longuement les étoiles, mais aucune ne clignotait.

Elle demanda de l'aide pour commencer le livre.

Elle promit qu'elle ouvrirait grand la tête, les yeux et les oreilles pour recueillir la moindre idée qui passerait par là.

Elle dit encore hé les étoiles ! Envoyez-moi ce dont j'ai besoin pour avancer. Envoyez-moi les bons outils et je vous promets de bien les utiliser.

Elle regardait au loin les appartements derrière les arbres. Dans certains salons, on avait dressé des sapins de Noël. Ils brillaient comme des lampes de poche multicolores. Elle fixa les lumières jusqu'à ce qu'elles se mettent à trembler et à faire des guirlandes.

Les toits gris en pente, les arbres hauts et noirs, les façades régulières, tout lui disait sans qu'elle sache pourquoi qu'elle habitait Paris et qu'elle en était heureuse. C'était comme un amour inguérissable et secret.

Elle était à sa place, elle était heureuse.

Et elle allait écrire un livre.

Il y eut comme une explosion de joie à l'intérieur d'elle-même.

Il pleuvait de la joie dans son cœur. Des ondées de joie, des torrents de paix, des déluges de force. Elle éclata de rire dans la nuit et resserra l'édredon autour d'elle pour ne pas se faire éclabousser.

Elle sut alors qu'elle avait retrouvé son père. Il ne clignotait pas au bout d'une casserole dans le ciel, il lui versait des seaux de bonheur dans le cœur.

Une inondation de bonheur.

Il était deux heures du matin. Elle eut envie d'appeler Shirley. Elle appela Shirley.

– Quand est-ce que tu viens à Londres ?

– Demain, dit Joséphine. J'arrive demain.

Demain, c'était vendredi. Zoé allait passer la semaine

chez Emma pour réviser. Joséphine avait prévu de rester chez elle, de faire du ménage et du repassage. Iphigénie avait laissé un panier rempli de linge à repasser.

— Pour de vrai ? s'étonna Shirley.

— Pour de vrai... Et j'imprime mes mots sur un billet d'Eurostar !

*
**

Elles avaient mangé un pot de Ben & Jerry's chacune et se massaient le ventre, allongées sur le sol de la cuisine de Shirley en regrettant déjà tout ce gras, tout ce sucre, toutes ces noisettes, tout ce caramel, tout ce chocolat qu'il faudrait éliminer. Elles riaient en faisant des listes de choses délicieuses et dangereuses à ne plus jamais manger sous peine de devenir deux grosses dames à Antibes.

— Si je deviens une grosse dame à Antibes, je ne pourrai plus faire la danse du ventre pour Oliver et ce serait regrettable...

Oliver ? Joséphine se redressa, posa la tête sur sa main et ouvrit la bouche pour poser la question.

Shirley l'arrêta :

— Tais-toi, ne dis rien, écoute et ne m'en reparle plus jamais, plus jamais, promis ? Ou alors tu attends que je t'en parle d'abord...

Joséphine acquiesça, un doigt sur les lèvres, un doigt motus et bouche cousue.

— ... j'ai rencontré un homme au sourire débonnaire, au dos large, au pantalon de velours râpé, un homme qui fait du vélo et porte des gants fourrés et je crois bien que je suis tombée en amour. C'est fort possible. Car depuis que je l'ai vu, c'est comme un gaz volatil. Il m'occupe la tête, il m'occupe les veines, il m'occupe le cœur, la rate et les poumons, il se dilate en moi et c'est bon, c'est bon et jamais, jamais je ne deviendrai une grosse dame à Antibes afin de garder cet homme-là...

Elle ferma les yeux, s'enlaça de ses bras et sourit en murmurant :

– Fin des confidences. On va jouer.

Elles jouèrent à « raté et réussi » en étirant leurs bras, en étirant leurs jambes, en roulant sur le côté, en emmêlant leurs têtes et leurs épaules.

– J'ai raté mes amours, j'ai raté mes études, je rate toujours mes pot-au-feu, j'ai raté le dernier concert de Morcheeba, énuméra Shirley en comptant sur ses doigts... mais j'ai réussi ma relation avec mon père et avec ma mère, la plupart de mes orgasmes, mon permis de conduire, l'éducation de mon fils, mon amitié avec toi...

Joséphine enchaîna :

– J'ai raté lamentablement ma vie sentimentale, j'ai raté presque tous mes orgasmes, tous mes régimes, mes rapports avec ma mère, mais j'ai réussi mes deux beautés de filles, mon HDR, écrire un livre, être ton amie...

– J'ai toujours raté le rayon vert, soupira Shirley.

– J'ai toujours raté mes mayonnaises, avoua Joséphine.

– Même pas foutue de faire pousser un géranium...

– Je n'ai jamais réussi à attraper une libellule...

Puis elles passèrent au jeu « ce que je déteste le plus chez un homme ».

– Je déteste les menteurs, dit Shirley. Ce sont des lâches, des veules, des méduses urticantes.

– Et ils sont habillés pour l'hiver ! ajouta Joséphine en riant.

– Vêtus des vers de Chaucer :

Et l'orange tomba dans l'assiette du traître
Celui qui avait bafoué la confiance du maître
Le lent et fort amour de l'homme inspiré
Qui lui avait appris année après année,
Quartier après quartier, à être un homme, un vrai
Un qui, oncques, ne se renie, ignore l'horrible mensonge
Qui souille l'âme aussi bien que les songes.
Tiens, fils, dit le Maître en désignant l'orange
Mange, le rouge au front, le fruit de ta trahison,
Déguste-le, quartier après quartier,
Mange jusqu'à en crever le fumier de ta honte
Car ignoble est l'enfant qui ment à son parent.

– Ça fait froid dans le dos, remarqua Joséphine en frissonnant.

– Ce sont les mots qui sortirent jadis de la bouche de mon père quand il apprit que j'avais donné naissance à un fils sans qu'il en soit averti... Je ne les ai jamais oubliés. Ils sont gravés dans ma mémoire au fer rouge...

Joséphine trembla. Elle ne sut pas qui de Chaucer ou du chauffage défectueux lui faisait cet effet, mais elle se sentit enveloppée d'un suaire glacé.

– Et je n'ai plus jamais menti. On gagne du temps, tu n'as pas idée ! On va plus vite en allant droit. On devient un homme, une femme pour de vrai.

– Le chauffage est encore cassé ? demanda Joséphine.

– Apprends, ma chère, que le chauffage en Angleterre est toujours cassé... Il marche un jour sur trois. Comme l'eau chaude et le métro... et c'est très bien comme ça. Moins on chauffe, moins on pollue. Bientôt, il n'y aura plus de pétrole, on ne sera plus chauffés, alors autant s'entraîner !

— Mieux vaut dormir à deux dans ton pays !

— À ce propos, où en es-tu avec Philippe ?

— Nulle part. C'est la faute à ma conscience. Elle m'interdit de batifoler et m'enferme dans une ceinture de chasteté dont j'ai perdu la clé...

— Déjà que tu n'es pas du genre à sauter dans les lits grands ouverts...

— Et Alexandre ? Tu as de ses nouvelles ?

— J'en ai par Annie, la nounou. Il va comme un ado qui a perdu sa mère sous un couteau... Il va pas fort.

— Je devrais peut-être aller le voir...

— Et voir son père aussi...

Joséphine ne releva pas l'allusion. Elle pensait à Alexandre. Elle se demandait ce qu'il devait ressentir le soir en éteignant la lumière. Est-ce qu'il pensait à Iris, seule dans la forêt avec ses meurtriers ?

— Ça t'arrive d'avoir peur ? demanda-t-elle.

— De quoi ?

— De tout...

— De tout !

— Oui...

— Tu as le droit d'avoir peur d'un seul truc, affirma Shirley. Peur pour tes enfants. Le reste, l'argent, le travail, les impôts, les sauts à l'élastique, c'est très simple, tu dis juste « pas peur » et tu sautes en avant...

— Ça marche ?

— Et drôlement bien ! Tu dis « je veux ça », et tu l'as... Mais tu y mets tout ton cœur. Tu triches pas. Tu penses très fort... je veux ça, je veux ça, je veux ça... on essaie ? Tu veux quoi, là tout de suite ? Sans réfléchir.

Joséphine ferma les yeux et dit :

— Embrasser Philippe.

– Alors penses-y fort, très fort et je te promets, tu m'entends, je te promets que ça va arriver...

– Tu crois vraiment ?

– ... mais il faut y mettre toute sa force. Ne fais pas ta timorée. Dis, par exemple, je veux...

– ... me jeter dans les bras de Philippe...

– Gnangnan, ça marchera pas !

– Je veux qu'il me serre dans ses bras, qu'il m'embrasse partout, partout...

Shirley fit la moue.

– Ça manque encore de conviction...

– Je veux qu'il me saute dessus comme un bouc en rut ! hurla Joséphine en roulant sur le sol glacé de la cuisine.

Shirley s'écarta et la considéra, amusée et étonnée.

– Ben dis donc... là, c'est sûr que ça va arriver !

Le lendemain, samedi, à l'heure du déjeuner, Joséphine retrouva Hortense.

Elle habitait Angel, un quartier qui ressemblait à Montmartre. Des réverbères, des petites rues entortillées dans des escaliers, des vieilles boutiques de fripes. Les bistrots portaient des noms français. Elles s'installèrent à l'intérieur du « Sacré-Cœur » à l'angle de Studd Street et de Theberton. Commandèrent deux bœuf-carottes et deux verres de vin rouge. Goûtèrent le pain et décidèrent que c'était vraiment de la baguette, goûtèrent le beurre, il avait le goût du beurre salé de Normandie.

Hortense ouvrit le feu :

– Ça y est ! Je suis devenue une vraie Anglaise !

Elle a un fiancé anglais, se dit Joséphine en contemplant sa fille avec ravissement. Hortense est tombée amoureuse. Ma fille au cœur de pierre a baissé sa garde pour un Anglais en tweed. Est-il de son âge, est-il plus âgé ? A-t-il les joues roses et les paupières tombantes ? Ou le menton pointu et les yeux gourmands ? Parle-t-il du nez ? Parle-t-il français ? Aimera-t-il la blanquette de veau que je lui ferai ? Les jardins du Palais-Royal, les reines de France dans le jardin du Luxembourg et la place des Vosges, la nuit ? Et la passerelle des Arts, et la petite rue Férou où Hemingway traînait quand il n'avait pas le sou ? Elle le promenait dans Paris, le dessinait dans sa tête, le coiffait des lauriers de l'homme qui avait terrassé l'intraitable Hortense et couvait sa fille d'un regard ému.

– Il s'appelle comment ce bel Anglais ? demanda Joséphine, le cœur rempli d'allégresse.

Hortense se renversa en arrière et éclata de rire.

– Maman, tu es vraiment indécrottable ! Tu y es pas du tout ! J'ai juste fêté la fin de mon trimestre de cours dans un pub samedi soir et, le dimanche matin, je me suis réveillée avec un mal de crâne pas possible et un Anglais inconnu dans mon lit. Tu vas rire, il s'appelait Paris ! *I spent the night in Paris.* Quand je lui ai dit quel prénom idiot !, il m'a demandé le mien et a rétorqué quel prénom horrible ! et on s'est quittés sans se dire un mot.

– Tu veux dire que tu as ramassé un garçon dans un pub et que tu l'as ramené dans ton lit sans le savoir tellement tu avais bu ? demanda Joséphine, horrifiée.

– C'est exactement ça, dis donc, tu comprends vite, finalement... J'ai fait ce que font toutes les Anglaises, le samedi soir.

– Oh là là ! Hortense ! Et je suppose que tu étais trop saoule pour avoir pensé à...

– ... mettre une capote ?

Joséphine hocha la tête, affreusement gênée.

– On était si cassés qu'on n'a rien fait du tout... Il a essayé de se montrer entreprenant au petit matin et ma remarque sur son prénom lui a coupé la chique !

Elle reposa sa fourchette dans son assiette et conclut :

– N'empêche que je suis devenue une vraie Anglaise...

– Et Gary ? Tu le revois ?

– Non. Pas le temps. Et la dernière fois, il m'a plantée dans la rue en pleine nuit...

– Ça ne lui ressemble pas..., protesta Joséphine.

– Mais j'ai entendu dire qu'il s'était mis sérieusement au piano. Qu'il avait rencontré un prof avec qui il s'entend vachement bien, qui lui sert de père, de tuteur, de modèle... Il passe tout son temps à faire du piano et à voir cet homme. Ils ont développé une amitié virile... Passionnant ! Il paraît même qu'il refuse de le présenter à ses potes parce qu'il veut le garder pour lui tout seul. C'est fou. Dès que les gens aiment, ils deviennent jaloux, exclusifs...

– Je suis contente pour lui. Ce n'était pas sain de n'avoir aucun modèle masculin.

Hortense rejeta ses longs cheveux en arrière comme pour balayer le cas Gary Ward et l'absence de père dans la vie d'un garçon. Ce n'était pas son problème. Tout ce qui ne la touchait pas directement n'était pas son problème.

Joséphine pensa à Antoine. Hortense avait été très proche de son père, mais elle n'en parlait jamais. Elle devait trouver cela inutile. Le passé est le passé, occupons-nous du présent.

Elle n'osa pas poser davantage de questions et préféra demander si le bœuf-carottes était bon.

C'était leur dernière soirée ensemble. Joséphine repartait le lendemain pour Paris.

– Et si on allait au concert ? lança Shirley en entrant dans la chambre qu'occupait Joséphine. J'ai deux fauteuils très bien placés que m'a filés une copine... Un empêchement de dernière minute, un enfant malade...

Joséphine répondit que c'était une bonne idée et demanda s'il fallait être habillée.

– Fais-toi belle, répondit Shirley d'un air mystérieux, on ne sait jamais...

Joséphine lui lança un regard inquiet.

– T'as manigancé quelque chose ?

– Moi ? s'écria Shirley, faussement outrée, pas du tout ! Qu'est-ce que tu t'imagines ?

– Je ne sais pas... T'as un air de conspiratrice...

– J'ai un air de flûte enchantée... J'adore aller au concert...

Elle ne me force même pas à mentir, poursuivit Shirley se parlant à elle-même, je n'ai rien arrangé du tout. Je sais juste que Philippe sera dans la salle, ce soir.

Elle avait appelé chez lui dans la matinée pour demander comment allait Alexandre, il était maussade, grippé depuis quelques jours. Elle avait parlé à Annie, la nounou, une solide Bretonne, la cinquantaine bien portante et rebondie. Elle avait appris à l'apprécier et le sentiment de sympathie semblait être réciproque. La nounou, de nos jours, remplace la suivante des pièces de Racine. Elle sait tout et livre ses secrets si on sait la faire parler. Annie était une brave femme sans malice qui bavardait facilement. Elle avait expliqué qu'Alexandre allait mieux, que la fièvre était tombée, et Shirley avait demandé si elle pouvait passer le voir. Annie avait répondu bien volontiers, mais M. Dupin ne sera pas là, il va au concert ce soir. Au Royal Albert Hall, avait-elle ajouté fièrement, on y joue les sonates de Scarlatti et M. Dupin les aime beaucoup. Annie cachait mal sa flamme pour son employeur.

Shirley avait raccroché, un plan en tête. Aller au concert et s'arranger pour que Philippe et Jo se rencontrent au détour d'un escalier lors d'un entracte. En amour, « qui ne ruse, n'obtient » et comme ces deux-là s'entêtaient à jouer les amants maudits, elle allait se travestir en entremetteuse.

Il tombait une petite pluie fine quand elles prirent un taxi pour Kensington Gore et Shirley s'enveloppa en frissonnant dans une longue étole en cachemire rose.

– J'aurais dû prendre un manteau, dit-elle en indiquant l'adresse au chauffeur.

– Tu veux que je remonte t'en chercher un ? proposa Joséphine.

– Non, ça va aller... Et au pire, je mourrais en crachant mes poumons... Ce sera très romantique !

Elles coururent du taxi à l'entrée du théâtre et se mêlèrent à la foule qui s'engouffrait dans le hall. Shirley tenait les places à la main et se fraya un chemin en recommandant à Joséphine de ne pas se laisser distancer.

La loge était spacieuse et comprenait six fauteuils en velours rouge avec des petits pompons accrochés aux accoudoirs. Elles s'assirent et regardèrent la salle se remplir. Shirley avait sorti des jumelles de son sac. On dirait qu'elle passe ses troupes en revue, se dit Joséphine, amusée par l'air sérieux de son amie. Puis elle songea, demain je pars et je ne l'aurai pas vu, demain je pars et il ne sait même pas que je suis venue... demain je pars, demain je pars... Elle se demanda comment elle supporterait de quitter Londres en laissant Philippe derrière elle, comment il lui serait possible de reprendre sa vie à Paris alors qu'elle avait été pendant une semaine si près de lui... Elle leva la tête vers la coupole en verre qui coiffait la salle de concerts pour dissimuler les larmes qui lui venaient aux yeux.

Vouloir oublier quelqu'un, c'est y penser tout le temps.

Elle tremblait du désir de se lever et de courir le retrouver. Je n'aurais jamais dû venir à Londres, il est partout ici, il pourrait être là, ce soir... Elle scruta la salle. Frémit. Et s'il n'était pas seul ? Il sera sûrement venu, accompagné...

Je ferme les yeux, je les rouvre et je le vois, se dit-elle en abaissant les paupières et en se concentrant.

Je ferme les yeux, je les rouvre, il est devant moi et il me dit Joséphine et...

Shirley, à ses côtés, balayait la salle de ses jumelles telle une habituée qui tente de repérer des connaissances. Joséphine se dit qu'elle pourrait trouver une excuse, se lever, courir, courir jusqu'à l'appartement de Philippe... Elle imaginait la scène, il serait chez lui, en train de lire ou de travailler, il ouvrirait la porte, elle se jetterait dans ses bras et ils s'embrasseraient, ils s'embrasseraient...

Shirley s'était immobilisée et la main qui tenait les jumelles ajusta la molette de mise au point pour affiner la vision. Elle mordilla sa lèvre supérieure.

— T'as vu quelqu'un ? demanda Joséphine pour dire quelque chose.

Shirley ne répondit pas. Elle semblait absorbée par un spectacle dans la salle et ses doigts minces serraient les jumelles. Puis elle les reposa et fixa Joséphine d'un air étrange, comme si elle ne la voyait pas, comme si elle n'était pas assise à côté d'elle. Ce regard embarrassa Joséphine qui s'agita sur son fauteuil en se demandant quelle mouche avait piqué son amie.

– Dis, Jo..., commença Shirley en cherchant ses mots... Tu n'as pas chaud ?

– T'es folle ? Le théâtre est à peine chauffé ! Et tout à l'heure tu mourais de froid !

Shirley ôta l'étole en cachemire de ses épaules et la tendit à Joséphine.

– Tu n'irais pas me la porter au vestiaire... je meurs de chaleur !

– Mais... tu n'as qu'à la mettre sur le dossier de ton fauteuil.

– Non ! elle va tomber, je vais marcher dessus et je risque même de l'oublier. Je m'en voudrais toute ma vie, c'est un cadeau de ma mère.

– Ah...

– Ça t'ennuie ?

– Non...

– J'irais bien moi-même, mais j'ai aperçu un ancien... ami dans la salle et je ne voudrais pas le perdre des yeux...

Ah ! se dit Joséphine, c'est pour cela qu'elle a ce regard étrange. Elle veut l'épier, le suivre dans le rond de ses jumelles, et ça l'ennuie que je sois témoin de la scène. Elle préfère m'écarter sous un prétexte idiot quitte à mourir de froid.

Elle se leva, prit l'étole et adressa un petit sourire de

connivence à Shirley. Un sourire qui disait ça va, j'ai compris ! Je te laisse seule !

– Et tu vas au vestiaire de l'orchestre, ordonna Shirley alors que Joséphine s'éloignait. Les autres sont toujours embouteillés !

Joséphine obéit et se dirigea vers le vestiaire du rez-de-chaussée. Des hommes pressés, des femmes aux bouches rouges la bousculaient en se dirigeant vers la salle. Elle s'effaça, cherchant des yeux la queue pour le vestiaire.

Il y en avait plusieurs. Elle en choisit une, déposa l'étole de Shirley, prit le ticket qu'on lui donna et revint sur ses pas.

En traînant les pieds. En méditant sur son manque de décision et de courage. Pourquoi je n'ose pas ? Pourquoi ? J'ai peur du fantôme d'Iris. J'ai peur de faire de la peine au fantôme d'Iris...

Elle s'arrêta un instant, réfléchit.

Elle n'avait ni sac ni manteau. Il lui faudrait retourner dans la loge, expliquer à Shirley...

C'est alors que...

Ils s'aperçurent au détour d'un couloir.

S'arrêtèrent, saisis par la surprise.

Baissèrent la tête comme frappés au front.

Chacun appuyé au mur, immobilisé dans le geste qu'il était en train de faire. Il venait de déposer son manteau au vestiaire, elle avait glissé dans sa poche le ticket de Shirley.

Chacun interrompu dans le mouvement fluide, léger qui les portait un instant auparavant.

Ils restèrent immobiles sous la lumière des lustres en

cristal du grand hall. Comme deux inconnus. Deux inconnus qui se connaissent, mais ne doivent pas se rencontrer.

Pas s'approcher. Pas se toucher.

Ils le savaient. La même phrase dictée par la raison, la même phrase cent fois répétée tournait en gyrophare dans leur tête.

Et leur donnait un air de mannequins, un peu raides, un peu stupides, un peu empruntés.

Tout ce qu'il voulait à ce moment précis, tout ce qu'elle réclamait en hurlant en silence, c'était tendre, tendre la main et toucher l'autre.

Ils étaient face à face.

Philippe et Joséphine.

De part et d'autre du flot des personnes qui faisaient la queue au vestiaire, qui parlaient haut, qui riaient fort, qui mâchaient un chewing-gum, qui lisaient le programme, évoquaient le fabuleux pianiste, les morceaux qu'il avait choisi d'interpréter...

L'un en face de l'autre.

À se caresser les yeux dans les yeux, à se parler en langage muet, à se sourire, à se reconnaître, à se dire c'est toi ? C'est bien toi ? si tu savais... Ils laissaient passer les hommes et les femmes, les jeunes et les moins jeunes, les impatients et les placides, et se tenaient, essoufflés de surprise, de chaque côté du flot ininterrompu. Le concert allait commencer, vite, vite donner son manteau, vite, vite, prendre son ticket, vite, vite, trouver sa place...

Si tu savais combien je t'attends, disait l'un en faisant brûler son regard.

Si tu savais combien tu me manques, disait l'autre en rougissant sans baisser les yeux, sans détourner la tête.

Et j'en ai marre de t'attendre...
Moi aussi, j'en ai marre...
Ils se parlaient sans bouger les lèvres. Sans respirer.

Il n'y avait plus la queue au vestiaire et la sonnerie continue du théâtre indiquait que le concert allait commencer. La dame du vestiaire suspendait les derniers manteaux, donnait les derniers tickets, rangeait une fourrure, un chapeau, un sac de voyage, prenait un livre et s'asseyait sur un tabouret en attendant le premier entracte.

La sonnerie n'en finissait pas de retentir, le théâtre s'emplissait.

Les derniers retardataires se précipitaient, cherchaient l'ouvreuse, s'énervaient, craignaient de manquer les premières notes, de ne plus pouvoir entrer. On entendait les portes s'ouvrir et se fermer, le bruit des fauteuils qui claquaient, un brouhaha de voix, de toux, de raclements de gorge...

Puis ils n'entendirent plus rien.

Philippe attrapa la main de Joséphine et l'entraîna dans un recoin du vieux théâtre qui sentait la poussière et les siècles.

Il la plaqua si fort contre lui qu'elle faillit perdre le souffle, crier... Elle lâcha un soupir de douleur qu'elle reprit aussitôt pour gémir de plaisir, le nez écrasé dans son cou, les bras noués sur sa nuque.

Il la serrait, il la serrait, il enfermait son dos dans ses bras pour qu'elle ne bouge pas, qu'elle ne s'échappe pas.

Il l'embrassait. Il embrassait ses cheveux, il embrassait

son cou, il ouvrait son chemisier blanc et embrassait ses épaules, elle se laissait aller, enfonçait sa bouche dans son cou. Le mordillait, le léchait, goûtait sa peau, reconnaissait l'odeur, une odeur d'épice indienne, fermait les yeux pour enregistrer cette odeur à jamais, pour la mettre en flacon de mémoire, la respirer plus tard, plus tard...

Plus tard... l'odeur de sa peau mêlée à son eau de toilette, le goût de son col de chemise frais lavé, frais repassé, le début de barbe qui pique, le petit pli de la peau sur le col de la chemise...

Philippe, elle demandait en caressant ses cheveux, Philippe ? Joséphine... il soufflait en effleurant un bout de sa peau, en faisant glisser ses dents sur l'ourlet de son oreille...

Elle s'écartait, elle disait c'est toi ? Alors... c'est toi ? Elle s'éloignait pour le voir, reconnaître son visage, ses yeux...

Il la ramenait à lui...

Debout dans le recoin sombre du théâtre, debout sur le parquet qui craquait, effacés dans la pénombre, dans l'anonymat de l'obscurité...

Ils se picoraient, ils se dévoraient, ils rattrapaient les heures et les heures et les semaines et les mois perdus, ils s'encastraient l'un dans l'autre, espérant avoir dix mille bouches, dix mille mains, dix mille bras pour ne plus jamais se déprendre, pour ne plus jamais être affamés.

Un baiser de deux hydres voraces.

Insatiables.

Pourquoi ? Pourquoi ? disait Philippe en écartant les cheveux de Joséphine pour attraper son regard. Pourquoi ce silence, pourquoi ne rien expliquer ? Tu crois que je ne sais pas ? Tu crois que je ne comprends pas ? Tu me crois assez bête pour ça ?

Et sa voix se faisait rude, impatiente, agacée. Et sa main empoignait les cheveux de Joséphine afin qu'elle relève la tête...

Joséphine baissait le regard, baissait la tête, enfonçait son nez dans son épaule, enfonçait jusqu'à sentir l'os et appuyer, appuyer encore plus fort pour qu'il se taise. Appuyait avec le front, appuyait avec les dents. Tais-toi, tais-toi, si tu parles, le fantôme va revenir, il va nous séparer, nous interdire... il ne faut pas convoquer les fantômes, elle murmurait en frottant son front, son nez, sa bouche contre lui.

Tais-toi, elle suppliait, en glissant une jambe entre ses jambes à lui, en enroulant l'autre jambe autour de ses hanches, en grimpant autour de lui, en se suspendant à lui comme un enfant escalade un arbre trop haut, un arbre dangereux, un arbre défendu. Tais-toi, elle gémissait, tais-toi... Il ne faut pas parler.

Rien que ma bouche dans ta bouche, tes dents qui me mangent, ta langue qui me lèche, m'aspire et moi qui m'ouvre, me fends en deux, rien que tout ce bruit dans nos corps et tout ce silence autour de nous, mais pas de mots, je t'en supplie, du sang, de la chair, du souffle, de la salive, des soupirs, du plaisir qui déborde mais pas de mots. Les mots tuent, mon amour, les mots tuent... Si tu laisses passer un seul mot entre nos lèvres, entre nos souffles, on va disparaître comme deux petits elfes éperdus...

Joséphine, il disait alors, si tu savais, Joséphine, si tu savais... Et elle appuyait sa main sur sa bouche, le bâillonnait et il mangeait la paume de sa main et il reprenait son souffle et il reprenait les mots je t'attends tous les jours, je t'attends chaque seconde, chaque minute, chaque heure, je me dis elle va venir, elle va arriver avec son air de rien du tout, elle va s'asseoir devant moi à la terrasse d'un café quand je ne l'attendrai pas, les doigts tout tachés de l'encre des journaux, les doigts que j'essuierai un à un...

Et il lui léchait les doigts un à un.

Et elle avait un soleil qui éclatait dans son ventre et elle n'avait plus la force de se tenir debout, juste la force de se raccrocher à lui...

Il la retenait entre ses bras, elle le serrait, elle le respirait, elle l'apprenait par cœur pour tout le temps qui allait venir et qui l'éloignerait d'elle.

Mon amour...

Les mots s'échappaient et volaient dans l'air. Oh ! elle s'exclamait, surprise devant le plaisir qui jaillissait et tout de suite après elle laissait s'échapper ces mots mon amour, mon amour...

Il les recevait comme un aveu de complice épuisée et il souriait, il souriait dans sa bouche et le sourire se déployait, se déployait, devenait bannière étoilée.

Alors elle entendit en écho les mots qu'elle avait dits, elle hésita puis les reprit, les répéta, les modula, tu es mon amour, tu es mon amour pour les siècles des siècles, elle embrassa son oreille comme on ferme un coffre-fort et se laissa aller dans une étreinte qui faisait la paix, qui apportait la paix et ils restèrent ainsi, enlacés, dans le noir, sans bouger, en goûtant ces mots-là, en s'en remplissant, en en faisant un viatique pour les jours à venir, les jours de grande solitude, les jours de grand doute, de grande tristesse.

Mon amour, mon amour, ils chantonnaient à mi-voix en s'enroulant l'un dans l'autre, en s'enfonçant dans le recoin du théâtre pour qu'on ne les trouve pas, pour qu'on ne les retrouve plus jamais. Mon amour que j'aime debout et fier, mon amour que j'aime pour éternellement, mon amour que j'aime à brûler vive, mon amour plus grand que le tour du monde, plus fort que les ouragans et les tempêtes, les siroccos et les tramontanes, les vents du nord et tous les vents d'est...

Ils célébrèrent leur amour en inventant des mots, en les offrant à l'autre, en rajoutant des mots encore plus grands, des mots en pain bénit, en bois exotique, en écharpes de chinchilla, en vapeurs d'encens, des mots et des serments, tous les deux mélangés dans un recoin du vieux théâtre.

Ils s'embrassaient, ils s'embrassaient avec des mots qui les transportaient, les enchaînaient l'un à l'autre...

Puis elle posa ses deux mains à plat sur sa bouche pour que sa bouche se ferme à tout jamais et que les mots ne s'évaporent pas...

Puis il glissa un doigt dans sa bouche et la barbouilla de la salive de tous ces mots d'amour qu'elle avait prononcés pour qu'elle ne les parjure jamais...

Ses deux mains à plat sur sa bouche à lui...

Son doigt de salive qui écrit sur ses lèvres à elle...

C'était leur serment. Leur talisman.

Ils entendirent des bruits de fauteuils qui se rabattent et claquent, des bruits de conversations, des bruits de pas qui s'approchaient...

C'était l'entracte.

Ils se séparèrent lentement, lentement, revinrent dans le droit chemin de l'escalier, il passa une main dans ses cheveux pour les lisser, elle tira sur sa veste pour l'ajuster, ils se lancèrent un dernier regard brûlant, triomphant, laissèrent passer les gens, les deux corps qui formaient une haie, qui se séparaient tout doucement, à regret...

Ils n'auraient plus peur maintenant. Ils étaient devenus le preux chevalier et sa dame qui allaient se séparer pour se retrouver un jour, ils ne savaient pas quand, ils ne savaient pas comment...

Ils partaient chacun de leur côté avec l'empreinte de l'autre sur leur corps.

Un amour, c'est merveilleux quand ça commence, se dit Joséphine, et nous, on n'en finit jamais de commencer...

Ils marchèrent ainsi, la tête tournée vers l'autre, pour ne se perdre des yeux qu'au dernier moment...

Shirley attendait à sa place. Elle observa les yeux brillants de Joséphine, les joues empourprées et eut un sourire imperceptible. Elle jugea préférable de se taire. Une lueur malicieuse brûlait dans son regard qui ne posait pas de question.

Joséphine s'assit. Appuya ses deux mains sur les accoudoirs comme pour reprendre place dans la vie réelle. Tripota les petits pompons rouges. Réfléchit. Prit la main de son amie. L'étreignit.

– Merci, mon amour d'amie. Merci.

– *You're welcome, my dear !*

Shirley éternua plusieurs fois.

– Je suis en train de mourir...

Puis ajouta :

– Et tu ne seras plus là pour me soigner !

*
**

Au Wolseley, Nicholas Bergson attendait Hortense Cortès pour déjeuner. Il l'attendait depuis vingt minutes et s'impatientait. La chaise vide, face à lui, semblait le narguer et le renvoyer à une condition subalterne. Carpette, loufiat, pied-plat ! persiflait la chaise. Tu oublies que tu es LE directeur artistique de Liberty et tu te fais balader par une gamine ! *Shame on you*[1] *!* C'est vrai enfin ! elle me traite comme un gamin ! grinça-t-il entre ses dents en relisant le menu pour la dixième fois.

Noël approchait avec son cortège de décorations, d'illuminations, de cantiques chantés devant les bouches de métro, de gobelets tendus par l'Armée du Salut et, de la fenêtre du restaurant, il observait le spectacle de la rue tout en guettant l'arrivée d'Hortense. Il lissa sa chemise, ajusta son nœud de cravate, consulta une nouvelle fois sa montre, salua de la tête une relation de travail qui prenait place à une table voisine. Mais de quoi ai-je l'air planté là ? Très mauvais pour mon image... Et dire que je l'ai baisée ! Cet été même ! Je m'y suis pris comme un pied avec cette fille. Il faut lui tenir la dragée haute, pas se courber... Si on tend la nuque, elle vous rend eunuque.

Il se demanda s'il devait se lever et partir, hésita, lui accorda encore cinq minutes et se promit de lui battre froid.

Ses relations avec Hortense étaient un casse-tête. Tantôt elle se coulait à ses côtés, la mine enjôleuse, tantôt elle le fixait avec une froide ironie, semblant dire mais qui êtes-vous pour vous montrer aussi familier ? Un jour, il avait lâché, exaspéré, mais enfin, je te rappelle qu'on a été amants ! A-mants ! elle l'avait regardé,

1. « Honte à toi ! »

glaciale, c'est drôle, j'ai beau chercher, je ne m'en souviens plus ! Pas bon pour toi, non ?

Il n'avait jamais vu autant de détachement et de dédain chez un être humain. C'est le genre de fille qui pourrait sauter en parachute... sans parachute. Il faut reconnaître, se dit-il, en regardant une nouvelle fois le cadran de sa montre, qu'elle se comporte de la même manière avec tous : le monde entier est son laquais.

Il soupira.

Le pire, c'est que c'est sûrement pour cette raison que je suis là comme un crétin à l'attendre...

C'est au moment précis où il allait se lever et jeter sa serviette sur la table qu'Hortense se laissa tomber sur la chaise vide face à lui. Ses longs cheveux auburn, ses yeux verts brillants, son sourire éclatant témoignaient d'un appétit et d'une joie de vivre si intenses que Nicholas Bergson ne put s'empêcher d'être émerveillé, puis ému. Qu'elle était belle ! Lumineuse *and so chic !* Elle portait un manteau en drap de laine noir cintré dont elle avait retroussé les manches, soulignant la présence à son poignet d'une Oyster Rolex en acier, un jean étroit marron glacé – un Balmain à neuf cent quatre-vingts livres, nota-t-il –, un col roulé en cachemire noir et une besace en taurillon signée Hermès.

Il leva un sourcil étonné et remarqua :

– D'où vient tant de luxe ?

– J'ai trouvé un site sur Internet où on peut louer toutes les marques au mois. Pour rien du tout ! Et tu vois, l'effet est assuré, c'est la première chose que tu remarques. Tu ne me dis même pas bonjour, tu penses whaou qu'elle est chic ! dans ta petite tête de dictateur de la mode. T'es comme tout le monde, on te mouche avec de l'esbroufe...

— Ça marche comment ?

— Tu t'abonnes, tu laisses une somme en dépôt et bimbamboum ! tu empruntes ce que tu veux et t'habilles comme une princesse. On te regarde, on te respecte, on te congratule ! Tu as déjà choisi ? demanda-t-elle en parcourant la carte.

— J'ai eu tout le temps de choisir, grinça Nicholas. Je connais le menu par cœur.

— Et tu prends quoi ? dit Hortense, ignorant la froideur de son interlocuteur. Ça y est ! Moi, je sais... Tu peux appeler le garçon ? Je meurs de faim...

Elle leva la tête vers lui, le contempla et éclata de rire.

— T'es devenu gay ou quoi ?

Nicholas faillit s'étouffer.

— Hortense ! qu'est-ce qui te permet ?

— T'as vu comme t'es habillé ? Chemise orange, cravate rose, veste violette ! Je n'ai lu nulle part que c'était tendance. À moins, justement, que tu n'aies changé de préférences sexuelles...

— Non, pas encore, mais ça ne saurait tarder si je continue à te fréquenter. À toi seule tu pourrais me dégoûter de toute la gent féminine...

— Note que cela ne me gênerait nullement. Au contraire. Je t'aurais à moi toute seule, je n'aurais pas à te partager avec une pouffe. Je détesterais te partager avec une pouffe. Alors tu as le choix : moine ou gay...

— Ma chère Hortense, pour pouvoir me garder, il faudrait déjà me traiter avec plus de considération... Je te ferai remarquer que...

— Fais signe au garçon, je vais défaillir !

— Et tu me coupes la parole !

— J'ai horreur quand tu geins... Tu m'appelles, tu me

dis que tu as un truc hyperexcitant à m'annoncer, je loue du luxe, je me pomponne, je répète dans la glace, je me raconte que tu vas me présenter Stella ou John... et je tombe sur un clown bariolé et triste qui rumine du noir assis tout seul à une table ! Pas très sexy !

— Je rumine parce que tu as trente-cinq minutes de retard ! Et je suis tout seul parce que je suis censé déjeuner avec toi et non avec toute une smala ! fulmina Nicholas Bergson, au bord de la crise de nerfs.

— Ah ? Je suis en retard ? C'est possible... mais pas mortel. Tu peux faire signe au garçon, je meurs de faim. Je crois que je te l'ai déjà dit.

Nicholas s'exécuta. Ils passèrent commande.

Il demeurait silencieux.

— OK, j'ai compris... Arrête le Pictionnary : tu me fais la tronche... Alors je vais te poser des questions et tu répondras par oui ou par non, comme ça tu pourras continuer à bouder et ton honneur sera sauf. Première question : ta nouvelle extraordinaire, elle te concerne ?

Nicholas fit non de la tête.

— Elle est pour moi ?

Il acquiesça.

— C'est au sujet de l'école ?

Il secoua la tête.

— Un job en vue ?

Il acquiesça encore.

— Un job formidable qui pourrait être le tremplin de ma magnifique carrière ?

Il hocha la tête.

— Je te préviens : tu recouvres la parole vite fait ou je te plante une fourchette dans l'œil devant tout le monde !

Il l'ignora et, toujours muet, se mit à jouer avec le manche de son couteau.

– Bon, d'accord... Je te fais mes excuses pour avoir été en retard. Et je veux bien t'embrasser sur la bouche pour qu'ils sachent que tu n'es pas gay, mais un amant très convenable...

– Pas mieux que convenable ?

– Honorable et c'est mon dernier mot... Alors l'info, c'est quoi ?

Nicholas soupira, vaincu.

– Harrods. Les vitrines. Les fameuses vitrines... Il y en a deux de disponibles. Ils ne savent pas encore à qui ils vont les céder et on peut retirer son dossier chez une certaine Miss Farland jusqu'à ce soir, dix-sept heures...

Hortense le regarda, la bouche ouverte.

– C'est énorme. Énorme... Et tu crois que...

– Je te donne l'adresse du bureau de Miss Farland, tu prends le dossier et tu te vends comme une damnée ! À toi de jouer.

– Et comment cela se fait-il que les vitrines de Harrods soient libres ? demanda Hortense, soudain méfiante. Elles sont réservées des mois à l'avance, d'habitude...

– Ce sont les vitrines de mars-avril, destinées aux nouveaux créateurs. Elles avaient été attribuées à Chloé Pinkerton...

– ... qui s'est crashée en voiture hier matin en rentrant chez elle à la campagne. Bien fait ! Ça lui apprendra à être snob et à ne pas vouloir vivre à Londres ! Je l'ai toujours trouvée surfaite, cette fille. Je me demandais comment elle avait pu réussir... Bon débarras !

– Parfois, dit Nicholas, horrifié, je me demande si tu es vraiment humaine. Parce que dans le mot « humain » il y a le pire, c'est sûr, mais il y a aussi la tendresse, la compassion, le don, la générosité, le...

– Tu crois que je peux y aller tout de suite ? Voir Miss Farland ?

– Pas question ! Tu me dois au moins de rester déjeuner avec moi après m'avoir fait attendre si longtemps !

– OK... mais si j'arrive trop tard, je ne t'adresserai plus jamais la parole ! D'ailleurs, je n'ai plus faim, je suis déjà en train de réfléchir à mes vitrines...

Nicholas poussa un soupir et déplia sa serviette.

– Que fais-tu à Noël ? fit-il pour relancer la conversation.

– Paris, maman, ma sœur, Shirley, Gary et tout le tralala habituel ! Maman va cuire une dinde, la ratera, deviendra sentimentale et pleurera, Zoé aura bricolé des cadeaux idiots genre scouts de France, Shirley essaiera de mettre de l'ambiance et Gary et moi, on se regardera en chiens de faïence...

– Ah ! Ah ! Le beau Gary Ward sera là...

– Comme d'hab...

– Tu sais que Charlotte Bradsburry ne se remet pas de leur séparation. Elle dit que c'est à cause de toi et se répand dans Londres en médisances...

– Je vais devenir célèbre si elle parle de moi à la cantonade !

– Elle dit aussi qu'à ton premier défilé, elle te cassera les reins...

– Encore mieux ! Il vaut mieux qu'on parle de toi en mal que pas du tout !

– En un mot, elle est très triste...

– Ça m'est complètement égal. Les peines de cœur de Miss Charlotte, je m'en tape ! Je vais décrocher deux vitrines chez Harrods. Deux écrans géants où inscrire mon talent ! Et pendant six semaines, le monde entier va voir ce dont je suis capable, le monde entier va entendre parler d'Hortense Cortès... bimbamboum, je serai lancée, adulée... et riche, riche, riche ! Car les contrats vont affluer. Faudra que je trouve un bon avocat. T'en connais un ?

Elle s'interrompit, demeura pensive un instant. Sérieuse. Intense.

– Va falloir que je trouve un thème. Tu te rappelles mon défilé à Saint-Martins[1] ?

– *Sex is about to be slow...*

– C'était bien, hein ?

– Parfait. Mais ce n'était pas encore la crise...

– La crise, on s'en fiche ! La crise, les gens l'oublieront en regardant mes vitrines... Ils vont être subjugués, je te dis !

– Tu ne les as pas encore ! Vous êtes nombreux sur le coup...

– Je vais les avoir. Je te le promets ! Dussé-je travailler jour et nuit, nuit et jour et plus encore, ramper aux pieds de Miss Farland ou mettre une bombe pour éliminer les autres candidats...

Elle fit signe au garçon et commanda un jus de citron frais pressé.

– Tu bois du jus de citron ? demanda Nicholas.

– Chaque matin en me levant. C'est bon pour la peau, les cheveux, le foie, ça protège des virus et des microbes et ça file la pêche. Ce matin, j'ai oublié...

Elle appuya son menton sur sa main et répéta plusieurs fois va falloir que je trouve une idée canon...

1. Cf. *La Valse lente des tortues, op. cit.*

– Et en vitesse ! précisa Nicholas.

– Elles sont pour moi… Hortense Cortès ! Je les aurai ces foutues vitrines !

– Je n'en doute pas une seconde, ma chère… Ce que femme veut…

À quatorze heures trente, Hortense Cortès faisait la queue au huitième étage d'un immeuble sur Bond Street parmi une cinquantaine de candidats qui se détaillaient, peu aimables. Chacun se tenait droit et surveillait les mouvements de ses semblables. Une fille jaillit de la salle de réunion et claironna inutile de poireauter, je suis engagée ! Certains la regardèrent, découragés, et sortirent de la file. Hortense n'en crut pas un mot.

Dix minutes plus tard, un dénommé Alistair Branstall, connu pour sa ligne de lunettes excentriques, ressortit en assurant qu'il n'y aurait jamais assez de dossiers pour tous et que les derniers arrivés ne seraient pas servis. Il se dandinait dans un costume à carreaux verts et noirs, les yeux écarquillés derrière des lunettes en forme de girafe.

Hortense haussa les épaules.

Puis une assistante de Miss Farland annonça qu'il ne restait plus que dix dossiers. Hortense compta rapidement : elle était la quatorzième.

Elle râla, se reprocha le Mont-Blanc pris au dessert et le second café, insulta sa gourmandise et Nicholas, compta encore. Les candidats se retiraient les uns après les autres. Elle décida de rester.

Elle n'était plus que onzième.

– J'ai dit qu'il ne restait plus que dix dossiers, répéta l'assistante en fixant Hortense.

— Et moi, j'ai décidé que je ne savais pas compter, répliqua Hortense dans un grand sourire.

— Comme vous voulez, répondit l'assistante d'un air pincé en faisant demi-tour.

Quand la dernière candidate fut repartie avec son dossier sous le bras, Hortense alla frapper à la porte de Miss Farland.

L'assistante lui ouvrit avec un petit sourire supérieur.

— Je veux un dossier..., dit Hortense.

— Je vous avais prévenue, il n'en reste plus...

— Je veux voir miss Farland.

L'assistante haussa les épaules comme s'il était inutile d'insister.

— Dites-lui que j'ai travaillé avec Karl Lagerfeld et que j'ai une lettre de recommandation, signée de sa main...

L'assistante hésita. Fit entrer Hortense et lui demanda d'attendre.

— Je vais voir ce que je peux faire...

Elle revint et demanda à Hortense de la suivre.

Miss Farland était assise derrière un long bureau ovale en verre. Un trait de femme : brune, la peau sur les os, le teint blafard, des lunettes noires immenses, un chignon banane en aile de corbeau, un rouge à lèvres hurlant et de grosses boucles d'oreilles dorées qui lui mangeaient les joues. Maigre, si maigre qu'on voyait à travers.

Elle demanda à son assistante de les laisser et tendit la main pour prendre la lettre de Karl.

— Je n'ai pas de lettre. Je n'ai jamais travaillé avec M. Lagerfeld. J'ai bluffé, dit Hortense sans trembler. Je veux ce job, il est pour moi. Je vais vous épater. J'ai vingt mille idées. Je suis une travailleuse acharnée et rien ne me fait peur.

Miss Farland la dévisagea, étonnée.

– Et vous pensez que ça va marcher, votre baratin ?

– Oui. Je n'ai pas vingt ans, je suis française et je suis en seconde année à Saint-Martins. En première année, ils en prennent soixante-dix sur mille... Le thème de mon défilé ? *Sex is about to be slow*. Kate Moss a porté un de mes modèles... Ça, en revanche, je peux vous le prouver, j'ai le DVD et des articles de presse... et enfin, je sais que je suis meilleure que les cinquante autres candidats.

Miss Farland détailla le manteau noir cintré, les manches retroussées, le jean Balmain, la grosse ceinture Dolce & Gabbana, la besace Hermès, la montre Rolex et sa main gantée de noir effleura la pile de dossiers.

– Vous êtes bien plus que cinquante candidats, vous devez être une centaine... rien que pour aujourd'hui !

– Alors je suis meilleure que cent candidats !

Miss Farland esquissa un sourire qui se retenait d'être aimable.

– Ce job est pour moi..., répéta Hortense, repérant immédiatement la faille.

– Ils ont été sélectionnés parce qu'ils sont bons, qu'ils ont déjà fait leurs preuves...

– Ils ont fait leurs preuves parce qu'on leur a donné une chance. Une première chance... Donnez-moi ma première chance.

– Ils ont de l'expérience...

– Moi aussi, j'ai de l'expérience. J'ai travaillé avec Vivienne Westwood et Jean-Paul Gaultier. Ils n'ont pas eu peur de me faire confiance, eux. Et moi aussi, j'ai essayé mes premiers modèles sur mon ours en peluche à l'âge de six ans !

Miss Farland sourit encore et ouvrit un tiroir pour y chercher un dossier supplémentaire.

– Vous ne le regretterez pas..., poursuivit Hortense qui sentait qu'il ne fallait pas diminuer la pression. Un jour, vous pourrez dire que vous avez été la première à me donner ma chance, on viendra vous interviewer, vous ferez partie de ma légende...

Miss Farland semblait beaucoup s'amuser.

– Je n'ai plus de dossiers, je vais voir si mon assistante en a encore un, miss...

– Cortès. Hortense Cortès. Comme le conquistador. Retenez bien ce nom...

Miss Farland rejoignit son assistante dans la pièce voisine. Hortense les entendit parler. L'assistante disait qu'il ne restait plus de dossiers, miss Farland insistait.

Elle resta assise. Balançant ses longues jambes croisées. Observa le bureau en désordre. L'agenda gribouillé de rendez-vous et de numéros de téléphone. Remarqua le poudrier Sisheido, le tube de rouge Mac, le vaporisateur CHANCE de Chanel, des stylos-feutres, des stylos plume, des stylos-bille, des Stylomine, des stylos chromés, des stylos dorés et un long porte-plume planté dans un encrier.

Il n'y avait pas de photos d'enfant ni de mari. Elle allait passer les fêtes seule. Le visage nu, la bouche pâle, les cheveux pendant en mèches sales, de vieilles savates aux pieds, la pluie cogne contre les carreaux, le téléphone ne sonne pas, elle le soulève pour voir s'il marche, elle compte les jours avant de retourner au bureau... Tristes fêtes !

Son regard continua à balayer le bureau et tomba sur

la pile de dossiers. L'épaisse pile des candidats déjà sélectionnés.

Comment remplit-on ce genre de truc ? Jamais fait ça, moi.

C'est pas tout de repartir avec un dossier, encore faut-il savoir le remplir... Donner suffisamment d'éléments intéressants pour que le formulaire ne finisse pas en boule dans une corbeille.

Elle se leva d'un bond, ouvrit son sac, y enfouit une dizaine de dossiers. Elle s'inspirerait du CV de ses rivaux pour pimenter et étoffer le sien et supprimerait en outre quelques candidatures.

Elle referma son sac, se rassit, reprit le lent balancement de sa jambe droite sur sa jambe gauche, compta les stylos sur le bureau un par un et respira profondément.

Quand Miss Farland revint, elle trouva Hortense sagement assise, son sac sur les genoux. Elle lui tendit une grosse enveloppe.

– À rapporter rempli demain... Dix-sept heures, dernière limite ; il n'y aura aucun délai pour les retardataires. Compris ?

– Compris.

– Vous avez du culot. J'aime ça...

Miss Farland avait un beau sourire.

Hortense s'appliqua à lire les dossiers volés avant de remplir le sien.

Elle butina des informations.

Ajouta à son cursus un séjour humanitaire au Bangladesh, deux stages en entreprise, s'inspira du récit d'une décoratrice de théâtre, emprunta l'expérience d'un assistant photographe, inventa un tournage publicitaire en Croatie...

Elle inscrivit son adresse, son mail, son numéro de téléphone portable.

Déposa le dossier à quinze heures dix sur le bureau de Miss Farland.

Et partit prendre l'Eurostar, direction les vacances, Noël et Paris.

Elle avait glissé, dans une enveloppe libellée au nom de Miss Farland, un stylo avec une tour Eiffel dorée qui clignotait dans le noir.

Deuxième partie

Souvent la vie s'amuse.

Elle nous offre un diamant, caché sous un ticket de métro ou le tombé d'un rideau. Embusqué dans un mot, un regard, un sourire un peu nigaud.

Il faut faire attention aux détails. Ils sèment notre vie de petits cailloux et nous guident. Les gens brutaux, les gens pressés, ceux qui portent des gants de boxe ou font gicler le gravier, ignorent les détails. Ils veulent du lourd, de l'imposant, du clinquant, ils ne veulent pas perdre une minute à se baisser pour un sou, une paille, la main d'un homme tremblant.

Mais si on se penche, si on arrête le temps, on découvre des diamants dans une main tendue...

Ou dans une poubelle.

C'est ce qui arriva à Joséphine en cette nuit du 21 décembre.

La soirée avait bien commencé.

Hortense rentrait d'Angleterre et la vie tout à coup s'accélérait. Mille choses à raconter, mille projets, mille chansons à fredonner, mille affaires à laver et ce chemisier plein de plis à repasser, mille aventures palpitantes et fais-moi penser à appeler Marcel pour lui demander...

et des téléphones, et des listes, et tu savais que, et dis-moi pourquoi, et cette aventure merveilleuse qu'elle conta à sa mère et à sa sœur, assises dans la cuisine : l'histoire des vitrines de Harrods. Tu te rends compte, maman, tu te rends compte, Zoétounette, je vais avoir deux vitrines et mon nom écrit en grand sur Brompton Road dans Knightsbridge ! Deux vitrines « Hortense Cortès » dans le magasin le plus fréquenté de Londres ! Oh d'accord ! pas le plus chic ni le plus subtil, mais celui où traînent le plus de touristes, le plus de milliardaires, le plus de gens à l'affût de mon talent unique, magnifique !

Et elle ouvrait les bras, et elle tourbillonnait dans la cuisine, tourbillonnait dans l'entrée, tourbillonnait dans le salon, attrapait les pattes de Du Guesclin et le faisait tourner, tourner et c'était un drôle de spectacle de voir ce gros pataud de Du Guesclin qui ne savait pas s'il devait se laisser entraîner, qui lançait un regard étonné à Joséphine, un regard inquiet qui quêtait l'approbation, et finissait par emboîter le pas à Hortense et célébrer sa joie en aboyant.

– Mais, demanda Joséphine quand Hortense, essoufflée, vint s'échouer sur une chaise, tu es sûre d'avoir remporté le concours ?

– Pas sûre, maman, plus que sûre. C'est obligé ! J'ai surchargé mon CV de faits et gestes pittoresques, solennels. Développé deux idées dont une que je trouve géniale, « Que faire de la veste en hiver ? ». Faut-il la porter sur un gros pull, en écharpe, en cardigan, négligemment nouée autour de la taille ou, au contraire, la tailler dans un gros drap de laine pour accentuer son côté manteau ? La veste, en hiver, c'est un casse-tête ! On a froid si on ne porte qu'elle et trop chaud si on la met sous un manteau. Il faut la réinventer ! L'épaissir sans alourdir la silhouette, l'alléger sans risquer la pneumonie. J'ai développé, j'ai fait des croquis. J'ai tapé dans l'œil de Miss Farland, je vais être choisie... no souci !

– Et tu le sauras quand ?

– Le 2 janvier... Le 2 janvier, mon téléphone sonnera et j'apprendrai que c'est moi. Si vous saviez ce que je suis excitée ! Il me reste une dizaine de jours pour trouver mon idée, je vais arpenter Paris, lécher les vitrines, ruminer et je vais trouver l'idée, l'idée géniale que je n'aurai plus qu'à illustrer... Bimbamboum ! C'est moi, la reine de Londres !

Et elle se releva et fit un petit saut malicieux pour illustrer son optimisme et sa bonne humeur.

– Ce soir, pour célébrer, je vais te faire un crumble aux pommes ! décida Zoé en tirant sur le tee-shirt Joe Cool qu'Hortense lui avait rapporté.

– Merci, Zoétounette ! Et tu me donneras la recette que je la fasse aux garçons à la maison ? J'ai pas mal de choses à me faire pardonner !

– Oui ! Oui ! cria Zoé, flattée d'être à l'honneur et de participer à la vie d'Hortense à Londres. Tu diras que c'est moi, hein ? tu diras que c'est moi qui te l'ai donnée...

Et elle courut dans sa chambre chercher son précieux cahier noir afin de commencer, séance tenante, un crumble aux pommes.

– Oh ! Maman, je suis heureuse ! Si heureuse... Si tu savais !

Hortense étendit les bras et soupira :

– J'ai hâte qu'on soit le 2 janvier, j'ai hâte !

– Mais... Et si tu ne l'emportais pas ? Tu ne devrais peut-être pas t'emballer comme ça...

Petit sourire dédaigneux, haussement d'épaules, yeux au plafond et long soupir.

– Comment ça si je ne l'emportais pas ? Mais c'est impossible ! Je l'ai soulevée de terre, cette femme, je l'ai intriguée, je l'ai émue, j'ai meublé sa solitude d'un rêve immense, elle s'est vue à travers moi, elle a frôlé sa jeunesse, ravivé ses espoirs... et j'ai rendu un dossier impeccable. Elle ne peut que me choisir ! Je t'interdis d'avoir la moindre pensée négative, tu pourrais me contaminer !

Et elle recula sa chaise afin de se tenir éloignée de sa mère.

– Je disais cela par prudence, s'excusa Joséphine.

– Eh bien ! Ne le dis plus jamais ou tu vas me porter malchance ! On n'est pas pareilles, maman, ne l'oublie pas, et, en aucun cas, je ne veux te ressembler... en cela, ajouta-t-elle pour atténuer la violence de son propos.

Joséphine pâlit. Elle avait oublié à quel point Hortense était décidée. À quel point elle avait le don de transformer la vie en une entreprise bouillonnante. Sa fille avançait, une baguette magique à la main, quand elle, Joséphine, faisait des sauts de crapaud arthritique.

– Tu as raison, ma chérie, tu vas être choisie... C'est juste que j'ai le trac pour toi. C'est un sentiment de maman...

Hortense grimaça en entendant les mots « sentiment » et « maman » et demanda si on pouvait changer de sujet. Elle préférait.

– Et Iphigénie ? Comment elle va ? demanda-t-elle en nouant les bras sur sa poitrine.

– Elle veut changer d'emploi.

– Elle veut quitter la loge ?

– Elle a peur qu'on la déloge, dit Joséphine, plutôt contente de son jeu de mots qu'Hortense ne releva pas.
– Ah ! Et pourquoi ?
– Elle prétend qu'une autre veut sa place... Demain, elle passe un entretien dans un cabinet médical pour répondre au téléphone, prendre les rendez-vous, organiser les emplois du temps. Elle serait parfaite pour ça...
Hortense bâilla. Son intérêt pour Iphigénie était passé.
– Des nouvelles d'Henriette ?
Joséphine secoua la tête.
– Ça vaut mieux..., soupira Hortense. Pour le bien qu'elle te fait !
– Et toi ?
– Aucune... Doit être occupée ailleurs... Et sinon ?
– J'ai reçu une lettre de Mylène. Elle est toujours en Chine et veut rentrer en France... Elle me demandait si je pouvais l'aider... Je n'ai pas compris si elle voulait que je lui trouve du travail ou que je la loge...
– Elle est gonflée !
– Je ne lui ai pas répondu... Je ne savais pas quoi lui dire.
– J'espère bien ! Qu'elle reste là-bas et nous fiche la paix !
– Elle doit se sentir seule...
– C'est pas ton problème ! T'as oublié qu'elle a été la maîtresse de ton mari ? T'es incroyable tout de même !
Hortense lui lança un regard exaspéré.
– Et les nouveaux voisins, ils sont comment ?
Joséphine allait commencer à brosser leur portrait quand Zoé fit irruption dans la cuisine, en larmes.

– Maman, maman ! Je retrouve plus mon cahier de recettes !

– Tu as bien cherché partout ?

– Partout, m'man ! Partout ! Il est plus là...

– Mais non... Tu l'as rangé quelque part et tu ne t'en souviens plus.

– Non, j'ai tout cherché partout et rien, j'ai rien trouvé ! J'en ai marre ! Mais marre ! Moi, je range et Iphigénie, elle me dérange tout, elle me change tout de place !

Les yeux de Zoé noyés de larmes reflétaient un désespoir qu'aucun discours ne calmerait.

– On va le retrouver, ne t'en fais pas...

– Et moi, je sais bien que non ! cria Zoé d'une voix de plus en plus aiguë. Je sais bien qu'elle l'a jeté, elle jette tout ! Je lui ai dit cent fois qu'il fallait pas qu'elle y touche et elle m'écoute pas ! Elle me traite comme si j'étais un bébé... Comme si c'était un cahier de gribouillis ! Oh ! maman, c'est horrible, je crois que je vais mourir.

Joséphine se leva et décida d'aller chercher elle-même.

Elle eut beau soulever le matelas, pousser le lit, fouiller la penderie, déplacer le bureau, vider le cartable, faire voltiger les culottes et les chaussettes, elle ne trouva pas de cahier noir.

Zoé, assise sur la moquette, pleurait en triturant son tee-shirt Joe Cool.

– Je le pose toujours là, sur mon bureau. Sauf quand je l'emporte à la cuisine... Mais je le remets toujours après... Tu sais combien j'y tiens, m'man ! Il est perdu, je te dis, il est perdu. Iphigénie a dû le jeter en faisant le ménage...

– Mais non ! C'est impossible !

– Mais si, m'man, elle est brutale ! Elle veut toujours tout jeter !

Elle redoubla de sanglots. Cela faisait comme un râle d'animal qui agonise couché sur le flanc et hoquette en attendant la fin.

– Zoé, je t'en supplie ! Ne pleure pas ! On va le retrouver...

– On ne le trouvera pas, tu le sais bien, et je ferai plus jamais la cuisine de toute ma vie ! hurla Zoé en entamant une nouvelle quinte de sanglots. Et j'aurai plus de souvenirs, plus de passé, y avait tout dans mon cahier ! Toute ma vie !

Hortense lançait sur tant de larmes un regard de pitié exaspérée.

Le dîner fut lugubre.

Zoé pleurait dans son assiette, Joséphine soupirait, Hortense se taisait, mais son silence réprobateur signifiait qu'on faisait bien des drames pour un cahier de recettes de cuisine.

Elles goûtèrent à peine au coq au vin que Joséphine avait mitonné la veille en prévision de l'arrivée d'Hortense et allèrent se coucher en parlant à voix basse comme si elles revenaient d'un enterrement.

Depuis qu'elle avait déjeuné avec Gaston Serrurier et qu'il lui avait laissé entendre que ses droits d'auteur avaient beaucoup baissé, Joséphine avait du mal à trouver le sommeil. Elle gisait sur le dos, cherchant la bonne position, la bonne manière de poser son bras droit, puis le gauche, d'orienter ses jambes, mais, dans sa tête, les chiffres dansaient un french cancan effréné, la précipitant vers la ruine. La peur de manquer revenait. La peur de la misère de quatre sous. Les petits comptes de la nuit à la lumière blafarde de la lampe. Cette compagne ancienne qu'elle avait cru avoir proscrite de sa vie et dont elle reconnaissait le bruit des sabots affolés.

C'était la première vague d'angoisse.

Elle se levait, allait à son bureau, sortait ses relevés de banque, comptait et recomptait, faisait trois fois la même addition, perdait pied, recommençait, posait une soustraction, se recouchait, se relevait pour la refaire, elle avait oublié la taxe d'habitation... S'imaginait vendre l'appartement, se reloger à moindre prix... Au moins, elle était propriétaire d'un bel appartement, dans un beau quartier. C'était un bien qu'elle pouvait revendre. Oui, mais il y avait le crédit à rembourser... Et l'école d'Hortense, la chambre d'Hortense à Londres, l'allocation mensuelle d'Hortense. Elle n'en avait pas parlé à Serrurier. Elle n'oserait jamais.

Elle avait oublié l'argent et ses griffes. Elle allait connaître à nouveau les frayeurs devant les petites additions.

Elle ne se faisait jamais de souci pour Zoé. C'était Hortense qui l'emplissait de crainte. Ne plus lui acheter de belles tenues, l'obliger à déménager pour un quartier moins cher, l'empêcher de faire ceci, cela, de construire des rêves qui se réaliseraient... Impossible ! Elle admirait l'énergie et l'ambition de sa fille. Elle se sentait responsable de ses goûts de luxe. Elle n'avait jamais eu le courage de s'opposer à ses désirs. Il était juste qu'elle assume maintenant.

Elle se redressait, respirait profondément et se disait : je n'ai qu'à trouver un sujet de livre et me remettre au travail. J'ai bien su le faire une fois...

Et alors, une nouvelle vague d'angoisse se jetait sur elle et l'écrasait. Un étau brûlant lui serrait la poitrine. Elle ne pouvait plus respirer. Elle étouffait. Se frictionnait les côtes. Comptait, comptait pour se calmer et reprendre son souffle. Un, deux, trois, je n'y arriverai pas, sept, huit, neuf, je n'y arriverai jamais, j'ai rêvé que j'y arrivais, je me suis endormie dans un calme illusoire pendant deux ans... douze, treize, quatorze, je suis une souris de bibliothèque, pas un écrivain. Une souris qui gagne son bifteck dans des étagères grises couvertes de livres et de poussière. Serrurier a dit que j'étais un écrivain pour me pousser à la tâche, mais il n'en croit pas un mot. Il doit débiter le même discours à chaque auteur lors du même déjeuner dans le même restaurant dont il connaît la carte par cœur...

Elle se levait.

Allait boire un verre d'eau dans la cuisine. La peur faisait un trou si grand qu'elle devait s'appuyer au rebord de l'évier.

Parlait à Du Guesclin qui la contemplait, inquiet, j'y arriverai pas, tu sais, si j'ai réussi la dernière fois, c'est parce que Iris me poussait en avant. Elle avait de la force pour deux, elle ne doutait pas, elle, elle ne se relevait pas la nuit pour faire des additions et des soustractions, elle me manque, Doug, elle me manque...

Du Guesclin soupirait. Quand elle disait Doug, c'est que l'instant était grave. Ou intense. Et il penchait la tête à droite, à gauche pour deviner s'il s'agissait d'un grand bonheur ou d'un grand malheur... Il la fixait avec tant de détresse qu'elle s'accroupissait, le prenait dans ses bras et frottait sa grosse tête noire de preux chevalier.

Elle se réfugiait sur le balcon et guettait les étoiles.

Elle laissait tomber sa tête, ses bras entre ses jambes, demandait aux étoiles de lui envoyer la force et la paix. Le reste, je m'en débrouille... Donnez-moi l'élan, l'envie et je repartirai, je vous le promets. C'est si lourd d'être seule, tout le temps. Seule pour mettre en branle la vie de chaque jour.

Elle récitait sa prière aux étoiles, celle qui avait été si souvent exaucée.

– Étoiles, s'il vous plaît, faites que je ne sois plus seule, faites que je ne sois plus pauvre, faites que je ne sois plus harcelée, faites que je ne tremble plus de peur... La peur est mon pire ennemi, la peur me coupe les bras. Donnez-moi la paix et la force intérieures, donnez-moi celui que j'attends en secret et que je ne peux plus approcher. Faites qu'on se retrouve et qu'on ne se quitte plus jamais. Parce que l'amour, c'est la plus grande des richesses et de cette richesse-là, je ne peux pas me passer...

Elle priait à voix haute et étendait sur le ciel étoilé le trousseau de ses inquiétudes. Le silence, le parfum de la nuit, le murmure du vent dans les branches, tous ces repères apprivoisés par une longue habitude enveloppaient ses mots et apaisaient l'agitation de son esprit. Les frayeurs se dissipaient. Elle respirait à nouveau, l'étau brûlant se défaisait, elle tendait l'oreille pour écouter le bruit d'un taxi qui ralentit et dépose son client, une porte qui claque, des talons de femme qui tracent des pointillés sur le trottoir, s'engouffrent dans l'immeuble, c'est à cette heure-là qu'elle rentre, elle est seule ou elle rejoint un mari endormi ? La nuit prenait les couleurs d'une inconnue. Redevenait familière. La nuit n'était plus menaçante.

Mais ce soir-là, la paix ne tomba pas du ciel.

Les poings serrés sous l'édredon, Joséphine répétait le cahier de Zoé, le cahier de Zoé, en suppliant le Ciel de le faire réapparaître. Le cahier de Zoé, le cahier de Zoé, ces mots labouraient sa tête, lui donnaient la migraine. Zoé et la cuisine, Zoé et les épices, les sauces, les soufflés qui montent et qui descendent, les blancs en neige, le chocolat qui fond, le jaune d'œuf qui dore, les pommes qu'on épluche à deux, la pâte qui colle sur le rouleau, le caramel qui blondit et le four qui avale la tarte. La vie de Zoé tient dans ce cahier : le poulet bicyclette rapporté du Kenya, la « vraie » purée d'Antoine, les crevettes à la scandinave de sa copine Emma, le crumble de Mme Astier, sa prof d'histoire, les lasagnes de Mylène, les pâtes au saumon de Giuseppe, le fondu de Carambar et de nougatine d'Iphigénie... Toute sa vie défilait dans ses recettes entrecoupées de petits récits. Le temps qu'il faisait, la tenue qu'elle portait, ce qu'avait dit Untel et ce qu'il s'ensuivit, des indices qui dessinaient une carte d'identité. S'il vous plaît, les étoiles, rendez-lui ce cahier dont vous n'avez nul besoin !

— Ce serait un beau cadeau de Noël, ajouta Joséphine en scrutant le ciel.

Mais les étoiles ne répondirent pas.

Joséphine se releva, ajusta l'édredon sur ses épaules, rentra dans l'appartement, passa la tête dans la chambre de Zoé, la regarda, endormie avec la jambe de Nestor, son doudou, dans la bouche... À quinze ans, Nestor l'apaisait encore.

Elle regagna sa chambre, étala l'édredon sur son lit. Ordonna à Du Guesclin de s'enrouler sur le tapis. Se faufila sous l'épaisseur chaude et ferma les yeux en ânonnant, le cahier de Zoé, le cahier de Zoé, le cahier de Zoé... quand une évidence la frappa : les poubelles ! Zoé avait raison, et si Iphigénie qui ne tolérait pas le moindre désordre l'avait jeté dans les poubelles ?

Elle se leva d'un bond, remplie d'une certitude joyeuse.

Les poubelles ! Les poubelles !

Elle enfila un jean, un gros pull, des bottes, tira ses cheveux en arrière, prit une paire de gants en caoutchouc, une lampe de poche, siffla Du Guesclin et descendit dans la cour de l'immeuble.

Elle entra dans le local où pendaient, accrochés comme des pièces de viande dans la chambre froide d'un boucher, une dizaine de vélos, deux tricycles, avisa les quatre bacs à ordures, noirs, imposants, remplis de détritus jusqu'à en déborder. Renifla l'odeur de moisi humide. Fronça le nez. Pensa à Zoé et plongea deux bras décidés dans la première poubelle.

Elle ouvrit chaque sac plastique, empoigna du visqueux, du mou, du pointu, des épluchures, des os d'osso bucco, des vieilles éponges, des cartonnages, des bouteilles – ils ne font pas le tri dans cet immeuble, maugréa-t-elle –, à la recherche d'un objet lisse et cartonné.

Ses doigts déchiffraient les ordures avec l'application d'une aveugle.

Elle faillit s'arrêter plusieurs fois, le cœur soulevé par l'odeur âcre, entêtante.

Elle détournait la tête, préférant ne pas voir ce qu'elle triturait et laisser à ses mains le soin de reconnaître le précieux cahier. Elle écartait, elle triait, elle s'attardait parfois sur un rectangle qui ressemblait à un carnet, le ramenait à la lueur de sa torche : c'était un couvercle de boîte à chaussures ou de calissons d'Aix-en-Provence, elle replongeait alors dans les immondices, tournait la tête sur le côté pour happer de l'air moins fétide, repartait à l'assaut...

Au troisième bac, elle faillit renoncer. Le sol était glissant et elle manqua perdre l'équilibre.

Elle retira ses mains et souffla, découragée.

Pourquoi Iphigénie aurait-elle jeté ce cahier ?

Elle vénérait l'école et trompettait que c'était le seul espoir des pauvres gens. C'est par l'éducation qu'on se hausse, madame Cortès, regardez-moi, je n'ai pas fait d'études et je m'en mords les doigts... À chaque rentrée, elle recouvrait avec soin les livres scolaires, posait de belles étiquettes, calligraphiait le nom de ses enfants en s'appliquant, tirait la langue, terminait son ouvrage en déposant une petite gommette de couleur différente selon qu'il s'agissait d'un livre de français, de maths ou de géographie. Elle n'aurait jamais jeté un carnet de notes manuscrites ! Jamais ! Elle l'aurait ouvert, l'aurait étudié en posant ses deux coudes de chaque côté...

Mais le chagrin de Zoé, sa tempête de larmes, sa bouche renversée de désespoir l'empêchèrent de renoncer.

Elle reprit courage. Serra ses coudes contre sa taille pour se donner de l'élan. Souleva un couvercle, trouva un os de gigot qu'elle tendit à Du Guesclin et repartit forer.

Enfin, sa main gantée de caoutchouc tomba sur une forme rectangulaire et dure. Un cahier ! Le cahier !

Elle l'exhiba, heureuse et fière.

L'examina à la lueur de la lampe de poche.

C'était bien un carnet, un carnet noir, mais ce n'était pas le cahier de Zoé.

Sur la couverture, on n'apercevait ni photos ni dessins

ni pastilles de couleur. Un très vieux carnet dont la reliure ne tenait que parce qu'une main habile y avait apposé des couches de Scotch successives.

Joséphine ôta ses gants, ouvrit le carnet noir à la première page et lut à l'aide de sa lampe de poche.

« Aujourd'hui, 17 novembre 1962, c'est mon premier jour de travail, le premier jour du tournage. J'ai été engagé comme tout petit assistant sur le tournage du film *Charade* de Stanley Donen à Paris. Je porte les cafés, je vais acheter des paquets de cigarettes, je donne des coups de téléphone. C'est un ami de mon père qui m'a trouvé ça pour me récompenser d'avoir eu mon bac avec mention Très Bien. Je suis sur le tournage que le vendredi soir et les week-ends parce que je prépare le concours d'entrée à Polytechnique. Je veux pas faire Polytechnique...

Aujourd'hui, ma vie va changer. Je mets le pied dans un monde nouveau, un monde enivrant, le monde du cinéma. J'étouffe chez moi. J'étouffe. J'ai l'impression que je sais déjà ce que va être ma vie. Que mes parents ont tout décidé pour moi. Ce que je vais faire, qui je vais épouser, combien j'aurai d'enfants, où j'habiterai, ce que je mangerai le dimanche... J'ai pas envie d'avoir des enfants, j'ai pas envie d'avoir une femme, j'ai pas envie de faire une grande école. J'ai envie d'autre chose, mais je ne sais pas quoi... Qui sait ce que m'apportera cette aventure ? Un métier, un amour, des joies, des déconvenues ? Je ne sais pas. Mais je sais qu'à dix-sept ans on peut tout espérer, alors j'espère tout et plus encore. »

L'écriture était droite, haute. Avec des fins de mots qui se recroquevillaient parfois comme des pattes mutilées.

Cela faisait comme des moignons. C'était presque douloureux à lire. Le papier était jauni, taché. L'encre sur certains mots avait déteint, rendant le déchiffrage difficile. Des pages entières, vers le milieu du livre, s'étaient solidifiées en un bloc compact qu'on ne pouvait ouvrir sans avoir peur de les déchirer. Il fallait opérer avec soin et lenteur si on ne voulait pas perdre la moitié du texte.

Joséphine tourna la première page pour poursuivre sa lecture, dut forcer doucement car les pages étaient collées.

« Jusqu'ici, je n'ai pas vécu. J'ai obéi. À mes parents, à mes profs, à ce qu'il convient de faire, à ce qu'il convient de penser. Jusqu'à maintenant, j'ai été un reflet muet, bien élevé dans la glace. Jamais moi. D'ailleurs, je ne sais pas qui est "moi". C'est comme si j'étais né avec un habit tout prêt à enfiler... Grâce à ce petit boulot, je vais peut-être enfin découvrir qui je suis et ce que j'attends de la vie. Je vais savoir de quoi je suis capable quand je suis libre. J'ai dix-sept ans. Alors je m'en fiche pas mal qu'on ne me paie pas. Vive la vie ! Vive moi ! Pour la première fois, se lève en moi un vent d'espoir... et c'est drôlement bon, le vent d'espoir... »

C'était un journal intime.

Que faisait-il dans une poubelle ? À qui appartenait-il ? À quelqu'un de l'immeuble, sinon il ne se serait pas retrouvé là. Et pourquoi l'avait-on jeté ?

Joséphine alluma la minuterie du local, s'assit par terre. Sa main glissa sur une épluchure de pomme de terre qui resta collée à sa paume. Elle la retira avec un haut-le-cœur, s'essuya sur son jean et reprit la lecture, adossée contre une grosse poubelle.

« 28 novembre 1962. Je l'ai enfin rencontré. Cary Grant. La vedette du film avec Audrey Hepburn. Il est beau ! et drôle, et puis si abordable. Il entre dans une pièce et il la remplit complètement. On ne voit plus rien autour. Je venais d'apporter un café au chef éclairagiste qui ne m'a même pas dit merci et je regardais la scène en train de se tourner. Ils ne tournent pas dans l'ordre de l'histoire au cinéma. Et puis ils tournent qu'une ou deux minutes et le metteur en scène dit coupez ! Ils discutent d'un truc, d'un tout petit détail et ils recommencent la même scène plusieurs fois de suite. Je ne sais pas comment font les acteurs pour s'y retrouver... Il leur faut changer tout le temps d'émotions ou alors répéter les mêmes différemment. Et, en plus, avoir l'air naturel ! Cary Grant était contrarié parce qu'il trouvait que la lumière en contre-jour lui faisait de grandes oreilles rouges ! Ils ont dû lui mettre du Scotch opaque derrière les oreilles et qui a dû trouver du Scotch opaque en un clin d'œil ? Moi. Et quand j'ai brandi le rouleau, tout fier de l'avoir trouvé si vite, il m'a dit merci et il a ajouté qui penserait que mon personnage est séduisant si on lui colle de grandes oreilles rouges, hein, *my boy* ?

Il m'appelle comme ça, *my boy.* Comme s'il créait un lien entre nous. La première fois qu'il m'a dit ça, j'ai sursauté, je croyais avoir mal entendu ! Et, en plus, quand il a dit *my boy* il m'a regardé droit dans les yeux avec douceur et intérêt... J'étais tout secoué.

Il faut au moins cinq cents petits détails pour faire une bonne impression, il a ajouté. Crois-moi, *my boy*, j'ai travaillé longtemps sur les détails, et à cinquante-huit ans, je sais de quoi je parle... Je l'ai regardé jouer la scène et j'étais foudroyé. Il entre dans le rôle et en sort comme s'il ôtait sa veste. Ma vie ne sera plus jamais la même depuis qu'il m'a parlé. C'est comme s'il n'était plus Cary Grant, le type que je voyais dans *Paris Match* en photo, mais Cary... Cary, rien que pour moi.

Il paraît qu'Audrey Hepburn a accepté de tourner le film à la seule condition qu'il soit son partenaire... Elle l'adore ! Il y a une scène très drôle dans le film où elle lui dit :

– Vous savez ce qui cloche chez vous ?

Il la regarde, inquiet, et dans un grand sourire, elle répond :

– Rien.

Et c'est vrai que rien ne cloche chez lui...

Il y a un acteur français dans le film. Il s'appelle Jacques Marin. Il ne parle pas anglais ou très peu, alors on lui écrit tous ses dialogues en phonétique. C'est très rigolo et ça fait rire tout le monde...

8 décembre 1962.

Ça y est ! On est devenus amis. Quand j'arrive sur le plateau et qu'il n'est pas en train de tourner ou de parler avec quelqu'un, il me fait un petit signe de la main. Un petit hello qui signifie, hé ! je suis content de te voir... et je deviens tout rouge.

Entre deux scènes, il vient me voir et il me pose plein de questions sur ma vie. Il veut tout savoir, mais je n'ai pas grand-chose à lui raconter. Je dis que je suis né à Mont-de-Marsan, ça le fait rire Mont-de-Marsan, que mon père dirige les Charbonnages de France, qu'il a fait Polytechnique, la plus grande école supérieure de France, que je suis fils unique, que je viens d'avoir mon bac avec mention Très Bien et que j'ai dix-sept ans...

Il me dit que, lui, à dix-sept ans, il avait déjà vécu

mille vies... Il en a de la chance ! Il m'a demandé si j'avais une petite amie et je suis encore devenu tout rouge ! Mais il a fait comme s'il ne le voyait pas. Il est très délicat...

S'il savait qu'il y a une fille, la fille d'amis de mes parents, qui m'est "réservée" depuis longtemps, il serait étonné. Elle est rousse, sèche et elle a les mains moites. Elle s'appelle Geneviève. À chaque fois qu'elle vient avec ses parents, on la place à côté de moi à table et je ne sais pas quoi lui dire. Elle a de la moustache au-dessus de la lèvre. Les parents nous regardent en disant c'est normal, ils sont timides, et j'ai envie de jeter ma serviette et de m'enfuir dans ma chambre. Elle a mon âge, mais elle pourrait aussi bien en avoir le double. Elle ne m'inspire rien du tout. Elle ne mérite pas le nom de petite amie.

Lui, il est amoureux d'une actrice qui s'appelle Dyan Cannon. Il m'a montré sa photo. Moi, je la trouve trop maquillée, avec trop de cheveux, trop de cils, trop de dents, trop de tout... Il m'a demandé mon avis et je lui ai juste dit qu'elle portait un peu trop de fond de teint à mon goût et il m'a dit qu'il était d'accord. Il se bagarre avec elle pour qu'elle soit plus naturelle. Il déteste le maquillage, il est bronzé tout le temps et affirme que c'est le meilleur maquillage du monde. Il paraît qu'elle va venir à Paris pour Noël. Ils ont prévu de réveillonner avec Audrey Hepburn et son mari, Mel Ferrer, dans la grande maison qu'ils habitent dans la banlieue ouest de Paris. Audrey Hepburn, elle est très tatillonne avec ses tenues. Elle en possède trois identiques de chaque au cas où... et c'est un couturier français qui l'habille. Toujours... »

La minuterie s'éteignit et Joséphine se retrouva dans le noir. Elle se leva, tâtonna à la recherche de l'interrupteur, finit par le trouver et garda sa lampe de poche allumée pour la fois prochaine. Elle se rassit en faisant bien attention à ne pas glisser sur des épluchures.

« Il se préoccupe du moindre détail. Il passe tout à la loupe, les costumes – même ceux des figurants –, les décors, les répliques et fait refaire ou réécrire dès qu'il n'est pas d'accord. Cela coûte une fortune à la production et j'entends des gens qui rouspètent en disant qu'il ne serait pas aussi exigeant si c'était lui qui payait, sous-entendant qu'il est radin... Il n'est pas radin. Il m'a offert une très belle chemise de chez Charvet parce qu'il trouvait que la mienne avait un col trop court. Je la porte tout le temps. Je la lave moi-même à la main avec du savon. Mes parents disent que ce n'est pas convenable d'accepter des cadeaux d'un étranger, que ce film me tourne la tête et qu'il est grand temps que je me concentre sur mes études... J'apprends l'anglais, je leur dis, j'apprends l'anglais et ça me servira toute ma vie. Ils disent qu'ils ne voient pas à quoi ça peut servir pour faire Polytechnique.

Je ne veux pas faire Polytechnique...

Je ne veux pas me marier. Je ne veux pas avoir d'enfants.

Je veux être...

Je ne sais pas encore...

Il est obsédé par son cou. Il fait faire toutes ses chemises sur mesure avec un col très haut pour cacher son cou qu'il trouve trop épais... Ses costumes sont faits à Londres et, quand il les reçoit, il prend un mètre et vérifie que toutes les mesures sont bonnes !

Il m'a raconté que lors de ses premiers essais devant

une caméra pour un grand studio de cinéma – j'ai oublié le nom ! Ah ! si, Paramount... –, on l'avait rejeté à cause de son cou et de ses jambes arquées ! Et on l'avait trouvé trop joufflu ! La honte ! C'était juste avant le krach de 1929. Les théâtres à New York fermaient les uns après les autres et il s'était retrouvé à la rue. Obligé de faire l'homme-sandwich monté sur des échasses avec des réclames dans le dos pour un restaurant chinois ! Et le soir, pour gagner de l'argent, il faisait *escort boy*. Il accompagnait des femmes et des hommes seuls dans des soirées. C'est comme ça qu'il a appris à être élégant...

Tant qu'il a vécu à New York, il a connu la pauvreté et la solitude. Sa vie a changé à vingt-huit ans, quand il est parti pour Hollywood. Mais jusque-là, il m'a dit en souriant les temps étaient vraiment durs pour moi... Dix ans de petits boulots, de rejets, de ne pas savoir où il allait dormir, comment il allait manger. Tu ne sais pas ce que c'est, toi, *my boy*... hein ? Et j'ai eu un peu honte de ma vie si rangée, si organisée.

Petit à petit, je vais tout connaître de sa vie...

Il continue à m'appeler *my boy* et j'aime beaucoup ça...

Je suis assez surpris qu'il s'intéresse à moi. Il dit qu'il m'aime bien. Que je suis différent des garçons américains. Il me fait parler de ma famille. Il dit que souvent dans la vie, on épouse des gens qui ressemblent à nos parents et qu'il faut éviter de faire ça parce que l'histoire se répète et que c'est sans fin.

15 décembre.

Il me parle souvent de ses premières années à New York, quand il mourait de faim et n'avait pas d'amis.

Un jour, il rencontre un copain à qui il se confie. Le

copain, il s'appelait Fred, l'entraîne tout au sommet d'un gratte-ciel. C'était un jour pluvieux et froid et on n'y voyait pas à dix mètres. Fred lui déclare qu'il y a sûrement un paysage magnifique derrière ce brouillard et ce n'est pas parce qu'ils ne le voient pas qu'il n'existe pas. La foi en la vie, il ajoute, c'est de croire qu'il existe et qu'il y a une place pour toi derrière le brouillard. En ce moment, tu penses que tu es tout petit, sans importance, mais quelque part, derrière tout ce gris, une place t'est réservée, où tu seras heureux... Alors ne juge pas ta vie par rapport à ce que tu es aujourd'hui, juge-la en pensant à cette place que tu vas finir par occuper si tu cherches vraiment sans tricher...

Il m'a dit de bien retenir ça.

Je me suis demandé comment on faisait. Il doit falloir beaucoup de volonté et d'imagination. Et de confiance en soi. Tout refuser jusqu'à ce qu'on trouve sa place. Mais c'est dangereux... Si je suis pris à Polytechnique, est-ce que j'aurai le courage de ne pas y aller et de raconter à mes parents l'histoire de la place derrière le brouillard ? Je ne suis pas sûr. J'aimerais beaucoup avoir ce courage-là...

Lui, c'est différent. Il n'avait pas le choix...

À neuf ans, il a perdu sa mère... Il adorait sa mère. C'est une histoire incroyable. Il m'a dit qu'il me la raconterait plus tard. Qu'il m'inviterait un soir à boire un verre dans sa suite, à l'hôtel. Alors là, la tête m'a carrément tourné ! Je me suis imaginé seul avec lui et j'ai eu très peur. Très, très peur... Là quand on se voit, il y a plein de gens autour de nous, on n'est jamais en tête à tête et c'est lui qui parle tout le temps.

J'ai réalisé que j'avais très envie d'être seul avec lui. Je crois même que je pourrais m'asseoir dans un coin et juste le regarder. Il est si beau, il n'a aucun défaut... Je me demande comment ça s'appelle ce que j'éprouve pour lui. J'ai jamais senti ça. Cette chaleur qui m'inonde le corps et qui me donne envie d'être avec lui, tout le temps. J'arrête pas de penser à lui. J'arrive plus à me concentrer sur mon travail, plus du tout.

Il a l'air très surpris quand je lui explique que je travaille dur pour mes études. Il dit qu'il n'est pas sûr que ça serve à quelque chose. Qu'il a tout appris sur le tas, lui, il n'a pas fait d'études. C'était un petit gars de Bristol en Angleterre, livré à lui-même. Il faisait plein de bêtises. Il est entré à quatorze ans dans une sorte de cirque ambulant dont les tournées l'ont emmené en Amérique et quand la troupe est repartie, il a choisi de rester à New York. À dix-huit ans ! Seul et fauché. Il n'avait rien à perdre...

Il avait tout quitté : son pays natal, l'Angleterre, sa famille... Il n'appartenait à rien ni à personne. Il lui a fallu tout inventer à partir de zéro. Et c'est comme ça qu'il a inventé Cary Grant ! Parce qu'au départ, il m'a dit, Cary Grant n'existait pas... Son vrai nom, en fait, c'est Archibald Leach. C'est drôle parce qu'il n'a pas une tête à s'appeler Archibald.

L'autre jour, je lui ai dit que je voulais être comme lui. Il a éclaté de rire et a répondu tout le monde veut être Cary Grant, même moi ! C'était pas du tout comme s'il se vantait, mais plutôt comme s'il avait un problème avec ce personnage qu'il avait créé... Je crois qu'à un moment, je suis devenu le personnage que je jouais à l'écran. J'ai fini par devenir "lui". Ou il a fini par devenir moi. Et je ne savais plus très bien qui j'étais.

Ça m'a rendu perplexe. Je me suis dit que c'était

difficile de devenir quelqu'un. Difficile de savoir qui on était.

L'idée qu'il va repartir me donne envie de mourir. Et si je le suivais ?

Qu'est-ce que je dirais à mes parents ? Papa, maman, je suis amoureux d'un homme de cinquante-huit ans, un acteur de cinéma américain... Ils vont s'évanouir. Et le reste de la famille aussi. Parce que c'est ça, je crois bien, je suis en train de tomber amoureux... Même si ce n'est pas le bon mot. Est-ce qu'on peut tomber amoureux d'un homme ? Je sais que ça existe, mais... En même temps, s'il s'approchait de trop près, je crois que je prendrais mes jambes à mon cou !

Je ne veux pas me marier, je ne veux pas avoir d'enfants, je ne veux pas faire Polytechnique, ça, je le sais... mais tout le reste, je ne sais pas.

S'il me demande de partir avec lui, je le suis... »

La minuterie s'éteignit à nouveau et Joséphine se releva pour la rallumer. L'interrupteur était poisseux, humide et l'odeur âcre des poubelles la fit déglutir de dégoût. Mais elle avait envie de continuer sa lecture...

« J'ai hâte de connaître l'histoire de sa mère. Ça a l'air de l'avoir drôlement marqué. Il dit tout le temps qu'il se méfiait des femmes à cause de ce qui était arrivé avec sa mère. Il paraît qu'il avait raconté ça à Hitchcock qui s'en est servi dans un film qui s'appelle *Les Enchaînés* avec Ingrid Bergman. Dans un dialogue avec Ingrid Bergman, le personnage qu'il joue dit j'ai toujours eu peur des femmes, mais ça va finir par passer...

Et c'est vrai, *my boy*, c'est vrai, mais j'ai travaillé dessus. Il dit qu'il faut travailler sur ses rapports avec les gens, ne pas répéter toujours les mêmes schémas. Moi, *my boy*, à cause de l'histoire avec ma mère, j'ai toujours été plus à l'aise avec les hommes. Je me sentais en confiance avec eux. Je préférais vivre avec des hommes qu'avec une femme.

Ça, c'est une vraie confidence, je me suis dit. Une confidence qu'on ne fait qu'à un ami. Et j'ai été très heureux qu'il me fasse confiance... Il a fallu que je parle de lui à quelqu'un et j'en ai parlé à Geneviève. Je ne lui ai pas tout raconté, juste quelques trucs comme ça. Elle n'a pas eu l'air impressionné. Je crois qu'elle est un peu jalouse... et encore, elle ne sait pas tout !

On n'a pas beaucoup le temps de parler sur le plateau parce qu'on est souvent interrompus, mais quand j'irai boire ce fameux verre à son hôtel, je vais lui poser plein de questions. Il a l'art de mettre les gens à l'aise et j'oublie complètement que c'est un acteur très connu. Une vraie vedette... »

Ça continuait ainsi pendant des pages et des pages.

Joséphine sauta à la fin pour savoir comment cette histoire finissait.

Elle avait l'impression de lire un roman.

Le carnet se terminait sur une lettre que Cary Grant avait écrite à celui qu'elle appelait déjà Petit Jeune Homme et qu'il avait recopiée. Il n'y avait pas de date. Il avait arrêté de marquer la date. Il avait juste noté « dernière lettre avant qu'il ne quitte Paris ».

« *My boy,* retiens ceci : on est seul responsable de sa vie. Il ne faut blâmer personne pour ses erreurs. On est soi-même l'artisan de son bonheur et on en est parfois aussi le principal obstacle. Tu es à l'aube de ta vie, je suis au crépuscule de la mienne, je ne peux te donner qu'un conseil : écoute, écoute la petite voix en toi avant de t'engager sur ton chemin... Et le jour où tu entendras cette petite voix, suis-la aveuglément... Ne laisse personne décider pour toi. N'aie jamais peur de revendiquer ce qui te tient à cœur.

C'est ce qui sera le plus dur, pour toi, parce que tu penses tellement que tu ne vaux rien, que tu ne peux pas imaginer un futur radieux, un futur qui porte ton empreinte... Tu es jeune, tu n'es pas obligé de répéter le schéma de tes parents...

Love you, my boy... »

Qu'avait fait Petit Jeune Homme à la fin du tournage ?

Avait-il suivi Cary Grant ?

Et pourquoi ce carnet noir rempli de tant d'espoirs avait-il été jeté à la poubelle ?

Joséphine s'essuya le front du dos de la main, mit le journal intime de côté et repartit à la recherche du cahier de Zoé.

Il se trouvait dans le dernier conteneur. Dans un sac-poubelle. Sous un vieux pull troué de Zoé, une boule de poils de Du Guesclin, une chaussette déteinte et des feuilles de classeur déchirées. Iphigénie l'avait jeté sans savoir. Elle avait dû attraper le cahier avec les feuilles sur le bureau de Zoé.

Si j'avais commencé par le fond du local, je l'aurais trouvé tout de suite, soupira Joséphine en se grattant le bout du nez. Oui mais... je n'aurais pas mis la main sur le journal intime !

Elle referma la porte du réduit et remonta chez elle.

Essuya soigneusement le cahier noir de Zoé. Passa une éponge sur la couverture, le plaça en évidence sur la table de la cuisine. Rangea le journal intime dans un tiroir de son bureau.

Et s'effondra sur son lit.

À sept heures du matin, les éboueurs passèrent et vidèrent les quatre hautes poubelles de l'immeuble.

*
**

Iphigénie tordit le nez et fit une horrible grimace. Elle avait rendez-vous pour un entretien d'embauche et la gorge nouée. Secrétaire dans un cabinet de podologues, ça lui convenait. Ces docteurs-là seront jamais au chômage. Les gens, ils savent plus se servir de leurs pieds. Ils marchent de traviole. Y a du boulot pour les rectifier ! Ils ont tout oublié, de la clavicule à la rotule. Savent pas si c'est des fleurs des champs ou des articulations !

La dernière fois qu'elle avait passé un entretien, c'était avant de rencontrer l'homme qui avait fait son malheur et dont elle ne voulait pas prononcer le nom de peur qu'il ne revienne lui porter poisse. Sa candidature avait été retenue. Elle avait travaillé six ans chez deux médecins nutritionnistes et diabétologues dans le dix-neuvième arrondissement. Elle les avait rebaptisés docteur Truc et docteur Muche tellement ils se ressemblaient. Beiges, lisses, petits yeux marron, cheveux maigres, désordonnés, mais gentils. Elle les avait quittés quand Clara était née. Trop de travail, pas de nourrice, trop de nuits blanches et un mari qui la frappait. Elle ne savait plus comment expliquer aux patients les ecchymoses et les blessures. Le docteur Truc avait dit qu'il était désolé, mais qu'ils étaient obligés de se séparer d'elle, le docteur Muche avait ajouté que ça la foutait mal, toutes ces traces suspectes. Ou alors c'était le docteur Muche qui, le premier... elle ne savait plus. Elle avait dû partir. L'homme dont elle ne voulait pas prononcer le nom avait été arrêté le mois suivant pour avoir salement agressé un flic. Et depuis, il croupissait en prison. Bon débarras ! Elle avait pris la fuite avec ses deux enfants. Avait trouvé un emploi de gardienne dans les beaux quartiers de Paris. Elle s'en félicitait chaque jour. Logée, éclairée, chauffée, téléphone gratuit, cinq semaines de vacances, pas d'impôts locaux, en échange de cinq heures de ménage quotidiennes et d'être présente, la nuit. Mille deux cent cinquante-quatre euros par mois auxquels s'ajoutaient des heures de ménage et de repassage chez des particuliers. La belle vie, quoi ! elle trompetta tout haut pour faire passer l'air dans sa gorge étranglée. Les enfants dans de bonnes écoles, avec de bonnes fréquentations, de beaux cahiers bien tenus et des maîtresses qui font jamais grève. Les riches, ça a des vices, mais ça lui facilitait drôlement la vie quotidienne.

Mais aujourd'hui, sa loge et elle étaient menacées.

Elle devait prévoir une solution de repli.

– Vais pas me laisser immoler comme l'agneau pascal ! s'exclama-t-elle en prenant à témoin un tableau bucolique sur le mur où paissaient une brebis et son petit alors qu'un loup les guettait. Me laisserai pas happer par le loup !

Elle pouvait parler tout haut, elle était seule dans la pièce.

Une femme ouvrit la porte et lui fit signe d'entrer dans un bureau qui sentait l'odeur de muguet qu'on trouve parfois dans les cabinets. Une odeur lourde, artificielle. Elle portait une tasse de thé sur une soucoupe et lui murmura avant de s'effacer vous allez voir, il est pas commode.

L'homme qui se tenait derrière le bureau n'était ni beau ni laid, ni gras ni maigre, ni jeune ni vieux, ni chiffonné ni raide. Encore un beige. Un docteur Truc ou un docteur Muche. Est-ce parce que les études de médecine sont longues et difficiles qu'ils se décolorent au fil des années ?

Il lui jeta un œil froid qui la calcula des pieds à la tête et elle planta fièrement son regard dans des yeux qui se dérobaient. Pour l'entretien, elle avait fait un rinçage de crinière et ses cheveux étaient sages. Ni rouges, ni bleus, ni jaunes : châtains.

Il se tourna vers son assistante et lui demanda d'une voix haute et pointue :

– Ça fait longtemps que le sachet de thé infuse ou vous venez de le mettre ?

– Je viens de le mettre...

– Dans ce cas, remportez cette tasse et ramenez-la-moi quand le thé aura infusé.

– Mais pourquoi ?

– Parce que je ne saurai pas quoi faire du sachet !

– Ben... c'est pour ça que j'ai apporté une petite soucoupe, pour que vous puissiez y mettre le sachet une fois infusé...

– Ah bon... C'est pas beau à voir un sachet infusé ! Vous auriez pu y penser !

Il pinça la bouche et haussa un sourcil, épuisé à l'idée que tout reposait sur ses frêles épaules : l'art du thé et l'interrogation d'une candidate qu'il avait jaugée au premier coup d'œil.

Puis il se tourna vers Iphigénie, prit un stylo, ouvrit un bloc et demanda sans aucun préambule :

– Situation familiale.

– Divorcée, deux enfants.

– Divorcée vivant seule ou divorcée vivant accompagnée ?

– Ça ne vous regarde pas !

L'assistante leva les yeux au ciel comme si Iphigénie venait de signer son arrêt de mort.

– Divorcée vivant seule ou divorcée vivant accompagnée ? répéta le podologue sans quitter son bloc des yeux.

Iphigénie défit le bouton de son manteau, soupira. Combien de fois allait-il lui poser la même question ? C'est un disque rayé, cet homme. Ou c'est une manière de me signifier que je ne suis rien qu'une souris apeurée qui cherche à gagner de quoi subsister. Que je dépends de lui, de son bon vouloir. Elle répondit :

– Et si je vous dis que je vis seule ? Ça vous va ?

– Ce serait surprenant à votre âge !

– Et pourquoi ça ?

– Vous êtes mignonne, vous avez l'air sympathique. Quelque chose cloche en vous ?

Iphigénie le regarda, bouche bée, et choisit de ne pas répondre. Si je réponds, pensa-t-elle, je l'envoie dans les ronces, je me lève, je pars et je ne peux plus an-ti-ci-per.

– Est-ce que vous faites votre lit le matin en vous levant ? enchaîna l'homme en se grattant l'index.

– Non mais... c'est pas des questions à poser tout de même ! protesta Iphigénie.

– Cela en dit long sur votre caractère. Nous allons passer du temps ensemble, je veux savoir à qui j'ai affaire.

— Je ne répondrai pas. C'est pas des questions idoines.

C'est Mme Cortès qui lui avait appris ce mot. C'est pas tout le monde qui dit idoine. Ce mot-là vous pose, vous donne un halo de dignité. Il va savoir à qui il a affaire puisque ça l'inquiète.

L'homme gribouilla sur son bloc et continua à poser des questions de moins en moins idoines.

Le dernier film que vous avez vu ? Le dernier livre que vous avez lu ? Pouvez-vous le résumer ? Votre plus grande réussite dans la vie ? Votre plus grande déception ? Combien de points avez-vous sur votre permis ? Quelles notes aviez-vous en dictée quand vous étiez en primaire ?

Iphigénie se mordait l'intérieur de la joue pour ne pas être tentée de lui envoyer une giclée de colère. L'assistante se taisait, mais sa bouche esquissait un petit sourire qui disait qu'elle n'était pas près d'être remplacée par cette femme têtue, mal embouchée. Puis le téléphone sonna et elle rejoignit son bureau pour répondre.

— Mais c'est quoi, ces questions ? demanda Iphigénie. Qu'est-ce que ça a à voir avec le fait que je puisse répondre au téléphone, remplir des papiers et organiser des rendez-vous ?

— Je veux savoir quel genre de personne vous êtes et si vous pouvez vous intégrer au sein de notre équipe. Nous sommes trois spécialistes, nous avons une belle clientèle et je ne veux prendre aucun risque. Je peux vous dire déjà que vous me semblez un peu véhémente pour la vie en groupe...

— Mais vous n'avez pas le droit de me demander tout ça. C'est ma vie personnelle, c'est pas votre business !

— Mauvais langage, releva l'homme en pointant un doigt sur elle, mauvais langage !

Il avait l'index droit jauni par le tabac et tentait de dissimuler son tabagisme en vaporisant du muguet bon marché dans son bureau. Il se parfume au Canard W-C pour faire oublier son vice, pensa Iphigénie, les dents serrées.

— Vous accumulez les mauvais points en ne répondant pas...

— Je vous demande, moi, si vous faites votre lit, de quel côté vous dormez et si vous mettez du lait dans votre café ? Et pourquoi vous fumez comme une cheminée ? Et pourtant, je vais devoir vivre avec vous aussi ! Je ne postule pas pour être votre femme, mais votre secrétaire ! Je la plains, d'ailleurs, votre pauvre femme !

L'homme devint alors tout mou, son menton s'affaissa, ses lèvres tremblèrent, il sembla soulevé par une houle de désespoir et s'effondra sur lui-même en disant :

— Elle est morte ! Elle est morte, la semaine dernière ! Un cancer foudroyant...

Il y eut un long silence. Iphigénie fixait les pieds du podologue, deux belles chaussures lustrées noires à lacets, et espérait le retour de l'assistante. Une autre tasse de thé avec une autre soucoupe et un sachet de thé. L'homme semblait ne plus pouvoir s'arrêter et reniflait en cherchant à tâtons dans ses tiroirs quelque chose qui pourrait lui servir de mouchoir.

— Vous voyez où ça mène de poser des questions qui n'ont rien à voir avec un entretien professionnel ! Vous voulez que je sorte pour que vous vous remettiez en place ?

Il secoua la tête, trouva enfin un mouchoir, s'y précipita en faisant un bruit de forge.

Puis il reprit en s'agrippant à son bloc :

– Vous avez déjà tenu un secrétariat médical ?

– Ah ! Ben voilà une question honorable, l'encouragea Iphigénie.

Elle lui relata, d'une voix douce, maternelle, l'histoire du docteur Truc et du docteur Muche. Détailla son rôle au sein du cabinet. Ses qualités. Son sens de l'organisation, son habileté avec les patients, sa compassion... Précisa qu'elle pouvait travailler à l'ancienne, s'il le fallait, avec un crayon et du papier ou à l'aide d'un ordinateur. Qu'elle savait créer des dossiers informatiques ou des dossiers cartonnés, faire des enveloppes kraft pour chaque client avec une feuille blanche où sont notées toutes les informations, prendre des notes en dictée, tenir l'agenda des rendez-vous, répondre au téléphone. Elle ajouta qu'elle connaissait le vocabulaire médical et savait l'orthographier. Elle omit de lui dire qu'elle n'avait aucun diplôme. Omit aussi de lui livrer l'exacte vérité sur son départ. Préféra raconter que, pour le bien-être de ses enfants, pour être présente quand ils rentraient de l'école, elle avait accepté un emploi de gardienne dans un immeuble du seizième arrondissement.

Il se redressa dans son costume d'homme-tronc, essuya ses yeux encore humides de ses petits doigts fins. Rangea son mouchoir dans sa poche. Promit de l'appeler en fin de semaine et de lui donner une réponse. Il demanda encore s'il pouvait interroger ses précédents employeurs. Iphigénie opina en priant le Ciel que ces derniers restent discrets sur la raison de son départ.

Il ne posa plus aucune question et ne se leva pas quand elle quitta la pièce.

Elle venait de refermer la porte quand elle s'entendit rappeler.

— Oui ? demanda-t-elle en passant la tête.

L'homme avait repris de l'assurance. Il bombait le buste pour effacer le souvenir de son effusion lacrymale et enfonçait les pouces dans la ceinture de son pantalon ; le petit sourire qui tordait la commissure droite de ses lèvres rétablissait la hiérarchie qu'il entendait bien imposer.

— Vous ne voulez toujours pas me dire si vous vivez seule ou accompagnée ?

*
**

Zoé ouvrit le paquet de Petit Écolier et pensa tout de suite que ce n'était pas une bonne idée. Si Gaétan venait à Paris pendant les vacances de Noël, il fallait qu'elle soit svelte et sans boutons. Or le Petit Écolier était le plus sûr moyen d'être grosse et boutonneuse. Qu'est-ce qui rend le véritable Petit Écolier si unique ? disait le slogan sur le paquet. Qu'il est bourré de calories et mauvais pour le teint ! répondit Zoé en tentant de résister.

Il était dix-sept heures quinze. Elle avait rendez-vous avec Gaétan sur MSN.

Il avait un quart d'heure de retard et elle s'alarmait. Il avait rencontré une autre fille, il l'avait oubliée, il était trop loin, elle n'était pas assez près, il était si beau, elle était moche...

À dix-sept heures vingt-cinq, elle mordit dans un Petit Écolier. Le problème avec le Petit Écolier, c'est qu'on ne peut pas n'en manger qu'un. On est obligé d'enchaîner. Sans prendre le temps de déguster. On ne garde même pas le goût du bon chocolat dans la bouche. Et il faut aussitôt entamer un nouveau paquet.

Elle l'avait presque englouti quand le message de Gaétan s'afficha.

« T'es là ? »

Elle tapa « oui, ça va ? » et il répondit « bôf ! bôf ! ».

« Tu veux que je te raconte un truc formidable ? »

Il répondit « si tu veux… » avec un Smiley qui faisait la tronche et elle s'élança. Elle raconta l'histoire du cahier noir retrouvé par sa mère dans les poubelles et clama sa joie pour qu'il sourie et se réjouisse avec elle.

« Tu sais, c'est idiot, mais j'ai tout dans ce cahier… Y a même la fois où on a fait fondre des Chamallows dans la cheminée du salon… Tu te rappelles ? »

« T'as de la chance d'avoir une mère qui s'occupe de toi. La mienne, elle me donne envie de pleurer. Elle a fait venir un brocanteur pour vendre des meubles parce qu'elle dit qu'elle les supporte plus, ils lui rappellent sa vie d'avant, mais moi je sais que c'est parce qu'elle n'a plus le sou. Elle n'a pas payé l'électricité, ni le téléphone, ni la télé toute neuve ni rien du tout. Elle donne sa carte de crédit sans réfléchir, sans compter… Quand une facture arrive, elle la met dans un tiroir. Quand le tiroir est plein, elle jette tout ce qu'y a dedans… et elle recommence ! »

« Ça va s'arranger, tes grands-parents vont l'aider… »

« Ils en ont marre. Elle arrête pas de faire des conneries… Tu sais, parfois il m'arrive de regretter quand mon père était là… »

« Peux pas dire ça tout de même... T'étais tout le temps en colère contre lui... »

« Ben, maintenant je suis tout le temps en colère contre elle... Tu sais, là, en ce moment, elle est au téléphone avec le Chauve... Et elle rit avec un rire ! Il sonne si faux, son rire. Elle y met plein de sous-entendus sexuels, ça m'agace, mais ça m'agace ! et puis après, elle joue à la petite fille qui boude. »

« Le Chauve de chez Meetic ? Elle le voit toujours ? »

« Elle dit qu'il est formidable et qu'ils vont se marier. Je crains le pire. Quand on croit avoir fini avec les malheurs, ils reviennent, et ça fait chier, Zoé... Je voudrais tant avoir une vraie famille. Avant, on était une vraie famille, maintenant... »

« Tu fais quoi à Noël ? »

« Maman, elle part avec le Chauve. Elle veut nous laisser seuls à la maison. Elle dit qu'elle veut une nouvelle vie et c'est comme si elle voulait pas de nous dans sa nouvelle vie. Elle nous exclut, elle a pas le droit de faire ça ! J'ai demandé si on pouvait partir avec elle et elle a dit non, je veux pas de vous. Je veux tout recommencer. Et tout recommencer, c'est faire sans nous... »

« Elle dit ça parce qu'elle est malheureuse. Tu sais, elle a dû être drôlement secouée quand même... Elle est passée de la vie de couvent à la liberté, elle est paumée. »

« … et puis ma chambre, elle est minuscule, et Domitille, elle est pas possible. Elle fait un trafic dingue avec des mecs louches, ça va mal finir. La nuit, elle monte sur le toit et elle fume en parlant des heures au téléphone avec sa copine Audrey. Elles sont bourrées de thunes toutes les deux. Je me demande d'où vient cet argent… »

« Viens passer Noël chez nous. Suis sûre que maman serait d'accord… et si ta mère est pas là, en plus… »

« Le soir de Noël, on est chez mes grands-parents, c'est après qu'elle s'en va… »

« Ben alors, t'es libre après… Maman peut appeler tes grands-parents, si tu veux… »

« Ben non… parce qu'elle leur a pas dit qu'elle partait et qu'elle nous laissait. Elle a dit qu'elle nous emmenait au ski pour qu'ils lui donnent de l'argent. Mais ils sont pas cons, ils vont bien s'en apercevoir. Elle s'en fiche ! »

« Et les autres ? qu'est-ce qu'ils disent ? »

« Charles-Henri est muet. Ça fait peur tellement il est muet ! Domitille, elle s'est fait tatouer Audrey en bas du dos ! Tu te rends compte ! Si mes grands-parents s'en aperçoivent, on est morts ! Elle se balade à poil dans la maison fière comme un coq blindé de plumes alors que c'est juste une poule d'eau lamentable, une oie sans bec, un pigeon dégueulasse de Paris… »

« Oh là là ! T'es en colère, toi ! »

« Et quand elle a fumé, elle se met à quatre pattes et elle avance en disant merde ! ça doit être horrible d'être un chien handicapé ! Déjà que normalement, tu dois marcher à quatre pattes, alors quand t'en as une de moins, t'es mal ! Elle délire. »

« Viens chez moi, ça te changera les idées... »

« Je vais voir comment je peux m'arranger... J'en ai marre, mais marre ! Vivement que ça finisse ! mais je vois pas comment ça peut finir bien... »

« Dis pas ça... Et en classe ? »

« Ça, ça va. C'est le seul endroit où j'ai la paix. Sauf qu'il y a Domitille qui se fait tout le temps remarquer. Les profs la sacquent un max parce qu'elle respecte rien... »

« Les gens, ils savent ? Pour vous ? »

« Je crois pas. En tout cas, ils m'en parlent pas. Je préfère... Manquerait plus que ça ! »

« Essaie de venir à Noël. Moi, je vais demander à maman, toi, tu t'arranges... »

« OK. Je te laisse parce qu'elle a raccroché et elle va vouloir lire par-dessus mon dos ! Ciao ! »

Pas un mot doux. Pas un mot d'amoureux. Pas un mot qui fasse pousser des fleurs dans son cœur. Il était tellement en colère qu'il ne lui parlait plus jamais avec de beaux mots comme avant. Ils ne faisaient plus jamais des voyages imaginaires. Ils ne disaient plus on part à Vérone et on va s'embrasser sous le balcon des Capulet. Ils restaient chacun dans leur coin. Lui avec ses soucis, sa mère, sa sœur, le Chauve, et elle avec une grande envie qu'il lui parle d'elle. Qu'il lui dise qu'il la trouvait belle, qu'elle avait le zazazou et tout et tout.

Ce qu'il fallait, c'était lui enlever tous ces drames de la tête.

Il se sentait responsable de sa mère, de sa sœur, des factures. Il restait coincé dans une nouvelle vie à laquelle il ne comprenait rien. Il n'avait plus de boussole.

Il n'a plus que moi comme boussole, soupira Zoé.

Et elle se sentit aussi forte qu'une boussole qui ne perd jamais le nord.

Elle regarda le paquet de Petit Écolier, le renversa. Il en tomba un. Elle le prit, le porta à la bouche, se ravisa, appela Du Guesclin et le lui tendit.

– Tu t'en fiches, tu peux grossir, toi... Et puis, t'auras jamais de boutons... C'est vrai, ça, les chiens, ils n'ont jamais de boutons.

Ils n'ont ni boutons ni amoureux qui les attriste. Les chiens, ils sont heureux avec un seul Petit Écolier. Ils se lèchent les babines et remuent la queue. Sauf que Du Guesclin, il n'avait plus de queue. On ne savait jamais s'il était content. Ou alors il fallait déchiffrer ses yeux.

Elle sauta sur ses pieds et courut demander à sa mère si Gaétan pouvait venir chez elles à Noël.

Iphigénie était assise dans la cuisine et tenait son sac du dimanche sur ses genoux, un beau sac imitation croco avec fermeture imitation Hermès. Fallait vraiment avoir les yeux dessus pour s'apercevoir que c'était du plastique. Elle avait les cheveux d'une seule couleur et Zoé ne la reconnut pas tout de suite. Non seulement ses cheveux ne pavoisaient pas, mais ils étaient tout plats. Ils pendaient de chaque côté du visage comme un voile de veuve antique.

Elle était en train de raconter à Joséphine son entretien chez un médecin podologue et semblait très irritée.

— Sous prétexte qu'on cherche un emploi, est-ce qu'il faut se laisser traiter comme du bétail, madame Cortès ? Je vous le demande...

— Non... Vous avez raison, Iphigénie. C'est très important de garder sa dignité.

— Pfft ! Dignité ! C'est un mot du passé !

— Justement non ! Il faut le réhabiliter... Vous ne vous êtes pas laissé faire et c'est très bien.

— Elle coûte cher, la dignité ! C'est sûr qu'il ne va pas m'embaucher. Je n'ai pas été assez docile, mais quand même il m'a posé de ces questions ! J'ai pas pu faire autrement que de lui répondre que ça le regardait pas...

Les deux femmes demeurèrent silencieuses. Iphigénie tripotait la fermeture de son sac crocodile en plastique et Joséphine se mordait les lèvres à la recherche d'une stratégie pour sauver Iphigénie. Le poste de radio dans la cuisine jouait un air de jazz et Zoé reconnut la trompette de Chet Baker. Elle tendit l'oreille pour écouter le nom du morceau et vérifier qu'elle ne s'était pas trompée, mais la voix d'Iphigénie couvrit celle de l'animateur de TSF Jazz :

— On va faire quoi, alors, madame Cortès ?

— Vous n'avez pas encore été mise à la porte de la loge. Vous supputez...

— Je renifle l'embrouille... Faut trouver un truc pour qu'ils ne puissent pas m'expulser.

— J'ai peut-être une idée...

— Dites, madame Cortès, dites...

— On pourrait faire circuler une pétition dans l'immeuble... une pétition que tout le monde signerait et qui demanderait votre maintien dans les lieux... Si jamais il prend l'idée au syndic de vous chasser... Après tout, ce sont les propriétaires qui décident.

— Ça, c'est une bonne idée, madame Cortès. Une drôlement bonne idée ! Et vous l'écririez, la pétition ?

— Je l'écrirai et j'irai la faire signer par chaque occupant de l'immeuble. Vous êtes en bons termes avec les gens, Iphigénie ?

— Oui. Y avait que la Bassonnière qui me battait froid, mais depuis que...

Elle émit un son rauque qui imitait le râle de Mlle de Bassonnière, trucidée dans le local à poubelles[1].

— ... depuis qu'elle est partie, je n'ai plus d'ennuis avec personne.

— Eh bien ! Je vais rédiger une lettre, si la menace d'expulsion est formulée, nous la brandirons et le syndic sera muselé...

— Vous êtes drôlement forte, madame Cortès !

— Merci, Iphigénie. C'est que je n'ai pas envie de vous perdre. Vous êtes une excellente gardienne !

Zoé crut qu'Iphigénie allait se mettre à pleurer. Ses yeux s'embuèrent de grosses larmes qu'elle bloqua en fronçant ses sourcils noirs.

— C'est l'émotion, madame Cortès. Personne ne m'a jamais dit que je faisais bien mon travail... les gens, ils me

1. Cf. *La Valse lente des tortues, op. cit.*

font jamais de compliments. Ils trouvent tout normal... Jamais un « merci, Iphigénie » ! Jamais « vous êtes formidable » ! Jamais « comme la boule de cuivre brille dans l'escalier ! ». Rien ! C'est comme si c'était tout pareil que je m'épuise ou pas !

– Allez, Iphigénie ! Arrêtez de vous faire du souci... Vous la garderez votre loge, je vous le promets.

Iphigénie renifla bruyamment et se reprit. Elle émit son petit bruit de trompette pour chasser l'émotion et, regardant Joséphine dans les yeux, elle demanda :

– Dites, madame Cortès... Y a un truc que je comprends pas. Quand il s'agit des autres, vous vous battez comme un beau diable et pour vous, on dirait que vous vous laissez marcher sur les pieds !

– Ah ! Vous trouvez...

– Ben oui... Vous savez pas vous défendre...

– Peut-être qu'on est toujours plus clairvoyant pour les autres que pour soi. On sait ce qu'il faut faire pour les aider et on l'ignore pour soi-même...

– Vous avez sûrement raison... mais pourquoi on est comme ça ?

– Je ne sais pas...

– Vous croyez qu'on n'a pas assez de respect pour soi ? Qu'on ne se trouve pas assez important ?

– C'est possible, Iphigénie... Je trouve toujours les gens intelligents et moi, stupide. Ça a toujours été comme ça.

– Vous vous en occupez quand, de la pétition, madame Cortès ?

– On laisse passer les fêtes et après, si le syndic attaque, on passe à l'action...

Iphigénie hocha la tête et se leva en refermant son

manteau, son sac en croco plastique coincé sous le bras.

— N'empêche que je vous remercierai jamais assez pour tout ce que vous faites pour moi...

Quand Iphigénie fut partie, Zoé vint se planter devant sa mère et déclara qu'elle aussi avait un problème.

Joséphine soupira et se frotta les ailes du nez.

— T'es fatiguée, maman ?

— Non... j'espère que j'arriverai à tenir la promesse faite à Iphigénie...

— Elle est où, Hortense ?

— Partie marcher dans Paris pour trouver une idée...

— Une idée pour ses vitrines ?

— Oui... Quel est ton problème, ma chérie ?

— C'est Gaétan. Il est malheureux et sa mère, elle est grave dérangée...

Zoé prit une profonde inspiration et lâcha :

— Je voudrais qu'il vienne passer les vacances avec nous...

— À Noël ? Chez nous ? Mais c'est impossible ! Il y a Shirley et Gary qui arrivent !

— Noël, il le passe en famille, mais je voudrais qu'il vienne après... et puis l'appartement est grand, il y a de la place.

Joséphine considéra sa fille avec gravité.

— Tu es sûre qu'il a envie de revenir dans l'immeuble ? Après ce qui s'est passé ? Vous en avez parlé ?

— Non, admit Zoé.

— Je ne crois pas que ce soit une bonne idée...

— Mais maman, cela veut dire qu'il ne reviendra jamais ici alors !

— Peut-être...

— Mais c'est impossible ! s'écria Zoé. On se verra où ?

— Écoute, chérie, je ne sais pas... Je n'ai pas vraiment la tête à ça.

— Ah non ! cria Zoé en tapant du pied. Je veux qu'il vienne ! Tu passes du temps avec Iphigénie, tu trouves des solutions pour elle et pour moi, que dalle ! Je suis ta fille, je suis plus importante qu'Iphigénie !

Joséphine releva la tête vers Zoé. Les joues en feu, le pied qui frappe le sol, quinze ans, un mètre soixante-dix, des seins qui poussent, des pieds qui poussent et les premières récriminations d'une femme. Ma fille réclame le droit d'avoir un amant ! Au secours ! À quinze ans, je rougissais en regardant à la sauvette un grand benêt qui s'appelait Patrick et quand nos regards se croisaient, j'avais le cœur qui menaçait de sauter hors de ma poitrine. L'idée de l'embrasser m'aurait fait défaillir et effleurer sa main me conduisait tout droit à la félicité nuptiale.

Elle tendit la main à sa fille et dit :

— D'accord. On reprend tout de zéro, je t'écoute...

Zoé narra les malheurs de Gaétan. Elle ponctuait chaque phrase par un coup de poing sur ses cuisses comme pour s'assurer de l'effet dramatique de son récit.

— S'il vient ici, il dormira où ?

— Ben... dans ma chambre.

— Tu veux dire, dans ton lit...

Zoé opina en rougissant. Une mèche de cheveux barrait ses yeux et lui donnait un air sauvage.

— Non, Zoé, non. Tu as quinze ans, tu ne vas pas dormir avec un garçon.

— Mais maman ! Toutes les filles de ma classe...

– Ce n'est pas parce que toutes les filles de ta classe le font que tu dois le faire... Non, c'est non !

– Mais, maman...

– C'est non, Zoé, et on n'en parle plus... Tu n'as pas l'âge, un point, c'est tout.

– Mais c'est ridicule ! À quinze ans, j'ai pas le droit et à seize ans, j'aurai le droit ?

– Je n'ai pas dit qu'à seize ans, tu auras le droit...

– Mais t'es complètement naze, m'man !

– Chérie, sois honnête, tu as vraiment envie de coucher avec un garçon à ton âge ?

Zoé détourna la tête et ne répondit pas.

– Zoé, regarde-moi dans les yeux et dis-moi que tu as une envie folle de coucher avec lui... C'est important comme engagement. Ce n'est pas un truc qu'on fait comme se laver les dents ou acheter un jean !

Zoé ne sut que répondre. Elle avait envie qu'il soit là, avec elle, toujours. Qu'il la prenne dans ses bras, qu'il lui dise des mots dans l'oreille, qu'il lui fasse des promesses, qu'elle respire son odeur pour de vrai, pas dans un vieux pull qui ne sentait plus rien. Le reste, elle ne savait pas. Cela faisait quatre mois qu'elle ne l'avait pas vu. Quatre mois qu'ils se parlaient par mails ou MSN. Parfois, au téléphone, mais alors il y avait de longs blancs dans leur conversation. Elle se gratta l'os du tibia de son pied libre, tournicota une mèche de cheveux, tira sur la manche de son pull et bougonna :

– C'est pas juste ! Hortense, à quinze ans, elle avait le droit de tout et moi, j'ai le droit de rien !

– Hortense à quinze ans ne couchait pas avec un garçon !

– C'est ce que tu crois ! Elle le faisait derrière ton dos, tu le savais pas... Juste qu'elle te demandait pas la permission ! Moi, je te demande la permission et tu me dis non, c'est pas juste ! Je vais lui dire d'aller chez Emma et j'irai le voir chez elle et t'en sauras rien !

– Et ensuite ?

– J'en ai marre, mais j'en ai marre ! J'en ai marre qu'on me traite comme un bébé...

– Elle couche avec un garçon, Emma ?

– Ben non... Elle a pas d'amoureux, elle ! Pas d'amoureux pour de vrai. Je veux voir Gaétan, m'man !

Je veux voir Gaétan, je veux voir Gaétan... Elle se mit à bourdonner ces mots comme un vieux bedeau litanie la messe, en traçant des cercles sur la table de son pouce gauche pendant que le droit, enfourné à moitié dans la bouche, la faisait saliver de colère contenue.

Joséphine la regarda, amusée et calme. Elle avait connu tant de tempêtes violentes avec Hortense que les demandes de Zoé la trouvaient sereine, aguerrie.

– On dirait un gros bébé, murmura-t-elle, attendrie.

– Je ne suis pas un bébé ! maugréa Zoé et je veux voir Gaétan...

– J'ai compris... je ne suis pas demeurée !

– Parfois, je me demande...

Joséphine l'attira vers elle. Zoé résista d'abord, le corps raide comme une armure, puis elle se détendit quand sa mère chantonna à son oreille d'une voix douce j'ai une idée, une idée qui nous plaira à toutes les deux...

– Vas-y toujours, répondit Zoé, le pouce enfoncé dans la bouche.

– Tu vas inviter Gaétan, il dormira ici, dans ta chambre, mais...

Zoé se redressa, inquiète, à l'affût.

– ... mais Hortense dormira avec vous.

– Dans MA chambre ?

– On mettra un matelas par terre et il y dormira pendant que toutes les deux, vous partagerez ton lit...

– Elle voudra jamais !

– Elle n'aura pas le choix. Shirley et moi dans ma chambre, Gary dans la chambre d'Hortense et vous trois dans ta chambre... Comme ça, vous serez ensemble mais pas libres de tout faire !

– Et si elle veut dormir avec Gary ?

– D'après Shirley, ce n'est pas d'actualité... Ils sont encore en froid.

Zoé réclama un instant de réflexion. Elle fronça les sourcils. Joséphine suivit le cours de ses pensées au plissement du nez, des lèvres, aux yeux qui voyageaient dans le vide et pesaient le pour et le contre. Son visage brillait de boucles cuivrées, de prunelles châtaigne, de dents très blanches et son sourire s'enfonçait dans une fossette gauche qui gardait imprimée la trace de l'innocence à peine quittée. Elle connaissait sa fille sur le bout des doigts. Ce n'était pas une guerrière, c'était une tendre encore engluée dans l'enfance. Elle pouvait presque entendre les mots sonner dans sa tête, je veux être comme tout le monde, pouvoir dire en classe que j'ai dormi avec Gaétan, m'en vanter même auprès d'Emma, acquérir enfin mes galons de femme, mais j'ai un peu peur du reste. Que va-t-il se passer ? Est-ce que je saurai faire ? Est-ce que ça fait mal ? Elle lisait, dans les yeux de Zoé, la même supplication anxieuse que le jour où elle avait réclamé son premier soutien-gorge alors qu'elle était plate comme une raquette de tennis. Joséphine avait cédé. Un joli soutien-gorge, taille 75. Zoé ne l'avait mis qu'une fois. L'avait rempli de coton pour faire croire. Faire croire, ne pas perdre la face.

Zoé était à l'âge où les apparences comptent plus que la réalité.

– Alors ? murmura Joséphine en lui donnant un petit coup d'épaule.

– C'est d'accord, soupira Zoé. C'est d'accord puisqu'on ne peut pas faire autrement.

– On passe un pacte : je te fais confiance, je vous laisse tous les deux... en échange, tu me promets qu'il ne se passe rien... Tu as tout le temps, Zoé, tout le temps. C'est important, le premier garçon... Tu y repenseras toute ta vie. Tu n'as pas envie de faire ça n'importe comment... et puis tu imagines si tu tombais enceinte ?

Zoé recula comme piquée au talon par une vipère.

– Enceinte !

– C'est ce qui arrive quand on couche avec un garçon...

Il y eut un long silence.

– Le jour où tu décideras que c'est pour de bon, que tu es vraiment folle d'amour et qu'il est vraiment fou d'amour, on en reparlera toutes les deux et tu prendras la pilule.

– Je n'avais pas pensé à ça... Comment elle a fait, Hortense, alors ?

– Je n'en sais rien...

Et je préfère n'en avoir jamais rien su, songea Joséphine.

*
**

Et c'est ainsi qu'ils se retrouvèrent tous pour Noël. Shirley, Gary, Hortense, Zoé, Joséphine, dans une joyeuse ambiance de sapin qu'on dresse et qu'on décore, t'as pensé au sac à sapin ? Et les boules, on rajoute des rouges ou des blanches ?, de chants de Noël, de menus qu'on élabore, de chansons qu'on crie à tue-tête, de table qu'on dresse, de cadeaux officiels qu'on dépose au pied de l'arbre, d'autres, mystérieux, qu'on cache sous un lit, dans une armoire, derrière les parapluies, de bouchons de champagne qui sautent et s'écrasent au plafond pour célébrer une meringue réussie ou une devinette élucidée.

« Pourquoi l'éléphant du zoo de Central Park porte-t-il des chaussettes vertes ?

Parce que les bleues sont sales... »

« Comment on s'aperçoit qu'on a un hippopotame dans son lit ?

Parce qu'il a un H brodé sur son pyjama... »

« Quel est le pluriel d'un Coca ?

Des haltères... parce qu'un Coca désaltère ! »

Shirley avait apporté des *crackers*, des puddings, des chaussettes de Noël remplies de confiseries, des boîtes de thé, une bouteille de vieux whisky, Gary des CD de Glenn Gould qu'il fallut écouter dans le plus grand recueillement et des vieux cigares qui, affirmait-il, étaient les préférés de Winston Churchill. Shirley pouffait, Joséphine écarquillait les yeux, Zoé recopiait la recette du pudding anglais en tirant la langue, Hortense s'amusait de l'empressement de chacun à respecter les coutumes de ces fêtes qu'ils célébraient ensemble depuis si longtemps. Elle ne se déplaçait jamais sans son portable au cas où Miss Farland voudrait la joindre... et prenait un air mystérieux chaque fois que le téléphone sonnait.

Gary se moquait d'elle. L'appelait l'abominable femme d'affaires. Cachait le portable dans le frigo dans une botte de poireaux, sous des coussins ou les couvertures de Du Guesclin. Hortense hurlait et le sommait de cesser ces enfantillages. Gary s'éloignait en sautant comme un écureuil, les mains en crochet, les pieds écartés.

– C'est l'écureuil qui sait où se trouve le portable, il l'a caché pour l'hiver, quand il sera tout seul, sans amis, au fond des bois... L'écureuil est seul pendant les grands froids. L'écureuil est triste dans le grand parc... Surtout le lundi, quand tous les gens du week-end sont partis. Quand on ne lui lance plus de cacahuètes ni de noisettes, il se bat les flancs et il attend que le samedi revienne... Ou le printemps...

– Et il voudrait que je le prenne pour un Prince Charmant ! ironisait Hortense.

– Mais mon fils est un Prince Charmant ! protestait Shirley. Il n'y a que toi qui ne le sais pas...

– Dieu me garde des Princes Charmants et des écureuils d'appartement...

Et elle partait à la recherche de son téléphone en pestant.

Parfois Gary se penchait sur elle comme pour l'embrasser et terminait son mouvement en déposant un trait de mousse au chocolat sur son front. Elle lui sautait à la gorge. Il s'enfuyait en criant elle-a-cru-que-je-l'embrasserais-toutes-les-mêmes-toutes-les-mêmes, et elle hurlait je le déteste, je le déteste. Ou il s'allongeait sur le canapé en écoutant *Le Clavier bien tempéré*, battait la mesure de ses longs pieds en chaussettes trouées, expliquait l'art de Glenn Gould, quand tu l'écoutes, ce n'est plus un piano que tu entends, mais un orchestre. Chaque thème se répond en canon, disparaît de la main droite pour réapparaître à la main gauche, se décline d'un ton à l'autre pour rebondir sur une nouvelle mélodie. Silences et soupirs alternent, donnent du relief à l'œuvre et te tiennent en haleine. Son touché n'est pas *staccato,* encore moins *legato,* mais dé-ta-ché. Chaque note jouée est distincte des autres, de sorte qu'aucune n'est liée à l'autre, aucune n'est laissée au hasard. C'est de l'art, Hortense, du grand art… pendant qu'Hortense, assise à ses pieds, dessinait un projet de vitrine sur un grand bloc blanc à spirale, des crayons de couleur éparpillés autour d'elle. C'étaient leurs moments de répit. Elle crayonnait, gommait, repassait un trait, parlait des décorations de Noël des vitrines d'Hermès rue du Faubourg-Saint-Honoré, tu aurais dû voir ça, Gary, des couleurs d'Orient, chaudes, très chaudes, très peu d'objets, du cuir et des épées, des lions, des tigres, des perroquets, de longs drapés, c'était beau et si… unique. Moi aussi, je veux faire du beau et de l'unique. Il étendait la main et lui caressait les cheveux, j'aime quand tu réfléchis, elle mordait son crayon et demandait, parle-moi, dis-moi n'importe quoi et je trouverai, je trouverai… Il lui récitait des vers de Byron et sa voix douce, les mots anglais délicatement posés composaient une autre partition, une musique qui accompagnait celle de Bach, s'entrecroisait avec les notes, emplissait un soupir, s'accolait à un accord. Il fermait les yeux, sa main s'attardait sur l'épaule d'Hortense, la mine du crayon d'Hortense cassait, elle s'énervait, jetait son bloc, disait, je ne trouve pas, je ne trouve pas et le temps passe… Tu trouveras, je te promets. On ne trouve que dans l'urgence. Tu trouveras la veille du coup de fil de l'abominable Miss Farland. Tu te coucheras ignorante et te réveilleras savante, aie confiance, aie confiance… Elle levait la tête vers lui, anxieuse et lasse.

– Tu crois, tu crois vraiment ? Oh ! Je ne sais plus, Gary... C'est affreux, j'ai un doute. Je déteste ce mot ! Je déteste être comme ça... et si j'y arrivais pas ?

– Ce serait contraire à ta devise...

– Et c'est quoi, ma devise ?

– « En moi seule, je crois. »

– Première nouvelle...

Elle suçait la mine de son crayon, reprenait son dessin. Elle passait la main dans ses cheveux emmêlés, gémissait. Il discourait sur l'art du piano, la façon de détacher chaque note et de l'isoler, de la déshabiller froidement...

– Voilà ce que tu devrais faire, déshabiller tes idées une par une ; tu en as trop qui te courent dans la tête, alors, tu ne sais plus penser...

– Ça marche peut-être pour le piano, mais pas pour moi...

– Si, réfléchis bien : une note puis une note et une autre note et non un kilo de notes... Voilà la différence !

– Oh ! Je comprends rien à ce que tu dis ! Si tu crois que tu m'aides...

– Je t'aide, mais tu ne le sais pas. Viens m'embrasser et la lumière se fera...

– Je ne veux pas un homme, je veux une idée !

– Je suis ton homme et toutes tes idées. Tu sais quoi, Hortense chérie ? Sans moi, tu n'es rien qu'un pauvre débris...

Joséphine et Shirley les observaient sans rien dire et souriaient. Puis elles filaient dans la cuisine, refermaient la porte et se sautaient dans les bras.

– Ils s'aiment, ils s'aiment, mais ils ne le savent pas, assurait Joséphine.

– Ils sont comme deux bourricots amoureux et aveugles...

– Ça finira sous un grand voile blanc, chantonnait Joséphine.

– Ou dans un lit en bataille de polochons ! raillait Shirley.

– Et on sera deux belles grands-mères !

– Et je continuerai à m'envoyer en l'air ! protesta Shirley.

– Ils sont si beaux, nos petits.

– Ils ont le même caractère de cochon !

– J'étais si gourde à leur âge.

– Et moi, j'avais déjà un enfant...

– Tu crois qu'Hortense prend la pilule ? s'inquiétait Joséphine.

– C'est toi la mère...

– Je devrais peut-être lui demander...

– À mon avis, elle va t'envoyer bouler !

– T'as raison... Crois-moi, c'est plus reposant d'avoir un garçon que deux filles.

– On ouvre le foie gras pour ce soir ?

– Avec de la confiture de figues ?

– Oh oui !

– Et si on prenait un petit acompte maintenant ? Personne ne le saurait ! suggérait Shirley, l'œil écarquillé de gourmandise.

– Et on boit du champagne en se racontant des bêtises ?

Le bouchon sautait, la mousse débordait, Shirley réclamait un verre vite, vite et Joséphine ramassait la mousse d'un doigt qu'elle léchait ensuite.

– Tu sais ce que j'ai trouvé en faisant les poubelles, l'autre soir ? Un cahier noir, un journal intime...

– Mmmm..., ronronnait Shirley en goûtant le champagne, que c'est bon ! Et il appartient à qui ?

– Je sais pas justement...

– Tu crois qu'il a été jeté exprès ?

– J'en ai l'impression... Ce doit être quelqu'un de l'immeuble. Le cahier est vieux. Il porte une date : novembre 1962... L'inconnu écrit qu'il a dix-sept ans et que sa vie va commencer.

– Ce qui ferait qu'il aurait... attends un peu... dans les soixante-cinq ans ! Pas un petit jeune, notre mystérieux écrivain... Tu l'as lu ?

– J'ai commencé... Mais je vais m'y plonger dès que je serai seule...

– Il y a beaucoup d'individus de soixante-cinq ans dans l'immeuble ?

– Doit y en avoir cinq ou six... Plus M. Sandoz, le soupirant d'Iphigénie qui, d'après elle, triche sur son âge et a dans les soixante-cinq ans... Je vais faire une enquête. Immeuble A et immeuble B confondus parce que les poubelles sont communes.

– C'est drôle, railla Shirley, c'est le seul endroit où les gens se mélangent chez vous : dans les poubelles !

Zoé attendait le 26 décembre avec impatience. Elle avait entouré les jours sur son calendrier et sautait du lit chaque matin pour en barrer un. Je suis stressée comme une vache sans herbe ! Encore deux jours ! Une éternité ! Je tiendrai jamais ! Je vais mourir avant... Est-ce qu'on peut perdre deux kilos et demi en deux jours ? Est-ce qu'on peut éradiquer un bouton ? Bloquer la transpiration ? Apprendre à embrasser savamment ? Et mes cheveux ? Je les aplatis avec du gel ou pas ? Je les attache ou pas ? Y a tant de choses dont je voudrais être sûre.

Et puis d'abord comment je vais m'habiller pour son arrivée ? Ça se prépare à l'avance, ces choses-là... Je pourrais demander à Hortense, mais Hortense n'a pas la tête à ça.

Hortense avait accepté de jouer le chaperon nocturne. Et je ne veux pas être réveillée par des bruits de copulation ! T'as compris, Zoé ? Je dois être en forme pour le 2 janvier. Fraîche et rose. Et ça veut dire : dormir tranquille. Pas faire le garde-chiourme ! Alors pas de jeux de mains ni de chevauchage sauvage, sinon je frappe !

Zoé rougissait. Elle mourait d'envie de demander à Hortense comment on chevauchait sauvagement et si ça faisait mal.

Le 26 décembre vers dix-sept heures, Gaétan sonnerait à la porte. Seize heures dix-huit à la gare Saint-Lazare, dix-sept heures à la maison. Personne d'autre qu'elle n'aurait le droit de l'accueillir et personne d'autre qu'elle ne devrait se montrer quand il arriverait. Tous dans vos chambres ou tous dehors, en attendant que je vous donne le signal de revenir ! Ce serait trop intimidant, tous ces regards braqués sur lui.

Ils avaient longuement parlé pour savoir si cela le gênait de revenir dans l'immeuble où il avait habité. Gaétan avait dit que non, ça ne le gênait pas. Il avait bien réfléchi et il avait pardonné à son père. Il le plaignait sincèrement. Il disait cela d'une voix si grave que Zoé avait l'impression d'être face à un étranger. Tu comprends, Zoé, quand tu sais ce qu'il a vécu enfant, comment il a été abandonné, maltraité, utilisé, torturé, il fallait pas s'attendre à ce qu'il soit normal... Il a essayé d'être normal, mais il pouvait pas. C'est comme s'il était né avec un pied-bot et qu'on lui demandait de courir le cent mètres en neuf secondes ! Il avait tout mélangé en lui : l'amour, la rage, la revanche, la colère, la pureté. Il voulait tuer et il voulait aimer, mais il ne savait pas comment s'y prendre. Je suis triste pour ta tante, c'est sûr, mais je ne suis pas triste pour lui. Je ne sais pas pourquoi... À sa manière, il nous a aimés. J'arrive pas à lui en vouloir. Il était fou, c'est tout. Et moi, je ne serai pas fou, je le sais.

Il répétait souvent et moi je ne serai pas fou...

Elle attendait dans sa chambre en préparant des cadeaux qu'elle fabriquait elle-même avec du fil de fer, du carton, de la laine, de la colle, des paillettes, de la peinture. Le temps passait vite quand son esprit et ses mains étaient occupés. Elle se concentrait sur la couleur à choisir, le dessin à découper, le bout de laine à coller. Elle goûtait la colle qui séchait sur son index, mordait sa lèvre inférieure comme si elle dégustait une sucrerie. Elle entendait le piano dans le salon et elle comprenait pourquoi Gary aimait tant cette musique. Elle écoutait les notes, elles entraient dans sa tête, elle les sentait éclore dans son estomac et elles lui chatouillaient le fond de la gorge. La musique la happait, c'était magique. Elle demanderait à Gary de lui copier les CD pour qu'elle les écoute quand Gaétan serait parti. Avec la musique, elle serait moins triste...

Parce qu'elle pensait déjà au jour où il partirait.

C'était plus fort qu'elle. Elle se préparait au chagrin qui l'envahirait. Elle trouvait qu'il fallait davantage se préparer au chagrin qu'au grand bonheur. Le grand bonheur, c'est facile, il suffit de se laisser glisser. C'est comme descendre sur la pente d'un toboggan. Le chagrin, c'est remonter à pied un très long toboggan.

Elle se demanda pourquoi elle était comme ça et elle sortit son cahier pour écrire ses pensées. Elle lut le dernier texte qu'elle avait écrit en suçant le capuchon de son Bic.

« Suis allée voir une expo d'art moderne avec la classe et j'ai rien compris. Ça m'agace. Une piscine gonflable rouge avec des fourchettes au fond de l'eau et des gants de vaisselle à moitié gonflés, ça m'inspire rien du tout... Le prof était là, à s'ébahir, et moi, j'ai trouvé ça carrément moche.

En sortant, on est tombés sur un groupe de SDF qui buvaient des canettes de bière et il y en a un qui a voulu se battre avec le prof... Mais le prof n'a pas bronché vu que le SDF était tout gringalet et que le prof, il est plutôt balèze. Et moi, j'ai été triste pour le SDF, même s'il était vraiment pas cool. Et ça m'a déprimée. Et le prof a dit qu'on ne pouvait pas sauver le monde, mais je m'en fiche. J'ai déjà acheté deux bagues et de l'encens pour le tiers-monde au bahut. Et je continue à sourire et à donner des petits pains aux SDF dans la rue. Révoltée, je suis.

Et alors le prof a dit qu'il fallait que j'arrête de rêver et qu'un monde parfait, ça n'existait pas. Et là, j'ai eu une grosse envie de pleurer. Oh ! Je sais, c'est méga-bidon, mais je sentais le feu me monter aux joues. Alors j'en ai parlé à Emma et elle a dit mais arrête, Zoé, il a raison, le prof, grandis un peu...

Je ne veux pas grandir si c'est pour devenir comme le prof qui trouve belles des piscines avec des fourchettes au fond et qui refuse de sauver le monde. C'est n'importe quoi ! Je veux qu'on me comprenne. Je me sens pleine et tous les autres, ils sont vides alors je me sens mégaseule. C'est ça la vie, alors ? C'est avoir mal ? C'est ça grandir ? Avoir à la fois envie d'avancer et de déguster et aussi de tout vomir et de recommencer. Bah non... je ne veux pas être comme ça, moi. Il faudra que j'en parle à Gaétan. »

Suivait une recette de sardines à l'huile avec de la pomme verte râpée que lui avait donnée une fille qui pensait comme elle que la piscine avec des fourchettes et des gants en caoutchouc, c'était nul. Elle s'appelait Gertrude et elle n'avait pas d'amie parce que tout le monde trouvait ça atroce de s'appeler Gertrude. Elle aimait bien parler avec Gertrude. Elle trouvait ça injuste d'être mise à l'écart à cause d'un prénom qui sent la naphtaline.

Gertrude avait tout le loisir de réfléchir et, parfois, elle sortait des phrases belles comme la rosée. Par exemple, en quittant le musée, elle avait dit, tu sais, Zoé, la vie est belle, mais le monde, non...

Et ça l'avait enchantée, la vie est belle, mais le monde, non, parce que ça lui donnait de l'espoir et elle avait cruellement besoin d'espoir.

– Quand on boit du champagne, on se fait des confidences, déclara Joséphine. Tu me dois au moins deux confidences... Parce qu'on a bu deux coupes chacune !

– Et ce n'est pas fini...

– Alors ? La première confidence ?

– Je crois bien que je suis amoureuse...

– Un nom ! Un nom !

— Le nom, tu le connais : il s'appelle Oliver. Oliver Boone...

— C'est l'homme de l'étang ?

— L'homme de l'étang et un grand pianiste... Il commence à être sacrément connu, il donne des concerts dans le monde entier. Entre deux concerts, il vit à Londres, tout près de mon étang... Il nage dans les algues brunes et fait du vélo...

— Et tu le vois souvent ?

— Tsst ! Tsst ! Ça ne fait que commencer ! On est allés au pub un soir, on a bu et... et... il m'a embrassée et... Mon Dieu ! Joséphine ! Qu'est-ce que j'aime quand il m'embrasse ! J'étais comme une gamine. Il est si... je ne sais pas comment te le décrire, mais je sais, sûre et certaine que je n'ai qu'une envie, être avec lui... et faire plein de choses idiotes comme donner du pain aux canards, rigoler de l'air hautain des cygnes, répéter son nom en boucle en le regardant au fond des yeux... Avec lui, j'ai le sentiment étrange que je ne me trompe pas...

— Je suis si heureuse pour toi !

— ... que je suis à ma place... Je crois bien que c'est ça le vrai amour : avoir l'impression d'être dans sa vie, pas à côté. Au bon endroit. Ne pas avoir besoin de se forcer, de se tortiller pour plaire à l'autre, rester comme on est.

Joséphine pensa à Philippe. Elle aussi, avec lui, elle avait cette impression-là.

— Quand on s'est vus au pub, poursuivit Shirley, je lui ai dit que je partais pour Paris et il m'a regardée avec son bon regard chaud qui enveloppe et soulève, qui me donne envie de me précipiter contre lui, il m'a dit, j'attendrai, c'est encore meilleur quand on attend... et j'ai failli ne pas attendre du tout ! Tu sais quoi ? J'ai l'impression que je vais être heureuse partout. Dans la tête, dans le cœur, dans le corps et même dans les doigts de pieds !

Joséphine se dit qu'elle n'avait jamais vu son amie aussi rayonnante et, pour la première fois, douce, douce. Ses cheveux blonds et courts faisaient des virgules et elle avait le bout du nez tout rouge d'émotion.

— Et Philippe ? Tu crois qu'il fait quoi ce soir ? chuchota Joséphine.

Elle avait fini sa coupe et ses joues rosissaient.

— Tu l'as pas appelé ? demanda Shirley en la resservant.

— Depuis la dernière fois à Londres ? Non... C'est comme si cela devait rester clandestin, que personne ne le sache...

— La soirée ne fait que commencer... Il va peut-être sonner à la porte avec du champagne. Comme l'année dernière. Tu te rappelles ? Vous vous étiez enfermés dans la cuisine et la dinde avait brûlé[1]...

— Ça me paraît si loin... et si j'étais en train de tout gâcher ?

— Il a choisi de s'effacer. Il ne veut pas te forcer. Il sait qu'on ne règle pas le deuil comme on calcule une addition. Il n'y a que le temps, les jours et les semaines qui passent qui effacent la douleur...

— Je ne sais pas où est ma place. Dis, Shirley, comment on sait ? Ma place entre Iris et lui... Comment je peux parler de l'aimer si je reste à côté d'Iris ? Et quand je suis à côté de lui, comment je peux rester sans bouger, sans me jeter sur lui... C'est si facile quand il est à portée de main... Et si compliqué quand il est loin...

---

1. Cf. *La Valse lente des tortues, op. cit.*

*
**

– En fait, si je te comprends bien, on est tous embarqués dans un paquebot qui n'a plus ni capitaine ni moteur et on ne le sait pas, disait Philippe à son ami Stanislas qui l'appelait pour lui souhaiter de joyeuses fêtes de Noël.

Stanislas Wezzer avait aidé Philippe quand il avait monté son cabinet d'affaires. Il l'avait conseillé également quand il avait décidé de vendre ses parts et de se retirer. Stanislas Wezzer était un homme long, flegmatique, libre, que rien ne semblait pouvoir déstabiliser. Ses propos sonnaient, noirs et pessimistes, mais Philippe craignait fort qu'il n'ait raison.

– Un paquebot ingouvernable qui fonce droit dans un mur de glace... Le *Titanic* avec le monde entier à son bord... On va couler et ça ne va pas être gai ! répondit Stanislas.

– Eh bien... Merci, mon vieux, pour ces bonnes nouvelles et joyeux Noël !

Stanislas rit à l'autre bout du fil, puis reprit :

– Je sais, je ne devrais pas parler de cela ce soir, mais j'en ai marre d'entendre dire par tous ces imbéciles que la crise est derrière nous alors qu'elle vient juste de commencer. Peu de temps avant la chute de Lehman Brothers, le président de la Deutsche Bank a laissé entendre que le pire était passé et qu'en remettant des milliards de dollars au pot des banques et des compagnies d'assurances, on allait sauver notre système ! Ce n'est pas une crise que nous allons vivre, c'est un effondrement total du capitalisme, un tsunami... et tous ces grands hommes n'ont rien vu venir ! Ils n'ont rien anticipé.

— Et pourtant, on a l'impression que la vie suit son cours, que personne ne s'aperçoit de la gravité de la banqueroute...

— C'est cela qui est stupéfiant ! La crise va se déployer comme un raz de marée et les milliards jetés en pâture dans cette économie virtuelle ne vont servir qu'à faire imploser le système...

— Et les gens continuent à faire leurs courses de Noël, à cuire des dindes et à décorer leur sapin, remarqua Philippe.

— Oui... Comme si l'habitude était plus forte que tout... qu'elle nous bandait les yeux. Comme si on était rassurés par les embouteillages, la neige qui tombe, le bulletin d'infos à la radio le matin, le café au Starbucks du coin, le journal qu'on déplie, la jolie fille qui passe, le bus qui tourne au loin... Tout cela vient conforter l'idée que la crise va nous survoler et que nous n'allons pas être touchés. Prépare-toi à un changement drastique, Philippe ! Et je ne te parle pas des autres changements à venir : le climat, l'environnement, les sources d'énergie... Va falloir s'accrocher aux branches et revoir notre manière de vivre...

— Je sais, Stanislas... Je crois même que je m'y prépare depuis longtemps... sans le savoir. C'est cela qui est étonnant. J'ai eu une sorte de pressentiment, il y a deux ans. Une prescience de ce qui allait se passer. Un lent écœurement... Je ne supportais plus le monde dans lequel je vivais, ni la manière dont je vivais. J'ai arrêté le bureau à Paris, arrêté ma vie d'avant, je me suis séparé d'Iris, je suis venu m'installer ici et, depuis, je suis en quelque sorte en attente... en attente d'une autre vie. Quelle sera-t-elle ? Je ne le sais pas... J'essaie de l'imaginer parfois.

— Bien fort, celui qui pourrait te le dire ! On avance,

c'est sûr, mais à l'aveuglette. On peut dîner ensemble après les fêtes si tu es libre... On développera ces prévisions sinistres ! Tu restes à Londres ?

— Ce soir, je dîne chez mes parents. À South Kensington. On va fêter Noël chez eux avec Alexandre et, ensuite, on verra quelle mouche nous pique ! Je n'ai rien décidé... Je te l'ai dit, je laisse faire, je prends ce qui arrive et j'essaie d'en faire du miel.

— Il va bien, Alex ?

— Je ne sais pas. On ne se parle plus beaucoup. On cohabite et cela me rend triste... Je venais juste de le découvrir, j'aimais nos échanges, notre complicité et tout cela semble s'être envolé...

— C'est l'âge... Ou la mort de sa mère. Vous en parlez ?

— Jamais. Je ne sais même pas si je dois essayer... j'aimerais que cela vienne de lui.

Stanislas Wezzer n'avait ni femme ni enfants. Mais il savait conseiller les maris et les pères.

— Sois patient, il reviendra... Vous avez tissé un lien... Embrasse-le pour moi et on se voit très vite ! Tu me parais bien seul. Dangereusement seul... Ne fais pas n'importe quoi pour meubler cette solitude... C'est la pire des solutions.

— Pourquoi me dis-tu ça ?

— Je ne sais pas. Par expérience, peut-être...

Philippe guetta la suite de la confidence ébauchée, mais Stanislas se tut. Il rompit le silence en le quittant :

— Salut, Stan ! Merci d'avoir appelé.

Il raccrocha et demeura rêveur en regardant la neige tomber sur le square. De gros flocons épais, presque gras, qui descendaient du ciel avec lenteur et majesté tels des morceaux de coton pas pressés. Stanislas avait sans doute raison. Le monde qu'il avait connu allait disparaître. Il ne l'aimait plus. Il se demandait seulement à quoi allait ressembler le Nouveau Monde.

Il alla dans le salon, appela Annie.

Elle arriva, droite dans sa longue jupe grise et ses grosses chaussures noires – il neige, monsieur Philippe, ne sortez pas en mocassins ou vous allez glisser –, portant un grand vase de fleurs, des roses pompon blanches qu'elle avait achetées au marché et mélangées à des branches d'olivier au feuillage vert très doux.

— Très belles, ces fleurs, Annie...

— Merci, monsieur. J'ai pensé que ça égayerait le salon...

— Vous n'avez pas vu Alexandre ?

— Non. Et je voulais vous en parler. Il disparaît souvent ces derniers temps. Il rentre de plus en plus tard de l'école, et quand il n'y a pas école, il ne reste plus jamais à la maison.

— Il est peut-être amoureux. C'est l'âge...

Annie toussota et se racla la gorge, embarrassée.

— Vous croyez vraiment ? Et s'il avait de mauvaises fréquentations ?

— Le principal, c'est qu'il soit rentré à sept heures. Mes parents dînent très tôt, même la veille de Noël... et ils ne supportent pas qu'on soit en retard. Mon père déteste les fêtes et les carillons. Je parie qu'à minuit, vous serez au lit !

— Vous êtes très aimable de m'emmener avec vous. Je voulais vous remercier.

— Enfin ! Annie, vous n'alliez pas passer la veille de

Noël toute seule dans votre chambre quand les gens réveillonnent !

— Je suis habituée, vous savez... tous les ans, c'est la même chose. Je me choisis un bon livre, une petite bouteille de champagne, une tranche de foie gras, je me fais griller des toasts et je réveillonne en lisant. J'allume une bougie, je mets de la musique, j'aime beaucoup la harpe ! C'est très romantique...

— Et cette année, vous aviez prévu de passer le réveillon avec quel livre ?

— Alexandre Dumas. *Le Collier de la reine.* C'est beau, mais c'est beau !

— Cela fait longtemps que je n'ai pas lu Alexandre Dumas... je devrais peut-être m'y remettre...

— Si vous voulez, je vous prêterai mon livre quand je l'aurai fini...

— Avec plaisir, merci Annie ! Allez vous préparer, on ne va pas tarder à partir...

Annie posa le vase sur la table basse du salon, recula pour juger de l'effet, sépara deux branches d'olivier qui s'emmêlaient et courut dans sa chambre se changer.

Philippe la regarda s'éloigner, amusé : dans sa précipitation, il y avait la fébrilité d'une jeune fille qui se prépare pour un rendez-vous galant et la franche lourdeur de l'âge qui la ralentissait et la trahissait. Quelle peut bien être la vie secrète d'Annie ? se demanda-t-il en la voyant disparaître dans le couloir. Je ne me suis jamais posé la question...

Sous un grand chêne aux longues branches noires et nues, Alexandre et Becca regardaient la neige tomber. Alexandre tendait la main pour attraper un flocon, Becca riait parce que le flocon fondait si vite dans la paume d'Alexandre que ce dernier n'avait pas le temps de l'étudier.

– Il paraît que si on les regarde avec une loupe, les flocons de neige ressemblent à des étoiles de mer !

– Il faudrait peut-être que tu rentres chez toi, *luv*... Ton père va s'inquiéter.

– Suis pas pressé... On va dîner chez mes grands-parents, ça va être sinistre...

– Ils sont comment ?

– Raides comme deux vieux empaillés ! Ils rigolent jamais et quand je les embrasse, ils piquent !

– Les vieux, ça pique souvent...

– Toi, tu piques pas. T'as la peau toute douce... T'es pas une vraie vieille, tu triches !

Becca éclata de rire. Elle porta ses mains recouvertes de mitaines violet et jaune à son visage comme si le compliment la faisait rougir.

– J'ai soixante-quatorze ans et je ne triche pas ! J'ai atteint l'âge où on peut l'avouer. Longtemps, je me suis rajeunie, je voulais pas devenir une vieille bique...

– T'es pas une vieille bique ! T'es une jeune bique !

– Je m'en fiche, *luv*... C'est reposant la vieillesse, tu sais, on n'a plus besoin de faire semblant, plus besoin de paraître, on se fiche pas mal de ce que les gens pensent...

– Même quand on n'a pas d'argent ?

– Réfléchis un peu, *luv* : si j'avais eu de l'argent, on ne se serait jamais rencontrés. Je n'aurais pas été là, à croupir sur un fauteuil dans le parc. J'aurais été confortablement installée chez moi. Toute seule. Les vieux, personne ne vient les voir. Les vieux, ça emmerde tout le monde ! Ça radote, ça pique, ça sent mauvais, et ça répète toujours que c'était mieux avant. Je préfère ne pas avoir d'argent et t'avoir rencontré... Parce que, grâce à toi, je n'ai plus jamais de mouches dans ma tête.

Chaque soir, en rentrant de l'école, Alexandre retrouvait Becca. Son vrai prénom, c'était Rebecca, mais tout le monde l'appelait Becca. C'est qui tout le monde ? avait demandé Alexandre, tu as des copains ? Ben oui... c'est pas parce que j'ai pas de maison que j'ai pas de copains. On est nombreux comme moi. Tu le vois pas parce que tu habites un quartier de richards et que dans le centre de Londres, des clochards, y en a pas beaucoup, ils nous chassent, ils nous repoussent loin, loin. Faut qu'on reste à l'écart des touristes, des gens riches, des belles voitures, des belles dames et des bons restaurants... Mais tu veux que je te dise, *luv*, va y en avoir de plus en plus de gens comme moi. T'as qu'à aller faire un tour dans les refuges et tu verras comme les files s'allongent. Et toutes sortes de gens ! Pas que des vieux. Des jeunes aussi ! Et des messieurs bien mis qui tendent leur bol... L'autre jour, j'ai fait la queue derrière un ancien banquier qui lisait *Guerre et Paix*. On a parlé. Il avait perdu son job et du coup, sa maison, sa femme et ses enfants. Il se retrouvait à la rue avec rien que ses livres et un fauteuil de style. Un beau fauteuil en velours bleu ciel qui portait le nom d'un roi français. Il vit près de l'église de Baker Street... On a sympathisé parce qu'on avait chacun un fauteuil. Lui, quand il sort, il le laisse dans la sacristie de l'église.

— Ah ! avait répondu Alexandre... Je pensais que tu vivais toute seule tout le temps... Et pourquoi alors tu veux pas aller dans un refuge avec tes copains ? Ce serait quand même mieux que de dormir dehors...

— Je te l'ai déjà dit, ce n'est pas pour moi, les refuges. J'ai essayé... Un, en particulier, dont on m'avait dit le plus grand bien, sur Seven Sisters Road... Eh bien ! je n'y retournerai plus jamais !

– Mais pourquoi ?

– Parce qu'il y a des hommes sans bras en tee-shirt vert qui te tabassent !

– Mais comment ils peuvent te tabasser s'ils ont pas de bras ?

– Ils te donnent des coups de pied, des coups de genou, des coups de dents ! Ils sont féroces. Et puis il faut rentrer à telle heure, et puis il faut payer quelque chose, même si c'est pas grand-chose, et puis on te vole tout dans ces refuges... C'est plein de grands Noirs avec des dreadlocks qui poussent des cris, qui boivent de la bière en cachette et font pipi partout ! Non, non ! Je suis mieux sur mon fauteuil roulant...

– Mais quand il gèle ou qu'il neige, Becca ?

– Je vais chez l'intendant de la reine ! T'es épaté, hein ?

– C'est qui, celui-là ?

– Un type très sympa. Il vit dans une petite maison en briques rouges dans le parc... Un peu plus loin, vers la Serpentine. Il s'occupe des jardins de la reine. C'est une fonction officielle parce que ces grands parcs, ils appartiennent tous à la famille royale ou à des ducs. Quand il fait très froid, je vais le voir et je m'abrite dans la remise à bois. Il a calfeutré les fenêtres et installé un poêle rien que pour moi. Il m'apporte de la soupe, du pain, du café chaud. Je dors parmi les râteaux, les herses, les pelles, les tondeuses, les bûches. Ça sent bon l'herbe et le bois. Je ferme les yeux tellement ça sent bon... C'est pas du luxe ça ? Et quand je gratte le givre sur la petite fenêtre, je vois le parc, je vois les écureuils qui s'approchent, je vois la lumière dans son salon, je vois sa femme qui regarde la télévision et lui qui lit et tourne les pages en mouillant ses doigts… Et ça me fait du cinéma !

– T'es drôle, Becca ! T'es heureuse tout le temps alors qu'y a pas de raison !

– Qu'est-ce que tu connais de la vie, toi ?

– Ma mère… Elle avait tout pour être heureuse… et elle l'a jamais été. Elle avait des petites crises, des pointes de bonheur, ça faisait comme si, mais ça n'était pas du vrai bonheur. Je crois bien qu'elle était triste tout le temps…

Becca ouvrait grand la bouche quand Alexandre parlait de sa mère. Elle secouait la tête, elle frappait ses mitaines violet et jaune et elle disait, si c'est pas un grand malheur, ça ! Puis elle les levait vers le ciel en disant, mais si j'avais eu un petit comme toi, moi ! Mais si j'avais eu un petit comme toi ! Elle fermait les yeux et quand elle les rouvrait, ils étaient humides. Alexandre se disait que si ses yeux étaient si délavés, c'est qu'elle avait dû beaucoup pleurer.

Il revenait toujours aux yeux bleus de Becca. Si bleus qu'il avait l'impression de perdre pied quand il s'y plongeait ; tout devenait flou autour de lui. Becca n'avait rien d'une vieille bique. Petite, frêle, elle portait sa tête flamboyante de cheveux blancs toute droite, la faisait pivoter un peu comme un oiseau qui picore et, quand elle enlevait les chiffons qui l'entouraient, elle révélait une taille de jeune fille au corset. Il se demandait parfois si elle était pauvre depuis longtemps parce qu'elle était encore en très bon état pour une femme de son âge. Il aurait bien aimé savoir comment elle s'était retrouvée dans le parc, sur un fauteuil roulant.

Il n'osait pas poser de questions. Il sentait bien que c'était un terrain dangereux et il faut être vraiment costaud pour écouter les malheurs des autres. Alors il disait juste :

– La vie, elle a été dure avec toi…

– La vie, elle fait ce qu'elle peut. Elle peut pas gâter tout le monde. Et puis, le bonheur, il est pas toujours là où on l'attend. Parfois, il est là où personne ne le voit. Et puis c'est quoi cette histoire qu'on doit être heureux tout le temps !

Elle s'énervait, elle s'agitait sur son fauteuil, toutes les épaisseurs de laine glissaient et elle les remettait n'importe comment.

– C'est vrai, quoi ! On n'est pas obligé d'être heureux tout le temps, ni comme tout le monde… On l'invente son bonheur, on le fait à sa manière, y a pas un modèle unique. Tu crois que ça les rend forcément heureux, les gens, d'avoir une belle maison, une grosse voiture, dix téléphones, une télé grand écran et les fesses bien au chaud ? Moi, j'ai décidé d'être heureuse à ma façon…

– Et tu y arrives ?

– Pas tous les jours, mais ça va. Et si j'étais heureuse tous les jours, je ne saurais même plus que je suis heureuse ! Tu as compris, *luv* ? Tu as compris ?

Il disait oui pour ne pas la contrarier, mais il ne comprenait pas tout.

Alors elle se calmait. Elle se tortillait dans son fauteuil pour rattraper un bout de châle, pour remettre en place son poncho et le crochet sous le menton qui avait glissé, elle se débarbouillait le visage avec la main comme pour effacer toute sa colère et elle disait très doucement :

– Tu sais ce qu'il faut dans la vie, *luv* ?

Alexandre secouait la tête.

– Il faut aimer. De toutes ses forces. Tout donner sans rien attendre en retour. Et alors ça marche. Mais ça paraît si simple que personne n'y croit, à cette recette-là ! Quand tu aimes quelqu'un, tu n'as plus peur de mourir, tu n'as plus jamais peur de rien... Par exemple, depuis que l'on se voit, depuis que je sais que je vais te voir chaque jour à la sortie de l'école, que tu vas t'arrêter ou que tu vas juste passer en me faisant un signe de la main, eh bien... je suis heureuse. Pour moi, rien que de te voir, c'est un bonheur. Ça me donne envie de me lever et de gambader... C'est mon bonheur à moi. Mais si tu offres ce bonheur-là à un gros plein de sous, il est bien embêté, il le regarde comme une grosse merde et il le jette à la poubelle...

— Si j'arrêtais de venir te voir, tu serais malheureuse ?

— Je serais pire que malheureuse, je serais vidée d'envie de vivre et ça, c'est le pire de tout ! C'est le risque avec l'amour. Parce qu'il y a toujours un risque, avec l'argent, avec l'amitié, avec l'amour, avec les courses de chevaux, avec la météo, toujours... Moi, je le prends toujours, le risque, parce que c'est le bout du nez du bonheur !

Aimer quelqu'un..., réfléchissait Alexandre.

Il aimait son père. Il aimait Zoé, mais il ne la voyait plus. Il aimait beaucoup Annabelle.

— Aimer beaucoup, c'est comme aimer ?

— Non aimer, ça se conjugue sans adverbe et sans condition...

Alors il aimait son père et Zoé. Et Becca. C'était un peu court.

Il devait trouver quelqu'un d'autre à aimer.

— Est-ce qu'on peut décider d'aimer ?

— Non, ça ne se décide pas.

— Est-ce qu'on peut s'empêcher d'aimer ?

— Je crois pas... mais, il y a sûrement des gens qui y arrivent en se fermant à double tour...

— Est-ce qu'on peut mourir d'amour ?

— Oh oui ! fit Becca en poussant un soupir.

— Est-ce que ça t'est arrivé ?

— Oh oui..., elle répéta.

— Mais t'es pas morte !

— Non. J'ai failli. Je me suis laissée plonger dans le chagrin, j'ai plus lutté... C'est comme ça que je me suis retrouvée sur ce fauteuil et puis, un jour, je me suis dit : ma vieille Becca, tu peux encore sourire, tu peux encore marcher, tu es en bonne santé, tu as toutes tes facultés. Il y a plein de choses à faire, plein de gens à rencontrer, et la joie est revenue. La joie de vivre. C'était inexplicable. J'ai eu à nouveau envie de vivre et tu sais quoi ? Deux jours après, je t'ai rencontré !

— Et si je disparaissais ? Si j'étais écrasé par un bus ou piqué par une araignée venimeuse ?

— Dis pas de bêtises !

— Je veux savoir si ça peut arriver plusieurs fois le truc de mourir d'amour...

— Je replongerais sûrement, mais je me souviendrais du bonheur que tu m'as donné et je vivrais de ce souvenir-là...

— Tu sais, Becca... Je joue plus au jeu de dire adieu depuis que je te connais... j'imagine plus que les gens meurent.

Et c'était vrai.

Elle ne voulait plus qu'il lui donne de l'argent, alors il lui apportait du pain, du lait, des amandes salées, des abricots secs et des figues. Il avait lu quelque part que c'était très nourrissant. Il piquait, dans la penderie où son père avait entreposé les affaires de sa mère, de beaux cachemires, des châles, des boucles d'oreilles, du rouge à lèvres, des gants, un sac à main, et il les offrait à Becca en disant qu'il y avait des vieilles malles dans son grenier dont personne ne voulait et qu'il préférait que ce soit elle qui porte ces vieilles nippes plutôt qu'on les donne à l'Armée du Salut.

Becca était devenue belle, élégante.

Un jour, il l'avait emmenée chez le coiffeur.

Il avait pris de l'argent qui traînait sur le bureau de son père et hop ! chez le coiffeur !

Il l'avait attendue dehors – il gardait le fauteuil roulant pour qu'on ne le vole pas – et quand elle était sortie, tout ondulée, toute légère, les ongles faits, il avait sifflé, il avait fait whaou ! et il avait applaudi. Ensuite, avec l'argent qui restait, ils étaient allés prendre un donut et un café au Starbucks du coin. Ils avaient trinqué tasse contre tasse avec leur caffè con latte. Ils avaient fait un concours de moustaches. *Very chic ! Very chic !* il avait dit.

Elle avait tellement ri qu'elle avait avalé un morceau de donut de travers et s'était étouffée. Un monsieur était intervenu. Il l'avait prise dans ses bras, l'avait pliée en deux, avait appuyé très fort avec ses poings et elle avait recraché le morceau. Tout le monde se pressait pour regarder la belle vieille dame mourir étranglée par un beignet.

Sauf qu'elle n'était pas morte.

Elle s'était redressée, avait ajusté ses barrettes et demandé très dignement un verre d'eau.

Et ils étaient sortis bras dessus, bras dessous, et une

vieille dame avait dit que Becca, elle avait rudement de la chance d'avoir un petit-fils aussi gentil.

Il la regardait à travers les flocons qui tombaient bien épais. Elle clignait de l'œil. Il n'aimait pas l'idée de laisser Becca toute seule le soir de Noël. Il voulait la convaincre d'aller passer au moins une nuit dans un refuge. Il y aurait sûrement une fête organisée, un sapin de Noël, des crackers et des Malteesers, de l'orangeade et des petits carrés au crochet pour poser son verre.

Elle refusait. Elle préférait rester toute seule dans la remise du grand intendant de la reine. Il aurait laissé la porte entrouverte et aurait mis des bûches dans le poêle.

– Toute seule ?

– *Yes, luv...*

– Mais c'est trop triste...

– Mais non ! Je regarderai par le carreau et je me rincerai l'œil.

– J'aimerais te ramener chez moi... Mais je ne peux pas. Ce soir, on va dîner chez mes grands-parents et puis, j'ai jamais parlé de toi à mon père...

– Arrête de te torturer, *luv*... Passe une belle soirée et tu viendras me raconter demain...

Philippe avait vu juste.

Ils arrivèrent chez ses parents à vingt heures trente. M. Dupin portait un blazer bleu marine et un foulard en soie autour du cou. Mme Dupin, un collier de perles à trois rangs et un tailleur rose, c'est normal, chuchota Alexandre à Annie, elle s'habille avec les mêmes couleurs que la reine. Annie arborait une robe noire avec des manches bouffantes en gaze qui lui faisaient comme une paire d'ailes. Elle se tenait très droite et opinait à tout dans la crainte de commettre une gaffe et de se faire remarquer.

Ils passèrent à table, savourèrent un saumon sauvage d'Écosse farci, une dinde rôtie, un *Christmas pudding* et Alexandre eut droit à un « doigt de champagne ».

Le grand-père parlait par saccades, fronçant des sourcils durs, pointant un menton carré et volontaire. La grand-mère souriait en inclinant un long cou flexible et doux et ses paupières baissées semblaient dire « oui » à tout et en premier à son Seigneur et Maître.

Puis vint l'heure des cadeaux...

On coupa des ficelles, on froissa des papiers, on s'exclama, on s'embrassa, on remercia, on échangea encore quelques banalités, des nouvelles de connaissances communes, on évoqua longuement la crise. M. Dupin père demanda conseil à son fils. Mme Dupin et Annie débarrassèrent la table.

Alexandre regardait par la fenêtre la neige qui tombait, drue, dessinant sur la ville une autre ville inconnue. Et si Becca s'était embourbée avec son fauteuil et n'avait pu regagner la remise du grand intendant ? Et si elle allait mourir de froid pendant qu'il se régalait de champagne et de dinde rôtie bien à l'abri ?

À vingt-trois heures dix, ils étaient sur le palier de l'appartement et ils s'embrassaient pour se dire au revoir.

Dans la rue, les voitures étaient recouvertes de neige et la circulation si ralentie qu'on avait l'impression que les voitures faisaient du surplace.

— Papa, je peux te parler ? demanda Alexandre, une fois assis à l'arrière de la voiture.

— Bien sûr...

— Eh bien, voilà...

Il raconta Becca, comment il l'avait rencontrée, ses conditions de vie, comme elle était jolie, propre, honnête, précisa qu'elle ne piquait pas. Il ajouta que ce soir, elle était seule dans une remise à bois et qu'il n'arrêtait pas d'y penser et que même la dinde rôtie que d'habitude il adorait, ce soir, elle passait pas.

— Ça me fait une grosse boule là, il dit en montrant son estomac.

— Et tu veux qu'on fasse quoi ? demanda Philippe en observant son fils dans le rétroviseur.

— Je voudrais qu'on aille la chercher et qu'on la ramène à la maison.

— À la maison ?

— Ben oui... elle est toute seule, c'est la nuit de Noël et ça me fait mal au cœur. C'est pas juste...

Philippe mit son clignotant et déboîta. La chaussée était si glissante qu'il faillit lâcher le volant, mais une douce pression remit la grosse berline en place. Il fronça les sourcils, préoccupé. Alexandre prit cette expression pour un refus et insista :

— L'appartement est grand... On pourrait lui faire une place dans la lingerie, hein, Annie ?

— Tu es sûr que c'est ce que tu veux ? insista Philippe.

— Oui...

— Si tu l'emmènes à la maison, tu seras responsable d'elle. Tu ne pourras plus la laisser repartir dans la rue...

Annie, assise à côté de Philippe, ne disait rien. Elle regardait droit devant elle la neige qui tombait en abondance et essuyait le pare-brise du revers de ses gants comme si elle pouvait déblayer la couche épaisse qui s'agglutinait à l'extérieur.

– Elle ne fera pas de bruit, elle ne pèsera pas sur Annie, je te le promets... C'est juste que je ne pourrai pas dormir si je sais qu'elle est dehors par ce temps-là... Fais-moi confiance, papa, je la connais bien... tu le regretteras pas... et puis, ajouta-t-il en se hissant dans la chaire du prédicateur, ce n'est pas humain de laisser des gens dehors par ce froid !

Philippe sourit, amusé par l'indignation de son fils.

– Eh bien, on va y aller !

– Oh merci ! papa ! Merci ! Tu vas voir, c'est une femme formidable qui se plaint jamais et...

– C'est pour cela que tu rentres de plus en plus tard, le soir ? demanda Philippe en glissant un regard malicieux vers son fils.

– Oui, tu t'en es aperçu ?

– Je croyais que tu avais une fiancée...

Alexandre ne répondit pas. Annabelle, c'était son histoire à lui. Il voulait bien en parler avec Becca, mais c'est tout.

– Tu sais où se trouve la maison de l'intendant ? C'est grand, Hyde Park...

– Elle m'a montré un jour. C'est pas loin du Royal Albert Hall, tu sais là où tu vas au concert.

Philippe pâlit et son œil, heureux l'instant d'avant, s'assombrit. Affreusement triste, affreusement abandonné, il sentit sa gorge se nouer, la salive se tarir. Les sonates de Scarlatti, le baiser de Joséphine, leur étreinte dans le vieux recoin qui sentait la cire et les années, ses lèvres chaudes, le bout de son épaule, tout revenait en une bouffée délicieuse, douloureuse. Il n'avait pas osé l'appeler, ce soir. Il ne voulait pas troubler son réveillon à Paris. Et puis surtout, il ne savait plus ce qu'il pouvait dire, sur quel ton lui parler. Il ne trouvait pas les mots.

Il ne savait plus quoi faire avec Joséphine. Il redoutait le jour où il n'y aurait plus rien à dire, plus rien à faire. Il avait cru que la patience apprivoiserait le chagrin, apaiserait le souvenir, mais il devait se rendre compte que, malgré leur dernière entrevue au théâtre, rien n'avait changé et qu'elle le rejetait dans le camp des vaincus.

Sa crainte secrète, celle qu'il n'osait jamais nommer, était que cette étreinte furtive, arrachée au détour d'un escalier, ait été la dernière et qu'il doive se résoudre à tourner la page.

La fin de mon ancienne vie et le début de la nouvelle, peut-être, songea-t-il en revenant aux explications d'Alexandre qui lui indiquait le chemin pour atteindre la remise du grand intendant des jardins de la reine.

Ils trouvèrent l'endroit. Une petite maison en briques rouges face à une grande maison en briques rouges qui resplendissait, illuminée, dans la nuit noire. Philippe gara la voiture devant une barrière qu'il poussa et laissa à Alexandre le soin de frapper à la porte.

– Becca ! Becca ! chuchota Alexandre. C'est moi, Alexandre... Ouvre !

Philippe s'était penché sur une fenêtre à carreaux et tentait de scruter l'intérieur de la petite maison. Il aperçut une bougie allumée, une table ronde, un vieux poêle dont la lueur rougissait dans le noir, mais pas de Becca.

– Elle n'est peut-être pas là, dit-il.

– Ou elle a peur d'ouvrir et d'être découverte, fit Alexandre.

– Tu devrais te montrer à la fenêtre et gratter...

Alexandre se plaça devant l'écran de la fenêtre et cogna en répétant Becca, Becca, c'est moi, Alexandre, de plus en plus fort.

Ils entendirent un bruit à l'intérieur, puis des pas et la porte s'ouvrit.

C'était Becca. Une petite femme aux cheveux blancs, enveloppée de châles et de lainages. Elle les regarda tous les deux puis son regard étonné revint se poser sur Alexandre.

— Hello, *luv*, qu'est-ce que tu fais là ?

— Je suis venu te chercher. Je veux que tu viennes chez nous, à la maison. Je te présente mon père...

Philippe s'inclina. Il cligna de l'œil en reconnaissant une longue écharpe en cachemire bleu ciel à bordure beige qu'il avait offerte autrefois à Iris qui se plaignait de mourir de froid à Megève et regrettait d'avoir quitté Paris et les festivités de Noël.

— Bonsoir madame, dit-il en s'inclinant.

— Bonsoir monsieur, dit Becca en le détaillant, la main posée sur le battant de la porte qu'elle maintenait entrouverte.

Ses cheveux blancs étaient divisés par une raie bien droite et retenus de chaque côté par deux barrettes en forme de dauphins : une rose et une bleue.

— Alexandre a une excellente idée, poursuivit Philippe, il voudrait que vous veniez passer Noël chez nous...

— On t'installerait dans la lingerie. Y a déjà un lit et il y fait chaud et tu pourrais manger et dormir là le temps que...

— Le temps que vous voudrez bien rester avec nous, l'interrompit Philippe. Rien n'est définitif, vous agirez comme vous l'entendrez et, si vous voulez repartir demain, nous l'accepterons volontiers, sans vous forcer à rester.

Becca passa une main sur ses cheveux, les lissa du bout des doigts. Ajusta son châle, tapota les plis de sa jupe, cherchant dans la course de ses doigts fébriles une réponse à donner à cet homme et à ce garçon qui attendaient sur le seuil, respectueux, ne la bousculant pas, comme s'ils comprenaient que l'instant était important et que c'était en quelque sorte toute sa vie qu'ils bouleversaient. Elle leur demanda si elle pouvait réfléchir, leur expliqua que leur invitation la surprenait à un moment où elle avait fait la paix avec la nuit, la paix avec le froid, la paix avec la faim, la paix avec cette vie qu'elle menait et qu'ils devaient comprendre qu'elle réfléchirait mieux, seule, le dos appuyé contre la porte. Elle refusait qu'on l'imagine, mendiante, réduite à la misère, quémandant la charité, elle voulait décider en toute liberté et pour cela il lui fallait quelques instants de solitude et de réflexion. C'était une drôle de vie qu'elle menait, elle le savait, mais elle l'avait choisie. Ou si elle ne l'avait pas choisie, elle l'avait acceptée par une sorte de bravoure et de pureté, et ce choix-là, elle y tenait parce que c'était ainsi qu'elle était libre.

Philippe approuva et la porte se referma lentement, laissant Alexandre étonné.

– Pourquoi elle a dit tout ça ? J'ai rien compris.

– Parce que c'est une femme bien. Une belle personne...

– Ah ! fit Alexandre qui fixait la porte, désemparé. Tu crois qu'elle veut pas venir ?

– Je crois qu'on lui demande quelque chose d'énorme qui peut chambouler sa vie et elle hésite... Je la comprends.

Alexandre se contenta de cette réponse pendant quelques minutes, puis il reprit son questionnement inquiet :

– Et si elle voulait pas venir, on la laisserait ici ?

– Oui, Alexandre.

– C'est parce que tu ne veux pas qu'elle vienne ! Parce que c'est une clocharde, que tu as honte de la prendre chez toi !

– Mais non ! Cela n'a rien à voir avec moi. C'est elle qui décide. C'est une personne, Alexandre, une femme libre...

– N'empêche que tu serais drôlement soulagé !

– Je t'interdis te dire ça, Alex ! Tu m'entends : je te l'interdis.

– Eh bien, si elle vient pas, moi, je resterai là avec elle... Je la laisserai pas toute seule, le soir de Noël !

– Tu ne feras pas ça ! Je te prendrai par la peau des fesses et je te ramènerai à la maison... Tu sais quoi ? Tu ne mérites pas d'avoir une amie comme Becca. Tu n'as pas compris qui elle était...

Alexandre se tut, mortifié, et ils attendirent tous les deux dans le plus grand silence.

Enfin, la porte de la remise s'ouvrit et Becca se dressa sur le seuil, ses multiples sacs en plastique dans les mains.

– Je viens avec vous, dit-elle, mais est-ce que je peux emporter mon fauteuil ? J'aurai trop peur qu'il disparaisse si je le laisse là...

Philippe était en train de plier le fauteuil de Becca pour l'enfermer dans le coffre quand son portable sonna. Il prit le téléphone, le coinça contre son oreille, tout en maintenant le fauteuil plié entre ses jambes. C'était

Dottie. Elle parlait à toute allure et Philippe ne comprenait pas ce qu'elle disait tant les mots étaient entrecoupés de sanglots.

– Dottie... calme-toi. Respire un bon coup et dis-moi... Que se passe-t-il ?

Il l'entendit qui écartait le téléphone, prenait une grande inspiration et elle reprit sur le même ton haché :

– Je suis sortie dîner avec ma copine Alicia, elle aussi était seule ce soir, et elle avait le cafard et moi aussi, parce que j'ai été virée de mon boulot cet après-midi. Juste avant de partir, j'étais en train de tout ranger, de tout laisser bien propre pour reprendre le travail lundi quand mon chef est entré et m'a dit on est obligés de faire des coupes sombres dans le personnel et vous partez ! Comme ça... Pas un mot de plus ni de moins ! Alors, avec Alicia, on est allées au pub, on a parlé, on a bu, un peu, j'te jure, pas trop, et y avait deux mecs qui nous ont draguées et on les a envoyés balader et ils l'ont mal pris et ils nous ont suivies quand on est parties... Et puis Alicia, elle a pris un taxi parce qu'elle habite loin et moi, je suis rentrée à pied, et en bas de chez moi, ils m'ont coincée et ils m'ont... et j'en ai marre ! J'en ai marre ! la vie, elle est trop dure et je veux plus rentrer chez moi et je veux plus être toute seule chez moi, j'ai trop peur qu'ils reviennent...

– Mais qu'est-ce qu'ils t'ont fait exactement ?

– Ils m'ont tabassée et j'ai la lèvre fendue et un œil qui ferme plus ! Et j'en ai marre, Philippe ! Je suis une fille bien quand même. Je fais du mal à personne et tout ce que je gagne, c'est de me faire larguer du bureau et taper dessus par deux pauvres mecs qu'ont rien dans la tête...

Elle se remit à sangloter. Philippe l'adjura de se calmer tout en réfléchissant à ce qu'il convenait de faire.

– Tu es où, Dottie ?

– Suis retournée au pub, je veux pas rester toute seule... j'ai trop peur. Et pis, c'est pas une façon de passer Noël !

Sa voix se brisa et elle cria qu'elle en avait marre.

– Bon, décida Philippe, ne bouge pas. J'arrive...

– Oh ! Merci ! T'es gentil... Je t'attends à l'intérieur, j'ai trop peur de sortir, même sur le trottoir...

Philippe se débattit un long moment avec le fauteuil, se coinça un doigt entre deux ressorts, jura, tempêta, puis ferma le coffre en poussant un soupir de soulagement. Elle devait pas le replier souvent, son fauteuil !

À une heure du matin, il se gara enfin devant chez lui. Entre deux tas de neige. Annie sortit la première de la voiture, cherchant dans le noir où poser ses pieds pour ne pas glisser, un peu endormie, inquiète à l'idée de devoir réorganiser la maison, installer des lits mais Mlle Dottie, elle va dormir où, monsieur Philippe ? Avec moi, Annie, et ce ne sera pas la première fois !

*
**

– À quelle heure arrivent nos invités ? demanda Junior en étalant du cirage noir sur les nouveaux mocassins qu'il avait reçus dans une belle boîte pour Noël. Il allait enfin avoir des chaussures assorties à ses élégantes tenues. Il ne supportait plus ses tennis à scratchs. Elles faisaient tache. Il avait repéré ces mocassins dans une vitrine en revenant du parc avec sa mère. Un magasin pour enfants : Six pieds trois pouces. Ils étaient en devanture. Déclinés dans toutes les couleurs. Le modèle s'appelait Ignace et affichait un prix raisonnable : cinquante-deux euros. Il avait tendu le doigt en affirmant, voilà ce que je veux pour Noël, des chaussures dont je n'aurai pas honte… Josiane avait ralenti, les avait considérées longuement et avait répondu, je vais y penser. Elle avait ajouté, tu les voudrais dans quelle couleur ? Il avait failli répondre, dans toutes les couleurs… mais s'était retenu. Il connaissait sa mère, son sens de l'économie, ses principes d'éducation et avait opté pour une couleur classique : noir. Elle avait hoché la tête. La poussette était repartie et Junior s'était enfoncé dans sa doudoune, satisfait. L'affaire, à ses yeux, était réglée.

– Je crois qu'ils seront là à midi et demi, répondit Josiane en chemise de nuit, occupée à râper de l'emmenthal.

Dans une casserole, à feu doux, fondaient du beurre et de la farine. Plus loin, nichés dans une corbeille en osier, reposaient de beaux œufs frais pondus par des poules qui caquettent au grand air toute la journée.

– Ils partiront donc de chez eux vers midi, calcula Junior en étalant avec soin la crème noire sur le cuir des chaussures.

– On peut le supposer, répondit précautionneusement Josiane. Elle se méfiait des questions de son fils qui l'entraînaient souvent vers des hauteurs vertigineuses.

– S'ils sonnent à midi et demi à notre porte, quelle heure sera-t-il alors à l'horloge de leur maison qu'ils auront quittée une demi-heure plus tôt ? s'enquit Junior en passant soigneusement le chiffon sur le bord des mocassins.

– Eh bien… midi et demi aussi, pardi ! clama Josiane

en versant le fromage râpé dans un bol et en le mettant de côté.

Avec la satisfaction de celle qui a su répondre à la question piège posée par l'examinateur, elle délaya le mélange sur le feu, ajouta d'un seul coup le lait froid et mélangea jusqu'à ce que l'ensemble épaississe et prenne une belle consistance.

— Non, la reprit Junior. Il sera midi et demi en temps absolu, tu as raison, mais pas midi et demi en temps local car tu ne tiens pas compte de la vitesse de la lumière et du signal que transmet la lumière pour calculer le temps... Le temps ne peut pas être défini de façon absolue et il y a un lien indissoluble entre le temps et la vitesse des signaux qui mesurent ce temps. Ce que tu appelles le temps quand tu fais référence à l'heure d'une horloge, par exemple, n'est autre que le temps local. Le temps absolu est un temps qui ne tient pas compte des contraintes du temps réel. Une horloge en mouvement ne bat pas au même rythme qu'une horloge au repos. Tu commets les mêmes erreurs que Leibniz et Poincaré ! Je le savais !

Josiane transpira, s'essuya le front en faisant attention à ne pas répandre de béchamel sur le plan de travail et demanda grâce.

— Junior ! Je t'en supplie, arrête ! C'est Noël, jour de trêve ! Ne recommence pas à me casser la tête ! Je n'ai plus une minute de répit ! Tu t'es lavé les dents, ce matin ?

— La femme rusée dévie la conversation de l'objet par elle incompris ! Elle glisse dans son discours une attaque traîtresse afin de garder belle figure et rester maîtresse, déclama Junior en glissant une main ferme dans l'empeigne du mocassin pour vérifier que le cirage était bien étalé, et le cuir imprégné.

– À quoi sert un cerveau bien nourri si on a une haleine pourrie ? persifla Josiane. Et tu crois que, plus tard, tu séduiras les filles avec tes discours de savant Cosinus ? Non ! tu les séduiras par un beau sourire, une dentition parfaite et une haleine de chlorophylle verte...

– Pléonasme, ma chère mère, pléonasme !

– Junior ! Arrête ou je t'humilie devant tout le monde pendant le déjeuner en te servant de la bouillie et en te mettant un bavoir autour du cou !

– Vengeance mesquine ! « Les enfants des dieux, pour ainsi dire, se tirent des règles de la nature et en sont comme l'exception. Ils n'attendent presque rien du temps et des années. Le mérite chez eux devance l'âge. Ils naissent instruits et ils sont plus tôt des hommes parfaits alors que le commun des hommes ne sort pas encore de l'enfance. » La Bruyère, très chère mère. Il parlait de moi et ne le savait pas...

Josiane se retourna et le considéra, stupéfaite, en le pointant du bout de sa cuillère en bois.

– Mais... Junior ! Tu lis tout seul, maintenant ? Si tu peux me citer La Bruyère, c'est que tu as appris à le déchiffrer ?

– Oui, mère, et je voulais te faire la surprise pour Noël...

– Mon Dieu ! gémit Josiane en se frappant la poitrine de sa cuillère en bois pleine de sauce. C'est une catastrophe ! Tu vas trop vite, mon amour, tu vas trop vite... Aucun professeur ne pourra t'apprendre quoi que ce soit... Ils seront tous dépassés, affolés, déprimés. Ils se trouveront bêtes à manger du foin, il faudra que je les soigne... Ils pourront même te dénoncer aux médias et tu deviendras un phénomène de foire !

— Donne-moi des livres et je me charge de faire mon éducation tout seul. Je vous ferai ainsi faire de grandes économies...

Josiane gémit, désolée.

— Ce n'est pas comme ça que ça se passe... Tu dois apprendre avec un professeur... Suivre un programme, avoir une méthode, je ne sais pas, moi... Il faut de l'ordre dans tout ça. Le savoir, c'est sacré.

— Le savoir est une chose trop importante pour être laissée aux enseignants...

— Tu vas devenir imbuvable... de la bave de crapaud en bas âge !

Puis elle s'emporta et jura : elle ne savait plus combien elle avait cassé d'œufs. Il en fallait six pour son soufflé, pas un de plus, pas un de moins.

— Junior ! Je t'interdis de me parler quand je cuisine ! Ou alors tu me lis un conte pour enfants... quelque chose qui me berce et ne me trouble pas.

— Mais ne t'affole pas ! Compte les coquilles, divise le chiffre obtenu par deux et tu obtiendras ton nombre d'œufs, femme de peu de science ! Quant aux contes pour enfants, oublie-les, ils m'ankylosent le cerveau et jamais ne me chatouillent la divine moelle... Or j'ai besoin de ce fourmillement exquis pour me savoir vivant. J'ai faim d'apprendre, maman ! Je m'ennuie avec les histoires d'enfants de mon âge...

— Et moi, je veux la paix et le recueillement quand je suis en cuisine. C'est une détente pour moi, Junior, pas une prise de tête !

— Je peux t'aider, si tu veux... quand j'aurai fini de faire briller mes chaussures.

— Non, Junior. Je voudrais garder un jardin secret.

Un domaine dans lequel j'excelle et où je goûte la paix d'agir à ma guise. En aucun cas tu ne t'approches de mes fourneaux... Et autre chose encore : tout à l'heure, quand nos invités seront là, pas de discours sur la relativité du temps ou *Les Caractères* de La Bruyère. Tu m'as promis, tu te rappelles, de te comporter en enfant de ton âge quand nous sommes en présence d'étrangers... je compte sur toi.

– D'accord, mère. Je ferai cet effort... rien que pour toi et pour goûter l'excellence de ta cuisine.

– Merci, mon amour. Lave-toi les mains après avoir ciré tes chaussures sinon tu pourrais t'empoisonner...

– Et tu serais triste ?

– Si je serais triste ? Mais je serais édentée de chagrin, mon ourson roux !

– Je t'aime, ma maman d'amour...

– Moi aussi, je t'aime, tu es la lumière de ma vie, mon hirondelle qui ramène le printemps...

Junior lâcha ses chaussures, s'élança et plaqua un fougueux baiser sur la joue de Josiane qui rugit de plaisir et le serra à pleins bras. Il y eut un gazouillement furieux, un échange de baisers baveux, un frottement de nez, de joues, d'arcades sourcilières, des roucoulades, des vocalises, des superlatifs de tendresse où chacun outrepassait la licence poétique afin de planter son drapeau sur l'Annapurna de son amour. Junior glissa un doigt dans les plis du cou de sa mère et la chatouilla, Josiane se défendit en grignotant la joue de son ourson roux et ils se mignardisèrent au milieu des bols et des casseroles en échangeant caresses, lampées de baisers et mots alambiqués. La mère et le fils emmêlés, emberlificotés en un solide nœud, partirent dans une cascade de rires qui fit trembler les murs de la maison.

– Comment vont mes trolls ? tonitrua Marcel en accourant dans la cuisine. J'étais à mon bureau en train de vérifier mes comptes et mes acomptes quand j'ai cru sentir les murs de notre demeure branler. Ah ! Ah ! Je vois qu'on en est aux embrassades et je me réjouis. La vie est belle aujourd'hui, nous recevons du monde ! Et du monde que je chéris. C'est Noël, la naissance de Jésus, les bergers éberlués, la Vierge Marie, Joseph, la vache, l'âne et la paille, révisez vos classiques et chantez les louanges de ce beau jour...

– Amen ! répondit Josiane en desserrant l'étreinte de Junior.

– Viens, mon fils, nous allons choisir le vin à déguster... il est temps que tu te familiarises avec les dives bouteilles, les millésimes et les cépages. Que tu fasses rouler le nectar de velours dans ton gosier et roucoules en détaillant les mille notes, les mille saveurs !

– Enfin, Marcel ! Il n'a pas encore l'âge de devenir sommelier !

– C'est une science, la bouteille, Choupette. Une science qui se travaille, demande du temps, du nez et de l'humilité...

– Je passe un chiffon de laine sur mes chaussures et je suis à toi, géniteur adoré !

Josiane les regarda s'éloigner dans le couloir, main dans la main ; ils se dirigeaient vers la cave réfrigérée que Marcel avait installée au fond de l'appartement. Un géant roux penché sur un ourson rubicond. Ses deux sapins de Noël. Doux et forts, déterminés et tendres, voluptueux et rusés. Ils ne ressemblaient à aucun des hommes qu'elle avait connus. Marcel parlait en éclaboussant l'air d'adjectifs, Junior faisait des bonds et répétait, encore, encore des mots biscornus. Image d'un bonheur qu'elle ne voulait pas qu'on menace. Interdiction de s'approcher ! Elle se gratta entre les seins : la boule était revenue. Elle secoua la tête pour la chasser. Un souffle de brûlé effleura ses narines. Elle poussa un cri, sa béchamel brûlait. Elle pesta, attrapa la cuillère en bois et remua, remua en priant que la sauce ne soit pas devenue aigre, tout en recueillant au bout des cils, d'un doigt hésitant, une larme, une seule larme, qui sonnait l'alarme dans son cœur. N'y touchez pas à ces deux-là, mon Dieu ! N'y touchez pas ou je vous enfonce un clou dans la Croix ! Elle sentait son sang battre à ses tempes, elle plissa les yeux et répéta pas ces deux-là ! Pas ces deux-là ! Elle entendit le téléphone sonner, hésita puis décrocha.

— Josiane ? C'est Joséphine...

— Salut Jo ! Je suis en cuisine...

— Je te dérange ?

— Non, mais sois rapide... Ma sauce est sur le point de tourner. Vous venez toujours ? Ne me dis pas que vous annulez ?

— Non, non, on vient. Ce n'est pas pour ça que je t'appelais...

— Il est arrivé un malheur aux filles ?

— Mais non... C'est juste que je voulais t'entretenir de quelque chose dont je ne pourrai pas te parler tout à l'heure devant tout le monde...

— Alors, attends, je baisse mon feu...

Josiane mit le feu tout doux, tout doux et reprit l'appareil. Elle se cala les hanches contre le plan de travail et écouta.

— Voilà..., commença Joséphine, hier, dans le journal,

à la rubrique « Personnalités de demain », j'ai lu l'histoire de deux enfants hyperdoués comme Junior...

— Comme Junior ? Tout pareil ?

— Tout pareil. L'un, c'est un garçon. Il habite Singapour et, depuis l'âge de neuf ans, il crée des logiciels pour iPhone, des logiciels hypercompliqués que personne n'a inventés avant lui... Il paraît qu'à deux ans, il était déjà imbattable en informatique et il connaissait toutes les bases de la programmation. Il parle six langues et il continue de mettre au point des dizaines de jeux, d'applications, d'animations qu'il propose ensuite aux gens d'Apple...

— Pas possible !

— Et l'autre, Josiane, écoute, l'autre... c'est une petite fille qui a publié son premier livre à sept ans, trois cents pages de nouvelles, de poèmes, de considérations personnelles sur le monde, la politique, la religion, les médias. Elle tape quatre-vingts à cent douze mots-minute, elle lit deux à trois livres par jour et enseigne la littérature... Tu m'entends, ma Josiane, elle donne des cours de littérature, des conférences destinées aux adultes moyennant trois cents dollars les cinquante minutes ! Son père a construit un studio dans la cave de leur maison où elle enregistre des émissions qui sont ensuite vendues à des chaînes de télé locales. Elle vit en Amérique. Le père est ingénieur, la mère, qui a grandi en Chine pendant la révolution culturelle, a été vaccinée contre toute forme d'apprentissage en groupe et fait elle-même la classe à sa fille. Elle assure que ce n'est pas elle qui pousse sa fille, mais la gamine qui choisit de travailler chaque soir jusqu'à minuit ! Tu te rends compte ? Ça veut dire que tu n'es pas la seule à avoir enfanté un génie ! Pas la seule ! Ça change tout...

– T'as lu tout ça où ? demanda Josiane qui soupçonnait Joséphine de lui raconter de beaux mensonges en ce jour de Noël.

– Dans *Courrier International*... C'est Hortense. Elle achète tous les journaux en quête d'une idée pour ses vitrines. Les vitrines de chez Harrods... T'es pas au courant ? Je te raconterai... Il est encore dans les kiosques. Cours l'acheter, découpe l'article et arrête d'angoisser. Ton Junior, il est juste dans la moyenne des petits génies. Il est normal !

– Oh ! ma Jo ! Si tu savais l'espoir que tu me donnes. Que tu es bonne ! J'en suis toute gélifiée...

Josiane et Joséphine étaient devenues très proches depuis la mort d'Iris. Joséphine venait suivre des cours de cuisine chez les Grobz. Elle apprenait à faire des madeleines au citron et au chocolat, un lapin chasseur, un tajine aux pruneaux, des œufs en neige, des fondues de carottes et de poireaux, des cakes salés, des cakes sucrés, des pâtés en croûte et des terrines d'avocat aux crevettes. Parfois, Zoé l'accompagnait et prenait des notes dans son cahier noir. Josiane avait su trouver les mots pour apaiser Joséphine. Elle la serrait contre son cœur, l'installait sur son ample poitrine et la berçait en caressant ses cheveux. Joséphine s'alanguissait et l'entendait dire ça va passer, ma Jo, ça va passer, elle est mieux là où elle est, tu sais, elle ne se supportait plus, c'est elle qui a choisi sa fin, elle est morte heureuse... Joséphine relevait le nez et marmonnait, c'est comme si j'avais une maman, dis, c'est comme ça une maman ? Dis pas de bêtises, bougonnait Josiane, t'es pas ma fille et pis, de maman, moi non plus, j'en ai pas plus eu que de beurre en branche ! Elle lui caressait le front, inventait des petits mots doux, des mots rigolos qui tournoyaient comme des diabolos et Joséphine finissait par hoqueter de rire entre les seins plantureux de Josiane.

— Merci, Jo, merci ! Tu m'enlèves un pieu du cœur... Je recommençais à me siphonner en songeant à Junior... Tu sais pas la dernière ? Il a appris à lire tout seul, il me récite La Bruyère et révise la théorie du temps ! J'en ai un frigo dans le dos...

— Si ça se trouve, vous êtes nombreux à avoir des enfants géniaux... Si ça se trouve, y en a plein dans le monde, mais on les cache parce que, comme toi, les parents ont peur qu'on leur fasse du mal. C'est une nouvelle race d'enfants. Ils ont été programmés pour éclairer le monde... Ce sont nos sauveurs !

— Tu es gentille ! répétait Josiane en laissant couler toutes ses larmes, larmes de joie, larmes de soulagement, larmes d'espoir à l'idée que son petit puisse être normal.

Oh ! pas normal comme tous les autres, mais normal comme une poignée d'autres. Des enfants qu'on ne montre pas du doigt, mais sur lesquels on écrit des articles élogieux dans les journaux.

— Il faut t'y faire, ton enfant n'est pas exceptionnel...

— C'est que c'est dur, tu sais. Je ne me sens plus jamais en sécurité. J'ai peur du regard des autres. Peur qu'on le repère dans l'autobus, peur qu'on me l'enlève pour programmer des ordinateurs, des fusées nucléaires, des guerres chimiques, des attaques balistiques. L'autre jour, dans le métro, il dessinait des portées de solfège et chantonnait en écrivant ses notes. Y a une dame qui a murmuré à son mari vise le gosse, il recopie la *Petite Musique de nuit* ! Elle devait être prof de musique et elle avait reconnu la partition. Le type lui a répondu en tordant sa bouche pour que je l'entende pas mais t'as raison... doit pas être normal. On s'est dépêchés de descendre et on a fini à pied...

– Tu as eu tort ! Tu aurais dû relever le menton et le brandir comme un trophée. C'est ce qu'aurait fait le père de Mozart ! Tu crois qu'il avait honte de son fils, lui ? Non ! Il le produisait dans toutes les cours d'Europe à quatre ans !

– Ben... va falloir qu'il me souffle du courage, parce que je hisse pas les couleurs !

Elle raccrocha, soulagée et heureuse. Revint surveiller ses casseroles d'un sourcil épilé, mais sûr. Junior était normal, Junior était normal, il avait plein de copains à l'autre bout du monde. Pas très pratique pour les goûters d'enfants, mais bon à se mettre sous la dent quand elle aurait une nouvelle crise d'angoisse...

– Et maintenant, mon fils, nous allons choisir les cadeaux de nos invités, déclara Marcel en sortant de la cave, les bras chargés de bouteilles gouleyantes. J'ai fait un premier tri parmi les bijoux que je réserve à ces dames et j'ai une belle montre pour Gary, *Englishman* que nous allons recevoir à notre table.

– J'aime bien Gary, déclara Junior en admirant l'éclat de ses mocassins, il est élégant, beau et semble l'ignorer. Toutes les filles doivent être folles de lui. Parfois, papa, j'aimerais être moins dégourdi du cerveau et plus charmant de visage. Le marchand de journaux m'appelle le Peau-Rouge, ça me chagrine...

– La fouine vicieuse ! s'exclama Marcel, il a osé ! Il est jaloux du soleil dans tes cheveux, c'est tout ! Il a le crâne glabre et pelucheux.

– Joséphine, Shirley et Zoé, je les aime aussi. Elles

ont une belle humanité. C'est Hortense qui me chagrine. Elle m'appelle le Nain et me ratatine...

— Elle est encore jeune et verte, elle ne s'est pas fait roussir par les vicissitudes de la vie... T'en fais pas, mon fils, bientôt elle viendra manger dans ta menotte.

— Elle est belle, intrépide, dédaigneuse. Il y a presque toutes les femmes en elle sauf l'amoureuse... Elle n'a pas le moelleux de la femme alanguie par l'amour comme maman quand vous vous dirigez vers la chambre, le soir, et que tu la tiens par la taille. Je sens dans sa nuque courbée monter la volupté... Une femme insensible est une femme qui n'a pas encore aimé. Hortense est de glace parce que personne n'a fait fondre sa cuirasse.

— Dis donc, Junior, tu l'as bien observée, la belle Hortense !

Junior rougit et ébouriffa ses boucles rouges.

— Je l'ai étudiée comme une carte de champ de bataille, j'aimerais qu'elle jette sur moi un autre regard que ces œillades étonnées et froides. Je veux l'abasourdir... mais ça va être dur : maman m'a demandé de jouer les bébés au déjeuner.

Marcel ne sut que répondre. Des bouteilles plein les bras, il réfléchissait en mâchonnant ses lèvres. Si cela lui était égal d'avoir un fils hors du commun, il comprenait l'inquiétude de sa femme. Il savait combien elle avait attendu cet enfant, comment elle l'avait imaginé, chéri, les manuels qu'elle avait lus, les conseils qu'elle récoltait, le régime qu'elle faisait, elle voulait être la meilleure des mères pour le plus beau des bébés. Elle n'avait pas prévu que son enfant aurait l'esprit crépitant de plusieurs savants.

— Tu m'entends, père ?

— Oui et je suis bien embêté. À qui des deux plaire ?

À ta mère ou à une jeune coquette ? C'est Noël, fais plaisir à ta mère, tu auras tout le temps d'épater Hortense.

Junior baissa la tête, gratta l'étiquette de la bouteille qu'il était chargé de porter jusqu'à la salle à manger. Gratta encore. Puis marmonna :

– Je ferai de mon mieux, père, je te promets... Mais, Dieu, que c'est pénible d'être un bébé ! Comment ils font, les autres ?

– Je ne me souviens plus très bien, rigola Marcel, mais je crois que cela ne m'a jamais posé de problème ! Tu sais, Junior, je ne suis rien qu'un homme simple qui se réjouit de la vie, qui la goûte et la déguste au jour le jour...

Junior sembla réfléchir au concept de l'homme simple et Marcel crut qu'il avait déçu son fils. Une sombre pensée l'assaillit : et si son fils se lassait ? S'il venait à s'ennuyer entre ses deux parents privés de ce savoir qui semblait l'émoustiller et le faire avancer à pas de géant ? S'il devenait tout pâle et neurasthénique ? Le pauvre enfant dépérirait et Choupette et lui ne s'en relèveraient pas.

Il donna un coup d'épaule dans l'air pour chasser cette funeste idée et serra fermement la main de son fils.

Ils ouvrirent la cassette où Marcel entreposait ses joyaux, ceux qu'il plaçait chaque année dans l'assiette du déjeuner de Noël pour célébrer la naissance du Messie en Galilée et la venue dans son foyer d'un petit ange érudit et roux.

– Vas-y, choisis... et je t'apprendrai le nom des pierres précieuses.

C'est ainsi que furent placés dans les assiettes, sous les épaisses serviettes blanches damassées, un bracelet en or à maillons olive soulignés de diamants taillés en roses et perles pour Zoé, une montre de poche savonnette en or pour Gary, un pendentif en forme de cœur pavé de diamants brillantés pour Joséphine, une paire de pendants d'oreilles à pampilles serties de saphirs bleus et jaunes pour Shirley et un bracelet Love de chez Cartier, un jonc en or à décor de vis, pour Hortense.

Le père et le fils échangèrent un regard ravi et se serrèrent la pince.

– Et que la fête commence ! lança Marcel. Que c'est bon de régaler ainsi nos invités ! J'ai le cœur qui se dilate d'aise.

– *Bonum vinum laetificat cor hominis !* Le bon vin réjouit le cœur des hommes, traduisit charitablement Junior.

– Parce que tu parles latin ! s'exclama Marcel.

– Oh ! c'est juste une expression que j'ai relevée en lisant un texte ancien.

Saperlipopette ! se dit Marcel, Josiane a raison : l'enfant va trop vite, le danger nous guette...

*
**

La classe grammaticale du nom est constituée par le substantif et l'adjectif qualificatif qui se repartissent entre les deux genres et les deux nombres et qui ont un éventail de fonctions partiellement communes.

À l'intérieur de la classe du nom, le substantif et l'adjectif qualificatif se distinguent de la façon suivante :

a) du point de vue des formes, l'adjectif et le substantif ne se repartissent pas de la même façon entre les deux genres et les deux nombres. Dans les conditions normales, seul le substantif est présenté par l'article (ou par l'un des équivalents de celui-ci) ; seul l'adjectif peut porter les marques des degrés d'intensité et de comparaison.

b) du point de vue des fonctions, seul le substantif peut servir de support à la proposition comme sujet, complément d'objet et complément d'agent...

Henriette Grobz referma la grammaire Larousse en giflant la couverture verte du plat de la main. Assez ! hurla-t-elle. Assez de charabia ! J'en perds ma grammaire, moi ! Comment peut-on former l'esprit d'un enfant en lui bourrant le crâne de ces notions fumeuses ! N'existe-t-il pas une manière simple d'enseigner le français ? De mon temps, tout était clair : sujet, verbe, complément. Complément de lieu, de temps, de manière. Adverbe, adjectif. Principale et subordonnée. Et on s'étonne qu'on produise des cancres à la chaîne ! On s'indigne qu'ils ne sachent plus raisonner ! Mais on les égare, on les décourage, on les affaiblit avec ce jargon prétentieux ! C'est une purée infâme dont on leur farcit la tête !

Elle éprouva soudain une pitié nauséeuse pour l'enfant qu'il lui fallait tirer des griffes de l'enseignement primaire. Kevin Moreira dos Santos, le fils de la concierge, celui qu'elle soudoyait pour voguer sur le Net. Non seulement, il lui ponctionnait à chaque voyage une dizaine d'euros, mais la dernière fois il avait refusé de promener ses doigts sur le clavier en prétextant qu'elle l'empêchait de travailler et qu'à cause d'elle, il était lanterne rouge de sa classe.

– Comment ça, je t'empêche de briller en classe ? s'était regimbée l'aride Henriette.

— Le temps que je passe avec toi, je le passe pas à étudier et j'ai des notes pourries...

— Tes notes n'ont jamais dépassé le zéro pointé, s'était indignée Henriette en branlant du chef.

— Forcément, tu me prends tout mon temps, vieille bique puante !

— Je t'interdis de me tutoyer et de me donner des noms d'animaux ! Nous n'avons pas élevé les cochons ensemble, que je sache...

Kevin Moreira dos Santos gloussa que ça ne risquait pas, elle était centenaire et lui, jeune et frais.

— Je te tutoie parce que tu me tutoies et si je te dis que tu pues, c'est que je te renifle quand tu t'approches de moi... C'est pas de l'injure, c'est de l'évidence. Et pis, je te demande pas de venir te coller à moi, c'est toi qui insistes, toi qui veux absolument te brancher. Moi, je m'en branle total ! Et en plus, tu me gaves grave !

Et il lui fit un doigt d'honneur pour illustrer son propos, en maintenant l'index haut et droit afin qu'elle ait le temps de déchiffrer ses intentions. Il n'était pas près de faire la paix avec la vieille qui pue du bec, du cou, des pieds, qui a une couche de plâtre blanche sur la tronche et des petits yeux méchants si rapprochés qu'on pouvait croire qu'elle louchait.

— Tu pues de partout ! T'as pas l'eau courante chez toi ou tu l'économises ?

Henriette recula devant l'affront délibéré et changea de ton. Elle comprit qu'elle n'était pas en position de négocier. Elle n'avait aucun atout dans sa manche. Elle dépendait de ce tas de gélatine ignare.

— D'accord, sale gosse ! On va jouer franc jeu. Je te hais, tu me hais, mais tu peux me servir et je peux te servir. Alors faisons un pacte : tu continues à me faire naviguer sur le Net et moi, je fais tes devoirs, en plus du pécule que je te refile... T'en dis quoi ?

Kevin Moreira dos Santos la soupesa du regard et eut un éclat de respect dans l'œil droit. La vieille faisait le poids. Elle ne se démontait pas. Non seulement il allait pouvoir continuer à la ponctionner, tranquille, mais en plus, elle allait se coltiner tous ces devoirs débiles auxquels il ne comprenait rien et qui lui valaient la réprobation violente de sa mère, des torgnoles à répétition de son père et la menace d'aller en pension l'année prochaine.

– Tous mes devoirs, précisa-t-il en tapotant la touche espace de son clavier. Grammaire, orthographe, histoire, maths, géographie et j'en passe...

– Tout sauf la flûte à bec et les arts plastiques, ça, tu t'y colleras tout seul.

– Et tu me dénonceras pas aux vieux ? Tu te plaindras pas que je parle mal, que je te traite mal...

– Je m'en contrefiche ! Il s'agit pas d'affection, il s'agit d'un échange de savoirs. Donnant-donnant...

Kevin Moreira dos Santos hésita. Craignit l'embrouille. Tripota la mèche enduite de gomina qui formait une crête pâle au sommet de sa bouille ronde. Son esprit, si lent à comprendre le rôle de l'adjectif et du substantif ou les divisions à trois chiffres, examina à toute allure le pour et le contre et conclut que c'était tout bon pour lui.

– OK, vieille moche. Je te filerai mes devoirs, tu me les rapporteras en douce chaque soir en prétextant que tu me donnes des cours... Mes vieux t'auront à la bonne et n'y verront que du feu, et mon carnet de notes redressera le pif ! Mais fais gaffe, l'ordi reste payant !

– Même pas une petite réduction ? suggéra Henriette

en mimant une humble supplique, la bouche avancée et plate du marchand roublard dans les souks.

– Que dalle. Tu fais tes preuves d'abord et si ça roule, je revois mes prix... Mais n'oublie pas, c'est moi qui jette les dés, pas toi !

Et c'est ainsi qu'Henriette se retrouva, le soir de Noël, à la lueur d'une bougie, à déchiffrer une grammaire Larousse à couverture verte et au savoir obscur.

Mais comment je vais l'éduquer, ce niais adipeux ? se demanda-t-elle en tentant d'arracher un poil qui avait poussé sur son grain de beauté. C'est un désert, l'esprit de ce gamin... Pas le moindre tronc où accrocher un hamac ! Aucune base sur laquelle je peux partir. Faut tout construire ! J'ai pas que ça à faire...

C'est qu'elle avait un plan ! Et quel plan !

Il lui était venu en langue de feu sur le crâne alors qu'elle s'inclinait devant la Vierge Marie en l'église Saint-Étienne.

C'est ce fourbe Judas qui lui avait soufflé l'idée. Judas aux pieds nus, fins, nerveux dans ses spartiates, Judas à la longue robe rouge, au visage émacié, Judas... c'était Chaval ! Voilà pourquoi, lorsqu'elle fixait la scène de la Passion du Christ, elle ne pouvait détacher les yeux de la face sombre du traître. Chaval, le cynique et fringant Chaval, qui travaillait autrefois dans l'entreprise de Marcel Grobz et qui l'avait quittée pour un rival... Ikea, je crois bien, se rappela Henriette[1]. Chaval qui roulait en décapotable, soulevait les jambes des femmes, s'en faisait un collier, les renversait et les abandonnait sur le capot de sa voiture. Il avait la carrure, la cruauté, le savoir-faire,

1. Cf. *Les Yeux jaunes des crocodiles, op. cit.*

la cupidité nécessaires. Il connaissait le business de Marcel sur le bout des ongles. Ses combines, ses clients, ses remises, ses magasins, son réseau mondial. Chaval ! Bien sûr ! Son visage s'était illuminé et le prêtre qui passait par là avait cru qu'un ange était descendu en la chapelle de la Vierge. Un visiteur divin ? lui avait-il chuchoté, anxieux, dans la sacristie en chiffonnant son étole. Une apparition dans mes murs ! Ça relancerait mon église, on viendrait du monde entier, on passerait aux actualités ! Mes troncs sont vides. Vous avez raison, mon père, c'est Dieu en personne qui est venu me parler..., et de vite lui glisser son obole, de quoi acheter deux cierges pour la réussite de son entreprise, puis Henriette était partie chercher les coordonnées de Bruno Chaval dans les Pages jaunes de l'ordinateur de Kevin. Il sera mon associé, mon complice, il m'aidera à pousser ce porc de Marcel dans le précipice. Chaval ! Chaval ! chantonnait-elle en tricotant ses genoux osseux. C'est lui qui m'a fait de l'œil la première fois que je me suis agenouillée dans la travée de l'église Saint-Étienne. C'est un signe de Dieu, un coup de main qu'il me donne. Merci, mon doux Jésus ! Je réciterai neuf neuvaines pour vous honorer...

Elle appela tous les Chaval de l'annuaire. Finit par le trouver chez sa mère, Mme Roger Chaval. Et fut surprise.

Chez sa mère. À son âge...

Elle lui donna rendez-vous du ton pointu de l'ancienne patronne. Il accepta sans broncher.

Il la rejoignit dans l'église Saint-Étienne. Elle lui fit signe de s'agenouiller à ses côtés et de parler à voix basse.

— Comment allez-vous, mon cher Bruno ? Longtemps

qu'on ne s'est vus... J'ai souvent pensé à vous, marmonna-t-elle, la tête dans ses mains comme si elle priait.

— Oh ! madame, je ne suis plus grand-chose, l'ombre de moi-même, une évanescence.

Et il prononça l'horrible mot :

— Au chômage.

Henriette tressaillit d'effroi. Elle s'était préparée à affronter un premier couteau du CAC 40, un *golden boy* de Wall Street, et elle retrouvait un bigorneau famélique. Elle tourna le visage pour le détailler. L'homme n'avait plus ni crin, ni flamme, ni muscle, ni viscère. C'était une flaque. Elle parvint à maîtriser son dégoût et se pencha, amène, vers cette loque humaine.

— Mais que s'est-il passé ? Vous autrefois si fringant, si brillant, impitoyable...

— Je ne suis plus qu'une méduse errante, madame. J'ai rencontré le Diable !

Henriette se signa et lui commanda de ne pas prononcer ce nom en ce lieu saint.

— Mais il n'existe pas ! C'est dans votre tête, tout ça !

— Oh si ! madame, il existe... Il porte une robe légère, deux longues jambes ciseaux, des poignets délicats et veinés, deux petits seins fermes, une langue qui mouille des lèvres. Oh ! des lèvres, madame, des lèvres rouge sang, au goût de vanille et de framboise, un petit ventre qui se tord, se noue, se tord encore, deux genoux ronds, adorables, elle a mis le feu dans mes hanches. J'ai perdu mon souffle à la regarder, à la humer, à la suivre, à l'attendre... J'avais, pour elle, le regard du dément qui contemple un objet radieux, un objet qui s'éloigne, se rapproche et calcine le pauvre homme qui s'abîme. J'étais pris d'une passion indicible. Je suis devenu un gnome halluciné, carbonisé, je ne pensais plus qu'à une chose et là, madame, je vais être brutal, je vais vous choquer, mais il faut que vous compreniez dans quel ravin je suis tombé, je ne pensais plus... qu'à poser ma main, mes doigts, ma bouche sur sa touffe pulpeuse, juteuse comme un fruit qu'on presse et dont le jus...

Henriette poussa un cri qui retentit dans l'église. Chaval la regarda en hochant lentement la tête.

– Vous avez compris, maintenant ? Vous avez compris l'étendue de mon malheur ?

– Mais ce n'est pas possible ! On ne perd pas la tête pour... pour...

– Une touffe de nymphette acidulée ? hélas, oui ! Car j'ai été le premier à m'introduire dans ce fourreau humide qui me massait le sexe avec la science et la poigne d'une vieille catin rouée... Elle me broyait dans sa caverne, me malaxait le membre telle une bouche goulue, une ventouse dévorante, aspirante, s'arrêtait quand j'allais rendre l'âme, me fixait de ses grands yeux innocents qui vérifiaient l'état de délabrement dans lequel elle m'avait jeté ; je la suppliais alors de n'en rien faire, les yeux révulsés, la langue pendante comme les chiens qui meurent de la rage, la gorge en feu, la tige turgescente... Elle me jaugeait de son regard froid, indifférent, si calme et réclamait encore de l'argent, encore un haut Prada, un sac Vuitton, et je haletais tout ce que tu veux, tout ce que tu veux, mon ange pour qu'elle reprenne le va-et-vient enchanteur qui me moulait le sexe, extrayant chaque goutte de plaisir une à une, madame, une à une comme si elle était dans une fournaise et que c'était la seule source où se désaltérer, elle exerçait de lentes pressions de son sexe sur le mien qui n'en pouvait plus, mais se laissait pétrir, façonner jusqu'au moment où, ayant tout obtenu, elle lançait l'assaut final, me crucifiait de plaisir dans sa chair moite et douce et me forçait à rendre l'âme...

– Parce que vous osez parler d'âme ! Enfin, Chaval, vous êtes impie !

– Mais c'était mon âme qu'elle suppliciait, madame ! Je peux vous l'assurer, chuchota-t-il en passant le poids du corps de son genou droit à son genou gauche sur le prie-Dieu à la dure marche en bois. Cette gamine – car elle n'avait pas seize ans –, cette gamine m'a fait rencontrer Dieu dans son organe constrictor, elle m'a fait tutoyer les anges et les archanges. J'étais irradié de félicité, gorgé de volupté, je volais, je possédais le monde, je dégoulinais de plaisir et quand j'explosais en elle, c'est au paradis qu'elle me propulsait ! Et puis... et puis... je redevenais simple mortel. Je retombais d'un seul coup dans mes bottes boueuses, léchant le Ciel qui s'éloignait et la gamine, repue, me guettait en tendant la main pour que je n'oublie pas son butin de guerrière. Et si j'oubliais un article, une ballerine ou une pochette, elle me battait froid et refusait de me voir jusqu'à ce que j'aie étalé tous les trophées à ses pieds... et elle me taxait encore de quelque supplément luxueux pour me punir de l'avoir fait attendre.

– C'est une horreur ! Cette fille est une gourgandine ignoble. Vous brûlerez tous les deux en Enfer !

– Oh non, madame, c'était un bonheur incommensurable... Les ailes me poussaient dans le dos, j'étais le plus heureux des hommes, mais cela, hélas ! ne durait pas. Dès que mon membre durcissait et que je quémandais un nouveau droit de passage, elle claquait sa petite langue dure sur son palais, me taquinait de sa prunelle froide et demandait et tu me donnes quoi, en échange ?

en se laquant un ongle ou en dessinant un œil limpide au khôl gris. Elle était insatiable. Tant et si bien que je me suis mis à travailler de moins en moins, à échafauder des embrouilles. J'ai joué au tiercé, au loto, au casino et, comme je ne gagnais pas, j'ai dérobé de l'argent dans les caisses de l'entreprise. Des tours de passe-passe avec des chèques. Des petites sommes d'abord, puis de plus en plus grosses... et c'est ainsi que j'ai chu. Bien bas, puisque non seulement j'ai perdu une place de choix, mais que je ne peux plus me recommander de personne... Mon CV est infâme, bon à jeter dans les eaux usées de l'égout.

– Et dites-moi, pauvre pécheur, vous ne l'avez plus revue j'espère, cette Dalila ?

– Non. Mais pas de mon fait ! J'aurais rampé sur les coudes si elle me l'avait demandé !

Il baissa la tête, piteux.

– Elle s'est lassée. Elle disait que l'amour physique était très surestimé... Que ça ne l'amusait plus. Que c'était toujours la même chose, le même va-et-vient, qu'elle s'ennuyait. Elle avait, avec moi, fait ses armes. Vérifié que « ça » marchait. Elle rangeait notre aventure au rang de test en éprouvette. Et elle m'a jeté sous prétexte... que je devenais collant. Ce fut son seul mot qu'elle répétait crescendo : « collant ». Il faut dire qu'elle était très jeune... J'ai eu beau lui promettre mille choses, échafauder le casse du siècle, une fuite au Venezuela, des diamants, des émeraudes, un jet privé, une hacienda, une cargaison de Prada... Tous les deux au bord d'une mer turquoise servis par des boys en pagne...

Henriette haussa les épaules.

– C'est d'un convenu tout ça !

– Ce furent les mots exacts qu'elle employa, dit

Chaval en courbant la tête comme s'il vénérait le souvenir de son malheur. Elle m'a dit de revoir ma copie, qu'elle avait bien mieux en tête. Elle s'était bien amusée, avait appris à broyer un homme de plaisir, s'était fait une garde-robe, maintenant, au boulot ! elle voulait réussir, seule, « sans la bite d'un homme, ce saucisson pitoyable »...

Henriette sursauta, horrifiée.

– Et elle n'avait pas seize ans... ! soupira Chaval, exténué.

– Mon Dieu ! Il n'y a plus d'enfants...

– À treize ans, elles savent enturbanner un homme. Elles avalent le Kâma Sûtra, font des exercices vaginaux, des succions, des torsions, des aspirations, des contorsions... Elles se mettent un crayon entre les cuisses et elles s'exercent. Il y en a même qui peuvent fumer une cigarette comme ça ! Si, si, je vous assure...

– Je vous en prie ! Tenez-vous... Vous oubliez que vous parlez à une femme respectable !

– C'est que rien que d'en parler... vous voyez bien !

Et il écrasa son sexe entre ses jambes en les croisant fortement.

– Elle est partie sous des cieux lointains, j'espère..., chuchota Henriette.

– À Londres. Suivre des cours de mode. Elle veut devenir Coco Chanel.

Henriette pâlit. Son large couvre-chef tressauta. Tout lui revint. Il y a quatre ans, Hortense, le stage à Casamia, Chaval haletant et blême, les petits talons d'Hortense clip-clap, clip-clap dans la cour de l'entreprise, les garçons de l'entrepôt qui la suivaient, la bave aux lèvres... C'était donc ça ! L'homme était tellement possédé qu'il en avait oublié qu'il parlait de sa petite-fille. Sa propre petite-fille ! Il ne faisait plus le lien entre Hortense et elle. Il avait élevé Hortense au rang de madone qu'on prie à genoux, de femme au-dessus de toutes les femmes. La passion l'égarait. Elle se pencha sur son prie-Dieu et croisa les doigts. Dans quel monde je vis ! Mais dans quel monde je vis ! Ma petite-fille ! Une catin qui broie le sexe des hommes et leur soutire leur argent ! La chair de ma chair ! Ma descendance...

Et puis, elle réfléchit. Elle avait besoin de Chaval. Son plan ne valait rien sans un chevalier noir et traître. Que lui importait, au fond, que sa petite-fille soit une catin ? À chacun son destin ! Les mots n'ont plus de sens, aujourd'hui. On ricane quand on parle de droiture, d'honnêteté, de rigueur, de sens moral, de décence. C'est chacun pour soi. Et puis, soyons réaliste, j'ai toujours eu de l'estime pour cette gamine qui sait se faire respecter...

– Écoutez, Chaval, je crois que j'en ai assez entendu pour aujourd'hui... Je vais me recueillir un moment pour me purifier. Prier pour le salut de votre âme. Sortez de cette église que vous venez de profaner... et je vous fixerai rendez-vous dans les prochains jours pour parler affaires. J'ai quelque chose à vous proposer qui pourrait vous rendre à nouveau prospère. Nous nous retrouverons au café à l'angle de la rue de Courcelles et de l'avenue de Wagram. Mais auparavant, rassurez-moi, vous n'êtes plus un débauché ? Vous jouissez de toutes vos facultés ? Parce que, dans cette entreprise, j'ai besoin d'un homme en bon état, d'un homme avec une vista, pas d'une épave libidineuse !

– Elle m'a coûté la peau du rouleau. Je suis fini, essoré, nettoyé à sec. Je vis du RSA et de la retraite de ma mère. Je joue au Loto parce qu'il faut bien garder un peu d'espoir, mais j'y crois même plus quand je coche les cases. Je suis un drogué en manque. Je ne bande plus, madame ! Elle est partie avec ma libido ! Quand je vois une fille, j'ai si peur que je détale, la queue entre les jambes...

– C'est parfait ! Gardez-la ainsi et promettez-moi une chose : si je vous refais une santé, financière bien sûr, vous me promettez de demeurer sobre, de jeûner sexuellement et de ne plus vous faire ensorceler par une jeune vestale putassière ?

– Il ne faudrait pas que nos chemins se croisent, madame. Si je la revois, je le sais, je redeviendrai un loup affamé...

– Si elle vit à Londres...

– C'est le seul risque, madame. Le seul... Je tuerais pour la posséder encore une fois ! Pour pénétrer dans ce long couloir étroit, humide... Connaître le spasme céleste...

Il émit un grognement de bête féroce dans l'obscurité, les muscles de son cou se tendirent, sa mâchoire se crispa, ses dents grincèrent, il grogna encore, porta sa main entre ses jambes, empoigna son sexe, le tordit et ses yeux s'emplirent d'un délicieux effroi.

Henriette, stupéfaite, regardait cet homme autrefois si fier, si viril, se pétrir sur le prie-Dieu à ses côtés. Merci, doux Jésus, de m'avoir épargné ce vice-là, murmura-t-elle entre ses dents. Quelle abomination ! J'ai su gouverner les hommes. Je les ai menés d'une main ferme, noble, respectable. Digne. Une main de fer dans un gant de fer. Jamais je n'ai usé de cet outil de femme, de cette mâchoire...

Une image atroce éclata dans sa tête. Gant de fer, mâchoires en acier... Et elle récita trois *Notre Père* et dix *Je vous salue Marie* pendant que Chaval, le dos voûté, quittait l'église en silence et trempait sa main droite dans le bénitier pour se donner du courage.

C'était Noël. Et elle était seule devant une grammaire Larousse. Avec un demi-litre de vin rouge, une boîte de sardines à l'huile végétale, un morceau de brie et une bûche surgelée sur laquelle elle avait planté trois petits nains joyeux retrouvés dans le fond d'un tiroir. Souvenir d'un temps ancien où la nappe blanche et les bougies rouges, les cadeaux somptueux de son époux sous chaque serviette, les bouquets de chez Lachaume, les bougies parfumées, les verres en cristal, les couverts en argent chantaient la liesse et l'abondance de Noël.

La toile cirée de la table de la cuisine était tachée par endroits, des ronds de fonds de casseroles posées à la hâte parce que le manche brûle, et son festin, elle l'avait dérobé chez Ed l'épicier. Elle avait changé de tactique. Elle se présentait à la caisse habillée en grande dame, vêtue de ses anciens atours, gantée, chapeautée, un sac en croco au poignet, posait sur le tapis roulant un sachet de pain de mie et une bouteille d'eau minérale alors qu'au fond de son sac, se trouvaient les victuailles volées. Elle disait tout haut, dépêchez-vous, mon chauffeur m'attend en double file pendant que la caissière tapait un euro et soixante-quinze centimes et s'inclinait devant l'impatience de l'arrogante aïeule.

C'est ainsi, murmura-t-elle en éventrant le sachet de pain de mie. J'ai connu des heures meilleures et j'en connaîtrai encore. Il ne faut pas désespérer. Seuls les faibles perdent leurs moyens face à l'adversité. Souviens-toi, ma bonne Henriette, de cette phrase célèbre qu'ânonnent les éprouvés : « Ce qui ne tue pas, renforce. »

Elle soupira, se versa un verre de vin et ouvrit la grammaire d'un geste sec. Tenta de s'y intéresser. Haussa les épaules. Douze ans en CM2 ! Nul. Il était nul. En orthographe, en grammaire, en calcul, en histoire. Pas une seule matière où il brillât. Il passait d'une classe à l'autre parce que la mère menaçait et le père tempêtait, mais son carnet racontait la navrante épopée de son parcours scolaire. Des notes lamentables et des remarques acerbes de professeurs découragés : « Ne peut faire pire », « Du jamais vu en ignorance », « Élève à éviter », « À inscrire dans le Livre des records au chapitre Cancres... », « Si encore il dormait en silence ! ».

Pour Kevin Moreira dos Santos, les dolmens étaient les ancêtres des abribus, la ville de Rome avait été construite avenue Jésus-Christ. François Ier, le fils de François 0. La mer des Caraïbes bordait les lentilles françaises. Et une perpendiculaire était une droite devenue folle qui se mettait à tourner d'un coup sans qu'on s'y attende.

Elle pensa à Kevin. Elle pensa à Chaval. Se dit que l'ignorance et la concupiscence menaient le monde. Maudit son siècle qui ne respectait plus rien, finit son demi-litre de vin, tripota une maigre mèche de cheveux gris et entreprit de réformer l'enseignement du français en classe de CM2.

*
**

Le 26 décembre, à dix-sept heures dix, Gaétan sonna à la porte des Cortès.

Zoé courut lui ouvrir.

Elle était seule dans l'appartement.

Joséphine et Shirley étaient allées se promener, le nez

en l'air, pour la laisser seule. Hortense et Gary marchaient, comme chaque jour, dans Paris à la recherche d'une idée pour les fameuses vitrines d'Harrods.

Gary emportait son iPod ou son appareil photo, remontait le col de sa veste, nouait une écharpe bleue, enfilait des gants fourrés.

Hortense vérifiait qu'elle avait bien rangé son bloc de dessin et des crayons de couleur dans ses poches.

Ils revenaient, heureux ou fâchés.

Ils faisaient silence à part ou s'enroulaient sur le canapé face à la télé, encastrés l'un dans l'autre, et il ne fallait pas les déranger.

Zoé les observait et se disait que l'amour, c'était compliqué. Ça changeait tout le temps, on ne savait pas sur quel pied danser.

Quand Gaétan sonna, elle se retrouva, un peu stupide, un peu essoufflée sur le palier. Elle ne savait plus quoi dire. Elle lui demanda s'il voulait poser son sac dans la chambre ou boire quelque chose. Il la regarda en souriant. Demanda s'il y avait une troisième proposition. Elle se tortilla et dit c'est parce que j'ai le trac...

Il répondit moi aussi, et il laissa tomber son sac.

Ils se retrouvèrent, face à face, les bras ballants, et se dévisagèrent.

Zoé pensa qu'il avait grandi. Ses cheveux, sa bouche, ses épaules. Son nez surtout. Il était plus long. Il s'était assombri aussi. Gaétan trouva qu'elle n'avait pas changé. Il le lui dit et ça la rassura.

– J'ai tellement de choses à te raconter, il dit, que je ne sais pas comment faire...

Elle prit un air attentif et penché pour l'encourager.

– Y a qu'avec toi que je peux parler...

Et il la prit dans ses bras et elle pensa que cela faisait longtemps qu'elle attendait ça. Elle ne sut plus très bien quoi faire et elle eut envie de pleurer.

Puis il inclina doucement la tête vers elle, il se courba presque et l'embrassa.

Elle oublia tout. Elle l'entraîna dans sa chambre et ils s'allongèrent sur le lit, il la prit dans ses bras et il la serra très fort et il lui dit qu'il avait tellement attendu ce moment-là, qu'il ne savait plus quoi faire, quoi dire, que Rouen, c'était trop loin, que sa mère pleurait tout le temps, que le Chauve de chez Meetic était parti, mais qu'il s'en fichait parce qu'elle était là et que c'était bien comme ça... Il continua à lui parler, avec des petits mots très doux, des mots qui ne parlaient que d'elle, et elle se dit que l'amour, ce n'était pas si compliqué, finalement.

– Je vais dormir où ? il demanda.

– Ben... avec moi.

– Euh ! tu déconnes... Ta mère, elle va nous laisser ?

– Oui mais... y aura Hortense et moi dans mon lit, et toi, par terre sur un matelas qu'on gonfle...

– Ah...

Il avait arrêté de chuchoter dans son cou et Zoé eut froid à l'oreille.

– C'est un peu nul, non ?

– C'était le seul moyen, sinon tu pouvais pas venir...

– C'est con, il dit.

Et il s'écarta d'elle en pensant que c'était vraiment con. Et il eut l'air si lointain qu'elle eut l'impression d'être face à un étranger. Il fixait un point dans la chambre, juste au-dessus de la poignée de la porte et ne disait plus rien.

Et Zoé se dit que l'amour, c'était vraiment compliqué.

Hortense avait décidé que les plus belles avenues de Paris partaient en rayons de l'Arc de triomphe. Et que les plus beaux immeubles s'y trouvaient. Et que, sur ces édifices lisses et bien ordonnés, elle trouverait son idée. Elle ne pouvait pas expliquer pourquoi, mais elle le savait. Elle affirmait c'est là, c'est là et il ne fallait pas la contrarier.

Du matin au soir, Hortense et Gary arpentaient l'avenue Hoche, l'avenue Mac-Mahon, l'avenue de Wagram, l'avenue de Friedland, l'avenue Marceau, l'avenue Kléber, l'avenue Victor-Hugo. Ils évitaient soigneusement l'avenue de la Grande-Armée et l'avenue des Champs-Élysées. Hortense les avait écartées : elles avaient perdu leur âme. Le négoce, le néon, le tape-à-l'œil, la restauration rapide et insipide avaient dénaturé la subtilité architecturale voulue autrefois par le baron Haussmann et son équipe d'architectes.

Hortense assurait à Gary que la pierre blonde des immeubles l'inspirait. Elle disait que l'esprit soufflait sur les murs de Paris. Chaque immeuble était différent, chaque immeuble était une création et pourtant chaque immeuble répondait aux mêmes caractéristiques édictées en règles strictes : façades en pierres de taille, murs avec refends, balcons situés aux deuxième et cinquième étages, balcons filants en fer forgé, hauteur des édifices strictement limitée en fonction de la largeur des voies qu'ils bordent. De cette uniformité était né un style. Un style inimitable qui faisait de Paris la plus belle ville du monde. Pourquoi, se demandait-elle, pourquoi ?

Il y avait là quelque chose de secret, de mystérieux, d'éternel. Comme le tailleur Chanel. Le smoking Saint Laurent. Le carré Hermès. Le jean Levi's. La bouteille Coca-Cola. La boîte de Vache-qui-rit. Le capot des Ferrari. Des règles, une ligne, une épure qu'on décline jusqu'à en devenir un classique dans le monde entier.

Mes vitrines doivent avoir ce je-ne-sais-quoi qui fera qu'en passant devant elles, on s'arrêtera, on s'étonnera, on se dira mais c'est bien sûr ! Le style, c'est ça...

Restait à trouver le « ça ».

Elle s'emparait de l'appareil de Gary et prenait des photos des balcons, des mascarons, des consoles en pierre, des fenêtres cintrées, des portes en bois. Elle dessinait des silhouettes d'immeubles. De face, de profil. Elle s'abîmait dans le détail de chaque façade, de chaque porte, le sourcil froncé. Gary la suivait en inventant des musiques, en chantonnant do-mi-sol-fa-la-ré. Son prof de piano lui avait soufflé cette idée : composer de petits airs devant une station de métro, un pigeon à l'aile cassée ou la beauté d'un monument. Garder toujours des notes dans la tête et les éparpiller. Il faudrait qu'il lui envoie une carte postale de Paris. Pour lui dire qu'il pensait à lui, qu'il était heureux de l'avoir rencontré, qu'il ne se sentait plus seul depuis qu'il le connaissait. Qu'il se sentait un homme... Un homme avec des poils, des problèmes de filles, une barbe qu'on laisse pousser ou pas, une fille qu'on renverse ou pas. C'était bon d'avoir cet homme dans sa vie...

Il chantonnait, il chantonnait.

Parfois, il énervait Hortense, parfois elle riait, parfois elle lui demandait de se taire : elle tenait une idée. Et puis, elle soufflait : l'idée s'était envolée et Gary l'enlaçait, disait arrête de penser et l'idée viendra se poser comme par enchantement. Lâche, lâche, fais relâche. Tu es tellement crispée qu'aucun air ne passe...

C'était toujours le même cérémonial. Ils déambulaient. Hortense s'arrêtait, caressait la pierre blonde d'un immeuble en fermant les yeux, promenait ses doigts en suivant chaque renflement, se perdait dans les échancrures et le doux poli de la surface, insistait, insistait comme le sourcier qui agite sa baguette.

Gary murmurait que c'était folie que de s'attendrir ainsi sur des blocs de pierre. Il citait Ernest Renan. Il affirmait que l'île Grande, en Bretagne, avait été rayée de la carte parce que le baron Haussmann l'avait rasée en pillant les carrières pour construire les beaux immeubles de Paris.

– Tu trouves ça moral, toi ? Raser une île pour construire une ville ?

– Je m'en tape total si le résultat est beau. Paris, on vient la voir du monde entier. L'île Grande, pas... Donc, je m'en fiche.

– Pour toi, tout ce qui brille est d'or !

– Pour moi tout ce qui brille est beau... Surtout quand tu parles de Paris.

– Et puis, c'était un prétentieux, il n'était pas plus baron que je suis danseuse de french cancan !

– Je m'en tape aussi ! Tais-toi !

– Embrasse-moi...

– Même pas en rêve tant que j'aurai pas trouvé !

Alors il sifflotait le chant de la pierre émigrée, le cri de la pierre arrachée à sa carrière et qui pleure l'exil forcé, la pollution des villes, le tag et le graffiti, le chien qui lève la patte et pisse, l'obligation de devenir bloc taillé, encastré, anonyme et de ne plus respirer les embruns de son île.

Hortense décidait de l'ignorer. Ou de le rabrouer.

De temps à autre, il s'échappait. Il s'éclipsait à l'angle de la rue Margueritte et du boulevard de Courcelles, entrait chez Hédiard, achetait un assortiment de chocolats et de pâtes de fruits, parlait à la vendeuse créole qui vantait son ananas confit ou s'installait au 221, rue du Faubourg-Saint-Honoré, en face de la salle Pleyel, devant un piano à queue et laissait courir ses doigts et sa fantaisie.

Hortense ruminait.

Il s'enfuyait encore et, traversant la rue, poussait la porte de la boutique Mariage et pénétrait dans la caverne sacrée du thé. Il humait des thés noirs, des thés blancs, des thés verts dans de grandes boîtes rouges que lui présentait un jeune homme aux traits empreints de gravité. Il opinait, l'air pénétré, choisissait un assortiment, traversait l'avenue et bondissait dans La Maison du chocolat où il s'abîmait en rêveries délicieuses...

Il lui fallait courir ensuite pour rattraper Hortense.

– Mais pourquoi ? Pourquoi ? demandait Gary en tendant à sa belle un rocher praliné, pourquoi te bloquer sur ces immeubles en pierre taillée ? C'est insensé ! Entre plutôt dans les musées, les galeries de peinture ou va traîner chez les bouquinistes. Là, tu trouveras des idées. À la pelle !

– Parce que, depuis que je suis toute petite, j'aime la beauté des immeubles parisiens et marcher dans Paris est pour moi comme fouler une œuvre d'art... Tu ne vois pas la beauté à chaque coin de rue ?

Gary haussait les épaules.

Hortense s'assombrissait. Chaque jour davantage.

Le 26 décembre passa.

Puis le 27, le 28, le 29, le 30...

Ils marchaient toujours à la recherche de l'idée.

Gary ne chantonnait plus. Il ne prenait plus de photos des divines façades. N'achetait plus d'orangettes au chocolat ou de marrons glacés. Il n'essayait plus de l'embrasser. Ne posait plus son bras sur son épaule. Il réclamait une trêve. Un chocolat chaud chez Ladurée avec un macaron à la fraise. Ou un Paris-Brest dans une brasserie avec un flot de crème Chantilly.

Elle se bouchait les oreilles et reprenait sa marche folle.

– Tu n'es pas obligé de m'accompagner, elle répliquait en allongeant le pas.

– Et que faire d'autre ? Traquer la gueuse sur les quais de Seine, jouer les chaperons avec Zoé et Gaétan, manger du pop-corn tout seul devant un écran géant ? Non merci... au moins, avec toi, je m'aère, je vois des autobus, des marronniers, des ronds-points, des fontaines Wallace, j'attrape un chocolat par-ci, j'effleure un piano par-là... et, à la fin des vacances, je pourrai dire que je connais Paris. Enfin le beau Paris, le Paris bourgeois et cossu... Pas le Paris qui serpente et qui pue...

Hortense s'arrêtait, le contemplait longuement, dessinait son plus beau sourire et promettait :

– Si je trouve mon idée, je m'abandonne contre toi.

– C'est vrai ? disait Gary en levant un sourcil méfiant.

– Vrai de vrai, disait Hortense en se rapprochant si près qu'il sentait son souffle chaud sur ses lèvres.

– Mais, disait-il en s'écartant d'un bond, peut-être qu'alors je ne voudrai plus... Peut-être que j'aurai trouvé la fille qui...

– Ah ! S'il te plaît, Gary ! Ne recommence pas !

– Le désir est fugitif, *my lovely one*, il faut le saisir

quand il passe. Je ne sais pas si demain, je serai toujours fidèle au poste...

– C'est que ton désir est pauvre et je n'en veux pas !

– Le désir est volatil, imprévisible, sinon ce ne serait plus du désir, mais de la routine...

Et il faisait une nouvelle pirouette sur le côté et s'éloignait.

Enfin, le 31 décembre, l'esprit souffla.

C'était une fin d'après-midi d'hiver, quand le soleil tombe d'un coup derrière les toits, que l'air bleu et lumineux vire au gris, que le froid s'élève et fait frissonner les épaules...

Hortense s'était assise sur un banc public. Le nez au sol, la lippe boudeuse.

– Plus que vingt-quatre heures, Gary, plus que vingt-quatre heures, et si je ne trouve pas, je bredouillerai quand Miss Farland m'appellera. Je me sens comme une grosse baleine échouée sur la plage et qui peine à respirer.

– Une fière baleine au dos ivoire et gris, dos ivoire et gris, dos ivoire et gris, aux dents blanches et fraîches comme la pluie, fraîches comme la pluie, fraîches comme la pluie, chantonna Gary sur l'air de *Yellow Submarine* en tournant autour du banc.

– Arrête ! Tu me donnes le tournis !

– Fraîches comme la pluie, fraîches comme la pluie !

– Arrête ! Je te dis ! Si tu crois que t'es drôle...

– Dos ivoire et gris, dos ivoire et gris !

Hortense se redressa et tendit le bras pour le bâillonner.

Son bras se figea à la verticale et Gary crut qu'elle saluait enfin ses vocalises. Il s'inclina pour qu'elle l'applaudisse, fit semblant de tourner un chapeau de mousquetaire trois fois dans les airs, mélodia merci, merci, belle dame ! Mon cœur tressaute de joie à l'idée que... et fut interrompu par un très sec arrête de faire l'idiot ! Y a Josiane et Junior qui arrivent !

Il se retourna et aperçut au loin l'enfant et sa mère qui se dirigeaient vers eux.

– Ah ! dit-il déçu, c'était donc ça et moi qui croyais que...

– Merde ! Va falloir en plus faire la conversation à l'haricot rouge !

– T'exagères ! Il est craquant, ce môme...

Il se laissa tomber aux côtés d'Hortense et attendit que l'attelage mère-fils s'arrête à leur hauteur.

– C'est bête, j'ai prêté mon appareil à ma mère, sinon j'aurais fait une photo...

– Une grosse femme et son nain dans les rues de Paris ! Fascinant !

– Mais qu'est-ce que t'as ? T'es chiante ! Demain, je te jure, tu te promènes toute seule ! J'en ai marre ! Tu arrives même à enlaidir Paris tellement tu râles !

Et il lui tourna le dos en cherchant des yeux une jolie fille à aborder rien que pour énerver l'irascible Hortense.

– Y a qu'on est le 31 ! Que demain, c'est le 1er janvier et que j'ai toujours rien trouvé ! Et tu voudrais que je rayonne de joie, que je fasse la roue, que je sifflote avec toi !

– Je te le dis et le répète, lâche, lâche et fais relâche ! Mais tu t'obstines à te presser la cervelle !

— Tais-toi, ils arrivent ! Souris ! J'ai pas envie qu'elle nous voie en train de nous houspiller !

— Hypocrite, en plus !

Josiane les avait aperçus et leur faisait un grand sourire de femme comblée. Tout était en ordre. Son petit déguisé en bébé grignotait un biscuit en bavant, le soleil lançait un dernier rayon rose derrière un toit en ardoises, l'air frais lui fardait les pommettes, ils allaient rentrer, elle ferait couler le bain de Junior, tremperait le coude dans l'eau pour vérifier que la température était bonne, lui enduirait le corps de savon à l'avoine pour peau sensible, ils babilleraient, babilleraient, il glousserait de bonheur, moulé dans la serviette chaude, lui mimerait des baisers, la vie était belle, belle, belle...

— Bonjour vous deux ! fit-elle en bloquant les roues de la poussette. Quel bon vent vous amène par ici ?

— Un souffle fétide, rétorqua Gary. Hortense cherche une idée en léchant les murs de Paris et moi, je lui tiens compagnie. Enfin, j'essaie...

— Et qu'est-ce que tu cherches, ma belle ? demanda Josiane en remarquant la mine sombre d'Hortense.

— Elle cherche une idée. Et elle ne trouve pas. Elle en veut au monde entier, je te préviens...

Hortense détourna la tête pour ne pas répondre.

— Tu la cherches où ton idée ? Dans les marronniers ? Aux terrasses des cafés ?

Hortense haussa les épaules.

— Non ! expliqua Gary, elle croit que l'idée va jaillir tout habillée de l'enfilade d'immeubles. Elle scrute la pierre, la caresse, la dessine, l'apprend par cœur. C'est idiot, mais c'est comme ça !

— Ah ! fit Josiane, étonnée. Une idée qui sort de la

pierre... Je comprends pas très bien, mais c'est que je suis pas très maligne...

Complètement bouchée ! pensa Hortense. Y a qu'à voir comment cette femme est attifée ! Une ménagère bon marché qui lit des romans cucul-la-praline et s'habille au rayon femmes fortes...

Alors Junior lâcha son biscuit trempé de salive et déclara :

– Hortense a raison. Ces immeubles sont magnifiques... Et inspirants. Moi qui les contemple chaque jour en allant au parc, je ne m'en lasse pas. C'est qu'ils sont si semblables et si différents...

Hortense releva la tête et considéra l'haricot rouge.

– Dis donc, il a fait de drôles de progrès, le Nain... Il parlait pas comme ça quand on a déjeuné chez vous à Noël...

– C'est que je jouais au bébé pour faire plaisir à ma mère ! expliqua Junior. Elle pétille de bonheur quand je balbutie des inepties et comme je l'aime plus que tout au monde, je fais des efforts pour paraître débile...

– Ah ! fit Hortense, subjuguée, qui ne lâchait plus l'enfant des yeux. Et tu connais beaucoup de mots que tu nous caches ?

– Un paquet, ma bonne dame ! annonça Junior en éclatant de rire. Par exemple, je peux t'expliquer pourquoi tu aimes ces immeubles à la pierre dorée. Demande-le-moi gentiment et je te dirai...

Hortense s'exécuta, curieuse de voir le Nain développer sa théorie.

– C'est le détail qui fait la beauté de ces immeubles, expliqua Junior. Aucun n'est pareil et pourtant ils sont tous les mêmes. Le détail était la signature de l'architecte. Il ne pouvait pas bousculer l'uniformité, alors il se réfugiait dans la recherche du détail pour s'exprimer. Et le détail changeait tout. Signait l'immeuble. Le détail fait le style. *Intelligenti pauca. Fiat lux. Dixi*[1]...

Hortense se laissa choir au pied de la poussette. Embrassa les mocassins de l'enfant. Lui serra la main. Sauta sur ses pieds. Embrassa Gary. Embrassa Josiane. Voulut embrasser le ciel et, n'y parvenant pas, entama une gigue de joie en scandant une fière baleine au dos ivoire et gris, dos ivoire et gris, dos ivoire et gris, aux dents blanches et fraîches comme la pluie, fraîches comme la pluie, fraîches comme la pluie.

– Merci, la Miette ! Merci ! Tu viens de me trouver mon idée ! T'es un génie !

Junior gloussa de joie.

Il tendit ses jambes, tendit ses bras, tendit sa bouche vers celle qui venait de l'adouber Prince Charmant, Prince Savant, Prince des Merveilles.

Il n'était plus le Nain, il était devenu la Miette.

*
**

– Mais qu'est-ce que tu caches sous ton manteau ? demanda Shirley à Joséphine. Ça fait une grosse bosse... c'est bizarre. On dirait que tu es enceinte, mais que d'un côté !

Elles étaient assises dans le métro et s'en allaient lécher les vitrines du Village suisse. Contempler les meubles des antiquaires, traverser le Champ-de-Mars en musardant, s'amuser des touristes agglutinés au pied de la tour Eiffel, compter le nombre de Japonais, de Chinois,

1. « À ceux qui comprennent, peu de mots suffisent. Que la lumière soit ! J'ai dit... »

d'Américains, d'Anglais, de Mexicains et de Papous, relever la tête et admirer la perspective du Trocadéro, puis rentrer à petits pas par la rue de Passy en léchant les vitrines, tel était le but de la promenade qu'elles avaient entreprise en ce 31 décembre.

Pour finir l'année en beauté.

Et faire le point aussi.

Sur tout ce qu'elles n'avaient pas encore eu le temps de se dire. Les dernières confidences qu'on arrache comme une peau morte sous laquelle bat le cœur. L'aveu qui éclôt entre un bronze doré de Claude Gallé, une table liseuse Louis XV ou un canapé Georges Jacob en bois doré, repeint en bleu turquoise. Murmurer que c'est beau, que c'est beau ! en ajoutant en un filet de voix, et tu sais, j'ai oublié de te dire que... pendant que l'amie, la confidente, garde les yeux sur l'objet précieux et répond à peine afin que l'aveu se poursuive et puisse être pris au sérieux.

– Je prends une bouteille d'eau...

– Mais pour quoi faire ?

– Si on a soif...

– Si on a soif ? On s'arrêtera dans un café ! Quelle drôle d'idée !

– Je me suis dit aussi qu'après les antiquaires, on pourrait pousser jusqu'à mon université... j'ai un dossier à prendre. Une conférence à préparer. Faut bien que je continue à honorer mon salaire...

– Le 31 décembre ? Mais ce sera fermé...

– Non... Ce n'est pas très loin du Village suisse, tu sais. C'est sur la même ligne de métro...

Shirley haussa les épaules et dit pourquoi pas ?

Joséphine parut soulagée.

— Je pourrai toujours faire une photo de ton lieu de travail ! ajouta Shirley en souriant.

— Oh ! Ce n'est pas un très beau bâtiment...

— Ça m'occupera pendant que tu seras à l'intérieur... et puis Gary m'a prêté son appareil, autant que je l'utilise.

— Alors, tu m'attends là ? Je reviens tout de suite...

— Je peux pas entrer avec toi ?

— Je préférerais pas...

— Mais pourquoi ?

— Je préférerais pas...

Shirley, intriguée, s'effaça, laissa passer Joséphine, la regarda traverser le hall de la faculté, encombré de panneaux d'affichage, de grosses poubelles, de tables, de chaises, de bacs où grelottaient des plantes vertes anémiques. Joséphine se retourna et lui fit un petit signe de la main comme pour l'éloigner. Shirley recula et photographia la grande façade en verre. Puis elle revint, se glissa dans le hall, chercha des yeux Joséphine, ne la vit pas. Qu'est-ce qu'elle fabrique ? Pourquoi tant de mystère ? Elle a un rendez-vous galant ? Elle ne veut pas m'en parler ?

Elle traversa le hall à pas de loup et s'arrêta net.

Dans un recoin, Joséphine, accroupie, était penchée sur une plante verte. Une plante chétive, aux feuilles rabougries. Elle avait sorti une cuillère de sa poche et creusait un petit canal autour de la plante en parlant tout bas. Shirley ne pouvait entendre ce qu'elle disait, mais elle voyait ses lèvres remuer. Joséphine arrachait délicatement quelques feuilles mortes, ordonnait les autres encore vertes, les essuyait avec un mouchoir, redressait le bâton qui servait de tuteur, consolidait les attaches, tout en parlant. Elle semblait animée d'une indignation de ménagère devant la négligence dont souffrait la plante. Puis elle sortit la bouteille d'eau de la poche de son manteau, la versa lentement en faisant attention que la terre boive l'eau sans la rejeter et attendit que les dernières bulles éclatent et que la terre s'assoupisse, repue.

Joséphine se redressa et se frotta le bas du dos. Shirley crut qu'elle se préparait à partir et s'effaça derrière un pilier en béton. Mais Joséphine reprit sa station penchée. Gratta la surface du pot. Se releva à nouveau. Marmonna quelques mots inaudibles. S'accroupit encore. Plongea un doigt dans le terreau pour vérifier qu'il était bien imbibé. Déplaça légèrement le pot afin qu'il attrape un peu de la lumière grise de ce dernier jour de décembre. Considéra son œuvre avec bienveillance et satisfaction. Il flottait sur ses lèvres un sourire d'infirmière. Le sourire heureux de celui ou de celle qui vient de se rendre utile.

Shirley fit le point sur le visage de son amie. Prit plusieurs clichés de ce sourire indéfini, flou, qui éclairait son visage et lui conférait une gravité digne d'un pape. Puis elle se retira, retraversa le hall et alla attendre dehors.

Quand Joséphine ressortit, elle avait les mains vides et plus de bosse sous son manteau.

– Tu n'as pas trouvé ton dossier ?

– Non...

– Et tu as perdu ta bouteille en route ?

– Oh ! fit Joséphine en devenant bégonia ardent et en aplatissant ses hanches comme si elle cherchait sa bouteille.

— Je meurs de froid. Tu connais un endroit pour un thé chaud avec gâteaux ?

— On peut aller chez Carette, place du Trocadéro. Ils ont les meilleurs chocolats chauds du monde, des palmiers délicieux... et puis, il y a des petites lampes blanches très jolies qui font une lumière de bougie, une lumière heureuse...

Elles traversèrent le Champ-de-Mars, prirent le pont d'Iéna, la place de Varsovie, coupèrent au travers des jardins du Trocadéro. Les pelouses engourdies par l'hiver dessinaient de grandes plaques jaunes que les talons impérieux de touristes pressés achevaient de piétiner ; des gobelets en carton, des canettes de sodas, des mégots de cigarettes étoilaient les allées de graviers, un pull abandonné s'accrochait au bord d'un banc et des enfants jouaient en se poursuivant avec des cris d'Apaches, exhibant les cadeaux offerts à Noël par des parents soucieux de ne pas les contrarier. Leurs cris se répondaient en écho, ils se bousculaient, vociféraient, faisaient des grimaces de charretier, chacun essayant d'intimider l'autre.

Shirley s'arrêta devant un noyer du Caucase, un noisetier de Byzance, un tulipier de Virginie, un orme de Sibérie, un sophora du Japon, un marronnier d'Inde et les prit en photo.

Joséphine la considérait, bouche bée.

— Mais d'où connais-tu le nom de tous ces arbres ?

— Mon père... Toute petite, il m'emmenait dans les jardins et les parcs et m'apprenait le nom des arbres. Il me parlait des hybrides, des croisements, de rameaux, de ramures, de ramilles, de radicelles et de chevelus. Je n'ai jamais oublié... Quand Gary a été en âge de marcher, je l'ai emmené à mon tour dans les parcs de Londres. Je lui ai appris le nom des arbres, je lui ai appris à les entourer de ses bras pour prendre leur force, je lui ai dit que lorsqu'il aurait du vague à l'âme, il n'y aurait pas mieux que les grands arbres séculaires pour l'écouter, le consoler, lui chuchoter des encouragements et chasser ses idées noires... C'est pour cela qu'il aime tellement se promener dans les parcs. Il est devenu un vrai homme des bois...

Elles s'installèrent à une table chez Carette, devant deux chocolats chauds, des palmiers et des macarons multicolores, au milieu des petites lampes blanches qui donnaient à la salle une lumière de sacristie. Shirley posa l'appareil sur la table, le menton sur sa main et suivit des yeux les serveuses maigres et revêches qui circulaient en prenant les commandes. Joséphine voulut voir les photos que Shirley avait prises et elles remontèrent le cours de leur promenade en commentant chaque cliché, en s'exclamant, en se poussant du coude devant un détail qu'elles découvraient.

– Et ça ? C'est quoi ? demanda Joséphine devant la photo d'une femme accroupie qu'on apercevait de dos.

– Tu vas voir...

Shirley remonta un cliché, puis deux, trois.

La bouche de Joséphine s'arrondit et elle rougit.

– C'est moi...

– Toi en train de faire des cachotteries !

– C'est que...

– Tu as eu peur que je te traite de nouille ?

– Un peu...

– C'est tellement toi, Jo ! Traverser tout Paris pour arroser une pauvre plante !

– C'est que, tu comprends, celle-là, personne n'y fait

attention. Ils ne l'ont pas mise dans les bacs avec les autres, ils s'en occupent quand ils y pensent et, parfois, ils n'y pensent pas du tout. Surtout en période de vacances... Chaque fois que je vais à la fac, je passe la voir avant de monter dans les étages et je l'arrose...

— Tu sais, Jo, je crois que c'est pour des choses comme ça que je t'aime à la folie...

— Ouf ! J'avais peur que tu me prennes pour une demeurée ! On regarde les autres photos ? Celles de Gary et Hortense ? Tu crois qu'on peut ?

— C'est pas très bien, mais j'en meurs d'envie !

Alors défilèrent les photos de Gary suivant Hortense dans les rues de Paris. Hortense qui dessine sur un banc, Hortense à la mine renfrognée, Hortense qui fait un pied de nez à l'appareil, un magnifique piano laqué blanc dans une vitrine, un étalage de chocolats, un gros plan sur un chocolat à la pistache, une crème Chiboust citron sur une couche de biscuits noisette, une mousse au chocolat au lait parsemée d'éclats de florentins, un alignement de boîtes noires, de boîtes rouges, une pintade en gelée, des façades d'immeubles, des détails de façades d'immeubles, des balcons en fer forgé, un clocheton, des frises en pierre, encore des façades d'immeubles et...

Le visage d'un homme hilare qui brandissait une pinte de bière.

Shirley lâcha l'appareil comme on lâche un caillou trop lourd.

Joséphine la dévisagea, surprise.

— Qu'est-ce que tu as ?

— L'homme... là... sur la photo...

Joséphine reprit l'appareil et contempla l'homme qui riait avec de belles moustaches de bière. Un homme droit et fier, né pour plaire, un homme qui semblait ignorer la peur et vouloir se jeter à la tête de la vie. Un homme magnifique avec des bras de laboureur et des mains d'artiste.

– Il est beau, dis donc... Et il a l'air vraiment... comment dire, bien dans sa peau, confortable... C'est un copain de Gary ? Il paraît beaucoup plus âgé que lui... Y en a d'autres ?

Shirley, muette, actionna l'appareil et elles découvrirent d'autres photos de l'homme aux moustaches de bière. Dans une allée de supérette... L'homme n'avait plus ses moustaches. Il portait à son bras un panier métallique, rempli de pots, de boîtes, de yaourts, de cartons de lait, de pommes, d'oranges. Gary faisait le clown, la bille fendue d'un éclat de rire, en brandissant un bouquet de brocolis.

– C'est un ami de Gary ? répéta Joséphine, étonnée par la réaction de Shirley qui ne disait rien et appuyait sur le bouton mécaniquement.

– Pire que ça...

– Je comprends pas... On dirait que c'est la fin du monde.

– Joséphine, cet homme-là dans l'appareil...

– Oui...

– C'est son prof de piano !

– Et alors ? Ils ont l'air de bien s'entendre... Ça t'ennuie ?

– Joséphine...

– Si tu ne me mets pas les sous-titres, je ne vais jamais comprendre !

– C'est Oliver. MON Oliver...

— L'homme que tu as rencontré en nageant...

— Oui. Le même...

— Et dont tu es tombée amoureuse ?

— C'est le prof de piano de Gary ! Celui dont il me parle tout le temps sans jamais me dire son nom, il dit « il », il dit « lui », il dit « le Maestro » en riant... ou alors s'il me l'a dit, je n'ai pas entendu. Je n'ai pas voulu entendre. Il y a des centaines de profs de piano à Londres, pourquoi a-t-il fallu qu'il tombe sur lui ?

— Mais vous n'en avez pas le même usage...

— Gary m'en a très peu parlé, mais j'ai deviné combien cet homme était important pour lui. Il n'a pas eu de père, Jo, il a besoin d'un homme en face de lui...

Elle avait dit cela avec l'étonnement douloureux de celle qui, pour la première fois, s'aperçoit qu'il lui manque un bras. Qu'elle ne peut pas tout faire. Que l'immensité de son amour vient de toucher une borne dure et froide, qui la remet à sa place, celle de simple mère.

— C'est la première fois qu'il a un ami homme, pas un gamin, un homme avec qui il se sent bien, avec qui il peut parler, se confier, un homme qui, en plus, lui enseigne ce qu'il aime, le piano. Je lui ai dit plusieurs fois présente-le-moi et il a dit non, c'est mon histoire, je ne veux pas que tu t'en mêles... C'est sa propriété, Jo, sa propriété privée ! Et moi, je m'aventure dans son territoire...

— Mais tu le savais pas !

— Maintenant, je sais... Et je sais aussi que je ne dois plus le revoir. Plus jamais !

Elle fit défiler une à une les photos de l'homme à la canadienne rouge écossaise et éteignit l'appareil comme si elle rabattait sur son visage désolé un voile noir de veuve.

– C'était si bon et c'est déjà fini...

– Ne dis pas ça... Peut-être que Gary comprendra...

– Non. Gary n'est pas à l'âge où l'on comprend... Il est à l'âge de l'impatience et de l'avidité. Il veut tout ou rien. Il ne veut pas partager. Oliver est son ami et ce ne doit en aucun cas être le mien. Il ne partagera pas. En ce moment, il prend son indépendance, il fait sa vie. Je le sens et c'est très bien... On a longtemps vécu collé-serré. On riait pareil, on pensait pareil, on se clignait de l'œil en guise de discours... Avec Oliver il se met à son compte. Il en a besoin comme de l'air qu'il respire et je ne veux pas l'asphyxier. Je me retire. Point final.

Elle repoussa son assiette de macarons et secoua la tête.

– Mais..., dit Joséphine, d'une petite voix. Tu ne crois pas que...

– C'est fini, Jo, on n'en parle plus !

Et soudain les petites lampes blanches de chez Carette aux abat-jour ivoire n'étaient plus chaleureuses, ni douces, ni tendres, mais blanches, sinistres. Comme le visage défait de Shirley.

*
**

Zoé était amoureuse. Elle chantait, bousculait Du Guesclin, lui saisissait le museau et les oreilles, babillait tu sais que je t'aime, toi ! Tu sais que je t'aime ! puis le relâchait, courait dans l'appartement, riait, jetait les bras en l'air, se suspendait au cou de son amoureux, demandait tu aimes le bleu féroce ou le bleu tendre ? n'attendait pas la réponse, enfilait un tee-shirt gris, lui volait un baiser et le soir se mettait du parfum derrière l'oreille d'un air mystérieux comme si elle plaçait un talisman qui l'assurait de l'amour éternel de son soupirant. Gaétan l'épiait et essayait d'être à l'unisson. Il n'était pas habitué à tant de gaieté et, parfois, ses éclats de rire trébuchaient et tombaient à côté. Il s'entendait rire faux et s'arrêtait net, terrassé par un sens aigu du ridicule. Il ne prononçait plus un mot, espérant retrouver une gravité, une respectabilité de bon aloi. Cela faisait comme un numéro de cirque, le clown triste et le clown joyeux, et Joséphine observait l'effervescence de sa fille en priant le ciel qu'elle ne déchante pas. Trop de gaieté l'inquiétait.

Ce soir-là, alors qu'elles revenaient de chez Carette, Zoé, les bras ouverts, tourbillonnait dans l'appartement, s'arrêtait devant une glace, vérifiait une mèche de cheveux, l'aplomb de son col, la longueur de son jean et repartait en chantonnant la vie est belle ! La vie est belle et je suis amoureuse comme un plat de tagliatelles ! pendant que Gaétan, silencieux comme un garçon dépassé par la situation, tentait de prendre l'air responsable de celui qui est à l'origine de ce bonheur géant.

– On est allés au cinéma et en rentrant on a croisé les nouveaux de l'immeuble ! claironna Zoé en se laissant tomber sur un bout de canapé. M. et Mme Boisson et leurs deux fils au regard fermé à double tour et, dans l'ascenseur, on a croisé aussi le couple de garçons qui partaient au bal du réveillon, pomponnés, parfumés, si parfumés qu'on a failli mourir asphyxiés dans l'ascenseur ! C'est vrai, Gaétan, c'est vrai, hein ? Dis que c'est vrai ou maman ne me croira pas...

– C'est vrai, articula Gaétan, jouant son rôle de souligneur de phrases.

– Et, en vous attendant, on a préparé le repas !

– Vous avez fait la cuisine ? s'exclama Joséphine.

– J'ai préparé le gigot sur une plaque de four, je l'ai barbouillé de thym, de romarin, de beurre, de gros sel, j'ai mis des gousses d'ail dans la chair rose et j'ai fait cuire des haricots verts et des pommes de terre. Tu n'as presque plus rien à faire... et dis, maman, on gardera l'os pour Du Guesclin. Y a pas de raison qu'il fête pas la fin de l'année, lui aussi...

– Il est où, ce vieux Doug ? s'enquit Joséphine, surprise que le chien ne se jette pas sur elle, pattes en avant, comme à l'habitude.

– Il écoute TSF Jazz dans la cuisine et il a l'air de beaucoup aimer !

Joséphine ouvrit la porte de la cuisine.

Du Guesclin, couché devant la radio, écoutait *My favourite things* de John Coltrane en remuant les oreilles. La tête posée sur ses pattes allongées, il ne se retourna pas et ignora l'intruse.

– C'est étonnant ce que ce chien est mélomane, dit Joséphine en refermant la porte.

– Normal, m'man, son premier propriétaire était compositeur.

– Et Hortense, elle est où ?

– Dans sa chambre... Avec Gary. Elle a trouvé son idée de vitrine, elle suffoque de joie et embrasse tout le monde. Tu devrais en profiter...

– Et c'est quoi ?

– Elle a promis qu'elle nous dirait pendant le dîner... Tu veux qu'on mette la table ?

– Mais tu ne tiens pas en place, mon amour !

– C'est que je veux que ce soit la fête, la fête parfaite, hein, Gaétan ?

Gaétan opina une fois de plus.

Dans l'entrée, Shirley décidait de sourire. C'est en souriant qu'on devient gaie, se persuada-t-elle, accablée. Ne plus penser à la canadienne écossaise rouge, ne plus lui donner de prénom, ne plus sentir sa main chaude sur la sienne, son regard qui louche sur sa bouche, sa bouche qui s'approche et affole la sienne, les lèvres qu'elle mordille avant de l'embrasser. Un bonheur interdit désormais. Juste me souvenir de ne plus, ne plus, ne plus. Ne plus avoir le cœur qui fait échappée libre, ne plus attendre l'heure du rendez-vous en poussant l'aiguille des secondes, ne plus guetter son vélo, ne plus sentir le cœur qui tombe dans les chaussettes, ne plus imaginer ma main sur son épaule, ma main qui caresse son dos, remonte dans ses cheveux, les peigne de mes doigts écartés pour sentir l'épaisseur des boucles.

Ne plus...

— Tu veux que je t'aide ? demanda Shirley à Zoé.

— Si tu veux... On prend les assiettes gorge de canard mouillé ? Et les couverts aux manches nacrés ?

Elle tournait autour de la table, envoyait des baisers à Gaétan à la mine de carême et voltigeait d'une chaise à l'autre, posant un verre à eau, un verre à vin, une flûte à champagne.

— Car on va boire du champagne ou sinon la fête sera ratée !

Shirley secoua la tête pour chasser l'essaim d'abeilles tueuses qui bourdonnait à ses oreilles. Oublier, oublier, faire bonne figure face à Gary. Lui laisser la place. Toute la place.

— Un flot de champagne, elle répondit à Zoé, sur un ton gai mais en escamotant une note.

Gaétan releva la tête. Il avait repéré la fausse note,

celle-là même qui l'avait si souvent trahi et sa prunelle s'obscurcit d'une seule question, vous aussi ?

Shirley le contempla gravement, ce petit fiancé obligé de paraître grand. Il était assis, là, dans le salon, au-dessus de l'appartement où il avait vécu autrefois avec son père... Elle lut dans ses yeux qu'il ne pouvait s'empêcher d'y penser, de guetter des pas qui ne résonnaient plus. Il connaît l'ordonnance des lieux, il peut s'y aventurer, les yeux bandés. Il sait la place de son lit d'enfant où il s'est endormi si souvent en maudissant son père. Son père qui n'est plus et qui lui manque. Même les pères criminels ou indignes viennent à manquer. C'est pour cela qu'il rit mal à propos ou sourit forcé. Perdu entre son personnage de fils égaré et son rôle d'amoureux, il titube. Il ne sait plus comment se tenir droit. Il voudrait bien laisser tomber ce lourd chagrin, mais il n'est pas encore assez robuste pour s'en débarrasser d'un coup d'épaule. Alors il laisse errer dans le salon un regard hésitant, chargé de tristesse, un regard qui se replie à l'intérieur et ignore le monde.

Elle comprit cela en observant Gaétan assis droit comme un crayon sur le canapé.

Elle se sentit jumelle de lui. Elle, la femme hardie, qui avait toujours su se défendre et repousser l'ennemi, mais qu'un pinçon au cœur suffisait à renverser comme une chiffe molle.

Elle posa les couteaux et les fourchettes à manche de nacre sur la nappe blanche, alla se placer à ses côtés et, profitant de ce que Zoé et Joséphine étaient dans la cuisine et enfournaient le gigot lardé d'herbes odorantes, elle lui prit la main et dit je comprends, je comprends ce qui se passe dans ta tête... Il jeta sur elle un regard vacillant, elle étendit la main sur son front, repoussa une mèche de cheveux, ajouta doucement, tu peux pleurer, tu sais, ça fait du bien... Il secoua la tête, l'air de dire un garçon, ça ne pleure pas, en plus un amoureux ! mais merci, merci d'être venue de mon côté... Et ils restèrent une longue minute appuyés, chagrin contre chagrin, sa tête à lui contre sa tête à elle, les bras de Shirley autour du torse mince du garçon obligé de jouer l'homme, et tous deux, se soutenant, échangèrent leur peine.

Quand ils se déprirent, il flottait sur leurs lèvres une ébauche de sourire. Gaétan bredouilla merci, ça va mieux... Shirley lui ébouriffa les cheveux et dit merci à toi aussi. Il la regarda, surpris, et elle ajouta, c'est bon de partager. Il ne comprit pas bien, partager, partager quoi ? Il devina qu'elle lui confiait un secret et ce secret l'enrichit, le plaça à part, lui donna de l'estime pour lui ; elle lui avait fait une confidence, elle lui avait fait confiance, et même s'il ne comprenait pas très bien, ce n'était pas grave. Il n'était plus seul, et cette pensée défit le nœud qui le prenait à la gorge depuis qu'il était revenu dans cet immeuble, qu'il avait revu le hall et les escaliers, l'ascenseur et les grandes glaces de l'entrée et il sourit encore. Et son sourire ne trembla plus. Devint franc, sûr. Il s'ébroua, un peu gêné de ce moment d'intimité volé, dit on finit de mettre la table ? en reprenant sa place de preux amoureux et elle bondit avec lui, éclata d'un rire brusque qui pleurait encore l'adieu à l'homme aux moustaches de bière.

Ils savaient que, désormais, ils seraient amis.

Hortense se jeta à table et frappa la nappe de ses coudes, faisant tressauter les verres et les assiettes.

– C'est bouclé ! Fin prêt ! J'ai une faim d'ogresse !

Joséphine, qui tranchait le gigot, leva son couteau et demanda :

– On peut savoir ?

– Alors voilà..., s'anima Hortense en tendant son assiette, réclamant un gros morceau bien rouge. Le titre de mon show sur deux vitrines : *Rehab the detail*... Réhabilitons le détail. En anglais, ça sonne mieux. En français, on se croirait dans une clinique pour drogués !

Elle vola des petites pommes de terre rissolées, des haricots verts, versa de la sauce, se lécha les babines, grogna de plaisir devant le plat fumant et développa :

– Je suis donc partie des immeubles tous pareils du baron Haussmann. Gary en est témoin...

Gary soupira en jouant avec le téléphone d'Hortense et le sien comme deux dominos posés sur la nappe blanche.

– Le temps qu'on a perdu à dévisager ces foutus immeubles, grommela-t-il. Tu parles de vacances !

– Donc, je continue... Ces façades, *a priori*, sont toutes les mêmes et pourtant chacune est différente. Pourquoi ? Parce que sur chacune l'architecte a posé des détails, des détails de rien du tout qui donnent son style inimitable à l'ensemble... et pour la mode, c'est pareil. L'habit n'est rien. L'habit est morne, l'habit est plat, l'habit ne s'élève pas sans LE détail. Le détail l'anoblit, le signe, le sublime... Compris, les pingouins ?

Ils l'écoutaient, intrigués. Elle alliait la subtile féminité de la Parisienne à l'œil pointu du maître barbu qui cherche le trait de fusain dans son atelier.

– Je poursuis... Première vitrine, dans un coin, à gauche : une femme habillée selon les règles avec le bon manteau – noir, le manteau – les bonnes chaussures – des bottines à petits talons, noires les bottines – le bon sac – bleu roi, le sac – les bons collants – noirs, les collants – la jupe bleu roi sous le manteau, les cheveux lâchés, le teint pâle. Elle est belle, bien habillée, OK. Mais elle n'EST pas. C'est une façade d'immeuble. Tout est net, symétrique, ennuyeux, plat, morne... On la voit pas.

Elle campait ses idées avec des gestes de metteur en scène tout en enfournant une bouchée de gigot et une pomme de terre rissolée.

– Autour de cette femme conventionnelle et terne, semblant flotter dans l'air, j'accroche des accessoires qui tournent lentement comme les pièces d'un mobile de Calder. Vous me suivez toujours, les pingouins ? Au fond, sur un écran géant la vidéo d'Amy Winehouse qui s'égosille sur son tube *Rehab*... La fille sage est toujours sage. Rien ne bouge sauf les accessoires, les divins détails. Même pas ses longs cheveux... Et là on passe à la deuxième partie de la vitrine, au coin droit. Et alors, bimbamboum ! la fille sage est devenue une *fashion killer*... Ses cheveux sont tirés en arrière, elle s'est dessiné une grande bouche rouge sur son visage très pâle, a noué une grande écharpe, un truc énorme autour du cou – plus il y a de volume autour du cou, plus la fille va sembler mince... Une ceinture beige, fine, longue, longue, entoure de plusieurs rangs le manteau et le manteau n'est plus manteau, il est féminin, inclassable... Le sac ? Elle ne le porte plus comme un accessoire, ni au coude (ça fait dadame), ni à l'épaule, ni en bandoulière (au secours la *girl scout* !), elle l'empoigne à pleines mains. Et d'un coup, il existe. Il est beau, il est *it*, il est inexplicable... La jupe dépasse de deux centimètres du manteau et cela fait une couche de plus et enfin, le détail qui tue, qui immobilise, immortalise : la socquette fluo portée sur les collants noirs, violet fluo, qui annonce la couleur, le printemps, le soleil, la marmotte qui s'éveille ! La fille n'est plus sage, la façade n'est plus façade, elle est transcendée par les détails... Ça, c'est le début, je vais encore trouver plein d'autres idées, faites-moi confiance !

Elle reprit une bouchée de gigot, tendit son verre de vin à remplir et continua :

– Et je fais la même chose avec la seconde vitrine : sauf que là, les gens ont compris le principe et je dispose des mannequins habillés avec des détails qui changent tout. Une fille en veste noire et tee-shirt sur un jean... sauf que je déchire le jean, fais un trou dans le tee-shirt, porte la veste col relevé, les manches retroussées, une énorme épingle de sûreté avec des breloques sur le revers de la veste, un foulard noué sur la tête en un gros nœud, des gants trop courts qui dénudent le poignet, un pashmina enroulé avec une écharpe autour du cou... bref, je détaille à mort ! Une autre fille avec un pardessus d'homme trop grand, un gilet d'homme, une longue chemise, un pantalon de garçon, une chaîne en or autour de la ceinture, une fourrure autour du cou, de la fausse fourrure bien sûr, sinon on saccage ma vitrine ! Et ainsi de suite, je décline le détail... Je conjugue le concept, j'impose une mode de la rue, une invention qui sent le bitume et la star de salle de bains. J'invente, je recycle, je déplace, je respecte la crise et j'exalte l'imagination... je suis géniale, j'entasse les idées, les petits trucs qui décoiffent, ils vont tous s'arrêter, prendre des notes et vouloir me rencontrer !

Ils la contemplaient, bouche bée. Pas sûrs d'avoir tout compris à part Zoé qui trouva ça mortel.

– T'es trop géniale comme sœur !

– Merci, merci... Je tiens plus en place, j'ai envie de

beugler, de danser, de tous vous embrasser ! Et je vous interdis de penser ce que vous pensez tous en ce moment. En tout cas, toi, maman ! La reine du barbelé dans la tête !

Joséphine baissa le nez sur le gigot et reprit le découpage.

— Et si ma fille ne gagnait pas le concours ? C'est ce que tu penses, hein ?

— Mais non, ma chérie ! protesta Joséphine qui venait exactement de penser ça.

— Si, si, je t'entends douter ! Et je te réponds catégorique : je gagnerai... Je n'aurais pas eu cette idée si je ne devais pas gagner. Limpide, non ?

— En effet...

— Ah ! Ah ! Tu vois ! J'avais raison. Tu as toujours peur, tu imagines le pire, tu te caches dans la tranchée, moi, jamais ! Résultat : il ne t'arrive rien ou presque et moi, je vole jusqu'à la lune ! Rome est à mes genoux, les Romains se prennent les pieds dans leur toge pour m'approcher... À ce propos, vous saviez que Junior parlait latin ?

Ils bredouillèrent non. Elle conclut :

— Eh bien ! Il cause latinus et je peux vous dire que ce gosse est tout sauf un abrutinos albinos roux... Le gamin est à visiter et n'a pas fini de nous étonner !

Puis elle se tourna vers Gary et lança :

— Et ce soir, Gary, on fait quoi ? On va pas moisir ici... On rejoint Peter et Rupert qui sont à Paris ? On célèbre, on cancane, on refuse de fermer l'œil, on boit du Johnny-qui-marche et on fume des cigarettes qui font tourner la tête. Parce que je suis pas d'humeur à rester tranquille ! À minuit, on embrasse notre petit monde et on sort faire la fête, d'accord ?

– Et moi, je voudrais descendre dans la cave avec Gaétan, m'man. On prendrait une bougie, un verre de champagne et on irait s'embrasser là où tout a commencé, déclara Zoé, de l'air de la moniale qui va se recueillir sur un lieu de pèlerinage.

– Gary ? tu m'entends…, s'exclama Hortense.

Gary n'écoutait pas. Gary tapait un SMS sur son téléphone, les mains enfouies sous la table.

– Gary ? Tu fais quoi ? s'énerva Hortense. T'as même pas écouté mon idée géniale, je parie !

Elle parle à mon fils comme s'il lui appartenait, ne put s'empêcher de penser Shirley. Rebelle-toi, mon fils, rebelle-toi, dis-lui que tu viens de recevoir un texto de Charlotte Bradsburry, qu'elle est à Paris et que tu cours la rejoindre.

Gary releva la tête en souriant. C'est peut-être Charlotte, espéra Shirley. Je n'aime pas qu'on se croie propriétaire de mon fils. Elle se traita aussitôt de mère abusive. Mais il ne me reste plus que lui ! eut-elle envie de protester. Et elle referma à demi ses grands yeux tourmentés de femme qui se sent pousser vers une retraite forcée parce qu'elle vient de perdre un amour qu'elle attendait de toutes ses forces de femelle affamée. Je ne serai plus jamais une femelle affamée, se dit-elle, en s'éperonnant de mots pour retrouver sa dignité. Réagis, ma vieille, réagis, mais ne deviens pas méchante pour autant et laisse ces deux-là s'aimer à leur façon, ce n'est pas ton affaire. Elle sentit croître sa détresse et chercha un bout de nappe ou de serviette à roulotter pour se calmer.

– C'est le Maestro qui me souhaite une belle année, dit enfin Gary en refermant le clapet de son téléphone. Il dit que l'année nouvelle va être belle. Il dit qu'il est heureux, qu'il a plein de projets et qu'il attend une femme qui passe les fêtes à Paris. Je crois bien qu'il est amoureux...

À une heure du matin, après avoir embrassé sous le gui Shirley, ses filles, Gaétan et Gary, après avoir mis au sale la belle nappe blanche, rangé les couverts à manche de nacre, nettoyé les plats et éteint les bougies, après avoir étreint sa douloureuse amie qui, comme assommée, réclamait l'oubli du sommeil, Joséphine alla sur le balcon murmurer ses vœux au croissant de lune blanche.

Premier janvier. Premier jour de l'année. Où me verra le dernier jour de décembre prochain ? À Londres ou à Paris ? Seule ou en compagnie ? Avec ou sans Philippe qui n'a pas appelé et doit regarder le croissant de lune de son balcon anglais.

À l'instant où elle tira le gros édredon sur le balcon, elle entendit un rire de femme suivi de la voix d'un homme qui chuchotait Edwige, Edwige, puis plus de bruit du tout... Elle imagina un baiser qui escaladait la nuit. Elle y vit un signe et courut chercher le téléphone pour appeler l'homme sur le balcon anglais.

La gorge rétrécie, elle composa le numéro.

Attendit plusieurs sonneries. Serra les dents, pria pour qu'il décroche. Se frotta les tempes. Il était sorti. Faillit raccrocher. Qu'est-ce que je vais lui dire ? Bonne année, je pense à toi, tu me manques. Des mots plats qui ne disent rien de mon cœur qui s'affole ni de mes mains moites. Et s'il était en train de boire du champagne avec des amis ou, pire encore, avec une belle alanguie qui tourne la tête vers lui et fronce les sourcils en murmurant c'est qui ?... Il ne me restera que le croissant de lune blanche pour me réchauffer. Elle suivit du bout d'un doigt la dalle froide du balcon, frotta un peu pour la chauffer, pour se donner du courage. Dessina une sorte de pomme avec des cheveux de fée, un grand nez, un grand sourire bête. Il n'a donc pas de répondeur ou il ne l'a pas branché. Je me souviens quand il s'est penché sur moi dans la pénombre du théâtre, sa bouche me paraissait grande, si grande, et il prenait mon visage entre ses mains comme pour l'étudier... Je me souviens que le drap de sa veste me semblait doux... Je me souviens de ses mains chaudes qui emprisonnaient mon cou, me faisaient frissonner, j'oubliais tout...

Ce ne sont pas des gestes anodins. Il y pense sûrement quand la première nuit de l'année tombe sur le petit parc en face de son appartement. Il se demande où je suis et pourquoi je n'appelle pas.

Décroche, Philippe, décroche. Ou c'est moi qui vais raccrocher et je n'aurai plus le courage de t'appeler. Plus le courage de penser à toi sans courber la tête et laisser échapper un soupir de joie enfuie. Je prendrai ma figure sage de femme résignée à ce que le bonheur lui échappe. Je connais ce rôle-là, je l'ai souvent joué, je voudrais changer en ce premier soir de l'année. Si je n'ai pas d'audace en cette nuit de grâce, je n'en aurai jamais.

Jamais ! Et rien que de formuler ce mot terrible qui abolit l'espoir, elle a envie de raccrocher pour espérer encore.

Mais une main décroche de l'autre côté de la Manche, une main qui suspend le chant du téléphone. Joséphine se penche sur l'appareil pour murmurer quand la voix l'interrompt et dit *Yes* ?

C'est une voix de femme.

Joséphine reste muette.

La femme continue à parler en anglais dans la nuit. Elle dit qui est à l'appareil ? Elle dit j'entends pas, y a trop de bruit ici ! elle s'égosille et demande qui c'est, qui c'est, mais répondez...

Personne, a envie de dire Joséphine. C'est personne.

– Allô, allô..., dit encore la femme avec son accent anglais qui envole les syllabes, les adoucit, transforme le « a » de allô en « eu », module le « o ».

– Dottie ! J'ai retrouvé ta montre ! Elle était dans votre chambre, sur la table de nuit de papa ! Dottie ! Viens avec nous sur le balcon ! Y a un feu d'artifice dans le parc !

La voix d'Alexandre.

Chaque mot la tue. Votre chambre, table de nuit de papa, viens avec nous.

Dottie habite chez lui. Dottie dort avec lui. Dottie passe le réveillon avec lui. Il embrasse Dottie pour sa première nuit de nouvelle année. Ses mains chaudes emprisonnent le cou de Dottie, sa bouche descend sur le cou de Dottie...

La douleur fait comme une vague qui la prend, l'emmène, la ramène, la laisse et la reprend. Quelques mots qui la découpent au couteau... Des mots de tous les jours, des mots qui racontent une vie. Une vie commune. Chambre, table de nuit, balcon. Des mots de rien du tout. Elle enserre son buste et berce sa douleur comme une charge explosive qui va la pulvériser.

Lève la tête vers les étoiles et demande pourquoi.

Pourquoi ?

– Tu es contente ? Tu as retrouvé ta montre ? dit Philippe en se tournant vers Dottie qui le rejoint sur le balcon.

– C'est une belle montre. Tu me l'as offerte après notre première nuit[1], répond Dottie en se glissant dans ses bras. J'ai froid...

Il étend un bras sur elle, distrait, comme s'il lui tenait la porte pour entrer dans un restaurant. Elle le remarque et son regard s'éteint.

Que fait Joséphine en ce moment ? pense Philippe en regardant une fusée rouge et verte qui éclate en longue chenille à mille pattes velues dans le ciel noir. Elle n'a pas appelé. Elle aurait appelé si elle avait été chez elle avec Shirley, Gary et les filles. C'est donc qu'elle est sortie... Au restaurant... avec Giuseppe. Ils lèvent leur verre et chuchotent des vœux de bonheur. Il porte un blazer bleu marine, une chemise rayée bleu et blanc avec ses initiales brodées, des cheveux châtains, des yeux vert d'eau endormie, un sourire qui part en biais, il a toujours un sourire aux lèvres et il parle en ouvrant les bras, il s'exclame « Màaa ! » en retournant les mains, paumes ouvertes pour exprimer son étonnement ou sa fureur. Il lui aura offert des chocolats Gianduiotti, les meilleurs de Turin, parce qu'il l'a rendue gourmande. Et lui chante les vers de Guinizzelli, poète troubadour du douzième siècle. Des vers que Joséphine appréciait tant qu'elle les avait recopiés et envoyés à Iris, un jour, à Megève. Iris les avait lus tout haut en secouant la tête, en répétant ma pauvre sœur, quelle cruchinette ! Recopier des poèmes à son âge, c'est ballot tout de même !

---

1. Cf. *La Valse lente des tortues, op. cit.*

Io voglio del ver la mia donna laudare,
e assembrarli la rosa e lo giglio ;
più che stella diana splende e pare,
e ciò ch'è lassù bello a lei somiglio[1].

Philippe avait mis la carte dans la poche de sa veste. Lui aussi, il les trouvait très beaux, ces vers. L'amour chante si bien en italien. Et puis, il s'était demandé pourquoi il les aimait autant.

– J'ai froid, je vais chercher un pull, dit Dottie en se dégageant, des larmes dans les yeux.

– T'es triste ? demande Alexandre à son père.

– Non. Pourquoi tu dis ça ?

– Tu penses à maman... Elle aimait les feux d'artifice. Tu sais, parfois elle me manque. J'ai envie de lui dire des choses et juste, elle est plus là...

Philippe ne sait pas quoi dire. À court de paroles, pris par surprise. Pas très courageux, non plus. Parler, c'est poser des mots. Si je dis des mots maladroits, Alexandre se souviendra de ces mots-là. Pourtant je devrais lui parler...

– C'est drôle parce qu'on se parlait pas beaucoup..., ajoute Alexandre.

– Je sais... Elle était secrète, réservée... Mais elle t'aimait. Elle allait s'allonger dans ta chambre quand tu n'arrivais pas à dormir, elle te prenait dans ses bras, te berçait et moi, j'étais furieux !

– Depuis que Becca est là, et Dottie aussi, ça va

1. « Je veux d'un vers louer ma dame, / et y réunir la rose et le lys, / elle paraît briller plus que l'étoile du matin, / et ce qui est beau là-haut lui ressemble. »

mieux, dit Alexandre. Avant, c'était un peu triste, rien que nous deux...

– Ah ?

– J'aime bien comme c'est maintenant...

– Moi aussi...

Et c'est vrai. Ils viennent de passer une semaine de grandes vacances. Chacun a trouvé ses marques dans la maison. Becca dans la lingerie transformée en chambre, Dottie et lui dans sa chambre. La présence si légère de Dottie qui ne demande rien et frémit de bonheur retenu, un bonheur qu'elle ne veut pas montrer de peur qu'il ne s'évapore. Annie qui bavarde avec Becca, lui montre des cartes postales de sa Bretagne natale. Brest. Ça, c'est Brest et ça, c'est Quimper, répète-t-elle, Quimper... et Becca qui n'arrive à prononcer ni les « qu », ni les « r » et ânonne les syllabes, la bouche pleine de bouillie anglaise.

– Suis content, papa.

– Et moi je suis content que tu sois content...

– Je voudrais pas que ça change.

Becca est allée se coucher à minuit trente. Depuis que j'ai une vraie maison, je dors tout le temps. Je deviens une vraie petite vieille. Le confort, ça ramollit. J'étais plus vaillante dans le parc. Elle dit ça en souriant, mais on devine qu'elle le pense et que ça ne lui plaît pas beaucoup.

– Je crois même que j'ai jamais été aussi heureux..., soupire Alexandre.

Il regarde son père. A un large sourire. Un sourire d'homme à homme.

– Suis heureux, répète-t-il en regardant le bouquet final illuminer le parc.

Zoé et Gaétan sont descendus à la cave. Avec une bougie, des allumettes, un fond de bouteille de champagne et deux verres à dents. Gaétan gratte l'allumette et la cave s'éclaire d'une lueur tremblante. Zoé ramène ses jambes contre elle et se recroqueville contre lui en se plaignant du sol dur et froid.

– Tu te souviens la première fois... dans la cave avec Paul Merson ?

– Je l'ai pas vu Paul...

– Il a dû partir au ski...

Elle resserre le haut de son manteau et enfonce son menton dans le col qui gratte un peu.

– Dans trois jours, tu repars, elle murmure.

– N'y pense pas. Ça ne sert à rien...

– Je peux pas m'en empêcher.

– Tu aimes tant que ça être malheureuse ?

– Tu seras malheureux, toi ? elle demande en levant un petit nez inquiet de femme aux aguets.

Elle se sent chavirée face à ce garçon qui essaie d'avoir l'air grand et de dominer la vie. Elle n'est plus certaine de rien. Ce doit être ça aussi, être amoureuse. Ne plus être certaine de rien, douter, avoir le trac, imaginer le pire.

Il enfonce le nez dans les cheveux de Zoé et ne répond pas.

Zoé soupire. L'amour, c'est comme les montagnes russes, ça monte et ça descend, ça change tout le temps. Un coup, je suis sûre qu'il m'aime et je danse de joie, un coup, je ne sais plus et j'ai envie de m'asseoir par terre et de mourir.

– Pourquoi tu te laves les cheveux tous les jours ? demande Gaétan en remuant son nez dans les cheveux de Zoé.

– Parce que j'aime pas quand le matin, ils sentent... ils sentent le sommeil...

– Et moi, j'aime bien le matin sentir le sommeil dans tes cheveux...

Et le corps de Zoé se détend, ses épaules tombent ; elle se pousse contre lui comme un animal qui cherche la chaleur de l'autre pour s'endormir et tend son verre pour qu'il le remplisse de champagne.

Joséphine glisse dans le lit aux côtés de Shirley. Elle dort droite, les mains croisées sur la poitrine. Elle songe aux gisants du Moyen Âge, à ces hommes, à ces femmes remarquables qu'on a représentés, allongés sur une couche de pierre ou de marbre. Ils ont dirigé de main de maître une province, une abbaye, un château, résisté aux bandes de pillards, aux seigneurs de la guerre, au feu, à la poix bouillante, aux violences des soldats qui coupaient les seins, les nez et violaient les femmes. Nous sommes deux femmes saccagées par les hommes, deux femmes qui se replient dans la solitude glacée d'un château ou d'un cloître et dorment côte à côte, les mains jointes. Allongées parce que mortes. On dormait assis au Moyen Âge. Assis, entouré de coussins, les jambes allongées, le corps à angle droit. On redoutait la position horizontale. Elle signifiait la mort.

Du Guesclin pousse la porte de la chambre et s'enroule au pied du lit. Joséphine sourit dans le noir. Il devine son sourire et vient lui lécher la main. Le chien aux pieds de la gisante était un symbole de fidélité. Doug a raison, je suis une femme fidèle et elle se penche pour le caresser.

Je suis une femme fidèle et il dort avec une autre.

Dans la nuit, Shirley se réveille et entend Joséphine qui pleure doucement.

– Pourquoi tu pleures ? Il ne faut pas commencer l'année en pleurant...

– C'est Philippe, hoquette Joséphine. Je l'ai appelé. C'est Dottie qui a décroché... et elle dort avec lui. Elle est même installée chez lui, dans sa chambre et ça fait mal... Elle avait perdu sa montre et elle était sur sa table de nuit à lui et ça avait l'air normal...

– Tu lui as parlé ?

– Non... J'ai raccroché. J'ai pas pu lui parler... j'ai entendu Alexandre qui disait tout ça en s'adressant à Dottie... Il disait j'ai retrouvé ta montre, elle était sur la table de nuit de papa...

Shirley n'est pas sûre de comprendre. Elle retient que Joséphine a de la peine, qu'il ne faut pas lui demander d'explications.

– C'était pas notre jour, hein ?

– Non, c'était pas notre jour du tout, dit Joséphine en repliant un bout de drap et en le mâchouillant. N'empêche qu'on commence mal l'année...

– Mais on a un an pour se rattraper !

– Moi, je ne rattraperai rien du tout. Je finirai comme Hildegarde de Bingen. Dans un couvent...

– Tu te vantes pas un peu, là ? C'était une vraie vierge, elle...

– Je renonce à l'amour... Et puis d'abord, je suis trop vieille ! Je vais avoir quarante-cinq ans...

– Dans un an !

– Ma vie est finie. J'ai passé mon tour.

Et elle se remet à sangloter de plus belle.

– Oh là là ! Mais tu mélanges tout, Jo ! OK, il passe le 31 avec Dottie, mais c'est de ta faute aussi... Tu ne bouges pas, tu l'appelles pas, tu restes plantée comme un bâton en France !

– Mais comment je fais pour bouger ? s'écrie Joséphine en se redressant dans le lit. C'est le mari de ma sœur ! Je peux rien faire contre ça !

– Mais elle est morte, ta sœur !

– Elle est plus là, mais moi, j'y pense tout le temps...

– Pense à autre chose ! Pense à ses cendres et redeviens vivante, sexy !

– Je ne suis pas sexy, je suis moche, vieille et bête...

– C'est bien ce que je pensais, t'es complètement cinglée... reviens sur terre, Jo, cet homme est magnifique et tu es juste en train de le laisser passer avec tes voiles de veuve... C'est toi qui l'abandonnes, pas lui !

– Comment ça, c'est moi qui l'abandonne ? demande Joséphine, abasourdie.

– Ben oui... Tu l'embrasses sauvagement et tu ne donnes plus signe de vie !

– Mais lui aussi, il m'a embrassée sauvagement et lui aussi il pourrait m'appeler !

– Il en a marre de t'envoyer des fleurs, des mails et des douceurs que tu ignores ou que tu jettes à la poubelle ! Mets-toi à sa place ! Il faut toujours se mettre à la place de l'autre si on veut comprendre...

– Et tu peux m'expliquer ce qui se passe ?

– C'est très simple. Tellement simple que tu n'y as pas pensé ! Il est seul, c'est le 31 décembre. Il a invité des amis et demandé à Dottie de venir lui donner un coup de main... Tu me suis jusque-là ?

Joséphine hoche la tête.

– Dottie est arrivée avec des grosses chaussures, un gros pantalon, un gros pull, un gros manteau, je te rappelle qu'il neige à Londres, t'as qu'à consulter la météo si tu me crois pas, et donc, il lui a dit de prendre des affaires pour se changer, une robe, des escarpins, un tube de rouge à lèvres, des boucles d'oreilles, je sais pas, moi !

Elle esquisse le geste de celle qui ne sait pas et sa main s'envole vers le plafond.

— Il a ajouté qu'elle se changerait dans sa chambre... Elle l'a aidé à mettre la table, à cuisiner, ils ont ri et bu dans la cuisine, ils sont amis, Jo, amis... comme toi et moi, rien de plus ! Et après, elle est allée prendre une douche, a posé sa montre sur la table de nuit en passant, s'est habillée, pomponnée et a rejoint Philippe, Alexandre et leurs amis dans le salon en oubliant sa montre dans la chambre... Voilà ce qui s'est passé, rien de plus... Et toi, tu en fais un feuilleton tragique, tu installes Dottie en nuisette transparente dans le lit de Philippe avec la bague au doigt ! Tu te joues l'air de la nuit de noces et tu sanglotes dans ton drap !

Joséphine a enfoui le menton dans le pli de la couverture. Elle écoute. Shirley a raison. Shirley a, une fois de plus, raison. Voilà exactement ce qui s'est passé... Elle a envie de croire à l'histoire que lui raconte Shirley. C'est une belle histoire. Et pourtant, elle n'y croit pas. Comme si cette version-là valait pour Shirley et ses semblables, mais pas pour elle, Joséphine.

Elle ne tient jamais le rôle de l'héroïne.

On invente toujours des histoires quand on est amoureux. On invente des rivales, on invente des rivaux. On invente des complots, on invente des baisers volés, des accidents d'avion, des silences qui ne disent pas leur nom, des téléphones qui ne sonnent pas, on invente des trains ratés, des courriers qui se sont perdus, on n'est jamais tranquille. Comme si le bonheur était interdit aux amoureux… Comme si ce bonheur-là n'existait que dans les livres, les contes de fées ou les magazines. Mais pas pour de vrai. Ou alors d'une manière si fugitive qu'il glisse comme l'eau entre les doigts d'une main étonnée de ne rien attraper…

La bougie a fondu et la petite flamme tremble sur un socle de cire molle.

Bientôt il fera noir dans la cave. Zoé a peur. Elle sent la boule dans son ventre grossir, grossir et tente de l'effacer en enfonçant ses mains.

Gaétan s'est tu. Lui aussi, il doit sentir le danger.

Le premier jour de l'année. Tous les deux, seuls dans la cave. Dans trois jours, il repart. Et ils ne se verront plus avant, avant… Avant longtemps.

Ça va arriver ce soir-là.

Le danger…

Maintenant ou un peu plus tard.

Ça va arriver.

Ils n'osent plus se regarder.

Le néon dans la cave s'allume et ils entendent des pas dans le couloir.

Ils lisent dans l'œil de l'autre la même peur.

Entendent des pas qui se rapprochent, des voix de gens qui se sont perdus, qui cherchent le parking, disent c'est par ici, non, c'est par là. Puis une porte claque, les voix s'éloignent, le néon clignote et s'éteint.

Gaétan renverse la bouteille de champagne pour se verser une dernière goutte. Zoé pense il veut se donner du courage, il a peur comme moi. Elle le détaille dans l'obscurité, silhouette sombre et imprécise, elle a l'impression qu'il est comme une petite menace. Elle a le cœur qui bat à mille à l'heure. Elle a envie de se lever et de dire viens, on remonte. Elle ne sait pas. C'est complètement fou dans son ventre et dans sa tête. Ça bat de partout. Elle n'est pas sûre de tenir debout.

Il a étendu le manteau de Zoé sur le sol, retiré ses ballerines, retiré son collant. Il met du temps à dégrafer son soutien-gorge et Zoé éclate d'un rire qui se brise net. Elle ne sait plus si elle doit rire ou trembler. Et elle rit et elle tremble. Elle tremble comme une brindille et sa main à lui, qui s'agace dans son dos, tremble aussi comme une brindille. Il fait froid dans la cave et elle a très chaud. Elle dit tout bas, c'est la première fois... Et il dit, je sais, ne t'en fais pas... d'une voix qui ne tremble plus et il lui paraît très grand, très fort, très vieux, beaucoup plus vieux qu'elle et elle se demande si lui l'a déjà fait. Elle n'ose pas lui demander. Elle a envie de se coller contre lui, de se remettre à lui et elle n'a plus peur. Il ne lui fera pas de mal, elle le sait maintenant.

Il enlève ses baskets, il défait son pantalon, il le retire en levant les jambes, il manque de basculer et elle rit.

Il s'allonge sur elle et elle lui dit parle-moi avec la voix qui me rassure...

Il ne sait pas très bien ce qu'elle veut dire. Il répète je sais, je sais, n'aie pas peur, je suis là... comme s'il y avait un autre danger dans la cave.

Et alors elle se sent devenir très légère.

Et alors tout devient très facile. Ou alors elle a la tête ailleurs, ou alors elle n'a plus de tête. Ils ne sont plus que tous les deux et elle a l'impression qu'ils sont seuls dans la ville entière. Que le cœur de la ville entière s'est arrêté de battre. Que la nuit s'est épaissie pour les protéger. Je t'aime comme un fou, il dit de la voix qui la rassure, il dit aussi qu'il ne lui fera pas mal, je t'aime tellement, Zoé. Et ce petit mot-là, ce Zoé posé dans la nuit alors qu'elle est nue contre lui, qu'elle a peur, qu'elle croise les bras sur sa poitrine, ce petit nom que tout le monde emploie tout le temps, Zoé, au lycée ou à la maison, ce petit mot se déplie, devient unique, devient géant, la protège et elle n'a plus peur du tout. Le monde s'arrête de tourner, le monde retient son souffle et elle retient son souffle quand il entre en elle, tout doucement, tout doucement, sans la forcer, en prenant tout son temps et elle se laisse ouvrir et elle ne réfléchit plus, elle n'entend plus, il n'y a que ça d'important, l'amour qu'ils ont dans le corps, l'amour qui occupe tout son corps. Elle n'est que pour lui, il n'est que pour elle, ils forment une mappemonde bien ronde avec des ailes, une mappemonde avec des racines et ils voyagent dans l'univers. Ça tourne et ça tourne. Ça n'en finit plus de tourner et elle ne sait pas s'ils vont redescendre...

Après...

Ils se décalent, il pose sa tête à gauche, elle pose sa tête à droite et ils s'observent, étonnés, étourdis. Il chantonne la chanson de Cabrel, je t'aime à mourir, je t'aime à mourir, et elle l'embrasse lentement comme une femme savante.

Elle ne sera plus jamais la même. Elle l'a fait.

Ils remontent se coucher dans le grand lit de Zoé.

Gaétan dit on prend pas l'ascenseur, on fait la course dans les escaliers, et il part le premier et elle crie qu'il triche, il triche, il l'a pas attendue pour partir. Elle n'est pas sûre de pouvoir courir. Elle a des jambes de femme, un corps de femme. Des seins de femme. Elle a des courbatures et marche les jambes écartées. Elle a l'impression qu'elle a grandi d'un coup et que tout le monde va le voir. Elle se repasse le film dans la tête en se disant que plus jamais, plus jamais elle ne pourra imaginer tout ça. Elle est triste. Un peu. Et puis, elle n'est plus triste parce qu'elle est contente du film. Très contente. Elle se demande si Emma a eu autant de chance qu'elle. Et Gertrude, elle l'a fait, elle. Et Pauline ? Elle se met à courir dans les escaliers. Il s'arrête, elle le rattrape, il la fait tourner, ça fait comme un ballet, ils s'embrassent à chaque étage. Ils n'ont plus peur. Ils n'ont plus peur. Ils l'ont fait.

Elle a un sourire un peu idiot. Il a le même sourire idiot. Ils s'appuient, à bout de souffle, contre le battant de la porte d'entrée. Ils laissent tomber la tête, les bras, les épaules, ils se rapprochent, ils se butent front contre front, lèvres contre lèvres...

– On le dit à personne, dit Gaétan.

– On le dit à personne. C'est notre secret, répond Zoé.

Et elle a envie de le dire à tout le monde.

Il est dix heures du matin quand Gary et Hortense sortent de la boîte de nuit, le Show Case, sous le pont Alexandre-III.

Ils attendent Peter et Rupert qui baratinent la fille du vestiaire. Ils veulent l'embarquer, ils veulent qu'elle trouve une copine pour que deux plus deux fassent quatre, et la fille sourit sans répondre en effaçant d'un doigt l'ombre à paupières verte qui mouille le pli de ses yeux fatigués.

Hortense et Gary s'accoudent à la balustrade en pierre au-dessus de la Seine. Ils soupirent dans un même souffle, c'est beau, Paris ! et se donnent un coup de coude complice.

Une lumière blême, entre jaune et gris, se reflète dans les eaux noires, faisant des bosses et des trous, et un voile de brume flotte tel un long drap. Un bateau passe, les passagers allongés sur le pont avant hurlent bonne année en tendant une bouteille vers eux. Ils leur répondent en agitant une main molle.

— Elle viendra pas, la fille, dit Gary.

— Et pourquoi pas ?

— Parce qu'elle a pas fini sa nuit, qu'elle tombe de sommeil, qu'elle a rangé des tonnes de manteaux, donné des tonnes de tickets, qu'elle en a marre des fêtards qui essaient de la draguer... elle ne rêve que d'un truc, c'est de son lit.

— Monsieur est fin psychologue, sourit Hortense en caressant la manche de Gary.

— Monsieur observe les gens. Et monsieur a très envie de vous embrasser...

Elle semble hésiter, balance un peu, ferme les yeux et se penche par-dessus la balustrade qui surplombe le quai tout cabossé de pavés. Un sourire étire ses lèvres, un petit sourire qui ne s'adresse qu'à elle-même.

— *One penny for your thoughts,* dit Gary.

— Je pense à mes vitrines. Dans vingt-quatre heures, je saurai...

— Tu fais chier.

Peter et Rupert les rejoignent. Seuls. Gary avait raison, la fille rêve de son lit.

— Alors les amoureux ? On fête le premier jour de l'an ? dit Peter en nettoyant ses petites lunettes rondes de son écharpe en laine qui laisse des peluches partout.

— On fête rien du tout ! dit Gary en se détachant ostensiblement d'Hortense. Et moi, je rentre...

— Attends-moi, crie Hortense alors qu'il s'éloigne, le col de son caban relevé, les mains crevant ses poches.

— Qu'est-ce qu'il a ? demande Peter.

— Il trouve que je suis pas assez romantique...

— S'il voulait une fille romantique, il fallait qu'il cherche ailleurs, dit Peter.

Rupert rigole. Il boit au goulot d'une bouteille de scotch qu'il a mise dans sa poche en sortant de la boîte.

— Hier soir, chez Jean, on a joué au poker sur Internet et j'ai gagné une strip-teaseuse, dit Rupert.

— Vous dormez où ? demande Hortense, renonçant à poursuivre Gary.

— Chez l'oncle de Jean... rue Lecourbe.

— C'est qui, Jean ?

— Un possible coloc...

— Un quoi ?

— Ah ! on t'a pas dit ? On va devoir trouver un nouveau coloc...

— Vous auriez pu m'en parler...

— On n'est plus sûrs de pouvoir continuer à payer le loyer, affirme Peter. Sam est sur le point de perdre son job, il laisse sa chambre, il retourne chez ses parents. Il n'a plus un rond...

— On est tous fauchés, ajoute Rupert. Tout le monde se casse en ce moment, la City se vide, les banquiers se retrouvent vendeurs de frites chez MacDo, c'est sinistre. Alors on est venus à Paris... C'est Jean qui nous a invités. Chez son oncle.

— Je suis partie, il y a dix jours, et vous en profitez pour tout changer...

– On n'a pas encore décidé, mais c'est sûr que Jean est notre nouvel ami..., disent en chœur les deux garçons.

– Il est français ?

– Oui. Français et méritant. C'est un garçon au physique un peu ingrat, tu risques d'avoir du mal avec lui au début...

– Ça commence bien ! dit Hortense en bâillant. Quel ennui !

– ... il étudie à la LSE, l'économie et la finance internationale, il travaille pour se payer ses sandwichs et son loyer, tu n'auras pas forcément envie de le séduire... car il souffre d'une acné envahissante et nous connaissons tous ton goût pour les fronts lisses, les joues roses, les garçons propres, sains, appétissants !

– Je vais devoir partager la salle de bains avec un boutonneux...

– On n'a pas encore décidé, mais on l'aime bien, c'est sûr..., dit Peter.

Elle proteste pour la forme. Elle sait bien que la vie est chaque jour plus difficile pour les garçons ; ceux qui travaillent prient pour garder leur emploi, les autres dépendent de leurs parents qui, eux-mêmes, prient pour garder leur emploi.

Et puis, elle aurait détesté qu'ils choisissent une fille.

Elle n'aime pas les filles. Elle déteste les déjeuners entre copines, les gloussements, les confidences, les séances de shopping, la jalousie sous les grands sourires. Avec les filles, il faut toujours composer, avancer à pas de loup, ménager une sensibilité, une susceptibilité.

Elle aime aller droit au but. On gagne du temps en allant droit au but. Et puis, elle n'a rien à dire à tout le monde.

– C'était ça ou on augmentait chacun notre contribution et compte tenu des prix qui grimpent à vue d'œil…

– À ce point ? demande Hortense, sceptique.

– Tout augmente. Tesco devient hors de prix ! Le Black Currant de Ribena ? Hors de prix ! Les chips Walkers au vinaigre ? Hors de prix ! Le dark chocolate de Cadbury ? Hors de prix ! Les délicieux crackers Carr's ? Hors de prix ! Les pork sausages dégueulasses dont nous raffolons ? Hors de prix ! La Worcestershire sauce ? Hors de prix ! Et le ticket de métro a encore augmenté !

– L'heure est grave, ma chère Hortense…

– Je m'en fous, dit Hortense, je vais avoir mes vitrines ! Et même si je devais dormir sur le trottoir, je me relèverais la nuit pour y travailler, je veux que ce soit un triomphe…

– Mais nous n'en doutons pas, nous n'en doutons pas une seconde !

Et sur ces paroles, ils prennent congé en s'inclinant, égrènent une ribambelle de au revoir, ma belle et se disputent la bouteille de scotch.

Ils traversent le pont pour regagner l'appartement de l'oncle de Jean. Rue Lecourbe, rue Lecourbe, c'est à droite ou c'est à gauche…

– C'est en France, hurlent-ils en zigzaguant.

Hortense rentre à pied. Elle a besoin de réfléchir. En enfonçant les talons dans le macadam de Paris. Paris qui s'étire après une nuit de fête… Il y a des bouteilles de bière et de champagne sur les bancs publics, dans les poubelles, au pied des feux rouges. Paris, belle ville endormie, ville langoureuse, ville paresseuse, ville amoureuse. J'ai perdu mon amoureux. Il a disparu dans le petit matin gris, les mains furieuses dans les poches de son caban bleu... Le long ruban de brume s'efface au-dessus des toits gris de Paris. J'ai perdu mon amoureux, mon amoureux, mon amoureux, elle chantonne en sautant par-dessus les caniveaux recouverts de glace transparente.

Gary dort en travers du lit. Tout habillé.

Elle place son portable sous son oreiller.

Si jamais Miss Farland avançait l'heure du verdict...

Si jamais...

Elle s'allonge à côté de lui.

Elle n'arrive pas à dormir. Elle part le lendemain. Ces prochaines vingt-quatre heures seront un rêve court, un rêve qu'elle devra remplir de joie et de beauté. Faire la paix avec lui. Retrouver l'allégresse troublante du baiser face à Hyde Park, face aux cimes pointues des arbres de Hyde Park. Un jour, on s'embrassera sous les arbres de Central Park et les écureuils viendront nous manger dans la main. Ils ne sont pas farouches, les écureuils de Central Park. Ils s'approchent pour un dollar... Et c'est quoi après tout, un écureuil ? Un rat avec une bonne attachée de presse. Rien de plus. Enlevez-lui sa queue en panache et c'est un rat à poils. Une saleté de rat à poils qui se tient sur deux pattes. Hortense glousse toute seule en se frottant le nez. On fait des sourires à l'un, des grimaces à l'autre. Comme quoi, tout dépend de l'habillage. Des apparences. Un détail, un simple détail et le rat devient écureuil. Les passants lui lancent des cacahuètes et les enfants en veulent un dans une cage.

Elle a envie de réveiller Gary pour lui expliquer la différence entre l'écureuil et le rat.

Et tu sais pourquoi les dauphins ne nagent que dans l'eau salée ? Parce que le poivre les fait éternuer !

Elle n'arrive pas à dormir.

Elle veut marquer l'année nouvelle d'un souvenir ardent.

Elle passe un doigt sur le visage de Gary. Il est si beau, endormi ; ses longs cils noirs font une barrière sombre, sa bouche entrouverte, gonflée de sommeil, les joues un peu blanches, un peu roses, ce léger ronflement d'homme qui s'est couché tard, une barbe qui râpe son doigt qui s'attarde...

S'attarde...

Ce soir, ils s'embrasseront.

Ce soir, ils passeront la nuit ensemble. Leur première nuit. Elle saura se faire pardonner.

Il ne lui résistera pas.

*
**

— Mon cher Chaval, si je vous ai donné rendez-vous dans ce café en ce premier jour de l'année, c'est hautement symbolique...

Chaval se tenait droit, un peu de biais sur sa chaise. Il cachait sous la table ses mains aux ongles rongés. Pour faire bonne impression face à Henriette, il avait mis une veste, une cravate, du gel sur ses cheveux noir corbeau, raccourci ses favoris et commandé un quart Vittel.

— Vous n'êtes pas sans savoir que M. Grobz et moi-même, nous sommes séparés...

Chaval hocha la tête de l'air peureux du chien qui guette le geste imprévisible d'un maître brutal et se tient coi.

— Nous sommes divorcés, mais j'ai obtenu le droit de

garder son nom... Je m'appelle donc Grobz comme lui. Henriette Grobz. Vous me suivez ? Marcel Grobz, Henriette Grobz... Marcel, Henriette...

Elle lui parlait comme à un enfant un peu demeuré. Insistait, soulignait. Il pensa qu'elle lui rappelait sa maîtresse d'école.

– Je signe mes lettres d'un H... qui peut ressembler très fort à un M... H, M, H, M...

Et Chaval de penser aux razzias d'Hortense chez H&M.

Elle entrait dans le magasin, lançait une jolie main avide sur les rangées de tuniques, de petits hauts, de robes, d'écharpes, de jeans, de manteaux, faisait tintinnabuler les cintres, cling-clang-cling-clang, décrochait, empilait, décrochait, empilait, se faufilait dans une cabine, essayait, lançait un bras vers la vendeuse pour réclamer une autre taille, une autre couleur, un autre modèle, ressortait, les joues en feu, la mèche en bataille et posait son butin devant les caisses. Chaval présentait sa Carte bleue, payait. Portait les sacs jusqu'à la voiture. Il suffisait à Hortense d'exprimer le moindre désir pour qu'il soit immédiatement exaucé. Il ne demandait en échange que le droit de caresser le corps follement désiré ou, quand elle était d'humeur généreuse, d'emprunter l'étroit passage qui menait à la félicité.

– H&M..., répéta-t-il, rêveur, en s'épluchant les doigts sous la table.

– Chaval ! tonna la douairière en frappant son verre de la longue cuillère qui lui servait à remuer le sucre dans son citron pressé. Vous êtes où, là ?

– Mais avec vous, madame, avec vous...

– Ne mentez pas ! Je hais les boniments ! Vous pensez à elle, n'est-ce pas ?

– Non, j'essayais de comprendre H et M...

– Mais c'est clair comme de l'eau de roche, mon pauvre garçon.

Elle jeta un regard exaspéré à l'homme assis en face d'elle. Mince comme la tranche d'un centime. Il portait un jean noir, une veste qui semblait sortir de chez le teinturier, des santiags usées, et son visage, profilé en lame d'épée, paraissait presque transparent tellement la vie s'en était retirée. Un pâle figurant émasculé. Qu'allait-elle bien pouvoir faire avec un partenaire aussi falot ? Chassant ces noires pensées, elle reprit avec fermeté :

– Si vous signez d'un H ou d'un M, cela peut se confondre... Je peux donc passer en toute vraisemblance des commandes au nom de Casamia qui seront signées par Marcel Grobz, facturées à Marcel Grobz, débitées sur son compte, puis les détourner et les faire livrer dans un entrepôt où les marchandises seront revendues à bas prix à des chaînes d'achat peu scrupuleuses qui ne verront que l'appât du gain et se jetteront sur ces occasions. Et c'est là où vous intervenez. Vous faites le lien entre ces chaînes et moi. Vous connaissez les acheteurs, vous connaissez les prix, les marges, les quantités qu'il faut commander, vous vous occupez de tout le côté commercial, moi, je mets en place l'organisation, l'administration...

– Mais c'est totalement malhonnête, madame Grobz ! s'exclama Chaval qui entrevoyait d'un seul coup l'énormité de l'arnaque.

– Ce n'est pas malhonnête, je récupère mon bien ! J'ai été spoliée, Chaval. Spoliée... Je devais hériter de la moitié de l'affaire et je n'ai rien eu. Rien.

Elle fit claquer l'ongle du pouce entre ses dents pour indiquer l'immensité de la spoliation.

— Vous trouvez cela honnête, peut-être ?

— Écoutez... ce qui s'est passé entre votre mari et vous ne me regarde pas... Je n'ai rien à voir dans cette histoire. J'ai failli finir en prison pour avoir fait des jeux d'écritures et de la cavalerie financière... Le sort a été clément avec moi. Mais si je me fais prendre une seconde fois, je croupis derrière les barreaux et pour un bon moment...

— Même si vous y trouvez votre compte et que je vous dédommage largement ? Je prends tous les frais, tous les risques à ma charge, je loue l'entrepôt, je signe les bons de commande, vous n'apparaissez sur aucun livre de comptes, sur aucun courrier, rien... Vous me servez juste de façade. C'est bien payé pour n'être qu'un décor !

— Mais, madame, c'est un tout petit monde, cela va vite se savoir ! Nous allons nous faire prendre comme des benêts...

Henriette nota qu'il venait de se compromettre. Il avait dit « nous faire prendre ». Donc, conclut-elle en se rengorgeant sous son large chapeau, il n'est pas contre l'idée de comploter. Juste contre l'idée de finir en prison. Ce qui prouve qu'il lui reste encore quelques neurones en état de marche. L'homme n'était pas aussi diminué qu'il le paraissait. L'appétit lui était revenu.

Elle resta pensive un instant. Il n'avait pas tort. Le monde des arts de la maison était un univers limité, ils seraient vite repérés. Sauf à écouler de petites quantités. Et qui dit « petites quantités » dit petits profits. Il n'en était pas question. Il lui fallait donc trouver un autre moyen de ruiner le père Grobz. Elle remua son citron pressé en fronçant les sourcils.

— Vous avez une autre proposition ? demanda-t-elle sans quitter son verre des yeux.

– Non, dit Chaval qui tremblait à l'idée de la prison. À vrai dire, avant que vous veniez me chercher, j'avais tiré un trait sur tout projet de faire fortune… Hormis le Loto, bien sûr.

– Pffft ! dit Henriette en haussant les épaules. C'est une occupation pour larves humaines… D'ailleurs, ce sont toujours des larves qui gagnent, jamais des gens prospères et diplômés !

– Parce qu'il y a une justice, murmura Chaval. Le Loto console les éprouvés.

– Une morale au Loto ! pesta Henriette. Quelle absurdité ! Mais vous dites n'importe quoi ! Vous cherchez des excuses à votre paresse !

– C'est tout ce qu'il me restait, s'excusa encore Chaval, les épaules basses.

– Vous avez vraiment peu d'ambition et peu de nerf ! Je vous pensais plus roublard… J'avais fondé de grands espoirs sur vous. Vous étiez entreprenant et rusé autrefois…

– Quand je vous dis qu'elle m'a lessivé, rompu…

– Mais arrêtez de parler de vous au passé ! Visualisez-vous, au contraire, comme un homme fort, puissant, riche. Vous n'êtes pas moche, vous pouvez avoir une lueur dans l'œil, une certaine dégaine. Vous avez une chance qu'elle vous revienne. Si ce n'est par amour, ce sera par intérêt et, entre les deux, la marge est mince, et le résultat identique !

Il leva sur elle un regard rempli d'un espoir insensé, d'un espoir qu'il avait depuis longtemps remisé au rayon des objets perdus.

– Vous croyez que si je devenais très riche, elle me reprendrait ?

Car il préférait encore souffrir par elle que de végéter sans le moindre espoir de souffrir encore.

– Je n'en sais rien, mais je suis sûre qu'elle reconsidérerait l'affaire. Un homme riche est forcément un homme séduisant. Cela va de soi. C'est comme le nez au milieu de la figure. C'est ainsi que tourne le monde depuis la nuit des temps... Pensez à Cléopâtre. Elle n'a aimé que des hommes puissants, des hommes qui lui offraient des terres et des mers, des hommes prêts à tuer pour elle, que dis-je, tuer : massacrer. Elle ne s'est pas encombrée de lavettes ! Hortense ressemble plus à Cléopâtre qu'à Yseult ou Juliette !

Il n'osa pas demander qui étaient ces deux-là, mais retint la comparaison avec Cléopâtre. Un soir, il avait regardé le film avec sa mère en buvant une tisane de serpolet car ils étaient tous deux un peu fiévreux. Cléopâtre avait les yeux violets d'Elizabeth Taylor et une forte poitrine qui palpitait. Il ne savait plus que regarder : les grands yeux violets, troublants, impérieux ou les globes laiteux qui montaient et descendaient sur l'écran. Il était allé se branler dans les cabinets.

– Et il faudrait que je fasse quoi pour devenir riche ? demanda-t-il en se redressant, soulevé par les seins volumineux de Cléopâtre.

– Qu'on trouve une combine tous les deux et une combine sûre... Ensuite, avec votre connaissance de l'entreprise et mon imagination, on se remplit les poches. Je n'aurai pas de scrupules, moi ! Je foncerai...

– Si seulement je pouvais la retrouver... m'enfoncer encore une fois dans ce fourreau humide et chaud...

– Chaval ! hurla Henriette en frappant la table. Je ne veux plus jamais vous entendre parler ainsi de ma petite-fille ! Vous avez compris ? Ou je vous dénonce à la brigade des mœurs. Après tout, vous l'avez reconnu vous-même, vous avez eu des relations coupables avec une gamine qui n'avait pas seize ans... Cela vous conduit tout droit en prison. Et vous savez ce qu'on fait en prison aux violeurs de petites filles ?

Chaval la dévisagea, terrifié, les épaules secouées d'une trépidation involontaire.

— Oh non ! madame... pas ça, pas ça...

— Alors vous me trouvez une idée, une idée brillante pour dévaliser le père Grobz. Vous avez une semaine. Pas un jour de plus ! Dans huit jours, nous nous retrouverons à l'église Saint-Étienne, dans la petite chapelle de la Vierge Marie, chacun sur son prie-Dieu, et vous me confierez votre plan... sinon, c'est la prison !

Chaval, à présent, tremblait de tous ses membres. C'est qu'elle en était capable, la vieille ! Il pouvait lire sur son visage une détermination de bête féroce prête à manger son petit pour ne pas mourir de faim.

— Oui, madame...

— Rompez maintenant ! Et faites marcher vos méninges ! Depuis le temps qu'elles sont en jachère, elles se sont assez reposées... Allez, hop !

Il se leva. Bredouilla au revoir, madame et se retira en glissant vers la sortie tel un forçat évadé qui ne tient pas à se faire remarquer.

— Garçon ! l'addition, commanda Henriette d'une voix forte en sortant son porte-monnaie pour payer les consommations.

Il lui restait de la monnaie dérobée dans les troncs de l'église. Les serrures étaient branlantes. On les forçait aisément tout en les refermant aussi aisément. Ni vu ni connu. Il suffisait juste de passer avant l'abbé. Maigre récolte, se dit-elle en comptant les piécettes, les paroissiens deviennent pingres. Ou l'abbé m'a repérée et vide les troncs plus souvent. Pauvre Jésus, pauvre Vierge Marie, pauvre saint Étienne ! La ferveur religieuse n'est plus ce qu'elle était et vous en faites les frais...

Et elle se mit à blâmer une époque qui ne respectait ni les femmes seules, ni les prêtres dépourvus de ressources. Et après, on s'étonne que les âmes pures versent dans le crime, mais ce n'est que justice, se dit-elle, que justice...

*
**

Le premier janvier au soir, chez les Cortès, chacun jouait à être gai. Gesticulait, s'exclamait, tentait de dissimuler les tourments de son cœur sous une mine enjouée, des rires forcés, mais chacun aussi sentait les limites de cette gaieté artificielle.

On se serait cru à un bal masqué pour convalescents.

Joséphine parlait en s'étourdissant pour ne pas penser à la montre de Dottie posée sur la table de nuit ; elle faisait réchauffer un lapin à la moutarde et tournait lentement une cuillère en bois en racontant n'importe quoi... Elle riait faux, elle parlait faux, elle renversait une bouteille de lait, goûtait un morceau de beurre, glissait une tranche de saucisson dans le toasteur.

Zoé marchait les jambes écartées, Gaétan posait un bras sur ses épaules en un geste de propriétaire confiant. Hortense et Gary se mesuraient, se rapprochaient, se cognaient, puis se détachaient en grommelant. Shirley observait son fils et songeait qu'il était en train de la pousser tout doucement vers une capitulation forcée des sens et du cœur. Est-ce cela aimer son enfant plus que tout ? s'interrogeait-elle. Et pourquoi ai-je l'impression de renoncer à mon dernier amour ? Ma vie n'est pas finie tout de même...

Seul Du Guesclin allait de l'un à l'autre avec entrain en quête d'une caresse, d'un peu de sauce sur un morceau de pain, d'un sucre candi qui traînerait sur la table. Il se dandinait sur ses grosses pattes carrées comme un chien impatient guette la récompense, de longs filets de salive pendant aux babines.

Chacun pensait à soi en faisant semblant de s'intéresser aux autres.

Il part après-demain et je ne le revois plus avant longtemps, se tourmentait Zoé, est-ce qu'il m'aimera autant qu'avant ? Et si j'étais enceinte ?

Ça y est ! exultait Gaétan, je l'ai fait, je l'ai fait, je suis un homme, un vrai ! Je l'aime et elle m'aime, elle m'aime et je l'aime.

Cette nuit, c'est pour cette nuit, bourdonnait Hortense en passant la main dans le cou de Gary, je ferai semblant d'aller me coucher dans la chambre de Zoé et je le rejoindrai, je me glisserai contre lui, je l'embrasserai, je tournerai sept fois ma langue dans sa bouche, ce sera bon, ce sera bon...

Elle croit qu'elle va m'avoir comme ça, mais non, mais non, c'est trop facile, maugréait Gary en se resservant de pâtes fraîches et de lapin à la moutarde, je peux aussi avoir une tranche de pain ou c'est trop te demander ? disait-il à Hortense qui lui tendait un morceau de baguette avec un large sourire confiant...

Comment vais-je lui faire comprendre qu'il ne faut plus qu'on se voie ? réfléchissait Shirley, plus qu'on se voie du tout... il ne faut pas que je lui dise la vraie raison, il la balaierait d'un revers de main en affirmant que ce n'est pas dramatique, que Gary est grand, qu'il doit comprendre que sa mère a droit à une vie privée... Ce n'est pas un service que tu lui rends, tu lui fais croire qu'il est tout-puissant, il doit apprendre à composer avec la réalité. Il faut que vous vous sépariez tous les deux, vous avez trop vécu en osmose. Elle connaissait son discours d'avance, elle pouvait l'écrire et elle n'avait pas d'argument à lui opposer, sinon qu'elle ne voulait pas faire de mal à son petit garçon. Mais il a vingt ans ! Ce n'est plus ton petit garçon. Ce sera toujours mon petit garçon... *Bullshit !* il répondrait, exaspéré, enfoncé dans sa canadienne rouge, *bullshit !* Ils se disputeraient, ils se quitteraient fâchés. Et je n'aurai pas le courage de rester fâchée, j'essaierai encore d'expliquer et je tomberai dans ses bras... Autant fuir, ne rien dire ou prétendre que j'ai retrouvé un ancien soupirant à Paris.

Et si Shirley avait tort, pensait Joséphine, si Dottie vivait vraiment chez Philippe ? Si, chaque soir, elle posait sa montre sur sa table de nuit avant qu'il ne la prenne dans ses bras... Il n'a jamais arrêté de voir Dottie. Elle est jeune, drôle, légère, douce ; il ne supporte plus de vivre seul. On dit que les hommes n'aiment pas la solitude alors que les femmes l'endurent. Et puis, il aime dormir avec elle, il est habitué, ils ont chacun leur côté de lit...

Chacun poursuivait son monologue intérieur tout en sauçant le lapin à la moutarde, en découpant un morceau de chèvre ou de brie, en prenant une part de tarte au citron faite par Zoé, en débarrassant la table, en chargeant le lave-vaisselle, en s'étirant, en bâillant, en se déclarant fatigué, épuisé, et en se retirant dans sa chambre sans s'attarder.

Hortense se démaquilla, brossa cent fois ses cheveux la tête renversée, fit crépiter ses longues mèches auburn, posa une goutte de parfum derrière chaque oreille, enfila son tee-shirt de nuit, enjamba le matelas où était allongé Gaétan. Il lisait un *Super-Picsou* et rigolait en racontant comment l'oncle Picsou entubait Donald et le faisait travailler pour pas un rond. Il est vraiment sympa, ce vieux Donald, quand même ! Il se laisse exploiter sans rien dire... Et Picsou, on dirait un patron du CAC 40... Il n'en a jamais assez, il veut encore plus de sous, encore plus de sous.

Zoé, les draps relevés jusqu'au menton, se demandait comment suggérer à Hortense de les laisser seuls pour leur dernière nuit ensemble. Lui faire comprendre que ce serait bien qu'elle dorme ailleurs. Dans le salon, par exemple... Ou qu'elle aille travailler sur ses vitrines dans la cuisine. Elle adore travailler la nuit, dans la cuisine. Je pourrais lui demander carrément ou la prendre par les sentiments. Ou lui parler de solidarité féminine. Non, avec Hortense, la solidarité, ça ne marche pas. Elle réfléchissait, elle réfléchissait, elle faisait pivoter ses chevilles sous les draps pour trouver une phrase qui lui ouvre le cœur d'Hortense quand celle-ci sauta dans le lit et proposa :

– On éteint, on attend que maman et Shirley soient endormies et je file retrouver Gary... Pas un mot aux douairières ! Elles en feraient des gorges chaudes et j'y tiens pas du tout !

– OK, murmura Zoé, soulagée. Je ne dis rien...

– Merci, petite sœur ! Mais toi, tu te tiens bien ! Je ne veux pas être responsable d'un gnome dans neuf mois !

– Pas de problème, répondit Zoé en devenant toute rouge.

– Je te fais confiance, bimbamboum ?

– Bimbamboum..., répéta Zoé.

Elles attendirent que la lumière s'éteigne dans la chambre de Joséphine et Shirley. Attendirent que s'élèvent le ronflement léger de Joséphine, puis celui plus puissant de Shirley, hum, hum, remarqua Hortense, les douairières ont trop picolé, elles font un bruit de soufflerie d'usine ! Zoé gloussa nerveusement. Elle avait les pieds froids et les mains brûlantes. Hortense se releva, prit son portable et quitta la chambre sur la pointe des pieds.

– Dors bien, Zoétounette, et dans la plus grande chasteté !

– Promis ! souffla Zoé en croisant les doigts sous les draps pour se faire pardonner son mensonge.

Gaétan bondit s'allonger contre elle.

– Toute une nuit dans un vrai grand lit ! exulta-t-il en la prenant contre lui. La classe totale !

Il posa une main douce sur les seins de Zoé qui gémit...

La ville tout entière allait retenir son souffle, cette nuit encore...

Gary lisait une vieille BD de Quick et Flupke, torse nu, dans son lit. Les écouteurs de son iPod, vissés aux oreilles. Il la vit entrer dans la chambre et leva un sourcil étonné.

– Tu cherches quelque chose ? demanda-t-il sans lever les yeux de sa BD.

– Oui. Toi.

– Tu as un truc à me demander ?

– Pas vraiment...

Elle entra dans le lit du côté opposé à celui où il se tenait et rabattit la couverture sur elle.

– Maintenant, si tu veux, on dort...
– Je dors tout seul.
– Bon alors... on dort pas.
– Retourne dans ta chambre, Hortense.
– Je suis dans ma chambre...
– Ne joue pas sur les mots, tu sais très bien ce que je veux dire...
– J'ai envie de t'embrasser...
– Moi pas !
– Menteur ! J'ai envie de reprendre ce délicieux baiser du côté de Hyde Park. Tu te souviens ? La nuit où tu m'as plantée dans la rue...
– Hortense, tu devrais savoir que le désir ne se décrète pas... On n'entre pas en commando dans la chambre d'un garçon en lui ordonnant d'embrasser.
– Tu voulais que je frappe avant d'entrer ?
Il haussa les épaules et reprit sa lecture.
– Je sais que tu en meurs d'envie, comme j'en meurs d'envie..., ajouta Hortense sans se décourager.
– Ah ! Parce que tu en meurs d'envie... redis-le-moi. Je ne me lasse pas d'entendre ça... Mademoiselle Hortense a envie de vous, prière de l'embrocher sur-le-champ !
– Tu es vulgaire, mon cher.
– Et toi, trop autoritaire !
– Je meurs d'envie de t'embrasser, de me couler contre toi, de t'embrasser partout, partout... de te goûter, de te lécher...
– Ton portable à la main ? Ça ne va pas être très pratique ! déclara-t-il, goguenard, essayant d'effacer par un rire sarcastique le début de désir qu'il sentait monter en lui.
Hortense avisa le portable qu'elle tenait à la main et le glissa sous l'oreiller.

– Je refuse de dormir avec un portable, répéta Gary, reprenant ses esprits.

– Mais Gary... si Miss Farland appelle ! protesta Hortense en agrippant son téléphone.

– Je refuse de dormir avec un portable... Un point, c'est tout !

Il se remit à lire Quick et Flupke, décréta que c'était une BD formidable et pourquoi elle était tombée aux oubliettes, celle-là ? Encore mieux que Tintin ! Deux héros pour le prix d'un ! Et quelle belle entente, quelle efficacité charmante ! Un rien désuet, peut-être, mais les filles, en ce temps-là, ne retroussaient pas leurs jupes devant les garçons. Elles savaient se tenir... Autres temps, autres mœurs, soupira-t-il, nostalgique. Je n'aime pas les femmes soldats. J'aime les femmes féminines et douces qui laissent l'homme diriger l'attelage d'une main ferme, qui posent leur tête sur son épaule et se rendent en silence.

– Tu sais ce que c'est que la tendresse, Hortense ?

Hortense se tortilla dans le lit. C'était le genre de mot qu'elle ne saisissait pas. Elle avait été sur le point de l'emporter. Facilement, en plus ! Et voilà qu'il la renvoyait à la case départ. La case « bonne vieille copine ».

Elle glissa un pied lisse et doux entre les jambes de Gary, un pied d'ambassadeur qui demandait pardon de tant d'audace, et marmonna : je m'en fiche, j'abdique, j'ai trop envie de t'embrasser... j'en meurs d'envie, Gary, si tu veux je serai prude, effacée, soumise, douce comme une vierge effarouchée...

Il sourit à l'image et lui demanda de développer. Il voulait voir jusqu'où elle consentirait à s'abaisser.

Elle se tut, réfléchit, se dit que les mots ne suffiraient

pas et s'en remit à sa vieille science amoureuse, celle qui rendait les hommes fous. Elle disparut sous les draps.

Alors le ton changea.

Il ne refusait plus de dormir avec elle, il y mettait une condition.

Elle refit surface et écouta.

– Tu laisses tomber ton portable..., dit Gary.

– Tu ne peux pas me demander ça. C'est du chantage. C'est trop important pour moi, tu le sais très bien...

– Je te connais trop bien, tu veux dire.

L'objet de la polémique se déplaça. Passa de la nuit d'amour hypothétique à la présence du téléphone dans le lit.

– Gary, supplia Hortense en enfonçant un genou entre les cuisses de Gary.

– Je ne dors pas à trois ! Et surtout pas avec Miss Farland

– Mais..., protesta Hortense. Mais si, quand elle appelle, je l'entends pas...

– Elle rappellera.

– C'est hors de question !

– Alors tu sors de cette chambre et tu me laisses avec Quick et Flupke...

Il avait l'air sérieux. Hortense réfléchit rapidement.

– Je le pose là, sur la chaise...

Gary jeta un œil sur la chaise où il avait jeté en boule son jean, son tee-shirt et son pull. Trop près, la chaise, se dit-il. Je le verrai briller dans la nuit et je ne penserai qu'à Miss Farland.

– Et tu l'éteins, ajouta-t-il.

– Non.

– Alors tu sors.

– Je le pose sur mon bureau, un peu plus loin... Comme ça, tu ne le verras pas.

Elle arracha la BD des mains de Gary, la jeta à terre, se colla contre son torse nu, tu dors toujours tout nu ? effleura ses épaules, sa bouche, son cou de petits baisers, posa sa tête sur son ventre...

– Là bas ! le portable..., dit Gary en montrant du doigt le bureau.

Hortense ragea, se leva, alla poser le téléphone sur le bureau. Vérifia qu'il y avait assez de batterie, vérifia qu'il sonnerait bien, augmenta le volume. Le plaça délicatement près du bord, qu'il soit le plus près possible du lit et revint se coucher.

S'allongea contre Gary, ferma les yeux, chuchota oh ! Gary ! S'il te plaît... Faisons la paix. J'ai tellement envie de toi...

Sa bouche glissa sur son corps...

Et il ne répondit plus de rien.

Ce fut une nuit d'amour comme une symphonie.

Ce n'étaient plus seulement un homme et une femme en train de s'aimer, mais tous les hommes et toutes les femmes de tous les temps, de toute la terre qui décidaient d'épuiser la volupté. Comme si ces deux-là avaient attendu trop longtemps, imaginé trop souvent et s'offraient, enfin, un ballet de tous les sens.

Le baiser de l'un appelait le baiser de l'autre. Enflait la bouche de Gary pour remplir la bouche d'Hortense qui l'aspirait, le goûtait, inventait un autre baiser, puis un autre et un autre et Gary, étonné, démuni, ragaillardi, répondait en allumant un autre feu sous un autre baiser.

Une ronde de farfadets qui les emportaient, les affamaient. Hortense, éblouie, oubliait ses ruses, ses pièges pour attraper l'homme au collet, et se laissait engloutir par le plaisir. Ils chuchotaient, ils souriaient, ils s'arrimaient, corps emmêlés, ils empoignaient les cheveux de l'autre pour aspirer un peu d'air, sombraient à nouveau, se reprenaient, se déprenaient, soupiraient, revenaient aux lèvres désirées, les goûtaient à nouveau, riaient, émerveillés, enfonçaient les dents dans la chair tendre, mordaient, grondaient, mordaient encore, puis se rejetaient en arrière pour se défier et entamer la prochaine sarabande. Ils ne s'embrassaient pas seulement, ils s'attisaient, se tisonnaient, se lançaient des flammèches et des flammes, se répondaient en canon, se décalaient, se rejoignaient, se déclinaient, se dérobaient, se rejoignaient encore. Silences et soupirs, brasiers et baisers, flammes et frissons. Chaque baiser était distinct comme une note détachée, chaque baiser ouvrait une porte sur une nouvelle volupté.

Hortense se tordait, perdait la tête, perdait pied, ne maîtrisait plus rien, répétait c'est ça alors, c'est ça ? encore, encore, oh Gary ! si tu savais... et il disait attends, attends, c'est si bon d'attendre et il n'en pouvait plus lui-même d'attendre... Alors il lui pinçait le sein, tendrement d'abord comme s'il l'aimait d'un amour respectueux et tremblant, presque pieux, puis plus violemment, comme s'il allait la prendre d'un seul coup de reins, d'un seul coup d'épée et elle se tendait contre lui, protestait qu'il lui faisait mal, il s'arrêtait, demandait sérieux, presque froid, j'arrête, j'arrête ? et elle criait oh non ! oh non ! c'est que je ne savais pas, je ne savais pas, et il repartait faire ses gammes ailleurs sur le long corps coulé comme un serpent contre lui et sur lequel il faisait courir ses doigts, sur lequel il jouait toutes les notes, tous les accords, toutes les variations et la musique montait en lui, il chantait en promenant sa bouche, ses mains sur elle jusqu'à ce qu'elle rende les armes et supplie qu'il la prenne maintenant, maintenant, tout de suite...

Il se déprenait, tombait sur le côté, l'observait et disait simplement non, Hortense ma belle, c'est trop facile, trop facile... Il faut faire durer le plaisir, sinon il s'évanouit et on est si triste. Elle lui donnait un coup de reins, elle essayait de l'attraper au lasso de ses hanches, non, non, disait Gary en reprenant les gammes, do ré mi fa sol la si do, en promenant ses lèvres à lui sur ses lèvres à elle, en les mouillant, en les séparant avec sa langue, en les mordillant, en y glissant des mots et des ordres, et elle ne savait plus rien...

Sa tête battait sur le côté. Elle avait envie de crier, mais il la bâillonnait et ordonnait : tu te tais. Et le ton de sa voix, ce ton dur, presque impersonnel, la faisait se tordre encore et elle ne savait plus rien des vieilles recettes qu'elle connaissait, celles qui rendaient les hommes fous, leur dévissaient la tête, leur coupaient l'envie de résister, les jetaient, prisonniers, dans ses filets.

Elle redevenait novice. Pure et tremblante. Elle devenait otage. Pieds et poings liés. Une petite voix dans sa tête serinait attention, danger, attention, danger, tu vas te perdre dans ces bras-là, elle la faisait taire en enfonçant ses ongles dans le cou de Gary, elle préférait mourir plutôt que de ne pas connaître ce frisson qui menait tout droit au ciel ou à l'enfer, qu'importe ! Mais c'est là que je veux être, dans ses bras, dans ses bras...

Et il se refusait encore...

Il devenait *imperator* et délicat. Il installait son royaume, il repoussait les frontières, il envoyait ses garnisons investir le moindre centimètre de peau, il dirigeait en maître, puis revenait à sa bouche qu'il effleurait, dévorait, décorait de nouveaux baisers... C'est ça alors, c'est donc ça ? Elle n'arrêtait pas de se dire entre deux vagues de plaisir.

À bout de bras. À bras-le-corps. À en perdre la tête.

Se frôler pour s'enchaîner. Fermer les yeux sous l'ardeur qui brûle. Se dévorer comme des forcenés, des fanatiques, des enragés et se laisser flotter, ivres de félicité, dans un brouillard de plaisir en s'effleurant le bout des doigts qui cherchent à se raccrocher à la rive...

C'est donc ça... C'est donc ça...

Et la nuit ne faisait que commencer.

À quatre heures du matin, Joséphine eut soif et se leva.

Dans le couloir, provenant de la chambre d'Hortense, elle entendit des bruits de lit qui grince, des bruits de lutte douce, des gémissements, des soupirs.

Elle s'immobilisa dans sa longue chemise de nuit blanche en coton. Frissonna.

Hortense et Gary...

Elle alla pousser la porte de la chambre de Zoé, tout doucement, tout doucement...

Zoé et Gaétan dormaient, nus, enlacés.

Le bras nu de Gaétan sur l'épaule nue de Zoé...

Le sourire repu, heureux de Zoé.

Un sourire de femme...

— Cette fois, c'est sûr, je suis complètement dépassée, dit Joséphine à Shirley en revenant se coucher.

Shirley se frotta les yeux et la regarda.
– Qu'est-ce que tu fais ? T'es debout en pleine nuit ?
– Je peux te dire que ton fils et ma fille s'envoient en l'air et que ça n'a pas l'air triste !
– Enfin..., soupira Shirley en pétrissant son oreiller afin qu'il reprenne sa forme rebondie. Depuis le temps que ça leur pendait au nez !
– Et que Zoé et Gaétan dorment du sommeil de deux justes et qu'à mon avis ils ont forniqué...
– Ah ? Zoé aussi ?
– C'est tout l'effet que ça te fait ?
– Écoute, Jo, c'est la vie... Elle l'aime, il l'aime. Réjouis-toi !
– Elle a quinze ans ! C'est beaucoup trop tôt !
– Oui, mais elle a Gaétan dans la tête depuis longtemps. Ça devait arriver...
– Ils auraient pu attendre... Qu'est-ce que je vais lui dire, moi ? Est-ce qu'il faut que je dise quelque chose ou que je fasse semblant d'ignorer ?
– Laisse venir. Si elle a envie de t'en parler, elle t'en parlera...
– Pourvu qu'elle ne tombe pas enceinte !
– Pourvu que ça se soit bien passé ! Il m'a l'air un peu jeune pour être un parfait amant...
– Je me rappelle plus quand elle a eu ses souris-mimi...
– C'est quoi, ce truc ? demanda Shirley qui avait enfin trouvé le bon creux dans l'oreiller et y lovait sa joue.
– C'est Zoé qui a inventé ce mot. Au lieu de dire « rat-gnagna », elle dit « souris-mimi », c'est mignon, non ?

— Très mimi… de l'art de transformer un truc pas ragoûtant en babiole de décoration !

Joséphine réfléchit encore, croisa les bras sur sa poitrine et laissa tomber, funèbre :

— On a l'air malignes toutes les deux dans notre lit !

— Deux bonnes sœurs fripées ! Va falloir t'y faire, ma belle, on est en train de passer les clés du désir à notre progéniture, on vieillit, on vieillit !

Joséphine méditait. Vieille, vieille, vieille. Elle avait fait un exposé sur les origines du mot « vieux ». À l'université de Lyon 2-Lumière. Premier emploi de « vieil » dans la *Vie de saint Alexis*, puis dans la *Chanson de Roland* en 1080. Du latin *vetus*, puis *vetulus*, de l'ancien français *viez*, qui correspondait aux notions d'« ancien » dans le sens de « qui se bonifie avec l'âge, vétéran, expérimenté », mais aussi à celui d'« usé ». Sens qui émergea au douzième siècle. « Altéré, hors d'usage, bon à jeter. » À partir de quel âge devient-on bonne à jeter ? Y a-t-il une date officielle comme sur les yaourts ? Qui décide ? Le regard des autres qui vous ratatine en pomme ridée ou le désir qui se retire et sonne le clairon de la retraite ? « Verte vieillesse », assurait Rabelais, bon vivant. « Vieillard », disait Corneille en évoquant Don Diègue, incapable de défendre son honneur. Au douzième siècle, on était un vieillard à quarante ans. Vieillir. Drôle de mot.

— Tu crois qu'il dort avec Dottie, ce soir ?

Dottie n'est pas vieille. Dottie n'est pas vétuste. Dottie est un yaourt non périmé.

— Arrête, Jo ! Je te dis qu'elle dort chez elle et qu'il se morfond chez lui… Il pense à toi et tâte son grand lit vide. Comme lui. Livide !

Shirley donna une bourrade à Joséphine et pouffa de rire. Puis râla : elle avait perdu son creux dans l'oreiller.

Joséphine ne sourit pas.

– Je ne crois pas qu'il soit triste... Je ne crois pas qu'il dorme dans un grand lit vide. Il dort avec elle et il m'a oubliée...

Philippe se réveilla et dégagea son bras, engourdi sous le poids du corps de Dottie.

Première nuit de l'année.

Une lumière bleuâtre filtrait à travers les rideaux de la chambre, éclairant la pièce d'un halo froid. La veille, Dottie avait renversé son sac sur la commode. Elle cherchait son briquet. Elle fumait quand elle avait du vague à l'âme. Elle fumait de plus en plus. Dottie revint se blottir contre lui. Il sentit l'odeur de cigarette dans ses cheveux, une odeur froide et âcre qui lui fit détourner la tête.

Elle ouvrit un œil et demanda :

– Tu dors pas ? ça va pas ?

Il lui caressa les cheveux afin qu'elle se rendorme.

– Non, non, tout va bien... J'ai juste soif.

– Tu veux que j'aille te chercher un verre d'eau ?

– Non ! protesta-t-il, agacé, je suis assez grand pour aller le chercher moi-même. Rendors-toi...

– Je disais ça comme ça...

– Rendors-toi...

Et il garda les yeux grands ouverts.

Joséphine. Que faisait Joséphine en ce moment ?

À quatre heures cinquante du matin...

À midi et demi, la sonnerie du téléphone d'Hortense retentit. Une chanson de Massive Attack, *Tear Drop*...

Elle repoussa ses longs cheveux emmêlés, fit une grimace, se demanda qui ça pouvait être si tôt, ils venaient à peine de s'endormir. Son visage se plissa de plaisir en apercevant Gary dont le long bras lui barrait le ventre, replongea la tête sous l'oreiller, elle ne voulait pas entendre... Dormir, dormir, se rendormir... Se souvenir du plaisir inouï de la veille, promener ses doigts sur la peau de son amant. Mon amant, mon amant magnifique. Se recroquevilla brusquement, elle se rappelait quand il l'avait enfin, enfin... Ainsi, c'est ça qui fait tourner le monde... Et j'ai vécu vingt ans sans savoir, mmmm ! ça va changer, ça va changer ! L'homme qui l'avait emportée au fond des ténèbres était cet homme endormi qu'elle croyait connaître depuis si longtemps.

Me voilà émue comme une jeune dinde.

Le téléphone insistait, elle regarda l'heure au cadran de son réveil Mickey, celui que lui avait offert son père quand elle avait huit ans... Midi et demi !

Se redressa d'un seul coup dans le lit. Midi et demi à Paris, onze heures et demie à Londres ! Miss Farland !

Se jeta sur le téléphone.

Murmura tout bas, « allô ? allô ? » en enfilant son tee-shirt, en faisant attention à ne pas réveiller Gary.

Sortit de la chambre sur la pointe des pieds.

– Hortense Cortés ? aboya la voix dans le téléphone.

– *Yes...*, chuchota Hortense.

– *Paula Farland on the phone. You're in ! You are the one ! You won !*

Hortense se laissa tomber sur les talons dans le couloir. Gagné ! Elle avait gagné !

– *Are you sure ?* demanda-t-elle en avalant sa salive, la gorge nouée.

– *I want to see you at my office today, five o'clock sharp !*

Cinq heures tapantes dans son bureau de Londres ?

Il était midi et demi à Paris. Elle avait à peine le temps de faire son sac, sauter dans l'Eurostar, grimper au huitième étage de l'immeuble de Bond Street, faire un pied de nez à la secrétaire, ouvrir la porte et roulement de tambour *Here, I am !*

– *OK, Miss Farland, five o'clock in your office !*

– *Call me Paula !*

Elle courut à la cuisine.

Shirley et Joséphine épluchaient des carottes, des poireaux, du céleri, des navets, des pommes de terre pour faire un potage de légumes. Shirley expliquait à Joséphine que les pommes de terre longues et grosses étaient délicieuses à déguster avec du beurre salé, alors que les courtes et rondes servaient plutôt à faire des frites ou de la purée.

— Bonjour, ma chérie, dit Jo, en inspectant sa fille des pieds à la tête. Tu as bien dormi ?

— Maman ! Maman ! J'ai mes vitrines ! Je les ai ! Miss Farland vient de m'appeler, je pars ! J'ai rendez-vous à cinq heures dans son bureau à Londres ! Super, génial, trop cool, méga-trendy, over droopy youpi youpos, I'm the big boss !

— Tu pars pour Londres ? répétèrent, ébahies, Shirley et Joséphine. Mais...

Elles avaient failli dire mais Gary ? et s'étaient retenues à temps.

— ... ce n'est pas un peu précipité comme départ ? dit Joséphine.

— Maman ! J'AI MES VITRINES ! Tu vois, j'avais raison ! J'avais raison ! Je peux emporter le reste de lapin à la moutarde pour ce soir ? Je n'aurai pas le temps de faire les courses et je ne sais pas si les garçons auront laissé un frigo plein…

Et elle retourna dans sa chambre faire son sac en silence.

— Ouvre grand les oreilles ! On va avoir droit à une scène ! prévint Shirley.

— Elle peut pas tenir en place une seconde ! Mais de qui tient-elle ça ? se lamenta Joséphine. Et lui, il va être malheureux comme les pierres…

— Il était averti. Il savait très bien qu'il n'allait pas la transformer en bonne petite ménagère…

— J'ai rêvé ou ton portable a sonné ? demanda Gary appuyé sur un coude, dans le lit.

Hortense le regarda et se dit qu'il est beau ! mais qu'il est beau ! Elle eut envie de recommencer la nuit.

— Ah ? T'es réveillé ? elle répondit d'une petite voix voilée.

— Ou alors je dors les yeux grands ouverts ! ironisa Gary.

Hortense avait ouvert sa penderie et entassait ses affaires dans son sac.

— Tu fais quoi ? demanda-t-il en ramenant les oreillers contre lui.

— Mon sac. Je pars pour Londres…

— Dans la minute ?

— J'ai rendez-vous à cinq heures tapantes avec Miss Farland. Oh pardon ! Paula. Elle m'a dit de l'appeler Paula désormais…

— Tu as gagné le concours ?

— Oui.

— Félicitations, dit-il d'un ton lugubre en se recouchant et en lui tournant le dos.

Hortense le regarda, découragée. Oh non ! gémit-elle silencieusement, oh non ! ne fais pas la tête, ne me fais pas ça. C'est suffisamment dur de partir...

Elle vint s'asseoir sur le lit et s'adressa au dos tourné.

— Essaie de comprendre. C'est mon rêve, mon rêve qui devient réalité...

— Je suis très content pour toi... j'en ai peut-être pas l'air, mais je suis hilare ! marmonna-t-il le nez dans l'oreiller.

— Gary... s'il te plaît... Je veux faire quelque chose de grand de ma vie, je veux avancer, réussir, arriver tout en haut, cela signifie tout pour moi...

— Tout ? releva-t-il, ironique.

— Gary... Cette nuit a été... formidable. Plus que formidable. Je n'aurais jamais cru que... J'ai cru devenir folle, folle de plaisir, de bonheur...

— Merci beaucoup, ma chère, l'interrompit Gary. Je suis très ému d'avoir été à la hauteur.

— Je n'avais jamais connu ça, Gary, jamais...

— Mais tu files à Londres et tu étais en train de faire ton sac en espérant que je ne me réveille pas...

Elle parlait toujours à un dos tourné. Un dos tourné de méchante humeur.

— C'est une occasion incroyable, Gary. Et si je n'y vais pas...

— Si tu ne te présentes pas au garde-à-vous devant Miss Farland ?

— Si je n'y vais pas, il se peut qu'une autre ou qu'un autre me pique ma place !

— Alors vas-y, Hortense, cours, vole, saute dans

l'Eurostar, prosterne-toi aux pieds de Miss Farland... Je ne te retiens pas. Je comprends très bien. C'est logique... Ou plutôt je devrais dire, c'est dans ta logique.

– Mais je te quitte pas pour un autre !

– Pour deux vitrines à la con chez Harrods ! Le magasin le plus vulgaire de Londres ! C'est de ma faute aussi. D'habitude, je suis plus clairvoyant avec les filles...

Hortense le regarda, les bras et les jambes coupés. Il ne pouvait pas dire ça ! La mettre sur le même plan que les autres filles. Il passait des nuits comme ça avec toutes les filles ? Impossible. Cette nuit avait été unique. Ce ne pouvait pas être autrement pour lui. Impossible, impossible.

– Mais ça ne veut pas dire que j'efface ce qu'on a vécu, cette nuit, nous deux, insista-t-elle en appuyant sur le « nous deux ».

– C'est qui, « nous deux » ? demanda-t-il en se retournant vers elle.

– On a tout le temps, Gary, tout le temps.

Il la regarda avec un grand sourire.

– Mais je ne te retiens pas, Hortense. Vas-y. Je vais te regarder faire ton sac sans gémir ni grincer des dents, si tu oublies quelque chose, je te le signalerai. Tu vois, je suis prêt à t'aider...

– Gary, arrête ! trépigna Hortense. C'est ma vie que je suis en train de prendre en main. Là. En ce moment. Ma passion qui va se réaliser... Et je le ferais contre tous, s'il le fallait...

– C'est exactement ce que je vois... une passion qui se réalise. C'est beau, je n'avais jamais vu ça de si près. J'applaudis !

Il joignit ses mains et applaudit mollement comme s'il se moquait.

– C'est pas contre toi, Gary... Mais il faut que je parte ! Viens avec moi.

– Pour porter tes sacs et décorer tes vitrines ? Non merci ! J'ai mieux à faire.

Et puis Hortense réfléchit. Elle n'allait pas se mettre à genoux devant lui. Il ne comprenait pas ? Tant pis ! Elle partirait. Seule. Elle était habituée à être seule. Elle n'en était pas morte. Elle avait vingt ans et toute la vie devant elle.

– Eh bien ! Reste ici. Boude tranquille ! Je prendrai Harrods, je prendrai Londres, je prendrai Paris, je prendrai New York, Milan, Tokyo... Et je le ferai sans toi puisque tu fais la tronche.

Il applaudit encore, de plus en plus ironique.

– Tu es formidable, Hortense, formidable ! Je m'incline devant la grande artiste...

Alors elle eut le sentiment qu'il l'humiliait, qu'il se moquait de son envie de réussir, qu'il la rangeait dans le même sac que les opportunistes, les arrivistes, les petites connes prêtes à tout, *I want to be a star, I want to be a star*, celles qui rêvent d'un quart d'heure de gloire en se collant contre un pipole éméché en fin de soirée. Il la rabaissait au rang des besogneuses et se haussait, lui, au côté des vrais artistes. Ceux qui honorent l'Homme, collent des majuscules partout et avancent en toute probité dans la vie. Il l'écrasait de son mépris. Tout son être se révolta, elle ne le supporta pas.

– Oh mais... c'est facile pour toi de dire ça, monsieur le coq en pâte ! Monsieur le petit-fils de la reine ! Monsieur j'ai pas besoin de gagner ma vie, j'ai qu'à faire des gammes nonchalantes qui montent et qui descendent sur un clavier en me prenant pour Glenn Gould ! Trop facile !

– Hortense ! Je t'interdis de dire ça, c'est bas... très bas, répondit Gary qui avait pâli.

– Je le dis comme je le pense ! La vie est trop facile pour toi, Gary ! Tu tends une main molle et l'argent tombe. C'est pour ça que tu joues les offensés. T'as jamais eu à te battre ! Jamais ! Moi, je me défends depuis que je suis toute petite !

– Pauvre petite fille !

– Exactement : pauvre petite fille ! Et j'en suis fière !

– Alors continue à mordre les gens ! Tu excelles à ce truc-là !

– Pauvre type !

– Je ne relèverai pas...

– Je te déteste !

– Et moi, même pas ! Il y en a plein de filles comme toi. Elles courent les rues... Tu sais comment on les appelle ?

– Je te hais !

– Vous passez vite de l'adoration à la haine, ma chère ! répondit-il avec un petit sourire qui déformait le coin de sa bouche. Les sentiments n'ont pas le temps de prendre racine en vous ! Ce sont des fleurs artificielles qu'un souffle emporte... Un simple appel de Miss Farland et pffft ! il n'y a plus de fleurs, rien que du goudron, du vilain goudron.

Les yeux verts, obliques, d'Hortense s'assombrirent d'une lueur noire. Elle lui balança au visage le contenu du sac qu'elle venait de fermer.

Il éclata de rire. Elle se jeta sur lui. Le frappa, tenta de le mordre. Il la repoussa en riant ; elle retomba de tout son poids sur le sol. Alors, humiliée de se voir là, les quatre fers en l'air, elle cria en le montrant du doigt :

– Gary Ward, n'essaie jamais, jamais de me revoir !

– Oh mais... ça ne risque pas, Hortense, tu as réussi à me dégoûter de toi pour un bon moment !

Il enfila son jean, son tee-shirt et quitta la chambre sans un regard pour Hortense à terre.

Elle entendit la porte claquer.

Se jeta sur le lit, se mit à sangloter. Bien fait pour elle. Elle avait été folle de penser qu'on pouvait ne faire qu'un avec un garçon, union, fusion, boule d'amour et d'émotions et devenir quelqu'un en même temps ! *Bullshit !* Elle avait cru qu'elle l'aimait, elle avait cru qu'il l'aimait, elle avait cru qu'il l'aiderait à faire de grandes et belles choses, c'était grotesque. Elle éclata de rire. Je suis tombée dans le piège où tombent toutes les filles et c'est bien fait pour moi ! Pauvre conne ! Je serais devenue quoi ? Une fille amoureuse ! On sait ce que ça donne ! Des cruches qui sanglotent sur un lit. Je ne suis pas une cruche qui sanglote sur un lit. Je suis Hortense Cortès et je vais lui montrer que je peux réussir jusqu'au ciel, jusqu'à crever le ciel, crever les nuages et alors, et alors... je ne le regarderai pas, je l'ignorerai, je le laisserai, nain désolé sur le bord de la route, et je passerai mon chemin. Elle imagina un nain désolé sur le bord de la route, lui colla la figure de Gary et passa lentement, lentement devant lui sans même abaisser le regard. *Bye bye,* nain désolé, reste sur ta petite route de morne plaine, ta petite route toute tracée...

Je me casse à Londres et je ne te revois plus jamais, plus jamais !

Elle se releva, respira un bon coup et ramassa ses affaires.

Il y avait un Eurostar toutes les quarante minutes.

Elle serait à cinq heures tapantes dans le bureau de Miss Farland à Londres.

Il ne fallait pas qu'elle oublie le stylo acheté à Pigalle avec une femme qui s'habillait et se déshabillait quand on le renversait.

Un peu osé, peut-être.

Mais Paula aimerait…

Troisième partie

Ce devait être une soirée magnifique et ce fut franchement raté.

Chaque année, au premier dimanche de janvier, Jacques et Bérengère Clavert recevaient « en toute simplicité ». Ni cravate ni veste ni protocole. Une réunion d'amis avec farandoles d'enfants, pantalons qui tirebouchonnent, pulls jetés sur les épaules. « Venez fêter l'hiver chez Jacques et Bérengère », annonçait le carton d'invitation. C'était une manière de courtiser des personnages importants en les mêlant aux proches, de donner à l'ensemble un air de bonhomie, d'échanger cartes de visite et confidences au milieu des cris des bambins et des récits de fêtes de Noël. Jacques et Bérengère Clavert pouvaient ainsi mesurer leur degré de popularité et vérifier qu'ils étaient toujours « en grâce ».

Il leur suffisait de pointer le nombre d'invités présents et de soupeser leur qualité. Un grand patron valait trois copines de Bérengère, mais une copine de Bérengère flanquée de son grand patron de mari rapportait des points supplémentaires.

Et puis...

Et puis, se disait Bérengère, donner un petit air

guilleret à ce début d'année ne ferait pas de mal. Les mines étaient grises, les propos pessimistes. C'est presque faire œuvre de charité, songeait-elle en enfilant une robe fourreau noire et en se félicitant de son ventre plat, de ses hanches étroites. Pas un gramme de cellulite ni une vergeture malgré mes quatre enfants ! J'ai encore de beaux jours devant moi. À condition de trouver l'homme qui...

Son dernier rendez-vous galant avait tourné court. Pourtant... Il était beau, ténébreux, célibataire, chevelu. Ses poignets bronzés, piqués de poils noirs, l'attiraient terriblement. L'homme parcourait les déserts pour installer des puits à forage vertical pour le compte d'une société américaine. Elle s'imaginait jouant avec ses boucles brunes, roulant sur ses pectoraux, s'enivrant de son odeur d'homme fort qui terrasse le fauve rôdant près du forage. Ses rêves avaient été brisés net lorsque, au moment de l'addition, il avait sorti une Carte bleue... bleue. Ça existe encore ? s'était-elle interrogée, les yeux écarquillés. Elle avait bâillé, demandé au puisatier de la raccompagner. Une soudaine migraine. Une grande lassitude. Elle avait passé l'âge où l'on s'investit sans réfléchir. Une Carte bleue... bleue l'avait renvoyée à ses jeunes années, quand elle embrassait le premier qui osait se frotter à son appareil dentaire et n'avait pas assez d'argent pour lui offrir un Coca. À quarante-huit ans, je dois investir. Trouver un remplaçant, avec Carte Gold ou Platine, ou mieux encore une Infinite noire au cas où Jacques me congédie. Cela me pend au nez. Il n'y a qu'à observer l'heure de plus en plus tardive à laquelle il rentre le soir... Il va finir par ne plus rentrer du tout et je serai chocolat. Échouée sur l'étagère des femmes divorcées. À mon âge, une femme seule est une espèce en danger.

On dressait des tables, on dispersait des bougies parfumées et des bouquets, on déployait de belles nappes blanches, on plaçait des seaux à champagne, des douceurs acidulées, des sorbets bariolés, mais surtout, surtout on attendait l'entrée en scène des pyramides de choux à la crème que Bérengère prétendait confectionner elle-même et que Jacques allait chercher en catimini dans une boulangerie-pâtisserie du quinzième arrondissement. Chez une certaine Mme Keitel, une Autrichienne joviale qui n'avait ni cou ni menton, mais un sourire perpétuel gravé dans trois colliers de graisse.

Jacques Clavert renâclait. Au fil des années, il lui était de plus en plus difficile de participer à cette mascarade. Il y allait en traînant les pieds, s'emportait contre sa femme, contre les femmes, leur fourberie, leur duplicité, grommelait nous sommes des nains, nous les hommes, des pauvres nains qu'elles mènent par le bout du nez. Il emboutissait l'aile de sa Rover en quittant le garage, se coinçait un doigt dans un casier à choux, jurait, sentait l'aiguillon de la haine l'éperonner et repartait de chez Mme Keitel en promettant qu'on ne l'y reprendrait plus, qu'il allait vendre la mèche.

Et sauver son âme.

– Parce que tu as une âme ? disait Bérengère en haussant les épaules.

– Moque-toi ! Un de ces jours, je vais te dénoncer...

Bérengère souriait en vaporisant un jet de laque sur sa frange brune et tapotait d'un doigt irrité trois petites rides nouvelles autour de ses yeux bruns.

Son époux menaçait, mais ne passait jamais à l'action. Son époux était un pleutre.

Elle le savait depuis longtemps.

Les choux à la crème de Bérengère étaient le clou de la soirée.

On en parlait avant, on en parlait après, on les imaginait, on les guettait, on les annonçait, on les contemplait, on les saisissait, on les dégustait, les yeux fermés, droit et grave, ému, presque éperdu ; et chaque femme rouée, chaque homme impitoyable redevenait, le temps d'un choux, innocent et doux. Pour avoir droit aux petits choux à la crème de Bérengère Clavert, des ennemis irréductibles se réconciliaient, des meilleures amies redevenaient amies, des langues acérées se nappaient de miel. On se demandait bien comment Bérengère réussissait à obtenir ce crémeux, ce fouetté, ce finement caramélisé... mais on ne se posait pas longtemps la question : une houle de plaisir balayait tout esprit critique.

Ce soir-là, alors que le personnel s'affairait, Bérengère Clavert pénétra dans la chambre conjugale et s'étonna de trouver son mari allongé sur le lit en caleçon et chaussettes noires. Il lisait *Le Monde Magazine*, supplément qu'il mettait de côté chaque vendredi pour occuper son dimanche. Son grand souci était de résoudre le Sudoku « expert » ou « très difficile » que proposait le journal en dernières pages. Quand il y parvenait, il poussait un cri de bête, boxait l'air et vociférait *I did it, I did it*, seuls mots d'anglais qu'il parvenait à mémoriser.

— Tu ne vas pas chercher les choux ? demanda Bérengère, tentant de maîtriser la colère qui montait en elle à la vue de la tenue négligée de son époux.

– Je n'irai plus jamais chercher les choux, répondit Jacques Clavert sans lever le nez de son Sudoku.

– Mais...

– Je n'irai plus chercher les choux..., répéta-t-il en plaçant un 7 et un 3 dans un carré.

– Mais que vont dire nos amis ? parvint à bredouiller Bérengère. Tu sais à quel point ils...

– Ils seront affreusement déçus et tu devras inventer un mensonge de compétition !

Il leva la tête vers elle et ajouta avec un grand sourire :

– Et je serai mort de rire !

Puis il reprit le remplissage de sa grille.

– Enfin, Jacques ! Tu es fou !

– Pas du tout. Au contraire, je viens de retrouver ma raison. Je n'irai plus jamais chercher les choux et dès demain, je quitte cette demeure...

– Et peut-on savoir où tu vas ? interrogea Bérengère dont le cœur s'emballait.

– J'ai loué une garçonnière, rue des Martyrs : je vais m'y retirer avec mes livres, ma musique, mes films, mes dossiers et mon chien. Je te laisse les enfants... Je les prendrai le dimanche matin et les ramènerai le soir. Je n'ai pas de place pour les loger.

Bérengère se laissa tomber sur le bord du lit. La bouche ouverte, les bras ballants. Elle sentait le malheur remplir la chambre.

– Et tu le sais depuis longtemps ?

– Depuis aussi longtemps que toi... Ne me dis pas que je t'apprends quelque chose. On ne s'entend plus, on ne se supporte plus, on fait mine de... On se ment comme des arracheurs de dents. C'est épuisant et stérile.

J'ai encore quelques belles années à vivre, toi aussi, profitons-en au lieu de nous gâcher la vie mutuellement...

Il avait prononcé ces mots sans lever la tête de son journal, son esprit toujours attaché au mystère des chiffres japonais.

– Tu es odieux ! parvint à dire Bérengère.

– Épargne-moi les gros mots, les pleurs et les grincements de dents... Je te laisse les enfants, l'appartement, je paierai les frais divers et Dieu sait qu'ils portent bien leur nom puisque je n'arrive pas à les identifier ! Mais je veux la paix avec un grand P...

– Ça va te coûter cher !

– Ça me coûtera ce que je voudrai bien que ça me coûte. J'ai un dossier sur tes différents adultères. Je n'aimerais pas avoir à m'en servir... Pour épargner les enfants.

Bérengère entendit à peine. Elle pensait à ses choux. Une soirée chez les Clavert sans choux à la crème était une soirée ratée. Ses choux étaient fameux dans le monde entier. Il n'y avait plus assez d'adjectifs pour les qualifier. Cela allait de « enchanteur » à « miraculeux », en passant par « du jamais vu », « mon Dieu ! Oh ! My God ! », « knock out », « maravillloso », « deliziosi », « diviiiine », « köstlich », « heerlijk », « wunderbar ». Un soir, un homme d'affaires russe avait laissé tomber un sonore « krapoutchovsky » qui signifiait, lui avait-on traduit, « époustouflant » en langage samovar. Ses choux étaient sa médaille du mérite, son diplôme universitaire, sa danse du ventre. On lui avait proposé beaucoup d'argent pour en connaître la recette. Elle avait refusé en assurant qu'on se la transmettait de mère en fille et qu'il était interdit de la communiquer à un étranger.

– Je te propose un marché : on se sépare en paix, mais tu vas me chercher mes choux...

– Je n'irai plus jamais chercher tes choux ! Et tu as intérêt à ce qu'on se sépare en paix, ma chère. Je te rappelle que je t'ai épousée, Bérengère Goupillon... Tu veux retourner à cette misère ?

Bérengère Goupillon. Elle avait oublié qu'elle portait ce nom, autrefois. Elle se redressa, fouettée au sang. Goupillon ! Il pouvait exiger qu'elle reprenne son nom de jeune fille.

Elle baissa la tête et chuchota :

– Je ne veux plus jamais m'appeler Goupillon.

– Te voilà devenue raisonnable... Tu pourras garder mon nom si tu restes dans de bonnes dispositions d'esprit, déclara-t-il en faisant un grand geste de la main, tel Néron épargnant le gladiateur déchiqueté par les lions. Et tu peux aller chercher tes choux... Je recevrai les invités quand j'aurai fini ma grille.

C'était impensable. Elle ne pouvait pas déserter. Ses ongles n'étaient pas secs, elle n'avait pas fini son trait d'eye-liner ni choisi ses boucles d'oreilles. Il lui fallait trouver un homme ou une femme dévouée.

Elle réfléchit rapidement.

Les Philippins engagés comme extras ?

Elle ne leur laisserait jamais, au grand jamais, les clés de sa Mini. Ni celles de la Rover de Jacques. Et puis ils pourraient parler...

Sa meilleure amie ?

Elle n'en avait plus depuis belle lurette...

Elle prit son portable. Fit défiler les noms. Trouva Iris Dupin et remarqua qu'elle ne l'avait pas effacée de son répertoire. Iris Dupin. C'est ce qu'elle avait possédé de plus ressemblant à une « meilleure amie ». Un peu acerbe, certes, on pouvait même dire une vraie peau de vache… mais bon… Elle ne serait jamais allée chercher les choux, elle. Elle aurait croisé les bras et l'aurait regardée en train de se noyer. Avec le même petit sourire ravi que Jacques en chaussettes sur son lit. Elle eut un ricanement nerveux. Se reprit. Iris, peut-être pas, mais sa sœur… La bonne Joséphine… La petite sœur des pauvres et des paumés. Toujours prête à rendre service. Joséphine ira chercher mes choux.

Elle l'appela. Lui expliqua de quoi il s'agissait. Avoua son méfait. À toi, je peux le dire parce que t'es une gentille, une vraie gentille, mais les autres… s'ils l'apprennent… ne m'adresseront plus jamais la parole… Joséphine, s'il te plaît, tu n'irais pas me chercher mes choux chez Mme Keitel ? Ce n'est pas si loin de chez toi… En souvenir d'Iris… Tu sais combien on s'aimait, elle et moi… Tu me sauverais la vie… et Dieu sait qu'elle ne va pas être drôle, ma vie, si Jacques me quitte… Parce qu'il me quitte ! Il vient de me l'annoncer, il y a deux minutes et demie…

— Il te quitte ? répéta Joséphine en regardant l'heure.

Dix-huit heures dix… Zoé était partie chez Emma. Elle comptait prendre un bol de soupe, se mettre au lit et lire un bon livre.

— Je ne sais pas comment je vais faire ! Seule avec quatre enfants !

— On survit, tu sais. J'ai bien survécu, moi…

— Mais tu es forte, Jo !

— Pas plus qu'une autre…

— Si, tu es forte ! Iris disait toujours « Jo, c'est une battante cachée sous un petit cœur de beurre… ».

Il fallait l'amadouer, la tartiner de douceur, l'oindre

de compliments. Afin qu'elle aille vite, vite chercher ces foutus choux. Dans une heure, les premiers invités déposeraient leur manteau au vestiaire...

– Tu me sortirais d'un terrible bourbier, tu sais...

Et Joséphine se souvint d'Iris prononçant exactement ces mêmes mots, « un terrible bourbier[1] »... Iris la suppliant d'écrire le livre à sa place. Les grands yeux bleus d'Iris, la voix d'Iris, le sourire irrésistible d'Iris, Cric et Croc croquèrent le Grand Cruc qui croyait les croquer...

Elle accepta. Si ça te rend service, Bérengère, je vais aller chercher les choux... donne-moi l'adresse.

Elle nota l'adresse de Mme Keitel. Nota que tout était payé. Qu'il fallait rapporter la facture pour que Jacques puisse déduire les choux de ses impôts, très important, Joséphine, très important, sinon il va piquer une crise ! Prendre les grands casiers. Les poser bien à plat sur la banquette arrière, conduire lentement afin que les choux ne glissent pas, ne s'écrasent pas, ne se répandent pas.

– Et aussi... dis, Jo, tu peux passer par l'entrée de service ? Il faudrait pas qu'on te voie...

– Pas de problème. Y a un code ?

Elle écrivit le code.

– Et ensuite, tu nous rejoindras pour faire la fête...

– Oh non ! Je rentrerai... Je suis fatiguée.

– Allez ! Tu boiras bien une petite coupe avec nous !

– On verra, on verra, dit Joséphine, battant retraite.

Les premiers invités arrivèrent à dix-neuf heures dix.

Ils tendirent leur manteau à la petite Philippine qui tenait le vestiaire.

---

1. Cf. *Les Yeux jaunes des crocodiles, op. cit.*

Entrèrent dans le premier salon en ouvrant grand les bras, enlacèrent Bérengère sans les refermer. Demandèrent où était Jacques. Dans sa chambre, il se prépare, répondit Bérengère en priant le Ciel qu'il termine au plus vite sa grille de Sudoku.

À dix-neuf heures trente, Joséphine passa par l'entrée de service, déposa les lourds casiers de choux sur la table de la cuisine et demanda qu'on prévienne Bérengère de sa présence.

Bérengère entra en coup de vent dans la cuisine et la remercia en l'embrassant de loin. Merci, merci, tu m'as sauvé la vie ! Tu n'as pas idée ! J'étais désespérée, sur le point de me faire hara-kiri ! C'est si important, des choux à la crème ? se demanda Joséphine en observant la mine affolée de Bérengère qui comptait et recomptait ses choux.

– Parfait ! Ils sont tous là. Je savais que je pouvais compter sur toi ! Et la facture ? Tu n'as pas oublié, j'espère...

Joséphine chercha. Ne la trouva pas. Bérengère décréta que finalement ce n'était pas grave ; ce n'était plus son problème puisqu'ils allaient divorcer. Elle se désolidarisait.

Elle demanda à un extra de l'aider à répartir les choux sur les plats puis de les porter sur la grande table du deuxième salon.

– Mais tu as combien de salons ? s'enquit Joséphine, amusée.

– Trois. Quand je pense qu'il va aller se réfugier dans une garçonnière. Il a perdu la raison. Mais ce n'est pas nouveau. Ça fait un moment que je ne comprends plus rien au film ! Au début, je pensais qu'il avait une maîtresse... Même pas ! Il en a juste marre. De quoi exactement, je ne sais pas. Et puis, je m'en fiche... Ça fait longtemps que je lui cherche un remplaçant.

Elle regarda Joséphine et songea à Philippe Dupin. Ce dernier aurait vraiment été une proie idéale. Riche, séduisant, cultivé. On lui avait raconté qu'il avait un faible pour Joséphine. Ils auraient même...

– J'ai longtemps pensé à Philippe Dupin... mais j'ai appris récemment qu'il était en ménage...

– Ah..., dit Joséphine en se rattrapant au bord de la table.

Ses jambes se dérobaient et elle n'était plus sûre de tenir debout.

– J'ai une copine à Londres... Elle m'a téléphoné, hier. Il paraît qu'il vit avec une fille. Comment elle s'appelle déjà ? Debbie, Dolly... Non ! Dottie. Elle s'est installée chez lui avec armes et bagages. Sans lui demander son avis. Dommage ! Il me plaisait. Ça va ? Tu te sens pas bien ? Tu es toute pâle.

– Non, non, ça va, marmonna Joséphine cramponnée à la table pour ne pas tomber.

– Parce qu'on a dit à un moment que vous étiez très proches...

– On a dit ça ? répondit Joséphine en entendant sa voix comme si ce n'était pas la sienne.

– On dit n'importe quoi. C'est désobligeant pour toi. Ça te ressemblerait pas de piquer le mari de ta sœur...

Elles furent interrompues par une femme qui, entrant dans la cuisine, aperçut les choux et se jeta sur le plateau en criant, divin, divin. Bérengère lui tapa sur les doigts. La gourmande s'excusa d'un air d'enfant pris en faute.

– Allez ! Hop ! s'exclama Bérengère, voulez-vous

bien quitter la cuisine toutes les deux... Je finis de présenter mes choux et je suis à vous...

Joséphine accepta une première coupe de champagne. Elle se sentait lasse. Faible, si faible. Puis une deuxième, une troisième. Une étrange douceur lui emplissait le corps. Des fourmillements de plaisir. Elle promena son regard autour d'elle et découvrit les gens qui l'entouraient.

C'étaient les mêmes.

Les mêmes qu'autrefois chez Philippe et Iris quand ils recevaient.

Des gens qui parlent très fort. Savent tout. Ils feuillettent un livre ? Ils l'ont lu. Ils lisent un entrefilet sur un spectacle ? Ils l'ont vu. Ils entendent un nom ? C'est leur meilleur ami. Ou leur pire ennemi, ils ne savent plus très bien. À force de mentir, ils croient à leurs mensonges. Un soir, ils adorent, le lendemain, ils exècrent. Que s'est-il passé pour qu'ils changent d'avis ? Ils l'ignorent. Une méchante humeur qui les a charmés, un avis bien troussé dont ils ont aimé l'effet. De convictions, ils n'en ont point. D'analyses profondes, encore moins. Ils n'ont pas le temps. Ils répètent ce qu'ils ont entendu, parfois ils le répètent à la personne même qui le leur a appris.

Elle les connaissait par cœur. Elle pouvait fermer les yeux et les décrire...

Ils n'ont pas d'idées, mais des indignations. Emploient des grands mots dont ils se gargarisent, marquent une pause pour juger de leur effet, lèvent un sourcil pour mater l'impudent qui oserait les contredire et reprennent leur discours devant un auditoire médusé.

C'est une vapeur de pensée. Tout le monde chante le

même air. Il faut juste avoir l'air de... et reprendre en chœur de peur de passer pour un benêt.

Joséphine songea à Iris. Elle était à l'aise dans ce milieu-là. Elle en humait l'air fétide comme un grand bol d'air pur.

L'appartement était une suite de salons, de tapis, de tableaux accrochés aux murs, de canapés profonds, de cheminées, de rideaux lourds. Des domestiques philippins traversaient les pièces en portant des plateaux plus grands qu'eux. Ils souriaient, s'excusant d'être si frêles.

Elle reconnut une actrice qui avait, autrefois, fait les couvertures des journaux. Elle devait avoir cinquante ans. S'habillait comme une gamine, pull au-dessus du nombril, jean moulant, ballerines, et riait à tout propos en tortillant ses mèches brunes sous les yeux de son fils de douze ans, qui l'observait, gêné. On avait dû lui dire que rire aux éclats était un signe de jeunesse.

Plus loin, une ancienne beauté aux longs cheveux blonds mêlés de mèches grises, célèbre pour ses trois maris plus riches l'un que l'autre, racontait qu'elle avait jeté au feu toutes les séductions. Désormais, elle soignait son âme et mettait ses pas dans ceux du dalaï-lama. Elle buvait de l'eau chaude avec une rondelle de citron, méditait et cherchait une baby-sitter pour son mari afin de poursuivre sa quête spirituelle sans être ralentie par des obligations sexuelles. Le sexe ! Quand je pense à la place qu'on lui accorde dans notre société ! s'indignait-elle en battant l'air de la main d'un air exaspéré.

Une autre s'accrochait au bras de son mari comme une aveugle au harnais de son chien. Il lui tapotait le bras, lui parlait gentiment et racontait avec force détails sa dernière descente de glacier avec son ami Fabrice. Sa femme n'avait pas l'air de se rappeler qui était Fabrice et bavait. Il lui essuyait la bouche tendrement.

Et cet homme gonflé de Botox ! Iris lui avait raconté qu'il chaussait du 41, achetait des chaussures taille 46, y glissait des chaussettes roulées pour exhiber de grands pieds et faire croire qu'il avait un sexe énorme. Quand il dessinait – il était architecte d'intérieur –, un assistant lui taillait ses crayons et les lui mettait dans la main. Un coiffeur venait spécialement de New York une fois par mois lui faire une coupe et un balayage. Prix du déplacement : trois mille euros. Billet d'avion compris, se vantait-il. Ce n'est pas si cher finalement...

Joséphine les reconnaissait un à un.

Et enchaînait les coupes de champagne. La tête lui tournait.

Qu'est-ce que je fais, ici ? Je n'ai rien à dire à toutes ces personnes.

Elle se laissa tomber dans un canapé et pria le Ciel que nul ne lui adresse la parole. Je vais disparaître peu à peu, m'effacer et gagner la sortie.

Alors...

Alors, on apporta les choux. Ils firent leur entrée dans le salon, portés à bout de bras par les Philippins sur des plateaux argentés. Des cris fusèrent, des applaudissements éclatèrent, suivis d'une ruée vers les tables où ils furent déposés.

Joséphine en profita pour se lever, attrapa son sac et s'apprêtait à filer lorsque Gaston Serrurier lui bloqua le chemin.

– Tiens, tiens... On vient prendre des notes chez les riches et les dépravés ? demanda-t-il d'un ton sarcastique.

Joséphine rougit violemment.

– Donc, j'ai raison. Vous êtes une espionne. Vous travaillez pour qui ? Pour moi, j'espère... Pour votre prochain roman...

Joséphine balbutia que non, non, elle ne prenait pas de notes.

– Vous avez tort ! C'est un nid d'histoires, cette assemblée. Vous auriez de quoi écrire les Lettres de Mme de Sévigné, cela vous changerait du douzième siècle. Et j'y trouverais mon compte. Observez, par exemple, ce couple attendrissant...

Il lui indiqua du menton la femme qui s'agrippait au bras de son mari.

– Ce sont les seuls que je trouve émouvants ici, dit Joséphine.

– Vous voulez que je vous raconte leur histoire ?

Il la prit par le coude, l'accompagna vers un canapé où ils s'installèrent côte à côte.

– On est bien là, non ? Comme au cinéma. Regardez-les. Tous à se précipiter sur les choux à la crème de Bérengère. On dirait de grosses mouches voraces, des mouches que l'on berne facilement... Car ce n'est pas Bérengère qui fait ces petits choux délicieux. C'est Mme Keitel, pâtissière dans le quinzième. Le saviez-vous ?

Joséphine feignit de s'offusquer de cette médisance.

– Tssst, tsssst, siffla Serrurier. Inutile... Vous mentez mal. Je vous ai vue vous faufiler par l'entrée de service, courbée sous le poids des choux ; vous avez même laissé tomber la facture. Jacques ne va pas être content ! Il ne pourra pas inclure les petits choux dans ses frais de réception...

Il glissa la main dans sa poche, exhiba la facture qu'il remit ensuite soigneusement en place. Joséphine pouffa et se cacha derrière sa main. Elle se sentait mieux et avait envie de rire.

– C'est donc pour ça qu'elle vous a invitée..., poursuivit Gaston Serrurier. Je me disais que fabrique cette femme délicieuse et délicate dans cette assemblée ? J'aurais dû y penser ! Jacques s'est défilé, Bérengère vous a appelée à la dernière minute et vous avez dit oui, bien sûr... dès qu'il y a une corvée, elle vous revient. Vous devriez relancer les petites sœurs des pauvres ou ouvrir une succursale des Restos du cœur...

– J'y songe souvent... Rien qu'avec ce qui va être jeté ce soir. Cela me rend malade d'imaginer ce gâchis.

– C'est bien ce que je pensais. Délicieuse et délicate...

– Vous dites ça comme si vous disiez stupide et nunuche...

– Pas du tout ! J'entends bien le sens des mots et je maintiens mon jugement sur vous...

– On ne sait jamais si vous plaisantez ou si vous êtes sérieux...

– Vous ne trouvez pas ça mieux ? C'est très ennuyeux de vivre avec quelqu'un de prévisible. On doit s'ennuyer très vite. S'il y a une chose que j'exècre dans la vie, c'est bien l'ennui... Je pourrais tuer par ennui. Ou mordre. Ou poser une bombe...

Il passa la main dans ses cheveux et ajouta du ton de l'enfant puni :

– Et en plus, je ne peux pas fumer ! Il faudrait que je sorte et je préfère rester avec vous... Cela vous ennuie si je vous fais la cour ?

Joséphine ne sut que répondre. Elle fixa le bout de ses chaussures.

– Manifestement, je vous ennuie.

— Non ! Non ! protesta-t-elle, effrayée à l'idée de l'avoir blessé. Mais vous vous égarez, vous deviez me raconter l'histoire de ce couple que je trouve si touchant...

Gaston Serrurier esquissa un sourire cruel et fin qu'il prit le temps d'étirer.

— Attendez un peu avant de gaspiller votre émotion... Ne vous emballez pas, c'est une drôle d'affaire qui sent le soufre et l'eau bénite...

— Ils cachent bien leur jeu...

— On peut dire ça comme ça.

— Ce pourrait être une nouvelle des *Diaboliques*.

— Absolument. Il faudrait en parler à Barbey d'Aurevilly, il l'ajouterait à son recueil ! Je résume : elle vient d'une famille riche, catholique, provinciale. Il vient d'un milieu modeste, très parigot tête de veau. Il est intelligent, habile, virevoltant, charmant, il a fait de très belles études. Elle est timide, rougissante, naïve, a passé avec difficulté son bac. Ce n'était pas grave, sa fortune remplaçait tous les diplômes. Il l'a rencontrée à un stage d'auto-école, l'a séduite et l'a épousée alors qu'elle était très jeune, très vierge. Et très amoureuse...

— Un vrai conte de fées ! gloussa Joséphine, de plus en plus à l'aise en compagnie de cet homme.

Elle avait envie de rire à tout ce qu'il disait. Elle ne se trouvait plus si étrangère dans ce salon.

— Et ce n'est pas fini ! dit-il en ménageant un semblant de suspense. Je ne sais pas si je devrais vous raconter tout cela, d'ailleurs. Méritez-vous que l'on vous fasse confiance ?

— Je jure, croix de bois, croix de fer, que je ne dirai rien... D'ailleurs, je ne vois pas qui cela pourrait intéresser parmi les gens que je connais...

— C'est vrai... Vous ne voyez personne, vous ne sortez jamais ou pour aller à la messe. Avec une longue mantille sur la tête et le chapelet noué au poignet...

— C'est presque ça, répondit Joséphine en éclatant de rire.

Elle avait ri comme une enfant. Et elle devint d'un seul coup belle, éclatante, lumineuse. Un projecteur l'avait éclairée. Le rire avait libéré une beauté cachée qui faisait briller ses yeux, sa peau, son sourire.

— Vous devriez rire plus souvent, dit Gaston Serrurier en la regardant gravement.

Joséphine sentit, à cet instant précis, qu'un lien se formait entre eux. Une complicité tendre. Comme s'il déposait un chaste baiser sur ses paupières baissées et qu'elle le recevait en silence. Ils passaient un pacte. Elle acceptait sa brutalité généreuse, il était touché par son innocence joyeuse. Il la bousculait, la faisait rire, elle l'étonnait, l'attendrissait. On va faire une belle paire d'amis, pensa-t-elle en remarquant pour la première fois son nez long et droit, son teint hâlé, ses cheveux noirs d'hidalgo, adoucis de fils blancs.

— Donc je reprends... Un beau mariage... Un bel appartement offert par ses parents à elle, un beau castel en Bretagne appartenant également aux beaux-parents. Bref, un beau début de vie. Très vite, il s'est appliqué à lui faire des enfants, deux beaux enfants et... il ne l'a plus jamais touchée. Elle s'en est à peine étonnée, pensant qu'il en allait ainsi dans tous les couples. Et puis un jour, des années plus tard, aux sports d'hiver, alors qu'elle avait oublié son bonnet de laine dans sa chambre – ou plutôt je devrais dire dans leur chambre –, elle est remontée et est tombée sur son mari... au lit... avec un ami. Son meilleur ami. En pleine action. Ce fut un choc terrible. Depuis elle vit sous Prozac et ne lâche plus le bras de l'homme qui l'a trahie. Et c'est là où l'histoire devient remarquable... il est devenu le meilleur mari au monde. Attentionné, doux, empressé, patient. On peut même dire qu'ils ont, à partir de cet instant-là, de cette cruelle désillusion, ils ont enfin formé un couple... Étonnant, non ?

– En effet...

L'amour est étonnant. Philippe dit qu'il m'aime et il dort avec une autre. Elle pose sa montre sur sa table de nuit avant d'aller prendre sa douche, se glisse dans ses bras pour s'endormir...

– Et ce n'est qu'une histoire parmi d'autres. Aucune des personnes présentes, j'ai bien dit aucune, n'a la vie qu'elle prétend avoir. Ils trichent tous. Certains font le grand écart, d'autres de petites embardées. Mais ils sortent tous du chemin qu'ils affirment suivre... Mais vous, vous êtes différente, Joséphine... Vous êtes une drôle de femme.

Il posa sa main sur le genou de Joséphine. Elle rougit violemment. Il s'en aperçut et lui passa le bras autour des épaules pour achever de l'embarrasser.

Cette accolade accrocha l'œil de Bérengère Clavert qui se tenait un peu plus loin.

Des gamins avaient rempli de choux une carafe de jus d'orange, les petits choux flottaient à la surface ; cela faisait désordre.

Elle s'apprêtait à remporter la carafe à la cuisine lorsque son regard surprit le geste de Serrurier...

Mais qu'est-ce qu'elle a de si exceptionnel, cette fille ? Philippe Dupin, l'Italien du Moyen Âge, Serrurier ! Il les lui faut tous ou quoi ? s'énerva-t-elle en enfonçant la porte de la cuisine.

Elle bouscula un Philippin qui vacilla, faillit renverser le plateau qu'il portait, posa une main pour se rattraper sur la plaque brûlante de la cuisinière, poussa un cri, se reprit et réussit à ne rien casser. Bérengère haussa les épaules, quelle idée aussi d'être si petit : on le voit pas sous son plateau ! et revint à sa préoccupation première : Joséphine Cortès. Elle les harponne avec ses airs de bonne sœur effarouchée. S'il faut prononcer des vœux de chasteté pour séduire les hommes, maintenant !

Elle houspilla une extra qui disposait des orangettes sur une assiette, une à une.

– Mais faites-les glisser ! Sinon vous y serez encore quand les gens seront partis !

La jeune femme la regarda, interloquée.

– Ah ! J'oubliais, elle parle pas français ! *You're too slow ! Hurry up ! And put them directly on the plate !*

– OK, madame, dit la fille avec un grand sourire idiot.

À quoi ça sert de payer des extras s'il faut tout faire à leur place ? gronda Bérengère en sortant de la cuisine et en posant sur la table une nouvelle carafe de jus d'orange sans choux flottants.

C'est ce moment que choisit Jacques Clavert pour quitter sa chambre et venir saluer ses invités.

Il descendit les escaliers lentement, majestueusement, posant un pied devant l'autre avec l'amplitude de jambes d'un danseur de tango exercé, laissant aux gens le soin de l'admirer évoluant de degré en degré. S'arrêta sur la dernière marche. Fit signe à Bérengère de le rejoindre. Attendit qu'elle vînt se mettre à ses côtés. L'enlaça en la pinçant afin qu'elle desserre les dents. Elle émit un petit rire surpris et s'appuya sur lui. Il s'éclaircit la gorge et prononça ces mots :

– Chers amis, bonsoir ! Je voulais vous remercier d'être présents, ce soir... Vous remercier aussi de votre fidélité que vous nous renouvelez chaque année. Vous dire à quel point je suis touché de vous retrouver autour des petits choux à la crème de notre chère Bérengère...

Il applaudit sa femme en se tournant vers elle. Elle s'inclina, se demandant ce qu'il allait ajouter.

– ... ces petits choux remarquables que nous savourons en nous chouhaitant le meilleur et en choupirant de bonheur, nos choucoupes à la main...

Il y eut des rires que goûta Jacques Clavert, fier de son effet.

– Je voulais remercier ma femme de ce délice annuel... ce tour de force de cuisinière émérite... Mais je voulais aussi vous annoncer une triste nouvelle... Car, hélas ! les choux ont échoué à nous garder choudés. Ils ont en quelque sorte fait chou blanc... Nous sommes tous les deux à bout de chouffle conjugal. Et pour nous épargner trop de chouffrances et garder le chourire, nous avons décidé de nous dichoudre. Je voulais donc vous informer que, désormais et d'un commun accord, Bérengère et moi allons vivre chacun de notre côté dans nos petits chouliers... Et vous assurer que nous ne garderons de notre vie commune que les plus beaux chouvenirs...

Il y eut un brouhaha dans l'assistance agglutinée au pied de l'escalier. Des commentaires fusèrent, il est fou, il a perdu la tête, il a bu ?

Jacques Clavert attendit que la rumeur se fût calmée et reprit :

– Aucun choussi à vous faire : Bérengère gardera

l'appartement qu'elle occupera avec les enfants, j'irai m'installer rue des Martyrs, quartier de mon enfance qui revient chouvent me hanter... Je tenais à vous l'annoncer aux côtés de Bérengère afin de faire taire les ragots et les médisances, ces choubresauts bien connus de notre vie sociale. Bérengère a été, durant toutes ces années, une excellente épouse, une mère exemplaire, une maîtresse de maison parfaite...

Il lui pinça à nouveau la taille en la ramenant contre lui afin qu'elle conserve sur le visage le sourire crispé qu'il avait fait naître par le premier pinçon et poursuivit :

– Mais tout a une fin, hélas ! Je me lasse, elle se lasse, nous nous lassons de nous enlacer... Alors autant reprendre notre liberté avant que le lasso de la lassitude nous étrangle ! Nous nous séparons avec grâce, dignité et respect. Voilà, chers amis, vous savez tout ou presque... Le reste est une histoire de choux. Comme dans toutes les séparations. Merci de m'avoir écouté et buvons ensemble à la santé de cette nouvelle année...

Un silence glacial succéda au précédent brouhaha. Les invités se lançaient des coups d'œil gênés. Se grattaient la gorge. Consultaient leur montre, soupiraient qu'il était temps de rentrer. Les meilleures choses ont une fin et les enfants ont classe demain...

Il y eut un mouvement de foule vers le vestiaire. Ils prirent congé un à un, en s'inclinant devant leurs hôtes. Bérengère hochait la tête comme si elle comprenait l'envie générale de se retirer au plus vite. Jacques Clavert se félicitait : il avait réglé leur compte aux choux et à sa femme.

Gaston Serrurier fut le dernier à partir. Il emmenait avec lui Joséphine Cortès.

Il se pencha vers Bérengère, lui glissa dans la main un papier plié en quatre. Chuchota : « Fais attention, ne le laisse pas traîner, ce serait gênant si ça tombait dans des mains mal intentionnées... »

C'était la facture.

Dans la rue, il se retourna vers Joséphine et demanda :

— Vous êtes venue en voiture, je suppose...

Elle hocha la tête, passa le dos de sa main sur son front pour effacer un mal de tête insistant.

— Je vais laisser ma voiture, je reviendrai la chercher demain. Je crois bien que j'ai un peu trop bu.

— Cela ne vous ressemble pas...

Elle sourit gravement et opina.

— Je suis un peu grise, ce soir. J'ai beaucoup bu parce que je suis beaucoup triste. Vous ne devinerez jamais à quel point je suis triste.

— Triste et grise. Allez... souriez ! C'est le premier dimanche de l'année.

Elle essaya de marcher sur le bord du trottoir sans tomber. Étendit les bras pour garder l'équilibre. Vacilla. Il la rattrapa, l'emmena jusqu'à sa voiture.

— Je vais vous raccompagner...

— Vous êtes bien aimable, répondit Joséphine. Vous savez, je crois que je vous aime beaucoup. Si, si... Chaque fois que je vous vois, vous me donnez du courage. Je me sens belle, forte, particulière. Ce qui pour moi est... extraordinaire. Même quand vous me crachez votre fumée en plein visage comme l'autre jour au restaurant... J'ai l'idée d'un livre. Mais je ne sais pas si je devrais vous en parler parce que ça change tout le temps. J'ai des idées, mais elles s'évaporent. Je vous en parlerai quand je serai plus sûre...

Elle se laissa tomber sur le siège avant de la voiture de Gaston Serrurier.

Elle avait envie qu'il la conduise dans Paris, la nuit. Sans but précis. Qu'il prenne les quais. Envie d'apercevoir les reflets noirs de la Seine, les scintillements de la tour Eiffel, les lueurs blanches des phares des voitures. Qu'il allume sa radio et qu'elle entende une suite italienne de Bach. Elle aurait fait comme Catherine Deneuve dans *La Chamade*. Elle aurait baissé la vitre, passé la tête au-dehors, fermé les yeux, laissé le vent jouer dans ses cheveux et...

Elle se réveilla le lendemain matin avec une enclume, un marteau, une forge qui soufflait dans sa tête. Sentit une présence à ses côtés. C'était Zoé.

Regarda l'heure. Six heures du matin.

– Tu es malade ? demanda Zoé, d'une petite voix inquiète.

– Non, marmonna Joséphine en se redressant avec difficulté.

– Je peux te parler ?

– Mais tu ne devais pas dormir chez Emma ?

– On s'est disputées... Oh ! maman ! Faut que je te parle... J'ai fait un truc horrible, horrible...

Joséphine retrouva ses esprits aussitôt. Cala deux oreillers dans son dos, cligna des yeux pour apprivoiser la lumière de la lampe de chevet, reçut le poids de Du Guesclin sur elle, le frotta, le frictionna, l'assura qu'il était le plus beau chien du monde, puis le renvoya au bout du lit et déclara :

– Je t'écoute, chérie. Mais d'abord, va me chercher

une aspirine… Ou plutôt deux… J'ai la tête qui va éclater.

Pendant que Zoé courait à la cuisine, elle essaya de se souvenir de ce qui s'était passé la veille… rougit, se frotta les oreilles, se rappela vaguement Serrurier la déposant en bas de son immeuble et attendant qu'elle soit entrée dans le hall pour démarrer. Mon Dieu ! J'avais trop bu. Je ne suis pas habituée. Je ne bois jamais. Mais c'est que… Philippe et Dottie, Dottie et Philippe, la table de nuit, leur chambre, ainsi c'est vrai, ils dorment ensemble, elle s'est installée chez lui avec armes et bagages. Elle grimaça et sentit les larmes monter.

– Ça y est, m'man !

Zoé lui tendait le verre et deux aspirines.

Joséphine avala les comprimés. Fit la grimace. Croisa les bras. Déclara qu'elle était prête à écouter en tâchant d'être le plus solennelle possible. Zoé la regardait en se mangeant les doigts comme si elle ne pouvait pas parler.

– Je préférerais que tu me poses des questions… Ce serait plus facile. Je sais pas par où commencer.

Joséphine réfléchit.

– C'est grave ?

Zoé hocha la tête.

– Grave pour toujours ?

Zoé fit signe que ce n'était pas une bonne question. Elle ne pouvait pas répondre.

– C'est quelque chose que tu as fait ?

– Oui…

– Quelque chose que je vais réprouver ?

Zoé acquiesça en baissant la tête.

– Quelque chose de terrible ?

Zoé lui lança un regard éperdu.

— C'est terrible ou ça peut devenir terrible ? Zoé, il faut que tu m'aides...

— Oh ! Maman... C'est terrible.

Elle enfouit son visage entre ses mains.

— C'est entre Emma et toi ? demanda Joséphine en essayant d'attraper le pied de Zoé pour le caresser.

Il devait s'agir d'une brouille passagère. Zoé ne se disputait jamais avec personne. Elle essayait toujours de faire la paix.

— Tu ne peux pas avoir fait quelque chose de terrible, mon amour. C'est impossible...

— Oh si, maman...

Joséphine attira sa fille contre elle. Elle respira ses cheveux, sentit l'odeur du shampooing à la pomme verte, pensa c'était si simple quand elle était un bébé. Je la berçais, je l'embrassais, je lui chantais une chanson et le chagrin s'éloignait.

Elle entonna d'une voix douce bateau sur l'eau, la rivière, la rivière, bateau sur l'eau...

Zoé se raidit et protesta.

— Oh ! maman... Je suis plus un bébé !

Puis elle jeta tout à trac :

— J'ai couché avec Gaétan.

Joséphine sursauta. Ainsi c'était vrai...

— Mais tu m'avais promis que...

— J'ai couché avec Gaétan et depuis, maman, depuis... il est bizarre.

Joséphine prit une profonde inspiration et réfléchit.

— Attends, chérie... Tu as du chagrin pourquoi ? Parce que tu as couché avec lui en trahissant ta promesse ou parce que, depuis, il est... comme tu dis, « bizarre » ?

— Pour les deux, maman ! Et par-dessus le marché, Emma, elle dit qu'elle ne veut plus être mon amie...

— Et pourquoi ?

— Parce que j'en ai pas discuté avec elle, avant... avant de le faire. Elle dit que je l'ai zappée sur ce coup... Et moi, je dis que j'ai pas eu le choix parce que j'ai pas vraiment réfléchi, que je savais pas que ça allait arriver...

L'enclume, la forge et le marteau revinrent frapper dans la tête de Joséphine qui tenta de se reprendre et décida d'examiner les problèmes un par un.

— Pourquoi as-tu couché avec lui, chérie ? Tu te souviens de ce qu'on avait dit ?

— Mais j'ai rien calculé, maman. On était dans la cave et...

Elle raconta la bougie blanche, la bouteille de champagne, l'obscurité, les pas dans le couloir, la peur et puis le désir...

— C'était naturel... J'ai pas eu l'impression de faire quelque chose de mal...

— Je te crois, chérie...

Zoé, soulagée, se blottit contre sa mère. Se frotta le nez contre sa poitrine. Soupira. Souffla. Se redressa et...

— Tu m'en veux pas ?

— Non, je ne t'en veux pas. Je regrette que tu sois allée si vite...

— Et pourquoi il est bizarre depuis ? Il appelle pas, c'est toujours moi qui appelle et il a l'air absent. Il me répond parce qu'il le faut bien, mais rien, pas un mot gentil, pas un mot doux... Je sais pas quoi faire...

Si seulement je pouvais l'aider, songeait Joséphine en regardant Zoé qui se mordait les lèvres, fronçait les sourcils et se retenait pour ne pas pleurer.

— Je suis peut-être pas faite pour l'amour...

— Pourquoi tu dis ça ?

— J'ai peur, maman... J'aimerais que le temps glisse et

me passe dessus sans que je m'en aperçoive... Que je reste toujours à quinze ans... Le truc, c'est de se répéter tout le temps, je grandirai pas, je grandirai pas...

– Faut pas dire ça, Zoé. Au contraire, il faut te dire que la vie va t'apporter plein de choses nouvelles, des choses différentes... que tu ne les connais pas et c'est pour cela que tu as peur. On a toujours peur devant l'inconnu...

– Tu crois que les hommes quand ils t'ont eue, ils te veulent plus ?

– Mais non ! Et puis Gaétan, il ne t'a pas « eue »... Gaétan est amoureux de toi.

– Tu le crois vraiment ?

– Bien sûr !

– J'aime Gaétan et je veux pas que ce soit un gros nul...

– Mais ce n'est pas un gros nul, chérie... Je suis sûre qu'il a un problème. Si ça se trouve, il lui arrive un truc horrible dont il n'ose même pas te parler. Il en a honte, il imagine que tu vas le laisser tomber quand tu apprendras... Demande-lui. Dis-lui je sais qu'il t'est arrivé un truc grave dont tu veux pas me parler... et tu verras, il te parlera et tu seras rassurée.

– Parce que tu sais... avec Emma, avant qu'on se dispute, on est allées dans un café avec une bande de copains et là... j'ai entendu des garçons parler des filles. Et ils parlaient des filles d'une façon HORRIBLE ! Ils parlaient de copines à nous. Ils disaient elle, c'est une grosse salope, n'importe quel mec peut se la faire. Elle, elle a une tête dégueulasse, mais elle est trop bonne. On était juste à côté et ils sortaient des horreurs ! Et le pire, c'est que j'ai rien osé dire. On s'est tirées avec Emma, on est rentrées chez elle. Et c'est là que j'ai pensé à Gaétan et je me suis dit si ça se trouve, il parle de moi comme ça, si ça se trouve, il a raconté notre nuit à tous ses copains. C'est nul.

– Mais non ! Comment peux-tu penser que...

– Nous, on parle jamais des garçons comme ça ! Je te jure, c'était horrible. Et c'étaient pas eux les salauds dans l'histoire, c'étaient les filles. Elles étaient toutes de grosses salopes, des sex-toys ! Il n'y avait pas de sentiment, maman, pas de sentiment du tout ! J'étais dégoûtée. Du coup, j'ai parlé de Gaétan à Emma et là, tout d'un coup, elle me dit qu'elle est grave vexée parce que je lui ai rien dit avant... que je la considère pas comme une amie, une vraie amie et on s'est disputées... Maman, je comprends rien à l'amour, rien du tout...

Et moi alors ? songea Joséphine. Je suis ignare, sabots crottés et doigts dans le nez. Il devrait exister un code de bonne conduite, des règles à suivre. Pour Zoé et pour moi, ce serait l'idéal. Nous ne sommes pas armées pour les dédales de l'amour, les stratégies. On voudrait que ça aille tout droit, que ce soit beau, toujours, beau et pur. On voudrait tout donner et que l'autre prenne tout. Sans calcul ni soupçon.

– Maman, qu'est-ce qu'ils veulent les hommes ?

Joséphine se sentait terriblement impuissante. Un homme ne vous aime pas pour vos vertus, un homme ne vous aime pas parce que vous êtes toujours là, un homme ne vous aime pas en petit soldat. Un homme vous aime pour un rendez-vous où vous ne venez pas, un baiser que vous refusez, un mot que vous ne prononcez pas. Serrurier l'avait encore dit hier soir, il ne faut surtout pas être prévisible.

– Je ne sais pas, Zoé... Il n'y a pas de règles, tu sais...

– Mais tu devrais savoir, maman ! Tu es vieille, toi...

– Merci, ma chérie ! dit Joséphine en riant. Ça me ragaillardit !

– Tu veux dire qu'on ne sait jamais... Jamais ?

Joséphine hocha la tête, douloureusement.

– Mais c'est horrible ! Hortense, elle ne se pose pas tous ces problèmes, elle...

– Arrête de te comparer à Hortense !

– Elle souffre pas, elle ! Entre Gary et son job, elle a pas hésité. Elle a fait sa valise et elle est partie. Elle est forte, maman, elle est drôlement forte...

– C'est Hortense...

– Et on lui ressemble pas...

– Pas du tout ! sourit Joséphine qui finissait par trouver la situation assez drôle.

– Je peux dormir avec toi jusqu'à ce que le réveil sonne pour aller en classe ?

Joséphine se poussa et fit de la place à Zoé qui vint se coucher contre elle. Enroula une mèche de cheveux autour de son pouce. Mit son pouce dans la bouche et déclara :

– J'en ai marre que les garçons respectent pas les filles. Et le pire, c'est que j'ai rien dit, comme une conne. Je veux plus jamais ça ! Les mecs, ils ont rien de plus que nous. Un truc entre les jambes, on en a un aussi !

*
**

Pendant que Joséphine et Zoé se rendormaient le nez de l'une dans le cou de l'autre à Paris, Hortense se levait à Londres. Café noir, trois sucres, pain complet, beurre, jus de citron et étirements de chat méfiant. Elle avait un mois et demi pour réaliser les deux vitrines. Un mois et un budget de chamelle famélique qui traque l'arbuste dans le désert. Miss Farland avait approuvé son idée, empoché son stylo strip-teaseuse de Pigalle, tapoté la table de ses longs doigts aux ongles rouge vampire et lâché : trois mille livres, vous avez trois mille livres pour vos vitrines...

– Trois mille livres ! s'était exclamée Hortense, la bouche en O furieux, mais c'est une misère ! Il va falloir que j'engage un assistant, que je construise un décor, que je loue un van pour tout transporter, que je trouve des mannequins, des vêtements, un photographe, j'ai plein d'idées, mais avec trois mille livres, je ne ferai rien !

– Si vous n'êtes pas contente, laissez votre place... Il y a foule de prétendants !

Elle avait montré du menton la pile de candidatures sur son bureau.

Hortense avait ravalé son indignation. S'était levée gracieusement avec un large sourire et s'en était allée d'un pas qu'elle voulait tranquille. En sortant, elle avait croisé le regard narquois de la secrétaire. L'avait ignorée, avait refermé doucement la porte du bureau, respiré profondément et donné de grands coups de pied dans l'encadrement de l'ascenseur.

– Trois mille livres, soupirait-elle chaque matin en inscrivant une nouvelle dépense sur sa liste déjà longue.

Elle ne décolérait pas. Marmonnait trois mille livres sous la douche, trois mille livres en se brossant les dents, trois mille livres en enfilant son jean troué, trois mille livres en se poudrant le nez. Trois mille livres, un affront. Un pourboire de dame pipi. Depuis qu'elle était enfant, elle savait que, sans argent, on n'était rien, qu'avec des sous, on pouvait tout. Sa mère avait beau lui répéter le contraire, lui parler du cœur, de l'âme, de compassion, de solidarité, de générosité et autres confitures, elle n'en croyait pas un mot.

Sans argent, on s'assied sur une chaise et on pleure. On ne peut pas dire non, je choisis, je veux. Sans argent, on n'est jamais libre. L'argent sert à acheter de la liberté au mètre. Et chaque mètre de liberté a son prix. Sans liberté, on courbe la nuque, on laisse la vie vous marcher dessus et on dit merci. Qu'aurait fait Chanel à sa place ? Elle aurait trouvé un homme qui la finance. Pas pour l'amour de l'argent, mais pour l'amour de son travail. Comme moi. Donnez-moi de l'argent : je vous épaterai, je ferai des merveilles. À qui pouvait-elle dire ça ? Je n'ai pas d'amant riche. Boy Capel avait des écuries, des banques, des titres, des grandes maisons remplies de fleurs, de domestiques et des chandails en cachemire qui ne grattaient pas. Mon amant est petit-fils de reine, mais il porte toujours le même tee-shirt, la même veste élimée et imite les écureuils dans le parc.

Et puis nous sommes en froid.

Alors elle faisait des colonnes pour calculer ses dépenses. Les mannequins, les frais de location du studio, le salaire du photographe, les photos à transformer en affiches géantes, les vêtements et accessoires, le décor, les droits de la vidéo d'Amy Winehouse, etc. Elle cherchait en vain le chiffre à biffer. N'en trouvait pas. Tout coûtait de l'argent. Et on voudrait que je l'ignore ? Elle revenait à l'hypothèse de l'amant riche. Nicholas ? Il avait des idées, des relations, mais pas un sou et des bras chétifs de citadin. Pourrait même pas faire office de déménageur. Et les autres, les anciens ?

Elle les avait trop maltraités pour leur demander un service. Elle n'était même pas sûre que ses colocs veuillent l'aider. Depuis sa réflexion à la suite du suicide de la sœur de Tom, ils marquaient une certaine distance envers elle. Je devrais apprendre à être gentille, se dit-elle.

Et elle faillit s'étrangler.

Qui ? Qui aller voir en disant faites-moi confiance, donnez-moi de l'argent, je vais réussir. Pariez sur moi, vous ne le regretterez pas.

Qui pourrait entendre ça sans la traiter de pimbêche, de pince à asperges ? Je ne suis pas une pince à asperges, je suis Gabrielle avant Coco, bientôt j'aurai ma marque, mes défilés, mes fanatiques, je trônerai à la une des journaux avec des phrases qu'on reprendra en exergue. J'ai déjà tout préparé dans ma tête. « La mode n'est pas une phobie, une folie, un gaspillage frivole, mais la traduction d'une sincérité, d'une authenticité de sentiment, d'une exigence morale qui donne de l'aplomb et de la grâce aux femmes. La mode n'est pas superficielle, la mode a des racines profondes dans le monde et dans les âmes. La mode a un sens… » Les journalistes s'exclameront. Répéteront mes propos. Les écriront dans les journaux. C'est ce prestige moral, cette forme de commentaire dirigé qu'elle devrait vendre à un pigeon. Un pigeon intelligent, fin, sophistiqué avec un dodu compte en banque.

Ça ne courait pas les rues.

Mon idée du détail devrait lui plaire à ce pigeon sophistiqué. Lui expliquer que les femmes trouvent leur beauté en se fondant dans un ensemble ET en s'en détachant par un détail infime, un détail qui les signe. Je dois vendre au pigeon une belle histoire, un bel argument qui allie le snobisme de la culture à l'idée de beauté. Il se pâmera et ouvrira grand son porte-monnaie.

Quand elle pensait ainsi, elle était confiante. Elle redressait les épaules, pointait le menton, plissait les yeux et s'imaginait croulant sous les offres de travail. Mais quand elle cherchait un nom à inscrire en tant que pigeon sophistiqué avec dodu compte en banque, elle paniquait... Où le trouver ? Sur quel trottoir de Londres se dandinait-il ? Était-il seulement dans l'annuaire ?

Elle n'avait pas d'amis. Elle n'avait jamais cru à l'amitié. Elle n'avait jamais investi dans ce sentiment. Existait-il un site où on loue des amis pour un mois, le temps de réussir deux vitrines ? De les faire trimer comme des esclaves puis de les congédier, le sourire aux lèvres. Merci, mes braves, vous pouvez rentrer chez vous maintenant... Les amis, ça doit rendre des services gratuitement. Elle avait un besoin criant d'amis.

Elle pensa à nouveau à ses colocs. Sam était parti, mais Tom, Peter, Rupert... Elle décida que ce n'était pas une bonne idée. Ils ne se laisseraient jamais traiter comme des esclaves. Et le nouveau venu ? Jean le Boutonneux ? Il serait flatté qu'elle lui demande un service. Il était si laid. Difforme, presque. Sur un parking, il pouvait d'emblée se garer sur les places réservées aux handicapés.

Depuis qu'il avait emménagé, il s'était laissé pousser une petite moustache blonde sous son nez de rongeur. Quelque chose la gênait chez ce garçon. Elle avait l'impression de l'avoir déjà croisé. Une réminiscence du passé qui ne lui disait rien de bon. Un air de déjà-vu... Pourtant, je ne le connais pas. Il refusait de parler français avec elle, sous prétexte qu'il voulait améliorer son anglais. Il avait un accent qui chantait la sardine du Vieux-Port.

– Tu viens d'où ?

– D'Avignon...

– Tiens, je t'aurais plutôt vu du côté de la Canebière...

– Manqué !

Le mot lui avait échappé en français. Avait éclaté en syllabes colorées et tonitruantes. Soudain, dans la maison, ça sentait la bouillabaisse et le pastis. Son front s'était empourpré et ses boutons avaient clignoté comme un bandit manchot gagnant au casino. Elle ne savait pas ce qui, des boutons ou de l'accent, lui semblait familier. Les deux, peut-être...

Ce n'est pas lui qui investirait dans ses vitrines. Il n'avait pas un sou. Il travaillait pour payer ses études : extra dans les soirées, balayeur chez Starbucks, plongeur chez MacDo, promeneur de chiens de riches. C'était le roi des petits boulots dont il revenait rouge, transpirant et clignotant.

Parfois, quand elle lui tournait le dos, il lui semblait qu'il la fixait. Elle se retournait brusquement, il regardait ailleurs. C'est peut-être moi qui suis mal à l'aise face à lui... La vie est injuste. Pourquoi certains naissent-ils beaux, charmants, nonchalants, et d'autres moches et remoches ? J'ai gagné à la loterie de la naissance. Bimbamboum, vous aurez la taille fine, les jambes longues, la peau nacrée, les cheveux lourds, éclatants de reflets, les dents blanches et l'œil qui tue les garçons... Abracadabra, vous aurez les cheveux gras, des traces d'obus sur le visage, un nez de rongeur et les dents en mikado ! Elle remerciait la Providence et, parfois, quand elle était sentimentale, ses parents. Son père, surtout. Quand elle était petite, elle s'enfermait dans ses penderies et respirait l'odeur de ses costumes, inspectait la longueur des manches, le revers d'une veste, le fini de la petite poche sur la poitrine. Comment avait-il pu s'éprendre d'une femme aussi insignifiante que sa mère ? Cette question la plongeait dans un abîme de réflexion dont elle émergeait très vite. Elle n'avait pas de temps à perdre.

Alors elle pensait à Gary, au charme de Gary, à l'élégance de Gary et demeurait pensive, massant le petit creux d'angoisse qui se formait au niveau de son plexus. Gary, Gary... Que fait-il ? Où est-il ? Il la détestait. Ne voulait plus jamais la revoir. Ou l'avait-il déjà oubliée ? Elle s'en fichait qu'il la déteste, mais elle ne voulait pas qu'il l'oublie. Elle se reprenait. Elle n'allait pas laisser un garçon entamer sa bonne humeur et son énergie. Non merci ! Elle réfléchirait à Gary plus tard quand elle aurait réglé le problème du pigeon dodu.

Elle revenait à son budget et se grattait la tête, perplexe.

Nicholas. Elle devait commencer par lui. Elle aurait besoin de son aide. De ses conseils. Après tout, il n'était pas pour rien le directeur artistique du prestigieux magasin Liberty avec sa belle façade Tudor sur Oxford Street.

Elle l'appela, lui donna rendez-vous au bar du Claridge. Commanda deux coupes de champagne rosé. Il la considéra, étonné. Elle ajouta c'est moi qui t'invite, j'ai quelque chose à te demander et lui exposa son problème. Évoqua la possibilité d'un prêt. Il l'arrêta tout de suite.

– Je n'ai pas un penny à investir dans ton entreprise.

C'était brutal, mais clair.

Hortense encaissa, réfléchit quelques minutes puis repartit à l'assaut :

– Tu dois m'aider, tu es mon ami...

– Seulement quand ça t'arrange... Sinon je suis une sorte de paillasson sur lequel tu t'essuies les pieds.

– Faux.

– Vrai. Parlons-en si tu veux... Parlons de toutes les fois où tu m'as traité comme...

– Arrête tout de suite ! J'ai trop de problèmes pour régler de vieux comptes qui ne m'intéressent pas. J'ai besoin de toi, Nicholas, il faut que tu m'aides.

– En échange de quoi ? demanda-t-il en portant la coupe de champagne à ses lèvres.

Hortense le regarda bouche bée.

– De rien du tout. Je n'ai pas d'argent, j'ai du mal à survivre avec l'allocation mensuelle de ma mère et...

– Cherche un peu...

– Oh non ! gémit-elle, tu ne vas pas me demander de coucher avec toi !

– Absolument. Et dans un but pédagogique.

– T'appelles ça comme ça, toi ?

– La dernière fois qu'on a déjeuné ensemble, tu as laissé entendre que j'étais un coup pourri. Je veux savoir pourquoi et que tu me montres comment m'améliorer. Tu m'as blessé, Hortense...

– Ce n'était pas mon intention...

– Tu penses vraiment que je suis pas terrible au lit ?

– Ben oui...

– Merci. Merci beaucoup... Alors c'est moi qui vais faire un marché avec toi : tu passes quelques nuits avec moi, tu m'enseignes l'art de rendre une fille heureuse et je t'ouvre les portes de mes ateliers, je te laisse emprunter robes et manteaux, écharpes et bottines, je te donne des idées et je t'aide. En bref, on reforme un couple et, si je m'améliore, je réussis à te garder.

– Mais ça ne s'apprend pas, ces choses-là ! soupira Hortense, découragée. On naît avec cette science, cette curiosité du corps de l'autre, cet appétit...

– Et tu prétends que je ne l'ai pas...

– Tu veux vraiment savoir ce que je pense ? Je te préviens, tu vas me détester...

– Non, je préfère pas... Garde ton jugement pour toi.

– Je crois que ça vaut mieux.

– Tu me le diras un jour ?

– Promis. Le plus tard possible...

Il se raidit, se redressa, tenta de prendre un air, l'air de celui que cela indiffère, renonça et lâcha :

– OK, je t'aide, je t'ouvre mes réserves et je te facilite les choses, mais tu n'en parles à personne... Il ne faudrait pas que, chez Liberty, ils sachent que je t'ai aidée et que la moitié de leur vestiaire se retrouve photographié chez Harrods...

Hortense lui sauta au cou, l'embrassa comme du bon pain, murmura à son oreille je t'aime, tu sais, je t'aime à ma manière et, de toute façon, je n'aime personne, alors estime-toi heureux... Il se défendit, tenta de la repousser, elle l'enlaça, posa la tête sur son épaule jusqu'à ce qu'il se laisse aller et passe le bras autour d'elle.

– Je suis un si mauvais coup que ça ? reprit-il.

– Un peu maladroit... Un peu ennuyeux... On dirait que tu baises avec un manuel technique dans la main, un, je touche le sein droit, deux, le sein gauche, trois, je pinçonne, je caresse, puis je...

– Je crois que j'ai compris... Mais tu pourrais me dire ce qu'il faut faire ?

– Des leçons sans passer à l'action ?

Il hocha la tête.

– D'accord. Alors leçon numéro un, très important : le clitoris...

Il rougit violemment.

– Non. Pas tout de suite. Pas ici... Un soir où on sera un peu éméchés tous les deux ou trop fatigués d'avoir trop travaillé... Ça nous fera une récré !

– Tu sais quoi, Nico, je t'adore !

Elle commanda deux autres coupes de ruinart rosé et soupira mon Dieu ! Je vais être ruinée. Tant pis ! Je ne mangerai pas pendant une semaine. Ou j'irai chez Tesco aux caisses automatiques, celles où il n'y a pas de caissière qui vous surveille. J'achèterai du poisson et taperai pommes de terre. Pareil pour les fruits et les légumes, les céréales et les œufs, je taperai pommes de terre partout ! Bimbamboum, je ferai valser les étiquettes !

Ils établirent un plan. Un plan de bataille pour que tout soit prêt à temps. Pour trouver un photographe et des mannequins qui acceptent de travailler sans être payés. Transporter décors, vêtements, photos et cantine... Il faudra les nourrir, ces gens qui vont travailler gratuitement pour toi, fit remarquer Nicholas. Ils rognèrent sur les dépenses inutiles et Nicholas arriva au même chiffre qu'Hortense : six mille livres. Il en manquait trois mille.

– Tu vois, murmura Hortense, abattue, j'avais raison...

– Et je ne peux pas t'aider, je n'ai pas de parents riches ni de tonton bourré...

— On commande une troisième tournée ? Au point où j'en suis...

Et ils commandèrent une troisième fois une coupe de ruinart rosé.

— Il porte bien son nom ce champagne, pesta Hortense.

— Dis donc, souffla Nicholas en considérant la liste des dépenses incompressibles, tu n'avais pas un oncle riche qui habitait à Londres ? Tu sais, le mari de ta tante qui a été... euh... dans la forêt...

Hortense frappa des deux mains sur la table.

— Philippe ? Mais bien sûr ! Suis-je bête ! Je l'avais complètement zappé !

— Eh bien ! Il ne te reste plus qu'à l'appeler...

Ce qu'elle fit le lendemain. Rendez-vous fut pris au Wolseley, 160 Piccadilly Street, pour déjeuner.

Philippe était déjà installé quand elle poussa la porte du restaurant où il fallait déjeuner à Londres. Il l'attendait à table en lisant son journal. Elle l'observa de loin : c'était vraiment un très bel homme. Très bien habillé. Une veste en tweed vert foncé avec de fines rayures bleues, un polo Lacoste vert bouteille à manches longues au col relevé, un pantalon en velours côtelé marron glacé, une belle montre classique... Elle était fière d'être sa nièce.

Elle n'aborda pas le sujet tout de suite. Elle s'enquit d'abord d'Alexandre, de ses études, de ses amis, de ses passe-temps. Comment allait son cousin ? Se plaisait-il au lycée français ? Aimait-il ses professeurs ? Parlait-il de sa mère ? Était-il triste ? Le sort d'Alexandre lui importait peu, mais elle pensait attendrir son oncle et préparer le terrain pour y déposer sa demande. Les parents adorent qu'on leur parle de leur progéniture. Ils se rengorgent comme poule qui s'ébouriffe. Ils sont persuadés d'avoir pondu le plus bel œuf du monde et aiment qu'on le leur dise. Elle ajouta patin, couffin et confiture qu'elle aimait beaucoup son cousin même si elle le voyait peu, qu'elle le trouvait beau, intelligent, différent des autres enfants, plus mûr. Philippe l'écoutait sans rien dire. Elle se demanda si c'était bon signe. Puis ils lurent le menu, commandèrent deux plats du jour, deux *roast landaise chicken with lyonnaise potatoes*. Philippe demanda si elle voulait un verre de vin et que pouvait-il faire pour elle car il savait pertinemment qu'elle ne l'avait pas appelé pour parler d'Alexandre, son cousin étant le cadet de ses soucis.

Hortense décida de ne pas relever l'allusion à son indifférence. Cela l'écarterait du but. Elle expliqua comment elle avait été choisie parmi des milliers de candidats pour décorer deux vitrines chez Harrods, comment elle avait trouvé l'idée et...

— ... et j'ai l'impression que je n'y arriverai pas. Tout est si compliqué, si cher ! J'ai plein d'idées, mais je bute toujours sur les moyens financiers. Le truc terrible de l'argent, c'est que tout d'un coup, tout devient lourd, lourd. Une idée paraît merveilleuse et puis il y a un budget à faire et l'idée pèse des tonnes. Par exemple, pour transporter le matériel, il va me falloir une voiture. Que dis-je une voiture ! Une camionnette... Et il faut aussi que je nourrisse tout ce petit monde. Je vais demander à mon propriétaire qui tient un restaurant indien de me faire une grande potée de poulet au curry à prix réduit, en échange de quoi je le mettrai dans les crédits... Mais... C'est tellement de boulot, d'organisation.

— Il te manque combien ? dit Philippe.

— Trois mille livres, lâcha Hortense. Et si je pouvais avoir quatre mille, ce serait royal.

Il la regarda en souriant. Drôle d'animal, pensa-t-il, audacieuse, culottée, jolie... Elle sait qu'elle est jolie, mais elle s'en fiche. Elle s'en sert comme d'un outil. Un bulldozer qui aplanit les difficultés de la vie. Ce qui perd les jolies femmes, ce qui les rend insipides et parfois stupides, c'est de savoir qu'elles sont belles. Elles se prélassent dans leur beauté comme dans un transat. Iris s'est prélassée toute sa vie. Et elle s'est perdue. Hortense ne se prélasse pas. On peut lire sur son visage la détermination, l'assurance, l'absence de doute. Ce doute si précieux qui ajoute un léger tremblement à la beauté...

Hortense attendait, gênée. Elle détestait être dans la situation de celle qui quémande. C'est si humiliant de demander. D'attendre le bon vouloir de l'autre. Il me regarde comme s'il me soupesait ! Il va me faire la morale comme ma mère. L'effort, le mérite, l'endurance, les belles valeurs de l'âme. Je le connais par cœur, son baratin. Pas étonnant qu'il s'entende bien avec maman. Où en sont-ils d'ailleurs ? Ils se voient encore ou ils se flagellent en souvenir d'Iris et prônent l'abstinence ? Ça leur ressemblerait assez, ce plan pourri. Ils se rejouent *Le Cid* en Technicolor. Honneur, conscience, devoir. Les amours de vieux, ça pue. Ça met du sentiment partout, ça en devient poisseux. J'ai envie de partir et de le planter là... Qu'est-ce qui m'a pris d'accepter ! Que disait Salvador Dalí sur l'élégance ? « Une femme élégante est une femme qui vous méprise et qui n'a pas de poils sous les bras. » Moi, je suis à ses genoux en train de le supplier avec un poireau sous chaque bras ! S'il n'ouvre pas la bouche dans deux secondes et demie, je me lève et lui dis que c'était une erreur, une terrible erreur, que je regrette et que plus jamais, jamais je ne...

– Je ne te donnerai pas cet argent, Hortense.

– Ah...

– Je ne te rendrai pas service. Si je te disais oui, ce serait trop facile. Il faut être quelqu'un de vraiment bien pour résister à la facilité.

Fatiguée, abattue, Hortense l'écoutait. Pas le cœur à lui répondre. Bla-bla-bla, ça va être son tour de me servir de la confiture en guise de morale. Bien fait pour moi ! Je savais que c'était une mauvaise idée puisqu'elle ne venait pas de moi. Il faut toujours se faire confiance, ne pas écouter les autres. Non seulement il me dit non, mais il me sermonne.

– Épargne-moi ta confiture ! elle grommela sans le regarder.

– Ensuite, poursuivit Philippe sans relever le mouvement d'humeur de sa nièce, je pense sincèrement que si les petits cadeaux entretiennent l'amitié, les gros la compromettent... Si je te donne cet argent, tu vas te croire obligée d'être gentille avec moi, de me parler d'Alexandre dont tu te soucies comme d'une guigne, de le voir même peut-être et le malentendu commencera... Tandis que si tu ne me dois rien, tu ne seras pas obligée de faire semblant, tu resteras la petite peste remarquable que j'aime beaucoup !

Hortense restait droite et tentait de récupérer sa fierté sans perdre contenance.

– Je comprends, je comprends très bien... Tu as sûrement raison. Mais j'ai tellement besoin de cet argent. Et je ne sais pas à qui m'adresser. Je ne connais aucun milliardaire, moi ! Alors que toi... t'en as plein les poches. Pourquoi les choses sont si faciles quand on est vieux et si dures quand on est jeune ? Ce devrait être le contraire ! On devrait tout faire pour encourager les jeunes...

— Tu ne peux pas demander un prêt à ton école ? Ou à une banque ? Tu as un bon dossier...

— J'ai pas le temps. J'ai tout remué dans ma tête, je ne trouve pas de solution...

— Il n'y a pas de problème sans solution. Ça n'existe pas.

— Facile à dire ! bougonna Hortense qui commençait à trouver la leçon trop longue.

Elle regarda son poulet rôti et pensa au pigeon dodu en train de lui échapper. C'est sûr qu'il pense à Iris. Elle l'aimait comme on aime un chèque en blanc. Ce n'est pas valorisant pour un homme.

— Tu penses à Iris quand tu me fais ce baratin ?

— Ce n'est pas du baratin.

— Mais je ne suis pas comme elle ! Je travaille dur ! Et je ne demande rien à personne. Sauf à maman, mais le strict minimum...

— Iris aussi, au début, travaillait dur. À Columbia, elle était l'une des élèves les plus brillantes de son groupe et puis... tout est devenu trop facile. Elle a cru qu'il suffisait de sourire et de battre des cils. Elle a cessé de travailler, d'avoir des idées. Elle s'est mise à manipuler, à tricher... À la fin, elle trompait tout le monde, même elle ! À vingt ans, elle était comme toi et puis...

Comme les choses changent vite ! pensa Hortense. Quand je suis arrivée, c'était un homme fringant et, soudain, il semble triste. Il lui a suffi de mentionner le nom d'Iris pour que sa belle assurance s'évanouisse et qu'il reparte à tâtons vers le passé.

– J'ai été le premier responsable. Je l'ai aidée à s'arranger avec la vie, j'ai entretenu ses illusions. Je la plaçais si haut ! J'ai accepté tous ses mensonges. Je croyais l'aimer... Je n'ai fait que l'abîmer. Elle aurait pu être quelqu'un de formidable.

Il murmura comme s'il se parlait à lui-même, frivole, si frivole...

Hortense se regimba et protesta :

– C'est le passé. Ça m'intéresse pas. Ce qui m'intéresse, c'est aujourd'hui. Maintenant. Ce que je fais dans une heure. Vers qui je me tourne, comment je m'en sors... Je me fiche de tout ça ! C'est pas mon problème. On est chacun responsable de sa vie, Iris est passée à côté de la sienne, tant pis pour elle, mais moi, je dois trouver trois mille livres ou je m'ouvre la rate !

Philippe l'écoutait et se disait, elle a raison. Elle n'a pas à payer pour la frivolité de sa tante. Elle est différente, mais je ne veux pas être l'artisan indirect de son malheur.

Le garçon leur demanda s'ils désiraient un dessert. Hortense ne l'entendit pas. Elle n'avait pas touché à son poulet rôti. Devant son air découragé, Philippe cessa de penser à Iris et revint au présent :

– Tu sais ce que tu vas faire...

Hortense le fixa, maussade.

– Tu vas m'écrire une note d'intention. Bien structurée : petit a, petit b, petit c... Mentionne Saint-Martins, raconte ton parcours, comment tu l'as emporté sur des centaines de candidats, comment tu as eu l'idée, quelle est ton idée, comment tu comptes travailler, quel est ton budget et je te mettrai en contact avec un financier qui te fera éventuellement ce prêt ou ce don, cela dépendra de ton habileté à te vendre... Ton sort est entre tes mains et non dans les miennes, c'est excitant, non ?

Hortense hocha la tête. Un pâle sourire revint sur ses lèvres. Puis un vrai sourire de citrouille d'Halloween. Elle se détendit, s'étira. Le défi qu'il lui proposait la faisait revivre. Elle chercha ses couverts pour attaquer son poulet rôti à la landaise et s'aperçut que le garçon avait emporté couverts et assiette. Elle eut l'air surprise, haussa les épaules, attrapa un gressin qu'elle mordit violemment. Elle avait faim et elle était sûre maintenant d'obtenir les trois mille livres qui lui manquaient.

— Je suis désolée pour ce que j'ai dit sur Iris, j'ai peut-être été un peu violente...

— Plus de confiture entre nous, d'accord ?

— OK... plus de confiture !

— Il va juste falloir que tu trouves un argument qui flatte le mécène, lui fasse croire qu'il va pénétrer, grâce à toi, dans le monde de l'art. Les gens qui ont beaucoup d'argent aiment penser qu'ils ont aussi beaucoup de goût et de sens artistique. Présente tes vitrines comme une exposition plutôt qu'une simple image de mode...

— Je sais, répondit Hortense, j'avais déjà développé tout un argument pour Pigeon Sophistiqué que je comptais te servir. Je le lui refilerai...

Il lui sourit, amusé.

— Car vois-tu, Philippe, moi, je ne suis pas frivole, mais légère... Légère en apparence et enragée au fond ! Rien ne m'arrêtera.

— Enchanté de l'apprendre.

Elle rejoignit Nicholas chez Liberty. Dans l'agitation de son bureau, il lui parut plus beau, plus important, plus séduisant. Presque mystérieux. Elle s'arrêta, étonnée, et posa sur lui un regard affectueux.

Il ne le remarqua pas, tout à son excitation : il avait trouvé un photographe qui acceptait de travailler gratuitement.

– Il est si mauvais que ça ? dit Hortense.

– Non, il cherche à se faire un book... Comme il est chinois, il a un mal fou à obtenir des visas et ne peut jamais se rendre à Milan ou à Paris, ce qui le handicape... L'idée d'avoir son nom chez Harrods, de travailler pour une Française et une fille de Saint-Martins en plus le motive beaucoup, alors sois gentille avec lui.

– Je vais pas le mordre ! On dirait que je suis un monstre !

– Il attend dans le couloir...

Hortense sursauta.

– C'est le gnome velu qui mesure un mètre dix debout sur une échelle ?

– Voilà exactement ce que je voulais éviter de t'entendre dire ! C'est un très bon photographe, qui va nous faire de très belles photos pour pas un rond... Alors sois courtoise...

Hortense le regarda avec circonspection.

– T'es sûr qu'il est bon ?

Nicholas soupira.

– Hortense, crois-tu que tu aies vraiment le temps de discuter chacune de mes décisions ? Non. Alors fais-moi confiance...

Et il fit entrer Zhao Lu qui leur serra la main avec effusion, dévisagea Hortense, émerveillé, mangeant des yeux la demoiselle si belle qui le considérait de haut et ne cessa de répéter *it's wonderful, it's wonderful* à chaque phrase qu'elle prononçait.

Ce soir-là, en rentrant chez elle, Hortense était fourbue, mais heureuse. La journée avait été bonne, bim, Philippe allait lui présenter un dodu pigeon, bam, elle avait trouvé un photographe, boum, ils avaient sélectionné deux mannequins longues et élégantes qui acceptaient de travailler pour la gloire. Bimbamboum, le projet prenait forme.

Elle trouva Jean le Boutonneux seul dans la pénombre du salon. Il regardait la télé, les pieds posés sur la table basse. Ou plutôt, constata Hortense, il somnolait devant la télé allumée. Ce garçon sommeillait tout le temps. Quel laisser-aller ! pensa-t-elle en le regardant.

En apprenant le départ de Sam, ils avaient mis une annonce sur gumtree.com. Et les visites avaient commencé. Un couple de lesbiennes s'était présenté, hello, nous sommes deux lesbiennes cool, nous cherchons un appart sympa à partager, est-ce que ça vous gêne que nous soyons lesbiennes ? Non ? Parfait. Nous sommes un peu nudistes aussi. Nous aimons nous balader à poil et nous aimons aussi beaucoup qu'un homme nous regarde quand nous... euh... ça ne vous choque pas ? Surtout s'il est indien. Aucun de vous n'est indien, ici ?

Une étudiante en droit portant sandales et longue jupe plissée qui avait fait le tour de la maison en répétant que c'est sale ! que c'est sale ! Elle sortait un mouchoir de sa poche et essuyait les boutons de porte avant de les toucher.

Ou cet autre qui ne s'était pas déplacé et avait répondu à l'annonce sur Internet.

« Enchanté de savoir qu'il y a un grand placard dans la chambre, mais je ne vais pas en avoir besoin vu que je suis 100 % gay. Je suis fou de mode et jette les vêtements après les avoir portés. Vous ne mentionnez pas dans votre annonce si vous êtes gay ou pas, parce que s'il y a un gay parmi vous, cela me conviendrait tout à fait. J'ai vingt-cinq ans, je viens du Mali, je vis à Londres depuis quatre ans. Je viens de rompre avec mon copain. Ça vous ennuierait si j'amène des garçons à la maison ? Je vais avoir besoin de m'envoyer en l'air pour oublier. J'ai de très belles tentures roses de mon pays qu'on pourrait mettre dans le salon. J'ai aussi une collection de revues porno que je vous prêterais avec plaisir. Répondez-moi si vous êtes intéressés, les mecs ! »

Peter faisait une drôle de tête. Il essuyait ses lunettes cerclées et déclarait qu'il ne trouvait pas ça drôle du tout. Ils écartèrent également les candidats qui proposaient d'emménager avec rat, belette, python ou perroquet, les végétariens, une fille en burka et une autre qui ne mangeait que du curry et ne se lavait pas.

Quand Jean le Boutonneux s'était présenté, il avait été tout de suite accepté. Il les sauvait des lunatiques, des filles exhibitionnistes et du Malien en feu.

Hortense décida qu'elle n'avait envie ni de le réveiller ni de lui faire la conversation. Elle fila dans sa chambre réfléchir à tout ce qu'il lui restait à faire.

Il lui fallait écrire son argument pour Philippe...

*
**

Jean le Boutonneux, à l'état civil, s'appelait Jean Martin.

Jean Martin ne dormait pas. Jean Martin regardait la télévision. Quand Hortense était entrée, il avait fermé les yeux et les avait rouverts dès qu'elle eut tourné le dos.

La Peste.

Il aurait sa peau. Il ne savait pas encore comment, mais cette fille allait payer.

Elle paierait pour sa propre méchanceté d'abord et pour tous ceux qui le traitaient de bubon ambulant ou de chou farci. Son enfer avait débuté à l'âge de quatorze ans : le premier bouton purulent était apparu. D'abord un léger renflement qui démange, puis une plaque rouge qui s'étend, enfle, gonfle, une pointe blanche qui surgit, remplie de pus, et le pus qui s'écoule, infectant d'autres surfaces de peau et transformant son visage en chaînes de cratères infectés. Jusqu'à quatorze ans, il était un garçon que les femmes de sa famille embrassaient, cajolaient, enrobaient de douceur. Sur lequel louchaient sa cousine, la petite voisine et les filles de l'école. Ce n'était pas qu'il fût beau, il était même un peu « cabossé », mais il était le fils unique de M. et Mme Martin, fabricants de nougat à Montélimar, entreprise familiale qu'on se transmettait de père en fils depuis 1773, année où le nougat était devenu le fleuron de la ville, spécialité mondialement appréciée. Montélimar, ville du nougat, trois mille tonnes produites chaque année. Jean Martin reprendrait l'affaire comme, avant lui, son père, son grand-père, son arrière-grand-père, il roulerait en Mercedes, habiterait « la » belle maison et épouserait une fille de notables. Peut-être une alliance avec une autre famille nougatière ? Jean Martin était un beau parti.

Puis, le premier bubon avait éclaté...

On ne le regarda plus jamais en face et il apprit à détourner les yeux. Sa mère le contemplait avec compassion et marmonnait mon pauvre garçon, mon pauvre garçon quand elle croyait qu'il ne l'entendait pas. Dans sa famille, on ignorait les dermatologues. On disait que ça allait passer, que c'était l'âge, qu'à la première fille... – son père et les copains de son père ricanaient en se poussant du coude –, ça lui passerait, les bubons se résorberaient comme par enchantement. Mais aucune fille ne se laissera embrasser par un pestiféré, protestait Jean Martin intérieurement. Il s'enfermait dans la salle de bains, se postait devant la glace, suivait le tracé de la lave jaune, le pointillé des clous rouges et se lamentait. Quand ça le démangeait trop, il se grattait jusqu'à se faire saigner et c'était bon... mais laissait sur la peau des blessures aux cicatrices indélébiles.

Alors il se masturba vigoureusement... En vain.

Il se mit à lire tout ce qu'il pouvait trouver sur l'acné. S'appliqua sur le visage de la hure de porc, de l'argile verte, de l'eau de la mer Morte, du peroxyde de benzoyle, des pommades au plomb noir, au cuivre jaune, se badigeonna d'alcool iodé, d'alcool à 90°, avala du Roaccutane qui le rendit malade...

Recommença à se masturber vigoureusement.

Tous les garçons avaient des copines, sauf lui.

Tous les garçons allaient en boum, sauf lui.

Tous les garçons exhibaient leur torse nu, sauf lui.

Tous les garçons se rasaient puis s'aspergeaient de lotion, sauf lui. L'après-rasage lui brûlait la peau.

Il enflait, il rougissait, il brûlait, il croûtait, il pelait et ça recommençait. Il avait des plaies purulentes sur le visage, le torse, le dos. Il ne sortait plus de chez lui.

Il se concentra sur ses études. Eut son bac avec mention. Fit une année de prépa pour présenter HEC. Ses parents, émerveillés par la réussite scolaire de leur fils, lui offrirent une moto et il prit l'habitude de rouler à tombeau ouvert le visage au vent pour sécher ses boutons.

Le soir, il regardait la télévision avec sa grand-mère qui était une assidue du cinéclub de France 3. Lors d'un cycle « cinéma anglais contemporain », il fut subjugué. Enfin, à l'écran, il voyait des garçons comme lui : moches, rouges, avec des boutons partout. Les acteurs anglais ne ressemblaient en rien aux acteurs américains à la peau élastique, rose, ils lui ressemblaient à lui, Jean Martin. Il décida d'aller faire ses études en Angleterre. Ses parents s'offusquèrent : il devait rester à Montélimar et reprendre la fabrique de nougat. Il était fils unique, lui rappelait-on à chaque repas. Il devait apprendre le métier.

Il fut reçu à la prestigieuse LSE, London School of Economics, et partit de chez lui en claquant la porte. Sans le sou. Sa vie allait changer.

Et sa vie changea. Enfin, il crut qu'elle avait changé. Elle s'améliora. On le regardait en face, on lui parlait normalement, on lui tapait dans le dos. Il apprit à sourire avec ses dents en vrac. Il fut même invité au pub. On lui empruntait ses cours, un peu d'argent, sa carte de métro. On lui piquait des barres de nougat que lui envoyait sa grand-mère en cachette. Il ne disait pas non, il était heureux, il avait des amis. Mais toujours pas d'amies. Dès qu'il se rapprochait pour embrasser une fille, elle se dérobait, se tortillait, disait non, ça va pas être possible, j'ai un copain, il est jaloux...

Il se concentra à nouveau sur ses études. Ses barres de nougat et Scarlett Johansson. Il en était coiffé. Elle était blonde, belle, un teint délicat et rosé, un sourire éclatant, il pensait un jour, je serai riche, je me ferai soigner par un grand dermatologue et elle m'épousera. Il s'endormait en tétant une barre de nougat. Il s'abrutissait de travail à l'université et de petits boulots pour payer ses études, son loyer, sa nourriture, le téléphone, le gaz et l'électricité. Il n'avait plus le temps de penser à son problème de peau et se masturbait toujours vigoureusement.

Jusqu'au soir où il avait rencontré Hortense. Une réception chez M. et Mme Garson pour leur fille, Sybil. Il servait derrière le bar, Hortense s'était approchée du buffet et avait renversé les bouteilles de champagne dans le seau à glace. Il avait protesté, elle l'avait assassiné de son dégoût. Elle lui avait parlé comme on ne parle pas à son chien. Il avait reçu chaque phrase comme un uppercut au menton.

Il s'était déjà battu avec des garçons à Montélimar, il avait reçu des coups, des saletés de coups, mais jamais aucun ne lui fit aussi mal que les mots prononcés par Hortense. Des mots soulignés par un regard méprisant, un regard qui glissait sur lui comme sur un détritus, qui lui déniait le statut d'être humain. Il la regarda fixement, l'imprima dans sa mémoire et se promit de ne jamais l'oublier. Si, un jour, il retrouvait cette Peste, il se vengerait. Le comte de Monte-Cristo serait un nourrisson à côté de lui. Il ne la toucherait pas physiquement, ah non ! il ne voulait pas aller en prison à cause d'elle, mais il la ruinerait, il la détruirait, il l'écrabouillerait moralement.

Et pourtant... Quand il l'avait aperçue, à cette soirée, à la première bouteille de champagne renversée, il n'en avait pas cru ses yeux : cette fille était le sosie de Scarlett Johansson. Sa Scarlett. Il l'avait dévisagée, médusé. Prêt à ne rien dire. À la laisser vider toutes les bouteilles de champagne. Scarlett en personne avec des cheveux châtain cuivré, des yeux verts étirés et un sourire qui tue les chats. Le même petit nez mutin, les mêmes lèvres légèrement enflées, hurlant au baiser, la même peau qui envoie des rayons de lumière, le même port de reine. Scarlett...

Elle l'avait insulté. Son rêve l'avait insulté.

La première fois qu'il avait visité la maison à Angel, elle était à Paris. Finalement, c'est lui qui avait été choisi. Ils avaient topé là, *high five, low five,* et l'affaire s'était conclue. Sept cent cinquante livres, la chambre. Plus les charges.

Un soir, en rentrant d'un petit boulot – tous les jours, il promenait deux adorables Jack Russel qui lui léchaient le visage chaque fois qu'il passait les prendre pour les emmener au parc –, il s'était retrouvé face à face avec Hortense. Il avait failli s'évanouir.

La Peste !

Elle ne semblait pas l'avoir reconnu.

Il avait désormais rendez-vous avec son destin. Comme Monte-Cristo. Et comme Monte-Cristo, il allait prendre tout son temps pour peaufiner sa vengeance. Cette fille avait sûrement une faille. Un endroit secret où enfoncer la dague qui la poignarderait. La laisserait exsangue, défigurée par le chagrin et, alors seulement, il ôterait le masque et lui cracherait au visage.

Jusqu'à ce jour rêvé, ce jour qui redonnait du goût à son quotidien fade, il lui fallait rester incognito.

Il commença par se laisser pousser une moustache. Déclara qu'il venait d'Avignon, afin que le nougat de Montélimar ne le trahisse pas, et décida de ne pas prononcer un mot de français pour dissimuler son accent. Il attendrait le temps qu'il faudrait. On dit que la vengeance est un plat qui se mange froid. Il le congèlerait afin de le manger glacé.

*
**

Gary ne reconnaissait plus sa vie. C'était comme si elle devenait un long cerf-volant à queue multicolore qui s'envolait haut, très haut dans le ciel et qu'il lui courait après. Comme si tout ce qui avait compté autrefois ne comptait plus. Ou s'effaçait. Il restait au bord de la route, les mains vides, le cœur inquiet, avec pour la première fois depuis longtemps des assauts de peur, d'une peur terrible qui le laissaient haletant, vacillant, au bord d'éclater en larmes.

La peur, il l'avait bien connue autrefois. Quand sa mère et lui se serraient l'un contre l'autre et qu'elle lui murmurait qu'elle l'aimait, qu'elle l'aimait plus que tout, sur le ton de celle qui se sent en péril, qui parle tout bas pour qu'on ne l'entende pas. Elle ajoutait qu'elle savait qu'il avait deviné le secret, le secret de la dame qu'il voyait sur les pièces et les billets avec une couronne de reine, qu'il ne fallait surtout pas en parler, jamais, jamais, que les secrets, il ne fallait les partager avec personne et que ce secret-là, surtout, il ne fallait jamais l'évoquer. Même les mots pour le dire étaient dangereux et elle posait un doigt sur ses lèvres en répétant dangereux. Tous les deux enfermés dans le même secret, le même danger. Mais surtout, surtout il fallait qu'il sache qu'elle l'aimerait toujours, qu'elle le protégerait de toutes ses forces, il ne fallait jamais qu'il l'oublie, jamais, et elle le serrait encore plus fort et il avait peur encore plus fort. Il tremblait, tout son corps tremblait, elle l'enlaçait pour éloigner le danger, l'écrasait contre elle et ils ne faisaient plus qu'un, face à la peur. Il ne savait pas de quoi il avait peur, mais il sentait le danger l'envelopper dans un grand drap blanc qui l'étouffait. Et les larmes venaient jusqu'au bord de ses yeux. C'était une trop grande émotion qu'il ne pouvait pas contrôler puisqu'il ne pouvait pas l'identifier, mettre des mots dessus pour la faire reculer... Le grand drap blanc recouvrait tout et les ligotait tous les deux, prisonniers du silence.

La peur, il l'avait connue encore quand elle partait rejoindre l'homme en noir, n'importe où, n'importe quand, au milieu d'une phrase, au milieu d'un bain chaud, d'un yaourt blanc, sucré, qu'elle lui faisait manger à la petite cuillère. Il suffisait que le téléphone sonne, elle décrochait et changeait de voix ; elle devenait penaude, sa voix chevrotait, elle disait oui, oui, elle l'habillait à toute allure, l'enveloppait dans un grand manteau et ils partaient en claquant la porte et parfois, elle oubliait ses clés à l'intérieur. Ils arrivaient dans un hôtel, c'était souvent un hôtel de luxe, un hôtel avec un groom à l'entrée, un groom sur un banc, un groom près de l'ascenseur, un groom à chaque coin, elle l'installait à la réception sans regarder le monsieur en uniforme derrière le grand bureau qui la dévisageait avec un air pas content, elle lui donnait à lire un prospectus qu'elle prenait sur une table, elle lui disait tiens ! tu vas apprendre à lire ou tu regardes les images, je reviens tout de suite, tu ne bouges pas d'ici, d'accord ? Tu ne bouges sous aucun prétexte, c'est entendu ? Elle s'éloignait comme une voleuse, revenait avec des larmes plein les yeux et elle assurait comme si elle se parlait à elle-même, comme si elle discutait avec sa conscience, elle assurait je t'aime, tu sais, je t'aime à la folie, c'est juste que... et hop ! elle était repartie. Le monsieur en uniforme la regardait s'éloigner en secouant la tête, le contemplait avec pitié et il restait là à attendre. Sans bouger. Avec la peur au ventre qu'elle ne revienne jamais.

Elle revenait. Rouge, lasse, honteuse. Elle le couvrait de baisers, le prenait dans ses bras et ils repartaient chez eux. Parfois, elle finissait de lui donner le yaourt blanc et sucré, d'autres fois, elle faisait couler un bain chaud et elle mettait de la musique triste ou elle le couchait, restait à ses côtés et s'endormait tout habillée contre lui.

Il avait grandi, mais c'était toujours la même histoire. Ils étaient assis tous les deux devant la télévision, ils regardaient une émission, un plateau sur les genoux, ils riaient, ils jouaient à répondre aux questions, ils chantaient des chansons, le téléphone sonnait, elle lui jetait son manteau, ils traversaient Londres et ils allaient dans un hôtel. Elle l'asseyait dans un grand canapé, lui donnait ses instructions, il opinait et attendait qu'elle soit partie. Il ne restait plus à l'intérieur à lire des prospectus idiots qui parlaient d'îles ensoleillées. Il sortait et partait retrouver les écureuils dans le parc. Il y avait toujours un parc près de l'hôtel. Il s'asseyait dans l'herbe. Il les laissait s'approcher, leur donnait des petits gâteaux qu'il gardait dans la poche de son manteau. Ils n'étaient pas farouches. Ils venaient manger dans sa main. Ou ils emportaient le petit bout de gâteau et repartaient en sautillant. En faisant des petits bonds calculés, des petits bonds bien hauts, bien décidés en regardant à droite, à gauche pour s'assurer qu'un rival n'allait pas leur piquer le bout de gâteau. Il éclatait de rire en les regardant s'éloigner, grimper comme des Indiens habiles le long des troncs gris et disparaître dans les branches. Bientôt, il ne les voyait plus, ils se confondaient avec l'écorce des arbres. Alors il les imitait, il sautait dans son grand manteau, il bondissait avec les bras en crochets et il faisait tourner ses yeux dans tous les sens comme si on allait l'attaquer. Pour oublier la peur au ventre. Pour oublier la question qui tournait en ronde folle dans sa tête, et si elle ne revenait plus jamais ? Alors il rentrait vite, vite à l'hôtel, il reprenait la lecture du prospectus idiot.

Elle revenait toujours. Mais il avait toujours peur.

Un jour, l'homme en noir avait cessé d'appeler. Ou ils étaient partis en France. Il ne se rappelait plus très bien dans quel ordre ça s'était passé. Et il n'y avait plus jamais eu de coup de téléphone. Plus jamais de manteau jeté, de départ à la hâte, de yaourt blanc et sucré entamé sur la table. Elle restait à la maison, le jour et la nuit. Elle cuisait des gâteaux, des pot-au-feu, des vol-au-vent, des bouchées à la reine, des petits pâtés, des cakes, des tartes aux fruits. Toutes sortes de plats qu'elle vendait à des traiteurs pour des réceptions. Elle disait qu'elle gagnait sa vie ainsi. Il savait bien qu'elle mentait. Elle s'était toujours arrangée avec la vérité.

Il allait à l'école en France. Il parlait français. Il avait oublié les coups de fil brusques, les concierges contrariés, les prospectus stupides, les yaourts blancs et sucrés. Il aimait sa vie en France. Sa mère aussi semblait l'aimer. Elle sentait bon, elle était toute rose, elle avait repris le piano au conservatoire de Puteaux. Elle dormait sans crier dans ses rêves. Leur vie s'était apaisée. Elle ressemblait à la vie de tout le monde.

Seuls les écureuils lui manquaient...

Et voilà qu'il avait peur à nouveau.

Depuis qu'Hortense avait fait sa valise à la hâte, attrapé son manteau et était partie sans rien lui demander. Tu ne bouges pas, tu m'attends là, lis le prospectus ou regarde les images. On a passé une nuit formidable, c'est vrai, mais j'ai autre chose à faire. Attends-moi là, ne bouge pas. Il était paralysé. Il ne pouvait plus bouger. Il sentait un grand vide en lui, un vide menaçant qui allait le happer.

Et rien ne venait combler le vide qu'il sentait grandir en lui.

Depuis qu'Hortense était partie...

En interrompant brusquement la nuit qu'ils venaient à peine de commencer. Leur longue nuit à deux, leur folie de nuit... Elle comptait qu'il l'attende sagement en faisant des gammes sur son piano blanc. Je t'aime, je t'aime, mais j'ai autre chose à faire de plus important.

Il voyait la traîne multicolore du cerf-volant s'éloigner dans le ciel. Il avait perdu la manette pour ramener les couleurs, le rouge, le bleu, le jaune, le vert, le violet, et les remettre dans sa vie.

Sa vie était devenue toute blanche. Il ne savait plus rien. Il n'était plus sûr de rien. Il ne savait plus s'il avait envie de jouer du piano. Il se demandait s'il n'avait pas rêvé. S'il n'avait pas rêvé de devenir pianiste. Il se demandait aussi s'il avait voulu devenir pianiste pour plaire à Oliver. Pour s'inventer un père qui, il devait le reconnaître, lui manquait cruellement. Il n'avait jamais imaginé qu'il pourrait avoir besoin d'un père, il l'avait découvert brutalement un jour sous la douche juste après que Simon lui eut demandé s'il se prenait pour Jésus ou quoi ? T'as un père comme tout le monde.

Et il eut douloureusement besoin d'un père comme tout le monde.

Il appela Oliver.

Il entendit une voix sur le répondeur. « Vous êtes bien chez Oliver Boone, je suis absent. Laissez un message. Pour raison professionnelle, appelez mon agent au... »

Il raccrocha.

Il mélangeait tout. Tout le blanc dans sa tête. Tout ce à quoi il n'avait jamais voulu penser. C'était ça, devenir adulte ? C'était ça, sortir de l'enfance, de l'adolescence ? Ne plus rien savoir de soi ?

N'avoir que du blanc dans la tête ?

Il se dit alors qu'il avait peur, sûrement, mais qu'il ne serait pas lâche. Il avait été lâche dans le passé. Lâche, désinvolte ou insouciant, il ne savait pas vraiment. Il se souvint du nom de Mrs. Howell, la dame chez qui logeait sa mère quand elle était étudiante, quand elle avait rencontré son père. Il se souvint qu'elle vivait dans la vieille ville d'Édimbourg.

Il ne serait plus jamais lâche, désinvolte ou insouciant.

Il se renseigna sur les horaires de trains pour Édimbourg, acheta un billet aller sans retour, il ne savait pas s'il reviendrait de ce voyage-là, et partit un jour de la gare de King's Cross en début d'après-midi. Quatre heures et demie de voyage. Quatre heures et demie pour se préparer à ne plus être lâche.

Dans le train, il se rappela ce qu'avait dit sa mère sur Mrs. Howell. Bien peu de choses. Elle avait quarante ans quand il était né, elle buvait un peu, elle n'avait ni mari, ni enfants, elle préparait ses biberons, lui chantait des chansons, sa mère et sa grand-mère avaient été domestiques au château de son père. Il avait regardé sur Internet. Avait trouvé le nom, le téléphone et l'adresse de

Mrs. Howell. 17 Johnston Terrace. Il avait appelé, avait demandé s'il y avait une chambre libre. Il avait attendu, le souffle suspendu, le cœur battant dans les oreilles. Non, avait répondu une femme à la voix tremblotante, je suis au complet. Ah, il avait dit, déçu. Et puis très vite, dans un souffle, de peur de ne pas aller jusqu'au bout de sa question :

– Vous êtes Mrs. Howell ?

– Oui, mon garçon. Je te connais ?

– Je m'appelle Gary Ward. Je suis le fils de Shirley Ward et de Duncan McCallum...

C'était la première fois qu'il prononçait le nom de son père. La première fois qu'il mettait côte à côte le nom de son père et sa mère, et il eut la gorge nouée.

– Mrs. Howell ? Vous êtes là ? il avait demandé, la voix enrouée.

– Oui. C'est que... tu es vraiment Gary ?

– Oui, Mrs. Howell, et j'ai vingt ans, maintenant. Et je voudrais voir mon...

– Viens vite, viens très vite.

Et elle avait raccroché.

Le train traversait des champs à perte de vue et les moutons faisaient des taches blanches sur le vert des prairies. Des petites taches blanches immobiles. Il lui sembla que le train n'en finissait pas de traverser du vert troué de taches blanches immobiles. Puis le train longea la mer. Dans une belle gare à la structure métallique, il lut le nom de la ville, Durham, et, après avoir quitté la gare, il aperçut la mer, des rivages bordés de hautes falaises blanches, des petites routes sinueuses. Des châteaux en brique avec des meurtrières étroites, de hauts remparts, et des châteaux en pierres grises pourvus de façades aux grandes fenêtres. Il se demanda à quoi ressemblait le château de son père.

Car il avait un père...

Comme tous les garçons. Il avait un père. N'était-ce pas merveilleux ?

Comment allait-il l'appeler ? Père, papa, Duncan, monsieur ? Ou ne pas l'appeler du tout...

Pourquoi Mrs. Howell avait-elle dit qu'il fallait qu'il vienne vite, très vite ?

Qu'avait pensé sa mère en entendant le message qu'il avait laissé sur son portable ? « Je pars en Écosse, à Édimbourg, voir Mrs. Howell, je veux rencontrer mon père... » Il avait fait exprès de l'appeler quand il savait qu'elle ne pouvait pas répondre, qu'elle était dans une de ces écoles où elle apprenait aux enfants à manger « bien ». Il avait été lâche, il le reconnaissait, mais il n'avait pas envie d'expliquer pourquoi il voulait retrouver son père. Elle lui aurait posé trop de questions. C'était le genre de femme qui analysait tout, voulait comprendre, pas par curiosité malsaine, mais par amour de l'âme humaine. Elle disait être émerveillée par les mécanismes de l'âme humaine. Mais parfois ça lui pesait. Parfois, il aurait préféré une mère légère, égoïste, superficielle. Et puis, se dit-il en essayant de compter les moutons blancs afin de garder ses idées en ordre, il n'aurait jamais osé lui dire ce qu'il pensait vraiment, j'ai besoin d'un père, d'un homme avec des couilles et une bite, un homme qui boit de la bière, pousse des jurons, lâche des borborygmes, regarde le rugby à la télé, se fourre les mains dans les poils de la poitrine et éclate de rire pour des conneries. J'en ai marre de vivre entouré de femmes, y a trop de femmes autour de moi. Et puis y a trop toi, tout le temps, marre de faire un couple avec ma mère, marre... Je veux des poils et une bite. Et une pinte de bière.

Pas facile à dire...

Il avait entassé des pulls, des caleçons, des tee-shirts, des chaussettes chaudes et une chemise blanche dans son sac de voyage. Un shampooing, une brosse à dents. Son iPod. Et une cravate... s'il veut m'emmener dans un restaurant chic. Mais est-ce que j'ai une cravate ? Ah oui ! Celle que je porte pour aller voir Mère-Grand.

Est-ce que « mon père » sait que je suis le petit-fils de la reine ?

Il avait tapé McCallum sur le site genealogy/scotland.com et avait lu l'histoire de la famille McCallum. Une sombre histoire. Très sombre, même. Le château avait été construit sur les terres de Chrichton, près d'Édimbourg. Au seizième siècle. On disait qu'il était maudit. Une lugubre histoire de moine qui avait frappé à la porte du château, un soir d'orage, demandant l'hospitalité et promettant en échange le repos de l'âme au seigneur des lieux. Angus McCallum l'avait trucidé d'un coup de poignard : le moine le dérangeait en pleine beuverie après une partie de chasse harassante.

— Et le repos du corps, tu en as entendu parler ? lui avait-il lancé en le regardant s'écrouler.

Avant de mourir, le moine avait maudit le château et ses propriétaires pour les cinq siècles à venir : « Il ne restera des McCallum que ruines et cendres, cadavres et corps pendus aux branches, fils dévoyés et bâtards. » La légende n'était pas très claire sur la date d'expiration de la malédiction. On affirmait que, depuis cette nuit fatale, un moine fantôme en capuchon noir errait dans les couloirs voûtés et s'invitait à table, déplaçant les plats et les couverts, éteignant les bougies et faisant entendre de sinistres ricanements...

La devise des McCallum était : « Je ne change qu'en mourant. »

On les décrivait comme des hommes violents, susceptibles, bagarreurs, paresseux et arrogants. L'histoire de l'assassinat de Cameron Fraser, un cousin qui habitait le château voisin, en était un exemple édifiant. Les nobles propriétaires du comté avaient l'habitude de se réunir une fois par mois pour traiter des affaires de leurs bois, de leurs terres, de leurs fermiers. C'étaient des soirées arrosées où des filles de la taverne voisine venaient se joindre aux libations. Un soir de janvier 1675, la réunion habituelle se déroulait sous le signe de la jovialité, de l'alcool et des corsages ouverts des filles, lorsque Cameron Fraser avait abordé la question des braconniers. Il prônait la sévérité envers ces derniers. Murray McCallum avait déclaré que le meilleur moyen de s'en occuper était encore de les ignorer. Qu'étaient-ce donc que quelques bêtes dérobées par de pauvres gens alors que nous ne savons plus dans quelle chair planter nos dents ! Et pour illustrer son propos il avait empoigné le sein d'une fille et en avait violemment arraché le téton en le mordant ! Cameron Fraser, sans s'émouvoir mais avec une certaine acrimonie, avait ajouté que si son cousin McCallum pouvait se montrer négligent, c'est que ses voisins et lui-même se chargeaient de châtier les braconniers et que, grâce à eux, il courait encore quelques lièvres sur ses terres. Sinon il en aurait été réduit à bouffer les racines de ses chênes ! L'assistance s'était esclaffée et Murray McCallum, outragé, avait invité son cousin à le rejoindre dans la salle d'armes où il l'avait provoqué dans un violent corps à corps et l'avait étranglé. « Crime d'honneur, Monseigneur ! avait-il déclaré au juge. Il a insulté le nom des McCallum. » L'accusé avait été déclaré innocent d'assassinat, mais coupable d'homicide, ce qui revenait à l'acquitter...

Ce Murray McCallum était un être malfaisant : il allait la nuit ouvrir les écluses des ruisseaux pour noyer les récoltes de ses voisins, violait les filles du village. On murmurait qu'au château, il n'y avait que de vieilles domestiques flétries et édentées ou des catins. Il ne voulait rien laisser à ses héritiers et fit couper tous les chênes du parc qu'il vendit pour payer ses dettes de jeu et, quand il eut fini de déboiser le parc, il s'attaqua à la forêt... Enfin il tua les deux mille sept cents daims du domaine et les fit rôtir lors d'orgies mémorables qui donnèrent naissance à des légendes et notamment à celle de l'ogre de Chrichton. Il avait épousé une douce jeune fille qui demeurait toute la journée recluse dans sa chambre et qu'un domestique avait prise en pitié. Il lui apportait des plateaux avec les restes des repas de chasse de son époux. Celui-ci l'apprit, soupçonna son domestique d'être l'amant de sa femme, le tua d'un coup de pistolet et plaça le cadavre dans le lit de sa femme. Il la condamna à dormir près de son amant trente jours, trente nuits, le temps de se repentir.

Il eut un fils, Alasdair, qui, d'un naturel timide et peureux, fuit le domaine familial et devint capitaine de frégate. Il était si maladroit qu'on le surnomma Alasdair la Tempête ; il suffisait qu'il mette le pied sur un bateau pour que celui-ci sombre, emporté par des vagues ou attaqué par des pirates. Son fils, Fraser, resta au château familial et forma une bande de brigands avec laquelle il attaquait les voyageurs. Afin de ne pas être dénoncé, il ne laissait aucun survivant. Quand les autorités demandèrent aux habitants de désigner le chef des brigands, personne n'osa livrer de nom de McCallum de peur des représailles. Fraser McCallum finit pendu à un arbre...

Il n'y eut pas un seul McCallum qui s'illustra de manière noble et vaillante. Ils semblaient tous être des vauriens fortunés et oisifs, chanceux de vivre à une époque où le fait d'être seigneur donnait tous les droits. L'un des derniers McCallum avouait même qu'il ne pouvait s'empêcher de faire le mal : « Je sais que je mourrai sur l'échafaud, ma main a de mauvais instincts... »

Pendant plusieurs siècles, les seigneurs de Chrichton firent régner la terreur dans la campagne et les villages proches du château. Les ballades écossaises chantaient les exploits de ces hommes cruels, séduisants, cyniques. L'une d'elles raconte l'histoire d'un McCallum que sa femme adorait alors qu'il était épris d'une autre. Il fut condamné à mourir pour avoir tué cinq orphelins dont il convoitait l'héritage. Sa femme, le jour de l'exécution, vint implorer le pardon du roi et chanta, pour l'attendrir, une tendre ballade où elle vantait les qualités de son époux et son amour pour lui. Le roi, ému, accorda sa grâce. Le mari ingrat, une fois délivré, prit la fuite à cheval en clamant à sa pauvre femme : « Un doigt de la main de la Dame que j'aime vaut mieux que tout votre beau corps énamouré... » Et alors qu'elle pleurait qu'il lui brisait le cœur, il répondit que « cœur brisé n'est que signe de mauvaise digestion ».

Tels étaient ses ancêtres, et si, à partir du dix-huitième siècle, ils avaient été contraints par la Couronne d'obéir aux lois, la liste des morts violentes ne fut pas interrompue pour autant. Quand ils ne se battaient pas, ne volaient pas, ne violaient pas, ils se noyaient. Volontairement ou pas...

Le seul détail de cette terrible histoire familiale qui émut Gary fut l'histoire des écureuils de Chrichton. Il y avait sur les terres du château des écureuils qui bâtissaient leur nid dans les arbres, près de l'étang. De magnifiques écureuils roux à la queue flamboyante qui faisaient honneur aux terres des McCallum. Dans aucune autre propriété, il n'y avait si beaux écureuils roux. Un vieux dicton de la famille donnait à ces animaux valeur prophétique :

Quand l'écureuil roux quittera le nid de Chrichton
Le ciel clair du comté de noir s'obscurcira
Et le domaine sera envahi par les rats.

Ainsi son amour des écureuils n'était pas dû au hasard. Le sang des McCallum battait en lui...

Gary se demanda si les écureuils étaient déjà partis ou sur le point de partir, et si c'était pour cette raison que Mrs. Howell, pressentant une fin dramatique, lui avait demandé de venir très vite.

« Viens vite, viens très vite... »

Il essayait de trouver une raison pour laquelle sa présence était si importante.

Il cherchait encore quand le train entra en gare d'Édimbourg.

Elle s'appelait Waverley en souvenir du roman de Walter Scott, né à Édimbourg et en l'honneur duquel la ville avait construit un monument immense, sorte de mausolée doré, posé dans Princes Street. Édimbourg, capitale de l'Écosse, avait donné naissance à de nombreux auteurs, romanciers ou philosophes, David Hume, Adam Smith, Stevenson, Conan Doyle... Et l'inventeur du téléphone, Graham Bell. Il prit son sac, descendit sur le quai. La gare était construite dans les entrailles de la terre de telle sorte que, pour entrer dans la ville, il fallait gravir d'interminables escaliers en pierre.

Quand il déboucha sur Princes Street au pied des remparts, il eut le sentiment d'être projeté dans un autre siècle. Il se frotta les yeux, abasourdi : un mur de remparts, un mur de châteaux ocre, rouges, gris le dominait...

Collés les uns contre les autres, ils se dressaient. Ils racontaient l'histoire de l'Écosse, de ses rois et de ses reines, des complots, des assassinats, des mariages et des baptêmes. C'était un décor de cinéma. S'il soufflait de toutes ses forces, ils s'écrouleraient, laissant apparaître derrière les murailles une ville fantôme...

Il entra dans le premier hôtel sur Princes Street et demanda une chambre.

— Avec vue sur les remparts ? lui demanda la fille à la réception.

— Oui, répondit Gary.

Il voulait s'endormir en contemplant la beauté majestueuse de ces vieilles pierres lui laissant accroire qu'il était un enfant du pays revenu au bercail.

Il voulait s'endormir en rêvant au château de Chrichton et au père qui l'attendait.

Il s'endormit, heureux.

Il fit un rêve étrange : le moine fantôme du château venait s'asseoir à la table de la salle à manger, faisait glisser son capuchon noir, se signait, joignait les mains et déclarait la malédiction levée. Duncan McCallum entrait alors, géant cabossé aux yeux injectés de sang, le prenait dans ses bras et le bourrait de coups dans les côtes en l'appelant « mon fils ».

*
**

C'est en sortant de l'école où elle tentait d'éduquer des gamins nourris de gras et de sucré à « manger bien », que Shirley entendit le message de Gary. Elle se tenait en équilibre, ses dossiers dans les bras, le téléphone dans une main et crut que le message ne lui était pas destiné. Erreur, ce doit être une erreur. Elle l'écouta plusieurs fois, reconnut la voix de Gary et demeura, immobile, sur le bord du trottoir. Paralysée. Elle regardait passer les voitures et se demandait si le bruit de la circulation n'avait pas bousculé les mots du message, la forçant à entendre cette chose ahurissante : son fils partait à la recherche de son père.

Mais pour quoi faire ? Qu'a-t-il besoin d'aller rechercher un individu qui n'a jamais rien fait pour lui alors que moi, sa mère, je suis là sur un bout de trottoir à vouloir me jeter sous les roues des voitures à cette seule idée ? Moi, sa mère, qui l'ai élevé, l'ai nourri, éduqué, protégé, moi qui ai tout fait pour lui, qui me suis sacri...

Elle s'arrêta net.

Pas ce mot-là ! Je t'interdis de prononcer ce mot-là ! Ce mot que prononcent toutes les mères possessives et jalouses.

Se reprit aussitôt, je délire, je dis n'importe quoi, des choses que je ne pense pas... Je ne me suis jamais sacrifiée pour Gary, je l'ai aimé à la folie. Et je l'aime toujours à la folie, il faut que je me raisonne...

— Dites, madame...

Un garçon de la classe qu'elle venait de quitter s'arrêtait à sa hauteur et demandait ça va, madame, ça va ? vous êtes toute blanche... Elle lui sourit d'un sourire épuisé.

— Oui, ça va, j'avais juste besoin de prendre l'air...

— Pourquoi vous traversez pas ?

— Je pensais à quelque chose...

— À vos cours ?

— Euh... oui. Je me demandais si j'avais été assez persuasive...

— C'était bien ce que vous avez raconté sur les nuggets ! Moi, en tout cas, j'en mangerai plus jamais...

— Et les autres, tu crois que je les ai convaincus ?

Il lui sourit de manière presque indulgente et ne répondit pas.

— Il était pas mal mon slogan, se défendit Shirley : « Comportez-vous comme des moutons et vous finirez en côtelettes ! »

— C'est pas pour vous décourager, mais si j'étais vous, j'en remettrais une couche. Parce que eux, les nuggets, ils adorent et c'est pas juste un discours qui va les dégoûter !

— Ah...

— Moi, j'ai ma mère qui fait gaffe à ce qu'on mange. Mais les autres, ils sont pas très concernés... Surtout que ça coûte cher de manger bien !

— Je sais, je sais, maugréa Shirley. C'est même un scandale de payer pour ne pas être empoisonné...

— Faut pas que ça vous abatte..., dit le gamin, inquiet.

— T'en fais pas... je vais trouver un truc...

– Un truc bien sanglant alors... Un truc de film d'horreur.

Shirley eut une moue dubitative.

– C'est pas trop mon truc, les films d'horreur...

– Va falloir faire un effort !

Il répéta vous êtes sûre que ça va, vous voulez pas traverser avec moi ? Comme s'il s'adressait à une petite vieille effrayée par le flot de la circulation.

Et, comme il insistait, elle le suivit et alla s'échouer de l'autre côté du trottoir dans un coffee-shop qui vendait des fleurs, des friandises, des poulets grillés, des ampoules électriques et toutes sortes de choses. Elle chercha en souriant s'il n'y avait pas un pic à glace ou une scie à métaux pour animer ses conférences.

Un truc bien sanglant. Voilà qu'elle allait devoir transformer ses interventions en *Massacre à la tronçonneuse* ! Elle demanderait à Gary s'il avait une idée...

Elle s'arrêta net. Elle ne demanderait pas à Gary. Elle allait apprendre à vivre sans rien demander à Gary.

Elle le laisserait partir à la recherche de son père sans l'importuner. Elle poursuivrait son chemin toute seule. À cloche-pied.

Un sentiment de solitude implacable se matérialisa en elle, semblable à un bloc de glace. Elle frissonna, demanda au Pakistanais derrière sa caisse enregistreuse un café con latte et un paquet de cigarettes. Fumer tue. Elle allait se suicider. Lentement, mais sûrement. La solitude aussi tue. Ils devraient marquer ça sur les paquets de cigarettes, les shampooings et les bouteilles de vin. Seule, elle était seule désormais. Auparavant, elle n'était jamais seule. Elle s'en fichait d'avoir un homme dans sa vie. Elle avait son fils.

Elle commanda un deuxième café con latte et loucha sur le paquet de cigarettes.

À quoi ressemblait Duncan McCallum aujourd'hui ? Toujours aussi séduisant ? Toujours aussi belliqueux ? Toujours à raconter qu'il avait affronté le Russe ivre dans les rues de Moscou et l'avait terrassé d'un coup de sabre ? Et de tendre sa joue balafrée en signe de preuve... Gary allait aimer avoir un père aussi beau, aussi hardi, aussi téméraire. Il le rhabillerait de lumière. Duncan McCallum deviendrait un héros. Pffft..., siffla Shirley, un zéro. Oui, un zéro. Et la voix de la sagesse s'éleva, arrête, ma fille, arrête de fantasmer. Laisse-le vivre sa vie. Retire-toi et occupe-toi plutôt de la tienne...

Elle est belle, ma vie à moi, répondait Shirley en colère. Y a plus rien dedans. Une boîte vide avec un pauvre hanneton estropié qui clopine. J'ai même pas d'allumettes pour allumer une foutue cigarette. La faute à qui ? demandait la petite voix de la sagesse. Qui a rembarré le bel amant qui se proposait de déposer son cœur à tes pieds ? Hein ? Tu ne dis plus rien, maintenant.

Oliver ? chuchota Shirley. Oliver ? Ben... Il a disparu.

Et il a disparu comment ? Par enchantement, peut-être ?

Ben non...

Elle n'avait plus de nouvelles d'Oliver.

Et elle n'était pas près d'en avoir.

En rentrant de Paris, il l'avait appelée, joyeux, déterminé.

– On se voit quand ? J'ai deux ou trois idées...

– On se voit plus jamais.

Et après une grande inspiration, elle avait ajouté :

– Je suis tombée amoureuse à Paris... C'était pas prévu.

Il avait essayé de plaisanter :

– Amoureuse pour un soir ou c'est plus grave ?

– Plus grave..., elle avait répondu en se mordant les lèvres pour ne pas reprendre son mensonge.

– Ah... J'ai compris. J'aurais jamais dû te laisser partir. C'est ma faute aussi... Il y a des villes comme ça qui sont si romantiques qu'on succombe à chaque fois. Rome ou Paris, faut pas laisser partir les filles là-bas... Ou alors avec un chaperon. Une vieille Anglaise avec du poil au menton.

Il avait eu l'air de prendre leur rupture à la légère. Elle avait été vexée.

Depuis elle ne cessait de penser à lui.

Depuis, elle n'allait plus se baigner dans les étangs glacés de Hampstead.

Cela faisait trois semaines. Elle comptait les jours. Elle comptait les nuits. Et son cœur se tordait à la faire hurler.

Et si tu allais faire un tour du côté des étangs glacés ? hasardait la petite voix. Pour quoi faire ? marmonnait Shirley. Il m'a déjà oubliée... Allez ! Allez ! prends ta bicyclette et pédale... Tu réponds pas ? T'as peur ? Moi peur ? se rebiffait Shirley. Tu sais à qui tu t'adresses ? À une ancienne du MI5, des services secrets de Sa Majesté. Je connais le danger, je sais comment le neutraliser. Je sais tous les trucs pour arrêter l'agent double ou le terroriste en goguette dans les rues de Londres. Alors tu parles si j'ai peur d'un homme avec de pauvres pantalons en velours côtelé usés aux genoux ? Oh ! mais tu m'as l'air bien vantarde... Pas vantarde, mais réaliste ! Par exemple, moi, Shirley Ward, je sais déminer une bombe dans un four à micro-ondes en vingt secondes... Et je connais aussi le coup de la poignée de main qui imprègne la paume du suspect d'une substance magnétique qui permettra de le filer sans qu'il se doute de rien ! Ah ! Ah ! Tu ne dis plus rien, petite voix de la sagesse ! Peut-être, mais ce n'est pas de cette peur-là que je parle ! Je parle d'une autre peur plus diffuse, plus intime, la peur de la relation à deux... Pfttt... Peur de rien, moi ! J'immobilise un homme en l'attaquant par-derrière, un poing entre les omoplates... Va plonger dans les eaux glacées d'Hampstead. C'est plus courageux que d'attaquer l'homme par-derrière !

Shirley fit la moue. Elle y réfléchirait. Pas sûr que ce soit une bonne idée. Elle paya ses deux cafés con latte, soupesa du regard le paquet de cigarettes et décida de le laisser sur la table.

Elle n'allait pas se suicider tout de suite.

La petite voix de la sagesse l'avait mise en colère et ça lui avait fait le plus grand bien. Elle décida de rentrer chez elle et de chercher une idée pour rivaliser avec *Massacre à la tronçonneuse*...

*
**

Quand sait-on qu'on a trouvé sa place dans la vie ? se demandait Philippe en buvant son café du matin face au petit parc.

Il ne savait pas.

Mais il savait qu'il était heureux.

Longtemps, il avait été un homme qui avait « réussi ». Il possédait tous les signes extérieurs du bonheur, mais seul, face à lui-même, il savait qu'il lui manquait quelque chose. Il n'y pensait pas longtemps, mais c'était comme un pincement léger au cœur qui ternissait l'instant présent.

Il n'avait plus aucune nouvelle de Joséphine. Il laissait faire le temps. Et cette attente qui le blessait, il y avait encore quelques semaines, il l'acceptait. Il ne souffrait plus de son absence, il la comprenait, il avait parfois envie de lui dire que le bonheur, ça pouvait être simple, si simple...

Il le savait puisque, sans raison aucune, il était heureux.

Il se levait, guilleret, prenait son petit déjeuner, entendait la voix joyeuse d'Alexandre qui partait au lycée au revoir, papa, à toute !, un bruit de sèche-cheveux dans la salle de bains où se tenait Dottie, les vocalises de Becca sur des airs d'opéra, les questions d'Annie dans la cuisine qui, chaque matin, demandait qu'est-ce qu'on mange aujourd'hui ? La maison, autrefois vide et silencieuse, retentissait de bruits de pas, de rires, de chants, d'exclamations heureuses. Il grignotait son bacon, lisait son journal, allait au bureau ou n'y allait pas, souriait quand le Crapaud l'appelait et pleurait le manque à gagner. Il s'en moquait. Il n'attendait rien.

Il n'avait plus besoin d'attendre.

Il profitait de tout, goûtait tout, savourait.

Il prenait le thé à cinq heures avec Becca. Un thé de Chine avec des petits sandwichs au cresson, dans un service à thé de Worcester aux couleurs éclatantes. Ils commentaient les nouvelles de la journée, la soirée à venir, les dernières réflexions d'Alexandre, la performance d'un ténor sur un enregistrement ancien, la comparaient avec un autre, Becca fredonnait, il fermait les yeux.

Il avait réglé son compte avec le passé. Décidé qu'il ne pouvait pas le changer, mais qu'il pouvait changer la manière dont il le voyait. Arrêter qu'il l'encombre, le blesse, prenne toute la place et l'empêche de respirer. Il ne jouait plus de rôle. Il avait toujours joué un rôle. Le bon fils, le bon élève, le bon mari, le bon professionnel... mais dans aucun de ces rôles il n'était lui. Que la vie est bizarre ! J'ai mis plus de cinquante ans à trouver ma place, à arrêter de paraître ce que les autres attendaient de moi. Il a suffi de l'entrée en scène de deux femmes. Becca et Dottie. Deux femmes qui ne jouent pas, ne prétendent pas, ne font pas semblant d'être quelqu'un d'autre. Et la vie devient simple, et le bonheur s'infiltre.

Il boit son café du matin face au parc. Un bouquet de pivoines roses s'épanouit sur la table près de la fenêtre et plus loin, sur le balcon, deux boules de buis vert remplissent deux grandes vasques en pierre. Dans un coin, l'arrosoir en métal au long bec dont se sert Annie pour les plantes. Deux colonnes en pierre ornent la façade de la maison construite par Robert Adam, le grand architecte anglais du dix-huitième siècle. Sur le toit des maisons : des cheminées en briques rouges, noircies par la fumée et des antennes de télé. Des fenêtres à petits carreaux que l'on remonte d'un coup de poignet. Des toits en ardoises noires. Des tuyaux d'évacuation qui courent sur les façades...

Le bonheur ou la théorie des clous de Bossuet. Il aimait ce passage de la *Méditation sur la brièveté de la vie* : « Ma carrière est de quatre-vingts ans, tout au plus... Qu'est-ce que je compterai donc ? Le temps où j'ai eu quelque contentement, où j'ai acquis quelque honneur ?

Mais combien ce temps est-il clairsemé dans ma vie ! C'est comme des clous attachés à une longue muraille ; à quelque distance, vous diriez que cela occupe bien de la place ; amassez-les et il n'y en a pas pour remplir la main. »

Combien tenait-il de clous dans sa main ?

Il a entrouvert une fenêtre et une humidité douce pénètre dans la pièce. Il aime ce ciel bleu et froid qui se réchauffe alors que le soleil transperce les nuages, l'humidité qui vibre dans l'air et s'efface peu à peu devant la chaleur du jour qui monte... Il aime Londres. Londres est un grand village bourdonnant de vie, d'affaires, d'idées avec des artères bruyantes, des allées silencieuses et des parcs.

Il contemple les arbres de la rue, les parcmètres qu'on remplit en actionnant son téléphone, en envoyant des SMS, *Pay by phone*. Le camion rouge du postier vient déposer les plis et les colis. La voisine part à la campagne, elle est en train de charger sa voiture. Elle porte un chemisier rose et hisse une bicyclette rouge dans le coffre arrière. Des bicyclettes sont attachées à chaque réverbère avec de grosses chaînes et la roue avant, ôtée. Pour ne pas qu'on la vole. Les oiseaux chantent. Un homme en costume gris se gare à la place de la voisine et lit attentivement le règlement du parcmètre. Ce doit être un étranger, il n'est pas familier avec le stationnement de la ville. Il sort son téléphone pour payer. Puis il regarde le ciel en faisant la moue. C'est un homme qui doit faire la moue tout le temps. Il a la bouche renversée. Il remonte dans sa voiture. On entend caqueter des canards. Ils se dandinent un instant sur la pelouse du petit square puis repartent. L'homme est assis au volant, les mains posées sur les genoux. Il semble méditer.

— Je sors faire les courses, vous avez besoin de quelque chose ? demande Annie.

— Non, merci... Je ne serai pas là pour déjeuner...

Il déjeune avec Hortense et un financier. Il a reçu le texte qu'elle a préparé. Remarquable. Clair et concis, avec une impertinence qui donne envie de participer à son projet...

— Je ferai le ménage en rentrant...

— Aucun problème, Annie. La maison brille comme un sou neuf !

Elle se rengorge, heureuse, et tourne les talons dans sa longue jupe grise de pensionnaire de couvent.

L'autre soir, il l'a surprise en train de rire à gorge déployée. Elle avait des larmes qui coulaient sur ses joues et hoquetait devant Dottie et Becca, arrêtez, arrêtez, je vais faire pipi dans ma culotte ! Il avait refermé la porte de la cuisine doucement ; elle aurait été embarrassée qu'il la surprenne ainsi.

Dottie se glisse dans le salon.

Philippe sent la présence de Dottie, mais ne se retourne pas.

Depuis qu'elle habite chez lui, elle a pris l'habitude de se déplacer sans faire de bruit comme s'il fallait qu'elle passe inaperçue. Cette économie de mouvement la rend émouvante et irritante à la fois. Cela semble dire je suis heureuse d'être là, Philippe, ne me chasse pas, et souligne involontairement que sa présence, qui ne devait être que temporaire, se prolonge. Il aimerait lui rappeler que ses sentiments à son égard n'ont pas changé, qu'il l'aime beaucoup, mais qu'il ne s'agit pas d'amour, c'est ce qu'aurait fait l'ancien Philippe. L'ordre régnait dans sa vie d'avant.

Chaque soir, quand ils sont tous les deux seuls dans la chambre, quand arrive le seul moment où il pourrait lui parler, elle vient se blottir contre lui avec un tel abandon, une telle confiance qu'il remet à plus tard une franche explication. Elle dort comme une enfant. Même dans le lit, elle ne prend pas de place. Elle a perdu sa gouaille en s'installant dans son bel appartement. Les beaux meubles, les bons repas, l'argenterie, les chandeliers, les bouquets de fleurs, l'odeur d'encaustique ont eu raison de son aplomb de titi londonien ; elle devient peu à peu une autre femme, empreinte de mesure, de douceur, d'étonnement perpétuel avec, sur le visage, l'air buté de celle qui a trouvé sa place et n'entend pas la laisser.

Elle a parfois, quand Philippe lui demande si elle veut l'accompagner au cinéma ou à l'opéra, des mouvements de joie timides et brusques, saute sur ses pieds, court chercher son manteau et son sac et attend toute droite dans l'entrée, semblant dire voilà, je suis prête, de peur qu'il ne change d'avis et ne l'emmène pas avec lui. Quand le téléphone sonne, elle lui lance de furtifs regards, tentant de savoir à qui il s'adresse et si les mots « Paris », « France », « Eurostar » surgissent dans la conversation, il peut lire dans ses yeux la crainte qu'il ne s'éloigne et qu'à son retour il n'y ait plus de place pour elle.

Il n'aime pas lire ce désarroi, il demande tu veux que je t'aide à trouver un boulot ? Elle dit non, non, elle a des pistes. Elle le dit précipitamment, elle bafouille, et il se radoucit, ajoute, prends ton temps, Dottie, n'accepte pas n'importe quoi, et elle a un pauvre sourire de victime qui vient d'échapper à une catastrophe.

Je ne suis pas assez belle pour lui, pas assez intelligente, pas assez cultivée, c'est sûr, pense Dottie depuis qu'elle vit chez Philippe. La modestie, la crainte, l'angoisse vont souvent de pair avec le sentiment amoureux et Dottie n'échappe pas à cette règle inique. Elle souffre en silence, mais n'en laisse rien paraître. Elle s'applique à être gaie, légère, mais ce sont des qualités qu'on ne peut pas mimer et qui sonnent faux quand on les feint.

Quand Becca et Annie l'entraînent dans leurs conversations sur la cuisson du canard ou le point de dentelle, elle rit avec elles, s'enveloppe de leur douce tendresse, mais lorsqu'elle se retrouve seule avec Philippe, elle redevient maladroite et prend le parti de se taire.

Et de glisser, glisser...

Quand le regard distrait de Philippe se pose sur elle sans la voir, elle se tasse sur elle-même, a envie de pleurer. Et, pourtant, elle ne trouve pas la force de partir, de reprendre son indépendance et sa témérité. Elle espère toujours... Ne sont-ils pas heureux tous les quatre dans ce bel appartement de Montaigu Square ? Il finira bien par se laisser engluer dans ce bonheur qu'elle tisse patiemment avec Becca et Annie.

Il finira bien par oublier l'autre...

Celle qui habite Paris, saute dans les flaques à pieds joints et enseigne à l'université. Joséphine. Elle connaît son prénom, elle a interrogé Alexandre. Et son nom. Un nom de famille qui sonne du clairon. Cortès. Joséphine Cortès. Elle l'imagine belle, érudite, forte. Elle lui associe le charme et l'élégance parisiens, l'assurance de ces Françaises qui semblent libres, affranchies de tout, qui savent accaparer le cœur d'un homme. Joséphine Cortès a écrit des thèses, des livres savants, un roman à succès qui a été traduit en anglais. Elle n'ose pas le lire. Joséphine Cortès élève ses deux filles, seule, depuis que son mari est mort, dévoré par un crocodile. Tout semble grand et romanesque chez cette femme. Face à elle, Dottie se sent lilliputienne, ignare. Elle se regarde dans la glace et se trouve trop blonde, trop pâle, trop maigre, trop sotte. Elle voudrait avoir les cheveux de « l'autre », l'aplomb de « l'autre », ses manières, sa désinvolture. Elle pare Joséphine de toutes les qualités et elle tremble.

Parfois, dans les yeux de Philippe, elle croit apercevoir le reflet de « l'autre ».

Et s'il croise son regard à elle, il y a comme une seconde d'exaspération dans ses yeux. Il se reprend et demande ça va ? et elle sait qu'il vient de penser à Joséphine Cortès.

Ils forment, tous les cinq, une drôle de famille, mais une famille quand même.

Dottie aime à penser qu'elle tient un rôle dans cette histoire. Un petit rôle de rien du tout, mais un rôle quand même. Et elle n'a pas forcément envie de retrouver du travail.

Elle va à des rendez-vous. Des places de comptable, on en trouve à la pelle. Elle attend, elle se dit que, peut-être, peut-être, il lui demandera un jour de rester pour de bon...

De rester à la maison.

Si elle trouvait du travail, il lui faudrait repartir chez elle, n'est-ce pas ?

Chaque jour passé dans cet appartement équivaut, pour elle, à une presque demande en mariage. Un jour, se dit-elle, un jour, il se retournera, tendra le bras et si je ne suis pas là, il me cherchera. Ce jour-là, je lui manquerai... Elle attend ce jour comme une jeune fille amoureuse attend son premier rendez-vous.

Elle vient se mettre derrière lui, pose délicatement ses

bras autour de ses épaules. Elle lui dit qu'elle sort, elle a rendez-vous pour un poste chez Berney's.

Philippe entend la porte de l'appartement claquer. Il reste seul. Cette année, il n'ira pas à Venise ni à Bâle ni à la Documenta de Cassel... À quoi bon entasser des œuvres d'art ? Il ne sait plus s'il en a encore envie.

L'autre jour, Alexandre a montré à Becca, sur Internet, une photo de *My lonesome cowboy* de Takashi Murakami, un artiste japonais contemporain, et lui en a indiqué le prix, quinze millions de dollars. Becca a renversé son thé, a marmonné Mon Dieu ! deux fois de suite, les yeux dans le vague avec un éclair de colère furieuse.

Philippe a eu envie d'expliquer pourquoi cette sculpture grandeur nature d'un jeune personnage, sorti d'un manga, faisant jaillir un filet de sperme s'élevant dans l'air et dessinant un lasso, était importante, en quoi elle abolissait les frontières entre l'art des musées et l'art populaire, en quoi aussi, elle était une réplique insolente à l'art contemporain occidental, mais il n'a rien dit. Alexandre semblait gêné. Becca s'est refermée et plus personne n'a parlé.

Becca a changé depuis qu'elle habite avec eux.

Il ne sait toujours rien de sa vie. Il ne connaît pas son nom. Elle est Becca tout simplement. Il ne peut pas lui donner d'âge. Ses yeux sont si jeunes quand elle rit, quand elle écoute, quand elle pose des questions.

Becca a l'art du bonheur. Quand elle s'adresse à quelqu'un, elle le prend dans ses yeux, elle l'enrobe de lumière, elle retient son prénom, elle le prononce avec soin. Elle se tient droite, a de beaux gestes pour attraper le pain, passer le sel ou rectifier une mèche. Des gestes en arabesques lentes, majestueuses, des gestes qui l'installent dans son corps, l'installent dans la vie. Elle chante, elle cuisine, elle connaît des histoires sur les rois de France et d'Angleterre, les tsars et les grands sultans turcs. Elle a voyagé dans le monde entier et a lu plus de livres qu'il n'en faudrait pour tapisser les murs de l'appartement.

Elle ne porte plus ses petites barrettes roses et bleues...

Il a fallu l'habiller de pied en cap. Les vêtements d'Iris ont fait l'affaire. C'est étrange de voir ces vêtements sur une autre... Parfois, il se surprend à murmurer le prénom de sa femme quand il aperçoit la silhouette de Becca qui tourne au bout d'un couloir. Becca a la même grâce. Celle qu'on n'apprend pas. Elle sait comment boutonner un chandail, nouer un foulard autour du cou, choisir un collier... L'autre soir au restaurant, il l'a vue ouvrir le sac Birkin d'Iris et c'était comme s'il lui avait toujours appartenu.

Une fois Becca débarrassée de ses oripeaux, est apparu un corps gracile, léger, musclé. Et Dottie de s'exclamer mais t'as une taille de jeune fille ! Le corps d'une danseuse, sec comme un coup de trique.

Et le regard de Becca avait pris la fuite...

D'où vient-elle ? Que s'est-il passé dans sa vie pour qu'elle se retrouve sans abri ? À force de vivre dans la rue, elle avait pris certaines expressions, mais elle ne les utilise plus... elle ne dit plus *luv,* mais Alexandre. Elle boit son thé délicatement et se tient très bien à table. Son vocabulaire est riche, raffiné. Et elle chante des airs d'opéra.

Dans sa vie précédente, il aurait voulu savoir.

Dans son autre vie, il ne l'aurait pas recueillie...

Dans son autre vie, la paume de sa vie comptait peu de clous...

*
**

Sujet, verbe, complément d'objet direct.

Sujet, verbe, complément d'objet direct.

Le sujet fait l'action, le verbe exprime l'action, le complément d'objet direct subit l'action.

Elle allait commencer ainsi ses leçons avec le gélatineux Kevin. Cette façon claire de présenter la grammaire remettrait de l'ordre dans le cerveau embrumé du gamin. Elle enchaînerait avec d'autres subtilités ensuite.

Henriette donne des leçons.

Kevin possède un ordinateur.

Il serait toujours temps de compliquer l'affaire et d'introduire les compléments d'objet indirect, de lieu, de temps et de manière. Qu'elle expliquerait de façon aussi simple. On trouve le complément d'objet indirect en posant la question : à qui, à quoi, de qui, de quoi, après le verbe. Le complément circonstanciel de lieu en posant la question où ?, le complément de temps en posant la question quand ? et le complément de manière en posant la question comment ?

En posant ces questions, en y répondant, la tête se structure. Et la vie aussi. Mettez de la bouillie dans la tête d'un enfant, il vous recrachera de la bouillie à la figure.

Simple comme l'eau claire d'une bouteille d'Évian.

Elle avait trouvé, en fouillant dans sa cave à la recherche de vieilles nippes, une grammaire du temps où elle allait à l'école. L'avait feuilletée et, ô miracle, la grammaire était redevenue une science limpide, presque alléchante. « Ce qui se conçoit bien s'énonce clairement et les mots pour le dire arrivent aisément. » Ce vieux Boileau avait fichtrement raison !

Sujet, verbe, complément.

Sujet, verbe, complément.

Elle abandonnerait les appellations fumeuses, « groupe nominal », « groupe verbal », « fonction », « complément d'objet direct premier », « complément d'objet indirect second », etc., et reviendrait au bon vieux temps où on appelait un chat, un chat. Au temps de sa grammaire à elle, de l'institutrice qui frappait sur le tableau avec une longue règle en bois. Et sur les doigts des élèves quand ils n'apprenaient pas. Au temps béni où la discipline régnait dans les écoles. Un plus un faisaient deux, un mot était un mot et non un phonème. On apprenait les chefs-lieux et les départements. Et les tabliers gris se levaient quand Mlle Collier entrait en classe.

Sujet, verbe, complément. L'ordre et la discipline reviennent dans les écoles. La France se redresse. Les enfants agitent le drapeau tricolore et sont fiers de leur pays. Comme au temps du général de Gaulle. Voilà un bel exemple de grammaire et de civisme. Henriette vénérait le général de Gaulle. Un homme qui parlait le français sans fautes ni incorrections. Quand le langage rejoint la droiture d'esprit et de corps ! Elle ne pouvait pas en dire autant de l'esprit avachi de son élève...

Henriette Grobz prenait au sérieux le redressement scolaire de Kevin Moreira dos Santos. Elle avait compris qu'il y avait en cet enfant un filon extraordinaire. Une « mauvaiseté » qu'elle pourrait exploiter à son profit. Il semblait doué pour le crime. Il lui manquait encore quelques outils, qu'elle allait lui fournir sans tarder. Il n'avait pas d'états d'âme, ni le moindre tressaillement de conscience à l'idée de faire le mal. D'ailleurs, il ignorait la différence entre le Bien et le Mal. Il ne connaissait que son propre confort. Ce qui l'arrangeait était le Bien, ce qui le contrariait était le Mal. Il avait mille idées pour contourner les difficultés, repousser l'effort, profiter de son prochain, obtenir ce qu'il voulait dans l'instant et, s'il se montrait rétif à l'idée d'étudier, il devenait ingénieux dès qu'il s'agissait d'améliorer son bien-être quotidien et pouvait alors développer une belle énergie.

Ce jour-là, encore, elle ne fut pas déçue.

Alors qu'elle se présentait pour sa leçon hebdomadaire, Kevin grogna quelque chose qu'elle ne comprit pas. Il ne disait jamais bonjour ni ne se levait quand elle entrait dans sa chambre. N'arrêtait pas de mâcher son chewing-gum pendant la leçon et de faire la scie musicale avec son élastique entre les dents.

Comme elle allait s'asseoir à sa place habituelle entre le coude de Kevin et le mur, il parut contrarié et tenta de dissimuler ce qu'il était en train de faire sur son écran d'ordinateur.

– T'es en avance, vieille bique... Reviens plus tard, j'suis occupé.

– J'y suis, j'y reste... Je sors mes affaires et j'attends que tu sois prêt...

Elle sortit les cahiers de Kevin, les devoirs qu'elle avait faits au brouillon afin qu'il les recopie, un livre de grammaire, un autre de géographie.

– Casse-toi, j'te dis...

– Qu'est-ce qu'il y a, mon ange ? Je te dérange ?

– T'as tout bon, vieille truie... dégage !

Habituée à la grossièreté du garçon, Henriette s'assit et détourna la tête.

– Mieux que ça... je veux voir que ton dos !

Elle entendait les doigts du gamin s'agiter sur le clavier. Elle fit semblant de se pencher pour prendre un livre dans le cartable posé aux pieds de Kevin et assista en direct à un hold-up. Kevin allait sur le site bancaire de sa mère, tapait une série de chiffres puis un code secret, accédait au compte de Mme Moreira dos Santos, le consultait.

– Et ensuite... que fais-tu ? demanda Henriette en relevant brusquement la tête.

– Ça te regarde pas...

– Oui, mais ça regarde ta mère.

Le gamin se mordit la langue. Piqué, il était piqué. En pleine action.

– Et elle n'aimerait pas trop que je lui raconte ce que je viens de voir..., susurra Henriette poussant l'avantage.

Il gigotait maintenant sur le bout de ses fesses grasses. La chaise grinçait.

– T'as compris quoi ?

– J'ai compris ta ruse... Et je la trouve brillante, si tu veux tout savoir... Considère-moi comme une alliée, pas comme une dénonciatrice... sauf si tu m'y forces.

Il la contemplait, méfiant.

– Allez... T'as rien à perdre, tout à gagner... On peut faire des affaires ensemble...

– J'ai pas besoin de toi pour gagner du fric...

– Oui, mais t'as besoin d'acheter mon silence. Alors, donnant-donnant, tu m'expliques et je me tais... Ou...

Il s'emmêlait les doigts dans son élastique et ne savait plus que dire.

— Tu la fermes, vieille bique, si je t'essplique ? Tu la fermes ou je te casse une jambe dans l'escalier quand tu descends à pied pour économiser l'ascenseur... Ou je te dénonce quand tu branches ton aspirateur sur la prise du palier...

— Je dis rien. Rien de rien...

— Tu sais que j'en suis capable ?

— Je le sais.

— Ça me ferait plaisir, en plus...

— J'en suis persuadée..., sourit Henriette, sachant qu'elle avait gagné et qu'il multipliait les menaces pour adoucir l'aveu qu'il allait être obligé de faire.

Et elle pensa, tu es fait comme un rat, mon petit Kevin, et dorénavant je vais pouvoir te faire chanter.

Alors il « esspliqua ».

Il visitait régulièrement le compte de sa mère. Quand ce dernier était bien rempli, il subtilisait la Carte bleue de sa génitrice et la soulageait de dix, vingt, trente euros. Cela dépendait de ses besoins. Si le compte était raplapla, il n'y touchait pas. Cela durait depuis longtemps et elle n'y voyait que du feu.

— Simple, non ? dit-il avec un zeste de vantardise dans la voix. Je visite son compte à son insu. Je pique des petites sommes.

Sujet, verbe, complément d'objet direct, pensa Henriette, ce sont les combinaisons les plus simples qui sont les meilleures.

— Oui mais comment as-tu fait pour avoir ses codes secrets ? Celui de son compte en ligne et celui de la Carte bleue ? Elle doit se méfier avec un gamin comme toi...

— Tu parles si elle se méfie ! Elle dort avec son porte-monnaie sous l'oreiller !

— Mais ce n'est pas ça qui va t'arrêter tout de même ! Tu es plus finaud...

— Arrête la flatterie, vieille truie ! Ça marche pas avec moi...

— Bon, soupira Henriette, tu as décidé d'être désagréable... Je lui dis tout et tu files en pension l'année prochaine. T'auras même plus le loisir de me casser une jambe...

Kevin Moreira dos Santos réfléchit. Il se mit à mâcher son chewing-gum avec vigueur.

— Je te balancerai pas, répéta Henriette d'une voix douce. Je vais te faire une confidence : je suis passionnée par les escroqueries et les escrocs, ils sont à mes yeux les gens les plus ingénieux du monde...

Kevin trébucha sur le mot « ingénieux ». Il la regarda, méfiant. Ingénieux, c'était quoi cette entourloupe, une sorte d'ingénieur, un minable qui bosse pour les autres après avoir fait de longues années d'études ?

— Mais non ! Ingénieux, cela signifie malin, intelligent, imaginatif... Alors, tu me dis comment tu fais ? Tu es obligé, tu es fait aux pattes. Je te tiens par la barbichette...

— Bon d'accord, souffla-t-il en baissant les épaules.

C'était la première fois qu'il baissait les épaules devant elle et Henriette se félicita d'être arrivée un quart d'heure en avance. Leurs rapports allaient changer, elle passerait bientôt du statut d'exploitée à celui d'associée et si l'onctuosité n'était pas encore de mise entre eux, elle ne désespérait pas de se faire respecter un jour.

— Elle a enfermé ses papiers secrets dans un coffre dont elle garde la clé sur elle... Dans son soutif. Un jour, je lui ai fait un câlin, elle n'est pas habituée, alors elle a été toute bouleversée, et j'ai piqué la clé. Je lui faisais des baisers, des gouzi-gouzi, je la chatouillais, elle pleurait de joie, elle était toute ramollie, j'ai glissé mon doigt entre les deux seins, j'ai fouiné dans le bonnet droit, le bonnet gauche et... Elle n'y a vu que du feu ! Et puis une voisine est arrivée avec une histoire de fuite d'eau dans la cave. La daronne a filé et moi, j'ai piqué les codes dans le coffre... Elle les change jamais, elle a peur de s'embrouiller. Elle a la cervelle d'une huître. Après, c'était facile de lui piquer la carte... Quand elle distribue le courrier, le matin, par exemple, les jours où je vais pas à l'école. Et puis le distributeur de fric est juste à gauche en sortant de l'immeuble... Ça me prend deux minutes, sauf quand y a la queue !

Il semblait fier de sa combine et heureux de vanter ses exploits. Qu'est-ce qu'un haut fait si on ne peut pas s'en vanter ? La moitié du plaisir est dans l'exhibition de sa force, de son intelligence.

Henriette enregistrait. Sujet, verbe, complément. Kevin cajole sa mère. Kevin dérobe la clé, le code, la carte. Kevin vole sa mère. Un jeu d'enfant. Pourquoi faire compliqué quand on peut faire simple ?

Elle s'inspirerait de Kevin pour voler Marcel. Chaval avait raison : une escroquerie sur grande échelle serait facilement décelable. Alors qu'une bonne vieille escroquerie d'autrefois était plus sûre.

Cajoler, dérober les codes, voler l'argent. Faire glisser les sommes volées du compte de Marcel au sien. Ils avaient la même banque. Quand elle était mariée avec Marcel Grobz, il avait ouvert, pour elle, un compte à part au cas où... Au cas où il mourrait brusquement et que l'héritage soit bloqué. Il versait chaque trimestre une somme rondelette qui, bien placée, rapportait de l'argent. Au moment du divorce, il n'avait pas fermé le compte. Il le lui avait laissé afin qu'elle ne soit jamais dans le besoin. L'imbécile ! Elle n'avait que faire de sa pitié. Qu'est-ce qu'il croyait ? Qu'elle était une faible femme ? Une vieille femme finie, bonne à être jetée aux orties ? Il ne savait pas à qui il avait affaire... Ce sera pour sa retraite, avait-il expliqué au juge, elle n'a pas travaillé et n'a droit à aucune compensation sociale. Le juge avait approuvé. Henriette gardait l'appartement, Marcel lui versait une pension confortable et elle conservait son compte retraite qu'il alimenterait s'il le fallait. Ce compte-là figurait sur la longue liste des comptes de Marcel Grobz à la banque. À la suite des comptes privés et des comptes professionnels. Tout en bas. Au nom de Henriette Grobz.

Ce serait un jeu d'enfant de faire glisser des sommes du compte personnel de Marcel sur le compte dormant d'Henriette.

Le personnel de la banque savait Marcel très généreux. Il lui arrivait souvent de faire des chèques pour le mariage d'une employée, la naissance d'un enfant, les obsèques d'un parent. Il souriait, disait ne me remerciez pas, ce n'est rien, j'ai tellement reçu de la vie que je veux partager... Personne ne s'étonnerait si des versements étaient effectués. Et Marcel avait d'autres chats à fouetter que de vérifier ses comptes privés. Il laissait ce soin à sa comptable, la fidèle Denise Trompet, vingt ans de présence dans l'entreprise Grobz, qu'Henriette avait rebaptisée la Trompette en hommage à la seule chose qui eût de l'esprit dans sa face plate : un petit nez qui finissait retroussé. Molle comme un biscuit sec qu'on a retiré de son étui Cellophane, fade et fanée, n'ayant connu de l'amour que la collection des livres Harlequin qu'elle glissait dans son sac pour lire dans le métro. Rêvant au Prince Charmant qui l'enlèverait et lui déclarerait sa flamme, un genou à terre avec des yeux de braise et un sourire d'hidalgo. Ses dents étaient jaunes, sa bouche ridée, et ses cheveux rares, qu'elle crêpait outrageusement, voletaient dès qu'on ouvrait la porte de son bureau... À cinquante-deux ans, elle n'avait rien pour inspirer le moindre sentiment, et sa figure avachie semblait en avoir pris son parti.

Cajoler. Ce serait le rôle de Chaval. Il cajolerait la Trompette. Lui chuchoterait des compliments, l'emmènerait voir des clairs de lune du haut de la butte Montmartre, lui offrirait un verre de limonade, poserait ses lèvres fermes sur ses lèvres fripées... Il allait devoir payer de sa personne. Il renâclerait, c'est certain, mais elle le convaincrait à coups d'éperons dans ses rêves de reconquête d'Hortense. Argent, Argent, Argent, chanterait-elle à l'oreille de Chaval. Argent, le nom de ce Dieu qui rend tout-puissant, qui fait plier les jeunes filles... et il séduirait la Trompette. Il obtiendrait les codes, et elle, Henriette, dévaliserait Marcel. Avec habileté. Elle deviendrait riche, très riche. Elle chasserait le cauchemar qui la poursuivait depuis l'enfance : être pauvre.

Elle chasserait le cauchemar.

Sujet, verbe, complément.

Kevin Moreira dos Santos avait, sans le vouloir, trouvé la solution. Il ne restait plus qu'à envoyer Chaval à l'assaut de la Trompette.

– Alors, vieille bique, tu rêves ou quoi ? J'ai pas que ça à foutre, moi... Aboule les devoirs !

Henriette sursauta et présenta les devoirs que Kevin n'avait plus qu'à recopier.

*
**

– Marcel... Je crois que je fais de la neurasthénie, soupira Josiane alors que Marcel poussait la porte de l'entrée après une longue journée de travail. Il s'ébrouait, posait son vieux cartable rempli de dossiers, se redressait en soufflant, Dieu que la terre est basse ! et imaginait la douceur des charentaises qu'il allait chausser et le whisky au goût de tourbe qu'il n'allait pas tarder à se servir.

– C'est pas le moment, Choupette, c'est pas le moment du tout...

La journée avait été rude. Les dossiers s'entassaient sur son bureau, frappés en lettres rouges de la mention « URGENT ». Partout où il posait les yeux, il voyait clignoter les lettres rouges et Cécile Griffard, sa nouvelle secrétaire, n'arrêtait pas de déposer des mots et des courriers en spécifiant que la réponse était attendue dans les minutes qui suivaient. Épuisé, il s'était demandé pour la première fois de sa vie s'il n'avait pas atteint son seuil de compétence. Entre ses affaires et Junior qui exigeait du temps et un niveau de connaissances de plus en plus élevé, il était dépassé. Ce soir-là, avant de quitter le bureau, il s'était pris la tête entre les mains, l'avait posée sur son bureau et était resté un long moment sans bouger. Son cœur battait à toute allure et il ne savait plus par quel dossier « urgent » commencer. Quand il s'était redressé, un morceau de Scotch était resté collé sur sa joue, il l'avait décollé et considéré longuement.

– Y a jamais de bon moment pour faire de la neurasthénie..., insista Josiane.

— Ne me dis pas que ça recommence, Choupette ? Que l'autre t'a encore entourloupée[1] ?

— Le Cure-dents ? Non, c'est pas ça… Ce n'est pas la même langueur, la même tristesse sans raison. Cette fois-ci, je sais pourquoi ça tourne carré en moi… J'ai bien réfléchi, tu sais, je ne te parle pas en amatrice.

— Dis-moi, ma belle caille… dis-moi ce qui ne va pas… Je suis Tarzan aux bras velus, ne l'oublie jamais ! Je saute de branche en branche pour attraper ta jupette.

Il avait ôté son pardessus et lui ouvrait les bras.

Josiane ne souriait pas. Elle restait, prostrée sur sa chaise, loin de lui.

— J'ai plus de moelle, mon vieux gros loup… Je me sens inutile, vide. Toi, tu mènes ta vie au bureau, tu voyages, tu brasses des affaires, Junior est perdu dans ses livres… Va vraiment falloir lui trouver un professeur particulier, tu sais. Il s'ennuie avec moi. Il s'ennuie au parc, il s'ennuie avec les enfants de son âge… Il tente de me le cacher parce qu'il est sensible et bon. Il fait des efforts, mais je sens son ennui comme je renifle l'ammoniaque, il suinte de partout, ça lui creuse des rigoles dans les yeux… Il essaie bien de me tenir compagnie, de me parler de ce qui l'intéresse, de simplifier à l'extrême, mais j'arrive plus à suivre… Ça me demande trop d'efforts, j'ai pas assez de matière grise. Je suis basse du béret…

— Tu dis n'importe quoi ! C'est vrai qu'il galope en avant et qu'on est comme deux ronds de flan… Regarde-moi : j'ai dû reprendre des études pour comprendre quand il cause. Mais je me donne du mal… J'apprends,

1. Cf. *La Valse lente des tortues, op. cit.*

j'apprends. Et puis je me dis qu'il est magnanime, qu'il nous aime comme on est, un peu niais…

— Je sais qu'il nous aime, mais ça ne lui suffit plus. Il se languit, Marcel, il se languit et bientôt, lui aussi, il fera de la neurasthénie…

— Choupette, tu sais que je ferais tout pour vous deux… je vous donnerais la lune si j'étais assez grand pour aller la décrocher !

— Je sais, mon gros bon, je le sais. C'est pas ta faute. C'est moi qui suis en vrac. Je ne m'y retrouve plus dans cette aventure. J'ai attendu si fort cet enfant, je l'ai désiré, j'ai prié, brûlé des cierges à m'en faire cramer les doigts… Je voulais lui donner tout le bonheur du monde, mais le bonheur selon moi ne lui suffit pas… Tu connais sa dernière lubie : il veut speaker english. Il a reçu un mot d'Hortense, qui lui disait : « Salut, la Miette, mes vitrines avancent et je voudrais te convier, toi et tes parents, à venir les voir parce que tu m'as donné un sacré coup de main. Prépare-toi et arrive. Je t'attends avec tous les honneurs dus à ton rang. » Il a décidé d'y aller et de parler anglais couramment pour tout saisir une fois sur place ! Il est en train de programmer sa visite. Il se tape l'histoire des monuments, des rois et des reines, les lignes de métro et d'autobus, il veut épater Hortense ! Je crois bien qu'il est amoureux…

Marcel sourit et ses yeux se mouillèrent. J'ai enfanté un ogre, mais j'ai oublié de chausser les bottes de sept lieues…

— Je vous aime tellement tous les deux, dit-il en s'affaissant sur lui-même. S'il vous arrivait quelque chose, je m'exterminerais…

— Je veux pas que tu t'extermines, mon gros loup… Je voudrais que tu m'écoutes…

— Je t'écoute, Choupette...

— D'abord, il faut s'occuper de Junior. Lui trouver un professeur à plein temps. Si ce n'est pas deux ou trois, car tout l'intéresse... Tant pis ! J'accepte qu'il marche en dehors des clous, maintenant que je sais qu'il y en a d'autres comme lui à Singapour et dans les Amériques. J'accepte. Je dis au Bon Dieu qui m'a donné cet enfant...

— Il a bon dos, le Bon Dieu, grommela Marcel. J'y suis quand même pour quelque chose...

— T'es bête, mon gros loup... Je veux dire que j'accepte et je veux l'accompagner sur son chemin. Lui laisser le loisir d'étudier des choses dont je n'ai jamais entendu parler... Je sais bien que je n'ai pas inventé le cachou rond, alors je m'efface. Je l'aime comme mes petits boyaux, je m'incline, je lui rends sa liberté... Mais moi, Marcel, moi... Je veux retourner travailler.

Marcel poussa une exclamation de surprise et déclara que l'affaire devenait sérieuse, il fallait qu'il se serve un whisky sur-le-champ. Il défit son nœud de cravate, enleva sa veste, chercha des yeux ses charentaises, alla se verser un verre. Il avait besoin de tout son confort pour écouter la suite.

— Vas-y, Choupette, je ne dis plus rien, je t'écoute...

— Je veux retourner travailler. Chez toi ou ailleurs. Chez toi, ce serait mieux. On peut s'arranger tous les deux. Un mi-temps, par exemple. Quand Junior étudie avec son percepteur...

— Précepteur, ma petite bille jolie...

— C'est du pareil au même ! Quand il étudie, l'après-midi, par exemple, moi, je vais au bureau. Je peux m'occuper de tas de choses, je suis pas aussi intelligente que mon fils, mais je te convenais bien quand j'étais ta secrétaire...

– Tu étais parfaite, mais c'est un boulot à plein temps, petite bille d'amour...

– Ou dans l'entrepôt avec Ginette et René. J'ai pas peur de me dépenser... Et puis, ils me manquent, ces deux-là, c'était comme ma famille. On les voit presque plus et quand on les voit, on n'a plus grand-chose à se dire. Moi, je suis là, les bras croisés à jouer la bourgeoise et eux, ils triment dur dans l'entreprise. J'ai appris les bons vins, les bons mots, les bonnes manières et je finis par les intimider. T'as remarqué les blancs dans la conversation quand on est tous les quatre maintenant ? On entendrait des mouches se frotter les pattes ! Avant c'étaient des parties de franche rigolade, on se dilatait le gosier, on chantait des vieilles chansons, on faisait Les Chaussettes noires et Patricia Carli, on se roulait des bananes sur la tête, on s'étranglait la taille dans des robes vichy, on se donnait des coups dans les côtes... Maintenant, on mange les coudes serrés en buvant le bon vin que tu as choisi, mais ce n'est plus la même ambiance...

– On vieillit, Choupette, on vieillit tout bonnement. Et l'affaire a grandi, ce n'est plus la même insouciance. On est devenu mondial ! Les containers arrivent de tous les coins du monde. Je ne palabre plus avec René comme avant, on ne prend plus notre petit coup de blanc sous la glycine, on n'a plus le temps... Même Ginette se plaint qu'elle ne voie plus son homme !

– Et moi, je ne fais plus partie de l'aventure... Je ne fais plus partie d'aucune aventure. Ni de la tienne ni de celle de Junior, je fais ma tronche à bloquer les roues d'un corbillard dans ma belle maison. Tiens ! Je m'ennuie tellement que j'ai renvoyé la femme de ménage pour briquer à sa place. Ça me calme les nerfs. Je passe mon temps à tout faire briller, à tout ranger. Je mets de la Javel partout... Si ça continue, Marcel, je te préviens, je vais perdre le goût du pain...

– Ah ! Ne parle pas de malheur ! protesta Marcel. On va trouver une solution, je te promets. Je vais y réfléchir...

– Tu promets ?

– Je te le promets, mais laisse-moi le temps de m'organiser, d'accord ? Ne me mets pas la vapeur dans la tête... J'ai des soucis en ce moment, t'as pas idée ! Ça se bouscule de tous les côtés et j'ai personne pour m'aider...

– Tu vois ! Je pourrais t'être utile...

– Suis pas sûr, Choupette. C'est des soucis particuliers...

– Tu veux dire que je suis pas assez futée pour comprendre ?

– Mais non, t'emporte pas !

– Je m'emporte pas, mais je déduis que je ne suis pas assez finasse... C'est bien ce que je pensais. Je vais finir par bâiller de l'œil et il restera plus qu'à m'enfermer pour neurasthénie mortelle !

– Ah non ! Josiane, je t'en prie...

Josiane reprit ses esprits. Marcel, son bon gros Marcel, devait être estourbi pour l'appeler par son petit nom. Elle changea de ton et se radoucit :

– Bon d'accord, je range le sac de billes et je ne maugrée plus..., consentit-elle à regret, mais t'oublie pas d'y penser ? T'oublie pas ?

– Promis, craché... J'y pense...

– Et c'est quoi tes soucis, alors ?

Il passa la main sur son crâne chauve, fit plisser sa

peau tavelée, bougonna c'est obligé d'en parler maintenant, là, tout de suite ? J'aimerais bien une petite récréation. La vie est dure en ce moment et si je pouvais avoir un peu de répit, j'apprécierais, tu sais... Elle opina. Nota de lui en reparler. Vint s'asseoir sur ses genoux. Passa ses bras autour de son cou. Lui respira l'oreille droite, souffla dedans en faisant un bruit de sifflet... Il se laissa aller dans un gros soupir, l'écrasa contre lui, chercha à lui raconter une anecdote qui concernait le bureau pour lui montrer qu'il avait compris la leçon et...

– Tu devineras jamais qui est venu me voir, aujourd'hui ?

– Si je peux pas deviner, autant me le dire tout de suite, mon gros loup velu, chuchota-t-elle en lui grignotant le bout de l'oreille.

– C'est pas drôle si je te fais pas lambiner... Dis donc, t'as pas un peu maigri, toi ? demanda-t-il en lui pétrissant la taille. Je ne retrouve plus tes poignées d'amour... Tu fais pas un régime de sauterelle ?

– Ben non...

– Je veux pas que tu deviennes pointue, ma petite caille ! Je t'aime dodue. T'entends ? Je veux continuer à te grignoter, affriolé par ma friandise...

– Je me disais que si tu ne me trouvais pas de travail, je ferais top model !

– À condition que je sois le seul photographe ! Et que je puisse aller voir sous ta jupe.

Il joignit le geste à la parole et glissa sa main sous sa jupe.

– Tu es mon roi, mon féroce, mon audacieux... le seul qui ait le droit de m'emmener au cirque ! gloussa Josiane, alanguie.

Marcel remua de plaisir et enfonça le nez entre les seins de sa Choupette adorée.

— Il est dans sa chambre, Junior ?

— Faut pas le déranger, il bosse son anglais avec une méthode que je lui ai trouvée... Immersion totale. Il en a jusqu'à vingt heures...

— On fonce au lit se dire des mots d'amour ?

— On fonce, Alphonse...

Et ils gagnèrent leur chambre à pas de loup, firent voler le dessus-de-lit, voler jupe, pantalon et cotillons et se jouèrent le grand huit qui déraille, le petit boa orphelin, l'araignée étoilée des mers du Nord, le petit pingouin sous la glace, le grand fou qui jongle avec des choux verts et la girafe cinglée à l'accordéon. Enfin, fourbus, repus, ils se jetèrent dans les bras l'un de l'autre, se félicitèrent de tant de verve sexuelle, se pourléchèrent, se frictionnèrent, gonflèrent de bonheur et retombèrent comme deux baudruches flapies.

Marcel ronronnait et récitait les vers vieux de trois mille sept cents ans gravés sur les murs du temple de la déesse Ishtar de Babylone en Mésopotamie : « Que le vent souffle, que frémisse la futaie ! Que ma puissance s'écoule comme l'eau de la rivière, que mon pénis soit bandé comme la corde d'une harpe... »

— Que ton verbe est riche, mon bon gros, aussi riche et dru que ton membre généreux, soupira Josiane.

— Ah ! Je ne meurs pas au cul de ma princesse, moi ! s'exclama Marcel. Je ne m'endors jamais sur le rôti...

— Ça, pour sûr, tu n'as pas le pousse-mou et jamais ne lèves le siège !

— Que veux-tu, ma tourterelle, ton corps me rend lyrique. Il m'inspire, me fait jouer du trémolo, m'affole les arpèges. Le jour où je mettrai les chaussettes à la fenêtre, je n'aurai plus qu'à me pendre à la corde...

– Ne parle pas de malheur, mon aimé...

– C'est que je ne suis plus tout jeune et l'idée que tu te trouves privée de piment dans la peau me glacerait au plus profond des os... Il te faudrait alors aller te sustenter ailleurs et...

Il pensa au fringant Chaval qui avait honoré autrefois sa Choupette. Il avait cru en perdre le souffle et était devenu jaune comme un vieux malheur. Il eut un petit rire vengeur et la serra contre lui pour s'assurer que personne ne viendrait la lui reprendre.

– Tiens ! Demande-moi plutôt qui m'a rendu visite au bureau...

– Alors qui est venu au bureau aujourd'hui ? reprit Josiane en frétillant de plaisir sous le poids de son amant royal, le roi du Bengale.

– Chaval. Bruno Chaval.

– Quoi ? Le rastaquouère gominé ? Celui qui a filé à la concurrence et a menacé de nous ruiner[1] ?

– Lui-même. Plus très frais, le poissonnet ! Il pleure misère. Il a été renvoyé de sa dernière boîte. N'a pas voulu me dire pourquoi. Je peux te le dire, moi : il pue l'embrouille. Il n'est pas net du col. Il a les yeux qui se croisent et ne disent pas bonjour. Il cherche une place, il voudrait que je le reprenne, même très bas. Prêt à donner un coup de main à René !

– C'est louche, mon gros loup, il prépare un mauvais coup... Le Chaval a une haute idée de lui-même. Il ne se vendrait pas pour deux rondelles d'oignon...

– C'est vrai que tu le connais bien, ma tourterelle...

1. Cf. *Les Yeux jaunes des crocodiles, op. cit.*

Tu l'as pratiqué autrefois et pas qu'en position verticale !

– Ce fut une erreur... On commet tous des erreurs. C'était quand tu étais marié avec le Cure-dents et que t'avais le courage d'un loufiat... Alors tu lui as dit quoi ?

– Que je ne pouvais rien faire pour lui... qu'il s'adresse à d'autres bonnes âmes... Et je l'ai retrouvé une heure plus tard en train de faire le beau chez la Trompette ! Je sais pas de quoi ils parlaient, mais ils causaient, ils causaient...

– Tu vas voir qu'il va finir gigolo ! Remarque qu'il ne lui reste plus que ça : faire le beau dans le lit des dames... Avec sa taille cambrée et son regard réglisse...

– C'est un rôle que je ne pourrai jamais tenir, soupira Marcel en chatouillant sa Choupette.

Heureux. Il était heureux. Leur montée chromatique vers le bonheur l'avait lavé de tous ses soucis et il reposait, béat, aux côtés de sa femme, prêt à jacasser encore pendant des heures. Il existait entre eux une entente si parfaite qu'il ne pouvait rester longtemps sombre en compagnie de Josiane ; il respirait avec délices le parfum de sa crinière épaisse et douce, reniflait les plis de son cou, goûtait la sueur de son corps, enfonçait le nez partout dans la chair molle et grasse. La vie lui avait offert le phénix des femmes, sa moitié d'orange, et les tracas s'effaçaient semblables à des chiffres à la craie sur un tableau noir.

Il oubliait tout quand il tenait sa Choupette entre les bras.

Pourtant, les soucis ne manquaient pas.

La tête lui tournait devant les difficultés qui

s'amoncelaient. Il ne savait plus par quel bout prendre les problèmes...

Il avait toujours compté sur son bon sens de gamin des rues, son ingéniosité à s'adapter aux circonstances, son admirable sens des affaires qui lui permettait de rouler l'un pour mieux estourbir l'autre, pour se sortir des situations les plus périlleuses. Marcel Grobz n'était pas un enfant de chœur. Il n'avait pas fréquenté les grandes écoles, mais il possédait le génie de l'analyse et de la synthèse, l'intuition du coup à jouer en avance et prenait toujours ses adversaires de court. Rien ne lui répugnait : ni la commission rondelette glissée dans la main à la dernière minute, ni le renversement d'alliances, ni le bon gros mensonge proféré sur le ton de la plus grande sincérité en roulant des yeux. C'était à la fois un grand calculateur et un fin stratège. Il ne se perdait jamais en conjectures fumeuses ou alors c'était pour tromper l'ennemi. Lui laisser croire qu'il était faible et l'anéantir ensuite. Il savait manier l'insinuation perfide, la fausse information, la dénégation naïve pour s'imposer ensuite dans toute son ampleur de général romain.

Il avait compris que l'argent achetait tout et ne répugnait pas à signer des chèques pour acheter la paix. Chaque chose a son prix et si le prix était raisonnable, il mettait l'argent sur la table. C'est ainsi qu'il avait conclu l'armistice avec Henriette. Elle veut du pognon, elle en aura ! Je la gaverai pour obtenir la paix. Il faisait confiance à son habileté à regagner cet argent dépensé pour une femme revêche et dure qui avait profité de lui. Que lui importait ! Il avait été assez couillon pour se laisser attraper, il paierait maintenant... L'argent dominait tout, il dominerait l'argent. Ne se laisserait pas mener par ce maître avide.

Mais ces derniers temps, les affaires étaient devenues difficiles. Pour tout le monde. En Chine, il y avait de vrais problèmes de norme et de qualité. Il aurait fallu qu'il soit sur place tout le temps, qu'il surveille les chaînes de fabrication, installe des moyens de contrôle, impose des tests. Qu'il passe au moins dix jours par mois sur place. Tout à son bonheur familial, il allait de moins en moins en Chine. Il faisait confiance à ses associés chinois et ce n'était pas une bonne idée. Pas une bonne idée du tout... Il aurait eu besoin d'un bras droit efficace. D'un homme jeune, célibataire, que les voyages n'effarouchent pas. Chaque fois qu'il essayait d'engager un commercial pour le seconder, l'homme, avant de s'asseoir, s'enquérait du nombre de semaines de congé, du tarif des heures supplémentaires, du montant des frais professionnels et de la qualité de la mutuelle. Il protestait si les déplacements étaient trop fréquents ou s'il ne voyageait pas en première classe. Et moi qui ai implanté des usines aux quatre coins du monde en voyageant les genoux sous le menton ! gémissait-il en retournant le problème dans tous les sens sans trouver de solution. Avant, au temps du Cure-dents, il arpentait le globe. Chine, Russie, pays de l'Est, il vivait dans sa valise. Aujourd'hui, un aller-retour à Sofia lui paraissait un tour du monde ! Or son entreprise s'était surtout développée hors de France. Douze mille personnes travaillaient pour lui à l'étranger, quatre cents en France. Cherchez l'erreur !

C'est surtout de Chine que surgissaient les problèmes.

Le prix de la main-d'œuvre, autrefois bon marché, augmentait de 10 % chaque année et de nombreux entrepreneurs filaient vers d'autres pays pour se délocaliser encore. La nouvelle destination prisée était le

Viêt-nam. Mais le Viêt-nam, fallait y aller ! Étudier les mœurs du pays, la langue, tout recommencer, tout réapprendre !

Autre problème en Chine : la contrefaçon. Une usine s'était montée juste à côté de l'une des siennes et recopiait ses modèles pour les vendre à bas prix à des concurrents européens. Il avait protesté, on lui avait fait un procès en prétendant que c'était lui qui avait copié ! Sans oublier l'exigence des douanes françaises qui inventaient chaque jour de nouvelles normes de sécurité pour les produits venant de Chine. Il avait été obligé de faire fabriquer des palettes en carton ou en bois traité pour éviter les épidémies.

La crise frappait aussi les Chinois. Beaucoup d'usines fermaient faute de commandes. Ou coulées par les impayés américains. Elles fermaient et omettaient de payer ce qu'elles devaient. Les patrons disparaissaient et il ne fallait pas compter sur la justice chinoise pour les retrouver.

Il ne s'en sortait plus...

Il avait tenté de s'implanter en Russie... Avait ouvert une usine, envoyé des prototypes à fabriquer, investi de l'argent. Tout avait disparu, du jour au lendemain ! Même les plantes vertes du hall d'entrée ! Il n'avait plus rien retrouvé et quand il avait croisé le responsable qu'il avait engagé, ce dernier avait changé de trottoir pour l'éviter. Il ne pouvait pas se battre tout seul. La Russie était devenue un vrai Far West. Le colt faisait la loi.

Il ne pouvait pas non plus réduire la taille de son affaire : seules les grosses entreprises survivaient. Les petites fermaient les unes après les autres.

Il sentait bien qu'il n'avait plus l'œil aussi acéré. La fatigue, l'âge, l'envie de paresser... À son prochain anniversaire, il soufflerait soixante-neuf bougies. Il n'était plus un jeune homme même s'il se sentait en pleine forme...

À soixante-neuf ans, un homme n'est pas vieux, se répétait-il pour se convaincre. Loin de là. Il se rappela son père à son âge et se compara à lui. Un pauvre abricot sec, son père ! Le visage jaune et plissé, les lèvres avalées dans les gencives faute de dents pour les maintenir en place, et les yeux qui tombaient pareils à des larmes noires. Alors que lui, il ruisselait de vie et de vigueur. Même s'il soufflait en montant les escaliers... La semaine dernière, il avait eu un malaise juste avant d'arriver au troisième étage. Il s'était accroché à la rampe et s'était hissé sur la marche suivante en se tenant le cœur.

Il ne l'avait pas raconté à Josiane.

La tête lui avait tourné, le cœur s'était serré, une drôle de douleur pointue au côté droit, il était resté, une jambe en l'air, en attendant de retrouver son souffle puis était reparti en comptant les marches pour que sa tête arrête de tourner. Non ! Il n'irait pas voir un médecin. Avec ces gens-là, on arrive en bon état et on repart les pieds devant. Son père avait vécu jusqu'à quatre-vingt-douze ans dans sa peau d'abricot sec sans en consulter un seul ! Le seul homme de médecine qu'il consentait à fréquenter était son dentiste. Parce qu'il rigolait avec lui, qu'il avait une bonne tête, s'y connaissait en vins et aimait les belles femmes à en perdre haleine. Mais les autres, il les fuyait et ne s'en portait pas plus mal.

Au lit, avec Choupette, il n'avait jamais le cœur qui pinçait. Ni le moindre essoufflement... Ça vaut pas tous les électrocardiogrammes, ça ?

N'empêche, n'empêche...

Il lui fallait trouver un second. Un homme jeune, malin, habile, énergique, prêt à se dépenser, à voyager quinze jours par mois. La perle rare.

Il avait hésité quand Chaval était venu le trouver...

Il ne l'avait pas dit à Josiane, mais... il ne lui avait pas dit non, à Chaval. Il avait dit revenez me voir, je ne sais pas si j'ai besoin de quelqu'un, et surtout je ne sais pas si je peux vous faire confiance. L'autre avait protesté, avait battu sa coulpe, avait parlé d'une erreur de jeunesse, avait rappelé ses bons services – et c'est vrai qu'il n'était pas mauvais, le bougre, avant qu'il ne perde la tête et se fasse embaucher par la concurrence ! Il hésitait. Il hésitait. Peut-on faire confiance à un homme qui vous a trahi une fois ? Peut-on pardonner et passer cette trahison sur l'ardoise des erreurs de jeunesse, d'une ambition de jeune fringant pressé, affamé par toujours plus de pouvoir et d'argent...

L'était pas mauvais, le Chaval. Pas mauvais du tout quand il était chef des ventes chez lui. Un sens aigu des affaires et un bon sens comptable. Même Josiane le poussait à l'époque. Ce n'était plus le cas aujourd'hui. Elle hurlerait à la mort si elle apprenait que Chaval revenait.

Alors forcément, ça ne l'arrangeait pas du tout que Choupette veuille retrouver une place dans l'entreprise.

Pas du tout, du tout...

Marcel en était là de ses sombres pensées quand Junior frappa à la porte.

– Hum ! Hum ! Je peux entrer ou je dérange ? *May I come in or am I intruding* ?

— Qu'est-ce qu'il dit ? Qu'est-ce qu'il dit ? demanda Josiane en se rhabillant à toute allure.

— Il dit qu'il veut entrer...

— Une minute, mon amour, cria Josiane en enfilant sa jupe, son chemisier, ses collants et en tâchant d'attacher son soutien-gorge. Dépêche-toi, lança-t-elle à Marcel.

— Vous êtes au lit ? Habillés ou dévêtus ? reprit Junior.

— Euh... Dis-lui quelque chose ! C'est toi qui m'as entraînée...

— Comme si je t'avais violée ! rigola Marcel en revenant à la réalité.

— On arrive, on arrive, Junior ! répéta Josiane, qui avait oublié son slip dans les draps et le cherchait à tâtons.

— Prenez votre temps, je ne voudrais pas vous bousculer... *Take it easy, life without love is not worth living ! And I know perfectly well how much you love each other*[1]...

— Oh ! Marcel ! Il a avalé la méthode ! C'est pas possible ! Tu comprends ce qu'il dit ?

— Oui et c'est charmant... Il nous souhaite tout le bonheur du monde !

— Mais dépêche-toi ! Tu vas le choquer en restant nu comme une grosse limace au fond du lit !

Marcel se leva à regret et chercha ses affaires des yeux.

— C'était bien bon, ma Choupette, bien bon...

— Oui, mais c'est fini. On passe à autre chose. On redevient respectables.

— Je serais bien resté au lit...

---

1. « Prenez votre temps. La vie sans amour ne vaut pas le coup et je sais parfaitement bien combien vous vous aimez... »

– *Stay, father, stay... I know everything about human copulation, so don't bother for me*[1]...

– Junior ! Parle français ! Tu vas faire de la peine à ta mère...

– *Sorry, mother !* C'est juste que j'ai la tête pleine de mots anglais. Tu vas être fière de moi, j'ai fini toute la méthode. Il ne me manque plus qu'un peu de pratique pour avoir un accent parfait. Hortense va être stupéfaite... Avez-vous fini de vous emberlificoter ou puis-je entrer ?

Josiane lâcha entre dans un souffle et Junior parut.

Vint se poser au bout du lit et déclara :

– En effet, ça sent la copulation frénétique...

Josiane lui fit les gros yeux et il se reprit :

– Ce n'était qu'une remarque naturaliste, veuillez m'en excuser... Vous allez bien, sinon ?

– Très bien, Junior ! s'exclamèrent en chœur les parents pris en flagrant délit.

– Et qu'est-ce qui vous a poussés à cet enchevêtrement des corps, le besoin de chasser une angoisse ou une pulsion naturelle ?

– Les deux, Junior, les deux, déclara Marcel en se rhabillant à la hâte.

– Tu as des ennuis au bureau, père ?

Junior avait planté ses yeux dans ceux de son père et Marcel répondit sans même s'en apercevoir. Il passa aux aveux :

– C'est dur, tu sais, en ce moment... C'est la crise partout et je rame, je rame...

– Pourtant le meuble, ce n'est pas comme la voiture.

---

1. « Reste, papa, reste. Je sais tout de la copulation des humains, alors ne vous faites pas de souci pour moi... »

Le meuble coûte moins cher et les gens, quand il y a crise, aiment se replier dans leur intérieur coquet. Tu n'as qu'à voir, *daddy*, les émissions de déco à la télé n'ont jamais si bien marché.

— Je sais, Junior...

— Tu es sur un créneau intéressant : tout pour la maison pour toutes les bourses. Tu as de bons stylistes, de bons fabricants, un bon circuit commercial...

— Oui, mais pour survivre, il faut grossir, implanter des usines nouvelles, racheter les petites affaires qui périclitent... et je ne peux pas être partout ! Il faudrait que je me clone... Et ça, on n'a pas encore trouvé !

Il parlait, le regard ancré dans les yeux de son enfant. Il y lisait le déroulement de ses problèmes et l'espoir d'une solution. Le regard de Junior le rassérénait. Il y puisait la force, la créativité, l'envie de se battre à nouveau. Et c'était comme si une alliance invisible s'établissait. Que l'adulte se régénérait dans les yeux de l'enfant, qu'il reprenait courage.

— Il faut toujours voir plus loin et plus grand, *daddy*... L'homme qui n'avance pas est condamné.

— J'en ai bien conscience, fiston. Mais vois-tu, il faudrait que je me démultiplie ou que je passe ma vie dans les avions... et ça, j'en ai pas du tout envie !

— Il te faudrait un associé. C'est cela qui te manque et te tourmente...

— Je sais. J'y pense...

— Tu vas le trouver. Ne te décourage pas.

— Merci, fiston... Mes gros coups, autrefois, je les ai faits en m'appuyant sur des dossiers que me préparaient mes commerciaux. Tiens, prends les maisons en bois importées de Riga, par exemple... Elles ont fait faire un sacré bond en avant à l'entreprise. Eh bien ! c'était l'idée d'un autre. Je n'ai fait que l'enfourcher... On me l'a apportée sur un plateau. Il m'en faudrait des dizaines comme ça. Et ça manque, ça manque... On est tous écrasés de travail. On n'a plus le temps de réfléchir, de fureter, d'anticiper.

– Ne renonce pas. Ne quitte pas la Chine même si tu y connais des déboires. Ils seront les premiers à se relever. Leur système est tellement plus souple, plus élastique que le nôtre. Nous sommes un vieux pays, plein d'interdits, de réglementations. Alors qu'eux ! ils vivent à mille à l'heure, s'inventent, se réinventent... Quand les affaires redémarreront, ils tireront l'économie mondiale en avant et alors, tu ne regretteras pas d'être resté...

– Merci, Junior, tu me gonfles les couilles à bloc...

– C'est dommage que je sois encore petit... enfin selon les standards de notre société... parce que je travaillerais bien avec toi un moment, pour te donner un coup de main. Je suis sûr qu'on ferait une équipe formidable...

– Tu lis dans ma pensée, Junior, tu lis dans ma pensée...

Josiane assistait au dialogue père-fils, la bouche ouverte, les yeux écarquillés.

Muette.

Et s'il lui fallait une preuve qu'elle allait être définitivement distancée par les deux hommes de sa vie, elle venait de l'obtenir. Pas une seule seconde, ils ne s'étaient tournés vers elle pour l'englober dans leur conversation ! Ils s'étaient parlé d'homme à homme, les yeux dans les yeux, et elle se sentit, une fois de plus, cruellement inutile.

Quand elle était entrée dans l'entreprise de Marcel, avant de devenir sa Pompadour, elle avait essayé de grimper les échelons. De quitter son statut de secrétaire qu'elle ne méprisait pas, loin de là, mais dont elle se lassait. Elle travaillait tard, tenait la boutique ouverte au mois d'août, répondait aux fournisseurs, proposait des idées nouvelles pour enrichir et diversifier l'entreprise. Chaval ou un autre la laissaient travailler, monter les dossiers, établir les budgets et, au moment de montrer le résultat à Marcel Grobz, ils s'attribuaient à eux seuls tout le mérite. Et elle restait là, sidérée, bégayant mais c'est moi qui... c'est moi qui... et c'est à peine si Marcel levait un sourcil pour l'écouter.

C'est elle qui avait trouvé le filon des maisons en bois de Riga, en Lettonie. Des maisons de cent mètres carrés importées vingt-cinq mille euros, revendues cinquante mille, livraison et montage compris. Avec vitrage thermique et madriers en bois de neuf centimètres d'épaisseur. Du robuste sapin rouge qui pousse lentement à plus de mille cinq cents mètres d'altitude et offre une densité de sept cent cinquante kilogrammes par mètre cube contre quatre cents pour le sapin traditionnel. Elle pouvait réciter tous les avantages de ces chalets, les yeux fermés. Sans consulter la moindre note. Elle en avait parlé à Chaval qui l'avait félicitée et lui avait promis que, le jour venu, c'est elle qui présenterait l'affaire au patron. Bernique ! Il avait ramassé la mise. Comme d'habitude. Elle s'était retrouvée flouée comme une débutante. Marcel avait fait éclater son chiffre d'affaires avec les chalets de Riga et Chaval avait reçu une importante commission pour avoir déniché le tuyau.

C'était il y avait longtemps... Elle se laissait faire alors. Incapable de se défendre. Habituée à prendre des baffes et à s'enrouler aux pieds du baffeur. Une sale habitude venue de l'enfance. Josiane, elle n'a pas besoin de faire des études, elle n'a qu'à apprendre à rouler des hanches ! C'est de la crème de pute, ma fille, disait son père, en lui flattant la croupe. Roule, ma fille, roule. Les femmes, elles ont pas besoin d'en avoir dans le cigare, elles sucent le cigare des autres et ça rapporte autant.

Et toute la famille de s'esclaffer et de lui coller du coton dans les bonnets de soutien-gorge pour affoler le mâle. Ses oncles la coinçaient dans les coins pour lui « apprendre la vie », ses tantes et sa mère ricanaient en ajoutant c'est le métier qui rentre, elle va pas faire la mijaurée, celle-là.

Elle n'avait pas assez de force pour résister.

Ce temps-là était fini. Elle se l'était juré, le jour où elle était rentrée de la maternité, son enfant chéri dans les bras. Plus personne ne la renverserait sur le bas-côté.

Et voilà que ça recommençait. Qu'elle regardait passer les trains en recevant des gravillons dans la gueule.

Il fallait qu'elle réagisse.

Elle était bel et bien hors jeu...

Elle n'aimait pas cette idée.

Elle baissa la tête, réfléchit, fixa un point dans la chambre, choisit l'embrasure d'un rideau et la prit à partie... il faut que je m'en sorte, il faut que je me trouve une idée qui me tire de cette impasse. Je vais dépérir sinon, vieillir à toute allure, me trouver réduite au pot-au-feu du soir, à les écouter parler sans rien dire et ce n'est pas une bonne idée à mon âge. Quarante-trois ans... j'ai encore des choses à faire, n'est-ce pas ? J'ai encore des choses à faire...

Parce que après je serai trop vieille pour tout, même pour sucer des cigares.

Les larmes lui montèrent aux yeux. Elle eut envie de

se recoucher et de ne plus jamais se lever. Elle s'essuya le bord des cils et refusa la marée noire des idées qui vous jettent contre le mur.

Tu t'en es toujours sortie, ma fille, tu t'en es toujours sortie... Baisse pas l'encolure, crâne, fais marcher ta cervelle. Ne geins pas... Ils t'aiment, ces deux bougres. T'es la lumière de leur vie. Mais c'est plus fort qu'eux. La testostérone l'emporte toujours.

Résiste, résiste... Invente une nouvelle voie. Passe par le sud si le nord se refuse.

Alors l'idée lui vint. Elle sourit au rideau : elle allait appeler Joséphine. Joséphine était toujours de bon conseil.

Elle raconterait sa déconfiture et Joséphine écouterait.

Ensemble, elles trouveraient une solution.

Elle se redressa, se dit qu'elle devait avoir le nez rouge, piqué par les larmes. Elle ne voulait pas faire pitié. Elle se leva, glissa dans la salle de bains se poudrer la face et cria en frappant dans ses mains : « À table, les nains ! »

*
**

Serrurier voulait un nouveau livre.

Il appelait. Joséphine lisait le numéro sur l'écran de son téléphone et ne répondait pas. Écoutait le message. « Parfait, parfait... Vous devez être en train de travailler. Travaillez, Joséphine, travaillez... Moi, j'attends de lire... »

Et son cœur chavirait.

Écrire. Écrire.

Elle avait peur partout. Dans le ventre quand elle s'approchait de son ordinateur, dans la tête quand elle essayait de mettre une histoire en place, dans ses mains, inertes sur le clavier. Peur, le jour, peur, la nuit. Peur, peur, peur.

Une si humble reine était venu naturellement. Je n'écrivais pas, je rendais service à Iris. J'obéissais à ses ordres. Comme je lui avais toujours obéi... C'était naturel.

Et puis, c'était facile. Nourrie par mes années d'études, je m'appuyais sur une époque que je connais par cœur. Florine, Guillaume, Isabeau, Étienne le Noir, Thibaut le Troubadour, Baudoin, Guibert le Pieux, Tancrède de Hauteville étaient des connaissances ; je versais sur eux un peu de chair qui donnait vie à mon savoir. Je connaissais le décor, les coffres des châteaux, les robes et les parures, les manières de parler, de chasser, de se battre, de s'adresser au seigneur ou à sa mie, l'odeur des cuisines et les mets qu'on y préparait, les frayeurs et les dangers, les désirs et les prouesses.

Et si je retournais au douzième siècle ?

Elle participait, pour le CNRS, à la rédaction d'un ouvrage collectif sur le rôle des femmes dans les croisades. Elle pourrait raconter l'histoire d'une de ces femmes parties guerroyer. Des femmes remarquables qui n'avaient pas eu peur, elles.

Elle jouait avec l'idée et l'abandonnait. Pas envie de rester dans sa spécialité. Envie de faire un pied de nez à ses collègues qui la regardaient de haut et qualifiaient son roman d'œuvre pour midinettes. « Vendre autant ! C'est trivial. Elle flatte les bas instincts des gens, leur sert des histoires de bazar ! Elle a trouvé le filon et l'exploite, c'est pitoyable ! » La façon dont elle avait été traitée au moment de son HDR l'avait humiliée. La plaie ne se refermait pas. Elle se promettait tout bas je vais leur montrer que je sais faire autre chose...

Inventer une histoire. Inventer...

Et c'est alors qu'elle tremblait de peur...

Elle s'adressait aux étoiles, le soir, suppliait son père de l'aider. Cherchait la petite étoile au bout de la Grande Ourse, appelait papa, papa... L'argent fond, il faut que je me remette au travail. Donne-moi une idée, glisse-la dans ma tête comme une lettre à la poste et je travaillerai. J'aime l'effort, j'ai aimé écrire mon premier livre, j'ai aimé les heures d'angoisse, de recherches et de joie que m'a procurées l'écriture, je t'en supplie, envoie-moi une idée. Je ne suis pas un écrivain, je suis une débutante qui a eu de la chance. Je ne suis pas de taille, toute seule...

Mais les étoiles restaient muettes.

Elle repartait se coucher, les pieds engourdis, les mains glacées, et s'endormait en rêvant qu'au petit matin, elle trouverait un courrier du ciel dans sa tête.

Elle reprenait le livre qu'elle devait superviser pour une parution aux Presses universitaires. Relire, mettre en ordre, écrire une préface au travail de ses collègues. Elle se disait, je vais commencer par là et peut-être alors la peur disparaîtra et je m'élancerai de l'ouvrage collectif à mon livre en solitaire.

Chaque jour, elle s'asseyait à son bureau.

Et chaque jour, elle trouvait mille excuses pour ne pas se mettre au travail. Ranger l'appartement, en payer les charges, remplir les feuilles de Sécurité sociale, téléphoner au plombier, à l'électricien, sortir le chien, le brosser, aller courir au bord du lac, relire un chapitre écrit par un collègue, remplir le Frigidaire, se couper les ongles des pieds, essayer une nouvelle recette, aider Zoé à faire ses devoirs. Elle se couchait le soir, mécontente, se trouvait grosse et moche dans la glace et se promettait demain, je m'y mets... Demain, c'est sûr, je travaille. J'écris ma préface et je commence un livre. J'arrête de lambiner, de perdre mon temps. Demain...

Et le lendemain, il faisait beau. Du Guesclin lui montrait la porte, elle l'emmenait courir. Elle courait autour du lac en attendant que l'idée surgisse sous ses pieds. Elle accélérait pour que dans sa tête aussi, ça s'accélère. Elle s'arrêtait, essoufflée, pliée en deux par un point de côté. Rentrait, bredouille. L'après-midi commençait, Zoé allait arriver, elle lui raconterait sa journée au lycée, le dernier mail de Gaétan, demanderait est-ce que tu crois que M. Sandoz, il a une chance avec Iphigénie ? J'aimerais bien, moi, qu'elle dise oui... Ou dis, m'man, j'ai rencontré le couple d'homos, ils étaient encore en train de se disputer ! Ils n'arrêtent pas de se chamailler, ces deux-là ! C'était important de l'écouter, je ne vais pas m'y mettre maintenant, je n'aurai pas assez de temps, demain, c'est sûr, demain, je travaille...

Demain...

Elle reprenait le livre sur les femmes parties en croisade. Des histoires de femmes admirables, relatées par des actes juridiques, des chroniqueurs tel Joinville ou illustrées par une iconographie. Il lui fallait écrire dix feuillets pour présenter ces femmes et leur trouver un dénominateur commun.

Les croisades, aux douzième et treizième siècles, étaient de véritables voyages organisés, avec des itinéraires et des lieux d'étapes. Il fallait retrouver ses sources, fouler la terre des ancêtres, prendre sa croix comme Jésus, voir le tombeau vide et, d'après l'Apocalypse, Dieu sécherait les larmes de ceux qui faisaient le pèlerinage. La joie était au bout du voyage. Voyage extérieur et voyage intérieur. On dépassait ses craintes, on s'embarquait vers l'inconnu.

Le premier article traitait de l'attirance pour l'Orient chez ces femmes qui n'avaient jamais voyagé, jamais quitté leur village ou leur maison et effectuaient un long périple pour découvrir de nouveaux paysages et des civilisations inconnues.

C'était une occasion pour elles d'échapper à la routine. L'âge importait peu. Brigitte de Suède était partie à soixante-huit ans. Les femmes de tous les milieux étaient touchées. Elles bravaient le qu'en-dira-t-on et embarquaient.

Joséphine nota en marge : « On est bien obligé de constater que les femmes, alors, n'étaient pas totalement subordonnées à leur mari, qu'elles étaient fortes, audacieuses. Elles ne sont pas toutes restées chez elles, verrouillées dans leur ceinture de chasteté ! Encore une idée toute faite ! »

L'une d'elles, Anne de Comnène, se battit aux côtés de son époux, porta une cotte de mailles, un casque, tira à l'arc, actionna les mangonneaux, se comporta comme un homme sur le terrain et prit le temps de relater ces aventures dans un récit :

« Beaucoup de dames prirent la croix et beaucoup de filles partirent avec leur père. Il se produisit alors un mouvement d'hommes et de femmes tel qu'on ne se souvient pas en avoir jamais vu de semblable. Une multitude de gens sans armes plus nombreux que les grains de sable et que les étoiles, portant des palmes et des croix sur leurs épaules : hommes, femmes, enfants qui laissaient leur pays. À les voir on aurait dit des fleuves qui confluaient de partout. »

Joséphine nota encore : « Le récit d'Anne de Comnène est intéressant car il fait allusion à la première croisade (1095-1099). Elle est la première à noter la présence des femmes... »

Et la seule.

Elle posa son stylo et réfléchit.

L'histoire a le plus souvent été écrite par des hommes qui se sont attribué le beau rôle ! Ça devait les déranger de cheminer côte à côte avec de faibles femmes. Ils ont préféré omettre ce détail dans leurs récits de mâles guerriers...

Un second article traitait des conditions de voyage.

Pour partir en croisade il faut : « Bon cœur, bonne bouche et bonne bourse. »

Bon cœur car il faut aller jusqu'au bout du voyage. Certaines femmes faisaient vœu d'aller à Jérusalem, mais, prises de crainte, renonçaient, telle la reine Jeanne de Naples qui paya un pèlerin pour aller à sa place. Elle fut montrée du doigt.

Bonne bouche signifiait qu'il fallait savoir garder des secrets, ne pas se vanter auprès des musulmans, être discret.

Bonne bourse, car le voyage coûtait cher. L'image des trois bourses était souvent reprise, « une pleine de patience, l'autre pleine de foi et l'autre pleine de finance ».

Un troisième article traitait du rôle politique des femmes lors des croisades.

Elles remplaçaient souvent leur mari à la tête des royaumes qu'ils avaient créés en Orient. Prenaient part aux combats, se comportaient en négociatrices habiles. Ce fut un grand moment d'émancipation des femmes.

Et sa collègue de raconter l'histoire de Marguerite de Joinville. Reine de France, épouse de Louis IX, appelé Saint Louis. Femme d'une grande beauté, elle suivit son époux et mit au monde plusieurs enfants en Orient. C'est elle qui fit revenir la couronne d'épines du Christ, mise en gage par l'empereur de Constantinople, à Paris, dans la Sainte-Chapelle, inaugurée en 1248.

Elle dirigea avec le roi une grande expédition vers la Terre sainte. Toute la famille royale embarqua du port d'Aigues-Mortes sur trois navires à voile, la *Reine,* la *Demoiselle,* la *Montjoie,* remplis de vivres, de céréales, de vins. Deux mille cinq cents chevaliers, des écuyers, des valets d'armes, huit mille chevaux. Le roi et sa femme renoncèrent au luxe et s'habillèrent en simples pèlerins.

Alors que le bateau gîtait ensablé, que la tempête faisait rage, ses servantes lui demandèrent : « Madame, que ferons-nous de vos enfants ? Doit-on les éveiller ? » La reine répondit : « Vous ne les éveillerez pas, vous ne les lèverez pas, mais vous les laisserez aller à Dieu en dormant. »

Joséphine relut plusieurs fois l'anecdote, frappée par la grandeur d'âme de Marguerite. Point d'affolement, point de doute. Elle faisait confiance à Dieu et remettait son sort entre ses mains.

Ses peurs quotidiennes lui semblèrent soudain minuscules et ses prières au Ciel, dénuées de toute spiritualité.

À Damiette en Égypte, la reine joua un rôle politique majeur. Enceinte, elle dut garder la ville jusqu'à l'arrivée de renforts et la garder seule car le roi était malade. Pendant le siège, elle accoucha d'un fils, appelé Tristan,

« pour la grande douleur du temps où il naquit ». De son lit d'accouchée, elle conjura les croisés : « Seigneurs, pour l'amour de Dieu, ne laissez pas prendre cette ville car vous savez que messire le roi serait perdu. Pitié vous prenne de cette chétive créature [son fils Tristan] qui gît ici... Tenez jusqu'à temps que je sois relevée. »

Elle se releva et prit part à la défense de Damiette, se comportant en véritable chef de guerre.

Ces femmes, non seulement bravaient les batailles, les tempêtes, la douleur, le froid et la faim, mais, si leur homme ou leur fils devenait lâche, elles les invectivaient. Telle cette mère qui, outrée par la couardise de son fils, l'apostropha en lui criant : « Tu veux fuir, mon fils ! Alors rentre au ventre qui t'a porté. »

Joséphine lisait et songeait...

Elles n'avaient donc jamais peur ?

Elles tremblaient sûrement, mais elles s'élançaient.

Comme si de se mettre en mouvement effaçait la frayeur.

Elle écrivit sur une feuille de papier : « Enjamber sa peur. Aller de l'avant... Écrire n'importe quoi, mais écrire. »

Elle contempla les mots posés sur un papier et les répéta à voix haute.

Oui mais, reprenait-elle, le monde était plus simple au Moyen Âge. On croyait en Dieu. On était porté par une passion. Le rêve était beau, la mission, noble.

La peur, en ces temps-là, était considérée comme la manifestation du Diable. Il fallait croire en Dieu, porteur de lumière et de joie, pour éviter les démons de la peur. C'était le message des Pères du désert, ces anachorètes qui se retirèrent pour retrouver le message évangélique. Leur enseignement était limpide. Ils enseignaient ce qui nous manque aujourd'hui : la confiance, la joie, le goût du risque et la sérénité. Celui qui croit a confiance et entreprend, celui qui est du côté du Malin est triste, a une « âme noire », mélancolique.

Aujourd'hui, la peur nous paralyse. Aujourd'hui, nous ne croyons plus en rien...

Qui parle encore de transcendance ? Croire en Dieu, croire en l'amour de son prochain sont des mots qui font ricaner les beaux esprits...

Elle rêvassait, allait chercher une tablette de chocolat au lait et aux amandes à la cuisine, revenait à son bureau, mangeait une barre, deux barres, trois barres de chocolat, lisait le journal, caressait le ventre de Du Guesclin offert à ses pieds. Tu sais comment on fait, toi, vieux chien ? Tu le sais ? Il plissait les yeux, le regard fuyant dans un plaisir immobile et lointain. Tu t'en fiches, hein ? Ta gamelle est pleine et quand tu me montres la porte, je t'emmène promener...

Reprenait une barre, deux barres, trois barres de chocolat, poussait un soupir, ouvrait un tiroir et faisait disparaître la tablette.

Revenait à la phrase qu'elle avait recopiée : « Enjamber sa peur. Aller de l'avant... Écrire n'importe quoi, mais écrire. »

Elle sifflait Du Guesclin et sortait. Marchait, marchait dans Paris, écoutait, regardait, cherchait le détail qui allait lui donner de l'élan, le début d'une histoire, revenait, les épaules basses, vers son immeuble, passait devant une boutique de téléphones, une boulangerie, une banque, un magasin de lunettes, de fringues, se penchait sur les vitrines, traînait, traînait. Au coin de sa rue, elle reconnaissait une femme qui attendait chaque soir à la sortie de la banque. Une femme bien ronde avec de beaux colliers, un ensemble de soie sous son manteau de fourrure entrouvert, un sac à main Chanel, des cheveux teints aile de corbeau et des grosses lunettes noires. Parée comme pour un rendez-vous galant. Qui attend-elle ? Son mari ? Son amant ? Joséphine laissait Du Guesclin renifler le trottoir et observait la femme ronde, heureuse d'attendre. Sereine. Elle souriait aux passants, s'adressait à certains. Parlait du temps, de la météo annoncée, du mois de février maussade. Elle devait habiter le quartier. Joséphine la dévisageait et se disait mais oui, je l'ai déjà vue, son visage m'est familier. Elle attend chaque soir au coin de la rue...

Une femme sortait de la banque. Disait maman. Disait excuse-moi, je suis en retard, un client qui ne voulait plus partir, qui me racontait sa vie, j'ai pas eu le cœur de le renvoyer... Elle semblait, fait étonnant, plus âgée que sa mère. Des cheveux courts, grisonnants, le visage couperosé, sans fard, vêtue d'un gros manteau qui l'engonçait. Elle marchait en laissant pendre ses bras semblables à deux nageoires d'otarie. On aurait dit une adolescente mal dégrossie que ses copains appellent Bouboule.

La mère et la fille repartaient bras dessus, bras dessous et entraient dans le restaurant voisin. Une grande brasserie décorée de fleurs rouges. Joséphine les apercevait, à travers la vitre. Un garçon d'un geste familier leur montrait une table, « leur » table.

Elles s'asseyaient et lisaient le menu en silence. La mère commentait, la fille acquiesçait, puis la mère commandait, défaisait une serviette et la nouait autour du cou de sa fille qui se laissait faire, docile, puis la mère prenait du pain, le beurrait et le tendait à la fille qui ouvrait la bouche comme un oisillon prend sa becquée...

Joséphine assistait à la scène, médusée. Et ravie.

Je tiens le début d'une histoire...

L'histoire d'une fille autrefois belle, appétissante, et d'une mère qui ne veut pas vieillir seule et engraisse sa fille afin de la garder à ses côtés...

Oui, c'est ça...

Chaque soir, la mère attend sa fille à la sortie de son travail. Elle l'emmène au restaurant et la gave. La fille mange, mange et grossit. Elle n'aura pas de fiancé, pas de mari, elle ne fera pas d'enfants, elle restera avec sa mère toute sa vie.

Elle vieillira comme une gamine, nourrie, coiffée, habillée par sa mère. Grosse, de plus en plus grosse...

Et la mère restera coquette, accorte, aimable avec chacun, heureuse de vivre...

– J'ai trouvé une histoire, disait Joséphine tout excitée à Zoé en rentrant ce soir-là.

Demain, je m'y mets...

Non, pas demain. Tout à l'heure. Dès qu'on a fini de dîner et que Zoé s'est retirée dans sa chambre pour travailler. Je reste sur mon élan, j'enfourche les deux grosses dames et j'écris n'importe quoi, mais j'écris.

Elles dînaient en silence, chacune absorbée dans ses pensées.

Comment finira mon histoire ? se demandait Joséphine. La fille mourra d'une congestion ? Elle tombera amoureuse d'un convive qui vient chaque soir, lui aussi, au restaurant parce qu'il est vieux garçon ? Et la mère, furieuse...

Iphigénie sonnait. Madame Cortès, madame Cortès, va falloir songer à ma pétition, j'ai reçu une lettre du syndic qui me demande de quitter les lieux... Me laissez pas tomber. Joséphine la regardait comme si elle ne la reconnaissait pas et Iphigénie s'écriait madame Cortès, vous m'écoutez pas, vous êtes où, là ? Avec mes deux grosses dames, avait envie de répondre Joséphine, ne m'arrachez pas à elles, s'il vous plaît, je vais les perdre si vous continuez à me parler, elles vont s'effacer.

– On l'écrit, cette pétition, madame Cortès ?

– Maintenant, tout de suite ? demandait Joséphine.

– Si c'est pas maintenant, c'est quand ? Vous le savez très bien, madame Cortès, si c'est pas maintenant, c'est jamais...

Zoé finissait son yaourt, pliait sa serviette, la lançait dans le panier sur la desserte, s'écriait panier ! débarrassait la table, disait je vais travailler dans ma chambre. Joséphine prenait un papier et un crayon, commençait à rédiger le texte de la pétition et disait au revoir aux deux grosses dames qui tournaient au coin de la rue et disparaissaient.

Iphigénie avait drôlement raison, si c'est pas maintenant, c'est quand ?

Elle avait trouvé le défaut de sa cuirasse. Le tout petit défaut qui lui faisait un croche-pied et la maintenait dans la peur.

C'était le mot « demain ». L'ennemi. Le frein.

Serrurier l'invita à déjeuner.

– Vous devez travailler comme une acharnée, vous ne décrochez jamais le téléphone...

– J'aimerais bien...

Elle s'élança et lui posa la question qui la taraudait, en jouant avec les arêtes de sa sole normande. Ils avaient commandé chacun une sole, c'était le poisson du jour.

– Vous croyez que je suis un écrivain ?

– Vous doutez, Joséphine ?

– Je me dis que je suis pas assez...

– Pas assez quoi ?

– Pas assez brillante, pas assez intelligente...

– Il ne faut pas être intelligent pour écrire...

– Si, si...

– Non... Il faut être sensible, observer, s'ouvrir, rentrer dans la tête des gens, se mettre à leur place. Vous l'avez très bien fait dans votre précédent livre. Et s'il a eu le succès qu'il a eu...

– Iris était là. Sans elle...

Il secoua la tête et lâcha ses couverts comme s'ils lui brûlaient les doigts.

– Qu'est-ce que vous pouvez être énervante ! Arrêtez de vous dénigrer ! Je vais vous mettre à l'amende. Cent euros à chaque fois...

Joséphine sourit pour s'excuser.

– C'est pas ça qui m'empêchera d'avoir peur...

– Écrivez ! Écrivez n'importe quoi ! Prenez la première histoire qui vous tombe sous la main et lancez-vous...

– Facile à dire... J'ai déjà essayé, mais l'histoire s'évanouit avant que j'aie eu le temps d'écrire le premier mot...

– Tenez un journal, écrivez chaque jour... N'importe quoi. Forcez-vous. Vous avez déjà tenu un journal ?

– Jamais. Je ne me trouvais pas assez intéressante...

– Cent euros... Je vais devenir riche grâce à vous !

Il houspilla le garçon, toujours le même, rouge et

tremblant, assurant que sa sole était sèche, « poisson du jour ! poisson du jour ! Il a cent ans, votre poisson ! » et reprit :

– Même à seize ans ? Cet âge où on a l'impression que tout ce qui nous arrive est si important... On tombe amoureux d'une silhouette, d'un homme ou d'une femme qu'on croise dans le bus, d'un acteur ou d'une actrice de cinéma...

– Je ne suis jamais tombée amoureuse d'un acteur...

– Jamais ?

– Ils me paraissaient trop lointains, inaccessibles et comme je me trouvais insignifiante...

– Cent euros. On en est déjà à deux cents ! Vous avez intérêt à vous mettre à écrire rien que pour me rembourser... Ma mère était folle amoureuse de Cary Grant. J'ai failli m'appeler comme lui ! Cary Serrurier, ç'aurait sonné bizarre, non ? Mon père a refusé et imposé le prénom de son grand-père, Gaston. Ça tombait bien, c'était celui d'un célèbre éditeur. Je me demande d'ailleurs si je ne suis pas devenu éditeur à cause de ce prénom. Ce serait intéressant d'étudier le rapport entre le prénom des gens et leur profession... Si tous les Arthur deviennent poètes à cause de Rimbaud, les...

Joséphine n'écoutait plus. Cary Grant. Le journal de Petit Jeune Homme trouvé dans le local à poubelles ! C'était une histoire formidable. Où l'avait-elle rangé ce cahier noir ? Dans un tiroir de son bureau... Il devait encore s'y trouver, coincé tout au fond, derrière les tablettes de chocolat entamées !

Elle se redressa, eut envie d'embrasser Serrurier, mais pas de lui dire qu'il venait de lui rendre un fier service de peur que Petit Jeune Homme et Cary Grant ne s'effacent comme les deux grosses dames.

Elle regarda sa montre et s'exclama :

– Mon Dieu ! Je dois filer à la fac, j'ai un rendez-vous. Je travaille sur un ensemble de textes pour une parution universitaire...

– Un truc vendu à mille cinq cents exemplaires ? Ne perdez pas votre temps avec ça ! Allez plutôt travailler pour moi. Deux cents euros, Joséphine, vous me devez deux cents euros !

Elle le regarda avec infiniment de tendresse. Son regard brillait de reconnaissance et d'allégresse. Il se demanda ce qu'il avait bien pu dire pour la mettre dans cet état-là, se demanda si elle n'était pas en train de tomber amoureuse de lui et lui fit signe de décamper sur-le-champ.

*
**

Gary fut réveillé à huit heures du matin par une cornemuse qui jouait une marche nuptiale sous ses fenêtres. Il attrapa un oreiller, le colla contre son oreille, mais les accords stridents de l'instrument lui déchiraient les tympans. Il se leva, alla jusqu'à la fenêtre, aperçut un homme en kilt qui jouait et à qui des touristes jetaient des pièces en le prenant en photo. Il maudit l'homme, son kilt et la cornemuse, se frotta les yeux et retourna se coucher, enfoui sous les oreillers.

Il ne parvint pas à se rendormir et décida de se lever, d'aller prendre son petit déjeuner. Ensuite il appellerait Mrs. Howell...

Elle lui donna rendez-vous à la Fruit Market Gallery à l'heure du thé. Vous ne pourrez pas vous tromper, c'est juste derrière la gare. C'est un espace où on expose des artistes, on vend leurs livres, on y déguste aussi une nourriture délicieuse. J'aime beaucoup cet endroit... Vous me reconnaîtrez, je suis une petite dame un peu frêle et je porterai un manteau violet avec une écharpe rouge.

Il décida d'aller marcher dans la ville. Dans sa ville puisqu'il était à moitié écossais. Tout lui paraissait beau et son père allait jaillir au coin d'une rue pour le serrer dans ses bras.

Il marchait d'un bon pas, le nez en l'air, déchiffrant l'histoire de la ville sur les murs des maisons. Partout, il y avait des plaques commémoratives, évoquant les luttes passées et les victoires des habitants contre les occupants. Il franchit les remparts des châteaux, pénétra dans la vieille ville, s'engouffra dans les nombreux escaliers qui faisaient office de rues, coincés entre deux maisons, s'engagea dans le Royal Mile, passa devant le Nouveau Parlement écossais, déboucha sur la Grass Market Place qui semblait être un point de ralliement. Une grande place où les pubs s'alignaient côte à côte et affichaient tous le même menu : *cullen skink, haggis, neeps, tatties*... Chaque vieille pierre racontait les affrontements avec les Anglais, qui avaient fini par l'emporter, mais demeuraient l'ennemi héréditaire. C'était faire injure aux Écossais que de les traiter d'anglais. Et Gary joua au touriste français.

À l'heure du déjeuner, il commanda un *stovis* dans un pub et une pinte de bière. Il mâcha la viande écrasée dans un hachis de pommes de terre, but sa bière et, alors que l'heure du rendez-vous approchait, sentit son ventre se nouer. Dans quelques heures, il allait savoir. Il avait hâte d'entendre ce que Mrs. Howell allait lui apprendre.

Il avait un père, il avait un père... Son père était vivant et avait besoin de lui.

Il ne serait plus jamais insouciant ou lâche.

Puis il reprit sa promenade qui l'entraîna vers le Dean Village où il se crut revenu au Moyen Âge. Une rivière à reflets argentés serpentait sous des ponts blancs et moussus, les maisons étaient basses et les arbustes débordaient derrière de vieux murs en pierre. Il retourna à pied vers la vieille ville et se présenta, ponctuel, à la Fruit Market Gallery, il s'installa à une grande table ronde, un peu à l'écart, et guetta la porte d'entrée.

Elle entra. Petite femme fragile, perdue dans un grand manteau violet et une longue écharpe rouge. Elle le reconnut tout de suite, s'assit en face de lui et le regarda, médusée. Il s'était levé afin de l'accueillir dignement et elle le détailla longuement en murmurant, c'est incroyable, incroyable, je crois voir ton père jeune... Mon Dieu ! Mon Dieu ! Et elle porta ses mains à son visage. Elle s'était préparée pour ce rendez-vous, elle avait mis de l'ombre à paupières bleue sur ses yeux clairs.

Ils commandèrent un thé et deux tartes aux pommes et à la crème Chantilly.

Elle ne disait toujours rien et le contemplait en secouant la tête.

— Gary McCallum... Que je sois anéantie sur-le-champ, si tu n'es pas le fils de ton père !

— Je lui ressemble tant ? demanda-t-il, ému.

— Il ne pourra pas te renier, tu es un McCallum, c'est sûr... J'ai cru retrouver mes vingt ans quand je t'ai vu. Quand je dansais pendant les fêtes données au château... J'ai entendu le son des violons et des flûtes et le *caller* qui invite les gens à danser... Chaque homme portait le kilt de son clan avec une belle veste noire...

— Parlez-moi de lui, Mrs. Howell, je suis si impatient...

— Excuse-moi, je reste là à te regarder comme une vieille pierre silencieuse. C'est que tu me rappelles tant de souvenirs... J'ai travaillé au château, quand j'étais jeune, je ne sais pas si ta mère te l'a dit...

Gary hocha la tête. Il voulait par-dessus tout qu'elle lui raconte l'histoire. Son histoire.

— Toutes les femmes de ma famille ont travaillé au château. C'était une tradition. À la naissance, on était déjà engagée comme femme de chambre, cuisinière, servante, nourrice, lingère... Il y avait un bataillon de domestiques à Chrichton, en ces temps-là, et j'ai fait comme ma mère, ma grand-mère, mon arrière-grand-mère, je suis entrée au service des McCallum. C'était l'année de la naissance de ton père, Duncan. On donna une fête magnifique. On s'est tous réjouis. Tu as entendu parler de la malédiction qui pèse sur le château ?

— J'ai lu l'histoire en faisant des recherches...

— Alors, tu es au courant... On était tous concernés car... tu sais, les McCallum avaient coutume d'engrosser les domestiques et on se disait toutes qu'on avait du sang McCallum dans nos veines. Qu'on portait nous aussi la malédiction du moine... J'ai une ancêtre qui a mis au monde un bâtard dans les écuries. Elle est morte en couches et a juste eu le temps de faire une croix sur le front de l'enfant et de murmurer une prière pour éloigner le maléfice... On ne se révoltait pas. Cela allait de soi. Les plus malignes faisaient passer l'enfant, les autres le gardaient... et reprenaient leur service. Moi, j'ai eu l'audace de leur résister. J'étais tombée amoureuse d'un

Anglais, Mr. Howell, et quand le père de ton père l'a appris, il m'a renvoyée. J'avais pactisé avec l'ennemi héréditaire, je devais partir. Je suis allée rejoindre Mr. Howell à Londres et j'ai vécu là-bas jusqu'à sa mort. Mais je m'égare, c'est un peu fouillis tout ce que je te raconte...

— Non, continuez, l'encouragea Gary qui comprenait que c'était la première fois que cette femme en manteau violet se confiait. Elle lui sourit avec gratitude et poursuivit :

— À la mort de mon mari, je suis revenue à Édimbourg. La ville me manquait. J'ai acheté cette petite maison que j'ai transformée en pension et j'ai loué des chambres à des étudiants. C'est comme ça que j'ai rencontré ta mère, Shirley... C'était une belle jeune fille, rebelle, audacieuse. Elle faisait les quatre cents coups et j'ai souvent dû intervenir pour ramener le calme dans sa chambre. Elle n'avait pas froid aux yeux, ça, on peut le dire sans la calomnier...

Gary sourit à l'idée de sa mère semant la panique dans la petite pension de Mrs. Howell.

— Quand elle est tombée amoureuse de ton père, j'ai essayé de lui dire que rien de bon ne sortirait de cette affaire, que le sang des McCallum était vicié, mais bien sûr, elle ne m'a pas écoutée. Elle n'en faisait qu'à sa tête et puis, elle était amoureuse et tu ne peux rien contre une jeune fille amoureuse... En plus, à cette époque, je m'étais mise à boire. Le retour au pays avait été difficile et je me retrouvais bien seule... Même ma famille m'en voulait ! Il faut que tu saches que les Écossais n'aiment pas du tout les Anglais. Si tu veux insulter un Écossais, tu le traites d'anglais !

— À ce point-là ?

Elle hocha la tête et continua :

– Je dois dire que les Anglais ont tout fait pour humilier le fier sang écossais. Sais-tu qu'à une époque, les cartes météo que tu vois à la télé étaient dessinées de telle façon que l'Écosse était réduite à la taille d'un confetti ! Pendant les matchs de rugby qui opposent l'Angleterre à la France, les Écossais sont toujours du côté des Français contre les Anglais... c'est une haine qui n'en finit pas d'expirer. Aujourd'hui, on a notre propre Parlement, on fait nos lois, on a notre monnaie et certains rêvent d'indépendance complète... Avec mon nom anglais, j'étais très mal vue... Et très isolée. Alors je buvais, je buvais le soir pour oublier que j'étais si seule... Lui aussi, ton père, était seul. Il courait les filles, traînait dans les pubs, allait chasser les daims et pêcher dans les rivières. Jamais travaillé ! Il a vendu petit à petit toutes les terres autour du château... Je vais t'emmener voir le château et tu seras fier. Sauf que maintenant, il ne reste que les pierres. De vieilles pierres grises et branlantes. Les murs s'écroulent et je me demande comment il peut encore vivre là-dedans sans prendre une solive sur la tête...

– Il ne s'est jamais marié ?

– Jamais ! Les temps ont changé, les filles ne sont plus aussi obéissantes et soumises. Elles font des études, elles travaillent et voyagent. Elles ne rêvent plus de devenir châtelaines...

Dans son regard tremblant, Gary put lire une timide approbation pour ces femmes qui rejetaient le joug des McCallum et de leurs semblables. Elle but une gorgée de thé, mais ne toucha pas à la tarte aux pommes recouverte d'une épaisse couche de crème. Elle avait des doigts transparents, tout fripés, et les promenait en rond sur la table comme si elle rassemblait ses souvenirs réduits à l'état de miettes.

— Il vit toujours comme ses ancêtres, mais il n'a plus leur fortune. Récemment, il a appris qu'il avait un cancer. Le médecin lui a interdit de boire et lui a conseillé de se faire soigner. Il a refusé. Il continue de fréquenter les pubs où on lui paie à boire comme à un vieux clown qui contribue à la couleur locale. Il chante des chants écossais, il gueule comme un putois... c'est triste, tu sais, mais ce n'est pas le pire...

— Il va mourir ? demanda Gary en calant ses coudes sur la table pour qu'ils arrêtent de trembler.

Elle hocha la tête.

— Il va mourir et le château des McCallum reviendra à son cousin... Un cousin issu de germains et anglais. Il travaille à la City à Londres et ne pense qu'à faire de l'argent. Il n'est en rien attaché à la terre de ses ancêtres. Cela rend ton père fou et il se débat comme une mouche engluée dans une toile d'araignée pour arrêter le destin...

— Et c'est pour ça que vous m'avez fait venir ? Pour ça que vous m'avez dit que c'était urgent ?

— Oui, mon garçon... s'il ne se reprend pas, s'il n'arrête pas de boire, il va mourir et le château disparaîtra. Il passera aux mains du cousin qui en fera un hôtel pour riches Américains ou Russes... Le plus beau château de la région ! Une honte pour notre pays !

— Vous parlez comme une vraie Écossaise !

Elle sourit faiblement. Ses doigts s'arrêtèrent de ramasser des miettes et elle le regarda droit dans les yeux.

— On ne se renie pas... Quand on est écossais une fois, on l'est pour toujours.

Gary se redressa, de plus en plus écossais.

— Alors je me suis dit que s'il te voyait, s'il reconnaissait son propre sang, peut-être que... mais je n'en suis pas sûre. On ne peut rien prévoir avec les McCallum. Ils portent un destin noir, si noir, et n'ont pas un gramme de raison...

— Et je vais le voir quand ? demanda Gary qui s'impatientait.

Il se disait qu'il allait sauver son père, le ramener à la raison, le soigner. Il s'imaginait installé dans le château, vivant avec Duncan McCallum, apprenant à le connaître et à connaître l'histoire de son pays. Il lui venait soudain l'envie furieuse d'avoir des racines, de porter les couleurs de son clan et de rendre l'honneur à sa famille. Et pourquoi ne pas faire du château un grand centre culturel, un lieu de festival où se retrouveraient les plus grands musiciens du monde ? Sa grand-mère l'aiderait sûrement... Il pourrait continuer à étudier le piano et ferait revivre le domaine de Chrichton.

— Tout à l'heure... Je t'amènerai dans le pub où il passe toutes ses soirées... L'autre jour, après que tu as appelé, je l'ai retrouvé là-bas et je lui ai dit qu'il avait un fils. Un beau garçon dont il serait fier, à qui il passerait le flambeau et qu'il pourrait échapper à la malédiction de l'Anglais qui transformerait son château en hôtel pour touristes.

— Et il a dit quoi ?

— Il m'a écoutée... sans rien dire. Quand il a été trop ivre pour rentrer seul, je l'ai conduit jusqu'au château et je l'ai couché dans l'entrée, sur un vieux canapé défoncé où il finit la plupart de ses nuits... Il n'a eu l'air ni heureux ni contrarié, ce qui prouve qu'il a entendu et qu'il est prêt à te voir...

— Il se souvient de ma mère ?

Elle secoua la tête négativement.

— Mais il se souvient qu'il a un fils...

— Il sait que je suis anglais...

Et petit-fils de la reine !

— Non. Je n'ai rien dit. J'ai fait le pari que l'orgueil, la fierté de te voir, de savoir qu'il avait un fils, un magnifique garçon, l'emporterait sur tout...

— Et si j'avais été un avorton prétentieux et minable ? demanda Gary dans un sourire.

— Tu n'aurais pas appelé, mon petit, tu n'aurais pas appelé... Il y avait tant de prière dans ta voix quand tu m'as parlé...

— On s'est à peine parlé...

— Oui, mais j'ai entendu ce que tu ne me disais pas...

Gary posa sa large main sur la main toute menue de Mrs. Howell et elle eut des larmes aux yeux.

— Si seulement, si seulement..., elle murmura en regardant dans le vide comme si elle voulait déchiffrer l'avenir.

Elle emmena Gary voir le château dans une vieille voiture qui peinait dans les côtes. Gary fermait les yeux et les rouvrait. Il regardait par la vitre, le cou tendu vers l'horizon. Il l'avait si souvent imaginé ce château, ces derniers jours.

Il ne fut pas déçu.

Le château de Chrichton se dressa soudain au détour d'un virage. Immense, majestueux, arrogant. Il le dominait de ses murailles blanches devenues grises et moisies par endroits. Les toits s'étaient effondrés et des arbustes poussaient droit à travers les charpentes vers le ciel.

– Mais pourquoi y a-t-il tous ces murs autour du château ? demanda-t-il, intrigué. je n'ai jamais vu ça nulle part...

C'était comme si on avait déposé le château derrière cinq ou six colliers de remparts.

Mrs. Howell soupira.

– C'est le résultat de toutes les guerres fratricides des McCallum... Chaque fois qu'un cousin ou un parent les menaçait, ils entouraient le château d'un nouveau rang de pierres... Et défiaient l'ennemi, retranchés derrière leurs murs.

Ils se garèrent devant l'entrée principale et marchèrent. Franchirent un à un les rangs des remparts. Il soufflait un vent violent et Gary eut l'impression que ses joues allaient se détacher et s'envoler. Il éclata de rire et tourna, tourna au milieu des pierres grises. Adieu Gary Ward ! Et bonjour à Gary McCallum. Il changerait de nom, il changerait de vie, il venait de retrouver, dans ces vieilles pierres grises écroulées, la couleur, toutes les couleurs du cerf-volant. Il tourna, tourna et se laissa tomber dans l'herbe en riant au ciel bas et maussade qui semblait recouvrir le domaine d'un sinistre couvercle.

Il voulut tout voir.

Ils poussèrent la porte d'entrée en priant que Duncan ne soit pas tapi sur le canapé.

– Ne crains rien... À cette heure-ci, il est déjà en train de boire au pub...

Il courut dans les couloirs, fit voler des nuages de poussière, poussa de lourdes portes, donna des coups de poing dans des toiles d'araignées, aperçut de longues pièces désertes et, tout au bout, de hautes cheminées noircies par le feu. Il n'y avait plus de meubles, mais de vieilles armures dont les heaumes semblaient le suivre des yeux.

Quand Mrs. Howell lui désigna du menton la porte de la chambre de son père, il recula et dit :

– Pas avant de l'avoir vu...

Et ils retournèrent en ville.

Ils le trouvèrent au Bow Bar. Un bar aux grandes façades vitrées, aux murs extérieurs peints en bleu de Prusse. Gary laissa Mrs. Howell entrer devant lui. Il entendait son cœur battre dans sa poitrine. Il suivit le manteau violet et l'écharpe rouge. Le plafond du bar, aux poutres vermillon, et le parquet, jaune orangé, l'éblouirent. Il cligna des yeux, aveuglé par les couleurs.

Elle se dirigea vers un homme accoudé au bar, presque couché sur une énorme pinte de bière. Elle lui frappa légèrement l'épaule et dit :

– Duncan McCallum ?

– *Yeah !* rugit l'homme en se retournant.

C'était un géant, aussi haut que large, la face rubiconde et boursouflée. Ses yeux semblaient injectés de sang et on n'en distinguait pas la couleur. Ses dents étaient jaunies par le tabac et il en manquait une devant. Son ventre débordait d'un vieux kilt vert et bleu, le gilet et la veste noirs étaient tachés et les chaussettes hautes arboraient deux ridicules pompons rouges qui pendaient sur le côté. Un vieux clown, avait dit Mrs. Howell, un vieux clown balafré...

– *Hey !* L'Anglaise ! s'exclama Duncan McCallum. Tu veux encore me ramener à la maison ?

Puis son regard se porta sur Gary et il rugit à nouveau.

– Et toi ? Qui es-tu ?

Gary se racla la gorge, incapable de parler.

— T'es avec la vieille Anglaise ?

— Je... Je...

— Il a perdu sa langue ou la vieille la lui aura coupée ! s'exclama Duncan McCallum en se retournant vers le garçon derrière le bar. Faut se méfier des femmes, même vieilles, elles vous coupent la langue quand ce n'est pas autre chose !

Et il éclata de rire en tendant sa chope de bière vers Gary.

— On trinque, mon garçon, ou tu restes muet sur pied ?

Gary s'approcha et Mrs. Howell murmura :

— Duncan, je te présente ton fils, Gary... tu te souviens que tu as un fils ?

— Si je me souviens, la vieille ! Tu me l'as rappelé l'autre soir quand j'étais trop ivre pour rentrer chez moi...

Puis ses yeux se posèrent sur Gary et se rétrécirent comme deux meurtrières de château. Il s'adressa à nouveau au garçon derrière le bar :

— Parce que j'ai un fils, Ewan ! Un fils de ma chair ! T'en dis quoi ?

— Je dis que c'est très bien, Duncan...

— Un McCallum... Tu t'appelles comment, fiston ?

— Gary...

— Gary comment ?

— Gary Ward, mais...

— Alors tu n'es pas mon fils... Les McCallum ne changent pas de nom comme les femmes qui se marient... Ils restent des McCallum toute leur vie ! Ward, Ward, c'est un nom anglais, il me semble... Je me souviens d'une Anglaise qui a prétendu que je l'avais mise enceinte, une fille à la cuisse légère, c'est ta mère ?

Gary ne savait plus quoi répondre.

— C'est ton fils, répéta Mrs. Howell d'une petite voix douce.

— S'il s'appelle Gary Ward, je n'ai rien à voir avec lui !

— Mais tu ne l'as pas reconnu quand il est né ! Comment veux-tu qu'il s'appelle ?

— McCallum ! Comme moi ! Elle en a de bonnes, celle-là !

Et il prit à partie les autres hommes présents dans le pub en train de regarder un match de foot à la télévision devant leur chope de bière.

— Hé ! Les gars ! Il paraît que j'ai un fils... Je dois pas en avoir qu'un seul ! La semence des McCallum a engrossé bien des femmes ! Elles étaient bien contentes d'ouvrir leurs cuisses...

Gary rougit et n'eut plus qu'une envie : partir. Mrs. Howell devina son désarroi et le retint par la manche.

— Tu as un fils, Duncan McCallum, et il est devant toi... Arrête de faire l'ivrogne et parle-lui !

— Ta gueule, la vieille ! C'est moi qui décide... Jamais une femme n'a décidé pour un McCallum.

Et à nouveau il prit à partie l'assistance.

— Duncan McCallum, tais-toi ! lui intima Mrs. Howell. Tu fais le fier quand il s'agit de rugir dans les tavernes, mais tu te comportes comme une femmelette quand il faut affronter la maladie ! Tu n'es qu'un pleutre et un vantard. Tu vas mourir, arrête de faire ton cirque !

Alors il se voûta, lui jeta un regard méchant et se recroquevilla sur sa bière. Ne dit plus rien.

– Monsieur, murmura Gary en s'approchant. Allons nous asseoir et parlons...

Il éclata de rire.

– M'asseoir avec toi, Gary Ward ! Jamais je n'ai trinqué avec un Anglais ! Sache-le et enlève ta main de mon bras ou je te fous mon poing dans la gueule ! Tu veux que je te raconte comment je me suis battu avec un Russe ivre dans les rues de Moscou ?

Gary resta la main en l'air et supplia Mrs. Howell du regard.

– Tu vois ma cicatrice, là ?

Et il tendit sa joue comme un bateleur récite son boniment.

– Lui, c'est en travers du corps que je l'ai zébré ! De haut en bas ! Je l'ai coupé en tranches ! Et il a détalé la queue entre les jambes en me laissant un fameux souvenir...

– Tu n'es qu'un âne bâté, Duncan McCallum. Tu ne mérites pas d'avoir un fils... Viens, Gary, on s'en va.

Elle prit Gary par la main et ils sortirent, le cœur battant, mais dignes.

Ils s'appuyèrent contre la devanture du pub. Mrs. Howell sortit une cigarette et l'alluma. Elle la fumait en plissant les yeux et recueillait les cendres dans sa main. Elle la tenait à la verticale pour qu'elle se consume lentement et répétait je suis désolée, je suis désolée, je n'aurais pas dû te dire de venir, ce n'était pas une bonne idée...

Gary ne savait plus quoi penser. Il contemplait le bout rouge de la cigarette et suivait les volutes grises. L'affrontement avait été trop rapide, il n'arrivait plus à se souvenir de ce que son père avait dit et il sentait tout le blanc de la tristesse l'envahir à nouveau.

– On reviendra demain, dit Mrs. Howell. Il aura réfléchi et fera moins le fier. Ça a dû être un choc pour lui de te voir… et pour toi aussi, mon petit. Je suis désolée…

– Ne vous excusez pas, Mrs. Howell, ne vous excusez pas.

Il regardait la façade bleu de Prusse, elle n'était plus aussi brillante que lorsqu'il était entré dans le pub. Il se sentait partir en pièces détachées.

Il avait été stupide de croire qu'on pouvait changer un homme. Un McCallum, en outre.

Il dit au revoir à Mrs. Howell et regagna son hôtel sur Princes Street.

Il ne reviendrait pas le lendemain…

Il serait réveillé par la cornemuse et la marche nuptiale et regagnerait Londres par le premier train.

Que les McCallum aillent droit en enfer et que leur château s'écroule !

Dans la nuit, Duncan McCallum mit fin à ses jours d'un coup de revolver dans la bouche, allongé sur le canapé défoncé de l'entrée. Il illustrait ainsi la vieille devise de ses ancêtres : « Je ne change qu'en mourant. »

Il avait auparavant écrit et posté une lettre où il instituait Gary Ward, son fils, né de sa liaison avec Shirley Ward, unique héritier du château de Chrichton.

*
**

Il était près de minuit et Harrods était désert. Les lourds lustres dorés étaient éteints, les escaliers mécaniques, immobiles, une armée de femmes de ménage maniaient l'aspirateur et la serpillière, Hortense et

Nicholas, agenouillés sur le sol, contemplaient leurs vitrines. Un vigile de nuit passait la tête à intervalles réguliers et demandait *still here* ? Hortense hochait la tête, muette.

Elle avait réalisé ce qu'elle avait imaginé à Paris, après avoir parcouru cent fois les rues et les avenues autour de l'Étoile avec Gary. Parfois, on part d'une idée et on la perd en route... On trahit la merveilleuse étincelle qui a mis le feu à l'imaginaire. Elle n'avait pas trahi et l'idée s'était incarnée, majestueuse et intacte. Les mannequins photographiés par Zhao Lu, élégantes, impeccables, semblaient animées d'une grâce et d'un chic insolents. Les détails semblables à de légers nuages se posaient sur les immenses photographies et transformaient chaque silhouette en *it girl*.

– Tu te sens capable d'expliquer aux gens, demain, ce qu'est ce fameux *it* que tu développes ? demanda Nicholas, rêveur.

– C'est un petit truc qui change tout... Parfois, un petit détail que tu arbores avec inconscience, insouciance, qui te remplit de confiance, te rend indifférent à l'effet que tu produis sur les gens. Un truc qui n'appartient qu'à toi, que tu as inventé, intégré... Un détail qui te rend roi ou reine. On l'a ou on l'a pas... Je leur donne juste des clés pour qu'ils se l'approprient...

– Et tu sais comment tu vas t'habiller, demain, pour l'inauguration ?

Hortense haussa les épaules.

– Bien sûr ! Moi, je suis née avec le *it*... Un rien m'habille ! Je vais aller sur le site où on peut louer tout ce qu'on veut pour une soirée et je vais être renversante !

– Excuse-moi, ironisa Nicholas devant tant d'assurance, j'avais oublié à qui je parlais...

Hortense se tourna vers Nicholas et lâcha dans un souffle :

– Merci... Sans toi, je n'y serais jamais arrivée...

– *You're welcome, my dear !* Ce fut un plaisir, tu sais... Une belle réalisation !

J'aimerais que Gary soit là, demain soir. Il comprendrait... Il comprendrait qu'on ne peut pas se lancer dans une telle entreprise en pensant à un garçon qui vous prend la tête, les bras, les jambes, la bouche et vous plie en deux. Il ne faut avoir personne dans la tête pour créer. Ne penser qu'à ça. Jour et nuit. Chaque seconde de chaque minute de chaque heure de chaque jour. Quand il m'a embrassée, cette nuit-là à Paris, j'ai été changée en pauvre fille qui bat la campagne et se raccroche aux bras qui l'emportent où il est dangereux d'aller... Bimbamboum ! Je l'efface de ma tête et je n'y pense plus ! Je lui ai envoyé une invitation et il n'a pas répondu. Tant pis pour lui ! Je veux décrocher un contrat magnifique, être engagée par Tom Ford, être projetée au sommet du plus haut gratte-ciel du monde, je veux avoir un *corner* chez Barney's ou Bergdorf Goodman... et j'aimerais qu'il soit là demain soir, qu'il me félicite avec une lueur dans les yeux. Il m'a accompagnée dans les rues de Paris, il était là quand on a rencontré Junior et que la lumière se fit ! Il faut qu'il soit là !

Junior. Lui, il viendra. Pas tout seul, hélas ! Marcel et Josiane l'accompagneront...

Elle craignait qu'ils ne fassent tache lors de l'inauguration. Quand Marcel Grobz décidait d'être élégant, on pouvait craindre le pire ! Le jour de son mariage avec Henriette, sa grand-mère, il arborait une veste en Lurex vert pomme et une cravate en cuir écossaise ! Henriette avait failli s'évanouir...

Nicholas marmonna quelque chose qu'elle ne comprit pas tout de suite. Quelque chose au sujet de la bande-son qui « habillait » sa mise en scène.

– Je crois qu'il faut changer la musique... Tes vitrines sont impeccables, tu ne peux pas superposer la voix et l'image d'Amy Winehouse... Il te faudrait Grace Kelly ou Fred Astaire, un truc comme ça.

– T'es malade !

– Je veux dire, une chanson chic et classe, pas le tube d'une fille alcoolique, défoncée, bourrée de tatouages qui s'habille en guenilles...

– On va pas tout changer à la dernière minute...

– Quand un grand couturier présente une collection, il change tout dans les coulisses alors que la salle est pleine et trépigne... Un peu d'ambition, ma chère ! Tu vises le ciel, rappelle-toi ! Ne t'arrête pas à l'étage d'avant...

– Et tu proposes quoi ? demanda Hortense, flattée d'être comparée à un grand couturier.

– J'ai pensé à une vieille chanson de Gershwin... Rod Stewart l'a reprise sur un album. On pourrait utiliser cet enregistrement... Je connais son manager, je peux t'arranger ça.

– Qui ne connais-tu pas, Nicholas ? soupira Hortense, vaincue.

– Elle s'appelle *You Can't Take That Away From Me.* À l'origine, c'est Fred Astaire qui la chantait dans un vieux film en noir et blanc, un peu tremblant...

– Ça donne quoi ?

Et Nicholas, au milieu des photos et des mobiles qui frémissaient doucement, se mit à chanter et esquisser des pas de danse.

The way you wear your hat...
The way you sip your tea...
The memory of all that...
No, no, they can't take that away from me...
The way your smile just beams...
The way you sing our key...
The way you hold my dreams...
No, no, they can't take that away from me...

Une grosse femme noire qui passait dans la rue, vêtue d'une doudoune rouge, les cheveux tressés en dreadlocks, les bras chargés de sacs, l'aperçut et se mit à danser sur le trottoir en faisant tournoyer ses paquets. Puis elle leur fit un grand signe de la main avant de s'éloigner.

Hortense regardait Nicholas et pensait j'aime ce garçon, quel dommage qu'il ait un si long tronc !

– Vendu ! cria-t-elle pour couper court à son émotion.

– Merci, Princesse ! Je m'en occupe demain matin et te retrouve la bande-son...

En plus, il avait du goût, des idées et le sens du travail. Mais un long tronc !

Il avait envoyé une invitation à tous les journalistes, stylistes, attachées de presse de Londres, Paris, Milan, New York en écrivant quelques mots de sa main. Pour Anna Wintour, qui se trouvait à Londres en cette fin de février, il avait écrit « en hommage à une grande dame de la mode qui incarne l'élégance et le style absolus... ». Si elle ne vient pas après ce compliment, c'est qu'elle a avalé une collection de parapluies ! décida Hortense.

Philippe serait là, bien sûr. Et le financier qu'il lui avait présenté... Ce dernier avait tendance à jouer les pots de colle. Il ne la lâchait plus, l'appelait pour lui suggérer des idées. Ma chère Hortense, que diriez-vous de... Hortense écoutait et jetait l'idée à la poubelle. Il s'était proposé pour transporter les décors. Il pourrait louer une camionnette et revêtir une salopette, ce serait si drôle de jouer les déménageurs ! Crétinus ! marmonnait Hortense dans un grand sourire. Jean le Boutonneux, aussi, avait offert ses services, mais elle avait refusé. Pourtant, elle aurait bien eu besoin de deux bras supplémentaires ! Elle avait failli accepter et s'était reprise : il était trop laid. Elle ne voulait pas être aperçue en sa compagnie. Elle aurait été obligée de l'inviter au cocktail d'ouverture et cela aurait fait mauvaise impression.

Elle suça le bout de ses doigts écorchés par les clous, les aiguilles, les couches de colle. Qui d'autre viendrait ? Elle n'avait pas de nouvelles de sa mère ni de Zoé. Mais elles seraient là, c'était certain. Sa mère défaillerait de fierté et Zoé se pousserait du col en disant à tout le monde c'est ma sœur, c'est ma sœur...

Shirley aussi viendrait. Elle lui avait emprunté son van.

— Mais pour quoi faire ? avait demandé Hortense.

— Je fais le tour des abattoirs, je prépare un spectacle gore pour l'école... Je charge des carcasses, des abats dégoulinants de sang, des pots de gélatine industrielle, que des choses dégoûtantes ! Je vais leur montrer ce qu'on met dans la bouffe industrielle. S'ils ne sont pas écœurés, les gamins, je rends mon tablier et bouffe des nuggets toute ma vie !

— Tu ne me le salis pas !

— Non, je vais le tapisser de plastique...

Hortense avait tendu les clés en faisant la grimace.

— Et tu me le ramènes intact et à l'heure !

— Promis !

Shirley avait un air menaçant qui annonçait une tempête.

Quand elle lui avait demandé tu sais où est Gary ? Shirley avait répondu aucune idée en balançant les clés du van.

Miss Farland viendrait. Pour se pavaner. C'est moi qui l'ai découverte, dirait-elle à la ronde, c'est grâce à moi que... et elle répandrait une tonne de confiture sur son mérite à elle. Elle est pathétique avec sa bouche rouge vampire et ses cannes de serin anorexique. Elle s'était fait faire des piqûres de Botox pour l'inauguration et était bombée façon fesses de nourrisson. Pouvait même plus sourire !

Elle avait invité aussi quelques filles de Saint-Martin. Afin de les voir jaunir de jalousie. Ses profs.

Ses colocs, exception faite de Jean le Boutonneux. Il serait mortifié, mais elle s'en moquait.

Voyons, voyons, je n'oublie personne...

Peut-être que Charlotte Bradsburry pointerait le bout de son museau de fouine. Elle écrirait un article dévastateur qui lui ferait de la publicité.

Agyness Deyn serait là aussi. Nicholas connaissait son petit ami et lui avait fait promettre d'amener sa belle... Qui dit Agyness dit paparazzis en folie. Faudra juste pas qu'elle m'éclipse, calcula Hortense, que je lutte pour rester au premier plan sur les photos...

C'était étrange que sa mère n'ait pas téléphoné pour lui dire à quelle heure elle arriverait avec Zoé en gare de Saint-Pancras. Ça ne lui ressemblait pas.

— Tu es à jour avec les invitations ? demanda Hortense.

— J'ai tout pointé, ils ont presque tous répondu, dit Nicholas.

– Rappelle-toi que c'est moi l'héroïne. Si tu vois une peste qui s'incruste, tu la dégages vite fait...

– J'ai compris, Princesse... On va manger un morceau ? Je meurs de faim...

– Tu crois qu'on peut tout laisser ici ?

– Qu'est-ce que tu veux dire ?

– On ne va pas saccager mes vitrines ?

– T'es folle ou quoi ?

– J'ai un mauvais pressentiment...

– Tu veux dire que tu as plein d'ennemis qui veulent ta peau...

– Je ne voudrais pas qu'un rival haineux vienne asperger mes modèles de peinture rouge...

– Mais non ! Il y a des vigiles dans le magasin et tout est fermé à double tour...

Hortense sortit à regret.

– J'ai presque envie de dormir sur place...

– Tu me déçois, Hortense... Tu as peur ?

– Je te dis que j'ai un mauvais pressentiment... Je peux prendre ton portable pour appeler ma mère ?

– T'as pas le tien ?

– Si, mais moi, je paie et toi, non. C'est un téléphone professionnel...

– Et si je dis non...

– Je ne t'expliquerai jamais le mystère de la vie sexuelle chez l'homme et la femme... et ton rôle dans cette jungle impitoyable !

Il lui tendit son portable.

Joséphine ne savait plus que faire.

Elle n'irait pas à Londres pour l'inauguration d'Hortense.

Elle tenait son histoire et ne voulait pas la lâcher.

Elle avait retrouvé le cahier noir de Petit Jeune Homme et le lisait attentivement en prenant des notes, en le laissant infuser en elle afin qu'une histoire éclose telle une fleur dont on attend l'éclosion chaque matin au réveil. On se précipite, pieds nus, dans les massifs, on la contemple, on attend puis on repart en se disant c'est sûr, c'est pour demain. Elle était sur le point d'assister à la naissance de son roman et n'avait aucune envie d'en perdre le fil en se rendant à Londres. Elle craignait que Cary et Petit Jeune Homme ne s'évanouissent comme les deux grosses dames.

Chaque soir, elle regardait longuement son téléphone et s'adjurait il faut que je l'appelle, il faut que je lui dise... mais elle tremblait de peur.

Ce soir-là, la veille de l'ouverture, à minuit pile, elle ne pouvait plus reculer. Elle posa la main sur le téléphone et...

Shirley lui avait raconté combien Hortense travaillait dur.

Elle lui avait dit aussi que Gary ne serait pas là, qu'il était parti en Écosse retrouver son père, qu'elle ne savait pas quand il reviendrait.

– Et ça te fait quoi ?

– La vérité ? Ça me fait chier, mais je me soigne... Je prends des cours de respiration, je fais du vélo, je visite les abattoirs...

– T'es retournée à Hampstead ?

– Non... J'évite les eaux glacées. On se gèle à Londres.

– Tu devrais y aller...

– Tu viens pour l'expo de ta fille ?

– Je crois bien que non !

Shirley avait poussé un cri :
— Joséphine, c'est bien toi au bout du fil ?
— Oui...
— Toi qui ne laisses pas tout tomber pour venir à plat ventre honorer Hortense ?
— J'ai l'idée d'un livre, Shirley. Pas un essai universitaire, mais un roman inspiré d'une histoire vraie. L'amitié amoureuse entre un jeune garçon français et une star de cinéma américaine... Tu te souviens de ce cahier noir trouvé dans la poubelle de l'immeuble ? C'est en train de se mettre en place tout doucement. L'histoire pousse au-dedans de moi. Je dois rester concentrée.
— Ben dis donc... On m'a changé ma copine ! C'est la bonne influence de Serrurier ?
Joséphine avait eu un petit rire gêné.
— Non. J'ai décidé ça toute seule... Tu crois qu'Hortense va mal le prendre ?
— Parce que tu ne lui as pas encore dit ?
— Je n'ose pas, je suis terrifiée...
— Je te comprends... Little Princess va être courroucée !
— J'ai peur qu'elle croie que je ne l'aime plus...
— Oh ça ! Tu as encore de la marge, tu sais !
— Alors qu'est-ce que je fais ?
— Tu prends ton téléphone et tu l'appelles... Dis donc, c'est pas toi qui m'as cassé les pieds l'autre jour en me racontant que « si c'est pas maintenant, c'est jamais » ?... Une pensée philosophique de notre chère Iphigénie ? Alors vas-y, décroche ton téléphone et dis-lui... Maintenant !
— Tu as raison...
Mais elle n'y arrivait pas. Elle va me traiter de mauvaise mère, de mère égoïste, sèche de cœur, je vais la blesser

et je n'y survivrai pas. Je l'aime tellement, c'est juste que... J'ai peur de perdre mon histoire...

Elle allait composer le numéro d'Hortense quand le téléphone sonna.

– Maman ?

– Oui, ma chérie...

– Ça va ? T'as la voix toute blanche...

Joséphine se gratta la gorge et répondit que oui, oui, ça va, tout va très bien ici...

– Tu arrives à quelle heure demain ? On se retrouve chez Harrods ?

– Euh...

– Oh ! Maman ! Tu vas voir, c'est magnifique ! Tout s'est passé exactement comme je voulais ! J'ai suivi mon idée à la lettre, je ne l'ai pas lâchée, j'ai travaillé jour et nuit. Tu vas être bouche bée.

– Euh...

– Et Zoé ? T'as fait un mot pour l'école ? T'as dit quoi ? Qu'elle avait les oreillons ? Que notre grand-mère était morte ?

– J'ai rien dit...

– Alors vous arrivez quand ? Vous allez habiter chez Shirley, je présume...

– Hortense, ma chérie, tu sais combien je t'aime, combien tu comptes pour moi...

– Oh maman ! Pas de confiture ! Il est plus de minuit, je tombe de sommeil... Bien sûr que je sais que tu m'aimes et tout et tout !

– Tu en es sûre ?

– Plus que sûre ! Tu me gaves avec ton amour !

Joséphine enregistra les mots, ne les trouva pas très flatteurs et ils emportèrent ses derniers scrupules.

– Je ne viendrai pas... Et Zoé non plus...

– Ah...

Il y eut un long silence.

– Vous êtes malades ?

– Non...

– T'es pas malade et tu viens pas ? Tu t'es cassé une jambe ou les deux ?

– Non... Hortense, ma chérie...

– *Cut the crap !* Accouche, bordel !

Stupéfaite par la violence de la réplique, Joséphine éloigna le téléphone, déglutit et parvint à dire :

– Je ne viendrai pas parce que j'ai enfin trouvé une idée de roman, qu'elle est en train de se développer, que je n'ai pas encore mis la main dessus, mais que ça ne va pas tarder et que si je pars, je risque de la perdre à jamais...

– Mais c'est formidable ! Je suis vachement heureuse pour toi ! Pourquoi tu me l'as pas dit tout de suite ?

– J'avais peur de ta réaction...

– T'es folle ou quoi ? Comme si je comprenais pas... Si tu savais ce que j'ai bossé... J'ai les doigts en sang, les genoux écorchés, un œil rouge vif, je ne dors plus, je ne tiens plus debout, mais c'est magnifique !

– J'en suis certaine, ma chérie, dit Joséphine, soulagée.

– Et s'il t'avait pris la folie de venir me voir pendant que je travaillais, je t'aurais envoyée bouler comme t'as pas idée !

Joséphine éclata d'un grand rire de soulagement.

– Ma petite chérie belle, ma fille si forte, si brillante...

– Okay maman, stop ! Y a Nicholas qui s'impatiente,

j'appelle avec son téléphone, il est vert ! Demain soir, pensez à moi...

– Elles restent combien de temps en place tes vitrines ?

– Un mois...

– Je tâcherai de venir...

– T'en fais pas, continue à écrire, c'est trop bien, tu dois être hyperheureuse ! Ciao !

Et elle raccrocha.

Joséphine, bouleversée, entendit la tonalité de la ligne sonner dans le vide, reposa le téléphone et eut envie de valser dans l'appartement.

Hortense n'était pas fâchée, Hortense n'était pas fâchée... Elle allait écrire, écrire, écrire, demain et après-demain et tous les jours d'après...

Elle ne pouvait plus dormir. Elle était trop excitée.

Elle ouvrit le cahier noir de Petit Jeune Homme et reprit là où elle s'était arrêtée.

« 28 décembre 1962.

Maintenant, je sais... Ce n'est pas un émoi passager. C'est un amour qui va me consumer. Je suppose que c'est ce qui devait arriver. Je ne fuis pas, effrayé. J'accepte cet amour qui me prend à la gorge. Chaque soir, j'attends qu'il m'emmène boire ce verre à son hôtel et chaque soir, il y a quelqu'un qui l'invite et je rentre chez moi avec une seule envie, m'enfermer dans ma chambre et pleurer. Je ne travaille plus, je ne dors plus, je ne mange plus, je ne vis que pour les instants passés auprès de lui... Parfois, je sèche des cours pour revenir sur le tournage. Et dans moins de six mois, je dois présenter Polytechnique ! Mes parents ne le savent pas, heureusement ! Je ne veux pas perdre une seule minute en sa présence. Même s'il ne me parle pas, au moins je le vois, je respire le même air que lui.

Je m'en fiche pas mal d'aimer un homme parce que c'est "cet" homme. J'aime quand il sourit, quand il rit, quand il m'explique des trucs de la vie. Je ferais n'importe quoi pour lui... Je n'ai plus peur du tout. J'ai bien réfléchi pendant les fêtes de Noël. On est allés à la messe de minuit avec mes parents et j'ai prié, prié pour que cet amour ne finisse jamais même si cet amour n'est pas "normal". Quand je vois mon père et ma mère qui vivent un amour "normal", j'ai pas envie de leur ressembler ! Ils ne rient jamais, ils n'écoutent jamais de musique, ils ont la bouche de plus en plus pincée... Pour Noël, ils m'ont offert des livres de maths et de physique ! Lui, il m'a donné une belle paire de boutons de manchettes dans une très belle boîte d'un tailleur anglais très connu, paraît-il. C'est son habilleuse qui me l'a dit.

Elle m'observe du coin de l'œil. Elle a tout compris. Elle travaille avec lui depuis longtemps et elle m'a prévenu *To see him is to love him, to love him is never to know him*[1], fais attention, garde tes distances. Je suis incapable de garder mes distances. Je lui ai dit et elle a secoué la tête en me disant que j'allais souffrir.

– Tu sais, il te montre que ce qu'il veut bien te montrer... ce qu'il montre à tout le monde. Il a inventé le personnage de Cary Grant, cet homme charmant, irrésistible, si élégant, si drôle, mais derrière, mon garçon, il y a un autre homme et celui-là, personne ne le connaît... Celui-là peut être terrifiant. Le pire, c'est qu'il n'est même pas coupable d'être cet autre-là. C'est la violence de la vie qui l'a fait ainsi.

1. « Le voir, c'est l'aimer et l'aimer, c'est ne jamais le connaître. »

Et elle m'a regardé comme si j'étais en grand danger.

Je me fiche du danger.

Quand il me regarde, j'existe et j'ai du courage.

Et je ne peux pas croire que ce soit un monstre...

Il est trop... Il faudrait que j'invente un mot exprès pour lui.

La première chose qu'il a faite, après avoir abandonné son vrai nom et être devenu Cary Grant, ça a été de s'acheter un chien qu'il a appelé "Archie Leach" ! C'est irrésistible, non ? Un tel homme ne peut pas être un monstre ! J'ai raconté ça à Geneviève et elle a dit c'est bizarre un homme qui donne son nom à un chien ! Parce qu'il le tient en laisse, ce chien... et elle a fait sa bouche à l'envers.

Si j'entends un truc moche sur lui, j'ai aussitôt envie de prendre sa défense. Les gens sont si jaloux... L'autre jour, il y avait un photographe de plateau qui disait à un éclairagiste, tu savais qu'il avait été *escort boy* à ses débuts à New York ? C'est pas loin de gigolo, ça. T'as qu'à voir, il fait du charme à tout le monde. À mon avis, le mec, il est à voile et à vapeur... J'ai eu envie de lui cracher au visage. Je me suis vengé... Le mec qui parlait est un type odieux. Il me traite comme un chien. Il aboie café ! Sucre ! Jus d'orange ! et il m'appelle même pas par mon prénom, il dit hé toi ! à chaque fois. Alors à la fin de la journée, comme il avait aboyé pour avoir un café, j'ai craché dans son café et je le lui ai tendu avec un grand sourire... »

*
**

En arrivant chez lui, Gary trouva l'invitation d'Hortense dans la pile de courrier. Il la regarda longuement et décida de s'y rendre.

Il voulait voir ces deux vitrines qui, dans le cœur d'Hortense, l'avaient supplanté. Et ça a intérêt à être drôlement bien, sinon je lui fais une scène ! se dit-il en jouant avec l'invitation, en l'agitant dans l'air.

Il se surprit à sourire de sa remarque et se dit que son voyage en Écosse n'avait pas été inutile. Il était sorti du brouillard blanc qui l'étouffait. Il avait approché de près un abîme, mais ne s'y était pas précipité. Il avait l'impression d'avoir remporté une victoire. Il ne savait pas très bien sur qui, mais il avait gagné. Il se sentait plus calme, plus détaché, plus léger. S'était débarrassé d'un morceau de lui qui le rattachait à son enfance... C'est ça, se dit-il, satisfait, en se regardant dans la glace de l'entrée, en s'approchant de très près et en se frottant le menton, j'ai largué mon passé.

Finalement, il n'avait été ni lâche ni insouciant. Ou peut-être qu'il l'avait été... Mais il s'en moquait. J'y suis allé, je me suis déplacé, c'est lui qui m'a repoussé, je n'ai rien à me reprocher. Je peux redevenir lâche et insouciant, si je veux !

Et cap sur la belle Hortense !

Mais, quand il approcha de Brompton Road, sur Knightsbridge, la foule se pressait devant les vitrines de Harrods et il hésita à entrer.

Il eut juste le temps de battre en retraite et de se cacher derrière un groupe de touristes : il avait aperçu Marcel, Josiane et Junior sur le trottoir. Junior marchait en tête, les mains enfoncées dans les poches d'un blazer bleu marine à écusson rouge et vert assorti à sa cravate. L'air furieux, les sourcils froncés, ses cheveux rouges en épis, il avançait droit devant lui. Ses parents lui criaient de l'attendre, ils allaient le perdre.

– Que je me perde alors ! Que j'aille droit dans la Tamise ! J'ai une furieuse envie de me noyer...

– Mais ce n'est pas grave, Junior ! Ce n'est pas grave, disait Marcel, tentant d'attraper la manche de son fils qui se dégagea d'un geste brusque.

– Pas grave pour toi... Mais moi, je me suis ridiculisé ! Elle ne me regardera plus jamais. J'ai pris dix points de pénalité... Renvoyé à mon statut de Nain !

– Mais non ! Mais non ! assurait Josiane, essoufflée à force de courir derrière son petit.

– Si. Ridiculisé. C'est le mot exact...

– Tu ne vas pas en faire un camembert !

– J'en ferai ce que je voudrais, mais le fait est là : je parlais et personne ne comprenait. Ils disaient *what* ?, ils disaient *pardon* ? et j'avais beau dérouler mes plus belles phrases en anglais, ils pigeaient que dalle...

– Ça, c'est français au moins, dit Marcel, ceinturant son fils de ses deux bras puissants.

Junior se laissa aller contre son père et éclata en sanglots.

– À quoi ça sert d'avoir avalé deux méthodes de « comment parler couramment anglais », une de l'œil droit, l'autre de l'œil gauche ? Hein ? À quoi ça sert ? J'ai eu l'air d'un vilain canard tout noir dans une mare de cygnes blancs ! J'ai été ridicule, ridicule...

– Mais non ! T'as pas le bon accent, c'est tout. C'est normal. Les gens dans les livres, ils jactent pas comme les gens dans les rues... Tu verras, après deux jours ici, tu parleras comme un gentleman et on te demandera même si t'es pas de la famille royale...

Ils passèrent devant Gary sans le voir.

Gary sourit et se dit qu'il reviendrait plus tard.

Il regarda l'heure, vingt heures, et appela son copain

Charly qui vivait juste derrière le grand magasin, sur Bazil Street.

Charly s'apprêtait à rompre avec sa petite amie, Sheera, et se roulait un joint pour se donner du courage. Gary le regarda faire, amusé. Il avait cessé de fumer des pétards. Ça le rendait terriblement sentimental ; il était capable de chanter de vieilles chansons en mouillant sa manche de larmes, d'évoquer son premier nounours en peluche et son oreille déchirée ou de raconter sa vie au premier passant venu.

Son portable sonna. Il regarda qui l'appelait. Mrs. Howell ! C'était son troisième appel. Il ne répondit pas. Il n'avait pas envie de s'expliquer. Okay, ce n'était pas terrible d'être parti sans la prévenir, mais il ne voulait plus entendre parler ni de son père, ni de l'Écosse, ni des Écossais. Je n'ai pas besoin d'un père, j'ai besoin d'un piano, d'Oliver... et bientôt, la Juilliard School à New York ! Avant de partir en Écosse, il avait envoyé son dossier d'admission et attendait de savoir s'il serait pris ou non. Désormais, il regardait en avant. Il changeait de cap. Il avait grandi sans père, il n'était pas le seul. Il continuerait à se passer de lui. Il gardait l'image de son grand-père et s'il avait besoin de parler entre hommes, il s'adresserait à Oliver.

Oliver, il avait hâte de le revoir. Il avait appelé son agent qui lui avait dit qu'il était rentré d'une série de concerts à l'étranger et qu'il pouvait le joindre chez lui. Il lui téléphonerait, mais d'abord, il voulait clore le chapitre écossais en racontant son périple à sa mère. Elle avait dû être blessée qu'il file à Édimbourg comme un voleur. Hum ! Hum ! Gary Ward, tu es en train de devenir grand et tu dois raccommoder ce que tu as cassé. Elle comprendrait. Elle comprenait toujours.

Charly lui tendit son joint noirci et Gary le prit.

— J'essaie encore une fois, dit-il en souriant, mais si je pleure sur ton épaule ensuite, tu me mets dans un taxi et tu m'interdis d'aller chez Harrods...

— Qu'est-ce que tu vas foutre chez Harrods ?

— Retrouver la belle Hortense... On lui a donné deux vitrines à décorer et c'est le soir de sa vie ! Va y avoir toute la presse...

— Hé ! Hé ! Tu risques de tomber sur Charlotte aussi !

— Ah ! C'est vrai... Je l'avais complètement zappée, elle !

Charly était tombé fou amoureux de Charlotte quand Gary la lui avait présentée. Il avait fait des efforts démesurés pour la séduire et avait prévenu Gary en gentleman. Gary ne s'y était pas opposé, sachant que le garçon avait peu de chances. Charlotte détestait les blonds joufflus, elle n'aimait que les grands bruns efflanqués.

Il tira plusieurs fois sur le mégot noirci et se sentit devenir euphorique.

— Ça fait du bien, dis donc ! Ça faisait longtemps...

— Moi, ça me donne du courage... Je dédramatise quand je fume... et j'en ai besoin pour parler à Sheera !

— Elle devrait être sensible au fait que tu rompes en personne. Que tu ne t'en tires pas avec un mail ou un texto... Rien que pour ça, elle devrait rester digne et amicale.

— T'en connais des ruptures, toi, où la plaquée reste digne et amicale ? Moi pas.

Gary s'était mis à rire et ne pouvait plus s'arrêter.

— Dis donc, non seulement je ne pleure pas, mais je me gondole... Elle vient d'où ton herbe ?

– D'un oncle anarchiste qui la cultive en serre… Il la vend. Mais, moi, il me la file gratos… Je suis son neveu préféré.

Gary ferma les yeux et savoura.

Charly mit de la musique. Une vieille chanson de Billie Holiday qui parlait d'amours défuntes et de mélancolie, qui promettait à l'homme qui partait de l'aimer à jamais.

– Arrête ! dit Gary, tu vas jamais avoir le courage de rompre !

– Au contraire, ça me met dans l'ambiance… J'écoute la voix de cette femme qui souffre et je reste intraitable.

Gary éclata de rire et constata à nouveau que fumer le rendait désormais heureux et gai.

Il se leva et prit congé de Charly en criant : « À nous deux, Harrods ! »

Quand il arriva, la fête était finie. Les extras débarrassaient les tables, rangeaient les chaises, jetaient les bouquets de fleurs. Les invités étaient partis. Il ne restait plus qu'Hortense qui, fourbue, la tête entre les jambes, était assise à même le sol. Il aperçut d'abord une paire de Repetto noires, de longues jambes, puis une robe fourreau noire Azzedine Alaïa et une grosse écharpe en soie noire et blanche.

Il s'approcha sans faire de bruit, grogna hello, *beauty* !

Elle leva la tête, l'aperçut, eut un sourire un peu las et dit :

– Tu es venu !

– *Yeah !* Je voulais voir la tête de mes rivales… Mais

pourquoi tu portes des lunettes noires ? T'as pleuré ? Ça s'est mal passé ?

— Non… Au contraire. Succès sur toute la ligne… Mais j'ai un orgelet purulent à l'œil droit. Ce doit être la fatigue ou Jean le Boutonneux qui m'a collé un virus, furieux de ne pas avoir été invité !

— C'est qui, celui-là ?

— Un handicapé et notre nouveau coloc…

Gary montra du doigt les vitrines illuminées dans la nuit et dit :

— Alors… C'est à cause de ces deux-là que tu m'as quitté !

— Tu les trouves comment ? demanda Hortense, anxieuse.

Gary fit le tour des vitrines des yeux, s'attarda sur chaque silhouette, chaque détail et hocha la tête, admiratif.

— Formidable ! C'est exactement ce que tu avais en tête à Paris, tu te souviens…

— Tu le penses vraiment ?

— Pourquoi ? Tu doutes ? Ce serait bien la première fois !

— Je suis contente… j'avais tellement envie que tu viennes !

— Et je suis venu…

— Junior est venu aussi. Il parle anglais comme un vieux duc poudré ! Marcel a pris plein de photos et m'a félicitée à m'en casser les oreilles. Il m'a dit que si je voulais, il lançait une ligne de fringues Casamia dont je m'occuperais…

— Et…

— J'ai pas osé lui dire, mais c'est un peu… bon marché ce qu'il fait… je suis restée évasive. D'autant plus que…

Elle attrapa sa pochette, l'ouvrit et répandit une pluie de cartes de visite.

– Tu as vu toutes les cartes que les gens m'ont laissées ? Ils veulent tous me voir !

Il en compta à vue d'œil une bonne dizaine.

– Ils ont adoré, Gary ! Tu sais, le coup du foulard qu'on noue autour du cou ? J'avais pris un modèle Vuitton trop beau... eh bien, y a un type de chez Vuitton qui m'a proposé de travailler sur le dessin des prochains foulards. Tu te rends compte ?

Et elle épela V-U-I-T-T-O-N.

– Et y a pas que lui ! J'ai déjà au moins deux offres de travail à New York ! Tu te rends compte ? New York...

– Ça ne m'étonne pas... C'est beau, c'est classe... Je suis fier de toi, Hortense, vraiment fier de toi.

Hortense le regardait, assise par terre, les coudes sur les genoux, ses lunettes noires au bout du nez et le trouvait grand, beau, fort, généreux. Il l'écoutait, il la regardait différemment, comme s'ils n'avaient plus besoin de se faire la guerre. Comme s'il avait compris quelque chose de très important. Il y avait dans son attitude une sorte de détachement, de mâle assurance qu'elle ne lui connaissait pas.

– Tu as changé, Gary... Qu'est-ce qui t'est arrivé ?

Il lui sourit, lui tendit la main et ordonna :

– Allez, viens ! On se casse ! Je t'emmène dîner...

– Mais je dois...

Gary leva un sourcil contrarié.

– Tout ranger..., mentit Hortense.

Nicholas était parti raccompagner Anna Wintour. Il lui avait dit attends-moi, je reviens et on fête notre succès ! Car c'est un succès, Princesse. Tu vas voir, les propositions vont pleuvoir, tu n'auras que l'embarras du choix...

Elle ne pouvait pas l'abandonner ! Elle regarda à nouveau Gary et lut dans ses yeux l'urgence de le suivre. Il était revenu, il avait mis son orgueil dans sa poche, il lui tendait la main. Elle hésitait. Son regard allait des vitrines à l'imperméable de Nicholas qu'il avait accroché dans un coin et c'était comme si le Burberry impeccable l'adjurait de rester. C'est ta carrière que tu joues, Hortense ! Ne fais pas ça ! Nicholas sera furieux et ne voudra plus jamais lever le petit doigt pour toi. Elle se redressa vers Gary, entra dans son regard qui s'obscurcissait, devenait noir. Si je dis non, je ne le revois plus... elle balançait, balançait. Oui mais... j'ai besoin de Nicholas, j'ai encore besoin de lui. Sans son aide, ses relations, son esprit pratique, cette soirée n'aurait pas été un tel succès... Ils sont tous venus, ce soir, mais, si je suis honnête, c'était plus pour lui que pour moi. Nicholas est un nom, un nom qui monte, il m'ouvre mille portes. Moi, je suis encore une inconnue... Elle luttait, anxieuse, et laissa tomber à nouveau sa tête entre ses jambes.

– Ne me dis pas que tu dois ranger les reliefs du festin ! observa Gary, narquois. Il y a des gens pour ça... Hortense, sois honnête. Tout le monde est parti... Tu n'as plus rien à faire ici. Tu attends quelqu'un ?

Elle secoua la tête, incapable de répondre. Incapable de décider.

– Tu attends quelqu'un et tu n'oses pas me le dire...

– Non, murmura Hortense, non...

Elle mentait si mal que Gary comprit et recula.

– Dans ce cas-là, ma chère, je te laisse... Ou plutôt je vous laisse tous les deux...

Hortense fronça le nez, incapable de se décider. Se

frappa la tête de ses poings et pensa toujours le même problème, toujours le même problème, fallait toujours choisir, toujours ! Elle détestait choisir, elle voulait tout.

Il se dirigea vers la sortie.

Elle fixait des yeux le dos de Gary dans sa vieille veste des Puces, son jean noir, son long tee-shirt gris dont les manches dépassaient, sa tignasse hirsute. Le Burberry, dans son coin, avait l'air raide et satisfait de l'avoir emporté. Tu as fait le bon choix, Hortense, tu as tout le temps de vivre ta romance, ce garçon t'attendra, vous avez vingt ans, vous commencez à peine votre vie. Vous n'en êtes qu'aux gammes... Il t'aime ? Et alors ? Ce n'est pas ça qui te propulsera en avant ! Qui a passé des heures et des heures à monter tes vitrines ? Qui a prêté ses modèles, ouvert son carnet d'adresses, appelé chacun en parlant de toi, en faisant de toi une star à venir ? Nicholas est prêt à tout pour toi, regarde comment il a su te mettre en avant, vanter tes qualités, ton sens du travail, tu en as presque rougi... En ce moment même, il parle de toi à Anna Wintour, il est en train de t'obtenir un stage au *Vogue* américain, la bible de la mode, et tu le laisserais en plan pour un gamin débraillé ? *No way !*

Hortense suivait Gary des yeux. Il s'éloignait, s'éloignait.

Elle ne le supporta pas.

– Attends ! Attends-moi ! J'arrive ! hurla-t-elle en se relevant.

Elle ramassa son Perfecto, sa pochette Lanvin et le rattrapa alors qu'il atteignait le trottoir de Brompton Road.

Il lui prit la main et déclara :

– J'ai changé d'avis, on va pas dîner… On va chez moi. J'ai trop envie de toi…

– Mais j'ai faim !

– J'ai une pizza dans le frigo…

Gary se réveilla tôt le matin, allongé sous la couette aux côtés d'Hortense. Elle dormait sur le dos, un bras rejeté en arrière. Il embrassa la pointe de son sein et elle gémit doucement en grognant encore dormir, encore ! je suis morte et il sourit. Il s'écarta, ramena la couette sur lui, elle grogna j'ai froid, tira la couette à elle et il décida de sortir lentement du sommeil. Il avait rêvé de son père, cette nuit. Il s'efforçait de retrouver son rêve, mais seule la fin lui revenait : Duncan McCallum, assis dans une clairière, lui tendait la main…

C'était l'herbe qu'il avait fumée la veille qui le rendait décidément sentimental.

Il chassa son rêve et se leva.

Il allait prendre le petit déjeuner avec sa mère.

Il gribouilla un mot à Hortense qu'il laissa en évidence à sa place encore chaude dans le lit et partit sans faire de bruit.

*
**

Dans quelle galère je me suis embarquée ? se disait Shirley ce matin-là en regardant l'homme qui dormait dans son lit.

Elle aperçut le blouson noir, le pantalon noir emmêlés à terre. Des bottes et un caleçon. Ils ne s'étaient pas parlé, ils s'étaient précipités l'un contre l'autre… Elle l'avait entraîné dans sa chambre, avait fait glisser le blouson, défait le pantalon noir, s'était déshabillée à la hâte et ils avaient sombré dans le lit.

Toute la semaine, elle avait circulé dans le van. Elle préparait sa séance *gore* pour l'école, allait d'un abattoir à l'autre, soulevait des lourds bidons de gélatine, des bassines d'abats, de carcasses, préparait le scénario du film d'horreur qu'elle allait présenter à ses élèves pour les dégoûter de cette nourriture industrielle dont ils étaient friands. Elle avait pris comme exemple les nuggets... Elle commença par leur en montrer un, tout propre, tout beau dans sa boîte. Le fit circuler puis ajouta, mielleuse.

– Vous voulez savoir maintenant ce qu'il y a VRAIMENT dans ces rectangles que vous trouvez délicieux ? Eh bien ! Je vais vous le montrer. En suivant attentivement ce qu'il y a dans la composition, ce qui est écrit en tout petit sur la boîte et que vous ne lisez jamais...

Les trente gamins la regardaient, avec un petit air insolent qui disait cause toujours, la vieille, tu nous auras pas... Elle retroussait ses manches, plongeait les mains dans des bocaux, exhibait des morceaux sanglants de tripes, de foie, de rognons, de peaux de volailles arrachées, des poumons de bœuf, des vessies de porc ou de veau qu'elle pressait entre ses doigts pour faire gicler des flots d'excréments, des pattes de poulet, des crêtes de coq, des pieds de cochon, des filaments sanguinolents qu'elle mélangeait à des litres de gélatine, de colle, puis qu'elle broyait dans un grand mixeur que lui avait prêté un équarisseur. Tout en faisant mine de suivre attentivement la liste des ingrédients au dos du paquet de nuggets. Les gamins regardaient, stupéfaits, écoutaient le son affreux de la peau qu'on arrache, des os qu'on broie, devenaient blancs, verts, jaunes, se tenaient la bouche... Elle saupoudrait le tout de sucre en poudre, repassait la mixture infâme au mixeur ; il en sortait une pâte rose, épaisse, gluante, qu'elle versait dans des petits moules, qu'elle recouvrait de sauce à base de colorants. Elle les façonnait tout en jetant un œil sur la classe... Certains étaient couchés sur leur table, d'autres levaient la main pour sortir. Et l'odeur ! L'odeur était insoutenable. Des effluves âcres de chair massacrée, de sang souillé qui suffoquaient les narines. Et ce n'est pas fini, triomphait-elle en dardant sur les élèves un œil de tortionnaire, et elle versait de l'épaississant, en barbouillait le tout d'un pinceau gluant de caramel liquide... et elle achevait triomphante : « Et voilà ce que vous avalez quand vous mangez ces nuggets ! Sachez un truc : qu'ils soient au poulet ou au poisson, c'est la même chose. Dans le meilleur des cas, il y a 0,07 % de vrai poisson ou de vrai poulet. Dans le pire, 0,03 ! Alors maintenant, à vous de choisir si vous voulez continuer à vous empoisonner... L'alimentation moderne n'est plus produite, mais fabriquée. Fabriquée exactement comme je viens de vous le montrer. Je n'ai rien inventé. Tous les composants sont écrits en lettres et chiffres barbares au dos des paquets. Alors, vous avez le choix... comportez-vous en moutons et vous finirez en côtelettes ! »

Elle aimait beaucoup son slogan et ne se lassait pas de l'assener chaque fois qu'elle le pouvait.

Seul le gamin qui l'avait abordée dans la rue la contemplait avec un grand sourire. Les autres se précipitaient hors de la classe pour aller vomir. Quand elle eut fini sa démonstration, il lui fit un signe du premier rang. Il leva le pouce en signe de victoire...

Elle avait gagné. Ils n'avaleraient pas de sitôt leurs rectangles de poisson ou de poulet.

Elle était épuisée. Éclaboussée de sang.

Le spectacle terminé, elle enleva son tablier, rangea, nettoya les projections d'os broyés sur la table de démonstration, la replia, entassa les bols et les bocaux, remit le mixeur dans sa boîte et quitta la salle sans rien dire.

Elle allait rendre le van à Hortense et rentrerait chez elle.

Mais auparavant, la tête appuyée sur le volant, elle se posa une question, une question très simple : pourquoi ai-je été aussi violente ? J'aurais pu leur faire la même démonstration en les ménageant, en expliquant doucement chaque étape... Au lieu de cela je les ai estourbis, massacrés, j'ai brandi les kilos d'abats, les bidons de gélifiants, j'ai fait hurler le mixer, j'ai exhibé mes mains rouges de sang, je ne leur ai pas laissé une seconde de répit... Toujours cette violence qui m'interdit de faire les choses calmement. J'agis toujours comme si j'étais menacée...

En danger.

Elle alla rendre la camionnette à Hortense, lui promit d'être présente pour l'inauguration et repartit chez elle. Chemin faisant, elle ne cessait de repenser à la scène des nuggets.

Elle finirait par ressembler, un jour, à ces illuminés juchés sur des caisses, au coin de Hyde Park, qui prédisent la fin du monde et le châtiment de Dieu, le doigt tendu vers le ciel, en invectivant les passants. De plus en plus violente, radicale, aigrie...

Et seule.

Seule avec des carcasses de poulets élevés en batterie, des poulets à qui on crève les yeux pour qu'ils perdent la notion du jour et de la nuit, dont on coupe les ailes et les pattes... Elle finirait comme eux. Aveugle, les pattes et les ailes coupées. À pondre le même œuf, encore et encore, le même discours que plus personne n'écouterait...

Elle prit son vélo et partit en direction d'Hampstead.

Il fallait qu'elle le revoie.

Elle tourna autour des étangs. Alla dans le pub où ils s'étaient embrassés. Juste avant qu'elle ne parte passer Noël à Paris.

Attendit. But une bière en regardant un match de cricket à la télé.

Retourna rôder autour des étangs.

Regarda les lumières s'allumer dans les appartements, les lofts d'artistes qui se reflétaient dans l'eau immobile et moirée. Il devait habiter un de ces lofts...

Frissonna. Décida de rentrer chez elle. Reprit son vélo.

Pédaler l'apaisait. Elle réfléchissait. Des millions de femmes sont seules en ce monde et elles ne font pas gicler des carcasses de bœuf sanglantes. Elle s'arrêta à un feu rouge. Fit fonctionner ses freins comme un appel lancé à Oliver. Aperçut deux femmes seules au volant de leur voiture. Tu vois, tu n'es pas un cas unique, calme-toi. Oui, mais je ne veux plus être seule, je veux un homme, je veux dormir avec un homme, trembler sous un homme...

Trembler sous un homme...

Les mains de l'homme en noir sur sa peau... Le plat de ses grandes mains chaudes... Le danger inventé à chaque rencontre... Le souffle qu'elle retenait, la lente volupté qu'il ordonnait, le tremblement de leurs étreintes, ses caresses comme des coups qui venaient mourir sur sa peau et l'effleuraient, la cruauté calculée qui brillait dans ses yeux, les douces morsures dans sa chair, les menaces chuchotées, les ordres secs, l'abîme qui s'ouvrait, les avertissements qu'elle ignorait, bravant la punition annoncée et le plaisir fulgurant qui suivait... Il ne lui faisait pas mal, il la tenait à distance, il feignait le froid pour mieux la brûler, tâtait le long sillon du dos en rude maquignon, inclinait la nuque, tirait les cheveux, examinait le haut de la gorge, palpait le ventre. Elle se laissait manipuler pour mieux se précipiter dans cet espace dangereux qu'il créait entre elle et lui. Elle avançait, le cœur battant, imaginant le pire. Apprenait à déchiffrer sous ses doigts habiles la volte brusque du désir. Reculer sans cesse les frontières, faire trembler le trouble, toutes les nuances du trouble. Sentir jusqu'à la défaillance sa feinte fragilité à la merci de l'homme tout-puissant.

Ce fut comme un flash qui l'aveugla et la laissa les deux pieds en terre, pétrifiée, raide, les mâchoires serrées, incapable de remonter sur son vélo. Et ni le bruit régulier de la pluie sur le pavé ni celui de la circulation ne parvenaient à la ramener à la réalité.

Elle prétendait qu'elle l'avait oublié...

Qu'elle ne voulait plus ça...

Mais « ça » lui manquait. Terriblement.

Elle avait « ça » dans la peau.

Cette bouche-là, ces mains-là, ce regard-là avaient longtemps représenté la volupté impérieuse de sa vie.

Elle traversa Piccadilly. Monta sur le trottoir. Se préparait à entrer dans son immeuble, à déposer son vélo dans l'entrée, sous l'escalier, quand elle l'aperçut.

Le dos carré dans un blouson noir...

– Qu'est-ce que tu fais là ? demanda-t-elle, sans bonjour, ni comment ça va ? Ni rien d'autre.

Avec un geste grossier de l'épaule et une grimace de crapaud.

– Je sors d'un rendez-vous...

Alors elle se jeta contre lui, l'embrassa, l'embrassa.

Et l'entraîna chez elle, sans parler.

Et maintenant, il était dans son lit.

Cet homme qu'elle ne devait plus jamais revoir...

Dans quelle histoire, je me suis embarquée...

Elle mit de l'eau dans la bouilloire.

Il dormait dans son lit...

Elle passa en revue les pots de thé. Sa main se posa sur « le roi des Earl Grey » de Fortnum & Mason.

Hommage au roi...

Elle pouvait être si douce quand elle préparait la cérémonie du thé.

Ils avaient fait l'amour lentement, tendrement. Il lui prenait la tête entre ses mains et la contemplait. Disait c'est bon, c'est bon... Elle ne voulait pas qu'il la contemple, elle voulait qu'il la torde, qu'il la morde, qu'il lui murmure des menaces et ouvre le précipice... Elle enfonçait ses dents dans son cou, lui arrachait la lèvre, il reculait, disait tss, tss... Elle lui donnait des coups de reins, tendait son ventre pour qu'il y enfonce son poing. Il l'enveloppait dans ses bras, la berçait, répétait tss... tss comme on chante à un bébé pour le calmer. Elle se reprenait, tentait de le suivre dans sa lente montée vers le plaisir, l'abandonnait en route...

Pourquoi cette violence en moi ? se demandait-elle en

ébouillantant la théière. Comme si le plaisir devait être arraché, comme si je n'y avais droit qu'à force de lutter, comme si je n'étais pas « légitime »...

Elle trancha doucement un muffin à l'aide d'une fourchette. Pour qu'il ne s'éventre pas, que la mie se décolle en douceur et reste moelleuse.

Tss... tss..., murmurait l'homme en la maintenant immobile contre lui. En lui caressant doucement la tête.

Et elle se débattait, disait non, non, pas comme ça, pas comme ça...

Il s'arrêtait, étonné. La regardait avec son bon regard et elle ne savait plus avec qui elle était...

Pas légitime, pas légitime...

De la violence. C'est moi qui la demande, qui la réclame, qui force l'homme à me poser un couteau sur la gorge...

Le cœur étreint par le danger. Sentir le frisson qui court sous la peau... Commencé ma vie comme une délinquante. À fuguer, à fumer dans les couloirs du palais des herbes étranges qui me faisaient tourner la tête, sauter les murs, courir dans la nuit, danser comme une déglinguée, ramasser un garçon, deux garçons, baiser dans une pauvre voiture pendant que, sur la banquette arrière, un autre couple s'ébattait. Pas de répit. Les crêtes de punkette, les épingles de nourrice dans les tee-shirts déchirés, les bottes à clous, les collants troués, les brûlures de cigarettes, les bouteilles d'alcool au goulot, les ongles noirs, les yeux englués de khôl et de Rimmel qui dégouline... Les coups à la va-vite, les gros mots, les doigts d'honneur, les drogues qu'on essaie comme des pastilles à la menthe. Le père qu'on rejette en le jugeant trop doux, trop effacé, la mère qu'on n'a pas le droit d'embrasser et on se dit c'est pas grave, c'est juste une image. Une image qu'on détruit pour se vautrer dans l'opinion des autres. Ces autres qui vous renvoient un reflet déformé. Mais on finit par y croire à ce reflet, on finit par se dire qu'on ne mérite que ça, qu'on ne vaut pas grand-chose... Projetée à vingt ans contre Duncan McCallum, cette brute qui me plaquait derrière une porte, soulevait ma jupe et... me rejetait comme un paquet éventré.

Gary m'avait apporté la douceur, la fierté d'avoir un petit, un tout-petit que je protégeais, qui me gardait de mes démons. J'ai appris la tendresse avec lui. Ce que je ne supportais pas d'un homme, je l'offrais à mon petit. De la violence, je ne gardais que la force dont j'entourais mon enfant, mon amour...

Sauf quand l'homme en noir...

L'homme dans son lit l'avait embrassée, caressée avec ses mains si douces, si féminines, prise doucement...

Pas légitime, pas légitime.

Elle choisit une marmelade d'oranges, la goûta... trop amère pour le réveil, prit sur une étagère une confiture de fruits rouges, un plateau en bois noir laqué, posa la théière, les muffins, la confiture, un peu de beurre, deux serviettes blanches. Deux petites cuillères et un couteau en argent. L'argenterie de sa mère... Elle lui avait offert un service pour ses vingt ans, frappé au chiffre de la Couronne.

Pas légitime, pas légitime...

Elle entra dans la chambre. Il s'était redressé dans le lit et lui fit un grand sourire.

— Je suis content de t'avoir retrouvée...

Elle posa le plateau, glacée par cette phrase affectueuse.

– Moi aussi, répondit-elle, se forçant à paraître enjouée.

– Alors, cet homme rencontré à Paris, tu l'as oublié ?

Elle ne répondit pas. Beurra un muffin, étala la confiture et le lui tendit avec un sourire, un peu crispé. Il ouvrit le drap, l'invita à se glisser à ses côtés. Elle refusa d'un geste brusque de la tête. Elle ne voulait pas être trop près.

– Je préfère rester là et te regarder, dit-elle, maladroite.

Et son regard tomba sur ses mains graciles. Ses mains d'artiste...

– Quelque chose ne va pas ? demanda-t-il en mordant dans son muffin.

– Oh non ! dit-elle précipitamment. C'est juste que... Je t'ai enlevé un peu brutalement, hier soir.

– Et tu as honte ? Faut pas. C'était délicieux...

Elle sursauta au mot « délicieux ». Le chassa de sa tête.

– Tu as eu raison, poursuivit-il. On aurait commencé à parler, on aurait pas fini comme ça... et ç'aurait été dommage...

Il souriait de son bon sourire d'homme tranquille.

Elle chassa aussi ce sourire et se tortilla au bout du lit en versant le thé.

C'est alors qu'ils entendirent un bruit de clé dans l'entrée, des bruits de pas, la porte de la chambre s'ouvrit et Gary surgit.

– Hello ! J'ai apporté des croissants... J'ai fait tout

Londres pour les trouver, ils sont encore chauds… Oh bien sûr ! Pas comme à Paris, mais…

Son regard tomba sur le lit. Il aperçut Oliver, torse nu, une tasse de thé à la main.

Il s'interrompit, eut un petit sursaut, le regarda, regarda sa mère et cria :

– Pas lui, pas lui !

Il jeta les croissants sur le lit et partit en claquant la porte.

*
**

Il courut.

Il courut à perdre haleine jusqu'à son appartement. Bouscula les passants sur Piccadilly, Saint James's, Pall Mall, Queen's Walk, passa devant Lancaster House, faillit se faire écraser par un bus en traversant, tourna à droite, tourna à gauche, chercha sa clé dans sa poche, ouvrit la porte de son appartement, la referma, à bout de souffle…

Le dos plaqué contre le chambranle de la porte.

Partir, partir d'ici…

Partir pour New York…

Là-bas, il trouverait un professeur de piano, là-bas il attendrait ses résultats et si tout se passait bien, il entrerait à la Juilliard School… Il recommencerait une vie. À son compte. Besoin de personne…

Hortense était partie.

Elle n'avait pas laissé de mot.

Il se laissa tomber sur un tabouret de bar dans la cuisine. Se passa le visage sous l'eau. But à même le robinet, s'aspergea, se mouilla les cheveux. Fit couler l'eau sur sa nuque. S'essuya avec un torchon. Jeta le torchon en boule sur le sol.

Alla mettre un CD de jazz. Dusko Goykovich. *In My Dreams*.

Il consulta son compte bancaire sur Internet. Il avait assez d'argent pour partir. Il irait voir sa grand-mère, ce soir. Elle était à Londres en ce moment. Le drapeau flottait sur le mât de Buckingham Palace. Un quart d'heure suffirait. Il lui expliquerait qu'il avançait son départ. Elle approuverait. C'est elle qui avait eu l'idée de la Juilliard School. Elle l'avait toujours soutenu. C'est drôle, nos rapports, pensa-t-il en écoutant le piano de Bob Degen et en jouant la partition sur le bord de l'évier, je la respecte, elle me respecte. C'est un accord tacite. Elle ne montre jamais ses sentiments, mais je sais qu'elle est là. Immuable, majestueuse, réservée.

Il savait aussi qu'elle surveillait son compte en banque, l'emploi qu'il faisait de l'allocation qu'elle lui versait chaque mois. Elle appréciait le fait qu'il ne dilapidait pas son argent, qu'il vivait frugalement. Elle avait adoré l'histoire de « je n'ai qu'un torse » lorsqu'on lui avait proposé deux chemises pour le prix d'une. Elle avait éclaté de rire et s'était presque claqué les cuisses. Sa Majesté riait à gorge déployée ! Elle respectait l'argent. Il avait beau lui expliquer que c'était normal, que cet argent ne lui appartenait pas, que dès qu'il gagnerait sa vie, il serait fier de payer son premier resto, et tiens, Mère-Grand, la première personne que j'inviterai, ce sera toi, elle souriait, amusée, ou je t'offrirai un bibi comme tu les aimes jaune pâle ou rose. Elle répétait *you're a good boy*... en hochant la tête.

I'm a good boy et je me tire d'ici.

Je réserve d'un clic une place sur l'avion de demain soir...

Clic, clic. Le vol de dix-neuf heures dix pour New York...

Un solo de batterie et Monsieur Gary Ward montait à bord. Une place en classe économique. Dernière minute, prix bradés, parfait, parfait !

Il écrirait un mail à sa mère... Pour qu'elle ne se fasse pas de souci. Il ne dirait rien à Oliver. Besoin de personne...

Il ne voulait pas savoir comment il s'était retrouvé dans le lit de Shirley...

Tiens, tiens ! se dit-il, je l'ai appelée par son prénom. C'est la première fois. Shirley, Shirley, répéta-t-il. Bonjour, Shirley ! Comment ça va, Shirley ?

Il se déshabilla, prit une douche, enfila un caleçon propre, se fit un café noir, deux toasts bien grillés, des œufs au plat. Quelle aventure ! il se disait en observant le bacon se racornir dans la poêle, on pose un pied en dehors de l'enfance et on est happé par une suite d'événements extraordinaires... C'est à la fois effrayant et excitant. Il y aura des jours avec, et des jours sans, des jours où je me sentirai à ma place et d'autres où je serai bancal, Londres me manquera... *Bye bye* Shirley ! *Bye bye* Duncan ! *Hello* Gary !

Et la trompette de Dusko lui répondit...

Il retourna les tranches de bacon, ajouta un peu de beurre pour qu'elles soient dorées, sortit une bouteille de jus d'orange du frigo, la but au goulot. Vivre ma vie comme je l'entends, ne dépendre que de moi... Il fit claquer la ceinture de son caleçon. Sourit : il bandait...

La nuit avec Hortense avait été somptueuse.

Il fit glisser le bacon et les œufs dans son assiette.

Il emmènerait Hortense avec lui... Elle lui avait dit qu'elle avait des offres de travail là-bas. Elle avait dit aussi Gary, je crois bien que... je crois bien que je t'ai... Je crois bien que quoi ? avait demandé Gary en soupçonnant la suite.

Mais elle ne l'avait pas dit !

Elle s'en était juste rapprochée. Elle faisait des progrès...

Faut dire que c'était sacrément bien, cette nuit-là... Sacrément bien ! Je l'appellerai après avoir vu Mère-Grand.

Il versa du ketchup dans son assiette, engloutit ses œufs, ses toasts. Avala son café noir. Fit une roulade sur le tapis « Hello Sunshine ! » du salon, un tapis ridicule avec un grand soleil jaune sur un fond de ciel étoilé d'astres argentés... Un tapis kitsch qu'il avait trouvé aux Puces de Camden. Hortense le détestait.

Il alla s'asseoir devant son piano, essaya de jouer ce qu'il venait d'entendre. Un solo de piano qui l'avait mis K-O. Caressa les touches ivoire et noires. Il faudrait qu'il se trouve un piano à New York...

*
**

Hortense s'était réveillée. Avait lu le mot de Gary. Shirley n'était pas venue la veille chez Harrods. Il avait dû se passer quelque chose d'important pour qu'elle déserte. Quelle soirée ! pensa-t-elle en s'enfouissant dans les oreillers et quel succès ! Elle battit des pieds sous la couette et s'applaudit. Bravo, Hortense, bravo, ma fille ! Et bravo aussi à Nicholas, concéda-t-elle du bout des lèvres.

Nicholas !

Le Burberry de Nicholas vint interrompre ses applaudissements.

Il devait suffoquer de rage.

Il fallait qu'elle file le voir et s'excuse. Elle se mordit les lèvres en cherchant ce qu'elle allait bien pouvoir raconter... Mentir. Je déteste mentir. Mais là... Obligée.

Elle enfila sa robe Alaïa, chercha ses Repetto noires sous le lit, se brossa les cheveux, emprunta la brosse à dents de Gary et se rendit chez Liberty.

Il était assis, raide et froid, derrière son long bureau. Il fit signe à son assistante de sortir. Ne décrocha pas le téléphone qui sonnait et dit :

— Je t'écoute...

— Je n'ai pas pu faire autrement...

— Ah ? dit-il avec une sorte d'ironie moqueuse dans la voix.

— Mon orgelet a éclaté, il s'est mis à couler une sorte de pus jaune qui m'aveuglait, me brûlait, je ne voyais plus rien, j'ai paniqué et j'ai foncé à l'hôpital. J'ai attendu trois heures avant qu'un médecin ne s'intéresse à moi... Il m'a fait une piqûre d'antibiotiques dans les fesses, un truc de fou qui traite les éléphants agonisants, et je suis rentrée chez moi, K-O.

Elle enleva ses lunettes, exhiba son œil gonflé et rouge.

— Humm..., fit Nicholas en se grattant la gorge et en se demandant si elle n'inventait pas cette histoire d'hôpital. Et tu n'as pas pensé à m'appeler...

— J'avais plus de batterie...

Elle lui tendit son portable. Il refusa de vérifier. Elle soupira, soulagée. Il mordait à l'hameçon.

— Et ce matin, j'ai préféré venir que de t'appeler... Je me doutais que tu devais être... un peu énervé.

Elle s'approcha du fauteuil où il était assis, se pencha et murmura :

– Merci, mille fois... Ça a été magnifique ! Et c'est grâce à toi...

Il se dégagea, irrité. Elle se frotta l'œil pour l'attendrir.

– Ne fais pas ça ! cria-t-il. Tu vas te mettre du pus dans l'œil, ça fera un abcès et il faudra t'énucléer ! Dégoûtant !

– Acceptes-tu de dîner, ce soir, avec une fille dégoûtante ? demanda-t-elle en poussant l'avantage.

– Ce soir, je ne suis pas libre...

– Même si je te supplie...

– Je dîne avec Anna Wintour.

– En tête à tête ? demanda Hortense, stupéfaite.

– Non... pas vraiment. Mais elle m'a invité à un grand dîner qu'elle donne au Ritz. Et je compte bien m'y rendre...

– Avec moi.

– Tu n'es pas invitée...

– Mais tu vas dire que je suis ta petite amie. Tu vas me présenter...

– Présenter une fille avec un œil purulent, pas question !

– Je garderai mes lunettes.

Il hésitait. Jouait avec le nœud de sa cravate orange. Inspectait le bombé de ses ongles.

– Dis oui, supplia Hortense. Dis oui et je retourne me faire piquer les fesses à l'hôpital pour avoir un œil présentable...

Nicholas leva les yeux au ciel.

– Hortense... Hortense... Il n'est pas encore né l'homme qui te résistera. Rendez-vous à neuf heures au

Ritz. Je t'attendrai dans l'entrée... et fais-toi belle ! Que je n'aie pas honte !

– Comme si je pouvais être autrement !

Elle rentra chez elle en esquissant des pas de danse dans les couloirs du métro. Sur l'air de « poussez-vous, vermicelles, poussez-vous, vermisseaux, laissez-moi passer ». Elle n'avait pas eu à choisir, elle avait tout. Et plus que tout ! Un homme aux yeux gourmands, une carrière qui s'ouvrait devant elle...

Elle considérait les gens avec commisération. Pauvres vous ! Pauvres choses ! Et avec tendresse, bientôt vous n'entendrez parler que de moi, préparez vos oreilles...

Elle faillit aider une vieille dame à traverser la rue et se reprit juste à temps.

Sur le canapé, Jean le Boutonneux somnolait devant la télé.

Elle traversa le salon sur la pointe des pieds.

Alla à la cuisine se faire un thé Detox. Une grande théière pour effacer la fatigue de la veille. Un litre et demi de Detox et je serai belle comme un sou neuf, prête à affronter la grande prêtresse. Comment vais-je m'y prendre ? Va falloir l'impressionner sans la menacer. M'habiller subtil. Me coiffer subtil, me maquiller subtil. Et être unique...

Je me repose jusqu'à sept heures et demie, dessinant ma tenue dans ma tête, prends une douche, je me lave les cheveux, j'enfile ma toilette et je saute dans un taxi pour le Ritz.

Elle emporta la théière, oublia sa pochette Lanvin dans la cuisine américaine qui jouxtait le salon. Ne pas réveiller le Boutonneux. Monter à pas feutrés dans ma chambre, m'allonger et rêver à mon avenir glorieux...

Revivre la nuit dernière... Gary, Gary...
Elle laissa échapper un gloussement de plaisir.

Dans le salon, Jean Martin ouvrit un œil et vit la ballerine d'Hortense disparaître dans l'escalier. Les garçons de la maison avaient tous été invités à sa présentation, tous sauf lui. Il croisa les bras, enfonça son menton dans sa poitrine, fit la moue, ça allait se payer cher tout ça...

Elle allait morfler. L'addition s'allongeait, s'allongeait. Elle était en train de tisser son linceul...

Le téléphone dans la pochette Lanvin sonna.

Il l'entendit, surpris. Hortense la Cruelle avait oublié son portable dans la cuisine.

Des offres d'emploi crépitaient dans le petit sac...

Il ne se lèverait pas.

À huit heures du soir, il l'entendit prendre sa douche.

Le téléphone sonna encore plusieurs fois.

Il finit par se lever, attrapa la pochette, en sortit le téléphone, écouta les messages.

Des félicitations, des compliments, deux propositions de rendez-vous pour un travail... Un type de chez Vuitton et un autre.

Et un message d'un garçon, un dénommé Gary, qui disait « Hortense, ma belle, je pars pour New York demain soir au vol de dix-neuf heures dix. Viens avec moi. Tu m'as dit qu'on te proposait du boulot là-bas. Je viens de voir ma grand-mère, je sors du palais royal, ah ! ah ! ah ! elle me finance un appart et mes études. J'irai à la Juilliard School et tu conquerras la ville. La vie nous appartient ! Pas la peine de me répondre... Juste pense oui et déboule ! J'attendrai à l'aéroport, j'ai pris un billet pour toi. Hortense, fais pas le con et viens. Et écoute bien un truc, un truc que je ne te répéterai plus jamais, sauf si tu sautes dans l'avion avec moi : Hortense, I LOVE YOU ! »

Le garçon avait hurlé les derniers mots avant de raccrocher.

Jean Martin sourit finement et effaça un à un tous les messages.

Quatrième partie

Deux mois !

Deux mois depuis qu'elle avait déjeuné avec Gaston Serrurier...

Elle s'était enfuie en courant...

Elle avait couru entre les voitures, couru dans les couloirs du métro, était restée debout dans la rame, appuyée contre un strapontin, impatiente d'arriver chez elle, d'ouvrir le carnet noir. Impatiente de retrouver dans ces pages maladroites le souffle d'un adolescent qui découvrait l'amour et se livrait sans calcul. Ses tentatives pour attraper le regard de l'homme qu'il aime, le cœur qui bondit, l'embarras de ne pas savoir se tenir...

En deux mois qu'avait-elle fait ? Elle avait relu et corrigé une dizaine de chapitres rédigés par des collègues et écrit une préface de dix pages au livre des femmes pendant les croisades... Maigre butin. Dix pages en deux mois, soit cinq pages par mois ! Elle passait des heures, immobile devant l'écran de son ordinateur, attrapait une feuille de papier blanc, griffonnait des mots, « ardeur », « feu », « fièvre », « ivresse », des insectes velus, des cercles, des carrés, la truffe rose de Du Guesclin, son œil vitreux de forban, et sa main partait à la recherche du carnet noir dans le tiroir, elle se disait juste quelques pages et je retourne aux croisades, aux mangonneaux, aux archers, aux femmes en armure.

Elle en lisait une, retenait son souffle, effrayée. Petit Jeune Homme s'offrait, cœur dénudé. Elle avait envie de lui crier casse-cou ! Ne donne pas tout, recule d'un pas... Elle se penchait sur l'écriture, guettait les fins de mots estropiées comme un mauvais présage. Des ailes rognées.

Il n'avait pas eu le temps de s'envoler.

Le carnet avait fini à la poubelle. Plus d'ailes.

Et toujours la même question : qui en était l'auteur ? Un habitant de l'immeuble B, de l'immeuble A ? Quand on s'installe dans un appartement, on vérifie l'amiante, le plomb dans les peintures, la présence de termites, les mètres carrés, le bilan électrique, l'isolation... On ne vérifie jamais le bon état de ses voisins. S'ils sont délabrés ou en bonne santé. Sains d'esprits ou encombrés de fantômes. On ne sait rien d'eux. Elle avait côtoyé deux criminels sans le savoir : Lefloc-Pignel et Van den Brod[1]. Réunions de copropriété, discussions dans le hall, bonjour monsieur, bonjour madame, Joyeux Noël et bonne année, et si on changeait la moquette des escaliers ?

Que savait-elle des nouveaux venus ? M. et Mme Boisson, Yves Léger et Manuel Lopez. Elle les rencontrait dans le hall ou dans l'ascenseur. Ils se saluaient. M. Boisson, lisse, froid, dépliait son journal. Il semblait avoir avalé ses lèvres. Mme Boisson saluait sèchement, ses cheveux cendrés tirés en chignon, le col de son chemisier fermé à double bouton. Elle ressemblait à une urne funéraire. Ils portaient chacun le même manteau. Ils devaient les acheter par lot de deux. Un manteau beige damassé pour l'hiver, un

1. Cf. *La Valse lente des tortues, op. cit.*

manteau beige plus léger quand le printemps venait. Ils étaient comme un frère et sa sœur. Chaque dimanche, leurs deux fils venaient déjeuner. Le cheveu aplati, serrés dans leur costume gris, l'un blond albinos, les oreilles rouges, décollées, l'autre, triste, châtain, un nez en champignon de Paris et des yeux bleus délavés. La vie semblait les avoir évités. Une, deux, une deux, ils montaient les escaliers en levant les genoux très haut, un parapluie accroché au coude. On ne pouvait pas leur donner d'âge. Ni de sexe.

M. Léger, au troisième étage, tenait de grands cartons à dessin sous le bras. Il portait des gilets roses, violets ou du plus bel ivoire qui faisaient une petite pointe sur son ventre rond. Glissait comme un patineur énervé, ses cartons sous le bras. Râlait quand la minuterie s'éteignait ou que l'ascenseur, un peu vieillot, mettait du temps à s'ébranler. Son compagnon, beaucoup plus jeune, sifflotait en traversant le hall, saluait Iphigénie d'un « Bonjour madame », un peu théâtral, et retenait la porte pour laisser passer les personnes âgées. Mme Pinarelli semblait l'apprécier. Ni M. Boisson ni M. Léger ne lui rappelaient la fougue innocente de Petit Jeune Homme...

Elle était interrompue par Zoé, Josiane, Iphigénie, Giuseppe et tous les autres.

Ils brisaient le flux tranquille de sa rêverie, racontaient leurs états d'âme, leurs malheurs, leurs déceptions, ces accidents de la vie qui auraient été une collection de niaiseries pour Hortense. Joséphine écoutait. Elle ne savait pas faire autrement.

Josiane, assise dans le salon, se lamentait en dégustant la tarte aux pommes qu'elle avait apportée. Cuite par mes soins, avait-elle précisé en sortant la tarte de sous un grand torchon blanc. Du Guesclin, droit devant elle, guettait le morceau qui allait tomber. Il devait penser qu'en restant immobile il deviendrait invisible et pourrait dérober des miettes sans attirer l'attention.

Le lendemain, 6 mai, on fêtait les trois ans de Junior et Josiane avait renoncé à préparer un goûter d'anniversaire.

— Il n'a pas d'amis ! Un goûter sans petits copains, c'est comme un bouquet qu'avec des tiges ! Ça fait grise mine. Et je ne vais pas inviter les deux serpents à lunettes qu'on a engagés comme professeurs ! Moi qui avais imaginé des fêtes avec des magiciens, des conteurs, des ballons de toutes les couleurs et des petits drôles qui courent partout !

— Tu veux que je vienne ? demandait Joséphine, à contrecœur.

Josiane ne répondait pas et continuait à se lamenter.

— Qu'est-ce que je fais, maintenant ? Hein ? Marcel n'a plus besoin de moi. Il rentre de plus en plus tard et parle presque exclusivement à Junior... Et Junior a ses journées remplies à ras bord de travail scolaire. Il déjeune d'un sandwich en lisant un livre ! Il ne me demande même pas de lui faire réciter ses leçons... Je crois bien que j'en serais incapable ! Il attend son père et, le soir, je tiens la chandelle entre mes deux hommes. Je ne sers plus à rien, Jo... Ma vie est finie !

— Mais non..., assurait Joséphine. Elle n'est pas finie, elle est en train de changer. La vie n'est jamais figée, elle change tout le temps, tu dois t'adapter si tu ne veux pas ressembler à une grosse vache dans un pré qui rumine toujours le même herbage !

— J'aimerais être une grosse vache avec rien sous le

brushing..., soupirait Josiane en mâchant sa tarte aux pommes, les yeux dans le vague.

– Tu ne peux pas te trouver une occupation, un travail ?

– Marcel ne veut pas que je retourne au bureau... Je le sens réticent. L'autre jour, je suis allée voir Ginette à l'entrepôt et sur qui suis-je tombée ? Je te le donne en mille ! Chaval ! Il furetait en faisant le beau. L'air, ma foi, assez satisfait. Et ce n'est pas la première fois ! Je me demande si Marcel l'a repris. Il me jure que non, mais je trouve bizarre qu'il soit là à traîner dans l'entreprise...

– Fais les petites annonces...

– Par les temps qui courent et le chômage qui galope ! Autant me dire de devenir patineuse artistique !

– Suis une formation...

– Je ne sais rien faire d'autre que secrétaire...

– Tu fais très bien la cuisine...

– Mais je vais pas devenir petit mitron !

– Et pourquoi pas ?

– Facile à dire, maugréait Josiane en tripotant les boutons de son gilet rose. Et puis tu veux que je te dise, Jo, j'en ai plus dans le boudin... Je suis devenue une femme grasse, une femme entretenue. Avant, j'étais sèche comme une allumette et je me battais...

– Fais un régime ! suggérait Joséphine en souriant.

Josiane soufflait, désespérée, sur une mèche blonde qui lui barrait le regard.

– Je croyais avoir trouvé un emploi avec Junior. C'est une belle occupation d'être mère... J'avais imaginé tant de rêves ! Il m'a tout confisqué !

– Imagine autre chose... Deviens astrologue, diététicienne, ouvre une boutique à sandwichs, fabrique des bijoux, vends-les en passant par Casamia. Tu as un homme qui peut t'aider, tu n'es pas toute seule, invente, invente... Mais ne reste pas assise toute la journée à te morfondre !

Josiane avait cessé de triturer les boutons de son gilet et marmottait :

— Tu as changé, Joséphine, tu n'écoutes plus les gens comme avant... Tu deviens comme tout le monde, égoïste et pressée...

Joséphine se mordait les lèvres pour ne pas répondre. Le carnet de Petit Jeune Homme l'attendait sur son bureau, elle n'avait qu'une hâte : l'ouvrir, s'y plonger, trouver un fil conducteur pour raconter cette histoire. Il faudrait que j'aille chez WH Smith, rue de Rivoli, acheter une biographie de Cary Grant. Et puis, la même question revenait : pourquoi ce carnet s'était-il retrouvé dans une poubelle ? Son auteur avait-il commencé une vie nouvelle et voulait-il tirer un trait sur son passé ? Craignait-il que le carnet ne tombe entre des mains étrangères et ne livre son secret ?

— Je vais te laisser, disait Josiane en se levant et en défroissant sa jupe. Je sens bien que je t'ennuie...

— Mais non, protestait Joséphine, reste encore un peu... Zoé va rentrer et...

— Tu as de la chance... Tu en as deux, toi, au moins...

— Deux ? disait Joséphine, se demandant à quoi Josiane faisait allusion.

— Deux filles... Hortense est partie, mais il te reste Zoé. Tu n'es pas toute seule... Tandis que moi...

Josiane se rasseyait, réfléchissait un instant puis son visage s'éclairait et elle murmurait :

— Et si je faisais un autre enfant ?

— Un autre enfant !

— Oui... Pas un génie, un enfant qui respecte les

étapes de la vie, que je puisse suivre pas à pas... Va falloir que j'en parle à Marcel, pas sûr qu'il veuille, à son âge... Pas sûr que Junior apprécie beaucoup non plus...

Elle était partie dans ses pensées. Elle s'imaginait, un bébé accroché au sein, un filet de lait aux commissures des lèvres. Il la tétait goulûment et elle fermait les yeux.

— Mais oui... Un autre enfant... Que je garderais pour moi, rien que pour moi.

— Tu crois vraiment que...

Josiane ne l'écoutait pas. Elle se relevait, serrait Joséphine dans ses bras, repliait son torchon, prenait son moule à tarte et repartait en la remerciant, en la priant de bien vouloir excuser son mouvement d'humeur. En lui promettant un gâteau au chocolat pour la prochaine fois...

Ouf ! se disait Joséphine en refermant la porte de l'appartement derrière Josiane. Enfin seule...

Le téléphone sonnait. Giuseppe. Il s'inquiétait. Je ne te vois plus, Joséphine, que se passe-t-il ? Ils t'ont mangée à l'université ? Elle riait en se grattant la tête. Je suis à Parigi, on dîne, ce soir ? Elle disait non, non, j'ai pas fini ma préface, je dois la rendre dans une semaine... Au diable, ta préface ! J'ai découvert un petit resto italien à Saint-Germain, je t'emmène, allez ! dis oui. Ça fait trop longtemps que je ne t'ai pas vue... Elle disait non. Elle entendait un long silence. Elle s'en inquiétait et ajoutait plus tard, plus tard, quand j'aurai fini... mais je serai reparti, *amore mio !* Et elle pensait tant pis ! Elle ne pouvait pas dire la vérité, je suis grosse d'un livre qui pousse en moi, qui prend toute la place, il aurait posé mille questions auxquelles elle ne voulait pas, elle ne pouvait pas répondre. Alors elle murmurait, excuse-moi comme si elle était prise en défaut... Il demandait des nouvelles des filles. Elle soupirait, soulagée de changer de sujet de conversation. Elles vont bien, elles vont bien.

Puis elle songeait je n'ai plus de nouvelles d'Hortense, plus de vraies nouvelles, rien que des mails bâclés qui disent je suis débordée ! Pas le temps ! Tout va bien. T'appelle quand j'ai un moment !

Elle n'avait jamais de « moment ».

Elle se demandait si Hortense lui en voulait...

— Alors, madame Cortès ? insistait Iphigénie sur le pas de la loge, qu'est-ce que vous attendez pour la faire signer, cette pétition ? On l'a écrite, y a plus qu'à appuyer sur un bouton, l'imprimer et hop ! on la fait circuler...

— Attendons la prochaine réunion de copropriétaires, le syndic sera bien obligé de nous parler de votre remplacement et je verrai si le danger est réel...

— Quoi ! criait Iphigénie, les poings sur les hanches pendant que ses deux enfants disparaissaient derrière le rideau de la loge, craignant les foudres maternelles. Vous ne me croyez pas ? Vous n'apportez pas foi à ce que je vous dis !

— Mais si, mais si... C'est juste que je ne veux pas me lancer dans cette...

Cary Grant lui souriait. Elle se demandait comment qualifier ce sourire malicieux et enjoué. Elle cherchait le mot juste, elle l'avait sur le bout de la langue. Moqueur, facétieux, taquin, goguenard... Il existait un mot, un autre mot.

— Dans cette aventure, dites-le, madame Cortès, vous avez la frousse, hein ?

– Mais non, Iphigénie, attendez encore un peu et je vous promets que...

– Promesses, promesses !

– Je ne me défilerai pas...

– Vous avez bien retenu ce que je vous ai dit ?

– Oui. « Si c'est pas maintenant, c'est jamais... » J'ai compris, Iphigénie.

– Moi, je trouve que ça serait plus fort d'arriver à la réunion avec la pétition en poche.

Espiègle ! Un petit sourire espiègle...

Elle sifflait Du Guesclin, faisait un petit signe à Clara et Léo derrière le rideau et saluait Iphigénie d'un petit sourire... espiègle.

Elle reprenait le carnet noir et l'ouvrait.

Elle branchait la bouilloire, inclinait le livre vers le bec pour en recueillir la vapeur, glissait la lame du couteau entre les pages, décollait chaque page, glissait un buvard et procédait ainsi avec une lente détermination, sans jamais se précipiter de peur de perdre des mots, d'effacer de précieuses phrases...

Elle se faisait l'effet d'un égyptologue penché sur les restes d'une momie.

La momie d'un amour défunt.

« 4 janvier 1963.

Il m'a enfin raconté comment il était devenu Cary Grant.

On était dans sa suite... Il m'avait versé une coupe de champagne. La journée avait été éprouvante. Il tournait une scène et n'était pas satisfait. Il trouvait qu'elle manquait de rythme ; quelque chose clochait dans l'écriture, il fallait la reprendre. Stanley Donen et Peter, le scénariste, s'arrachaient les cheveux et tentaient de le convaincre qu'elle était parfaite, mais il répétait que non, ça n'allait pas, le tempo n'y était pas. Et il claquait des doigts en battant la mesure.

— Quand on va au cinéma, c'est pour oublier. Oublier les assiettes sales dans l'évier. Il faut du rythme...

Il citait *Philadelphia Story* comme un exemple parfait de rythme soutenu tout le long d'un film.

Il avait l'air furieux. Je n'ai pas osé m'approcher.

Une fois de plus, j'avais séché les cours pour le retrouver. Je l'écoutais parler, s'opposer, et j'admirais sa détermination. J'avais envie de l'applaudir. Je devais être le seul. Les autres râlaient dans leur barbichette.

Les autres... Ils parlent dans mon dos, ils disent que je suis amoureux de lui, mais je m'en fiche. Je compte les jours qui me séparent de son départ et... je ne veux pas y penser !

Je suis embué de bonheur. Je suis passé du garçon le plus idiot du monde au garçon le plus souriant du monde. J'ai un truc dans la poitrine, mais complètement dans la poitrine, pas juste au cœur... Un étau qui palpite. Tout le temps. Et je me dis, tu peux pas être amoureux d'un sourire, de deux yeux, d'une fossette dans le menton ! Et d'un homme, en plus ! Un homme ! Impossible ! Pourtant je ne peux pas m'empêcher de courir dans les rues, d'avoir l'impression que tout le triste et le moche s'en va, que les gens ont l'air d'aller mieux, que les pigeons sur le trottoir sont des êtres vivants ! Je regarde les gens et j'ai envie de les embrasser. Même mes parents. Même Geneviève ! Je suis beaucoup plus gentil avec elle, je ne vois plus sa moustache...

Bon, je reviens à notre soirée...

On était tous les deux dans sa suite. Sur une table

basse, il y avait une bouteille de champagne dans un seau à glace et deux belles flûtes. À la maison aussi, on a des flûtes, mais maman ne les utilise jamais, elle a peur qu'on les casse. Elles restent dans une vitrine, elle ne les sort que pour les nettoyer et les remettre à leur place.

Il est allé prendre une douche. Je l'ai attendu, un peu intimidé. Je restais sur le bord du canapé. Je n'osais pas me laisser aller contre le dossier. J'avais encore en tête son différend avec le metteur en scène et sa colère.

Quand il est revenu, il avait mis un pantalon gris et une chemise blanche. Une belle chemise dont il avait retroussé les manches... Il a haussé le sourcil et m'a demandé ça va, *my boy* ? J'ai hoché la tête, un peu stupide. Je sentais qu'il repensait à la scène et j'ai eu envie de lui dire qu'il avait raison. Mais je ne l'ai pas fait, ç'aurait été présomptueux de ma part. Qu'est-ce que je connais au cinéma ?

Il a dû lire dans mes pensées parce qu'il a enchaîné :

– Tu connais un film qui s'appelle *Les Voyages de Sullivan* ?

– Non...

– Eh bien ! Si tu as l'occasion, va le voir. C'est de Preston Sturges, un grand metteur en scène, il illustre exactement ce que je pense du cinéma...

– Et...

– C'est l'histoire d'un metteur en scène brillant qui triomphe dans les comédies légères. Un jour, il a envie de faire un film sérieux sur les pauvres, les laissés-pour-compte. C'est pendant la crise de 1929 et les routes sont pleines de vagabonds jetés à la rue par la misère. Il s'adresse à son producteur et lui déclare qu'il veut se déguiser en mendiant, enquêter sur la vie de ces gens et en faire le sujet de son film. Le producteur lui répond que ce n'est pas une bonne idée. "Ça n'intéressera personne. Les pauvres savent ce qu'est la pauvreté et ne veulent pas la voir à l'écran, seuls les riches qui vivent dans la soie fantasment sur ce sujet." Il s'entête, part sur les routes, se mélange aux vagabonds, se fait arrêter par la police et finit au bagne. Et là, un soir, on projette un film aux prisonniers, une de ses comédies légères et drôles, et notre metteur en scène, éberlué, entend ses compagnons de bagne éclater de rire, rire à s'en taper les cuisses, en oubliant leur sort... Et il comprend ce qu'a voulu dire le producteur.

– Et vous, vous pensez que le producteur avait raison...

– Oui... C'est pour ça que je fais si attention au rythme. Je n'aimerais pas jouer dans un film qui montre que le monde est moche, sale, répugnant. C'est une escroquerie d'appeler ça, "divertissement"... C'est bien plus difficile de faire comprendre la même chose par le biais d'une comédie. Les grands films sont ceux qui montrent la vilenie du monde en faisant rire. Comme *To be or not to be* de Lubitsch ou *Le Dictateur* de Chaplin... mais c'est plus dur à faire ! Ça demande un sacré rythme. C'est pour ça que le rythme est si important dans un film et qu'il ne faut jamais le perdre.

Il ne me parlait pas, à ce moment-là, il se parlait à lui-même. J'ai compris avec quel sérieux il faisait ce métier qu'il semblait prendre à la légère.

Je lui ai demandé comment il avait réussi à devenir ce qu'il était. À avoir le courage de s'opposer, d'imposer ses choix. Je voulais savoir pour lui et je voulais savoir pour moi. J'ai dit comment on devient Cary Grant ? C'était un peu idiot comme question.

Il m'a regardé avec son bon regard, celui qui vous entre dans les yeux et les dévisse, et il m'a dit ça t'intéresse vraiment ? et j'ai dit oui, oui... comme si j'étais au bord d'une falaise et que j'allais tomber.

Il avait vingt-huit ans quand il a quitté New York pour Los Angeles... Il en avait marre de stagner à Broadway. Il savait que les gens de la Paramount cherchaient des têtes nouvelles. Il leur fallait de nouvelles stars. Ils avaient déjà Marlène Dietrich et Gary Cooper, mais ce dernier leur donnait du fil à retordre. Il était parti un an en vacances en Afrique et envoyait des télégrammes laconiques, menaçant de ne jamais revenir et de prendre sa retraite ! Ils ont convoqué Archibald Leach pour faire des essais. Et le lendemain, Schulberg lui a annoncé qu'il était engagé, mais qu'il lui faudrait changer de nom. Il en voulait un qui sonne comme Gary Cooper. Ou Clark Gable.

Avec sa copine Fay Wray, celle qui jouait dans *King Kong*, et son mari, ils se sont mis autour d'une table un soir et ils ont cherché... Ils ont trouvé Cary Lockwood. Cary, ça allait, mais Lockwood, il n'en était pas fou. Schulberg fut du même avis. Il lui a alors tendu une liste de noms et parmi ceux-là, il y avait Grant.

En un clin d'œil, il est devenu Cary Grant. Au revoir Archibald Leach ! Bonjour Cary Grant ! Il est devenu obsédé par Cary Grant. Il voulait qu'il soit parfait. Il se regardait des heures dans la glace et cherchait à améliorer chaque centimètre de peau. Il se brossait les dents à s'en faire saigner les gencives. Il avait toujours une brosse à dents dans sa poche et dès qu'il fumait une cigarette, il la sortait. Il fumait un paquet de cigarettes par jour à l'époque et il avait peur d'avoir les dents jaunes. Il s'est mis au régime, a soulevé des poids, a réduit sa consommation d'alcool, a imité les acteurs qu'il admirait : Chaplin, Fairbanks, Rex Harrison, Fred Astaire. Il les copiait, leur piquait des détails. Par exemple, il m'a raconté qu'il s'entraînait à mettre ses mains dans ses poches pour avoir l'air détendu sauf qu'il avait tellement le trac qu'il transpirait des mains et n'arrivait plus à les sortir de sa poche !

On a ri, on a ri...

J'adore son rire... C'est pas vraiment un rire, c'est une sorte de pouffement sarcastique, retenu. Presque un couinement.

Il m'a dit tu veux que je te montre, my *boy* ? Et il m'a fait une imitation de lui avec les mains coincées dans ses poches ! Tous ces efforts pour pas grand-chose, il a ajouté, parce que au-dessus de lui, il y avait toujours le maître étalon de l'élégance, Gary Cooper, qui le regardait de haut et lui battait froid.

J'ai l'impression qu'à l'époque, un acteur, ça n'était pas grand-chose. Un objet de décoration qu'on posait dans un film. Un joli pot de fleurs. On leur rabotait le nez, on leur rabotait les dents, on leur creusait les joues, on leur arrachait des cheveux, des poils, des sourcils, on leur mettait des couches et des couches de fond de teint, on les fiançait, on les mariait, on leur imposait des rôles, on les lançait comme des savonnettes. Ils n'avaient pas leur mot à dire.

Lui, il ne voulait pas être une savonnette, alors il se perfectionnait. Seul devant sa glace. Il fabriquait Cary Grant. Il portait sur lui un petit carnet où il marquait des mots nouveaux qu'il apprenait : *avuncular, attrition, exacerbation*. Il travaillait son accent, ses gestes, son allure et il y parvenait plutôt bien. Sauf lorsque Josef von

Sternberg changeait sa raie de côté sans lui demander son avis ! C'était son cinquième film et il était déjà habitué à avoir la raie bien tracée à gauche quand, juste avant de tourner une scène, Sternberg a pris un peigne et lui a fait la raie à droite ! Il a détesté ça. Il assure que Sternberg l'a fait exprès pour le déstabiliser...

– On ne peut rien faire de pire à un acteur juste avant de crier moteur ! mais je me suis vengé, j'ai gardé ma raie à droite toute ma vie, rien que pour l'ennuyer !

Le film s'appelle *Blonde Vénus* avec Marlène Dietrich et je ne l'ai pas vu non plus.

Je crois que je vais aller faire une cure à la Cinémathèque. Je sais pas comment je vais trouver le temps de voir tous ces films ! J'aurai jamais mon concours, jamais ! mais je m'en fiche.

On a été interrompus par un coup de fil. Quelqu'un lui téléphonait de Bristol. J'ai compris qu'on lui parlait de sa mère et il répondait OK, OK. Il avait l'air préoccupé.

Il ne m'a toujours pas parlé de sa mère et je n'ose pas lui poser de questions.

On regardait les toits de Paris par la fenêtre et je lui ai dit j'aime quand vous me racontez votre vie, ça me donne du courage.

Il a souri, d'un air un peu las, et il a dit qu'il ne fallait pas vivre par procuration, que sa vie, on se la faisait tout seul. J'avais l'impression qu'il voulait me dire quelque chose, mais qu'il ne savait pas comment s'y prendre.

Il a continué son récit.

À la Paramount, on ne le prenait pas au sérieux. On l'engageait pour son physique. Il jouait les bouche-trous. Les premiers rôles allaient d'abord à Gary Cooper et, s'il les refusait, à George Raft ou Fred MacMurray. Il était juste une silhouette élégante qui passait dans les films, les mains dans les poches. Il incarnait toujours le même personnage grand, beau, élégant. Il avait trente ans, il commençait à se lasser. Surtout qu'il y avait des petits nouveaux qui arrivaient comme Marlon Brando.

– Je regardais les acteurs et les actrices, j'observais et j'apprenais. Quand tu joues, ce n'est pas la sincérité qui compte, mais le rythme... Tu dois imposer ton rythme et alors tu crèves l'écran. Mais on ne me laissait pas la place de le faire...

Jusqu'à ce que Cukor l'engage aux côtés de Katharine Hepburn dans un film qui s'appelle *Sylvia Scarlett*. Celui-là non plus, je ne l'ai pas vu. C'est ce film-là qui l'a lancé. Ça a été un échec pour tout le monde sauf pour lui ! Il était magnifique dedans...

– Et tu sais pourquoi j'ai été bien dans ce rôle, *my boy* ? Parce que je pouvais être à la fois Archie Leach et Cary Grant... et soudain, j'ai été à l'aise. Je me suis libéré. Toute ma vie, j'ai essayé d'être moi à l'écran et j'ai compris que c'était la chose la plus difficile au monde... Parce qu'il faut avoir confiance en soi. J'ai osé faire des mimiques, des haussements de sourcils, prendre des attitudes qui n'appartenaient qu'à moi. J'avais créé mon style...

Du jour au lendemain, il est devenu un acteur qui comptait. La Paramount a voulu lui faire signer un nouveau contrat, l'ancien étant arrivé à son terme... et alors, il a fait un truc incroyable : il a refusé et il s'est mis à son compte. Il a pris ce risque. C'était un acte d'une audace terrible, à l'époque.

Il avait retrouvé l'énergie du petit Archie, le gamin des rues qui s'était engagé dans une troupe de comédiens ambulants à Bristol à quatorze ans, avait débarqué aux États-Unis à seize, s'était essayé au théâtre, était venu à Hollywood, c'était cet homme-là qu'il aimait, pas la marionnette fabriquée par la Paramount. Il a claqué la porte.

– Si j'étais resté, j'aurais continué à faire le bouche-trou... Là, soit je disparaissais, je plongeais dans l'anonymat, soit je devenais enfin l'acteur que je rêvais d'être... Tu as envie de faire cette école que tu prépares ?

– Non, pas vraiment... Mais c'est une très bonne école, la meilleure de France.

– C'est une idée à toi ?

– Non... C'est mes parents qui...

– Alors demande-toi ce dont tu as envie, toi... car, d'après ce que tu me racontes, je suis désolé de te dire que tu sembles ne faire que de la figuration dans ta vie... Tu ne décides rien, tu subis...

Il m'a un peu vexé en disant ça.

– Vous aussi, vous avez longtemps subi...

– C'est pour ça que je sais qu'il ne faut pas le faire ! Qu'à un moment, il faut prendre sa vie en main et décider.

Ça a l'air si simple quand il parle...

Il m'a raconté à nouveau l'histoire de la place derrière le brouillard.

Il avait trouvé sa place derrière le brouillard.

C'était magique, cette soirée.

On a dîné tous les deux. Il avait appelé le room-service et on a été servis comme des princes. Dans la salade, il ne mange que les très belles feuilles, les autres, il les laisse de côté. Ça m'a épaté. À la maison, on mange tout, même les feuilles jaunies. Je l'ai imité, j'ai repoussé les feuilles moins belles. Il n'y en avait pas beaucoup, je dois dire. J'avais l'impression de me prélasser dans le luxe. Je crois qu'en sortant de l'hôtel, je ne marchais plus pareil. J'avais les mains dans les poches et je sifflotais.

Quand je suis rentré, les parents m'attendaient en pyjama et robe de chambre dans le salon. La mine sombre. Je leur ai expliqué que j'étais allé au cinéma avec Geneviève et que le film était tellement bien qu'on l'avait vu deux fois. Il va falloir que je la prévienne. Pour pas qu'elle fasse de gaffe !

12 janvier 1963.

J'ai parlé à Geneviève, je lui ai dit que j'avais passé la soirée avec LUI et qu'elle m'avait servi d'alibi... Elle a baissé les yeux, elle a dit t'es amoureux ? J'ai dit t'es zinzin ? Alors elle m'a regardé droit dans les yeux et elle a dit prouve-le ! Embrasse-moi. J'avais franchement pas envie, mais je me suis forcé pour pas qu'elle aille cafter ! J'ai senti le petit duvet... j'ai juste posé mes lèvres sur les siennes, j'ai pas appuyé ni mis la langue, ni rien du tout ! Après elle a posé sa tête sur ma poitrine et elle a soupiré en disant maintenant, on est fiancés ! et j'ai eu une rigole de sueur froide dans le dos... »

— Maman, maman ! criait Zoé en rentrant du lycée. T'es où ? Tu fais quoi ?

— Je lis les carnets de Petit Jeune Homme...

— Ah... Il en est où ?

— Il vient d'embrasser Geneviève...

— Beurk ! Pourquoi il a fait ça ?

Joséphine expliquait et Zoé l'écoutait, la joue posée dans la paume de sa main. En parlant de Petit Jeune Homme à Zoé, Joséphine apprenait à le connaître. Elle entrait dans sa tête. Elle ne le jugeait pas. Elle en faisait un personnage. Elle s'en imprégnait. Et elle pensait c'est comme ça qu'il faut écrire. Comprendre le personnage, amasser des détails, laisser macérer et un jour, il va y avoir un déclic et il va s'animer. Et je n'aurai plus qu'à le suivre.

— Ça t'ennuie pas de m'en parler ? disait Zoé.

— Non. Au contraire, avec toi, j'aime bien... C'est comme si je me parlais à moi-même. Pourquoi tu me demandes ça ?

— Parce que des fois, t'es de mauvaise humeur. J'ai l'impression que je te dérange... T'es plus comme avant. Avant, on pouvait te dire n'importe quoi tout le temps et tu écoutais...

— Je suis moins disponible ?

— Moui..., disait Zoé en s'appuyant contre sa mère.

— Carrément bougon ?

— J'aime bien ce mot, « bougon »... Je vais le marquer dans mon cahier... T'as pas envie de savoir qui c'est, Petit Jeune Homme ?

— Si, je cherche... Je scrute les habitants mâles de l'immeuble...

— Et t'as trouvé ?

— Dans l'immeuble B, à part M. Dumas, je n'en vois pas.

— Le monsieur qui se met de la poudre blanche sur le visage ?

— Oui...

— Et dans le A ? M. Merson ? Il est trop jeune... Pinarelli ?

— Il a dans les cinquante ans...

— Qu'il dit ! Sinon... M. Boisson ? Pas vraiment rigolo. Je l'imagine mal amoureux de Cary Grant ! Et si c'était

M. Léger... Tu sais, le plus âgé des deux hommes qui ont emménagé au quatrième chez Gaétan ?

– J'y ai pensé aussi...

– Et puis, ajoutait Zoé, mystérieuse, il y a M. Sandoz... Il a travaillé dans le cinéma quand il était jeune. Il me l'a dit. C'est peut-être lui... C'est pour ça qu'il est si triste. Il a perdu un grand amour.

– Et aujourd'hui, il serait amoureux d'Iphigénie ? Ça ne tient pas debout, Zoé...

– Mais si, mais si... C'est un personnage, Iphigénie. Elle a une forte personnalité. Il aime les personnes qui lui en imposent. Il est resté un petit garçon... Dis, maman, on pourra regarder *Charade*, ce soir, j'ai fini tout mon travail...

Elles regardèrent *Charade*. Dès qu'Audrey Hepburn apparaissait, Zoé s'exclamait qu'est-ce qu'elle est belle ! Elle devait rien manger pour être aussi mince... J'arrête de manger ! et elle attendait la scène où Bartholomew, le personnage joué par Walter Matthau, disait la dernière fois que j'ai donné une cravate chez le teinturier, il ne m'a rendu que la tache ! Elle se pliait de rire en triturant ses doigts de pieds.

L'esprit de Joséphine vagabondait. Elle regardait Audrey Hepburn poursuivre Cary Grant sans se décourager. Avec grâce et humour. Comment faisait-elle pour lui déclarer sa flamme et rester légère ? Tout était gracieux chez cette femme.

Elle avait croisé Bérengère Clavert dans la rue. Ou plutôt, elle avait été happée par Bérengère Clavert qui courait d'une vente privée chez Prada à une autre chez Zadig et Voltaire.

– Je suis épuisée, ma chérie ! Je n'arrête pas ! C'est

génial de vivre seule, de ne plus avoir d'homme à la maison... Jacques est parfait, il paie tout et me fiche une paix royale. Je sors tous les soirs et je m'amuse comme une folle. Et toi ? T'as pas l'air en forme... Encore amoureuse de Philippe Dupin ? Tu devrais laisser tomber... Il vit toujours avec... tu sais la fille qui...

– Oui, oui, avait dit précipitamment Joséphine qui ne voulait pas entendre la suite.

– Elle habite chez lui et il l'emmène partout ! Tu la connais ?

– Euh non...

– Il paraît qu'elle est très mignonne ! Et jeune, en plus ! Moi, je te dis ça pour pas que tu perdes ton temps... Le temps à notre âge, faut pas le gaspiller ! Je te laisse, j'ai encore plein de boutiques à faire, les soldes privés, ça me rend folle !

Elle avait mimé un baiser et s'était précipitée dans un taxi en s'empêtrant dans ses paquets.

Joséphine passait par des alternances de bonheur et de malheur. Elle n'avait plus de nouvelles de Philippe. Parfois, elle était anéantie et se disait il m'a oubliée, il vit avec une autre, puis elle se reprenait à espérer et avait la presque certitude qu'il l'aimait. Elle décidait je vais aller le voir... Mais elle n'y allait pas. Elle avait trop peur de perdre Cary Grant et Petit Jeune Homme.

Le jour où elle rencontra Bérengère, elle fut anéantie.

Le film se terminait et Zoé s'étirait.

– Tu sais, je le comprends Petit Jeune Homme... Il était drôlement séduisant Cary Grant, même si, moi, je le trouve trop vieux...

— Quand on est amoureux, on ne voit pas les détails. On aime, c'est tout.

Zoé faisait défiler les chaînes à l'aide de la télécommande. S'arrêtait sur un vieux Maigret, tourné dans la cour du 36, quai des Orfèvres, coupait le son et disait :

— Et si tu allais en parler à Garibaldi ? Il a peut-être une fiche sur Petit Jeune Homme... Tu lui donnes les cinq ou six noms auxquels tu penses. Tu connais son âge, tu sais où il est né, la profession du père... Souviens-toi de la Bassonnière et de son oncle qui avait des fiches sur tout le monde[1]...

— Pourquoi serait-il fiché ?

— Sais pas... Mais ça ne coûte rien de lui demander.

— Tu as raison, je l'appellerai demain... Allez ! Hop ! Au lit ! concluait Joséphine. Y a école demain !

Zoé se baissait, caressait Du Guesclin, lui frottait les oreilles. Il geignait, s'écartait. Zoé disait ça va pas, mon gros chien ? D'oh ! Y a plus de donuts dans le frigo ? en prenant la grosse voix d'Homer Simpson et Joséphine se disait, elle a quinze ans, elle a un amant et elle parle comme Homer Simpson.

Elle restait enroulée dans le plaid, sur le canapé.

Garibaldi... Elle ne l'avait plus revu depuis ce jour terrible où ils avaient été convoqués, Philippe et elle, au 36, quai des Orfèvres pour apprendre la mort d'Iris. Elle resserra les plis du plaid.

Bientôt neuf mois...

Zoé revenait en se brossant les cheveux, se coulait contre sa mère ; Joséphine la prenait dans ses bras. C'était l'heure des confidences. Zoé commençait toujours par de petites confidences sans importance,

1. Cf. *La Valse lente des tortues, op. cit.*

puis passait aux sujets plus graves. Elle aimait ces moments d'abandon avec sa fille. Elle se demandait quand Zoé cesserait de la prendre comme confidente. Ce jour-là arriverait et elle le redoutait.

– Tu sais, ma prof de français, Mme Choquart... elle nous a prises à part les filles de mon groupe et moi, et elle nous a dit qu'il ne fallait jamais être des bécassines, qu'on est capables de faire de belles choses et que c'est trop facile de vivre en se disant j'aurais pu si j'avais voulu...

Elle étendait une jambe, se grattait le mollet, la repliait, se renfonçait dans un coin du plaid contre Joséphine.

– Et puis elle a ajouté je vous regarde et vous êtes toutes mignonnes ! Alors je vous préviens, je ne veux pas vous retrouver dans dix ans molles et dépressives ! J'ai jamais eu une prof aussi super. Elle me fait penser que je peux vieillir tranquille puisqu'on peut avoir des cheveux blancs comme elle et ne pas être vieux du tout. On est vieux quand on est triste et qu'on rend les autres tristes. Toi, par exemple, tu seras jamais vieille, parce que tu rends personne triste...

– Merci, je suis rassurée...

Joséphine attendait la suite des confidences. Elle inclina la tête, appuya son menton sur les cheveux de Zoé pour l'encourager à se confier.

– Maman, tu sais, Gaétan...

– Oui, mon amour...

– Tu avais raison. Il a fini par me dire ce qui n'allait pas... Ça a pris du temps. Il voulait pas parler.

– Et ?

– Je te préviens, c'est glauquissime...

– J'écoute, je serre les dents...

— C'est Domitille. Elle a été piquée en plein trafic au collège...

— En plein trafic de quoi ?

— Euh ! Je sais pas si je devrais te le dire...

— Vas-y, ma belle, je ne broncherai pas.

— Elle faisait des pipes dans les toilettes pour cinq euros...

Joséphine eut un haut-le-corps.

— Elle le faisait déjà l'année dernière à Paris, mais là, elle s'est fait piquer ! Tout le monde l'a su... Au collège et dans le quartier. C'est la révolution dans la famille. La grand-mère a failli avoir une crise cardiaque. Gaétan était au courant depuis longtemps, c'est pour ça qu'il n'allait pas bien, qu'il me parlait presque plus. Il redoutait que ça se sache... et bingo ! Tout le monde le sait. Mais alors, tout le monde ! Même la boulangère... Elle rigole quand elle leur tend leurs baguettes ! Elle dit cinq euros ! Oh ! pardon... Du coup, il ne veut plus aller au lycée et Charles-Henri, l'aîné, n'a qu'une idée : être pensionnaire à Paris. T'imagines l'ambiance chez eux !

— En effet...

— Le grand-père a essayé de lui parler... je veux dire à Domitille, et tout ce qu'elle a su dire, c'est je m'en fiche, je ne sens rien, rien du tout... Moi, je préfère sentir quelque chose de différent chaque jour que rien sentir du tout...

— Pauvre Gaétan !

— Je savais qu'elle faisait des trucs avec les garçons, mais j'aurais jamais imaginé que c'était ça !

*
**

Chez les Mangeain-Dupuy, dans la petite maison de Mont-Saint-Aignan, l'heure était aux explications.

Mme Mangeain-Dupuy, la grand-mère, avait réuni un conseil de famille dans le petit salon. Isabelle Mangeain-Dupuy, Charles-Henri, Domitille et Gaétan étaient assis autour de la table. M. Mangeain-Dupuy, le grand-père, avait préféré s'abstenir. Ce sont des histoires de famille et tu es parfaite pour régler cela, avait-il dit à sa femme, secrètement heureux de ne pas avoir à s'en préoccuper.

– Je m'en hache les ovaires de ce que pense l'aïeule, avait prévenu Domitille en posant sa minijupe sur une chaise branlante, je me fais chier ici, je veux retourner à Paris. Que des bourges, des petits connards amidonnés qui friment parce qu'ils ont fumé un pétard...

Elle s'était maquillée outrageusement en rouge et noir, avait vissé les écouteurs de son iPod dans ses oreilles et s'agitait sur sa chaise dans l'espoir que sa grand-mère aperçoive son tatouage sur les reins et meure vraiment d'un arrêt du cœur.

Charles-Henri avait levé les yeux au ciel, et Gaétan piqué du nez. Il ne voulait plus retourner au lycée. Tant pis, s'il perdait une année... Lui aussi voulait retrouver Paris. Ici, tout se savait, tout se jasait.

Isabelle Mangeain-Dupuy essayait de se tenir droite et songeait à l'homme de sa vie. Il l'emmènerait loin de ce gâchis et ils vivraient heureux ensemble. La vie n'est jamais triste quand on est amoureux... Et elle était amoureuse.

Gaétan observait le petit sourire niais sur les lèvres de sa mère et savait à qui elle pensait... À sa dernière rencontre sur Meetic. C'est une calamité ce truc-là, on y pêche que des connards ! Ou alors c'est elle qui a le don de s'amouracher de ringards. Le dernier en date s'appelait Jean-Charles. Quand il avait vu sa photo, son sourire parfait, sa bonne tête gentille et ses yeux bleus souriants, il avait d'abord été confiant... Enfin, elle était tombée sur un type bien. Elle avait désespérément besoin d'un type bien qui l'aime et s'occupe d'elle. Elle n'était pas faite pour vivre seule.

Le type se faisait appeler « Carlito ». Il trouvait ça plus chic que Jean-Charles. C'est sûr que « Carlito », ça sonnait mieux ! Ça faisait deux mois que sa mère le connaissait et il était monté trois fois du Midi pour les voir. Dès que Gaétan avait vu le tee-shirt de Carlito, il avait déchanté. Un tee-shirt violet sur lequel était écrit « Je ne suis pas gynécologue, mais si vous voulez, je peux jeter un œil ». Il s'installait à la maison avec son écran plat et sa Wii et repartait un beau matin sans prévenir. Quand sa mère appelait, elle tombait sur un répondeur. Sa Carte bleue s'était fait avaler le soir où il avait voulu les emmener manger des sushis ! Mais faut pas s'inquiéter, il avait dit, je vais me refaireeeu ! Il avait des copains dans le Midi qui lui filaient des petits boulots quand les touristes arrivaient, que la saison commenceeeu et dans le Midi, la saison, elle commençait dès le mois d'avril... Mais la saison avait déjà commencé depuis un bon mois et aucun de ses « meilleurs copains d'enfance » ne l'avait appelé pour l'embaucher.

Il les avait invités chez lui pour les vacances de Pâques. Ils y étaient tous allés sauf Charles-Henri dont les poils se hérissaient dès que le Jean-Charles apparaissait. Il avait dit qu'il habitait une résidence avec piscine à Cannes. Ils étaient arrivés dans une barre miteuse avec ascenseur cassé, vasque défoncée, très loin du centre-ville. Quand il parlait, il mettait des « eu » partout. Maman disait que c'était pas sa faute, c'était son accent...

J'aime pas son accent. J'aime pas ses lunettes Prada, c'est même pas des vraies. Et alors ? On s'en branleu que c'est des fausses. Pour quoi faireu, des vraies ? Le principal, c'est que c'est écrit dessus !

Sa phrase préférée c'était « pour quoi faireu ? ».

– Tu veux pas aller faire un tour ? disait maman.

– Pour quoi faireu ?

– On va se baigner ?

– Pour quoi faireu ?

Le pire, c'est quand il conduisait. Quand il ne hurlait pas oh, putaing ! La caisseu ! il doublait en gueulant mais dégage, la vieille ! Retourne au cimetière ! Ce qu'il préférait, c'était raconter la fois où ses copains l'avaient emmené monter les marches du Festival. Y avait Jamel Debbouze ! Enfin, ça dépendait des jours, d'autres fois c'était Marion Cotillard, Richard Gere, Schwarzenegger... Le plus drôle, c'est quand ils étaient en voiture à Cannes et qu'il disait en lisant les plaques des rues là, c'est le boulevard Machin-Chose, là, c'est la plage privée du Grand Hôtel... Encore un peu et il nous présentait Intermarché et l'UGC ! Alors quand maman me dit qu'elle est triste d'être rentrée du Cannet, qu'elle veut y retourner, moi, je pense en sourdine pour quoi faireu ?

Et pour quoi faireu, cette réunion de famille ? Maman va en prendre plein la tête et ça ne résoudra rien. Parfois, je comprends papa... Quand il était là, on tenait debout. Tout marchait droit même si c'était pas rigolo tout le temps. J'en ai marre, mais j'en ai marre. Je voudrais juste être normal dans une famille normale...

Ils étaient tous assis, mais la grand-mère, elle, se tenait debout. Pour nous dominer, pensa Gaétan, énervé. Elle tapa sur la table et commença en affirmant que cela ne pouvait plus durer. Qu'ils allaient déménager, venir dans la grande maison familiale, qu'elle allait prendre leur vie en main et rétablir l'ordre.

– Jusqu'ici, je n'ai rien dit, mais les dernières frasques de Domitille me poussent à agir. Je ne veux pas que le nom de notre famille soit sali et, bien que ce soit déjà trop tard, j'entends remédier au laisser-aller général qui règne dans cette maison...

Elle passa un doigt sur la table et exhiba la couche de gras qu'elle en avait retirée.

– Isabelle, tu es incapable de tenir une maison et d'élever tes enfants... Je vais vous apprendre l'excellence, la discipline, les bonnes manières. Cela ne sera pas une tâche aisée, mais, malgré mon âge et ma santé défaillante, je porterai cette croix. Pour votre bien. Je ne veux pas que vous finissiez en crapules, gourgandines et déchets de la société...

Charles-Henri écoutait et semblait approuver :

– Moi, dit-il, de toute façon, je pars l'an prochain faire une prépa à Paris... je ne resterai pas ici.

– Ton grand-père et moi, nous t'aiderons. Tu as compris qu'on réussissait en travaillant, en fournissant des efforts et je t'en félicite...

Charles-Henri hocha la tête, satisfait.

– Quant à toi, Isabelle, continua la grand-mère, il va falloir que tu te reprennes... J'ai honte quand on me demande de tes nouvelles. Aucune de mes amies n'a une fille comme toi. Je sais que tu as vécu une terrible épreuve, mais nous en avons tous connu, c'est le lot de la vie. Cela ne t'excuse en rien...

– Mais je..., protesta Isabelle Mangeain-Dupuy.

– Tu portes un nom que tu dois illustrer. Tu dois te

ressaisir. Apprendre à te conduire convenablement. Être un exemple pour tes enfants...

Son regard se posa sur Domitille qui, avachie sur sa chaise, fixait le bout de ses bottes en mâchant ostensiblement son chewing-gum.

– Domitille, ôte ce chewing-gum de ta bouche et tiens-toi droite !

Domitille l'ignora et mâcha avec plus de vigueur.

– Domitille, tu vas devoir changer ! Que cela te plaise ou non !

Puis elle se tourna vers Gaétan.

– Toi, mon petit... Je n'ai rien à te dire. Tes notes sont excellentes et tes professeurs ne tarissent pas d'éloges. Tu trouveras chez nous une ambiance propice au travail et à l'étude...

Et c'est alors, dans le silence qui suivit le compliment adressé à Gaétan, qu'on entendit la petite voix d'Isabelle Mangeain-Dupuy s'élever, mal assurée :

– Nous n'irons pas habiter chez vous...

La grand-mère eut un sursaut et demanda :

– Pardon ?

– Nous n'irons pas chez vous. Nous resterons ici. Ou ailleurs... mais pas chez vous...

– C'est hors de question ! Je ne te laisserai pas continuer ta vie de dépravée.

– Je suis grande, je veux vivre librement..., murmura Isabelle en fuyant le regard de sa mère. J'ai jamais vécu librement...

– Tu en fais un bel usage de ta liberté !

– Tu décides tout pour moi, vous avez toujours tout décidé pour moi... Je ne sais même pas qui je suis. À mon âge... Je veux devenir quelqu'un de bien à l'intérieur. Je veux qu'on me voie à l'intérieur...

— C'est pour ça que tu vas sur Internet pour trouver des hommes ?

— Qui t'a dit...

— Domitille. Ta fille.

Domitille haussa les épaules et reprit sa mastication.

— Je veux rencontrer des hommes pour savoir qui je suis, je veux qu'on m'aime pour moi... Oh ! je ne sais pas ! Je ne sais plus...

Mme Mangeain-Dupuy regardait sa fille se débattre avec, dans le regard, une ironie méchante. C'était une femme froide qui se faisait une religion du devoir. Attendait de recevoir l'adoration de sa fille et de ses petits-enfants en échange de sa bienveillance calculée.

— La vie, mon enfant, ne consiste pas à rencontrer des hommes comme tu le dis. La vie est un long chemin de devoir, de droiture, de vertu et tu me sembles avoir perdu de vue toutes ces belles valeurs depuis longtemps...

— Je n'irai pas chez vous, répétait obstinément Isabelle Mangeain-Dupuy sans oser regarder sa mère en face.

— Moi, non plus ! assurait Domitille. Je me fais chier ici, je me ferai encore plus chier avec vous...

— Vous n'aurez pas le choix..., affirma madame mère en claquant des deux mains sur la table pour annoncer que le débat était fini.

Gaétan écoutait, navré. Ça s'arrêterait bien un jour, tout ça... Ça s'arrêterait bien un jour...

*
**

Le lendemain de sa discussion avec Zoé, Joséphine appela Garibaldi.

Elle avait appris à apprécier cet homme, ses cheveux

noirs plaqués, ses sourcils en deux sombres parapluies qui s'ouvraient, se refermaient, son visage caoutchouc qui se tordait dans tous les sens. Il avait conduit l'enquête sur la mort de Mlle de Bassonnière, puis sur celle d'Iris, avec tact et adresse. Quand elle était allée lui parler au 36, quai des Orfèvres, elle avait eu l'impression qu'il l'écoutait avec ses yeux, ses oreilles et... son âme.

Il avait posé son badge de policier sur son bureau et leurs âmes s'étaient parlé. Au-delà des mots, dans les silences, les hésitations, le tremblement de la voix. Elles s'étaient reconnues.

Cela arrive parfois qu'on se parle d'âme à âme avec des inconnus.

Ils ne s'étaient pas revus depuis la mort d'Iris. Mais elle savait qu'elle pouvait l'appeler et lui demander un service.

Elle reconnut sa voix quand il décrocha.

Elle lui demanda si elle ne le dérangeait pas. Il répondit qu'il faisait une pause dans son bureau entre deux affaires. Ils échangèrent quelques banalités, puis il demanda en quoi il pouvait lui être utile. Était-elle à nouveau sur la piste d'un dangereux assassin ? Joséphine sourit, répondit que non, c'était une autre histoire, plus douce, plus romanesque.

– Vous n'avez rien à craindre de Van den Brock[1], affirma Garibaldi... Il attend en prison l'ouverture de son procès et cela risque de prendre encore quelque temps... Ensuite, il risque d'être enfermé un bon moment.

– C'est drôle, je n'y pense jamais à Van den Brock...

1. Cf. *La Valse lente des tortues, op. cit.*

— Et Luca Giambelli, vous avez de ses nouvelles ?

Joséphine répondit que non. La dernière fois qu'elle avait entendu parler de lui, c'était pour apprendre qu'il avait demandé à être soigné dans une clinique psychiatrique pour troubles du comportement.

— Et il y est toujours, répondit Garibaldi. Je me suis renseigné. J'ai votre sécurité à cœur, madame Cortès. J'ai gardé un excellent souvenir de notre collaboration...

— Moi aussi, dit Joséphine en sentant ses oreilles s'enflammer.

— Vous nous avez beaucoup aidés avec vos remarques pertinentes...

— Vous exagérez, dit Joséphine. C'est vous qui avez...

— Vous êtes une excellente observatrice et vous auriez fait une fameuse enquêtrice... Que puis-je faire pour vous, aujourd'hui ?

Joséphine raconta l'histoire de la découverte du carnet noir et de son mystérieux auteur.

— Je l'ai baptisé Petit Jeune Homme... Je le trouve touchant. J'aime beaucoup aussi le personnage de Cary Grant. Je ne connaissais pas sa vie, elle est passionnante...

Elle lui confia qu'elle songeait à faire un roman de la rencontre entre ces deux hommes. Le ver de terre et l'étoile. Elle ne savait pas encore comment elle s'y prendrait, mais cela lui serait utile d'identifier Petit Jeune Homme et de le rencontrer.

— Il ne doit plus être très jeune aujourd'hui, remarqua Garibaldi.

— Non... et cela restreint le champ de mes recherches. En fait, c'est Zoé qui m'a donné l'idée de vous appeler...

— Quels éléments possédez-vous sur cet homme ?

– Je connais son âge, son lieu de naissance, la profession de son père... Je pense qu'il vit dans l'immeuble ou qu'il y vient souvent. Je peux vous donner les noms de ceux que je soupçonne... Je me disais... ou plutôt Zoé me disait que vous pourriez faire une recherche. Je ne sais pas si cela est possible...

– Il faudrait que je passe par un collègue des RG, dit Garibaldi.

– Des Renseignements généraux ? traduisit Joséphine.

– Oui.

– Et c'est légal ?

Garibaldi hésita puis déclara :

– Légal n'est pas le bon mot... Disons que cela peut être considéré comme un échange de services...

– C'est-à-dire ?

Il laissa passer un long moment sans parler.

– Vous n'êtes pas obligé de me répondre...

– Un instant, je vous prie...

Elle entendit le bruit d'une porte qui s'ouvrait, une voix qui s'élevait, Garibaldi qui répondait. Elle attendit en marchant dans son salon. Du Guesclin s'était emparé de sa laisse et l'avait laissée tomber à ses pieds. Elle lui sourit et lui montra le téléphone. Remit la laisse sur le petit meuble de l'entrée. Du Guesclin, dépité, alla se coucher en soufflant devant la porte, le museau posé sur ses pattes de devant, l'œil dardé sur elle, plein de reproche.

– Mais je n'ai pas que ça à faire, mon vieux Doug ! lui murmura-t-elle.

– Madame Cortès ?

– Oui, je suis là...

– J'ai été interrompu... Alors... Imaginons que j'aie

rendu un service à un collègue des RG, un jour... Imaginons que j'aie travaillé avec lui sur une affaire de trafic de drogue, par exemple, et que, lors d'une perquisition chez un dealer, je l'aie vu prendre des liasses de billets qui se trouvaient sur une table et les mettre dans sa poche...

– Oui..., disait Joséphine en suivant le cheminement de la pensée de Garibaldi.

– Imaginons que je lui aie dit que je fermais les yeux s'il remettait tout en place et imaginons que je lui aie proposé de lui prêter cet argent, imaginons qu'il ait accepté et qu'il m'en ait été reconnaissant...

– Cela arrive souvent ce genre de...

– J'ai dit « imaginons »...

Joséphine battit en retraite et s'excusa.

– Ne vous excusez pas... On ne gagne pas beaucoup d'argent dans la police. Et souvent on est tenté de prendre de la drogue ou de l'argent pour améliorer l'ordinaire. La drogue, pour la revendre, et l'argent, parce qu'on traverse une période difficile, qu'on est en plein divorce ou qu'on a acheté un appartement dont on ne peut plus honorer les traites...

– Vous avez déjà fait ça ?

– Piquer du pognon ou de la drogue ? Non, jamais.

– Je voulais dire... Vous avez déjà surpris un collègue qui...

– Ça, c'est mon affaire, madame Cortès. Disons que je vais m'arranger et que je vais essayer de retrouver votre homme à partir de vos renseignements...

– Ce serait formidable ! s'exclama Joséphine. Je pourrais aller le trouver et...

– S'il veut bien parler... S'il a jeté ce carnet à la

poubelle, c'est parce qu'il voulait se débarrasser de son passé...

– Je peux toujours essayer...

– Vous ne renoncez pas facilement, madame Cortès...

Joséphine sourit.

– Vous semblez timide, effacée, peu sûre de vous, mais au fond, vous êtes entêtée, coriace...

– Vous exagérez un peu, non ?

– Je ne crois pas. Vous avez l'audace des timides... Dites-moi les noms auxquels vous pensez et je vous dirai si je trouve quelque chose...

Joséphine réfléchit et énuméra des noms :

– M. Dumas... Il vit dans l'immeuble B, à la même adresse que moi... mais celui-là, je ne pense pas que...

– Attendez, que je prenne un papier et que je note...

Ils furent à nouveau interrompus par une voix qui demandait un renseignement à Garibaldi. Elle l'entendit répondre, attendit qu'il eût fini pour reprendre :

– M. Boisson...

– Comme un Coca ?

– Sauf qu'il ne pétille pas beaucoup ! Je ne pense pas non plus que ce soit lui...

– Faut se méfier des volcans éteints ! dit Garibaldi.

– Il habite dans mon immeuble, côté A. Mais je l'imagine mal vivant une histoire d'amour semblable à celle de Petit Jeune Homme... Il a l'air fermé à double tour et doit être allergique à la fantaisie.

– Qui d'autre ?

– M. Léger. Yves Léger. Il a emménagé dans l'appartement de Lefloc-Pignel avec un compagnon plus jeune que lui. Il porte des gilets de toutes les couleurs et de grands cartons de dessinateur... Lui, au moins, il a l'air vivant.

– Ça ressemblerait davantage à notre homme...

– C'est ce que je pense aussi. Mais bon... Ce n'est pas parce qu'il est homosexuel que...

– C'est vrai, concéda Garibaldi.

– Et M. Sandoz... Vous savez le monsieur qui nous a aidés à refaire la loge d'Iphigénie, la concierge... Je ne sais pas où il habite, mais d'après Iphigénie, il triche sur son âge et...

– Il ne serait pas le seul !

– Je n'y crois pas trop...

– On verra bien...

– Et enfin, M. Pinarelli... Toujours dans mon immeuble. Lui non plus, je n'y crois pas beaucoup...

Garibaldi éclata de rire.

– En fait, vous ne croyez à aucun des hommes que vous avez mentionnés !

– C'est le problème... Aucun ne semble faire l'affaire.

– Et si c'était un autre ? Quelqu'un qui aurait jeté ce carnet dans les poubelles de votre immeuble pour qu'on ne remonte jamais jusqu'à lui ? C'est ce que j'aurais fait, moi. Cela me paraîtrait plus prudent si je voulais faire disparaître quelque chose...

– Ça m'embêterait beaucoup...

– Je ne veux pas vous décourager, mais cela me semble plus vraisemblable...

– Vous avez sûrement raison... mais je me dis aussi qu'il y avait très peu de chances pour que quelqu'un trouve ce carnet. Si Zoé n'avait pas éclaté en sanglots à l'idée de ne plus jamais revoir son cahier noir, je n'aurais pas fouillé les poubelles... Ce n'est pas une activité à laquelle je me livre tous les soirs.

– Très juste...

– Combien de personnes à Paris plongent dans les poubelles pour retrouver le cahier de leur fille ?

– Il y a plein de gens qui font les poubelles à Paris, vous savez..., dit-il sur un ton de léger reproche.

– Je sais, dit Joséphine, je sais... Mais ça ne se mange pas un carnet noir...

– Dites, madame Cortès, expliquez-moi ce que vous allez faire une fois que vous l'aurez identifié... Si je retrouve cet homme...

– J'aimerais le voir, lui parler, savoir ce qu'il a fait de son rêve. J'ai peur pour lui quand je lis. J'ai peur qu'il ne souffre terriblement. Et je voudrais enfin savoir s'il a trouvé sa place derrière le brouillard...

Elle raconta l'histoire du copain Fred et du gratte-ciel. Elle eut envie de demander à Garibaldi s'il avait trouvé sa place derrière le brouillard.

– C'était un rêve, son histoire avec Cary Grant. Si vous saviez l'espoir que cette rencontre a fait naître en lui... J'ai besoin de détails pour nourrir mon histoire et on n'est jamais mieux servi que par la réalité.

– C'est ce que je vous avais dit quand on s'était rencontrés. La réalité est souvent plus forte que la fiction... Je viens juste de terminer une enquête. Une jeune femme tuée en plein supermarché par un homme dont elle ignorait tout. Poignardée sous les yeux de la caissière. Quand on a arrêté son meurtrier, il a juste dit « elle méritait pas de vivre, elle était trop belle ». Vous le mettriez dans un roman policier, ça ?

Joséphine secoua la tête et murmura :

– Non, impossible.

– Et vous auriez raison ! L'argument semblerait trop mince pour un crime.

– Mais cette fois-ci, il ne s'agit pas d'un crime. Au contraire... C'est l'histoire d'une rencontre et moi, je crois qu'on grandit grâce aux rencontres que l'on fait.

– Si on sait les accepter... Beaucoup de gens laissent passer les belles rencontres de peur qu'elles changent leur vie, qu'elles les entraînent sur un chemin inconnu.

Il fit une pause et ajouta :

– Qu'est-ce qui vous touche dans cette histoire ?

– Elle me donne de l'élan, du courage...

– Elle vous ressemble ?

– Sauf que je n'ai pas rencontré Cary Grant ou son semblable ! Je n'ai jamais rencontré quelqu'un qui me donne confiance en moi... Bien au contraire.

– Vous savez... J'ai fini par le lire, votre roman.

– *Une si humble reine* ?

– Oui. Et c'est drôlement bien foutu... Moi, un flic de quarante ans, qui n'avait pour seules lectures que James Ellroy et ses romans noirs et torturés ! Je marchais dans la rue avec Florine et tous les autres, je me suis cogné contre un réverbère, j'ai loupé ma station de RER, je suis arrivé en retard au boulot, je savais plus où j'habitais. Vous m'avez rendu heureux tout simplement. Je croyais même pas que c'était possible.

– Oh ! murmura Joséphine, émerveillée. Alors c'est vous qui les avez tous achetés ?

Il éclata d'un beau rire généreux.

– J'ai passé des nuits blanches à cause de vous. Vous êtes douée, madame Cortès...

– Je doute tellement... J'ai si peur, si vous saviez ce que j'ai peur... J'ai envie de me remettre à écrire, mais je ne sais pas comment m'y prendre. C'est comme si j'étais enceinte d'une histoire. Ça grossit, ça insiste, ça tape dedans. C'est à peine si je m'occupe des autres, en ce moment...

— Et pourtant vous m'aviez l'air fameusement douée pour ça !

— Vous ne me reconnaîtriez plus ! J'envoie promener tout le monde.

— C'est le début de l'indépendance...

— Peut-être... J'espère seulement qu'il en sortira quelque chose.

— Je vais vous aider. Promis...

— Merci, chuchota Joséphine. Je peux encore vous dire quelque chose ?

— Je vous écoute...

— Quand Iris est... Quand elle est partie... J'ai eu l'impression qu'on me coupait une jambe, que je ne pourrais plus jamais marcher... J'étais paralysée, sourde, muette. Depuis que je lis ce carnet noir, c'est comme si...

Il demeurait silencieux. Il attendait qu'elle choisisse ses mots et peut-être même qu'elle se formule à elle-même cet aveu.

— Comme si ma jambe repoussait et que j'allais me remettre à marcher... Sur mes deux jambes. C'est pour cela que c'est si important...

— Je comprends et je serais content de vous aider, croyez-le bien. Je vais faire tout mon possible.

— Et vous, vous allez bien, vous êtes heureux ?

C'était la chose la plus stupide à demander à un homme qu'elle connaissait à peine. Mais elle ne savait pas comment lui dire merci, merci de m'avoir écoutée, merci de comprendre, merci d'être là. C'est la première fois que je parle d'Iris, c'est un peu comme si le chagrin reculait et me laissait un peu de place pour respirer. Elle avait peur de paraître trop intense, trop dramatique.

— Vous ne m'avez pas donné beaucoup de nouvelles depuis..., fit-il remarquer. Je me suis souvent demandé comment vous alliez...

— Je préférerais ne pas en parler.

Il se gratta la gorge, toussa, reprit sa voix d'inspecteur de police et termina l'entretien en disant :

— Bon, je récapitule, madame Cortès. Notre homme avait dix-sept ans en 1962, il est né à Mont-de-Marsan, avait un père polytechnicien, P-DG des Charbonnages de France, et est domicilié à votre adresse...

Joséphine acquiesça.

— Va falloir que je vous laisse maintenant, dit Garibaldi. Je vous rappellerai dès que je saurai quelque chose.

Il marqua une pause. Elle attendit. Puis il ajouta :

— J'aime parler avec vous... C'est comme si on touchait à... l'essentiel.

Il avait marqué un temps d'arrêt avant de dire « essentiel ».

Elle raccrocha, heureuse de cette complicité.

C'était inspirant de parler à cet homme. Elle n'était pas amoureuse, mais quand elle se confiait à lui, elle s'élevait, se dépliait, il lui poussait des ailes. Quand elle était amoureuse, elle ne savait plus quoi dire, comment se tenir, elle se recroquevillait et ressemblait à un grand sac vide qui ne tient pas droit.

Joséphine composa le numéro de Shirley à Londres pour lui raconter sa conversation avec Garibaldi. Tenta de lui expliquer le vol de leurs deux âmes unies.

— Parfois aussi, cela passe par le cœur..., ajouta-t-elle.

– Et d'autres fois par le corps, dit Shirley. Une bonne copulation et on décolle aussi !

– Et quand tout est réuni, quand l'âme, le cœur et le corps s'enlacent et s'envolent, alors c'est le grand amour... Mais ça n'arrive pas souvent.

– Et ça t'est arrivé avec Philippe ? dit Shirley.

– Oh oui !

– Tu as de la chance. Moi, j'ai l'impression que je ne m'adresse qu'au corps des hommes... Qu'il n'y a que lui qui me parle. Je dois avoir ni cœur ni âme.

– Parce que tu te méfies de l'abandon. Quelque chose en toi résiste. Tu ne te donnes pas complètement. Tu penses qu'en offrant ton corps, tu seras quitte, tu ne seras pas menacée et ce n'est pas faux, en un sens. Sauf que tu oublies l'âme...

– Tatatata ! gronda Shirley, arrête de me psychanalyser...

– Tu as une mauvaise idée de l'homme et de l'amour. Tandis que moi, j'attends toujours le Prince Charmant sur son cheval blanc.

– Moi, je prends le cheval et je te laisse le Prince Charmant !

– Tu crois pas au Prince Charmant ?

– Je crois au Prince Cinglant !

Shirley éclata de rire.

– Le Prince Charmant, ça ne veut pas dire qu'il a tout bon partout, insista Joséphine. Ce n'est pas cucul-la-praline, c'est une harmonie parfaite.

– *Bullshit,* ma vieille ! Chez les hommes, je ne prends que le corps. Pour le reste, le cœur et l'âme, j'ai mon fils, mes copines, les cantates de Bach, les livres, les arbres dans le parc, un coucher de soleil, un bon thé, le feu dans la cheminée...

– Et c'est comme ça qu'on est différentes !

– Tant mieux ! Pour être empêtrée dans le sentiment gluant, merci beaucoup !

– Tu parles comme Hortense...

– Hortense et moi, nous vivons dans la réalité. Toi, tu vis dans tes rêves ! Dans les rêves, le Prince Charmant enlace et envole, dans la vie de tous les jours, il est marié, jure qu'il ne touche plus sa femme et dort dans le salon, et te pose des lapins tout le temps !

*
**

Ce soir, c'était *spaghettis party.*

Hortense détestait les spaghettis et l'usage erroné du mot *party* en cette occasion.

C'était tout sauf un moment de franche rigolade.

Plutôt un examen de passage, oui.

Une fois par mois, ils dînaient ensemble, parlaient de la maison, des frais, des charges, de l'électricité et du chauffage, de l'interdiction de fumer à l'intérieur, de l'entretien de la terrasse, des clés à ne pas laisser traîner, de la boîte aux lettres qu'il fallait vider régulièrement, du tri sélectif des poubelles et *tutti quanti.* Peter, ses petites lunettes cerclées au bout du nez, suivait un ordre du jour rigoureux et chacun devait s'exprimer, dire ce qui n'allait pas. Ou promettre de s'amender en écoutant, tête baissée, le prêche du maître.

C'était le grand soir de Peter. Il tenait les comptes de la maison, discutait avec le propriétaire, dressait la liste des réclamations et des obligations. C'était un homme petit, étroit d'épaules et d'ambitions, qui devenait soudain Napoléon. Dodelinait de la tête sous son bicorne. Tapotait son foie. Menaçait les uns, morigénait les autres en les pointant du doigt. Elle se mordait les lèvres pour ne pas éclater de rire devant le grotesque de la situation car ils tremblaient tous devant Peter...

Elle détestait les spaghettis boursouflés de fromage et de crème fraîche que cuisinait Rupert, les jeux de mots vaseux de Tom, détestait les oukases qui tombaient des lèvres minces de Peter.

Chacun en prenait pour son grade.

Hortense, es-tu à jour avec la *council tax,* je sais que tu ne la paies pas, mais as-tu demandé à ton école le papier qui t'en dispensait ? Oui ou non ? As-tu payé ta part de télévision, ce mois-ci ? Je ne la regarde jamais, bougonnait Hortense, vous êtes tout le temps collés devant les matchs de foot. Hortense ! menaçait Peter, le doigt tendu. Bon d'accord, je participe, je participe... Blablabla le chauffage, blablabla la femme de ménage, blablabla qui paie ci, qui paie ça... Vous croyez que je roule sur l'or, moi ? Je suis la seule à être étudiante dans cette maison, à avoir un budget serré, à dépendre de ma mère et Dieu sait que ça me gonfle !

Tom agitait ses chaussettes trouées sur la table basse et ça puait. Hortense plissait le nez. Donnait un coup de talon dans les chaussettes. Rupert mangeait des chips au piment et les émiettait sur la moquette. Alerte aux cafards ! Et Jean le Boutonneux avait un nouveau bubon sur le menton. Un gros clou rouge. Il n'avait pas encore éclos, hier soir, quand je l'ai croisé. Il manquait à sa collection, celui-là ! Ce garçon est vraiment repoussant. En plus, depuis quelque temps, il me regarde avec une lueur joyeuse dans l'œil. On dirait qu'il jubile... Qu'est-ce qu'il croit ? Que je vais oublier qu'il est difforme, finir par m'habituer et lui parler comme à un être humain ? Même pas en rêve, mon pauvre garçon, arrête ton film, range les bobines ! Elle avait l'impression qu'il la suivait. Il était toujours derrière elle. Il doit faire une fixette. En a marre de se branler tous les soirs, seul, sous sa couette. Et cette petite moustache ridicule !

Peter évoquait l'ordre, les affaires à ne pas laisser traîner. Va pas me rappeler l'histoire du Tampax, tout de même ! Non. Il faisait allusion aux verres vides, aux assiettes sales, aux sachets de pain de mie éventrés, aux portables. Il en avait trouvé un dans la poubelle, l'autre soir. Pour ce qu'il sonne, mon portable ! Je pourrais aussi bien le planter dans un pot et attendre qu'il pousse ! C'est incroyable ! Ma soirée a été une vraie réussite et pas une seule offre ne s'est concrétisée. Personne ne m'a rappelée. Blablabla, c'était du vent, ces compliments, le soir de l'inauguration... Il ne lui restait plus que les cartes de visite qu'elle avait rangées dans un vieux pot à confiture sur son bureau. Elle les regardait, l'œil torve. Alors son portable, qu'il traîne ou pas, ça ne changeait pas grand-chose...

Et Gary n'appelait pas !

Rien. Pas le moindre message. Deux mois de silence épais.

On s'allonge, étourdie et légère, sous le corps d'un homme, on soupire, pour une fois, qu'on aime bien ce poids-là sur son corps, on soupire encore plus fort, on s'abandonne...

Et il se tire comme un voleur à la tire !

Il devait attendre qu'elle rappelle, qu'elle se traîne à ses pieds...

Erreur de partenaire, mon cher ! Ce n'est pas elle qui composerait son numéro pour le supplier de la reprendre ! Quelle conne ! Dire que j'ai failli perdre

Nicholas dans cette affaire ! Comme quoi, l'amour rend stupide. Elle avait cru qu'elle posait un doigt de pied sur ce fameux continent que les crétines appellent amour. Elle avait été à deux millimètres de lui dire je t'aime. Deux millimètres de plus et elle sombrait dans le ridicule. Elle avait soupiré si fort dans ses bras que l'aveu avait failli lui échapper. Plus jamais elle ne le dirait ! Plus jamais elle ne voulait entendre sa voix soumise, brisée, qui murmure ce mot-là ! Elle ne l'appellerait pas, ni lui ni sa mère. Du genre, je rampe auprès de la mère pour avoir des nouvelles du fils. Dans la famille Buckingham Palace, j'évite le fils et la mère, je veux bien me taper les bibis ridicules de la grand-mère à la télé, les frasques des princes, leur calvitie précoce et leurs petites amies si niaises... mais les deux autres, je les raye du jeu ! Belle mentalité ! Belle famille ! Les rois sont des rustres prétentieux. On a bien fait de les guillotiner en France. Se croient tout permis parce qu'ils ont un sceptre sous le bras et se roulent dans l'hermine...

Hortense avait repris la vie de tous les jours, la vie qui ressemblait à celle de tout le monde. Métro, boulot, dodo. Elle allait à ses cours, subissait les retards des métros en panne, travaillait, mangeait des spaghettis boursouflés de fromage, respirait des chaussettes sales ; elle n'avait plus l'élan ni la fougue. Elle était dégoûtée.

Victime de ses rêves avortés.

C'est ce qu'il y a de pire, le rêve qui avorte. Ça fait un bruit horrible de pneu qui crève et ça résonne longtemps dans la tête.

Pschitt...

Ses rêves avaient fait pschitt. Elle avait mis en scène, dans ses vitrines, une femme élégante, une qui provoque parce qu'elle se détache du lot. Une femme unique, parfois excentrique, mais toujours chic et consciente de son pouvoir de séduction sur les hommes. C'était un beau rêve.

Il n'avait pas eu l'heur de plaire...

Alors elle se répétait, en serrant les poings, en serrant les mâchoires, je serai styliste, je serai styliste, je dois apprendre encore et encore. C'est mon premier échec, ce ne sera pas le dernier. L'échec est formateur. Quel est l'imbécile qui a dit ça ? Il avait raison... Je dois continuer à apprendre. Le secret des étoffes, par exemple. Trouver un fabricant de tissus qui m'engage... Et quand on lancera le mot « velours », je pourrai apporter cent trente propositions différentes et alors, on me remarquera... On me choisira pour travailler dans un grand atelier. Je me concentre fort, fort et ça finira par arriver.

Sa copine, Laura, enfin celle qu'elle croyait être sa copine, l'avait raisonnée. Enfin, Hortense, réfléchis, ça ne se passe pas comme ça dans la vraie vie, on ne devient pas célèbre en un soir ! Et pourquoi pas ? avait rugi Hortense. C'est écrit où qu'on ne peut pas ? Attends un peu, avait dit Laura, tu n'es pas la seule à vouloir réussir. Puis d'un petit ton légèrement supérieur, elle avait ajouté c'est une bonne idée d'étudier les étoffes... Je connais une fille qui travaille sur la matière, qui apprend les techniques pour faire des dégradés, passer du cuir au feutre, puis à la mousseline, elle bosse sur la ligne jeune de Galliano, je te la présenterai si tu veux...

Jusque-là, ça allait encore. Elle n'aimait pas trop le ton qu'employait Laura, mais la fille semblait compatir.

Hortense était sur le point de dire merci, t'es sympa

quand la vipère avait craché son venin dans une coulée de miel :

– T'as entendu parler de cette gamine qui, à treize ans, est la nouvelle reine de la mode à New York ?

– Non... Pourquoi j'en aurais entendu parler ?

– Parce que tout le monde en parle ! C'est incroyable ce qui lui arrive !

Elle avait marqué une petite pause pour ménager le suspense. Tournicoté une mèche de cheveux entre ses doigts bagués. Tapoté sur le plat de la table comme si elle jouait la *Sonate au clair de lune*.

– Elle s'appelle Tavi...

Elle égrenait quelques arpèges. Sol, do, mi, sol, do, mi. Sol, do, mi.

– Elle a un blog qui passionne la planète fashion... quatre millions de visiteurs ! On ne parle que d'elle... Je te donnerai l'adresse du blog si tu veux...

La, do, mi, la, do, mi...

– Bof...

– Elle est copine avec tous les créateurs... On l'a vue avec Marc Jacobs, Alexander Wang, Yohji Yamamoto. Elle vend ses tee-shirts à prix d'or et vient de signer son premier contrat avec une grande maison. À treize ans ! Tu te rends compte ?

– Bof..., avait répété Hortense, la mâchoire pendante, dévorée de jalousie.

– C'est sûr qu'elle est jeune...

Encore un petit temps de suspense. La, ré, fa, la, ré, fa. Et Laura reprenait :

– Bien plus jeune que toi ! C'est peut-être pour ça que tout le monde en parle. Elle n'a peut-être pas ton talent, mais elle est jeune...

– C'est ça ! avait aboyé Hortense, dis que je suis une

vieille ringarde ! Que c'est pour ça que personne me rappelle !

– Oh mais... j'ai pas dit ça...

– Tu l'as pas dit, mais tu l'as sous-entendu... T'es la reine des faux culs ! T'as même pas le courage de ta méchanceté !

– Si tu le prends comme ça... Moi, j'essayais juste de comprendre, je voulais t'aider, c'est tout.

Hortense avait vu rouge.

– Et Suri Cruise ! avait-elle enchaîné, en hurlant. Suri Cruise ! La fille du nabot de la Scientologie et de sa femme qu'on ne sait même plus qui c'est ! Tu l'oublies celle-là ! À trois ans, elle est déjà une icône ! Elle sort en talons aiguilles et les flashes crépitent ! Elle est sur le point d'éclipser toutes les papesses de la mode ! Alors ta gamine de treize ans, c'est une antiquité ! Tu sais ce que tu es, Laura la vipère, t'es une passive-agressive... Je les vomis, ces gens-là !

– Une quoi ? bredouillait la vipère barbouillée de venin.

– Passive-agressive... Ce sont les pires ! Les gens qui t'enduisent de confiture pour mieux te planter leurs crocs dans un grand sourire...

– Mais je...

– Et les vipères, moi, je les écrase ! J'en fais de la bouillie, je leur arrache les crochets un à un, je leur crève les yeux, je...

Toute la colère, la déception, la peine qu'elle tentait de contenir depuis deux mois, était remontée en bile haineuse et c'était à son tour de cracher son venin. La colère d'avoir cru qu'elle allait atteindre le sommet, planter son drapeau, faire flotter ses couleurs... La déception devant son téléphone qui ne sonnait pas, la douleur de constater que Gary l'ignorait et que leur belle nuit d'amour n'avait été pour lui qu'une belle nuit de revanche. Un partout, ma belle Hortense, devait-il penser en plastronnant dans son costume de pianiste.

Elle avait rayé Laura Cooper de sa liste restreinte d'amies et s'était réconfortée en se disant que la vipère allait se précipiter sur un manuel de psychologie pour comprendre ce que voulait dire « passif-agressif ». Bonne lecture, ma fille, prends des notes et désormais, quand je passerai devant toi, dégage !

Heureusement, il restait Nicholas. Fidèle au poste. Torse trop long, amant lamentable, mais dévoué, créatif, ingénieux, généreux, travailleur. De beaux adjectifs qui ne raccourcissaient pas, hélas !, le torse trop long...

Il tentait de lui faire oublier sa déconvenue en multipliant les sorties. Sifflait quand elle entrait dans son bureau. Saluait sa longue veste d'homme ceinturée en manteau sur une robe stretch jean bleu foncé. La félicitait.

— C'est pas moi qui ai trouvé ça, je l'ai piqué dans le *ELLE* de cette semaine... J'ai plus d'idées, je suis foutue.

— Mais non... Mais non, protestait Nicholas. Ça va repartir. J'en suis sûr !

Lui-même avouait qu'il ne comprenait pas. *Un-be-lie-va-ble !* Incroyable, répétait-il en secouant la tête. Il s'emportait contre ces gens qui promettent la lune et tournent les talons.

Il se mettait en dix, en cent, en mille pour l'étourdir.

Elle voulait travailler les étoffes ? Il lui trouverait un atelier qui la prendrait en stage.

Elle désirait faire du sport pour se défouler ? Il l'inscrivait à son club qui possédait une très belle piscine.

Un club très chic, ils n'acceptent pas tout le monde, tu as dû leur taper dans l'œil...

Ou tu les as menacés, traduisait Hortense, émue qu'il se donne tant de mal pour ramener un sourire sur ses lèvres de condamnée.

Il l'avait emmenée dans une boîte où tout Londres se pressait, le « Whisky Mist ». Sur le menu de la carte des cocktails, il y avait un cocktail *Ibiza Mist* à douze mille livres.

– Quinze mille euros pour une boisson ! s'était exclamée Hortense, ébahie.

– Plus qu'une boisson, un concept, avait expliqué Nicholas.

– Un concept ?

– Oui... Tu choisis l'*Ibiza Mist,* et alors...

Il mimait un roulement de tambour.

– Tu sors de la boîte, une Bentley vient te chercher, t'emmène à l'aéroport direction Ibiza, puis en hélico jusqu'à une île privée avec chef particulier, piscine et cocktail... Sympathique, non ?

– Y en a beaucoup des concepts comme ça ?

– Pour vingt-cinq mille livres, tu peux t'envoler vers une des villas de Hugh Hefner à Miami. Avec champagne, piscines, jaccuzi, *bunnies* et apollons à profusion ! Elle est pas belle, la vie ?

Hortense regardait Nicholas, les yeux dans le vide.

Il la suppliait :

– Souris, Hortense, souris, j'aime pas te voir triste...

Elle souriait et son pauvre sourire hésitant ressemblait à une grimace de misérable.

Il la prenait par la main, l'entraînait vers le salon VIP en disant tu vas voir, tu vas te régaler... Que des cinglés, des caricatures ! Regarde !

Elle haussait un sourcil. Des lignes de coke sur une table, des couples qui s'embrassaient à pleine bouche, des seins à l'air, des bouchons de champagne qui sautaient, des cris, des hurlements de fausse joie, de fausse excitation. Des filles débraillées, hilares, bruyantes, squelettiques, des sacs d'os artificiels, maquillés à la truelle de maçon débutant.

Elle s'était sentie lourde comme une grosse truie.

— Alors ? s'était exclamé Nicholas, triomphant. C'est du Fellini, non ?

— Ça me rend encore plus triste.

— Attends-moi là, je vais nous chercher quelque chose à boire... Tu veux quoi ?

— Un jus d'orange, disait Hortense.

— Oh non ! Pas ça ! Il n'y en a pas ici...

— Alors un verre d'eau...

— Cocktails à volonté ! On va te refaire des rêves et des projets... Fais-moi confiance, j'ai plein d'idées.

Elle le remerciait et pensait pourquoi ne suis-je pas amoureuse de lui ? Pourquoi je pense à Gary ?

Il s'éloignait en disant bonjour à droite, bonjour à gauche, en s'exclamant *Of course ! I call you*. Il connaît tout le monde et moi, je ne connais personne. Je suis Hortense Nobody. Deux ans à Londres et toujours une inconnue.

Un type s'était approché et l'avait entreprise en sirotant un liquide bleu turquoise avec une longue paille :

— T'es pas copine avec Gary Ward ?

— Gary qui ?

— Je t'ai pas déjà vue avec Gary Ward ?

— Si c'est un truc pour faire connaissance, assieds-toi sur les freins ! Jamais entendu parler de ce mec...

— Ah bon ! Je croyais... Parce que tu sais qu'il est...

Elle lui avait tourné le dos et avait cherché Nicholas des yeux.

Il revenait en brandissant deux boissons couleur perroquet des îles. Lui indiquait un coin où s'asseoir. Hortense posait la tête sur son épaule et demandait s'il la trouvait trop grosse.

— Dis-le-moi, sois honnête, tu sais, au point où j'en suis... Je ne peux guère tomber plus bas.

Alors ce n'était pas ce soir qu'elle allait se goinfrer de spaghettis à six cent mille calories la bouchée.

— Tu manges pas, Hortense ? Ils sont pas bons mes spaghettis ? s'inquiétait Rupert en enfournant des fourchetées de pâtes.

— J'ai pas faim...

— Fais un effort, insistait Peter. Rupert se donne du mal pour cuisiner et tu fais ta difficile... Ce n'est pas bien, Hortense, ce n'est pas bien ! Pense un peu aux autres ! Il n'y a pas que ta petite personne au monde...

— Je vois pas en quoi j'aiderais le tiers-monde en me goinfrant...

— Ce ne sont pas des spaghettis ordinaires, ils ont été cuisinés avec amour par Rupert. Il n'était pas obligé de...

— Fais chier ! criait Hortense en repoussant son assiette, renversant le verre de mauvais vin rouge sur la table basse. Arrête de me culpabiliser, l'ayatollah !

Elle s'enfuyait dans sa chambre et hurlait qu'elle les détestait tous. TOUS.

— Mais qu'est-ce qu'elle a ? demandait Tom en remettant ses chaussettes trouées sur la table. Elle a un problème ?

Peter reprenait du fromage râpé et expliquait, sévère :

– Elle pensait qu'elle allait crouler sous les propositions après son show chez Harrods et que dalle ! *Niente !* Alors forcément la Princesse est dégoûtée... C'est très bien, ça va lui apprendre à vivre...

Jean le Boutonneux souriait finement et déclarait que les spaghettis étaient délicieux, il n'en restait pas un peu ?

*
**

Shirley ne comprenait plus rien.

Elle regardait sa vie lui échapper et hésitait à la comparer à un champ de décombres ou à une aube nouvelle. Elle avait l'impression que les événements arrivaient malgré elle. En bourrasques. Chargées de faire le ménage.

La vie balayait son bonheur. Ce bonheur qu'elle avait mis tant d'années à construire. Et lui en proposait un autre en lui présentant un homme dont elle ne connaissait pas le mode d'emploi.

Il y a six mois encore, elle tenait bien droite, les mains sur les hanches, et se félicitait. Se vantait presque... Elle avait un fils, un beau garçon, équilibré, honnête, droit, intelligent, drôle, tendre, son amour, son complice. Un corps qu'elle pouvait tremper dans l'eau glacée des étangs de Hampstead sans qu'il éternue ou ne tousse. Une fondation à laquelle elle consacrait son temps et l'argent qui lui venait de sa mère, cet argent qu'elle avait si longtemps refusé... et des amants quand elle avait envie d'exorciser de noirs démons. Ceux qui lui restaient d'un passé qu'elle ne comprenait pas très bien, mais qu'elle acceptait en se disant je suis comme ça et alors ? Nous avons tous nos démons...

Que celui qui n'abrite pas un diablotin en son sein me jette la première pierre...

Elle avait mis tant de temps à se fabriquer ce bonheur, à le construire de ses propres mains, à le consolider, à l'étayer, à l'orner de frises, de guirlandes, de belles poutres imputrescibles... et la vie donnait un coup de pied dans cet édifice qu'elle chérissait.

Comme si le bonheur ne devait pas durer.

Comme si ce n'était qu'une étape, un moment de répit, avant d'affronter une nouvelle épreuve...

Cela avait commencé avec les questions de Gary sur son père. Un soir, dans sa cuisine, près du lave-vaisselle. Elle avait senti Dame Vie s'approcher, poser la main sur son épaule, lui dire prépare-toi, ma belle, va y avoir du grabuge. Elle avait encaissé en boxeur cabossé. S'était habituée à cette idée. L'avait apprivoisée, en avait enlevé les épines, en avait fait une belle rose, lisse, longue, ouverte, odorante.

Cela avait nécessité du travail. Un travail sur elle-même. Lâcher prise, comprendre, sourire, lâcher prise, comprendre, sourire.

Et recommencer.

Puis il y avait eu le voyage en Écosse. Elle n'avait pas aimé en être informée par un message sur son répondeur. Il m'a appelée alors qu'il savait que j'étais occupée, que je ne pouvais pas répondre... Il fuyait. Il me fuyait.

L'irruption de Gary, un matin, chez elle... Le sac de croissants jeté sur le lit et cette exclamation. Pas lui ! Pas lui !...

Et enfin, le brusque départ pour New York.

Cette fois-là, elle avait reçu un mail. Elle détestait

cette technologie nouvelle qui permet aux hommes de s'éclipser en se croyant quittes. De disparaître de votre vie en gardant le beau rôle.

Les mots écrits par Gary étaient nobles et beaux.

Mais elle ne les aimait pas. Elle n'aimait pas que son fils lui parle comme un homme.

« Shirley... »

Et voilà qu'il l'appelait par son prénom ! Il ne l'avait jamais appelée par son prénom :

« Je pars pour New York. J'attendrai là-bas de savoir si je suis pris à la Juilliard School. Je ne veux plus rester ici. Trop de choses se sont passées que je n'aime pas... »

C'était quoi, ce « trop de choses » ? La rencontre avec son père ? Oliver dans son lit ? Une histoire avec une fille ? Une nouvelle dispute avec Hortense ?

« Mère-Grand est au courant. Elle va m'aider au début... »

Mère-Grand avait été consultée, elle. Mère-Grand avait donné son accord.

« J'ai besoin de vivre seul. Tu as été une mère parfaite, admirable, un père et une mère à la fois, tu m'as élevé avec sagesse, tact et humour et je t'en serai à jamais reconnaissant... Si je suis devenu ce que je suis, c'est grâce à toi et je t'en remercie. Mais aujourd'hui, il faut que je parte et que tu me laisses partir. Fais-moi confiance. Gary. »

Et voilà ! Expédiée, en quelques lignes.

Il y avait un post-scriptum.

« Dès que je serai installé, je te donnerai mon adresse et un numéro de téléphone. Pour le moment, tu peux m'envoyer des mails. Je les consulte régulièrement. Ne te fais pas de souci. *Take care...* »

Fin du message. Fin d'une époque où elle avait été heureuse.

Plus heureuse qu'avec n'importe quel homme.

Et maintenant, je fais quoi ? marmonnait-elle en regardant les voitures dans la rue, les passants sous des parapluies retroussés par le vent, la bouche du métro qui les aspirait, petites fourmis pressées. Bourrasques de pluie, bourrasques de vie.

La vie n'aime pas l'immobilité.

Et Oliver était entré en scène.

Sa mine de roi modeste, son rire d'ogre doux...

Un rire sur plusieurs octaves qui débordait sur les mots, cela faisait un torrent de grognements joyeux, c'était irrésistible. On l'entendait rire de loin, on souriait, on se disait en l'enviant un peu, tiens voilà un homme heureux !

Sa manière de faire l'amour comme on fait du bon pain...

Ses mains qui la pétrissaient de caresses, de promesses, de paix sur la terre aux hommes et aux femmes qui s'aiment...

Ses baisers tendres, attentifs, presque respectueux, alors qu'au plus profond d'elle piaffait une demande exigeante, la trace d'une ancienne blessure qui ne demandait qu'à être rouverte, à s'épancher... Pas comme ça, pas comme ça... Ces mots ne finissaient pas de s'engouffrer dans les baisers d'Oliver, dans ses regards étonnés, bienveillants, dans ses étreintes où elle piétinait attendant autre chose, autre chose qu'elle n'osait pas formuler...

Qu'elle ne savait pas formuler...

Elle tournait en rond. Elle s'énervait. Elle avait envie de le blesser, de lui planter des banderilles, mais il ouvrait grand les bras, ouvrait grand sa vie pour qu'elle s'y fasse une place.

Il réclamait son âme.

Et elle avait un problème avec son âme.

Elle ne voulait la partager avec personne. Ce n'était pas de sa faute.

Elle avait appris à se défendre, à donner des coups, elle n'avait jamais appris à s'abandonner. Elle donnait en comptant les pièces, méfiante comme une épicière qui rend la monnaie et ne fait pas crédit d'un penny.

Elle se laissait enlacer, allonger sur le grand lit, tentait de toutes ses forces de le suivre, de parler son langage. Se relevait, furieuse, brossait ses cheveux à s'en faire saigner le cuir chevelu, prenait une douche brûlante, une douche glacée, s'étrillait, furieuse, au gant de crin, serrait les dents, lui jetait des regards noirs.

Il partait. Il reviendrait ce soir. Il l'emmènerait écouter un concert avec des préludes de Chopin, tu sais celui que tu aimes bien, l'opus 28, puis ils iraient dîner dans ce petit restaurant sur Primrose Hill qu'il avait repéré l'autre soir en rentrant d'un enregistrement et ils regarderaient Londres du haut des collines en buvant un bon vieux vin français, bourgogne ou bordeaux ? moi, j'aime les deux, concluait-il en éclatant de son rire à octaves.

Il la respirait avant de partir. J'ai besoin de te flairer, ton odeur, ta bonne odeur... elle le repoussait, elle le mettait à la porte en riant pour cacher son embarras.

S'appuyait contre la porte. Levait les yeux au ciel. Enfin seule ! Quel pot de colle !

Parti, parti. Il avait compris qu'elle ne l'aimait pas...

Il ne reviendrait plus.

Et elle avait envie d'enfoncer la porte et de courir dans les escaliers le rattraper.

Alors... je l'aime, elle s'étonnait tout haut. C'est ça, l'amour ? Je veux dire, le vrai amour ? Est-ce que je dois apprendre à aimer ? l'aimer, lui ? Renoncer au corps à corps dont je me relève indemne pour affronter un autre danger, bien plus effrayant ? Celui qui consiste à aimer quelqu'un, corps et âme ? Et ma colère... Y trouvera-t-elle son compte ? Voudra-t-elle bien s'effacer ? Dois-je m'en débarrasser ? Comment faire ?

Elle restait droite dans la rue, à l'abri de la pluie, le dos collé à la vitrine d'une librairie Waterstone's sur Piccadilly, dévisageant les piétons, s'interrogeant, comment font-ils, eux ? Se posent-ils toutes ces questions ? Suis-je malade, torturée, tordue ? Qu'est-ce qui m'a rendue si méfiante ? Si réticente...

Elle se mordait les doigts, mordait ses poings, frappait sa tête de ses poings fermés et répétait inlassablement pourquoi ? pourquoi ?

Il va falloir que je parle à Joséphine. Sans tricher. Que je lui avoue l'événement. Ce coup de soleil qui fait gronder l'orage...

Quand Joséphine lui avait parlé du dialogue d'âme à âme avec cet homme, l'inspecteur Garibaldi, elle avait éclaté de rire, un rire trop brusque pour être honnête, avait raillé le Prince Charmant, enfourché le Prince Cinglant... Mais les mots de Joséphine avaient ouvert une brèche dans ses certitudes.

Le téléphone sonna alors que Joséphine était en train de nettoyer l'oreille droite de Du Guesclin. Otite, avait diagnostiqué le vétérinaire en laissant retomber l'oreille douloureuse du chien. Va falloir lui faire des soins quotidiens. Soir et matin, elle lui nettoyait l'oreille avec une solution antiseptique, puis pulvérisait un anti-inflammatoire jaunâtre qui colorait le pavillon rose de l'oreille en membrane safranée. Du Guesclin restait stoïque et la fixait de son œil unique, semblant dire c'est bien parce que c'est toi... Sinon j'aurais mordu depuis longtemps !

Joséphine embrassa la truffe de son chien et décrocha le téléphone.

– Joséphine, il faut que je te parle, c'est urgent..., soupira Shirley.

– Un grand malheur ? demanda Joséphine en entendant la voix grave de son amie.

– En quelque sorte...

– Alors, je m'assois...

Elle choisit une chaise d'où elle pouvait du bout du pied continuer à masser le ventre de Du Guesclin, étendu sur le dos, afin de se faire pardonner l'épisode de l'oreille.

– Vas-y. Je t'écoute...

– Je crois bien que je suis amoureuse...

– Mais c'est formidable ! Il est comment ? demanda Joséphine en souriant.

– C'est le problème...

– Ah..., dit Joséphine qui pensa aussitôt à l'homme en noir. Il est brutal, imprévisible, il te menace ?

– Non. Tout le contraire...

– Tu veux dire doux, gentil, exquis, bon... Avec des mains qui soignent, des yeux qui enveloppent, des oreilles qui écoutent et un regard qui t'envoie en l'air ?

– Exact..., dit Shirley, lugubre.

– C'est merveilleux !

– C'est horrible !

– T'es malade !

– Je le sais depuis longtemps... C'est pour cela que je t'appelle. Oh ! Jo ! Aide-moi !

Joséphine regardait la table de la cuisine qui ressemblait à une infirmerie, les cotons sales, les flacons ouverts, les Kleenex froissés. Doug n'avait pas de fièvre. Il faudrait qu'elle nettoie le thermomètre.

– Tu sais que je ne suis pas experte, murmura Joséphine.

– Si, au contraire... Tu m'as dit de très belles choses, la dernière fois qu'on s'est parlé et que j'ai ricané. Tu aimes avec ton âme, ton cœur et ton corps. Et moi, je ne sais pas. J'ai peur de le laisser entrer, j'ai peur qu'il me dépouille, j'ai peur...

– Vas-y, développe...

– J'ai peur de perdre ma force... Celle qui m'habite depuis toujours. Je suis démunie face à lui. C'est pas comme ça, un homme.

– Ah bon ? dit Joséphine, étonnée.

– J'ai envie de le mordre !

– Parce qu'il s'adresse à l'autre Shirley et que celle-là, ça fait longtemps que tu l'as perdue de vue... Lui, il l'a repérée tout de suite.

– Et toi aussi ?

– Bien sûr, et c'est pour ça que je t'aime...

– J'y comprends rien... Je la connais pas celle-là.

– Réfléchis à celle que tu étais avant que la vie te force à jouer un rôle, va faire un tour du côté de la petite fille... On apprend toujours en allant interroger la petite fille.

– Tu m'aides pas beaucoup...

– Parce que tu ne veux pas m'entendre...

– Je m'en veux, mais je m'en veux !

– De quoi ?

– D'être si ridicule, si empêtrée dans tout ça ! Je suis heureuse et je suis furieuse. Je m'étais tellement promis de ne jamais tomber amoureuse...

Joséphine sourit.

– On ne décide pas ces choses-là, Shirley, elles vous tombent dessus...

– On n'est pas obligées de se mettre dessous !

– Je crains qu'il ne soit trop tard...

– Tu crois ? demanda Shirley, apeurée.

Elle demeurait sans voix. Assommée. Une tuile sur la tête.

Il fallait tout changer. Tout changer dans sa tête, dans son cœur, dans son corps pour faire de la place à l'âme. Changer ses habitudes. Et les habitudes, ça ne se change pas en les jetant par la fenêtre. Il faut les détricoter, maille après maille. Ne plus avoir peur que l'amour ne déborde des corps et ne devienne l'amour tout court. Enlace le cœur, le corps et l'âme.

Je vais apprendre l'abandon...

En espérant que l'abandon n'est pas une ruse de l'âme pour prendre la poudre d'escampette.

*
**

Philippe restait allongé, immobile, perdu dans ses pensées. À ses côtés, Dottie dormait, repliée dans le coin du lit, et il entendait le bruit léger, régulier de sa respiration. Et c'était comme s'il était encore plus seul. Il se fit la réflexion qu'il avait toujours été seul. Qu'il avait toujours trouvé cela naturel...

Qu'il n'en avait jamais souffert.

Mais, soudain, au milieu de la nuit, sa solitude lui paraissait insupportable.

Sa liberté aussi lui paraissait insupportable.

Son bel appartement, ses tableaux, ses œuvres d'art, sa réussite... C'était comme si tout cela ne servait à rien.

Que sa vie était inutile...

Insupportable.

Quelque chose s'ouvrit brusquement en lui, un gouffre immense qui lui donnait le vertige, et il eut l'impression que son cœur s'arrêtait de battre. Qu'il sombrait dans le précipice et n'en finissait pas de tomber.

À quoi ça sert de vivre, alors..., se demanda-t-il, si on ne vit pour rien ? Si vivre, c'est simplement ajouter un jour à l'autre et se dire comme tant de gens qu'on ne voit pas le temps passer... En un éclair, il entrevit l'image d'une vie lisse, plate qui fonçait dans le vide et une autre pleine de bosses et d'incertitudes où l'homme s'engageait, se battait pour tenir debout. Et, étrangement, c'était la première qui engendrait en lui la terreur...

Ce n'était pas la première fois que s'ouvrait en lui le grand précipice.

Cela lui arrivait de plus en plus souvent, toujours durant la nuit, toujours avec le bruit de la respiration légère de Dottie à ses côtés. Les autres fois, il se tournait, se retournait dans le lit, parfois même il envoyait un bras vers Dottie et la ramenait contre lui, délicatement, pour ne pas la réveiller, pour ne pas avoir à lui parler, pour pouvoir juste s'accrocher à elle et, lesté du poids de son corps, sombrer à nouveau dans le sommeil.

Mais cette fois-ci, le précipice était trop grand, trop profond, il ne pouvait plus atteindre Dottie.

Il glissait dans le gouffre.

Il voulait crier, mais aucun son ne sortait de sa bouche.

En un éclair, il entrevit l'image de la lutte pour vivre, le courage que cela exige et il se demanda s'il aurait ce courage-là. L'image de cette course sans fin qui entraîne l'humanité vers son destin. Je vais mourir, se dit-il, je vais mourir et je n'aurais rien fait qui demande un peu de courage et de détermination. Je n'aurais fait que suivre docilement le parcours de ma vie tel qu'il était tracé à ma naissance, l'école, les belles études, un beau mariage, un bel enfant et puis...

Et puis... qu'est-ce que j'ai décidé qui demande un peu de courage ?

Rien.

Je n'ai eu aucun courage. J'ai été un homme qui travaille, qui gagne de l'argent, mais je n'ai pris aucun risque. Même en amour, je n'ai pas pris de risque. Je dis que j'aime, mais cela ne me coûte guère.

Il sentit une onde de terreur lui serrer le cœur et se mit à transpirer une sueur glacée.

Il était suspendu au bord du gouffre et en même temps, il tombait sans pouvoir s'arrêter.

Il se leva doucement pour aller boire un verre d'eau dans la salle de bains et s'aperçut dans la glace. Les tempes moites, les yeux grands ouverts, remplis de peur, remplis d'un vide qui faisait peur... Je vais me réveiller, je fais un cauchemar. Et pourtant, non ! Il était réveillé puisqu'il buvait un grand verre d'eau.

Ma vie passe et je la laisse passer...

Et il était à nouveau rempli de terreur. Il découvrait avec épouvante un avenir de nuits semblables, de jours semblables, où il ne se passait rien, où il ne faisait rien et il ne savait pas comment arrêter cette vision qui le glaçait.

Il appuya les deux mains sur le lavabo de la salle de

bains et regarda l'homme dans la glace. Et il eut l'impression d'apercevoir un homme en train de s'effacer, de se décolorer…

Il attendit, le cœur battant que le jour filtre à travers les rideaux.

Les premiers bruits de la rue…

Les premiers bruits dans la cuisine. Annie préparait le petit déjeuner, ouvrait la porte du Frigidaire, sortait la bouteille de lait, le jus d'orange, les œufs, le beurre, les confitures, traînait les pieds dans ses chaussons gris souris, mettait la table, le bol pour les céréales d'Alexandre…

Dottie se levait, enfilait un pull sur son pyjama rose sans faire de bruit et sortait de la chambre en refermant la porte doucement.

Disait bonjour à Becca dans le couloir…

Il allait devoir se lever, lui aussi.

Oublier le cauchemar.

Il n'oublierait pas le cauchemar, il le savait.

Il passa la matinée au bureau. Déjeuna au Wolseley avec son ami Stanislas. Il lui parla de son vertige de la nuit. Lui confia qu'il se sentait malheureux, inutile. Stanislas lui rétorqua que personne n'était inutile sur terre et que tant que nous étions en ce monde, c'est qu'il y avait une raison.

– Le hasard n'existe pas, Philippe, il y a toujours une raison à tout.

Stanislas demanda un second café serré et ajouta qu'il fallait qu'il trouve la raison. Lorsqu'il l'aurait trouvée, il serait heureux. Il ne se demanderait même plus s'il était heureux. Cela irait de soi, et sa quête du bonheur lui semblerait futile, superflue, idiote presque. Et il lui cita une phrase de saint Paul « Seigneur, garde-moi ici-bas tant que tu me penseras utile ».

– Tu crois en Dieu ? demanda Philippe, pensif.

– Seulement quand ça m'arrange, sourit Stanislas.

Le soir, quand il rentra, Dottie et Alexandre étaient partis à la piscine, Annie se reposait dans sa chambre. Becca était dans la cuisine. Elle préparait une soupe au potiron. Elle l'avait posé dans l'évier et l'ébouillantait en versant de grandes casseroles d'eau chaude pour que la peau s'attendrisse et qu'elle puisse l'éplucher facilement.

– Vous savez faire la cuisine, Becca ? demanda Philippe en l'observant.

Elle se tenait bien droite, dressée sur ses deux jambes avec une superbe assurance. Arborait un large sourire où Philippe perçut une pointe d'insolence et d'irritation.

– Et pourquoi ne saurais-je pas faire la cuisine ? répondit-elle en versant une nouvelle casserole d'eau bouillante. Parce que je n'ai pas de maison ?

– Je ne voulais pas dire cela, Becca, vous le savez bien.

Elle reposa la casserole et attendit que le potiron se ramollisse, un couteau à fine lame tranchante à la main.

– Faites attention à ne pas vous couper, ajouta Philippe précipitamment.

– Et pourquoi je me couperais ? répondit Becca toujours dressée sur ses deux jambes comme sur une montagne, le regardant droit dans les yeux, le mettant au défi de lui répondre.

Elle portait une robe grise avec une large encolure en dentelle et un collier de perles blanches.

– Vous êtes très élégante, sourit Philippe, refusant de relever le défi que lui lançait Becca.

– Merci, dit Becca en s'inclinant, sans éteindre la lueur d'irritation dans son regard.

Il fallait qu'elle occupe ses mains, sinon son cœur allait se remettre à galoper. Et quand il s'emballait, il l'emmenait toujours vers le malheur, des pensées noires qui lui donnaient envie de pleurer. Et s'il y avait bien une chose qu'elle refusait, c'était de pleurer sur sa petite personne. Elle trouvait qu'elle n'avait guère d'intérêt, sa petite personne, si on la comparait à toutes les autres personnes dans le monde, bien plus malheureuses qu'elle. Ce matin, en se réveillant, elle avait allumé le petit poste de radio qu'elle gardait sous son oreiller pour distraire ses insomnies et avait entendu qu'un milliard d'hommes dans le monde mouraient de faim. Et que chaque année il y en avait cent millions de plus... Elle avait regardé l'aube grise à travers les voilages blancs et avait murmuré saloperie de vie ! Saloperie d'argent !

Elle était sortie, était allée à la boutique bio au coin de la rue et avait acheté un potiron. Parce qu'il était rond, joufflu, orange, qu'il allait nourrir le monde. Elle préparerait une soupe de potiron pour le dîner. Elle occuperait ses mains... Faire attention à tous les petits détails de la cuisson du potiron pour oublier les détails du malheur.

La nuit dernière, son amour était revenu la voir.

Elle avait tendu les bras, elle pensait qu'il venait la chercher et elle voulait bien le suivre. L'avenir ne lui réservait plus rien, alors autant s'en aller tout de suite. Ce serait comme dans ce film avec Gene Tierney et Rex Harrison quand le fantôme de l'homme aimé, mort depuis longtemps, vient chercher Mrs. Muir toute grise, toute ratatinée, à la fin du film, qu'elle rajeunit soudain, qu'elle lui prend la main et que tous les deux s'éloignent dans la lumière... Beaux comme de jeunes premiers. Parfois son amour mort venait en pleine nuit. Il la réveillait. Il était comme elle l'avait connu, jeune, beau, fringant. Il lui rappelait qu'elle était vieille et seule. Elle avait l'impression d'étouffer, elle voulait se débarrasser de son corps et se jeter dans ses bras...

Elle était vieille, mais son amour, lui, était resté vivant. Son amour parti depuis longtemps... Son amour qui la faisait danser, sauter, s'élever bien plus haut qu'elle-même. Elle montait si haut quand il la regardait... Ensemble, ils inventaient des ballets magnifiques, des sauts, des entrechats, des fouettés et la vie devenait grande, belle et elle ne redoutait pas d'être vieille, d'être seule.

Et puis, il était parti.

Il n'y avait plus d'homme qui la faisait bondir en l'air. Plus d'homme qui lui touchait le cœur et faisait naître un sentiment, un lien, la sensation d'appartenir à quelqu'un. Et alors, elle avait la terrible certitude de n'être rien... Quand il était parti, elle avait reçu le coup à bout portant. Pan ! Elle était morte. Personne ne s'en était aperçu, mais elle, elle savait qu'elle se vidait peu à peu de son sang. C'était une blessure invisible, une blessure qu'elle ne pouvait pas évoquer en lui accordant toute son importance puisque ça arrivait à tout le monde. Alors elle n'en parlait pas.

Elle avait continué à se vider de son sang.

Toute droite, toute blanche, toute menue. Elle s'était retrouvée à la rue. Dans un fauteuil roulant. Vieille, malheureuse. Et si banale. Banale du malheur de tout le monde. Inutile. Comme si pour servir à quelque chose, pour faire partie de la vie, il fallait être jeune et bondissante, avec plein de projets dans les poches. On vit encore pourtant quand on est vieille et qu'on ne bondit plus.

Elle ressemblait au potiron dans l'évier. Elle s'était ramollie et se laissait éplucher sans rien dire. Jusqu'à ce qu'elle rencontre Alexandre dans le parc...

Cette nuit, son amour était venu la voir.

Il lui avait dit que c'était lui qui lui avait envoyé Alexandre et Philippe. Pour qu'elle ne soit plus seule. Qu'elle pouvait encore servir sur cette terre, qu'il ne fallait pas qu'elle perde espoir. Qu'elle était une femme avec un grand cœur et qu'elle devait espérer, lutter. Désespérer, c'était lâcheté. Désespérer, c'était si facile. C'était la pente naturelle de l'homme faible.

Et il était reparti sans l'emmener.

Elle soupira et s'essuya les yeux du revers de la main.

Elle n'avait plus de larmes, mais elle avait gardé l'habitude de vérifier s'il n'en restait pas une ou deux, sèches comme des cailloux, prêtes à tomber en faisant un petit bruit de pierres qui roulent dans l'évier.

Elle soupira et éteignit la lueur irritée dans son regard.

Se tourna vers Philippe et dit :

– J'ai fait un drôle de rêve cette nuit...

Elle prit le potiron, le sortit de l'évier et commença à l'éplucher en faisant attention à ne pas salir sa belle robe grise. Elle ne voulait pas mettre de tablier. Ça lui rappelait les femmes qui servaient dans les refuges pour les pauvres... Elles portaient des tabliers et balançaient la nourriture à l'aide de grosses louches pleines à ras bord d'une bouillie infâme.

La peau était épaisse, dure. Le couteau dérapait et ne s'enfonçait pas. Elle se disait encore un boniment de vendeuse. Personne n'en voulait de son potiron qui venait d'Argentine, poussé sur du bon fumier organique, alors elle m'a entortillée en me parlant de l'eau bouillante. Et moi, je l'ai crue. J'avais tellement envie de la croire...

Philippe s'approcha, prit une planche, un couteau et dit laissez-moi faire, il faut la poigne d'un homme pour déshabiller un potiron.

– Vous en avez déshabillé beaucoup dans votre vie ? demanda Becca en souriant.

– C'est le premier, mais je vais le mater...

– Avec votre poigne d'homme ?

– Exactement...

Il le coupait en tranches fines qu'il déposait sur la planche et c'était soudain facile d'éplucher chaque tranche. On la tenait bien en main et le couteau ne glissait plus. Ils ôtèrent les graines qui collaient au couteau, collaient aux doigts, en goûtèrent quelques-unes et firent la même grimace.

– Et après ? demanda-t-il, fier de son ouvrage.

– On pose les tranches dans une casserole et on fait fondre dans un peu de lait, de beurre salé et d'échalotes... On remue, on attend. La vendeuse m'avait pourtant dit que si je versais de l'eau bouillante, la peau se ramollirait...

– Et vous l'avez crue...

– J'avais envie de la croire...

– Les vendeurs disent n'importe quoi pour vendre leur marchandise...

– C'était à cause de mon rêve, j'avais besoin de la croire.

– C'était un rêve triste ?

– Oh non ! Et puis ce n'était pas un rêve... C'était mon amour qui revenait. Il vient parfois, la nuit, il me frôle, il se penche sur moi et je le sens. J'ouvre les yeux tout doucement. Il est assis à côté de moi et il me regarde avec amour et contrition... Vous avez vu ce film, *L'Aventure de Mme Muir* ?

– Oui, il y a très longtemps... Dans un cycle Mankiewicz au Quartier latin.

– Eh bien... C'est comme ça qu'il revient. Comme le capitaine dans le film...

– Et vous lui parlez ?

– Oui. Comme dans le film. On parle du bon vieux temps. On parle de vous aussi... Il dit que c'est grâce à lui que je vous ai rencontré. Il aimait bien se donner de l'importance, penser que, sans lui, je serais perdue. Il n'avait pas tort en un sens... Moi, je l'écoute et je suis heureuse. Et j'attends qu'il m'emmène avec lui. Mais il repart tout seul... Et je suis triste. Et je vais acheter un potiron pour faire de la soupe...

– Et vous n'arrivez pas à l'éplucher...

– Peut-être parce que je pensais encore à lui, que je n'étais pas à cent pour cent dans l'épluchage du potiron... Ces choses-là réclament beaucoup d'attention.

Elle secoua la tête pour s'ébrouer, chasser le rêve et ajouta d'une petite voix qui avait perdu son insolence et sa colère :

– Je ne sais pas pourquoi je vous raconte ça...

– Parce que c'est important, que ça vous a toute ramollie...

– Peut-être bien...

– On a chacun notre mauvais rêve... Celui qui vient nous saisir en pleine nuit quand on a baissé sa garde.

Alors il fit une chose inouïe. Une chose à laquelle il ne s'attendait pas. Ensuite, il se demanda comment il avait pu faire ça. Comment il avait trouvé le courage. Il s'assit sur une chaise pendant que Becca faisait revenir des échalotes dans une grande casserole et veillait à ce qu'elles dorent uniformément, pendant qu'elle les remuait avec une grande cuillère en bois.

Il lui parla de son cauchemar.

– Moi aussi, j'ai fait un rêve, cette nuit, Becca. Sauf que ce n'était pas un rêve puisque j'étais réveillé. C'était plutôt une angoisse qui me serrait les tripes...

– Vous aviez peur d'être seul et vieux...

– Et inutile. C'était terrible. Mais ce n'est pas un rêve, c'est comme si je faisais un constat et ce constat me remplit d'une terreur glacée...

Il leva les yeux vers elle comme si elle pouvait le guérir de ce rêve-là.

– C'était vous alors, le fantôme..., dit Becca en remuant la cuillère en bois.

– Un fantôme dans ma propre vie... Un fantôme vivant. C'est terrible de se voir en fantôme...

Il frissonna et haussa les épaules.

– Et tout l'amour de Dottie ne vous guérit pas ? ajouta Becca en faisant glisser les fines tranches de potiron orange dans la casserole.

– Non...

– Je le savais... Vous êtes tout pâle à côté d'elle. Elle vous aime et vous ne retenez rien de son amour...

Elle ajoutait du sel, du poivre, tournait la large cuillère en bois. Écrasait les tranches qui fondaient doucement, éclataient en bulles orange contre les parois de la casserole.

— Vous n'êtes pas colorié par l'amour.

— Et pourtant j'aime une femme... Mais je ne bouge pas.

— Pourquoi ?

— Je ne sais pas. Je me sens vieux... périmé.

Elle frappa du dos de la cuillère sur la cuisinière et s'exclama :

— Ne dites pas ça ! Vous ne savez pas ce que c'est d'être vraiment vieux.

— ...

— Alors on a le droit de se sentir inutile puisque plus personne ne fait attention à vous, puisque que vous n'avez plus d'importance. Personne n'attend que vous rentriez le soir, que vous racontiez votre journée, que vous enleviez vos chaussures et que vous vous plaigniez d'avoir eu les pieds serrés... Mais avant, il y a tant de choses à faire. Vous n'avez pas le droit de vous plaindre.

Elle le regarda avec sévérité.

— Il ne tient qu'à vous de faire quelque chose de votre vie...

— Et comment je fais ? demanda-t-il en levant vers elle un regard intrigué.

— Je sais, dit Becca sans cesser de tourner la cuillère en bois. Je sais beaucoup de choses sur vous. Je vous observe... Je vous regarde vivre.

— Sans rien me dire...

Elle prit un air malicieux.

— Il ne faut pas tout dire, tout de suite. Il faut attendre que l'autre soit prêt à vous entendre, sinon les mots tombent dans le vide...

– Vous me direz un jour ?

– Je vous dirai... Promis.

Elle posa la cuillère sur la casserole et se tourna vers lui.

– Elle habite où, la femme que vous aimez ?

– À Paris...

– Eh bien... filez à Paris, dites-lui que vous l'aimez...

– Elle le sait...

– Vous lui avez dit ?

– Non. Mais elle le sait... et puis, c'est...

Il s'arrêta, retenu par la lourdeur des mots qu'il fallait prononcer pour expliquer. C'est la sœur de ma femme, Iris... Iris est morte et Joséphine est morte avec elle. Il faut que j'attende qu'elle revienne à la vie en quelque sorte.

– C'est compliqué ? devina Becca qui suivait ses pensées sous ses sourcils serrés.

– Oui...

– Vous ne pouvez pas en parler ?

– J'ai déjà beaucoup parlé, vous ne trouvez pas ? Dans ma famille, on ne parle pas... Jamais. C'est mal élevé. On garde les choses pour soi. On les enfonce tout au fond et on verrouille à double tour. Et il y en a un autre qui se met à vivre à votre place, qui fait tout bien, tout comme il faut sans se plaindre jamais... Un autre qui finit par vous étouffer...

Becca tendit la main, la posa sur ses mains à lui, croisées sur la table. Une main transparente, ridée, avec de grosses veines violettes.

– Vous avez raison. On a beaucoup parlé... C'est bon de parler. Moi, ça m'a fait du bien... C'est peut-être pour ça qu'il est venu cette nuit. Pour qu'on se parle tous les deux... Il a toujours une bonne raison pour me rendre visite.

Les tranches de potiron faisaient des bulles qui bondissaient hors de la casserole et tachaient l'émail blanc de la cuisinière. Becca se retourna pour baisser le feu et essuya les taches avec un torchon.

Il resta assis, les mains jointes sur la table.

– Ça ne sent pas grand-chose, le potiron, Becca...

– Vous allez voir, c'est drôlement bon. Une cuillère de crème fraîche et on va se régaler... J'en faisais souvent autrefois...

*
**

Un éclair de terreur la paralysa. Elle était entièrement à sa merci. Il tenait tout entre ses mains : son avenir, sa vie entière. Mais tout à coup, sa peur fut balayée par un désir immense, explosif, dévastateur. Elle ne voulait plus qu'une chose : le sentir en elle. Qu'il la prenne, la possède, la brise et l'emplisse de sa virilité, annihilant ses dernières défenses.

Elle s'ouvrit et il s'abattit sur elle en capturant sa bouche dans un baiser chaud, humide et vorace. Elle enroula alors les jambes autour de ses reins pour l'obliger à s'enfoncer au plus profond afin de déchaîner le plaisir qu'elle appelait de tout son être.

Mais il refusa de lui accorder un assouvissement si rapide et se complut à la tourmenter, dans un lent mouvement de va-et-vient, selon un rythme que lui seul imposait. Chacune de ses poussées déclenchait une nouvelle sensation plus délicieuse encore que la précédente et l'emportait un peu plus haut. Il la contraignit à l'implorer, à gémir, à pleurer, et c'est seulement lorsqu'elle se rendit totalement à sa loi qu'il consentit à la combler de profonds coups de boutoir qui la catapultèrent dans une extase indescriptible tandis qu'il sombrait lui aussi en écoutant, fasciné, le chant sauvage et joyeux qu'il avait fait naître.

Denise Trompet posa le livre sur ses genoux. *Arrangements privés* de Sherry Thomas. Les trépidations du métro accompagnaient les mouvements des corps des deux héros. Philippa Rowland et lord Tremain s'étaient retrouvés. Ils avaient enfin compris qu'ils s'aimaient, qu'ils étaient faits l'un pour l'autre. Il leur en avait fallu du temps ! Mais il n'y avait plus de doute. Ils allaient désormais vivre ensemble et auraient de beaux enfants. Philippa la rebelle ne ferait plus la fière et lord Tremain, vaincu par l'amour, renoncerait à sa vengeance.

Elle relut la scène en savourant chaque mot et lorsque ses yeux tombèrent sur les « *profonds coups de boutoir qui la catapultèrent dans une extase indescriptible* », elle ne put s'empêcher de penser à Bruno Chaval. Il venait dans son bureau, s'asseyait en face d'elle, déposait une fleur, un chocolat de chez Hédiard, un rameau arraché à un bosquet du parc Monceau et la contemplait d'un regard puissant, attentif. Il lui demandait comment elle allait, si elle avait bien dormi, ce qu'elle avait regardé la veille à la télé, n'y avait-il pas trop de monde dans le métropolitain, ce matin ? Cette cohue des corps doit vous être pénible à vous qui êtes si gracile...

Il parlait comme dans son livre.

Elle buvait chacun de ses mots afin de n'en oublier aucun et de pouvoir se les répéter lorsqu'il se serait éloigné.

Il ne restait pas longtemps, il disait que M. Grobz l'attendait dans son bureau et se levait en lui jetant un dernier regard brûlant. Son cœur s'emballait. Elle avait du mal à dissimuler le tremblement de ses bras. Elle attrapait un Bic ou un trombone, baissait la tête pour cacher ses joues en feu et bredouillait une imbécillité. C'était exactement comme dans les livres qu'elle lisait : « *Elle avait chaud partout puis tout aussi soudainement une sueur froide l'envahissait. Respirer devenait laborieux. Il se tenait droit, ses longues jambes croisées nonchalamment. Il ressemblait dans toute sa splendeur à l'Adam de Michel-Ange, qui aurait jailli du plafond de la chapelle Sixtine et filé chez un tailleur de Savile Row le temps d'endosser une veste à la coupe parfaite. Un sourire carnassier. Des yeux vert foncé semblables à la malachite des montagnes d'Oural. Son regard s'attardait sur la peau bronzée qu'on apercevait dans l'échancrure de sa chemise blanche. Il avait des épaules carrées, des bras longs et musclés. Et quand il se penchait pour lui parler, elle sentait son souffle chaud sur ses cheveux...* »

Elle chancelait chaque fois qu'il entrait dans son bureau. Attendait la douce brise qui allait réchauffer son corps.

Elle l'aimait. Cette découverte s'était imposée à elle non pas avec la soudaineté d'un orage d'été, mais plutôt avec la lente insistance d'une pluie de printemps. Et elle souffrait le martyre quand il la quittait. Tout son corps le désirait...

Tout le monde l'appelait Chaval au bureau, mais elle avait appris son prénom. Ce fut comme un doux secret qu'elle enferma dans son cœur. Bruno. Bruno Chaval. Bruno, Bruno, murmurait-elle le soir dans son lit en cherchant le sommeil dans sa petite chambre sous les toits. Elle rêvait qu'il la soulevait dans ses bras et la déposait sur une couche molle et douce, recouverte d'un épais couvre-lit en velours bleu roi orné de passementeries dorées. Elle devinait : « *la bosse dure qui déformait son pantalon et tendait sa féminité vers le corps de l'homme, lui offrant ce qu'elle avait de plus cher, de plus précieux, tout entière soumise à son désir* ».

Le métro s'arrêta à la station Courcelles. Denise Trompet descendit après avoir rangé son livre dans son sac qu'elle tenait serré sous son bras de peur qu'un chenapan ne l'arrache.

Elle franchit les portes de la rame, heureuse et triste à la fois. Heureuse de s'être projetée quelques secondes dans cette union charnelle, fougueuse, passionnée, triste de ne jamais avoir connu cette fusion des sens et du sentiment. Elle n'aurait jamais de beaux enfants et jamais lord Tremain ne jetterait les yeux sur elle. La vie ne l'avait pas voulu...

Tu as cinquante-deux ans, Denise, se répétait-elle en montant les marches de l'escalier du métro et en rangeant sa carte Navigo dans sa pochette en plastique. Ouvre les yeux, ta chair est molle, ton visage fripé, tu n'as rien pour inspirer un sentiment amoureux, le temps où tu pouvais plaire à un homme est révolu. Oublie ces émois. Ils ne sont pas pour toi.

C'est ce qu'elle se répétait chaque soir en se déshabillant dans la petite salle de bains de l'appartement qu'elle occupait rue de Pali-Kao, dans le vingtième arrondissement de Paris.

Et pourtant, il venait la voir régulièrement.

Il avait surgi, un beau jour.

Il avait illuminé de sa belle prestance un matin d'hiver, froid et lugubre et une bouffée de désir lui avait ôté toute raison. Une brusque chaleur avait gagné ses joues. Son cerveau paraissait avoir cessé de fonctionner et son cœur s'était mis à battre la chamade. Autour d'elle, l'air s'était épaissi et respirer devenait laborieux. Il avait eu sur elle, au premier regard, un pouvoir infini qui dépassait de loin ce que la décence eût permis.

Il avait rendez-vous avec M. Grobz et s'était trompé de porte. Il s'était arrêté sur le seuil en se rendant compte de son erreur, s'était excusé en vrai gentleman. S'était incliné.

Elle avait humé discrètement son parfum bois de santal et citronnelle, des senteurs qu'elle avait toujours associées au bonheur.

Elle lui avait indiqué l'emplacement du bureau de M. Grobz, il était sorti comme à regret.

Et depuis il revenait, déposait un cadeau sur son bureau, tournait autour d'elle, l'enivrant de son odeur subtile de santal et de citronnelle. Comme dans les livres ! soupirait-elle, comme dans les livres ! Les mêmes attitudes, le même parfum doux et entêtant, la même chemise blanche entrouverte sur une peau bronzée, la même retenue subtile et cruelle. Et sa vie devenait un roman.

– Dis-moi à qui tu appartiens, Denise ?

– À toi, Bruno, à toi...

– Ta peau est si douce... Pourquoi ne t'es-tu jamais mariée ?

– Je t'attendais, Bruno...

– Tu m'attendais, ma chère petite pêche ?

– Oui, soupira-t-elle en baissant les yeux et en sentant au niveau de son entrejambe, à travers son pantalon de chintz gris, une protubérance qui la fit se figer de désir.

Et leurs lèvres se rejoignirent dans l'extase...

Il était, comme il disait pudiquement, en recherche d'emploi et espérait revenir dans l'entreprise. Il y avait travaillé autrefois, mais alors il ne la regardait pas. Il avait mille projets, voyageait, présidait des réunions, conduisait une belle voiture décapotable. Il était pressé, presque brutal dans sa façon de s'adresser à elle, réclamant un papier, une photocopie, une facture oubliée sur un ton sec de contremaître ; elle tremblait devant tant de virilité, mais n'avait aucune raison d'être troublée.

Il l'ignorait.

Mais le temps et la douleur d'être sans emploi avaient creusé en lui « *une vallée de larmes* ». Il n'était plus le jeune commercial fringant qui tourbillonnait dans les couloirs, mais une « *pâle ombre tremblante qui cherchait une raison d'exister* ». Il s'était adouci et ses yeux vert foncé semblables à la malachite des montagnes d'Oural s'étaient posés sur elle... Parfois, il laissait tomber, comme pour s'excuser, je suis un autre homme, Denise, j'ai beaucoup changé, vous savez, la vie m'a remis à mon humble place, et elle se retenait de le réconforter. Qui était-elle pour imaginer qu'elle pouvait plaire à un homme si beau ?

Et la souffrance explosait en elle, corrosive, destructrice. Le genre de souffrance qu'elle avait cru ne jamais éprouver. Elle chancelait. L'amour de Bruno n'était pas pour elle. Il relevait d'un miracle. Et pourtant elle s'imaginait qu'il se tenait à ses côtés, loyal, fiable, et qu'il l'aimerait assez pour accepter d'être éclaboussé par l'ignoble scandale. Le scandale qui, autrefois, avait détruit sa famille et fait la une des gazettes...

L'aimerait-il assez ? Ah ! Si seulement elle pouvait être sûre de sa réponse...

Et son cœur se tordait dans ce questionnement douloureux.

Pourtant, elle avait bien commencé sa vie, il y a cinquante-deux ans...

Elle était née fille unique de M. et Mme Trompet, charcutiers à Saint-Germain-en-Laye. Une banlieue verte, aisée, riante où les habitants s'habillaient de propre et parlaient un excellent français. Où on disait en entrant dans la boutique, bonjour madame Trompet, comment allez-vous ? Qu'avez-vous de succulent ce matin ? J'ai mon gendre banquier et ses parents qui viennent dîner et si vous aviez encore de ce délicieux confit de porc cul noir, j'en prendrais bien un bon morceau !

Son père et sa mère, auvergnats d'origine, possédaient un établissement renommé, « Au cochon d'or », qui confectionnait des plats cuisinés, des farcis, des tripoux, des rillettes d'oie et de canard, des terrines, des mousses de foies de volailles, des saucisses de Morteau et de Montbéliard, du jambon cru, du jambon blanc au torchon, du jambon monté en gelée, du jambon persillé, des crépinettes, des rillettes, de la hure et de la galantine, du boudin blanc, du boudin noir, du salami, de la mortadelle, de beaux foies gras pour Noël et toutes sortes de merveilles que son père cuisinait, vêtu d'un tablier blanc immaculé pendant que sa mère, en boutique, vendait les articles, toute souriante dans une blouse rose qui mettait en valeur ses grands yeux vert émeraude, ses dents nacrées, sa peau dorée, ses cheveux châtain cuivré qui tombaient en boucles souples sur ses belles épaules rondes. Les hommes la dévoraient des yeux, les femmes l'appréciaient car elle ne faisait pas sa Brigitte Bardot.

On venait de partout acheter chez Trompet. Gustave Trompet, après avoir longtemps espéré un héritier mâle, avait reporté ses espoirs sur sa fille, la petite Denise, qui faisait des étincelles à l'école. Il montrait du doigt le blason de sa région, affiché à l'entrée de la boutique, le blason de l'Auvergne, d'or au gonfanon de gueules bordé de sinople, et déclarait, fier comme son ancêtre Vercingétorix, ma petite Denise prendra la suite, on lui trouvera un bon mari, dur à la tâche, qu'on ira lui chercher à Clermont-Ferrand et tous les deux, ils mèneront notre affaire.

Il se frottait les mains en rêvant à la génération de petits charcutiers qu'il allait former. Mme Trompet l'écoutait en lissant les plis de sa blouse rose, Denise contemplait ce couple bienveillant qui lui préparait un avenir radieux, fait de belles valeurs et d'argent à foison.

Elle avait le droit en revenant de l'école, les soirs où elle n'avait pas de devoirs, de s'asseoir derrière la caisse et de rendre la monnaie. Elle appuyait sur les touches de la caisse enregistreuse, entendait le cliquetis du tiroir qui s'ouvrait, énonçait d'une voix ferme la somme due et tendait sa petite main pour s'emparer des billets et des pièces qu'elle rangeait soigneusement dans le tiroir. Quand elle eut treize ans, elle reçut en cadeau d'anniversaire un pendentif qui représentait une clé au bout d'une chaîne en or...

Denise n'avait pas hérité de la beauté maternelle, mais plutôt du physique ingrat de son père, de ses cheveux rares, de ses yeux rapprochés, de sa petite taille potelée. Ce n'est pas grave, mon ami, disait la mère, elle n'en aura que moins de tentations, son mari pourra dormir tranquille... et nous aussi !

L'avenir s'annonçait prospère et heureux jusqu'à ce jour fatal où le scandale éclata. M. Trompet fut dénoncé pour achat de viandes sans factures par un concurrent, jaloux de son succès. Emmené par la brigade financière, un petit matin de février 1969. À peine assis en face des policiers, il avoua tout. Oui, il avait triché, oui, ce n'était pas bien, oui, il savait que c'était interdit par la loi. Il n'avait pas l'âme d'un escroc, il voulait juste mettre quelques sous de côté pour agrandir sa boutique et l'offrir encore plus belle à son gendre et à sa fille.

Ce fut un beau scandale. On en parla dans les journaux, les gazettes locales.

Les bruits les plus insensés coururent sur leur compte. Trafic de fausses factures, argent détourné, c'est ce que disent les journaux, prétendaient les mauvaises langues, mais c'est bien pire ! Alors les voix baissaient et se murmuraient d'ignobles ragots. On écrit trafic de viande, mais vous ne savez pas de quelle viande il s'agit ! M. Trompet aimait les petites filles et c'est pour assouvir son vice qu'il avait besoin d'argent, toujours plus d'argent ! Ça coûte cher, la vie d'innocentes à peine pubères ! Ballets roses, ballets roses, allez savoir s'ils ne sont pas bleus, parfois ! Des gens qui avaient l'air si corrects ! Comme quoi l'habit ne fait pas le moine et le tablier blanc, le charcutier honnête. Mme Trompet fermait les yeux pour garder la belle boutique, mais on sait maintenant d'où provenaient ces cernes mauves sous les yeux. La pauvre femme pleurait chaque soir toutes les larmes de son corps. Et même, paraît-il, qu'il aurait essayé de vendre sa propre fille, la petite Denise ! Le vice n'a pas de limites.

Ils furent montrés du doigt, calomniés, pris dans un torrent d'insanités ; il leur fallut vendre la belle boutique pour payer l'amende et déménager.

Du jour au lendemain, les Trompet furent ruinés.

Ils s'installèrent dans le vingtième arrondissement de Paris. Achetèrent une épicerie arabe. Une épicerie arabe ! À ces mots, Mme Trompet éclatait en sanglots. Eux qui avaient connu la prospérité, les clients élégants, les belles voitures garées en double file, les vitrines débordantes de victuailles. Si c'était pas une calamité ! Obligés d'habiter un quartier rempli de femmes en babouches, de gamins la morve au nez, d'hommes en djellaba, dans une rue qui portait le nom d'un village algérien, Pali-Kao, donnant sur le boulevard de Belleville. Métro Couronnes.

Denise Trompet avait quatorze ans quand le drame arriva. Un soir, en rentrant de l'école, elle jeta dans le caniveau la clé et la chaîne en or.

Ses parents lui interdirent d'avoir des amis dans le quartier, d'adresser la parole aux voisins. On ne traîne pas avec ces gens-là. Restons dignes ! Elle n'était guère tentée de se lier. Elle se sentait étrangère en cette terre de Bab-el-Oued. Isolée, ostracisée, dépouillée de ses projets d'avenir, elle se précipita dans les romans à l'eau de rose et s'inventa un monde de princes, de princesses et d'amours contrariées. Elle lisait à perdre haleine, à perdre le sommeil, le soir sous ses draps, à l'aide d'une lampe de poche. Cela l'aidait à supporter son sort et la déchéance familiale.

Car le scandale avait atteint Clermont-Ferrand. Les familles de son père et de sa mère coupèrent tout lien avec eux. Elle n'avait plus ni grand-père ni grand-mère, ni tante ni oncle, ni cousin ni cousine. Seule à Noël, seule pendant les grandes vacances. Bien à l'abri sous ses draps pendant que ses parents barricadaient les portes de leur logis au cas où les « étrangers » les attaqueraient...

Elle passa son bac, entreprit des études de comptable. Sortit première de son école. Le nez toujours plongé soit dans les chiffres, soit dans les aventures extraordinaires de ses héros préférés.

Sa première place fut dans un bureau, avenue de l'Opéra. Son père reprit espoir. Avenue de l'Opéra, c'est un beau quartier, ça. Le quartier des affaires. Il imaginait un jeune cadre fringant qui tomberait amoureux de sa fille. Sa mère répétait « beau quartier » en hochant la tête. Ils vendraient leur commerce de la rue de Pali-Kao et se rapprocheraient du centre de Paris, retrouvant un peu de leur lustre d'antan.

Le dimanche après-midi, ils allaient tous les trois se promener au cimetière du Père-Lachaise et lisaient sur les pierres tombales la vie de ces illustres malheureux enterrés six pieds sous terre. Tu vois, nous ne sommes pas les seuls à avoir souffert injustement, disait son père, nous aussi, un jour, nous aurons notre revanche. J'espère que ce sera avant la tombe, disait timidement Mme Trompet.

La tombe précéda la réhabilitation.

Nul homme ne posa les yeux sur Denise ni ne demanda sa main. Elle partait chaque matin au travail, prenait le métro à la station Couronnes, ouvrait son roman et était entraînée dans de palpitantes aventures. Revenait le soir, sans avoir esquissé le début d'une romance. Son père désespérait. Sa mère secouait la tête. Si seulement elle avait hérité de ma beauté, songeait-elle en regardant sa fille, on serait tirés d'affaire maintenant... Avec la charcuterie, on pouvait encore espérer la marier, mais sans un sou, personne n'en voudra. Et nous ne partirons jamais d'ici.

Mme Trompet voyait juste.

Denise Trompet resta vieille fille et perdit au fil des ans le peu d'éclat que lui conférait sa jeunesse. Ses parents moururent quand elle avait quarante-deux ans et elle resta seule, rue de Pali-Kao, à prendre chaque matin le métro à la station Couronnes.

Elle avait changé d'entreprise. Était entrée chez Casamia. Le trajet en métro sur la ligne 2 ne comportait pas de changement, elle avait tout le loisir de s'abîmer dans son livre. Son existence était coupée en deux : d'un côté, les aventures exaltantes de ses héros, des châteaux, des lits à baldaquin, des coups de reins furieux et, de l'autre, une calculette, des bordereaux, des tableaux de chiffres arides et gris. Elle se disait parfois qu'elle avait deux vies : une en couleur sur grand écran et l'autre en noir et blanc.

Et elle ne savait plus très bien laquelle était la vraie.

– Alors, alors ? s'enquérait Henriette en battant du talon sous la table du café où ils se retrouvaient fréquemment pour faire le point sur leur affaire, où en êtes-vous avec la Trompette ?

– Je progresse, je progresse..., marmonnait Chaval avec peu d'entrain.

– Mais enfin ! Depuis le temps que vous l'avez entreprise, vous devriez déjà l'avoir couchée dans votre lit et l'avoir étourdie de coups de boutoir !

– Elle ne m'inspire guère...

– Ne pensez pas à elle ! Pensez à l'argent ! À la petite Hortense, à ses fesses rondes et fermes, à ses seins dressés...

– Madame Grobz ! Comment vous parlez de votre petite-fille !

– C'est elle qui m'y pousse à force de se conduire comme une gourgandine... Le vice appelle le vice...

– Vous avez des nouvelles ? demandait Chaval, alléché.

– Bien sûr que j'en ai ! Et vous avez intérêt à vous presser le train ! Elle n'attendra pas longtemps, Hortense...

– Elle est molle et flasque, la Trompette. Rien qu'à l'idée de l'embrasser, j'ai envie de vomir...

– Pensez à cet argent qui vous tombera dans la poche sans que vous ayez rien à faire... On peut le plumer allégrement, Marcel. Il ne se rendra compte de rien. Et il a une confiance aveugle en sa comptable. Il faut savoir ce que vous voulez...

Justement, pensa Chaval, je ne suis plus sûr du tout de vouloir trousser la Trompette. J'ai d'autres projets.

Mais il n'osait pas le dire à Henriette.

Cette dernière le fixait de son œil perçant et s'entêtait :

– Ces femmes-là, nourries de sucré, il faut les violer... Ça fait partie de leurs fantasmes. L'amour ne se cueille pas dans ces romans, il s'arrache avec les dents !

– Comme vous y allez !

– Si, si... Pour vous aider dans votre mission, j'ai lu

beaucoup de ces livres insipides et j'en ai compris le mécanisme. Les héroïnes tremblent devant le mâle, elles se l'imaginent ardent, conquérant, brutal. Le désir physique de l'homme les effraie, mais elles brûlent de connaître le coït sans oser se l'avouer. Tout est là ! Dans ce délicieux frisson de peur et de désir... Avance, recule, avance, recule. Il faut donc les brusquer. Les prendre à la hussarde ou les enivrer. Souvent, elles s'abandonnent sous l'emprise de l'alcool...

Chaval but une gorgée de menthe à l'eau et la regarda, peu convaincu. Il préférait encore le Loto.

– Vous avez essayé de l'enivrer furtivement ?

– Je n'ose pas sortir avec elle. Je vais ruiner ce qu'il me reste de réputation... Que pensera-t-on de moi si on me voit en sa compagnie ?

– On pensera que c'est une relation d'affaires... Et puis, vous n'êtes pas si connu que les paparazzis vous poursuivent, mon cher Chaval...

– Justement. Quand il ne vous reste plus rien, c'est à ce moment-là qu'on devient pointilleux, qu'on veille au grain...

– Foutaises ! Balivernes ! Vous savez ce que vous allez faire ? Vous allez l'inviter dans un endroit chic, romantique, le bar d'un grand hôtel, par exemple, s'il pouvait y avoir un feu de cheminée qui crépite dans l'âtre, ce serait parfait...

– Un feu de cheminée en plein mois de mai ?

– Vous avez trop traîné ! On a laissé passer l'hiver avec vos atermoiements ! Oubliez le feu ! Vous commandez du champagne, vous la faites boire, vous posez la main sur son genou, le caressez doucement, murmurez des mots doux, soufflez sur ses cheveux... Elles adorent qu'on leur souffle sur les cheveux, j'ai noté ça aussi, et vous la renversez d'un baiser furieux au moment de la quitter... Vous n'avez qu'à choisir un endroit obscur, un renfoncement, une impasse pour que personne ne vous voie...

– Et ensuite ? dit Chaval, la bouche retournée dans une grimace de dégoût.

– Ensuite, vous avisez... À mon avis, vous n'êtes pas obligé de passer tout de suite aux coups de boutoir furieux. Vous pouvez laisser traîner les choses. Mais pas trop longtemps ! Il nous faut ces codes...

– Et comment je les obtiens ? Vous croyez qu'elle va me les donner comme ça...

– Vous posez d'habiles questions. Sur ce qu'elle fait au bureau, où elle range ses petits secrets, les secrets de l'entreprise, bien sûr... Toujours en promenant votre souffle sur elle ! En lui baisant délicatement l'intérieur du poignet, en soupirant, en l'appelant votre petit camaïeu, votre libellule, je vous ferai une liste de mots doux si vous voulez...

– Non ! se rebiffa-t-il, Je la jouerai brutal et mystérieux... Cela m'ira mieux.

– Comme vous voulez ! Pourvu que vous obteniez ces codes... Certaines femmes plient des petits papiers et les rangent dans un carnet, un tiroir, la pochette d'un sac. Ou les inscrivent au dos d'une chemise cartonnée. Vous la cajolez, vous la caressez, vous lui faites perdre la tête et vous lui arrachez les chiffres magiques...

Chaval fit une moue dubitative.

Henriette s'emporta :

– Et comment croyez-vous que je m'y suis prise avec le père Grobz ? J'ai payé de ma personne, mon vieux Chaval. On ne peut pas triompher sans se salir les mains ! Je ne vous demande pas grand-chose, juste les codes, après vous serez libre de la laisser choir. En invoquant je ne sais quel prétexte vertueux, tiré par les cheveux, qu'elle gobera avidement, trop heureuse d'avoir été arrachée quelques instants à sa pauvre vie de vieille fille... et ça lui fera des souvenirs ! Vous aurez fait une bonne action, en plus. Vous ne m'écoutez pas, Chaval, vous ne m'écoutez pas. Vous pensez à quoi pendant que je vous parle ?

– À la Trompette...

Chaval mentait. Chaval se disait qu'il y avait peut-être un autre moyen de se refaire une santé. Depuis qu'il avait remis les pieds dans l'entreprise de Marcel Grobz, il sentait la possibilité d'une ouverture. Le Vieux s'essoufflait. Il ne suffisait plus à l'ouvrage. Il était seul. Il avait besoin de sang neuf, d'un cadre vigoureux, voyageur, fureteur, qui lui rapporte des idées, des projets, chiffres en main. Et lui, Chaval, préférait fureter du côté des affaires que dans la chair molle et flasque de la Trompette. C'était une intuition, ce n'était pas encore une certitude. Mais bientôt il saurait... Il avait, en traînant dans les bureaux, entendu dire que Casamia cherchait de nouveaux produits à inscrire à son catalogue. Il fallait innover, se diversifier sans arrêt. Battre les concurrents à force de rabais, de découvertes, de promotions nouvelles. Il devait se rendre à nouveau indispensable. Comment ? Il ne savait pas encore. Mais s'il pouvait déposer sur le bureau de Marcel Grobz un projet bien ficelé, le Vieux serait capable de le reprendre.

Faudrait pas que Josiane s'en doute. Josiane était douée pour dénicher des idées et elle en avait trouvé beaucoup. Il s'en était à chaque fois emparé, s'attirant tout le mérite, les primes et les félicitations du patron. Si jamais elle s'apercevait qu'il rôdait, elle mettrait en garde son gros loup chéri... Au lieu de neutraliser la Trompette, il devrait plutôt endormir la méfiance de Josiane. L'appeler, lui proposer de faire la paix, l'enjôler...

C'est fou ce que la vie était devenue compliquée depuis qu'il avait accepté le marché d'Henriette. Il ne savait plus où donner de la tête. Chaque soir, il avait la migraine. Sa mère était obligée de lui faire une tisane spéciale et lui frottait les tempes avec du Baume du tigre.

– Chaval ! tonitrua Henriette en levant si fort son genou sous la table que celle-ci se déplaça et qu'il eut juste le temps d'attraper sa menthe à l'eau. Vous ne me répondez pas ! Je ne vous sens pas franc du collier depuis quelque temps... Je vous rappelle que je pourrais, dans une conversation avec Marcel Grobz, lui murmurer que vous êtes un vieux dégoûtant, que vous avez couché avec Hortense. Il doit être à mille lieues de s'imaginer ça, le pauvre naïf ! Je suis sûre qu'il vous verrait différemment alors, qu'il ne vous laisserait plus traîner dans ses bureaux... Ce serait un jeu d'enfant pour moi de verser le poison du soupçon.

Elle se reprit, étonnée.

– Voilà que je parle comme dans ces livres à deux sous ! C'est contagieux, cette prose imbécile... Mais méfiez-vous, je suis encore prête à mordre et à nuire...

Chaval eut peur. Il se dit qu'elle en était capable. Qu'entre culbuter la Trompette ou se faire dénoncer par cette vieille pie méchante, il choisissait la culbute avec la Trompette.

Mais il hésitait...

Après tout, il pourrait faire les deux.

Un coucher de soleil sur Montmartre pour éblouir la

Trompette, lui mordiller le lobe de l'oreille en pensant aux fesses rondes d'Hortense, lui soutirer les codes et ensuite retrouver ses galons de lieutenant fidèle en proposant un projet à Marcel Grobz.

La migraine bourdonnait à ses tempes.

Il regarda sa montre, il n'était que deux heures et demie de l'après-midi. Trop tôt pour rentrer chez lui et s'allonger...

*
* *

WQRX FM, 105,9, classical music, New York. The weather today, mostly clear in the morning, partly cloudy this afternoon, a few showers tonight, temperature around 60° F...

Huit heures. Le radio-réveil le tira du sommeil et il lança un bras pour l'éteindre. Ouvrit les yeux. Se répéta, comme chaque matin, je suis à Manhattan, j'habite sur la 74e Rue Ouest, entre Amsterdam et Colombus, j'ai été pris à la Juilliard School et je suis le plus heureux des hommes...

Le rêve esquissé dans la cuisine de son appartement à Londres était devenu réalité. Le dossier qu'il avait envoyé à la Juilliard School, 60 Lincoln Center Plaza, New York, NY 10023-6588, avait été retenu, le CD qu'il avait enregistré, une fugue et un prélude du *Clavier bien tempéré* de Bach, écouté et apprécié.

Il avait passé une audition dans le grand amphithéâtre, l'andante de la *Cinquième Symphonie* de Beethoven. Il savait que son dossier avait été sélectionné, qu'il avait de bonnes chances d'être accepté s'il réussissait cette dernière épreuve.

Et il avait été pris...

En septembre prochain, il ferait son entrée en première année de la fameuse Juilliard School. *Imagine yourself,* disait la brochure de l'école, *motivated, innovative, disciplined, energetic, sophisticated, joyous, creative...* Il serait tout à la fois. Motivé, inventif, énergique, sophistiqué, discipliné, travailleur et joyeux. Joyeux !

Il faisait des bonds dans la rue. Je suis pris, les mecs, je suis pris ! *Hi, guys ! I'm in, I'm in !* Moi, Gary Ward, je n'en crois pas mes yeux, je n'en crois pas mes doigts, je n'en crois pas ma pauvre tête ! Je suis pris...

Start spreading the news... I want to be a part of it, New York, New York ! If I can make it there, I'll make it everywhere !

Il avait couru jusqu'à la Levain Bakery, s'était offert le petit déjeuner le plus copieux de sa vie. Il voulait manger tout ce qu'il y avait sur la carte. Les *cookies,* les *crispy pizzas,* les *sweet breads,* la grande ville et la grande vie. Il voulait embrasser tout le monde, annoncer aux inconnus qu'il croisait qu'il était désormais un étudiant sérieux, un pianiste bientôt fameux, un artiste avec lequel il faudrait compter...

Start spreading the news...

Après avoir été admis, il avait eu droit à un tour de l'école avec une étudiante senior qui lui avait expliqué comment marchait la Juilliard School, tout ce qu'on pouvait y faire. Il avait été ébahi. Il y avait des cours pour tout, absolument tout. Théâtre, ballet, comédie, musique classique, musique jazz, danse moderne, tous les arts de la scène y étaient enseignés et cela faisait le bruit d'une ruche heureuse. Dans des petits studios agglutinés tels des alvéoles le long des couloirs, des étudiants jouaient du piano, de la harpe, de la contrebasse, de la clarinette, du violon, d'autres s'escrimaient à la barre en collants noirs, d'autres encore s'épuisaient en claquettes. Il entendait des ténors lancer leur voix, déraper, se reprendre, des apprentis acteurs déclamer des vers, des archets grincer sur les cordes, des talons et des pointes claquer sur le plancher en bois, il avait l'impression d'être au milieu d'un vaste monde qui chantait, dansait, improvisait, aimait, souffrait, recommençait...

Il allait faire partie de ce monde-là...

I want to be a part of it ! New York ! New York !

Il se souvenait qu'il avait eu très peur en débarquant à New York. Seul. Tout seul. Hortense ne l'avait pas rejoint à l'aéroport à Londres. Il avait attendu jusqu'à la dernière minute, jusqu'au dernier appel pour embarquer ; il était monté, les épaules basses, la tête tournée vers le grand hall de l'aéroport pour vérifier qu'elle n'arrivait pas en criant Gary ! Gary ! Attends-moi ! et en se pétant un talon parce qu'elle courait trop vite. Alors il aurait dit mais c'est quoi, ces hauts talons roses pour voyager ? Et ce chapeau de paille en plein hiver ? Et ce sac verni vert pomme ! T'es ridicule, Hortense !

Elle aurait relevé le menton et aurait balancé un truc du genre mais enfin ! c'est le dernier look Lanvin ! Je veux débarquer là-bas en femme magnifique ! Et il aurait ri, il l'aurait serrée dans ses bras, le chapeau aurait valsé et ils auraient tournoyé dans la file d'attente au milieu des gens qui râlaient parce qu'elle arrivait à la dernière minute et ne s'excusait même pas.

Elle n'était pas arrivée à la dernière minute avec un chapeau de paille en plein hiver et des hauts talons roses.

Il tenait son billet entre les doigts...

Il l'avait replié, glissé dans la poche de sa veste et la première chose qu'il avait faite en emménageant dans son petit appartement de la 74e Rue, ça avait été de coller le billet sur le mur de la cuisine pour se rappeler chaque matin en buvant son café qu'elle n'était pas venue...

Elle avait préféré rester à Londres.

If I can make it there, I'll make it everywhere...

Les premiers jours avaient été difficiles.

C'était encore l'hiver. Le vent glacé lui coupait les joues à chaque coin de rue, la pluie tombait sans jamais s'arrêter et, souvent, il y avait des bourrasques de neige qui le laissaient grelottant dans sa veste noire, son tee-shirt gris, sur le bord du trottoir. Les taxis jaunes l'éclaboussaient, les passants emmitouflés le heurtaient, le conducteur du bus le refoulait parce qu'il n'avait pas de *Metrocard* ni de monnaie, il était rejeté sur le trottoir, les pieds trempés dans ses minces chaussures en cuir, il remontait le col de sa veste, restait là, frissonnant, à se demander comment marchait cette ville, si elle était peuplée d'humains et pourquoi elle ne voulait pas de lui.

Il était allé s'acheter des grosses chaussures, une parka et une chapka avec des oreillettes qu'il nouait sous le menton quand la tempête soufflait. Avec son grand nez rouge, il ressemblait à un clown, mais il s'en moquait. Le climat était tout sauf tempéré dans cette ville et il lui arrivait de regretter le crachin bien élevé de Londres.

Tout était plus grand, ici.

Plus grand, plus fort, plus violent, plus sauvage et tellement plus excitant...

Le directeur des études musicales, qui les avait reçus pour les féliciter d'avoir réussi le concours d'entrée, les avait prévenus : les étudiants se doivent d'être exceptionnels. Vous devez être tenaces, travailleurs, durs à la tâche, créatifs. Vous allez comprendre très vite que c'est encore plus dur que tout ce que vous avez pu imaginer et au lieu de vous ratatiner de peur, vous allez devoir redoubler d'efforts et de travail. À New York, il y a toujours quelqu'un qui s'est levé un peu plus tôt que vous, quelqu'un qui a travaillé encore plus tard dans la nuit, quelqu'un qui a inventé quelque chose que vous n'avez pas trouvé et c'est cette personne-là que vous allez devoir coiffer au poteau. Afin d'être toujours le meilleur. À la Juilliard School, on ne se contente pas de penser musique, on doit être la musique, la vivre passionnément, et si vous ne vous sentez pas capable de vous dépasser sans jamais vous plaindre, alors laissez votre place à un autre.

Il était rentré dans sa petite chambre d'hôtel, à l'Amsterdam Inn, près du Lincoln Center, et s'était couché tout habillé sur son lit.

Il n'y arriverait jamais...

Il allait rentrer à Londres. Il y avait ses marques, ses repères, ses copains, sa mère, sa grand-mère, il reprendrait des leçons de piano, il y avait de très bonnes écoles là-bas, qu'avait-il besoin de se déraciner et de venir dans cette ville de fous où personne ne dormait jamais ?

Il s'était endormi en tenant le billet d'Hortense à la main, il l'échangerait et rentrerait à Londres.

Le lendemain, il se mettait en quête d'un appartement. Il ne voulait plus être un touriste, il voulait faire partie de la ville. Et pour cela, il lui fallait une adresse, son nom sur la sonnette, un compteur de gaz ou d'électricité, un frigo plein, des copains et pouvoir inscrire son nom dans les *Yellow Pages*. Et une *Metrocard*. Plus jamais il ne se ferait jeter d'un bus ! Il apprit le trajet de toutes les lignes par cœur. *Uptown, Downtown, East, West, Cross Over*. Il apprit aussi les lignes de métro, A, B, C, D, 1, 2, 3, les « local » et les « express ». Il se trompa une fois et se retrouva dans le Bronx.

Il était d'accord pour se lever plus tôt que n'importe qui, travailler encore plus tard dans la nuit, composer un morceau que personne n'avait jamais composé et les battre tous au poteau.

Il chercha, pas trop loin de la Juilliard School. Il arpenta les rues, le nez en l'air, acheta les petits journaux de quartier distribués dans les épiceries, les bars, les boutiques. Sortit un Bic de sa poche, encercla les annonces qui lui paraissaient dans ses prix, appela. Visita un appartement, dix, vingt, fronça le nez, haussa les épaules, traita les propriétaires d'escrocs en silence. Retourna à son hôtel, découragé. Il ne trouverait jamais, trop cher, trop moche, trop sale, trop petit. On lui dit de ne pas désespérer, que, grâce à la crise, les prix avaient baissé, il pouvait marchander. Il reprit les petites annonces, recommença les visites et finit par en dénicher un dans un immeuble en briques rouges, à hautes fenêtres vertes sur la 74ᵉ Rue. Rouge et vert, cela lui plut. L'appartement était petit, sale, il faudrait changer la moquette, une chambre, une pièce à vivre, un yucca abandonné et jaune, un coin cuisine, une salle de bains de la taille d'un placard, au cinquième étage sans ascenseur, mais il donnait sur la rue et deux arbres verts. Le prix était raisonnable. Il fallait le prendre tout de suite. Il signa sans discuter.

Arracha la moquette. Alla en acheter une autre, vert pomme, qu'il colla sur le vieux parquet pourri. Repeignit les murs en blanc. Nettoya les châssis, fit les carreaux, en cassa un. Le remplaça. Chassa les cafards en vaporisant un liquide brûlant sur les plinthes et les parties humides. S'en mit dans les yeux, courut au drugstore acheter une lotion calmante. S'aperçut qu'il avait oublié ses clés à l'intérieur. Dut passer par la fenêtre de sa voisine.

Elle portait un tee-shirt qui disait « *I can't look at you and breathe at the same time*[1] ». Il se dit que c'était un signe, il l'embrassa pour la remercier.

Elle s'appelait Liz, avait les yeux marron, une frange verte et bleue, un piercing dans la langue et une grande bouche qui riait tout le temps.

Elle devint sa petite amie.

Elle étudiait le cinéma à Columbia et lui fit découvrir la ville. Les galeries de Chelsea, les cinémas d'art et d'essai tout en bas à SoHo, les clubs de jazz dans le Village, les restos pas chers, les boutiques de fringues d'occasion. Elle appelait ça des *thrift shops* et postillonnait. Elle repartait fin mai pour tenter sa chance à Hollywood où l'un de ses oncles était producteur. *Too bad*, elle disait en riant avec sa grande bouche, *too bad*, mais elle n'avait pas l'air peiné. Elle partait conquérir le monde du cinéma, ça valait bien tous les sacrifices.

Il ne protestait pas. Il lui arrivait encore de penser à Hortense...

À sa dernière nuit avec Hortense.

Et quand ça lui arrivait, il ne parvenait plus à respirer.

Il avait trouvé une arrière-salle de magasin de pianos où le propriétaire, il s'appelait Kloussov, le laissait jouer

---

1. « Je ne peux pas te regarder et respirer à la fois ! »

sur des Steinway d'occasion. De vieilles partitions traînaient, des sonates de Beethoven, Mozart, Schubert, Brahms, Chopin. Il se levait tôt le matin, fonçait au magasin et s'installait sur un vieux tabouret défoncé. Il se prenait pour Glenn Gould, se voûtait et jouait toute la matinée en grognant. L'homme le regardait jouer assis derrière une longue table noire dans l'entrée du magasin. C'était un gros monsieur au crâne chauve et rouge qui portait toujours un large nœud papillon à pois. Il fermait les yeux à demi et ronronnait en entendant monter et descendre les mains sur le clavier, il s'agitait, tressautait, était pris d'une sorte de danse de Saint-Guy, son visage passait au rouge vif et il parlait en postillonnant, laissant échapper la vapeur de son crâne.

– C'est bien, mon garçon... Tu progresses, tu progresses. On apprend à jouer en jouant. Oublie le solfège et les leçons, ouvre ton cœur en deux, répands-le sur le piano, fais pleurer les cordes. Ce n'est pas les doigts qui comptent dans le piano, ce n'est pas les exercices qu'on t'oblige à faire chaque jour, c'est le ventre, les tripes... Tu aurais beau avoir dix doigts à chaque main, si tu n'as pas le cœur prêt à saigner, prêt à chuchoter, prêt à éclater, alors ça ne sert à rien d'avoir de la technique... Il faut résonner, il faut soupirer, il faut s'emporter, faire valser le cœur avec ses dix doigts. Pas être bien élevé ! Jamais être bien élevé !

Il se levait, s'étranglait, cherchait à happer l'air, toussait, sortait un long mouchoir de sa poche, s'épongeait le front, le nez, la gorge et ordonnait :

– Recommence à faire saigner ton cœur...

Gary posait ses doigts sur le clavier et entamait un impromptu de Schubert. Le vieux Kloussov retombait sur sa chaise et fermait les yeux.

Les clients étaient rares, mais cela ne semblait pas le déranger.

Gary se demandait de quoi il vivait. Vers midi, il allait manger des *meat sandwichs* à la Levain Bakery, son préféré étant le dinde rôtie-concombre-gruyère-moutarde de Dijon sur une baguette fraîche. Il en avalait deux de suite et salivait si fort qu'il faisait rire la fille derrière le comptoir. Il la regardait en train de malaxer la pâte des cookies et voulut apprendre à pétrir. Elle lui montra. Il apprit si bien qu'elle lui proposa de l'engager l'après-midi. Elle avait besoin d'un aide-pétrisseur. Elle le paierait. Il n'avait pas son permis de travail, elle lui montra comment s'échapper par la porte de derrière si la police de l'immigration venait. Mais on ne risque rien, ajouta-t-elle, on est célèbres, on est passés chez Oprah Winfrey... Ah bon, dit-il, en se promettant de savoir qui était cette Oprah Winfrey qui tenait la police en respect.

Ses journées s'organisaient. Le piano, la pâte à pétrir et le soir, le grand rire de Liz, sa frange verte et bleue sous les draps blancs. Son drôle de clou dans la langue quand ils s'embrassaient...

Il se fit des amis sur son trajet quotidien.

Un jour qu'il passait devant Brooks Brothers, sur la 65e Rue, entre Broadway et Central Park West, il lut qu'il y avait une promotion. Trois chemises pour le prix d'une ! Il se fit violence : à la Juilliard il en aurait besoin. Et inutile de les repasser, en plus ! Elles séchaient posées sur un cintre sans faire de plis. Il entra. En choisit deux blanches et une rayée, bleu et blanc. Le vendeur s'appelait Jérôme. Gary lui demanda pourquoi il portait un prénom français. Il lui répondit que sa mère était une fan de Jérôme David Salinger. Avait-il lu *The Catcher in the rye*[1] ? Non, répondit Gary. Eh bien... c'est une faute de goût, déclara Jérôme qui avoua plus tard que tous ses copains l'appelaient Jerry. Et, afin d'enfoncer le clou, il lui demanda s'il connaissait le peintre Gustave Caillebotte. Oui ! répondit fièrement Gary. Alors tu connais le musée d'Orsay à Paris ? Absolument, j'y suis allé souvent parce que j'ai habité Paris, dit Gary qui avait l'impression de marquer des points. Cet été, dit le garçon, je vais aller à Paris, au musée d'Orsay, parce que je suis fou de Gustave Caillebotte, je trouve que son talent est très sous-estimé... On parle toujours des impressionnistes et jamais de lui. Et il se lança dans un long plaidoyer pour ce peintre que les Français avaient longtemps méprisé et qui ne connut le succès de son vivant qu'aux États-Unis.

– Il a influencé un de nos plus grands peintres, Edward Hopper... Et c'est un collectionneur américain qui a acheté presque toutes ses toiles. Tu connais *Rue de Paris. Temps de pluie* ? Je suis fou de ce tableau-là...

Gary hocha la tête pour ne pas décevoir son nouvel ami.

– Il est dans un musée de Chicago. C'est un chef-d'œuvre... C'était un collectionneur remarquable. À sa mort, il a légué soixante-sept tableaux à l'État, des Degas, des Pissarro, des Monet, des Cézanne, et l'État français les a refusés ! Il les trouvait « indignes ». Tu te rends compte, la mentalité !

Jérôme semblait outré.

Gary fut impressionné et Jérôme devint un ami.

Enfin... un copain qu'il saluait en passant devant la

1. *L'Attrape-Cœur.*

boutique, le matin. Assis sur un tabouret, derrière la caisse, il lisait un livre sur le méconnu Caillebotte.

– Salut Jérôme ! lançait Gary en mettant un pied dans le magasin.

– Salut l'Anglais !

Et il repartait.

Ça lui faisait un repère de plus. Il se sentait de moins en moins étranger dans la ville...

Un peu plus loin, au Pain Quotidien, il y avait Barbie. Noir réglisse, haute comme trois pruneaux, la tête tressée de *dreadlocks* avec des perles multicolores. Elle ressemblait à un crochet X. Elle chantait dans les chœurs de l'Elmendorf Reformed Church, le dimanche matin, dans l'Upper East Side. Tout en haut dans Harlem. Elle insistait pour qu'il vienne l'entendre, il promettait... mais, le dimanche matin, il dormait. Il ne mettait pas le réveil et restait au lit jusqu'à onze heures et demie.

Le grand rire de Liz le secouait pour aller acheter l'édition du dimanche du *New York Times* qu'ils lisaient au lit avec un grand bol de café et des cookies en se disputant les pages *Arts and Leisure.* C'était un rite.

Barbie l'attendait à l'église chaque dimanche et le lundi, elle faisait la tête.

Lui tendait ses croissants et ses pains au chocolat sans le regarder.

Lui rendait la monnaie, le front baissé. Passait au client suivant.

Alors il achetait deux pains au chocolat, en enveloppait un dans du papier de soie et revenait le lui offrir comme un bouquet de fleurs. En s'inclinant. En prenant l'air contrit. Elle souriait en baissant la tête pour dissimuler son sourire. Il était pardonné.

Jusqu'au dimanche suivant...

— Mais tu veux me convertir ou quoi ? il demandait, la bouche pleine de croissant au beurre en buvant son double café bien serré.

Elle haussait les épaules et disait que Dieu saurait le trouver. Qu'un de ces jours, Il se mettrait sur son chemin et il viendrait chanter avec elle, tous les dimanches. Elle le présenterait à ses parents. Ils ne connaissaient pas de pianiste anglais.

— Je suis un animal curieux ? C'est ça, hein ? disait-il en souriant, les babines grasses.

Elle changeait la couleur de ses perles une fois par mois et s'il ne le remarquait pas, elle boudait encore.

C'était un véritable casse-tête, Barbie.

En fait, elle s'appelait Barbara.

Et puis, il y avait le parc. Central Park. Il s'était procuré une carte du parc et l'arpentait chaque jour en revenant du magasin de pianos.

Et chaque jour, il en découvrait un nouvel aspect.

C'était un résumé du monde entier. Des hommes en costume-cravate, des femmes en tailleur de P-DG, des obèses en bermuda, des squelettiques en short, des enfants en uniforme d'écolier, des joggeurs, des body-buildés, des taxis pousse-pousse, des joueurs de base-ball, des joueurs de boules, des marins en goguette, des clochardes qui faisaient du crochet, des manèges, des stands de barbe à papa, des saxophonistes, un moine bouddhiste pendu à son portable, des cerfs-volants et des hélicoptères dans le ciel, des ponts, des lacs, des îles, des chênes séculaires, des cabanes en rondins, des bancs en bois avec des plaques dorées, vissées dessus. Des plaques qui disaient « Ici, Karen m'a donné un baiser qui m'a rendu immortel, ou Embrassez la vie avec gratitude et elle vous le rendra au centuple »... et des écureuils. Des centaines d'écureuils.

Ils passaient à travers les trous des grillages, s'arrêtaient pour ronger des glands, se poursuivaient, se chamaillaient, faisaient rouler des canettes, tentaient de monter dessus, tombaient, recommençaient... Reprenaient les canettes à pleines mains.

Ils avaient de longs doigts fins de pianistes.

Le premier qu'il rencontra était en train d'enterrer un casse-croûte sous un arbre. Il s'approcha. L'écureuil continua de creuser, indifférent. Puis, épuisé, il remonta se poser sur une branche et s'affala les quatre pattes écartées. Gary éclata de rire et le prit en photo.

Il allait avoir plein de copains.

Le samedi et le dimanche étaient jours de fête pour les écureuils qui devenaient l'attraction du parc. Les enfants les poursuivaient en riant, reculaient, terrifiés, s'ils s'approchaient trop près. Les amoureux, allongés sur les vastes pelouses, leur jetaient des bouts de sandwichs et ils passaient de groupe en groupe, grappillant nourriture et compliments, la queue en parachute, l'œil vigilant. Ils partaient déposer leur butin dans les branches des arbres, dans les fourrés, sous un tas de feuilles et revenaient faire la manche, infatigables quémandeurs.

Le samedi et le dimanche, ils étaient les rois. Des touristes leur tendaient des dollars pour les photographier, ils les reniflaient et partaient, dépités, en petits bonds dédaigneux, pour qui les prenait-on ?

Le samedi et le dimanche, ils ne savaient plus où donner de la tête et entassaient des provisions pour la semaine.

Mais le lundi...

Le lundi, ils descendaient, empressés, de leurs arbres et cherchaient leurs amis du week-end. Pelouses désertées, plus d'amis. Ils sautillaient, poussaient des petits cris, leurs têtes tournaient en gyrophares, ils attendaient, attendaient, repartaient, la queue basse, remontaient dans les arbres, déconfits. On ne les aimait plus, ils avaient fini de plaire. Du haut de leur abri, ils épiaient les vastes pelouses vertes. Plus de joueurs de base-ball, plus d'enfants, plus de jets de cacahuètes. Le show était fini. Ils avaient fait leur temps. Ainsi va la vie... On croit qu'on est éternel et puis, on vous oublie.

Alors le lundi, en revenant de ses longues stations sur le tabouret de piano défoncé, il leur distribuait du pain de mie et des noix de cajou pour les réconforter. Il se disait, eux aussi, ils se sentent seuls parfois. Eux aussi, ils ont besoin d'amis... On est pareils, les rats à queue flamboyante et les humains.

Il leur tendait la main. Il en cherchait un qui deviendrait son copain. Il le cherchait parmi tous les écureuils gris. Un effronté malicieux qui serait son ami...

Il pensait aux écureuils roux du château de Chrichton.

Il n'avait plus jamais reçu d'appel de Mrs. Howell et il s'en moquait bien.

Cela lui semblait loin, si loin. Comme si ce souvenir s'adressait à un autre homme. Un homme de jadis. Il n'avait plus rien à voir avec cet homme-là. Il se laissait tomber sur la pelouse, faisait rouler dans l'herbe les dernières cacahuètes qu'il lui restait...

Il appelait sa grand-mère.

Il claironnait tout va bien, Mère-Grand, je survis dans la grande ville. Et je ne dépense pas tout ton argent. Il ne lui disait pas qu'il n'aimait pas trop cet argent, mais il le pensait. Il admettait que cette allocation lui avait été bien utile, mais il savait aussi qu'un jour, il la rembourserait jusqu'au dernier penny.

– Tu serais fière de moi ! Je travaille mon piano le matin et je pétris la pâte tous les après-midi…

– Tu n'as pas tes papiers ! Tu es illégal ! s'exclamait Mère-Grand.

– Ah… tu sais qu'il faut un permis pour travailler ici ! Dis donc, Mère-Grand, tu es drôlement au courant. T'es branchée, on dirait !

– Tu sais, pendant la guerre, moi aussi, j'ai connu les restrictions ! J'avais une carte d'alimentation comme tout le monde… et je mettais bien moins de beurre dans mes cakes.

– Et c'est pour ça que tes sujets te vénèrent, Mère-Grand ! Ton cœur bat sous le protocole…

Elle gloussait, un petit rire saccadé, mais s'arrêtait aussitôt.

– Tu pourrais être reconduit à la frontière et interdit de séjour ! Et alors, plus d'école, plus de projets, plus d'avenir…

– Oui, mais il y a une petite porte dérobée qui donne sur la cour… S'ils arrivent, je me tire en courant !

Elle se raclait la gorge et ajoutait c'est bien gentil à toi de m'appeler. Tu donnes aussi des nouvelles à ta mère ?

Il n'arrivait pas encore à parler à sa mère, il lui envoyait des mails. Il lui racontait sa vie quotidienne. Il ajoutait qu'un jour, il pourrait lui parler de vive voix. Quand il aurait fait le tour de sa colère.

Il ne savait pas très bien pourquoi il était en colère.

Il ne savait même pas s'il était en colère contre elle.

*
**

Joséphine ne lâchait plus le carnet noir de Petit Jeune Homme.

Elle continuait de décoller délicatement les pages une à une avec la vapeur de la bouilloire et une fine lame de couteau, en faisant attention que l'encre ne s'efface pas sous l'effet de la buée. Elle isolait chaque page avec soin, la lissait entre deux buvards. Attendait qu'elle fût sèche avant de passer à la suivante...

C'était un travail d'archéologue.

Ensuite elle la déchiffrait lentement. Savourait chaque phrase. Contemplait les ratures, les taches d'encre, essayait de lire sous les mots rayés. Quand Petit Jeune Homme biffait des mots, c'était difficile de déchiffrer ce qu'il avait voulu cacher. Elle comptait le peu de pages qu'il restait en se disant que ça allait bientôt finir. Cary Grant allait reprendre l'avion pour Los Angeles.

Elle resterait toute seule comme Petit Jeune Homme...

Lui aussi sentait venir la fin. Son ton devenait mélancolique. Tout se recroquevillait en lui. Il comptait les jours, il comptait les heures, il n'allait plus à ses cours, il attendait, le matin, que Cary Grant sorte de l'hôtel, le suivait, remarquait son col d'imperméable blanc relevé, ses chaussures bien cirées, lui tendait un sandwich, un café, se tenait éloigné sans le perdre des yeux.

Il y eut une seconde soirée à l'hôtel.

Cette fois, il prévint Geneviève ; elle lui servirait une nouvelle fois d'alibi. Il dirait qu'ils étaient au cinéma ensemble. Elle fit la moue, tu ne m'emmènes jamais au cinéma, je te promets que je t'emmènerai quand il sera parti, il part quand ?

« J'ai fermé les yeux pour ne pas entendre cette question. »

Cette phrase occupait toute une page. Il avait dessiné, en dessous, le visage d'un homme avec un bandeau sur les yeux. Il ressemblait à un condamné.

« Il m'a encore invité à venir dans sa suite à l'hôtel. J'ai été si surpris que je lui ai dit :

– Mais pourquoi vous passez tout ce temps avec moi ? Vous êtes une grande vedette et moi, je ne suis rien...

– Mais bien sûr que tu es quelqu'un. Tu es mon ami.

Et il a posé sa main sur ma main.

Il suffit qu'il me sourie pour que mon trac se transforme en confiance, que ma réserve disparaisse, que j'aie le courage de lui poser toutes les questions que je me pose quand il n'est pas là.

Il aimerait bien rencontrer Geneviève. Je n'ai pas pu m'empêcher de sourire. Je les ai imaginés l'un en face de l'autre. Elle, avec son air de vierge sage, sa petite moustache, ses cheveux roux, frisottés, secs comme des baguettes de foin. Et lui, si élégant, si décontracté ! Alors j'ai ri et j'ai dit oh non ! et il a dit et pourquoi pas, *my boy* ? Fais-moi confiance. Je la regarderai attentivement et je te dirai si tu peux être heureux avec elle... Je me suis rembruni, j'ai plus rien dit. Moi, je veux être heureux avec lui...

– Je m'y connais en mariage, tu sais ! J'ai été marié

trois fois. Mais ce sont toujours mes femmes qui me quittent. Je me suis souvent demandé pourquoi... Peut-être que mes mariages ont échoué à cause de ce qui s'est passé avec ma mère... C'est tout à fait possible. Peut-être aussi que je suis terriblement ennuyeux ! Le truc, c'est que quand je suis marié, je rêve d'être célibataire et quand je suis célibataire, je rêve d'être marié...

Il s'est levé, il est allé mettre un disque de Cole Porter. Une chanson qui s'appelle *Night and Day* et il nous a versé un verre de champagne à chacun.

— J'ai joué le personnage de Cole Porter dans un film. Je crois que j'étais très mauvais, mais j'aime tellement sa musique !

Alors je me suis lancé, je lui ai dit que tout le monde trouvait ça bizarre qu'on soit amis. Que sur le tournage, ils se moquaient de moi et de mon attachement pour lui. J'ai parlé à toute allure, j'étais embarrassé...

— Et alors ? Tu fais attention à ce que les autres disent ? Il ne faut pas. Si tu savais ce que j'ai entendu sur moi !

Il a dû lire mon ignorance sur mon visage parce qu'il m'a expliqué :

— Écoute-moi bien... J'ai toujours essayé d'être élégant, de bien m'habiller, j'ai eu du succès, j'ai aimé des femmes. Des femmes formidables... Je sais pourtant que beaucoup de gens pensent que j'aime les hommes. Que veux-tu que j'y fasse ?

Il s'est arrêté, a ouvert les bras.

— Je pense que c'est le sort de tous ceux qui ont du succès. On raconte n'importe quoi sur eux. Je refuse de me laisser assombrir par ce genre de choses. Et je refuse aussi que ces gens débiles me dictent ma manière de vivre. Qu'ils pensent ce qu'ils veulent, qu'ils écrivent ce qu'ils désirent ! Ce qui m'importe, c'est que moi, je sache qui je suis... Ce que les autres pensent, je m'en fiche complètement et tu devrais en faire autant...

Il a remis la chanson, a chantonné *night and day, you are the one, only you beneath the moon or under the sun...* a esquissé des pas de danse, s'est laissé tomber dans un canapé.

Il a continué à me parler. Il était en verve... Il avait l'air heureux.

Peut-être est-ce la fin prochaine du tournage et l'idée qu'il va bientôt revoir Dyan Cannon ? Je l'aime pas, elle. Elle a trop de cheveux, trop de dents, trop de maquillage. Pendant la semaine qu'elle a passée à Paris, je l'ai bien observée et je ne l'aime pas du tout. En plus, elle a un air de propriétaire avec lui... Pour qui se prend-elle ? Elle croit qu'elle est la seule à l'aimer ? Je trouve cela arrogant et prétentieux de sa part.

Il m'a expliqué qu'il n'avait jamais rien fait pour plaire aux autres. Il n'avait jamais ressenti le besoin de se justifier, de s'expliquer. Son héroïne, c'est Ingrid Bergman.

Dans la marge, il avait dessiné le visage d'Ingrid Bergman avec ses cheveux courts. On ne la reconnaissait pas du tout. Et il avait marqué en face : pas terrible ! Dois faire des progrès. Et si je faisais les Beaux-Arts au lieu de Polytechnique ? Est-ce qu'il me trouverait plus intéressant si je devenais artiste ?

– C'est une femme fascinante, obstinée, douce, qui a toujours eu le courage de vivre en accord avec elle-même, et qui a dû affronter une société inhibée, imbécile et tremblante de peur ! Je l'ai toujours soutenue, envers et contre tous. Je ne supporte pas l'hypocrisie...

Je ne sais pas ce qui s'est passé entre eux, mais il l'a défendue bec et ongles.

J'ai encore pris mon courage à deux mains et j'ai posé une question sur sa mère. Je me suis dit que je pouvais le faire, il m'avait tendu une perche en me parlant d'elle le premier...

Je ne savais pas trop comment tourner ma question.

– Elle était comment votre maman ? j'ai dit d'une manière un peu maladroite.

– C'était une adorable maman... et j'étais un adorable bébé !

Il a éclaté de rire. A mimé un "adorable bébé" en faisant une adorable grimace.

– Elle m'habillait avec des robes de fille, de beaux cols blancs, me faisait de belles boucles longues, qu'elle lissait avec un fer, ça me brûlait les oreilles ! Je crois bien que j'étais sa poupée... Elle m'a appris à me tenir convenablement, à parler bien, à lever ma casquette quand je croisais quelqu'un, à me laver les mains avant de passer à table, à jouer du piano, à dire bonjour, bonsoir, merci beaucoup, comment allez-vous...

Et puis il s'est arrêté, il a changé brusquement de ton et il a dit :

– On a tous nos cicatrices, my *boy,* certaines sont à l'extérieur et se voient, d'autres sont à l'intérieur et invisibles et c'est mon cas...

Elle est incroyable, l'histoire avec sa mère ! J'avais les larmes aux yeux en l'écoutant. Je me suis dit que je n'avais vraiment rien vécu, que j'étais minuscule comparé à lui. Il me l'a racontée par petits bouts, en se levant, en se versant du champagne, en remettant le disque, en se rasseyant, il bougeait tout le temps.

Alors voilà, il faut que je me souvienne de tout parce que j'ai jamais entendu une histoire comme ça...

Il avait neuf ans quand c'est arrivé, il vivait avec son père et sa mère à Bristol.

Sa mère, Elsie, avait perdu un enfant juste avant lui. Un garçon, mort à un an. Elle pensait qu'il était mort par sa faute. Elle avait été négligente. Alors, quand le petit Archibald Alexander est né, elle a eu si peur de le perdre qu'elle a veillé sur lui comme sur la prunelle de ses yeux. Elle craignait toujours qu'il lui arrive quelque chose. Elle l'adorait et il l'adorait. Son père disait qu'elle en faisait trop, qu'il fallait qu'elle le lâche et ils se disputaient à cause de lui. Sans arrêt. En plus, ils manquaient d'argent et Elsie se plaignait. Son père travaillait dans une blanchisserie, elle, elle restait à la maison avec le petit Archie. Elias filait au pub pour ne plus l'entendre...

Sa mère l'emmenait au cinéma voir de beaux films.

Son père courait les filles.

Et puis, un jour, il avait neuf ans, en rentrant de l'école vers cinq heures, il ouvre la porte de la maison et appelle sa mère, comme il le fait tous les jours. Il l'appelle et sa mère ne répond pas. Ça ne lui ressemble pas. Elle est toujours là quand il rentre de l'école. Il la cherche partout dans la maison, il ne la trouve pas. Elle a disparu. Pourtant, le matin quand il est parti, elle ne lui a rien dit. Ni la veille, non plus. C'est vrai qu'elle est devenue un peu bizarre... Elle se lave les mains tout le temps, ferme les portes à clé, cache de la nourriture derrière les rideaux, demande mais où sont passés mes chaussons de danse ? alors qu'il ne l'a jamais vue danser. Elle reste de longues heures, assise devant le poêle à charbon, et fixe les morceaux incandescents sans bouger. Mais ce matin, quand il est parti, elle l'a embrassé et lui a dit à ce soir...

Deux de ses cousins, qui habitent avec eux, dévalent les escaliers. Il leur demande s'ils savent où est sa mère et les cousins répondent qu'elle est morte. Qu'elle a eu une crise cardiaque et qu'on l'a enterrée tout de suite. Et puis son père arrive et lui dit que sa mère est partie se reposer au bord de la mer. Elle était fatiguée. Elle reviendra bientôt...

Et il reste là, en bas de l'escalier. Il essaie de comprendre ce qu'on lui dit. Il n'arrive pas à savoir si c'est vrai ou pas. Il sait juste qu'elle n'est plus là.

Et la vie continue et on n'en parle plus.

– Soudain, il y a eu un vide en moi. Un vide terrible... à partir de ce moment-là, j'ai été triste tout le temps. On ne m'en a plus jamais parlé. Et j'ai pas demandé d'explications. C'était comme ça. Elle était partie... Je me suis habitué à ce qu'elle ne soit plus là. Je me suis dit que c'était de ma faute et j'ai développé un sentiment de culpabilité. Je ne sais pas pourquoi, mais je me suis senti coupable. Coupable et abandonné...

Son père aussi avait disparu. Il s'en était allé vivre avec une autre femme dans une autre ville. Il l'avait confié à sa grand-mère. Elle buvait, le frappait, l'attachait à un radiateur quand elle sortait et allait boire au pub. Il n'est plus jamais retourné à l'école. Il traînait dans les rues, il chapardait, il faisait les quatre cents coups. C'est comme ça qu'à quatorze ans, il est entré dans la troupe d'acrobates de M. Pender. Il s'est trouvé une autre famille. Il a appris à faire des sauts, des cabrioles, des contorsions, des grimaces, à marcher sur les mains, à tendre son chapeau pour gagner quelques pennies. Il est parti avec la troupe en Amérique, il a fait la tournée, quand la troupe est repartie en Angleterre, il est resté à New York...

Et puis, un jour, près de vingt ans plus tard, il était devenu une vedette, une grande vedette, il a reçu une lettre d'un avocat qui lui annonçait que son père était mort et que sa mère vivait dans un asile de fous, tout près de Bristol...

Il a été K-O debout, il m'a dit. Le monde s'était écroulé.

Il avait trente ans. Dès qu'il se déplaçait, il y avait cent photographes et cent journalistes qui le suivaient. Il portait des complets élégants, des chemises avec ses initiales brodées sur la pochette et jouait dans des films à succès.

– Le monde entier me connaissait, sauf ma mère...

Sa mère avait été enfermée dans un asile par son père. Elias avait rencontré une autre femme, il voulait vivre avec elle, mais ne voulait pas payer un divorce, ça coûtait trop cher. Il avait fait disparaître sa femme. Un tour de passe-passe. Et personne ne s'en était jamais soucié !

Il m'a raconté ses retrouvailles avec sa mère. Dans la petite chambre pauvre et vide de l'asile. Il ne racontait pas seulement, il jouait la scène, il la revivait. Il faisait toutes les voix, celle de sa mère et la sienne.

– Je me suis précipité vers elle, je voulais la prendre dans mes bras et elle a dressé son coude entre elle et moi... "Qui êtes-vous ? Qu'est-ce que vous me voulez ?" elle a crié. "Maman, c'est moi ! Archie !" "Vous n'êtes pas mon fils, vous ne lui ressemblez pas, vous n'avez pas sa voix !" "Mais c'est moi, maman, c'est moi ! J'ai juste grandi !"

Il touchait sa poitrine et disait “c’est moi ! c’est moi !” me prenant à témoin.

– Elle ne voulait pas que je la serre dans mes bras. Il a fallu plusieurs visites pour qu’elle accepte que je l’approche, plusieurs visites pour qu’elle quitte l’asile et s’installe dans une petite maison que je lui avais achetée... Elle ne me reconnaissait pas. Elle ne reconnaissait pas le petit Archie dans l’homme que j’étais devenu...

Il s’agitait, s’asseyait, se relevait. Il avait l’air dévasté.

– Tu te rends compte, *my boy* ?

Au fil des ans, ça s’est arrangé, mais elle est toujours restée un peu distante, comme si elle n’avait rien à voir avec cet homme qui s’appelait Cary Grant. Ça le rendait fou.

– J’ai passé la plus grande partie de ma vie à hésiter entre Archibald Leach et Cary Grant, pas sûr d’être l’un ou l’autre et me méfiant des deux...

Il parlait, les yeux perdus dans le vague, avec une petite lueur trouble dans le regard. Il parlait à voix basse comme s’il se confessait à quelqu’un que je ne voyais pas. Je dois dire que j’ai eu la chair de poule à ce moment-là. Je me suis demandé avec qui j’étais exactement, je n’étais pas sûr que ce soit avec Cary Grant. J’ai repensé à la phrase que m’avait dite son habilleuse *to see him is to love him, to love him is never to know him.*

– Et moi, je voulais tellement avoir une vraie relation avec elle... J’aurais aimé qu’on se parle, qu’on se livre nos petits secrets, qu’elle me dise qu’elle m’aimait, qu’elle était heureuse de m’avoir retrouvé... J’aurais voulu qu’elle soit fière de moi. Oh oui ! Qu’elle soit fière de moi !

Il a soupiré. Levé et baissé les bras.

– Mais on n’y est jamais arrivés et Dieu sait que j’ai essayé ! Je voulais qu’elle vienne vivre avec moi en

Amérique, elle n'a jamais voulu quitter Bristol. Je lui faisais des cadeaux, elle les refusait. Elle n'aimait pas l'idée que je l'entretienne. Un jour, je lui ai offert un manteau de fourrure, elle l'a regardé et elle a dit "Qu'est-ce que tu veux de moi ?" et j'ai dit "mais rien, rien du tout... C'est juste parce que je t'aime...", et elle a dit un truc comme "oh, toi alors !" avec un geste de la main qui m'envoyait promener... Elle n'a pas voulu garder le manteau. Une autre fois, je lui ai apporté un chat, un tout petit chat. On en avait un à la maison avant qu'elle ne parte à l'asile. Il s'appelait Buttercup. Elle l'adorait. Quand je suis arrivé avec le chat dans une cage, elle m'a regardé comme si j'étais fou.

— C'est quoi, ça ?

— Tu te souviens de Buttercup ? Il lui ressemble beaucoup... J'ai pensé que tu l'aimerais, qu'il te tiendrait compagnie... Il est mignon, non ?

Elle m'a foudroyé du regard.

— C'est quoi ce truc de chochotte ?

Elle a attrapé le chat par le cou et l'a balancé à l'autre bout de la chambre.

— Tu dois vraiment être fou pour penser que je voulais un chat !

J'ai repris le chat, l'ai remis dans la cage. Elle me regardait, l'air méchant.

— Comment as-tu pu me faire ça ? Comment as-tu pu m'enfermer dans cette maison de fous ? Comment as-tu pu m'oublier ?

— Mais je ne t'ai jamais oubliée ! Je t'ai cherchée partout ! Personne n'a été plus désespéré que moi quand tu es partie, maman...

— Arrête de m'appeler maman ! Appelle-moi Elsie comme tout le monde !

J'ai fini par être mal à l'aise avec elle. Je ne savais plus quoi faire. Je l'appelais tous les dimanches et chaque fois, juste avant de l'appeler, j'avais la gorge sèche, serrée, je ne pouvais plus parler... Je me raclais la gorge comme un fou. Dès que j'avais raccroché, j'avais à nouveau la voix claire et normale... Ça en dit long, hein, *my boy* ?

Je l'écoutais et je ne savais toujours pas quoi dire. Je jouais avec le verre de champagne, je le faisais tourner entre mes mains. Il était tout poisseux tellement je transpirais. Le disque s'était arrêté, il ne l'avait pas remis. Le vent s'engouffrait par la fenêtre et faisait gonfler les rideaux. Je me suis dit qu'il y allait avoir un orage et que je n'avais pas pris de parapluie.

– Plus tard, *my boy*, j'ai compris beaucoup de choses... J'ai compris que mes parents n'étaient pas responsables, qu'ils étaient le résultat de leur éducation, des erreurs de leurs parents, et j'ai décidé de ne garder d'eux que le meilleur. D'oublier le reste... Tu sais, *my boy*, ton père et ta mère finissent toujours par te présenter l'addition et te la faire payer. Et il vaut mieux que tu paies et que tu leur pardonnes. Les gens pensent toujours que pardonner, c'est être faible, moi, je pense exactement le contraire. C'est quand tu pardonnes à tes parents que tu deviens fort...

J'ai pensé à mes parents. Je ne leur avais jamais dit que je les aimais ou que je les détestais. Ils étaient mes parents, point final. Je ne me posais pas de questions à leur sujet. D'ailleurs, on ne se parle pas beaucoup. On fait comme si... Papa me fixe des caps et je les suis. Je ne me rebelle pas. J'obéis. C'est comme si je n'avais jamais grandi, que j'étais toujours un petit garçon en culottes courtes...

– Toute cette période a été une période horrible. J'avais l'impression d'errer dans un brouillard. J'avais faim, j'avais froid, j'étais seul. Je faisais n'importe quoi. Je ne comprenais pas qu'elle m'ait abandonné... Je me suis dit que c'était dangereux d'aimer quelqu'un parce que cette personne allait se retourner contre moi et me donner une grande gifle dans la figure. Ça ne m'a certainement pas aidé dans mes relations avec les femmes. J'ai commis l'erreur de penser que chaque femme que j'aimais allait se comporter comme ma mère. J'avais toujours peur qu'elle me quitte...

Il a levé les yeux vers moi, il a eu l'air étonné de me trouver là. Il y a eu comme une seconde de surprise dans son regard. Cela m'a embarrassé. Je me suis gratté la gorge, j'ai fait hum ! hum ! Il a souri, il a fait hum ! hum ! et on est restés tous les deux en face l'un de l'autre, sans parler.

Au bout d'un moment, je me suis levé, j'ai murmuré que ce serait peut-être mieux que je parte, qu'il était tard. Il ne m'a pas retenu.

J'étais un peu sonné. Je me suis dit qu'il m'avait peut-être trop parlé, que je ne valais pas toute cette confiance. Que le lendemain, il regretterait de s'être confié...

Je suis sorti de l'hôtel. Il faisait nuit, le vent soufflait, le ciel était noir, menaçant. Le portier m'a tendu un parapluie, j'ai dit non. J'ai relevé mon col et je me suis enfoncé dans la nuit de Paris. J'étais trop triste pour prendre le métro. Il fallait que je marche. Que je repense à tout ce qu'il m'avait dit.

Et là-dessus l'orage a éclaté...

Je n'avais pas de parapluie, je suis arrivé chez moi, j'étais trempé. »

Joséphine reposait le carnet noir et pensait à sa mère.

Elle aussi, elle aurait aimé que sa mère la regarde, qu'elle soit fière d'elle, qu'elles partagent des petits secrets.

Ça n'était jamais arrivé.

Elle aussi, elle se disait qu'aimer quelqu'un, c'était prendre le risque de recevoir une grande gifle dans le visage. Elle avait pris de grandes gifles dans le visage. Antoine était parti vivre avec Mylène, Luca était en maison de repos, Philippe coulait des jours heureux avec Dottie à Londres.

Elle ne luttait pas. Elle se laissait dépouiller. Elle se disait c'est la vie, c'est comme ça...

Elle revenait en arrière dans les pages du carnet :

« J'ai commis l'erreur de penser que chaque femme que j'aimais allait se comporter comme ma mère, qu'elle allait m'abandonner... »

Henriette l'avait abandonnée dans les tourbillons de la mer quand elle était enfant. Prise dans le tumulte des vagues, elle avait choisi entre sa sœur et elle. Choisi de la laisser mourir et de sauver Iris. Elle avait trouvé cela normal. Elle s'était recroquevillée sur ce qui lui paraissait être une évidence.

Tout le succès de Cary Grant n'avait jamais effacé la peine du petit Archibald Leach.

Tout le succès d'*Une si humble reine*, la réussite à son HDR, ses brillantes études universitaires, ses conférences dans le monde entier n'effaçaient pas la douleur de savoir que sa mère ne l'aimait pas, qu'elle ne l'aimerait jamais.

Cary Grant était resté le petit garçon de neuf ans qui cherche sa mère partout dans la maison.

Elle était restée la petite fille de sept ans qui grelotte sur une plage des Landes.

Elle fermait les yeux. Elle posait son front sur les pages du carnet noir et pleurait.

Elle avait pardonné à sa mère. C'est sa mère qui ne lui pardonnait pas.

Peu de temps après la mort d'Iris, elle avait appelé Henriette.

– Joséphine, il est préférable que tu ne m'appelles plus. J'avais une fille et je l'ai perdue...

Et le rouleau de vagues l'avait écrasée à nouveau.

On ne guérit pas d'avoir une mère qui ne vous aime pas, on se dit qu'on n'est pas aimable, qu'on ne vaut pas tripette.

On ne court pas à Londres se jeter dans les bras de l'homme qui vous aime.

Philippe l'aimait. Elle le savait. Elle le savait dans sa tête, elle le savait dans son cœur, mais son corps refusait d'avancer. Elle ne pouvait pas s'élancer, prendre ses jambes à son cou, courir vers lui.

Elle restait à grelotter sur la plage.

Iphigénie passait l'aspirateur dans l'appartement, cognait à la porte de son bureau, demandait, je peux entrer, je dérange pas ? Joséphine se redressait, essuyait ses yeux, faisait semblant de se pencher sur un livre.

– Mais madame Cortès ! Vous pleurez ?

– Non ! Non ! Ce n'est rien, Iphigénie, c'est juste une allergie...

– Vous pleurez, madame Cortès ! Faut pas pleurer ! Qu'est-ce qui vous arrive ?

Iphigénie posait le manche de l'aspirateur, prenait Joséphine dans ses bras. La serrait contre son tablier.

– Vous travaillez trop ! Toujours enfermée dans votre bureau avec vos livres et vos cahiers ! C'est pas une vie, ça !

Elle la berçait, répétait, c'est pas une vie, c'est pas une vie, mais pourquoi vous pleurez, madame Cortès ?

Joséphine reniflait, se mouchait dans la manche de son pull, disait c'est rien, ça va passer, ne vous en faites pas, Iphigénie, c'est parce que j'ai lu un truc trop triste...

– Moi, je vois bien quand vous allez pas et là, je peux vous dire que vous allez pas bien du tout ! Je vous ai jamais vue comme ça !

– Je suis désolée, Iphigénie.

– Ne vous excusez pas, en plus ! Ça arrive à tout le monde d'avoir du chagrin. Vous êtes trop seule, c'est tout ! Vous êtes trop seule... Je vais aller vous faire un café, vous voulez un café ?

Joséphine disait oui, oui.

Iphigénie la contemplait sur le pas de la porte, soupirait et partait lui faire un café en faisant son bruit de trompette contrariée. Elle revenait avec une grande tasse, trois sucres dans la paume de sa main, elle demandait vous voulez combien de sucres dans votre café ?

Joséphine souriait et disait tout ce que vous voulez...

Iphigénie hochait la tête et mettait les trois morceaux de sucre dans la tasse.

– Le sucre, ça console...

Elle remuait la cuillère en secouant la tête.

– J'en reviens pas ! Une femme comme vous qui pleure comme une gamine !

– Ben oui..., disait Joséphine. Iphigénie, si on parlait

de quelque chose de plus gai ? Sinon je vais me remettre à pleurer et ce serait dommage avec un si bon café !

Iphigénie bombait le torse, satisfaite d'avoir réussi son café.

– L'eau, faut la verser sur la poudre quand elle n'est pas encore bouillante… C'est ça, le secret.

Joséphine buvait sous l'œil vigilant d'Iphigénie. Elle venait deux fois par semaine faire le ménage chez elle. Quand elle partait, la maison éclatait de propreté. Je me sens bien chez vous, je fais comme chez moi, vous savez… Je ferais pas ça chez tout le monde !

– Dites, madame Cortès, puisqu'on fait une pause dans le travail, vous et moi, y a un truc auquel j'ai réfléchi… Vous vous souvenez de notre conversation, l'autre jour, sur le fait que nous, les femmes, on doutait toujours de nous, qu'on pensait qu'on était nulles, capables de rien…

– Oui, répondait Joséphine en buvant son café trop sucré.

– Eh bien, je me disais que si nous, on doute, si on pense toujours qu'on ne va jamais y arriver, comment les autres peuvent-ils nous faire confiance ?

– Je n'en sais rien du tout, Iphigénie.

– Écoutez-moi bien… Si, moi, je ne crois pas en moi, qui le fera ? Si moi, je ne suis pas à cent pour cent pour moi, qui le sera ? Faut donner l'idée aux gens qu'on est formidables, sinon ils ne le savent pas…

– Ce n'est pas faux ce que vous dites, Iphigénie, pas faux du tout !

– Ah ! Vous voyez !

– Et vous avez trouvé ça toute seule ? demandait Joséphine en trempant les lèvres dans son café décidément trop sucré.

– Oui. Et pourtant, j'ai pas fait Polytechnique comme le monsieur du deuxième étage !

Joséphine sursauta.

– Polytechnique ? Qui a fait Polytechnique ?

– Ben... M. Boisson. Quand je trie le courrier, je fais bien attention à ne pas me tromper, je lis attentivement ce qu'il y a écrit sur l'enveloppe et j'ai vu qu'il recevait des convocations à des réunions d'anciens ou des trucs comme ça. Sur l'enveloppe, y a le nom de l'école et de l'Association des anciens...

– M. Boisson a fait Polytechnique ?

– Oui et pas moi. Mais ça m'empêche pas de penser. De penser à des choses de la vie de tous les jours... Et pour ça, faut juste s'asseoir sur une chaise quand les enfants sont couchés et se demander pourquoi une femme comme vous, une femme intelligente, savante, pense qu'elle ne vaut pas grand-chose et que tout le monde peut lui marcher dessus...

– M. Boisson ? Il a fait Polytechnique, répétait Joséphine. Et sa femme, elle s'appelle comment, Iphigénie ?

– Ça, j'en sais rien. J'ouvre pas les lettres tout de même ! Faut pas croire ! Je lis que le dessus. Mais c'est pas ça qu'il faut retenir, madame Cortès, c'est ce que je vous ai dit juste avant. Si vous n'êtes pas pour vous à cent pour cent, qui le sera ? Pensez-y...

– Vous avez raison, Iphigénie. Je vais y réfléchir...

– Parce que vous êtes quelqu'un de formidable, madame Cortès. Y a que vous qui le savez pas... Alors mettez-vous bien ça dans le crâne et répétez-vous chaque soir en vous endormant je suis une femme formidable, je suis une femme formidable...

– Vous croyez que ça marche comme ça ?

– Vous avez rien à perdre à essayer et moi, je trouve

que c'est pas si bête comme idée. Mais c'est sûr que j'ai pas fait Polytechnique !

– Heureusement, Iphigénie ! Vous ne seriez pas là à veiller sur moi...

– Allez ! Je ne veux plus jamais vous voir pleurer... Promis ?

– Promis..., soupira Joséphine.

Il fallait absolument qu'elle parle à Garibaldi.

*
**

Dix heures du matin...

Assise dans sa grande cuisine. Josiane contemplait les carreaux des fenêtres. Elle les avait faits avant-hier, il avait plu, elle pourrait les faire à nouveau aujourd'hui. Elle avait trouvé chez Franprix une nouvelle marque de lingettes pour vitres qui promettait des miracles. Ou passer les robinets à l'Antikal. Détartrer les filtres. Nettoyer les étagères. Dégraisser le four. Déjà fait, il y a trois jours ! Enlever les rideaux du salon et les porter chez le teinturier ? Oui mais... ils en revenaient tout juste... Ah ! sursauta-t-elle, pleine d'espoir, cela fait une semaine que je n'ai pas fait briller l'argenterie ! Cela pourrait occuper mon après-midi...

Elle se leva, prit son grand tablier, le ceignit autour de ses reins, ouvrit le tiroir où reposaient les couverts en argent. Ils brillaient de mille feux.

Elle alla se rasseoir, déçue.

Aller chez le coiffeur ? Se faire masser ? Lécher les vitrines ? Regarder la télé ? Elle secoua la tête. Ces activités ne la ragaillardissaient pas. Bien au contraire ! Elle sortait de chez le coiffeur maussade. N'ouvrait pas les paquets de vêtements tout neufs qu'elle venait d'acheter.

Plaçait les pulls et les jupes avec leurs étiquettes dans son placard et ne les touchait plus...

Devant la télévision, elle s'endormait.

Elle avait essayé de tricoter...

Il lui fallait de l'action. Des montagnes à escalader, des problèmes à résoudre. Elle avait pensé apprendre le chinois, l'anglais, mais avait vite compris que cela ne suffirait pas non plus. Elle réclamait des activités pratiques. Du mouvement, un but bien concret à atteindre...

Elle jeta un œil sur le sauté de veau aux petits légumes qui mitonnait sur la cuisinière dans une grande casserole en cuivre. La porte du four ! Je pourrais la démonter, nettoyer l'espace entre les deux parois de verre. Elle doit être grasse. Ce doit être coton à faire, ça... Ça me prendra bien une demi-journée avec un peu de chance ! Et puis l'heure du déjeuner approcherait. Elle mettrait la table, regarderait Junior dévorer le sauté de veau en lisant un livre, débarrasserait, ferait la vaisselle à la main, l'essuierait, nettoierait soigneusement les bords de l'évier...

Elle n'entendit pas son fils entrer dans la cuisine. Il se hissa sur un tabouret et la sortit de sa rêverie ménagère.

— Ça va pas, petite mère ? Je te sens morose... Tu as du vague à l'âme ?

— On va dire que ça pourrait aller mieux, mon gros bébé d'amour...

— Tu veux qu'on parle un peu tous les deux ?

— Ton prof n'est pas là ?

— Je l'ai renvoyé chez lui, il n'avait pas fini ses devoirs... et puis il déroge à son rôle de professeur. C'est le rôle essentiel du professeur d'éveiller la joie de travailler et de connaître...

– Oh Junior ! Comment peux-tu parler comme ça d'un homme aussi savant ? s'offusqua Josiane en lui faisant les gros yeux.

– Je dis la stricte vérité, petite mère. L'homme est épuisé. Il va falloir le changer. Il patine depuis quelque temps, j'obtiens de meilleures notes que lui quand on reçoit les corrigés...

– Et l'autre aussi flanche ?

Junior avait deux professeurs : l'un du matin, l'autre de l'après-midi. Deux jeunes gens sortant de grandes écoles qui arrivaient, ponctuels, pour donner leur cours, avec des serviettes pleines de livres et de cahiers, des Bic de toutes les couleurs et des fiches quadrillées. Ils enlevaient leur manteau dans l'entrée et pénétraient dans la chambre de Junior comme dans un sanctuaire. Avec une sorte de trac au ventre. Ils s'essuyaient les pieds, resserraient le nœud de leur cravate, toussaient, se grattaient la gorge et frappaient à la porte en attendant l'ordre d'entrer. L'enfant les impressionnait.

– Non ! Celui-là tient bon ! Nos échanges sont exaltants. Il me fouette le cerveau de ses remarques et me pose mille problèmes. Son esprit est vif, bien documenté, il a une excellente mémoire et un très bon raisonnement. On s'amuse beaucoup ensemble... Mais cessons de parler de moi, dis-moi ce qui te chagrine...

Josiane soupira. Elle ne savait pas si elle devait dire la vérité à son fils ou parler de fatigue, de changement de saison, de grippe passagère. Elle pensa un instant accuser le pollen des arbres.

– Et n'essaie pas de me cacher des choses, petite mère. Je lis en toi comme dans un livre... Tu t'ennuies, c'est ça ? Tu tournes en rond dans la maison et tu ne sais plus quoi astiquer. Avant, tu avais une carrière, tu participais à la vie de l'entreprise, tu partais le matin, le jarret tendu et la mine fière, tu revenais le soir, la tête bourdonnante de projets. Tu avais ta place dans la société. Aujourd'hui, à cause de moi, tu te retrouves enfermée à la maison, à faire le ménage, les courses, la cuisine et tu t'ennuies...

– C'est exactement ça, Junior, répondit Josiane, surprise de la perspicacité de son fils.

– Et pourquoi tu ne retournes pas travailler chez Casamia ?

– Ton père ne veut pas. Il veut que je m'occupe de toi, que de toi !

– Et ça te gonfle...

Elle le regarda, embarrassée.

– Je t'aime à la folie, mon gros bébé, mais tu n'as plus besoin de moi, il faut être réaliste...

– Je suis allé trop vite...

– Beaucoup trop vite...

– Je n'ai pas rempli mon rôle de bébé. Je le sais. Je m'en fais le reproche fréquemment. Mais que veux-tu, maman, c'est si ennuyeux d'être un bébé !

– Je ne sais pas. Je ne me souviens pas..., répondit Josiane en riant. Ça fait longtemps !

– Alors... Dis-moi... C'est délicat pour moi de te questionner. Tu devrais m'aider...

– Alors je pensais..., dit Josiane, pas sûre de pouvoir avouer la vérité.

– Que tu ferais bien un second bébé...

– Junior !

– Et pourquoi pas ? Va juste falloir convaincre papa... Je ne sais pas s'il en a tellement envie. Il se fait vieux...

– Très juste, Auguste...

– Et tu n'oses pas lui en parler...

— Il a tellement de soucis…

— Tu tournes en rond et ça fournicote dans ta tête. Que des idées noires !

— Tu lis dans mes pensées, mon fils…

— Il faut donc inventer. Inventer une nouvelle manière de vivre. Inventer, c'est penser à côté.

— C'est-à-dire ? demanda Josiane, pas sûre de comprendre.

— Aller là où personne ne t'attend… La connaissance s'acquiert par l'expérience, tout le reste n'est que de l'information. Peu d'êtres sont capables d'exprimer posément une opinion différente des préjugés de leur milieu. La plupart d'entre eux sont même incapables d'arriver à formuler de telles opinions. Mais toi, tu le peux, mère…

— Junior, peux-tu parler plus simplement, c'est un peu obscur…

— Excuse-moi, mère. Je vais tâcher d'être plus clair…

Et il demanda à l'Albert Einstein en lui de se taire et de laisser parler Junior Grobz.

— Je sais pourquoi tant de gens aiment couper du bois. C'est une activité où l'on voit tout de suite le résultat. Je comprends pourquoi tu as tellement envie de faire le ménage, tu veux te sentir utile et obtenir un résultat…

— Mais j'ai bien peur d'avoir fait le tour de ma cuisine !

— Et tu voudrais faire quoi, petite mère adorée ?

— Ce que tu viens de dire : être utile. Avant, j'étais utile… Utile dans l'entreprise, utile à faire un enfant, mais maintenant l'enfant m'a dépassée et je reste là, à ne savoir que faire…

— Les grands esprits ont toujours rencontré une

opposition farouche des esprits médiocres et tu as peur de formuler ton désir... alors je te le demande à nouveau, mère, que voudrais-tu faire ?

— Je voudrais retourner travailler. Ton père a besoin d'être aidé. Casamia a grandi, c'est devenu un ogre qui a besoin sans cesse de nouveaux projets et je sens bien qu'il s'épuise. Il n'y arrive plus tout seul. Je voudrais qu'il me redonne ma place dans l'entreprise. Qu'il me mette à la tête d'un service qui s'appellerait...

— « Prospectives et idées nouvelles », par exemple ?

— Je ferais merveille à ce poste-là. Dans le passé, j'ai fait mes preuves. Personne ne l'a jamais su car je me faisais souffler mes idées, mais je n'avais pas mon pareil pour trouver de nouveaux débouchés... J'aimais ça. J'aimais fureter dans les projets des autres, étudier ce qui était réalisable ou pas, fructueux ou non... Cette recherche me plaisait.

— J'en suis sûr, mère. C'est ton intuition qui parle et l'intuition a souvent raison. Le mental intuitif est un don sacré et le mental rationnel, un serviteur fidèle. Nous avons créé une société qui honore le serviteur et a oublié le don... Rares sont ceux qui regardent avec leurs propres yeux et qui éprouvent avec leur propre sensibilité. Lance-toi ! Trouve des projets et soumets-les à mon père. Il saura bien reconnaître que tu as raison et te donnera la place que tu souhaites...

— Ce n'est pas si simple, Junior. J'ai tenté de lui parler, mais il ne veut pas entendre. Il me dit oui, oui, pour m'apaiser, mais il ne fait rien pour m'aider. Je pourrais, bien sûr, aller proposer mes services à un autre, mais j'aurais l'impression de le trahir...

— Tout est relatif, mère. Placez votre main sur un poêle une minute et ça vous semblera durer une heure.

Asseyez-vous auprès d'une jolie fille une heure et ça vous semblera durer une minute. C'est ça, la relativité. Trouve-lui un projet nouveau bien ficelé, pose-le sur son bureau sans dire que cela vient de toi et il voudra savoir d'où cela provient et viendra te chercher… Toutes ses questions seront balayées, il n'aura plus qu'à s'incliner…

— Junior ! Tu vas trop vite, même quand tu penses !

Elle le regarda dans les yeux pour essayer de comprendre comment ce gamin de trois ans pouvait lui tenir de tels discours, puis renonça. Elle ne parviendrait jamais à comprendre son fils. Il fallait qu'elle se fasse une raison. Elle ne tentait même plus de cacher son originalité. Elle en parlait encore l'autre jour à Ginette… Et cette dernière lui avait dit, accepte, accepte ce don du ciel et arrête de vouloir le freiner. Il n'est pas pareil que les autres et alors ? Tu imagines un monde où tout le monde serait semblable ? On se suiciderait ! Tant de parents se plaignent d'avoir des cancres, des paresseux, des ignares. Tu as un petit Einstein, soigne-le, encourage-le. N'essaie pas de le faire passer sous la toise des autres. L'égalité est une notion stupide. Nous sommes tous différents…

Elle soupira, se frotta les mains. Reprit le dialogue avec son fils.

— Tu as raison, Junior… Encore faudrait-il que je trouve un tel projet. Je suis isolée dans ma cuisine…

— Comment faisais-tu, avant ?

— J'allais dans les salons spécialisés, les foires, les expositions… Je parlais à des architectes, des stylistes, des inventeurs indépendants, je triais les idées… Je me disais que, parmi tout ce fatras, il y avait sûrement des choses à exploiter.

— Et tu avais raison... L'imagination est plus importante que le savoir.

— Mais comment repartir à la recherche de cet imaginaire si je suis enfermée chez moi à veiller sur toi ?

— Je t'aiderai, mère. J'irai avec toi. Tu n'auras qu'à dire que c'est pour mon instruction et je te soutiendrai. Nous parcourrons ensemble les grandes foires commerciales et nous trouverons des idées nouvelles que nous rapporterons sur le bureau de père...

— Tu ferais ça pour moi ?

— Oh oui ! et bien plus encore, si tu me le demandais ! Je t'aime tant, petite mère. Tu es mon roc, ma racine, ma feuille de peuplier... Je veux t'aider. Je suis sur terre pour ça, ne l'oublie pas.

— Mais tu as déjà fait notre bonheur, Junior. Ta naissance a été une bénédiction, une source de joie infinie. Tu aurais dû nous voir tous les deux, agenouillés devant l'enfant divin qui venait couronner notre amour. Nous te contemplions comme un trésor... Tu allais changer notre vie. Et tu l'as changée...

— Et ce n'est pas fini, tu vas voir. Nous allons faire de grandes choses, ensemble ! Ça m'amuse beaucoup d'aller sur le terrain, de parler à des hommes nouveaux avec des idées originales, de transformer leurs projets en réalisations concrètes. Je finis par m'ennuyer à étudier entre quatre murs.

— Il ne faudra pas que cela t'épuise. Tu es encore petit ! Tu as trop tendance à l'oublier. Tu ne fais plus de sieste...

— Inutile, mère, inutile. Je ne dors pas longtemps, mais je dors vite... Le sommeil est une perte de temps, une drogue pour paresseux.

— Ça fait longtemps que j'ai renoncé à comprendre

comment tu fonctionnes, Junior. Je l'avoue, je suis complètement dépassée… mais bien heureuse d'avoir eu cette conversation avec toi ! C'est une belle occasion que me fournit la vie…

– Il n'y a pas de hasard, mère. Le hasard, c'est Dieu qui se promène incognito. Il a vu que tu avais des idées noires et Il m'a envoyé vers toi…

– Et tous les deux, nous allons aider ton père… Il a tant besoin de nous, tu sais. Le monde va si vite, aujourd'hui, et lui, il ne veut pas le reconnaître mais il vieillit…

– Le monde est dangereux. Non pas tant à cause de ceux qui font le mal, mais à cause de ceux qui regardent et laissent faire…

– Nous laisserons personne lui faire de mal, n'est-ce pas, Junior ?

– Promis, maman ! Je vais me mettre de suite à la recherche d'idées et de projets pour Casamia et toi, de ton côté, fais donc une liste de foires où nous pourrons aller baguenauder…

– Affaire conclue ! s'exclama Josiane en se levant et en prenant son enfant dans ses bras. Junior ! Quelle félicité de t'avoir enfanté ! Comment ai-je pu faire un enfant comme toi ! Moi qui suis si ignare et simplette. C'est un grand mystère…

Junior sourit et lui donna une petite tape sur l'épaule pour lui dire de ne pas trop chercher.

– Ce qui est incompréhensible, c'est que le monde soit compréhensible, ajouta-t-il tout bas, laissant le grand Albert Einstein reprendre la parole.

*
**

Joséphine appela Garibaldi le lendemain de sa discussion avec Iphigénie. Il n'était pas dans son bureau, elle laissa un message au collègue qui lui répondit. Quand elle épela son nom, Joséphine C-O-R-T-È-S, le collègue marqua un temps d'arrêt et dit :

– Ah... C'est vous, madame Cortès...

Avec une pointe de respect et de douceur. Comme s'il la connaissait. Comme si Garibaldi lui avait parlé d'elle en termes affectueux. Et la voix devenait la voix chaleureuse d'un ami. Il disait Joséphine Cortès et un peu de lumière tombait dans le bureau froid et gris de Garibaldi.

– Il est parti en mission... Une vaste opération dans les milieux de la drogue. On est sur le coup, jour et nuit, on se relaie. Mais je lui dirai que vous avez appelé et il vous rappellera, c'est certain...

Joséphine le remercia et raccrocha, les larmes aux yeux.

Puis elle se reprocha sa sentimentalité et se secoua. Arrête de pleurnicher pour un rien, ma pauvre fille ! Garibaldi te rend un service parce qu'il t'aime bien, c'est tout ! Qu'est-ce que tu imagines ? Qu'il a parlé de toi avec des trémolos dans la voix ? Elle soupira. C'était fatigant, cette faculté à tout sentir, tout ressentir. À se laisser pénétrer par une intonation de voix, une remarque ironique, un haussement de sourcils. Elle ne parvenait pas à mettre de barrières entre les gens et elle. Elle se disait, cette fois, je vais essayer, je vais sortir armée, casquée, cuirassée, je ne laisserai personne me donner un coup de canif. Mais ça ne marchait jamais... Un rien l'égratignait ou la rendait heureuse. Un rien l'abattait ou soulevait en elle une vague d'espoir et de chaleur. Je suis un immense buvard, se dit-elle pour s'encourager à sourire. À rire d'elle et de sa sentimentalité. Un immense buvard plein de taches.

Elle repensa à ses larmes après avoir lu le carnet de Petit Jeune Homme.

Elle avait pleuré en lisant le passage où Cary Grant évoquait sa mère.

Elle songea à la réflexion d'Iphigénie : « Si vous ne croyez pas en vous, comment voulez-vous que les autres y croient ? »

Elle n'oublierait jamais la petite fille abandonnée dans les vagues. Elle portait en elle un cadavre de noyée.

Elle s'était retournée vers sa mère, avait réussi à nager jusqu'à elle, avait crié attends-moi, attends-moi, l'avait agrippée, mais sa mère l'avait rejetée d'un coup de coude. Elle ne l'avait pas dit, mais c'était comme si elle entendait les mots pas toi ! pas toi ! laisse-moi !

Laisse-moi sauver ta sœur.

Iris. Les gens adoraient Iris. Ils n'y pouvaient rien. C'était une petite fille qui prenait toute la lumière. Qui attirait tous les regards. Sans rien faire. C'était comme ça. Les enfants comme elle ont tous les droits, tous les pouvoirs. Parce qu'ils apportent du rêve aux autres, ils les emmènent ailleurs. Aimer Iris, c'était participer à sa lumière, en prendre un rayon et s'en faire une petite bougie...

Face à Iris, elle était impuissante.

Alors, dans l'eau furieuse de la mer, elle avait lâché prise. Elle avait fermé les yeux et s'était laissée glisser dans les vagues.

Et elle s'était retrouvée sur le rivage, rejetée par un rouleau. Catapultée sans qu'elle ait rien fait. Elle était sortie de l'eau en titubant, en crachant, en claquant des dents. Toute seule. Toute seule... Son père l'avait emportée dans ses bras en hurlant à sa mère qu'elle était une criminelle. Elle entendait ces mots, mais elle ne les comprenait pas. Elle avait eu envie de l'apaiser, de le consoler, elle n'en avait pas eu la force.

La vie avait continué sans qu'ils en reparlent jamais. Quant à elle, elle ne savait pas, elle se disait c'est maman qui avait raison ou c'est papa, elle se disait aussi que la vérité dépend du point de vue où l'on se place.

Ça devait arriver à beaucoup de gens de vivre des choses pareilles. Elle n'était pas une exception. Il ne fallait rien exagérer. Et nous continuons tous à vivre, à faire semblant de vivre... sauf qu'on ne sait pas qu'on fait semblant.

Elle grappillait des petits moments de joie, des petits morceaux de bonheur. Les gros morceaux, elle ne pouvait pas les avaler. Elle était heureuse de ces petits morceaux. Ils lui suffisaient amplement.

Comme de savoir que Garibaldi l'aimait bien...

L'histoire de Cary Grant et de sa mère, elle la comprenait.

Tout le monde l'aimait, tout le monde le trouvait formidable, il était la plus grande star de Hollywood, mais il était resté le petit garçon de neuf ans que sa mère avait abandonné. Archibald Leach suppliait sa mère de poser les yeux sur lui. Elsie voyait Cary Grant et ne le reconnaissait pas.

Elle levait le coude quand il s'approchait...

Rejetait le manteau de fourrure.

Balançait le chat à travers la chambre.

Lui interdisait de l'appeler maman.

Refusait d'habiter une belle maison à Los Angeles, près de lui.

Prenait l'air distrait quand il téléphonait.

Disait tu n'es pas Archie, tu n'es pas mon fils...

Il insistait. Appelait tous les dimanches où qu'il soit dans le monde...

Avait la gorge étranglée. Tremblait à chaque fois.

Ne sachant plus qui il était...

Archie Leach, Cary Grant ?

Il avait grandi, il avait réussi, mais c'était comme s'il avait grandi et réussi en trompe l'œil... En fabriquant un autre personnage qui s'appelait Cary Grant.

Il l'avait fabriqué tout seul.

En s'observant dans la glace, en calculant l'épaisseur de son cou, la taille de son col, en enfonçant les mains dans ses poches, en rectifiant son accent, en mettant au point des mimiques, des grimaces, des attitudes, en apprenant des mots savants qu'il recopiait sur un carnet...

Il s'en était sorti tout seul.

Tout seul...

Les hommes qui parviennent à s'échapper de leur enfance sont toujours des solitaires. Ils n'ont besoin de personne, ils avancent les mains dans les poches, un peu branlants, un peu tremblants, un peu en se raclant la gorge, mais ils avancent.

Elle releva la tête. Remercia Petit Jeune Homme de lui avoir raconté l'histoire de Cary Grant. Chaque fois qu'elle repensait à la tempête sur la plage des Landes, elle ajoutait un morceau au puzzle.

Cary Grant venait de poser un nouveau morceau dans le grand puzzle. Une petite phrase qu'elle avait formulée sans s'en apercevoir, « elle était sortie de l'eau... toute seule ».

Toute seule...

Elle songea à ses filles.

À la mort d'Antoine...

Elle se demanda si Hortense et Zoé faisaient des cauchemars en pensant à la fin d'Antoine.

Elle se demanda si c'était pour oublier la mort de son père que Zoé se coulait contre elle et parlait comme une petite fille qu'elle n'était plus. Qu'elle mélangeait tout, Gaétan, la nuit dans la cave, les bras de sa mère, l'oreille de son doudou qu'elle mordillait... Elle était en équilibre, un pied dans l'enfance, un pied dans l'avenir. Pas sûre de savoir de quel côté pencher. Elle hésitait.

Hortense avait claqué la porte de l'enfance depuis longtemps. Elle regardait résolument droit devant elle et rayait tout ce qui pouvait l'embarrasser. Une sorte d'amnésie qui la protégeait. Elle s'était construit une armure. Combien de temps y serait-elle à l'abri ? Il y avait toujours un moment où l'armure volait en éclats...

Moi aussi, j'ai la gorge sèche quand je vais parler à Hortense. Je tourne autour du téléphone avant de composer son numéro.

Moi aussi, j'ai peur qu'elle me rejette et me renvoie le chat à la figure.

Et pourtant, je suis une mère formidable...

Je suis une mère formidable.

Elle fit le numéro d'Hortense.

Elle était chez elle. Furieuse. Il y a trois centimètres d'eau dans la salle de bains et personne ne fait rien, j'en ai marre de cet endroit, j'en ai marre ! Et tu sais quoi ? L'autre taré d'ayatollah...

– Peter ? suggéra Joséphine.

– Ce débile ! Il a décidé de me dresser. De m'apprendre la vie ! Il dit que c'est à moi, cette fois-ci, d'appeler le proprio et de gueuler... Il s'est transformé en père la Morale et me fait la leçon pour tout. Je ne le supporte plus. Je crois que je vais me casser... L'autre soir, on a essayé de se raccommoder. On est sortis ensemble et, en entrant dans la boîte, tu sais ce qu'il m'a dit ?

– Non, dit Joséphine, surprise que sa fille lui parle autant.

Hortense devait être très en colère et avait besoin de déverser sa rage dans l'oreille de quelqu'un.

– Il m'a dit tous ces mecs te regardent, Hortense, et pourtant tu vas rester sagement à côté de moi... sans bouger. Non mais ! Il croit que je lui appartiens ? Que je vais sortir avec lui ? Avec ses petites lunettes cerclées, sa taille de nabot et son air constipé ! Il est malade, je te dis, complètement malade...

– Tu as des nouvelles de Gary ? demanda Joséphine.

– Non. On se voit plus...

– Ça, c'est normal, dit Joséphine qui savait, par Shirley, que Gary était à New York.

– Tu trouves ça normal, toi ? Tu prends sa défense, en plus ! J'aurai tout entendu ! Décidément, en ce moment, vaudrait mieux que je reste au lit et que je me bouche les oreilles... C'est une conspiration ou quoi ?

– Hortense, ma chérie, calme-toi... Je voulais juste dire que c'est normal que tu ne le voies plus puisqu'il est à New York et toi, à Londres... Je voulais savoir si vous vous téléphoniez de temps en temps...

– À New York ? Qu'est-ce qu'il fout à New York ? demanda Hortense, interloquée.

— Il y vit... Cela doit faire un peu plus de deux mois, maintenant...

— À New York ? Gary ?

— Shirley ne t'a rien dit ?

— Je ne vois plus Shirley, non plus. À cause de Gary. J'ai rayé la mère et le fils de mon vocabulaire...

— Il est parti du jour au lendemain...

— Et pourquoi ?

— Euh ! je crois que... Ça m'embarrasse de te le dire, ce serait mieux que Shirley te raconte...

— M'man ! Fais pas ta mijaurée... Tu me feras gagner du temps, c'est tout !

Joséphine raconta le voyage de Gary à Édimbourg à la recherche de son père, le retour à Londres, son irruption dans l'appartement de Shirley au petit matin et...

— Il a trouvé Shirley au lit avec Oliver, son professeur de piano...

— Wouaou ! Ça a dû être un choc !

— Et depuis, il ne parle plus à Shirley. Je crois qu'il lui envoie des mails. Il est parti à New York, il a été pris à la Juilliard School...

— C'est top !

— Il a loué un appartement, il a l'air de se plaire beaucoup là-bas...

— On a passé la nuit ensemble après la fête de mes vitrines et le matin, il a filé voir sa mère. Il y avait comme une urgence...

— Il devait vouloir lui raconter son voyage en Écosse... Il n'a pas eu le temps.

— Et moi qui croyais qu'il était toujours à Londres et qu'il me battait froid...

— Il ne t'a pas prévenue ?

— Non. Pas un mot, pas un texto ! On avait passé une

nuit ensemble, m'man, une nuit de rêve et il a décampé au petit matin pour aller voir...

– Il t'a peut-être laissé un message et tu ne l'as pas eu... Ça arrive, tu sais.

– Tu crois vraiment ?

– Oui. En tout cas, moi, ça m'arrive... On me dit qu'on m'a envoyé un texto ou qu'on m'a laissé un message et je n'ai rien.

– C'est sûr que depuis quelque temps, j'en ai plus beaucoup de messages ! Je me disais que c'était une sale période, je faisais le dos rond en attendant que ça passe... Ce doit être un coup d'Orange...

– Ils ont aussi Orange en Angleterre ?

– Moi, j'ai Orange ici... Tu crois qu'il m'a appelée et que j'ai pas eu son message ?

– Il ne serait pas parti sans te le dire... Surtout après avoir passé la nuit avec toi. C'est un type bien, Gary.

– Je sais, maman, je sais... C'était si bien, cette nuit-là... Y avait tout qui était bien...

Joséphine surprit la voix d'Hortense qui se cassait. Elle fit celle qui n'avait pas entendu.

– Envoie-lui un mail, Hortense...

– Je vais y réfléchir... Dis donc, pourquoi tu m'appelais au fait ?

– Parce que tu me manques, ma chérie... Ça fait trop longtemps que je ne t'ai pas entendue. Chaque fois que je t'appelle, tu me dis que tu es pressée, que tu n'as pas le temps et ça me fait de la peine...

– Oh ! maman, commence pas à devenir sentimentale... ça va m'énerver, je vais t'envoyer bouler et tu auras de la peine ! Mais je suis drôlement contente de te parler... Ça avance ton livre ? Tu as commencé à écrire ?

Joséphine raconta l'histoire de Petit Jeune Homme et de Cary Grant. Hortense lui dit que c'était une histoire pour elle, de l'émotion qui gicle comme l'hémoglobine... Elle dit cela sans prendre un ton méchant, juste le ton désinvolte de celle qui garde les sentiments à distance de peur d'être touchée, coulée.

*
**

Denise Trompet dansait de joie dans sa petite chambre de la rue de Pali-Kao. Elle regardait son reflet dans le miroir orné de coquillages blancs qu'elle avait rapporté d'un voyage avec ses parents à Port-Navalo. Leurs seules vacances en près de trente ans. Ils ne fermaient jamais la boutique, c'était une perte d'argent. Mais un été, ils avaient osé. Ils étaient partis tous les trois en autocar vers Port-Navalo, ancien port de pêche et refuge de pirates dans le golfe du Morbihan.

Ils lui avaient offert ce miroir, promesse de beauté et de bonheur. Et une petite trousse de maquillage... Il faut que tu te pomponnes un peu, avait dit sa mère, navrée de voir sa fille si peu affriolante.

Ce soir, elle se pomponnerait.

Ce soir, elle sortait avec Bruno Chaval.

Ce soir, il l'emmenait voir le coucher de soleil du haut de la butte Montmartre.

Ce soir, il la tiendrait dans ses bras et, tous les deux enlacés, ils regarderaient la splendeur de l'astre solaire disparaître à l'horizon dans un disque embrasé de rose et d'orangé.

Elle choisit une robe rose et orange. Des escarpins dorés. Un sac doré. Se maquilla de tons chauds de soleil couchant. Crêpa outrageusement ses fins cheveux, les laqua, renversant la tête en bas pour en augmenter le volume et se remit à danser dans sa petite chambre.

Ils avaient rendez-vous sur la place du Tertre. Ils se retrouveraient parmi les chevalets des peintres et les tentures bariolées des cafés. Il la prendrait par la main, l'enlacerait...

Ce soir, leurs lèvres s'effleureraient...

La veille en se couchant, elle avait relu son livre préféré, *Arrangements privés*. Elle en connaissait de larges extraits par cœur. Elle se les récitait, en fermant les yeux, le corps envahi d'une douce chaleur :

Mais dès que ses lèvres touchèrent les siennes, son corps fut foudroyé de plaisir, comme celui d'un enfant qui goûte à un morceau de sucre pour la première fois de sa vie. Son baiser était aussi léger qu'une meringue, aussi rafraîchissant qu'une première pluie de printemps.

Stupéfaite, étourdie, elle but son souffle jusqu'à ce que le baiser ne lui suffise plus. Elle saisit alors son visage entre ses mains et l'embrassa avec une ardeur qu'elle ignorait posséder, qui dépassait l'enthousiasme et se rapprochait plutôt de la frénésie.

Ce soir, ce soir...

Elle descendit les escaliers quatre à quatre, dit bonjour à l'épicier arabe qui avait repris le commerce de ses parents. Elle ne lui adressait jamais la parole, d'ordinaire.

— Tout va bien, mademoiselle Trompet ? lui lança-t-il, étonné.

— Tout va pour le mieux..., lui répondit-elle en bondissant telle une gazelle vers la bouche de métro.

Elle descendrait à la station Anvers et monterait lentement les escaliers qui mènent à la basilique. Elle dédaignerait le funiculaire pour ne pas s'imprégner de l'odeur des corps entassés dans la petite cabine et arriver fraîche, rose, dispose aux côtés de son bien-aimé. Ce serait comme une lente procession vers le bonheur. Elle franchirait un à un les degrés de la félicité. Enfin, enfin ! Ce soir, il allait l'embrasser...

Elle s'aperçut dans le reflet d'une vitrine et se trouva presque jolie. L'amour, l'amour ! chantonna-t-elle, c'est la meilleure crème de beauté... Le talisman secret pour faire ployer l'homme vers soi, qu'il vous enivre de ses baisers et s'agenouille à vos pieds. Voudra-t-il venir habiter rue de Pali-Kao ou devrons-nous déménager quand nous nous installerons ensemble ? Ce serait mieux de déménager. Oui, mais il n'a pas d'emploi... Au début, il faudra être raisonnable. Ne pas faire de folies. Économiser, ouvrir un compte d'épargne-logement, puis vendre la rue de Pali-Kao et acheter un appartement digne de nous, dans un beau quartier. Je travaillerai pour deux en attendant qu'il trouve un emploi. C'est un homme brillant. Il ne peut pas accepter n'importe quoi...

Elle faisait des plans, établissait un budget, imaginait des enveloppes de dépenses (vacances, voiture, nourriture, charges, impôts, divers, accidents, imprévus, catastrophes), pensait, préparait, prévoyait quelques mois difficiles avant de s'établir pour de bon.

Et elle gravissait les marches de l'escalier.

Ralentissait pour savourer son émoi.

S'affolait soudain... Et s'il ne venait pas ? S'il se décommandait à la dernière minute ? Sa vieille mère malade ? Victime d'un malaise ? Il en parlait avec beaucoup de tendresse. Il ne sortait jamais le soir pour ne pas la laisser seule. Lui préparait ses chaussons, sa liseuse, sa tisane. Regardait à la télé son programme préféré. C'était un fils modèle.

Elle attendrait...

J'ai attendu cinquante-deux ans, je peux attendre encore un peu avant de réaliser mon rêve. Bruno Chaval, Mme Bruno Chaval, il faudra que je m'entraîne à signer mes papiers de mon nouveau nom. Papa et maman auraient été fiers de moi...

Il l'attendait. Grand, magnifique, au sommet des marches. Appuyé négligemment contre une colonne à laquelle elle trouva un air dorique. Il ne bougea pas et elle dut s'avancer jusqu'à lui. Il abaissa les yeux sur elle et demanda :

– Heureuse ?

Elle soupira « oui », s'empourpra et le suivit lorsqu'il se détacha de la colonne.

Ils marchèrent jusqu'à la basilique. Elle aurait aimé qu'il la prenne par la main, mais il semblait très soucieux de l'étiquette et se tenait à une distance respectable. Il ne voulait pas la compromettre par un geste embarrassant.

Ils s'assirent sur les marches et observèrent le soleil qui finissait sa course à l'horizon.

– Ce soir, il se couche à vingt et une heures douze, dit la Trompette qui avait consulté une éphéméride.

– Ah..., dit Chaval, prenant bien soin que leurs coudes ne se touchent pas. Et comment savez-vous ça ?

– Je suis une femme savante ! dit-elle en rougissant. J'aime passionnément les chiffres... Je peux vous réciter les tables de multiplication à l'envers et faire toutes les opérations de tête sans crayon ni papier. J'ai gagné un concours une fois, organisé par les pâtes Lustucru...

— Et vous avez gagné quoi ?

— Un voyage à Port-Navalo. J'y suis allée avec mes parents. J'étais si contente de pouvoir leur offrir ce voyage grâce à mes connaissances. Trois jours de farniente. C'était formidable ! Vous connaissez Port-Navalo et le golfe du Morbihan ? C'est à cent vingt kilomètres de Nantes, cent trente de Quimper, quatre cent soixante de Paris...

— Non. Je n'y ai jamais mis les pieds...

Et je déteste le cri des mouettes et l'odeur du varech, pensa-t-il en faisant une moue de dégoût.

On pourrait y aller pour notre voyage de noces, songea Denise Trompet en rougissant. On regarderait le soleil se coucher sur le golfe pendant que les bateaux des plaisanciers regagnent le port. Les voiles blanches s'affaleraient, les cirés jaunes tiendraient la barre et les écoutilles. Une douce brise marine jouerait sur nos nuques frissonnantes. Il me serrerait contre lui de son bras puissant et murmurerait je ne veux pas que tu t'envoles ! Il aurait l'air très grave et je gémirais en me blottissant contre lui. Tu ne me perdras jamais, mon chéri, se promit-elle en tremblant.

Il attendit qu'il fasse nuit pour se rapprocher un peu.

Lui passa précautionneusement un bras autour des épaules et elle défaillit.

Ils restèrent immobiles, un long moment. Il n'y avait plus grand monde sur les marches. Quelques gratteurs de guitare et des couples amoureux. Je suis comme tout le monde, se dit Denise Trompet, je suis enfin comme tout le monde…

– Heureuse ? demanda à nouveau Chaval.

– Si vous saviez…, souffla Denise dans un soupir de bonheur.

– Et demain, le soleil, il se couche à quelle heure ?

– Vingt et une heures vingt-trois…

– Décidément, vous êtes vraiment une femme savante, dit-il en lui effleurant l'oreille.

Elle faillit mourir de plaisir.

Il la serra un peu plus fort en pensant au corps de la divine Hortense.

– Bruno…, murmura Denise, s'enhardissant.

– Oui ?

– Je suis si…

– Ne dites rien, Denise, profitons de ce moment de paix et de beauté. Recueillons-nous en silence…

Elle se tut, tâchant d'imprimer dans son cœur les mille nuances de son bonheur.

Puis soudain, il se dressa comme mû par un ressort. Tâta ses poches et s'exclama :

– Mon Dieu ! Mes clés ! Je ne les ai plus !

– Vous êtes sûr ?

– Je les avais encore dans votre bureau, tout à l'heure… Je me souviens de les avoir senties dans ma poche en vous parlant…

Elle s'arracha alors à l'étreinte de ce torse fabuleux qu'on aurait cru sculpté par le Bernin lui-même et ces biceps saillants qui auraient pu être ceux d'un marin habitué à hisser des voiles toute la journée… La douceur de sa peau la rendait folle et lui faisait penser à un bol de lait crémeux tout juste sorti du pis de la vache et encore légèrement fumant...

— Nous devons aller les chercher ! Je ne peux pas réveiller ma mère en rentrant tard... Elle est si faible !

— Mais nous venons à peine de nous asseoir et je pensais que...

... qu'il l'emmènerait dîner dans un de ces restaurants pour touristes qui la faisaient rêver quand elle se promenait avec ses parents, le dimanche après-midi. Quand ils étaient d'humeur gaie, qu'un espoir se dessinait à l'horizon de leur morne vie, ils délaissaient le cimetière du Père-Lachaise et montaient jusqu'à Montmartre. Elle s'était imaginé qu'elle pourrait secrètement faire un pèlerinage. Unir dans la même pensée Bruno et ses parents...

— Allons-y ! ordonna Chaval d'une voix d'imperator romain habitué à se faire obéir. Mène-moi à ton bureau, que je récupère mes clés, ma petite pêche dorée...

C'est un subterfuge qu'il avait trouvé. Il alternait le « tu » et le « vous » et elle perdait la tête... Ultime astuce, il l'assommait avec « ma petite pêche dorée ».

Il tendit la main, la saisit par le col de son manteau et d'un geste brusque la ramena vers lui. Elle poussa un cri, puis cria de nouveau lorsqu'il planta ses dents dans la chair délicate de son cou. Douce morsure. Il l'étreignit encore plus fort, avide de la toucher vraiment, de caresser sa chair satinée, de suivre les courbes merveilleuses de son corps de femme...

Elle murmura oui, oui et ils partirent à la recherche d'un taxi pour gagner au plus vite l'avenue Niel.

Il avait mis au point un stratagème...

Depuis que les beaux jours étaient revenus, la Trompette portait des corsages échancrés ; il avait remarqué, dans le sillon flétri de ses seins, la présence d'une chaîne en plaqué or au bout de laquelle pendait une clé. Une clé plate, grise, toute simple qui jurait avec les breloques dorées de la chaîne. Un soir, à l'heure de la fermeture des bureaux, alors qu'il l'observait, elle avait ôté subrepticement la chaîne et avait utilisé la clé pour fermer un tiroir.

Il s'était fait la réflexion que ce devait une clé importante.

Il voulait en avoir le cœur net.

L'odeur fade de la Trompette et la vue du coucher de soleil lui portaient sur les nerfs. Il fallait qu'il bouge...

Il était plus de dix heures du soir lorsqu'ils pénétrèrent dans l'entreprise. Il n'y avait aucune lumière derrière les fenêtres de l'appartement qu'occupaient René et Ginette. Ils devaient dormir. Personne ne les dérangerait.

Denise composa le code pour désamorcer l'alarme et Chaval repéra l'emplacement des chiffres qu'elle composait : 1214567. Cela pourrait lui être utile.

Elle avait sorti un trousseau de clés de son sac et ouvrait l'une après l'autre les portes de l'entreprise.

– N'allumez pas... Sinon on va croire à un cambriolage...

– Mais nous ne faisons rien de mal ! protesta Denise.

– Je sais, déclara Chaval, mais les gens ne le savent pas, imaginez qu'ils donnent l'alarme, cela pourrait vous être fatal ! Ils ont vite fait de voir le mal partout, vous savez...

Elle frissonna et faillit renoncer.

Il sentit qu'elle faiblissait et l'attira à lui brusquement.

— Nous ne faisons rien de mal, ma petite pêche dorée...

Il suivit Denise jusqu'à son bureau tout émoustillé à l'idée de perpétrer son méfait. Comment allait-il s'y prendre ? Il jouait gros. Il ne fallait en aucun cas qu'elle croie que la clé seule l'intéressait. Un frisson le parcourut et il eut un début d'érection. Il touchait au but. Dans la pénombre, il la distinguait à peine et superposa le visage d'Hortense à celui de la Trompette. Il repensa aux longues jambes d'Hortense, à ses petits talons qui cinglaient le pavé, à l'étau brûlant qui lui broyait le sexe. Il poussa un petit cri et plaqua la Trompette contre lui. Lui tira brutalement les cheveux en arrière, chercha sa bouche.

— Pas ici ! Pas maintenant ! protesta-t-elle en détournant la tête.

— Vous vous refusez à moi ? Moi qui tremble pour vous depuis de longs mois ?

— Pas ici, répéta-t-elle en essayant de se dégager.

— Tu m'appartiens, Denise, tu ne le sais pas, mais tu m'appartiens...

Il glissa un doigt entre ses seins mous et son index heurta la petite clé qui reposait dans le sillon.

Il tripota la clé, jouant l'étonnement.

— Qu'est-ce que c'est ? Un talisman hostile pour m'éloigner de toi ? Une manière subtile de me dire que je ne dois pas m'aventurer plus loin ? Que mon désir te blesse et t'offense ? Pourquoi ne pas me le dire tout de suite, alors ? Pourquoi jouer avec mes sentiments ? Ah !

Tu es bien comme toutes les femmes ! Froide et calculatrice... Tu t'es servie de moi !

Elle rougit et protesta que ce n'était rien de tout ça.

– Si, si, insista-t-il, je sens bien que tu te dérobes à mes caresses... C'est cette clé, la traîtresse ! Celle par qui le malheur arrive...

Il promenait son souffle chaud sur la poitrine de Denise, parcourait la nuque, les oreilles, en soufflant, soufflant, tâchant de se souvenir des propos d'Henriette.

La Trompette s'alanguissait entre ses bras ; il la lâcha brusquement, comme assommé par sa trahison. Elle se laissa tomber, les bras ballants, sur une chaise et gémit.

– Je te laisse, petite pêche dorée, je croyais que quelque chose était possible entre nous et tu te refuses à moi.

– Mais je...

– Cette clé que tu portes est le symbole de ton refus... Tu es lâche, tu ne parles pas, mais cette clé parle pour toi ! Qui te l'a donnée ? Qui ?

– C'est la clé du tiroir où je range les papiers et les dossiers importants ! s'écria Denise. Rien de plus ! Je vous le promets !

– La clé d'un tiroir secret qui veille sur ta vertu ?

– Oh non ! Pas sur la mienne, soupira la Trompette. Moi, je n'ai pas besoin de clé, vous le savez bien...

Elle hésitait à le tutoyer. On ne tutoie pas un rêve.

– Et pourquoi cette clé se trouve-t-elle sur le chemin de mes baisers ?

– Je ne sais pas, je ne sais pas, protesta la Trompette, affolée.

– Mais tu sais que je m'en offense...

– Il ne faut pas. Je la garde là, pour ne pas la perdre.

C'est la clé de mon tiroir... Ce n'est rien d'autre. Je vous le jure !

Elle joignit le geste à la parole et montra à Chaval que la clé ouvrait ce tiroir-là, rien que cela.

– Ce tiroir où tu ranges tes petits secrets, les choses que tu me caches ? Le nom de tes amants, par exemple et leurs numéros de téléphone...

– Oh non ! s'empourpra la Trompette. Je n'ai pas d'amant...

– Qui m'en assurera ?

– Je vous promets...

– Alors pourquoi cette clé ? C'est un cadeau d'un ancien amant ? D'un homme qui t'a convoitée, désirée et peut-être même ouverte et possédée fougueusement...

Elle le regarda, désemparée, ne sachant plus que dire.

– Mais je... je n'ai jamais eu d'amant. Vous êtes mon premier...

– Impossible ! je ne te crois pas ! Tu me caches quelque chose ! Cette clé me nargue depuis que j'ai posé les yeux sur toi. Elle se dresse entre toi et moi et m'empêche de te dévorer. Donne-la-moi !

Il avait jeté son ordre d'un ton brutal.

– Non ! Je ne peux pas !

– Alors... Adieu ! Tu ne me reverras pas !

Il tourna les talons et se dirigea lentement vers la porte.

– Je ne peux pas, je ne peux pas, répétait Denise Trompet, déchirée entre le devoir et l'amour. La fidélité à un homme qui l'avait toujours estimée, Marcel Grobz, et l'envie d'appartenir à un autre qui la torturait par sa jalousie aveugle.

Comme dans ses romans.
Elle était en train de vivre un de ses romans...

Alors la colère l'aveugla. Il s'emporta contre l'obstination et la dureté qu'elle lui opposait et, se redressant, agrippa son col des deux mains et, d'un seul geste, déchira la chemise sur toute sa longueur dans un chuintement qui transperça le silence de la chambre.

– Voilà ! Comme ça, si on vous le demande, vous pourrez dire que vous ne m'avez rien permis du tout !

Elle haletait. Sa poitrine se soulevait à un rythme rapide, saccadé. De nouveau, il l'écrasa sous lui. La sensation de sa peau contre la sienne était incroyablement familière et pourtant diablement excitante comme s'il avait passé toute la journée à la contempler, trépignant d'impatience, attendant que le jour touche à sa fin...

Trop tard !

Elle se noyait dans la brutalité de son étreinte, s'émerveillait du contact brutal de sa peau. Il l'embrassa. Sa bouche laissa une pluie de baisers tout le long de sa clavicule... Une sorte de soupir désespéré lui échappa à nouveau au moment où il plaquait ses lèvres sur la vallée de ses seins. Elle lui tendit la clé tant désirée dans un soupir. Elle savait bien alors qu'elle était en train de faire n'importe quoi, mais elle savait bien aussi qu'elle ne pourrait désormais plus rien lui refuser.

– Prenez-la, cette clé... elle est à vous..., dit Denise, vaincue.

– Non, je n'en veux plus...

– Prenez-la et vérifiez vous-même que je ne vous ai pas menti...

– Tu ferais ça au nom de notre amour ? dit Chaval en posant sur elle un regard lourd.
– Oui, dit bravement la Trompette. Je vous la donne. En preuve de mon amour pour vous...
Elle lui tendit la clé et il l'empocha.

Sa bouche remonta sur son menton, juste au coin des lèvres frémissantes. Hésita. Se recula légèrement...
– Puisque vous m'avez fait attendre, vous serez punie... Je ne vous embrasserai pas ce soir et ne vous rendrai la clé que demain matin... Je l'interrogerai toute la nuit et elle me livrera ses secrets.
Elle percevait dans sa cage thoracique les palpitations affolées de son cœur en proie au doute. Que voulait-il dire ? L'avait-elle offensé sans le savoir ?
Il s'autorisa un dernier geste de tendresse, glissa les doigts dans ses cheveux, murmura en appuyant ses lèvres sur sa nuque :
– Vos cheveux couleur de nuit, doux et soyeux, frais comme la rosée du matin... Je les caresserai encore quand je vous aurai pardonné...
Le contact de sa main dans ses cheveux lui procurait un absurde réconfort. Ses doigts remuaient doucement, lui frôlaient la tempe, puis glissaient sur son oreille et sa mâchoire dans une caresse détachée. Son pouce se posa au coin de sa bouche, passa sur sa lèvre inférieure, appuya très légèrement...
Elle se contenta de fermer les yeux et de détourner la tête.
Demain, il reviendrait. Demain, il lui aurait pardonné...

Demain, à l'aube, se dit Chaval, je fais faire un double de la clé. Je le donne à la mère Grobz en lui indiquant le code de l'alarme et le tiroir à fouiller. À elle de se débrouiller. À elle de trouver un prétexte pour venir rôder dans l'entreprise... J'aurai rempli ma mission. Et je toucherai mon pourcentage.

Il était près de minuit lorsqu'ils sortirent à pas de loup de l'entreprise.

Chaval raccompagna Denise Trompet jusqu'au métro et joua la froideur de l'homme offensé.

– Punie, tu es punie, lui murmura-t-il en lui effleurant les cheveux de son souffle chaud et en laissant sa chemise s'ouvrir sur son torse brun et puissant. Je ne vous reverrai que demain... Et encore, si vous êtes gentille ! Galopez vite prendre votre métro. Obéissez-moi, je le veux !

Elle le regarda avec dévotion, joignit les mains, murmura « à demain » et courut avec la légèreté d'une jeune fille attraper le dernier métro qui la ramènerait rue de Pali-Kao.

Il la regarda dévaler les escaliers, docile, heureuse d'être soumise, et une étrange pensée lui traversa l'esprit. Cela avait été si facile de tromper la Trompette. De lui faire perdre la tête. Elle avait complètement oublié le prétexte des clés perdues. Il faudrait qu'il invente une histoire. Ce serait facile. La crédulité de cette fille éveillait en lui un désir brutal de jouer avec elle, de la manipuler. Pourquoi s'arrêter là ? Cette femme pourrait lui servir. Il ne savait pas encore à quoi. Il pourrait la faire travailler à sa main. Il gagnerait sur tous les tableaux... S'il suffisait de lui souffler sur l'oreille et de l'appeler « ma petite pêche » pour qu'elle perde la tête, il serait bien bête de ne pas en profiter...

Il sentit à nouveau son sexe se durcir dans son pantalon.

Et cette fois-ci, Hortense Cortès n'y était pour rien.

***

Hortense, enfermée dans sa chambre, réfléchissait.

Gary, parti, New York, sans prévenir, pas normal, pas normal du tout. Il y avait un ver dans l'aspic. Elle allait déclencher le plan Pensée Profonde. Mettre le problème à distance et le contempler comme un vieux pouf éventré.

Elle s'assit en tailleur sur son lit, se concentra sur l'azalée écarlate qui fanait sur le rebord de la fenêtre, seul souvenir de ses vitrines, et respira. Nadi Shodana. Une respiration que leur avait enseignée un professeur de Saint-Martins pour leur apprendre à se concentrer sur leur travail. Nadi Shodana la remplissait d'une énergie limpide, d'une belle lucidité, elle respirait et la lumière se faisait.

Outre la respiration, elle avait mis au point une stratégie pour réfléchir.

Elle partait toujours du même principe : je suis Hortense Cortès, unique au monde, époustouflante, intelligente, vaillante, brillante, bandante, renversante, ébouriffante. Ce principe établi, elle posait sa question de la manière le plus claire possible.

Ce jour-là, le sujet de réflexion était : pourquoi Gary Ward n'avait-il pas prévenu Hortense Cortès qu'il s'envolait pour New York ?

Comment s'appelait le ver dans l'aspic ?

Elle établit plusieurs hypothèses.

1) Il avait été bouleversé en surprenant Shirley et Oliver dans le même lit... Il revenait d'Écosse. Cela avait dû mal se passer, sinon il lui aurait parlé à elle, Hortense. Il n'aurait pas pu garder sa joie à l'intérieur de sa poitrine, elle aurait fui de partout. Il aurait dit *guess what* ? J'ai un père. Il est grand, il est beau, il est fou de joie de m'avoir retrouvé, on a bu des bières ensemble et il m'a donné un kilt avec le tartan de sa famille. Il se serait levé, aurait enfilé le kilt familial, aurait dansé une gigue de joie sur son tapis hideux avec le grand soleil jaune et la constellation d'étoiles. Il n'avait pas enfilé de kilt, n'avait pas gigué, c'est donc qu'il n'avait rien à dire de ding-deng-dong, jouez hautbois, résonnez musettes.

Hortense expira longuement, narine droite bloquée. Son père ! Quel besoin de le retrouver ? Les parents, ça ne sert qu'à vous ralentir, à vous alourdir, à vous balancer du doute, de la culpabilité, que des trucs qui puent.

Elle prit une nouvelle aspiration, narine gauche.

Il court jusqu'à l'appartement de sa mère et trouve Oliver tout nu, Shirley toute nue à côté de lui. Ou sur lui. Ou les deux emmêlés en un nœud lubrique. Une poutre lui tombe sur la tête ! Une mère, ça ne baise pas. Une mère n'a pas de seins, pas de sexe, et surtout pas d'amant. Et certainement pas son prof de piano chéri.

Il claque la porte et s'enfuit. Il court comme un fou, manque de se faire écraser, évite un bus, arrive chez lui essoufflé, se rince la nuque à l'eau froide dans l'évier, se redresse et s'écrie New York ! New York !

Mais de là à traverser l'Atlantique, sans l'avertir...

Il manquait un rouage.

Elle changea de narine, inspira en faisant un petit bruit rauque de glotte, sentit le souffle tapisser ses omoplates et passa à la deuxième hypothèse.

2) Gary trouve Shirley et Oliver au lit. Il reçoit une poutre sur la tête, il titube, il saigne, il cherche à me joindre, je ne réponds pas, il laisse un message, attend que je vienne lui panser le front, que je coure jusqu'à l'aéroport m'envoler avec lui. Je ne rappelle pas. Dépité, il me déteste à nouveau et part pour New York, drapé dans sa solitude. Gary aime se draper. Il aime souffrir en silence et montrer ensuite les traces de clous dans les paumes de ses mains. Depuis, il boude. Il attend que je l'appelle.

Le ver dans l'aspic s'appelle Orange. Ma messagerie est en panne. Cela expliquerait que je n'aie plus beaucoup de messages.

Longue expiration. Changement de narine. Inspiration freinée.

3) Ou alors...

Alors là... j'extrapole, je divague, je vaticine, j'accuse, je deviens parano. Et je montre du doigt l'ayatollah.

Pour me « dompter » ou parce qu'il est jaloux, il écoute mon répondeur et efface mes messages, un à un. Gary qui me prévient qu'il part pour New York et me propose de partir avec lui... Et pourquoi pas ? Ça lui ressemblerait d'avoir cette idée folle. Cette idée follement romantique...

Peter entend Hortense jolie, je t'ai acheté un billet pour voler dans les airs, viens vite, les nuages vus d'avion sont suaves et blancs, je t'aime, magne-toi le cul. L'ayatollah bave de jalousie et efface le message, tous les messages, ne me laissant que les insignifiants comme maigre pitance, pour endormir ma méfiance.

Longue expiration. Changement de narine. Long souffle d'air qui irrigue à nouveau le dos, monte au cerveau, ouvre mille fenêtres sur l'univers et la prévient des vents fétides qui y soufflent. Le Nadi Shodana est un phare puissant qui éclaire les zones d'ombre, chasse les miasmes et les ennemis à longue barbe noire.

Le ver dans l'aspic s'appelle Peter et porte des petites lunettes cerclées.

Il y avait une ou deux choses qu'elle n'avait pas racontées à sa mère au sujet de Peter pour ne pas l'affoler.

Premièrement : elle l'avait surpris, un soir, le nez dans un rail de coke. Il était près de minuit, il devait penser que tout le monde dormait. Il était penché sur la table basse du salon et se poudrait le nez allégrement. Elle était remontée à pas de biche dans les escaliers, s'était allongée dans son grand lit et s'était dit tiens ! tiens ! l'ayatollah se lâche... Elle avait rangé soigneusement cette information dans un coin de sa tête. Elle lui servirait, un jour.

Deuxièmement : lors de cette soirée avec Peter, quand il lui avait ordonné de rester bien sagement à ses côtés, elle s'était, bien sûr, éloignée et, à la fin de la nuit, sur son portable, elle avait trouvé trois textos de l'ayatollah qui disaient T'es où ? Si je te trouve, je te baise...

Je suis harcelée par un ayatollah coké.

Relâchement de tout le corps dans un long souffle puissant, souffle de vie qui nettoie, reprise d'une respiration narine droite...

Résolutions.

Dorénavant, elle surveillerait son portable. Elle ne le laisserait plus traîner partout, dans le salon, la véranda, le coin cuisine, sur la table devant la télé, la tablette de la salle de bains...

Dorénavant, elle le tiendrait dans le creux de sa main.

Et surtout, surtout, elle allait quitter cette maison. C'était dommage. Elle aimait le quartier, sa petite chambre sous les toits, le ciel à travers la lucarne, la branche de platane qui battait contre le carreau, le restaurant français au coin de la rue, la serveuse qui lui gardait toujours un morceau de pot-au-feu ; elle aimait l'arrêt d'autobus en équilibre sur trois marches, le dédale de ruelles, de boutiques de dentelles et la caissière de Tesco qui fermait les yeux quand elle tapait pommes de terre partout...

Elle partirait.

Fin de Nadi Shodana.

Elle allait commencer tout de suite à consulter les petites annonces sur gumtree.com.

Et, se dit-elle, dans cette phrase, c'est le « tout de suite » qui compte.

Elle enfila des sandales en satin rose achetées aux puces de Brick Lane. En s'habillant en princesse, elle se trouverait un palais.

Elle se dit aussi qu'il était urgent qu'elle décroche un stage pour l'été.

Bimbamboum, elle trouverait.

Elle était Hortense Cortès, unique au monde, époustouflante, intelligente, vaillante, brillante, bandante, renversante, ébouriffante.

— Et tu n'as plus de nouvelles de lui ?

Hortense et Shirley s'étaient donné rendez-vous sur les rives de Southbank pour manger un bol de nouilles chinoises au Wagamama. Il faisait beau, elles s'étaient installées sur la terrasse et balançaient leurs jambes au soleil.

– Rien que des mails... Il ne veut pas me parler. Pas encore. Que des mails...

– Où il dit quoi ?

– Que la vie est belle, qu'il a un appartement dans un immeuble en briques rouges avec des fenêtres vertes, dans la 74e Rue Ouest...

– Tu as l'adresse exacte ?

– Non. Pourquoi ?

– Pour savoir...

– C'est entre Amsterdam et Colombus...

– Un bon quartier ?

– Très bon. Il a deux arbres sous ses fenêtres.

Un type en skate glissa devant elles, pila net, les regarda manger leur bol de nouilles et lança *eat the bankers*[1] *!* avant de repartir, furieux.

– Et quoi d'autre ?

– Un copain qui s'appelle Jérôme chez Brooks Brothers, une copine crochet X qui lui vend des petits pains au chocolat et une autre qui a des cheveux verts et bleus...

– Il couche avec elle ?

– Il dit pas.

Shirley parlait d'une voix morne en remuant ses nouilles au curry. Elle récitait les mails de son fils mot à mot. Hortense se demanda combien de fois elle les avait lus et si elle les avait appris par cœur.

– Il adore New York, c'est le printemps, des flocons de pollen tombent sur le parc, ça fait comme de la neige, les gens ont les yeux rouges, ils éternuent, ils pleurent, il

1. « Bouffez les banquiers ! »

y a des oiseaux qui chantent oui-oui-oui et il leur répond non-non-non parce que lui, il n'éternue pas, il ne pleure pas, il gambade. Il a plein de copains écureuils. Ils sont tristes le lundi parce que personne ne s'occupe d'eux...

– Les écureuils de Central Park sont tristes, le lundi ? s'étonna Hortense.

Shirley hocha la tête, les yeux dans le vague.

– C'est tout ? continua Hortense.

– Il joue du piano dans une arrière-boutique, il travaille l'après-midi dans une boulangerie, il gagne sa vie. En un mot, il est heureux..., dit-elle d'une voix sinistre.

Hortense pensa à une phrase de Balzac que leur répétait leur mère pour les faire rire : « Ah, dit le comte qui devint gai en voyant sa femme triste. » Shirley avait l'air triste de savoir son fils gai.

– Il parle de moi ? Il demande de mes nouvelles ?

– Non.

– Il doit coucher avec la frange verte et bleue. C'est pas grave, c'est parce que je suis loin...

C'était une règle non formulée. Ils ne se disaient jamais quand ils se reverraient ni même s'ils se reverraient. N'avouaient jamais qu'ils tenaient à l'autre. Qu'ils avaient envie de lui prendre la tête et de l'embrasser sur la bouche à lui faire mal. Par fierté. Ils étaient têtus. Ils se disaient au revoir à chaque fois avec un air désinvolte, un air de c'est pas grave si je te revois pas demain. Mais ils savaient. Ils savaient...

Alors la fille à la frange verte et bleue, elle n'avait pas d'importance. Elle s'en moquait.

Un petit homme rabougri passa devant elles. Il portait dans son dos un panneau publicitaire pour une crème contre les hémorroïdes. Hortense poussa Shirley du coude, mais Shirley ne sourit pas. Elle semblait emmurée dans un chagrin immense. Un chagrin qui l'enveloppait de murailles grises, l'empêchait de voir un petit homme écrasé par une publicité pour les trous du cul en feu. Hortense eut une envie furieuse de partir. Les lanières de ses sandales en satin rose lui cisaillaient les chevilles, elle n'aurait pas dû les garder pour arpenter le bitume. Elle balança ses jambes pour soulager ses chevilles.

— Maman m'a dit pour Gary. Quand il vous a trouvés, Oliver et toi...

— Oliver a été l'ultime épisode. Gary m'avait lâchée depuis longtemps... Il s'éloigne et je ne le supporte pas.

— Ça se voit, tu as l'air sinistre...

— Je suis comme Ariane dans le labyrinthe. J'ai perdu le fil...

— C'était Gary, le fil, hein ?

— Ben oui...

Shirley soupira, aspira une longue nouille jaune.

— C'est dangereux de n'avoir qu'un fil dans la vie, dit Hortense. Quand on le perd, on erre dans le labyrinthe...

— C'est exactement ça, j'erre dans le labyrinthe... Elle a fini comment Ariane ?

— « Mourûtes aux bords où vous fûtes laissée... » si mes souvenirs sont bons.

— C'est ce qu'il va m'arriver...

Hortense n'avait jamais vue Shirley dans cet état. Elle avait des cernes marron, le teint brouillé, les cheveux collés en épis miteux et sales.

— Je suis veuve, Hortense, veuve de mon fils...

— Quelle idée aussi de vouloir épouser son fils !

— On s'entendait si bien...

— Peut-être, mais ce n'est pas normal... Tu ferais

mieux de continuer à t'envoyer en l'air avec Oliver. Ça te ferait du bien. Tu sais, c'est pas un crime d'avoir une vie sexuelle en dehors de son fils !

— Oh ! Oliver...

Shirley aspirait une seconde nouille jaune en haussant les épaules.

— Oliver, c'est encore un autre problème...

— Tu vois des problèmes, partout, Shirley ! D'après Gary, il a l'air plutôt bien, cet homme.

— Je sais... C'est juste que...

Elle soupira encore. Aspira une troisième nouille jaune. Hortense avait envie de l'attraper par les épaules et de la secouer.

— Tu comptes les manger une à une tes nouilles ?

— Je voudrais connaître mon secret...

— Pourquoi tu tournes pas rond ?

Shirley ne répondit pas.

— Je voudrais connaître mon secret..., elle répéta, obstinée.

— Tu devrais faire un truc à tes cheveux, ils sont tout tristes...

— Y a pas que mes cheveux...

— Mais secoue-toi, Shirley ! C'est pas possible, tu files le bourdon...

— J'ai plus envie, j'ai plus envie de rien...

— Alors saute dans la Tamise !

— J'y songe...

— Bon, je te laisse. Salut ! J'aime pas les gens déprimés. En plus, c'est contagieux, il paraît...

Shirley parut à peine l'entendre. Elle semblait perdue dans son labyrinthe, son bol de nouilles à la main.

Hortense se leva, déposa trois livres sur la table et

l'abandonna à la terrasse du Wagamama, en train d'aspirer ses nouilles une à une.

Shirley la vit disparaître. Longue, mince, ondulante sur ses sandales hautes et roses. Donnant des coups de sac dans l'air pour écarter le badaud qui voudrait l'approcher. Le long bras de Gary vint entourer les épaules d'Hortense. La tignasse brune de Gary se pencha sur les cheveux ondulés d'Hortense. Tête contre tête, ils s'éloignaient. Elle revit la petite cuisine de Courbevoie où Gary et Hortense venaient lécher les plats quand elle faisait son gâteau au chocolat. Il y avait des petits voilages blancs étranglés à la taille, de la buée sur les vitres, une odeur de pâtisserie douce et rassurante, une sonate de Mozart à la radio. Ils s'asseyaient autour de la table, coude à coude, ils avaient dix ans, ils rentraient de l'école, elle leur nouait un torchon autour du cou, retroussait leurs manches et tendait à chacun un grand saladier rayé de chocolat noir fondu qu'ils nettoyaient avec leur langue, leurs doigts, leurs mains, se barbouillant de noir jusqu'au bord des yeux. Elle fondit en larmes. Des larmes brûlantes qui coulaient sur ses joues, qui coulaient dans le bol de nouilles jaunes, des larmes au goût du passé.

*
**

Ils avaient pris cette habitude étrange et délicieuse...

Certains soirs de la semaine.

Becca l'attendait dans la cuisine, sans tablier.

Philippe la rejoignait.

Il se passait la main dans les cheveux et demandait alors aujourd'hui, on fait quoi ?

Elle avait annoncé à Annie que désormais, elle se chargerait du repas du soir. Annie ferait la sieste, elle broderait de jolis napperons qu'on glisserait sous les assiettes et ça ferait des ronds de toutes les couleurs. Annie acquiesçait. Elle n'avait plus envie de cuire les aliments, l'après-midi. Ses jambes étaient lourdes, il fallait les reposer sur un petit tabouret.

Becca allait faire les courses, étalait les légumes, la viande, les poissons, les fromages, les cornichons, les fraises et les cerises sur la table. Ouvrait un livre de cuisine pour composer le menu. Rêvassait à mille combinaisons saugrenues. Un poulet aux fraises ? Un lapin aux rutabagas ? Une sole au caramel et au chocolat ? Et pourquoi pas ? La vie est triste parce qu'on la répète chaque jour. Il suffit de changer les ingrédients et elle chante. La clé tournait dans la porte de l'entrée, il criait hello ! hello ! ôtait ses chaussures à lacets, sa veste et sa cravate, enfilait un pull-over qu'il pouvait tacher, attrapait un long tablier.

Il épluchait, il coupait, il lavait, il pelait, il épépinait, il grattait, il émincait, il hachait, il fourrait, il lardait, il évidait, il plumait, il ébouillantait, il fricassait, il gratinait, il nappait, il déglaçait, il compotait, il réduisait, il battait, il fouettait, il parsemait et...

Il parlait.

De tout, de n'importe quoi. De lui, parfois.

Elle écoutait, un œil sur les victuailles, l'autre sur le livre de recettes.

Ils se mettaient au travail.

C'est elle qui menait la danse...

Il disait que ça lui rappelait son enfance. La grande cuisine normande, les chaudrons en cuivre presque rouges, les casseroles accrochées aux murs, les vieux carreaux de céramique, les chapelets d'ail et d'oignons en guirlandes au-dessus des fenêtres, les petits rideaux en vichy bleu et blanc. Il était fils unique et se réfugiait dans les jupes de Marcelline, cuisinière et bonne à tout faire.

Becca choisissait les ustensiles, préparait les œufs et la farine, le beurre et le persil, les courgettes et les aubergines, les piments et la farine, débouchait une bouteille d'huile et décidait que c'était facile la cuisine, finalement, il n'y a que les Français pour en faire tout un plat. Il protestait, affirmait que, dans aucune autre langue au monde, il n'y a autant de mots pour célébrer l'art de la table, car ça s'appelle comme ça, ma chère Becca. Elle répondait blablabla rutabaga, il rétorquait sauce aurore, gribiche, ravigote, rémoulade, velouté, escabèche, elle lui clouait le bec avec un koulibiac, il n'y connaissait que couac...

Elle jubilait.

Elle apprenait des mots français compliqués en lisant son livre de cuisine.

Elle apprenait à lui parler en faisant roussir le beurre et dorer l'ail en chemise.

Chaque jour, ils se rapprochaient.

Chaque aveu portait le nom d'un plat.

Elle l'inscrivait sur le tableau noir d'Annie dans la cuisine.

Cela faisait comme une comptine.

Elle racontait son amour parti...

Qui revenait, la nuit.

Quand tout le monde dormait. Il ne voulait croiser personne.

Elle lui disait espèce d'abruti...

Il protestait :

– Vous ne l'appelez pas comme ça, Becca, vous êtes amoureuse de lui...

– Oh oui ! je l'ai aimé et je l'aime encore, elle répondait en se mordant le doigt. Mais il n'y a que moi qui le vois, la nuit... Comme Mrs. Muir et son fantôme.

– Moi aussi, je suis un fantôme pour la femme que j'aime...

– Il ne tient qu'à vous de quitter votre robe blanche... Et si on faisait un gratin de chou-fleur, ce soir ? Avec une béchamel. Une sauce blanche sur un légume blanc avec du lait blanc et du fromage blanc, cela vous plairait ?

Il opinait.

Ils se mettaient à l'ouvrage sans interrompre les confidences.

– Un jour, j'irai à Paris... J'attends qu'elle m'appelle, qu'elle me dise qu'elle est sortie de son brouillard...

– Œufs brouillés, alors, pour accompagner cette plante potagère de la famille des crucifères...

– Vous avez bien retenu votre leçon, chère Becca...

– Retenez donc celle-ci, Philippe : ne perdez pas de temps. Le temps passe si vite... Il vous file entre les doigts. Parfois, ce n'est qu'une question de secondes et ces secondes, plus tard, peuvent devenir une éternité...

– Un jour, elle m'appellera et je sauterai dans l'Eurostar...

– Et ce jour-là, vous serez le plus heureux des amoureux...

– Vous avez été très amoureuse, Becca ? il osait demander en se mettant un sparadrap sur le doigt. Il avait haché si menu le persil pour la salade qu'il s'était fait une estafilade, il y avait du rouge partout sur le plan de travail.

– Oh oui ! je n'ai pas cessé de l'aimer une minute... Jusqu'à ce qu'il me quitte à ce croisement de Soho. Une ambulance a heurté sa moto, c'est ironique, n'est-ce pas ? Il est parti en trois temps. Le temps de me dire au revoir dans un grand sourire, le temps de mettre son casque et le temps de disparaître au coin de la rue. Un, deux, trois, un, deux, trois, c'était comme un pas de danse...

Elle dodelinait de la tête, arrondissait les bras au-dessus de la tête et cambrait les reins.

– Je ne l'ai jamais revu. Jamais...

– Même pas à l'hôpital ?

– Ce n'est pas moi qui l'ai identifié, je n'avais pas la force ; je voulais garder la belle image de l'homme vivant, bondissant, qui m'avait fait battre le cœur si longtemps. Il était mon maître et mon inspiration. Je dansais pour lui, pour illustrer ce qu'il avait en tête. Il me faisait bondir dans les airs, je ne redescendais jamais... Jusqu'à ce jour horrible où je me suis écrasée à terre...

– Et vous n'avez plus jamais dansé ?

– J'avais l'âge de quitter la scène. À quarante ans, on range les chaussons, on est vieille...

Elle détournait la tête, regardait par la fenêtre, souriait gravement.

– J'ai été vieille plusieurs fois dans ma vie...

Revenait vers lui, reprenait ses yeux dans les siens.

– On avait décidé qu'on ouvrirait un cours de danse. Il était chorégraphe, j'étais son étoile. On venait du monde entier voir ses créations. Je dansais au Royal Ballet, mon cher. Pourquoi croyez-vous que l'intendant de la reine m'ouvre la porte de son abri, la nuit ? Il se souvient, lui. Il m'a vue danser sur scène, il m'a applaudie...

Elle s'inclinait et faisait une révérence de danseuse en tutu en battant des cils.

— Nous avons eu de belles années, inventé de si beaux ballets ; il ne voulait pas qu'on danse, il voulait qu'on voie la musique danser... Il avait étudié la composition à Saint-Pétersbourg, il était russe, son père était un grand pianiste. Il détachait chaque mouvement comme une note de musique. Il aimait toutes les musiques, c'est ce qui faisait sa richesse... Il embrassait le monde entier. Il voulait, quand j'arrêterais de danser pour le Royal Ballet, ouvrir une école où il formerait des étoiles et des chorégraphes. Une sorte d'académie de danse... On avait trouvé l'argent, on avait trouvé un local dans Soho. Il partait signer le bail quand il a été renversé...

— Vous n'aviez pas d'enfants ?

— Ce fut mon autre grand malheur. J'ai perdu un petit garçon à la naissance... On a tellement pleuré ensemble... Il disait ne pleure pas, c'était un ange annonciateur, il a ouvert la voie pour qu'un autre arrive... Il levait les yeux au Ciel comme s'il priait. Il me disait douchka, ne pleure pas, ne pleure pas... Quand il est parti, je n'avais plus aucune raison de vivre ni de danser...

— Et vous avez sombré...

— Je suis redescendue sur terre. C'était l'enfer...

Elle souriait en versant le lait.

— On ne se voit pas sombrer. On se dit qu'on dort, que c'est un cauchemar... On cesse de payer le loyer, on oublie de déjeuner, de se coiffer, de s'endormir, de se réveiller, bientôt on n'a plus faim, on n'a plus soif, le corps flotte dans les habits, on est étonnée d'être toujours vivante. Les amis vous évitent. Quand vous avez des problèmes, les gens ont peur que ça s'attrape. C'est contagieux, le malheur... Ou alors c'est moi qui ai laissé tomber de peur de gêner...

Dans son regard passait le film usé de ces terribles années. Philippe devinait qu'elle se concentrait pour essayer de déchiffrer les images.

– Après, ça va très vite. Le téléphone ne sonne plus, on vous le coupe. Les mois passent. On se dit toujours que ça va bien finir par s'arrêter cette vie à laquelle on ne tient plus que par un fil... Elle ne s'arrête pas comme on croyait.

– Laissez-moi deviner...

– Vous ne pouvez pas deviner, vous avez toujours été en sécurité... C'est quand on avance sans filet qu'on est menacé...

– Et moi, c'est le filet qui me paralyse...

– Parce que vous le voulez bien... Réfléchissez, Philippe. Le filet est en dehors de vous... Il ne tient qu'à vous de le rompre. Moi, j'étais ligotée de l'intérieur.

Il écartait les mains pour signifier qu'il ne comprenait pas très bien. Le chou-fleur cuisait dans l'eau bouillante. Elle le piquait d'un couteau pour savoir s'il était cuit.

Il insistait :

– Vous devez m'expliquer... Vous ne pouvez pas affirmer quelque chose d'aussi grave et vous en tirer par une pirouette...

– Venez avec moi...

Elle le prenait par la main, l'emmenait dans le salon.

Son regard se posait sur quatre lampes majestueuses montées sur des vases en dinanderie de Jean Dunand, remontait jusqu'aux tableaux accrochés aux murs. Un autoportrait de Van Dongen, une huile de Hans Hartung, un dessin au fusain de Jean-François Millet, une composition gris, rouge et vert de Poliakoff. Elle restait silencieuse. Il se laissait tomber dans un fauteuil et secouait la tête.

– Je ne comprends pas ce que vous essayez de me dire...

– J'ai beaucoup appris dans la rue. J'ai appris que de toutes petites choses pouvaient me rendre heureuse. L'abri chez l'intendant de la reine, une bonne soupe chaude, une couverture que je trouvais dans une poubelle...

– Ces objets que vous désignez en silence me rendent heureux aussi...

– Ces objets vous emmurent, ils vous empêchent de vivre. On ne peut plus bouger chez vous. Vous êtes cerné. C'est pour ça que vous faites ce cauchemar... Donnez et vous vous sentirez mieux...

– C'est toute ma vie ! protestait Philippe.

Chaque jour, elle pointait un nouvel objet, un tableau, un fauteuil, un dessin, une aquarelle, une pendule de forme tourmentée en bronze ciselé et chaque jour, elle disait d'une voix douce :

– C'est ce que vous croyez être votre vie et c'est ce qui vous étouffe... Commencez par vous débarrasser de ce fatras de meubles, de tableaux, d'œuvres d'art que vous entassez sans même les voir... il y a trop d'argent chez vous, Philippe, ce n'est pas bon !

– Vous le pensez vraiment ? il disait d'une petite voix qui résistait.

– Vous le savez déjà... Vous le savez depuis longtemps. J'écoute quand vous parlez, mais j'entends surtout ce que vous ne dites pas... et ce que vous ne dites pas est plus important que les mots que vous prononcez...

Ce jour-là, ils étaient retournés dans la cuisine. Elle avait nappé le chou-fleur cuit d'une sauce béchamel. Ils avaient fait rôtir un morceau de veau et des petits oignons blancs, débouché une bouteille de vin léger.

Annie, Dottie, Alexandre avaient applaudi. Ils accordaient des notes en s'essuyant la bouche avec la componction de savants gastronomes.

Il n'entendait pas. Il pensait aux propos de Becca.

Alors un beau jour de mai...

Il était entré dans la cuisine où Becca épluchait des fenouils pour les faire braiser, s'était placé derrière elle, face à la fenêtre au-dessus de l'évier. Elle ne s'était pas retournée, avait continué à trancher les fenouils en deux.

– Vous vous souvenez de ce que vous m'avez dit à propos de mes quatre lampes du salon ?

– Parfaitement...

– Vous le pensez toujours ?

– Avec une de ces lampes, on ferait déjeuner des dizaines d'affamés. Vous y verriez aussi bien avec trois !

– Elle est à vous. Je vous la donne... Faites-en ce que vous voulez.

Elle avait répondu avec une indulgence amusée :

– Vous savez bien que ça ne marche pas comme ça... Je ne vais pas me mettre au coin de la rue avec ma lampe et la débiter en repas et couvertures !

– Alors proposez-moi quelque chose et faisons-le ensemble... Je vous livre mes lampes et mes tableaux. Pas tous, mais suffisamment pour que vous puissiez en faire quelque chose...

– Vous parlez sérieusement ?

– J'ai bien réfléchi. Vous croyez que je ne m'ennuie

pas dans ce bel appartement ? Vous croyez que je ne vois pas la misère au-dehors ? Vous pensez tant de mal de moi ?

– Oh non… Ça, pour sûr, non ! Je n'habiterais pas chez vous si je pensais que vous étiez un sale bonhomme…

– Alors faites-moi une proposition…

– Mais je n'ai rien de précis en tête. Je vous ai parlé comme ça, sans réfléchir…

– Réfléchissez…

Elle levait les yeux au ciel, s'essuyait les mains au torchon accroché à la barre du four, soupirait.

– Vous voulez quoi, exactement, Philippe ? Vous êtes déconcertant…

– Je recherche la paix. La paix de savoir que je vis en accord avec moi, que je sers à quelque chose, la paix de rendre heureux une personne ou deux, et la fierté de me dire que je mène une vie honorable… Vous pouvez m'aider, Becca.

Elle l'écoutait, sérieuse, grave. Ses yeux bleus étaient devenus noirs et fixes.

– Vous feriez cela ? Vous renonceriez à tout ce bazar ?

– Je crois que je suis prêt… Mais allez-y doucement, ne me brusquez pas…

*
**

Joséphine croisa M. Boisson à la pharmacie.

Il attendait dans la file des clients, les cils baissés sur de pâles joues blanches. Elle se tenait derrière lui. Du Guesclin patientait sur le trottoir ; il veillait sur le caddie. C'est pour toi que je vais faire la queue, pour ton oreille endolorie, alors tu attends sagement et tu ne gémis pas !

Elle tenait l'ordonnance du vétérinaire à la main quand elle avait remarqué la nuque de l'homme devant elle. Elle aimait détailler les nuques d'homme. Elle prétendait qu'on pouvait y lire l'âme de leur propriétaire. Cette nuque l'avait émue. On aurait dit une nuque de vaincu. Des cheveux rasés de près, dessinés au scalpel, la peau rougie par endroits, irritée, les oreilles fines, translucides, la tête inclinée vers le bas. L'homme avait toussé, une toux rauque qui déchirait les côtes ; il avait porté la main à sa bouche, s'était détourné sur le côté et elle avait reconnu M. Boisson. La bouche aux lèvres serrées qui ne souriait jamais. Elle avait songé un instant poser sa main sur son épaule et lui dire on se connaît, vous ne le savez pas, mais on se connaît... Cela fait plusieurs mois que je vis avec vous, que je lis vos peines et vos émois... mais elle s'était retenue. C'était étrange, néanmoins, de se trouver si près de cet homme dont elle pouvait entendre battre le cœur sous chaque mot dans le carnet noir. Elle avait eu si souvent envie de le conseiller, de le consoler.

Elle s'était contentée de fixer la nuque sans rien dire. Il continuait à tousser et se cachait dans sa main. Elle avait aperçu de très beaux boutons de manchettes en perles blanches. Un cadeau de Cary Grant ?

Il s'était avancé pour se faire servir. Il portait son manteau beige version printemps-été en toile légère. Identique à celui de Mme Boisson. Il avait tendu une ordonnance longue comme trois pages de missel ; la pharmacienne lui avait demandé s'il lui fallait tout tout de suite ou s'il pouvait revenir dans l'après-midi. Il avait répondu qu'il attendrait et s'était rangé sur le côté.

Joséphine avait croisé son regard, lui avait souri... Il l'avait regardée, étonné. Avait relevé son col comme pour passer inaperçu. Elle avait remarqué qu'il était très maigre, presque émacié.

Garibaldi avait confirmé l'hypothèse soulevée par Iphigénie.

Petit Jeune Homme s'appelait M. Boisson.

Il lui avait lu au téléphone la fiche que lui avait remise son contact aux Renseignements généraux.

– Il n'y a pas grand-chose, madame Cortès. À mon avis, elle n'a été établie que parce qu'il a appartenu deux ans au gouvernement Balladur, puis deux ans encore à celui d'Alain Juppé. Je vous lis donc ce que j'ai... M. Boisson Paul. Né le 8 mai 1945 à Mont-de-Marsan. Père P-DG aux Charbonnages de France. Mère sans profession. Ancien élève de l'École polytechnique promotion 1964. Ce qui signifie qu'il est entré à Polytechnique en 1964...

– Il en est sorti quand ? avait demandé Joséphine.

– Juin 1967 et il a été engagé aussitôt aux Charbonnages de France, sans doute pistonné par son père. Ce n'est pas un aventurier, votre homme ! Il suit les traces de son papa sans protester...

– Il devait être désespéré...

– Il n'a pas beaucoup fait parler de lui. Aucune appartenance à un parti politique, à une association ou à un syndicat. Il ne possède même pas une carte de bibliothèque ! Il est dégoûté de la vie ou quoi ?

– Le pauvre..., avait compati Joséphine.

– En 1973, lors d'une réunion d'anciens X, il rencontre Antoine Brenner, étoile montante de l'UDR.

Très bel homme... Grand, sportif, élégant. Il apprécie les hommes séduisants, votre protégé. Je me trompe ?

Joséphine n'avait pas répondu.

– Ce dernier le remarque et les deux hommes se revoient. Ils travaillent ensemble sur différentes missions et semblent proches, même s'ils continuent à se vouvoyer et ne se reçoivent jamais en famille. Lorsque Antoine Brenner est nommé ministre de l'Environnement en 1993, il fait appel à notre homme pour être son chef de cabinet. M. Boisson passera au ministère deux années qui semblent heureuses. Il paraît tout à fait dévoué à Brenner. Puis en mai 1995, dans le nouveau gouvernement Juppé, Antoine Brenner est nommé ministre délégué, chargé des Affaires européennes ; il garde Paul Boisson à ses côtés. Ensuite, leurs chemins se séparent et M. Boisson est nommé... Et là, je vous prie de garder votre sérieux...

– Je reste de marbre...

– Directeur technique de la société Tarma, dont le siège est à Grenoble...

– Cela n'a rien de drôle !

– Spécialisée dans les transports par câbles pour les personnes et les matériaux...

– Toujours pas drôle !

– Je traduis : une société de remonte-pentes pour stations de sports d'hiver... M. Boisson est tout sauf un ambitieux ou un intrigant ! Passer des ors de la République à la ferraille des remontées mécaniques, ce n'est guère enivrant... et en aucun cas, une promotion.

– Cela ne m'étonne pas, c'est un sentimental...

– Justement, parlons-en de sa vie sentimentale...

– Sa femme s'appelle Geneviève, je suppose...

– Sa première femme. Il s'est marié à vingt-deux ans

avec Geneviève Lusigny... Morte d'une leucémie, dix ans plus tard. Union restée sans enfants. Remarié à Alice Gaucher en 1978, sans profession, dont il a eu deux fils...

– Que je connais de vue...

– Rien d'autre à signaler. Morne vie, morne carrière, morne plaine, morne destin... Ce ne doit pas être non plus un voisin bruyant. Il n'y a même pas une plainte contre lui pour tapage nocturne ! Vous voulez que je vous dise, madame Cortès, votre Petit Jeune Homme a vécu intensément les trois mois de tournage du film *Charade*, ensuite il a hiberné... À dix-sept ans, il s'est retiré de la vie ! Je ne vois pas très bien comment vous allez faire un roman de tout ça...

– Parce que vous n'avez pas lu son carnet intime ni la vie de Cary Grant...

– En tout cas, je suis heureux de vous avoir aidée et si vous avez besoin d'autre chose, n'hésitez pas. Je serai toujours là...

Joséphine avait demandé les gouttes pour Du Guesclin, était remontée chez elle, avait ouvert le carnet noir. Sous les mots hésitants de Petit Jeune Homme, elle apercevait maintenant la nuque courbée, fragile de M. Boisson qui toussait dans son gant.

« Aujourd'hui, 18 janvier, c'est son anniversaire. Il a cinquante-neuf ans. Il y a eu une fête sur le plateau. Un gros gâteau avec vingt bougies. Vingt bougies ! Parce que, a lancé le producteur, pour nous, Cary, vous êtes et vous serez toujours un jeune homme ! Il a remercié en faisant un petit discours très drôle. Il a commencé en disant qu'il avait atteint l'âge vénérable où ce n'est plus lui qui court après les femmes, mais les femmes qui lui courent après ! Et que c'était bien agréable... Tout le monde a ri. Il a ajouté qu'à presque soixante ans, il était toujours aussi niais et il se demandait vraiment comment il avait pu faire carrière ! Il avait récemment refusé le rôle de Rex Harrison dans *My fair Lady*, après celui de James Mason dans *A star is born*, de Gregory Peck dans *Vacances romaines*, de Humphrey Bogart dans *Sabrina*, de James Mason dans *Lolita* et je m'arrête là, il a conclu, sinon vous allez penser que je suis un terrible ringard ! Tout le monde a applaudi et protesté. Il avait encore mis l'assistance dans sa poche...

Depuis qu'il s'est confié à moi, il n'est plus le même. On dirait qu'il me fuit. Il me fait des signes de loin, mais s'arrange toujours pour ne pas être seul avec moi. Je me suis cassé la tête pour lui faire un cadeau... et je crois bien avoir fait le cadeau le plus stupide du monde. Je lui ai offert une écharpe. Une belle écharpe en cachemire qui vient de chez Charvet... Toutes mes économies y sont passées.

Une écharpe !

Pour un type qui habite Los Angeles !

Les gens de l'équipe ont eu un petit sourire narquois en apercevant mon cadeau.

Il m'a remercié, a replié l'écharpe dans sa boîte.

J'ai bafouillé une excuse. Il a souri et il a dit *don't worry, my boy.* Parfois, il fait frais à Hollywood... Et puis je la mettrai à Paris.

Il part bientôt, je le sais. Je l'ai vu sur son planning. Il ne lui reste plus que deux jours de tournage...

J'ai enfin réussi à l'approcher. Je devais avoir l'air sinistre parce qu'il a posé sa main sur la mienne et a dit :

– Tu as un problème, my *boy* ? Ça ne va pas ?

– Vous partez bientôt...

– Il ne faut pas être triste... Tu es triste, vraiment ?

– Pourquoi vous me le demandez ?

– Il ne faut pas, *my boy*... Je vais partir, je vais retrouver ma vie et toi, la tienne. C'est un sacré chemin que tu commences ! Mais regarde ce que tu me forces à faire ? À devenir sérieux ! Allons ! Allons !

J'ai senti mon cœur se tordre lentement.

– Vous allez vraiment partir, n'est-ce pas ?

Il a haussé un sourcil étonné comme il le fait à l'écran. J'ai eu l'impression qu'il jouait un rôle.

– Oui, je vais partir et tu vas rester... Et notre amitié demeurera un merveilleux souvenir... Pour toi et pour moi.

Je devais avoir l'air spécialement misérable et cela a dû l'irriter.

– *Come on, smile !*

– Je ne veux pas de souvenir, je n'ai pas l'âge des souvenirs... Je veux rester avec vous. Emmenez-moi avec vous ! Je serai votre secrétaire, je porterai vos valises, je conduirai votre voiture, je repasserai vos chemises, je ferai n'importe quoi pour vous... J'apprendrai, je n'ai que dix-sept ans, on apprend vite à mon âge.

– Allez, allez ! Ne dramatise pas... C'était une belle rencontre, un beau moment... Ne gâche pas tout.

J'ai entendu ces mots et c'était comme si je sautais dans le vide, que je tombais, tombais et cherchais un arbre, une racine où me rattraper, il va partir, il va partir et je vais rester. Et mon avenir ? Je ferai Polytechnique et je me marierai. Avec n'importe qui puisque maintenant ça m'est bien égal. Je garderai Geneviève, elle au moins, elle sait, elle a deviné, je pourrai respirer sur elle le parfum de mon amour défunt. Je pourrais lui raconter encore et encore quand j'étais avec lui, quand je parlais avec lui, quand je buvais du champagne avec lui, quand je regardais les toits de Paris avec lui… Je ferai Polytechnique et j'épouserai Geneviève. Puisqu'il part et qu'il n'en éprouve aucun chagrin, aucune déchirure.

– *Come on, my boy !* il a répété, agacé.

J'ai eu l'impression d'avoir fait une terrible faute de goût et je me suis senti presque sale…

Il a filé avec son chauffeur pour regagner l'hôtel et je suis resté comme un idiot, les yeux embués de larmes.

Je me suis détesté… Quel manque de panache ! Quel manque d'élégance !

Je l'ai regardé partir. Je ne savais plus rien de lui à ce moment précis. C'est comme si tout ce qu'on avait vécu, toutes ces merveilleuses confidences qu'il m'avait faites n'avaient jamais existé. Il tournait la page, il passait à autre chose.

Pour la première fois, je me suis senti de trop. Je me suis senti à côté. J'ai eu l'atroce impression que j'avais fait mon temps.

Et c'était horrible.

Avant de partir, j'ai aperçu, posée sur le coin d'une table, la boîte dans laquelle se trouvait mon écharpe.

L'écharpe était restée dedans…

23 janvier 1963. Le jour le plus triste de ma vie. Je ne sais pas comment je trouve encore la force d'écrire…

Quand je suis revenu de la fête pour son anniversaire… Ça a été le drame à la maison. Le directeur de ma prépa avait appelé mes parents pour leur faire part de mes nombreuses absences. Votre fils ne travaille pas, il est absent souvent, sans excuse, sans raison valable, on ne peut plus le garder. Mon père était furieux. Il serrait les dents si fort que j'ai cru qu'il allait les broyer. Maman pleurait en disant que j'étais fichu, qu'on ne ferait jamais rien de moi, que j'allais devoir partir à l'armée ! Ils m'ont enfermé dans ma chambre et j'ai passé deux jours sans sortir, sans voir personne, sans pouvoir téléphoner. Et je me disais que c'étaient ses deux derniers jours à Paris ! Ça me rendait malade ! Malade ! Je ne pouvais pas sortir par la fenêtre, on habite au sixième étage ! Rien, je ne pouvais rien faire...

J'étais prisonnier.

Papa est allé voir le directeur. Je ne sais pas ce qu'il lui a dit, mais il paraît qu'il m'a donné une dernière chance. Tu parles d'une chance !

J'ai eu le droit de sortir, mais l'interdiction formelle de retourner sur le tournage.

De toute façon, je n'y serais pas allé, je savais qu'il était fini...

Je me demandais juste s'il était déjà parti ou s'il avait prolongé son séjour à Paris. S'il traînait sur le quai aux Fleurs. C'était sa promenade préférée.

Alors hier soir, j'ai couru à son hôtel à la sortie des cours, j'ai couru, couru...

Le concierge m'a dit qu'il était parti, mais qu'il avait laissé une lettre pour moi. Il m'a tendu une enveloppe qui portait le nom de l'hôtel.

Je l'ai pas ouverte tout de suite.

J'avais le cœur qui battait trop fort...

Je l'ai lue, le soir, dans ma chambre.

"My boy, retiens ceci : on est seul responsable de sa vie. Il ne faut blâmer personne pour ses erreurs. On est soi-même l'artisan de son bonheur et on est parfois aussi le principal obstacle à son bonheur. Tu es à l'aube de ta vie, je suis au crépuscule de la mienne, je ne peux te donner qu'un conseil : écoute, écoute la petite voix en toi avant de décider quel sera ton chemin... Et le jour où tu entendras cette petite voix, suis-la aveuglément... Ne laisse personne te détourner de ton chemin. N'aie jamais peur de revendiquer ce qui te tient à cœur.

C'est ce qui sera le plus dur, pour toi, parce que tu penses tellement que tu ne vaux rien, que tu ne peux pas imaginer un futur radieux, un futur qui porte ton empreinte... Tu es jeune, tu peux changer, tu n'es pas obligé de répéter le schéma de tes parents...

Love you, my boy..."

Je l'ai lue plusieurs fois. Je ne voulais pas croire que je ne le verrais plus. Il ne me donnait rien, pas une adresse, pas une boîte postale, pas un téléphone. Je n'avais aucun moyen de le retrouver.

J'ai pleuré, pleuré...

Je me suis dit que ma vie était finie.

Et je crois bien qu'elle est finie.

25 décembre 1963. *Charade* vient de sortir aux États-Unis. J'ai lu les articles dans les journaux. C'est un énorme succès. Des milliers de personnes ont fait la queue dès six heures du matin devant le Radio City Music Hall sur la 6e Avenue pour avoir une place. Il faisait froid, il pleuvait et ils attendaient...

J'ai lu dans le journal une interview de Stanley Donen qui parlait de lui. "Il n'y a aucun acteur comme Cary Grant. Il est unique. Il n'y a aucune fausse note dans son jeu. S'il projette facilité et confiance en soi, si ça a l'air si facile, c'est qu'il est extrêmement concentré. Qu'il a tout préparé... On ne sent aucune peur en lui quand il joue. Ses scénarios sont toujours remplis de milliers de notes. Il détaille tout minute par minute. Le détail, c'est là où il excelle. Sont talent n'est pas un don de Dieu, c'est une somme énorme de travail..."

Et j'ai eu l'impression qu'il m'échappait définitivement...

Lu aussi une réflexion de Tony Curtis. "On apprend plus en regardant Cary Grant boire une tasse de café qu'en six mois dans un cours de théâtre..."

Qu'est-ce que j'ai appris de lui ?
Qu'est-ce que j'ai appris de lui ? »

C'étaient les derniers mots du carnet noir. Joséphine le referma et pensa qu'elle avait beaucoup appris, avec Cary Grant.

Zoé s'était enfermée dans sa chambre avec Emma, Pauline et Noémie. Elles mettaient au point l'exposé sur Diderot qu'elle devait présenter le lendemain matin devant la classe et Mme Choquart.

Elle ne voulait pas démériter. Elle aimait trop Mme Choquart.

Affalée sur son lit, elle pensait à Diderot.

Et à Gaétan.

Gaétan ! Depuis qu'ils avaient parlé pour de vrai, ils filaient l'amour parfait. Elle se faisait une liste de « Je veux... et je veux pas ». C'était un jeu. Plus la liste était longue, plus elle avait l'impression que son amour était grand, fort, éternel. Je veux pas que ça diminue, notre amour. Je veux que ça soit toujours le début, les chansons dans la tête, le cœur qui décolle, la vie en rose pour de vrai. Je ne veux pas me lasser. Je veux l'aimer le plus longtemps possible. Je ne veux pas de hauts et de bas. Je veux rester à cent mille mètres d'altitude. *Twist and shout, come on, come on, baby now.* Je veux illustrer l'amour, le grand amour, comme Johnny Depp et Vanessa Paradis *in love* pour la vie.

Ses copines gribouillaient leurs fiches de lecture.

Elles avaient choisi Diderot comme sujet de leur TPE. Choisi d'illustrer son anticonformisme et sa langue acérée.

Je crois que je suis folle de Diderot, songeait Zoé en relisant ses notes. Il dézingue tout le monde. Il dézingue Lully, Marivaux, dit le plus grand mal de Racine sur le plan humain, « fourbe, traître, ambitieux, envieux, méchant ». Oui mais, il ajoute... « dans mille ans d'ici, il fera verser des larmes ; il sera l'admiration des hommes dans toutes les contrées de la terre. Il inspirera l'humanité, la commisération, la tendresse ; on demandera qui il était, de quel pays et on l'enviera à la France. Il a fait souffrir quelques êtres qui ne sont plus, auxquels nous ne prenons presque aucun intérêt. Il eût été mieux sans doute qu'il eût reçu de la nature les vertus d'un homme de bien, avec les talents d'un grand homme. C'est un arbre qui a fait sécher quelques arbres plantés dans son voisinage ; qui a étouffé les plantes qui croissaient à ses pieds ; mais il a porté sa cime jusque dans la nue ; ses branches se sont étendues au loin ; il a prêté son ombre à ceux qui venaient et qui viendront se reposer autour de son tronc majestueux ; il a produit des fruits au goût exquis et qui se renouvellent sans cesse[1] ».

1. *Le Neveu de Rameau.*

Elle aimait le verbe de Diderot. Elle aimait l'usage du point-virgule chez Diderot.

– On commence par les *Salons* ? demanda Emma.

– Oui... Fragonard ?

– Et je montre une reproduction quand Pauline parle...

– « C'est une belle et grande omelette d'enfants, lut Pauline, il y en a par centaines, tous entrelacés les uns dans les autres. Cela est plat, jaunâtre, d'une teinte égale, monotone et peint cotonneux. Les nuages répandus entre eux sont pareillement jaunâtres et achèvent de rendre la composition exacte. Monsieur Fragonard est diablement fade. Belle omelette, bien douillette, bien jaune et point brûlée. » C'est méchant, non ? conclut Pauline qui avait un bon fond et répugnait à critiquer.

– Il devait être déballé, Fragonard.

– Je crois bien que je vais acheter tous les tomes des *Salons* tellement j'adore chaque mot, chaque phrase, je voudrais que ça ne finisse jamais, et ça ne finit jamais puisque c'est un livre énorme ! s'exclama Zoé.

– Oh, toi et les livres ! ricana Emma. On dirait que tu n'en lis jamais assez...

– Zoé ignore la mesure, dit Noémie en allumant une cigarette.

– Pas dans ma chambre ! s'écria Zoé. Maman veut pas que je fume !

– On ouvrira la fenêtre en grand...

– Je peux m'en rouler une alors ? demanda Emma.

Zoé ne répondit pas. Seule contre trois, elle ne ferait pas le poids.

Gaétan avait promis un long mail pour ce soir...

Diderot, Gaétan, un long mail... Elle était la plus heureuse des filles.

Quand ses amies furent parties, elle ouvrit grand la fenêtre, changea de chemisier, se regarda dans la glace et aima ce qu'elle vit. C'était un bon signe. Un jour, on se mire dans la glace en chantant avec une brosse à cheveux et en se trémoussant, le lendemain, on se jette un coup d'œil et on se sent Chamallow grillé.

Elle alla s'asseoir devant son ordinateur et ouvrit sa messagerie.

Le mail de Gaétan était le premier...

Pour les choses graves, il préférait écrire que parler. Il disait que parler, c'était difficile. Cela supposait qu'on soit deux face à face et que l'autre vous regarde en train de tout déballer. Alors qu'écrire, on pouvait imaginer qu'on était tout seul, qu'on se parlait à soi-même, que personne n'écoutait.

Lui aussi, il avait des examens de fin d'année.

Ce matin, c'était géographie.

« J'ai pas vraiment réussi, mais c'est pas grave. La géo, c'est pas mon truc. J'ai fait ce que j'ai pu, j'ai travaillé, ça sert à rien de regretter ! Maintenant je sais que je suis capable de travailler beaucoup et que ça me plaît. Que demande le peuple ? Je suis capable de réussir quand même, non ? Je te raconte le reste ? Bah oui... je te raconte. Ce matin, je me lève et maman était debout ; et avant que je parte, elle m'a demandé de venir la voir. Et là, elle m'a dit des choses qui m'ont chamboulé le cœur. Des trucs qu'elle m'a jamais dits, qui me changent, qui... Waouw, quoi. Elle me regarde comme ça, elle était en train de boire son café, elle me dit qu'elle veut plus que je m'occupe d'elle, qu'elle va bien, qu'elle m'aime et qu'elle veut que je sois heureux et que juste, elle peut pas être heureuse si je le suis pas. Et ça, c'est top. C'est comme si j'étais libéré. Et maman qui me dit ça, c'est Waouw, genre waouw, quoi. Je peux pas expliquer, c'est comme si je pouvais grandir vraiment quoi. C'est géantissime. Bien sûr, ça ne m'empêche pas de flipper pour maman. Mais pas de la même manière, pas comme si elle dépendait de moi... Même si je sais qu'elle dépend de moi. Parce que Charles-Henri, il se la joue perso et il va partir et Domitille aussi. Elle va aller en pension l'année prochaine... C'est décidé. Elle dit qu'elle ira pas, qu'elle fera des fugues tout le temps, mais bon, c'est décidé. Alors, il ne restera plus que maman et moi. Et même si elle dit qu'elle peut tenir debout toute seule, moi, je sais qu'elle aura toujours besoin de moi... Elle peut pas s'en sortir toute seule, elle le sait pas, mais je le sais moi. Je ne suis pas responsable que de ma vie. Si je laisse maman toute seule, elle est finie.

Alors, je veux qu'on retourne à Paris. Je n'en peux plus d'être ici avec les grands-parents sur le dos et toute la ville qui te regarde quand tu fais une connerie. Ils ont rien d'autre à faire, les gens ici, que de cancaner sur les autres... Que de ricaner quand ils sortent des clous. Et nous, c'est sûr, on sort souvent des clous... Et dis, Zoé, c'est normal de faire des conneries, non ? Même quand on est adulte comme maman... Alors on va partir tous les deux. On va retourner à Paris. Je ne sais pas très bien où on ira parce que maman, elle n'a pas beaucoup d'argent. Elle dit qu'elle est prête à travailler comme vendeuse dans une boutique, qu'elle a l'éducation pour, qu'elle pourrait vendre, par exemple des bijoux fantaisie ou des montres. Elle aime beaucoup les montres. Ça la rassure, je crois. Le mécanisme des montres, je veux dire... Alors elle va chercher une place de vendeuse de montres et on prendra un petit appartement tous les deux. Et on pourra se voir et je serai heureux... »

Le cœur de Zoé bondit. Il allait venir à Paris ! *Twist and shout, come on, come on !* Elle le verrait chaque jour. Ils pourraient habiter chez elle. Dans la chambre d'Hortense... Ou dans le bureau de maman quand Hortense serait là. Hortense ne venait plus souvent. Sa vie était à Londres. Ou ailleurs. Elle répétait souvent qu'elle en avait fini avec Paris...

Il faudrait qu'elle en parle à sa mère.

Ce fut non.

Un non catégorique.

Un non que Zoé n'avait jamais entendu dans la bouche de sa mère.

– C'est hors de question, Zoé.

– Mais l'appartement est trop grand pour nous deux...

– C'est non, répétait Joséphine.

– Mais tu l'as bien fait pour Mme Barthillet et Max[1]...

– C'était il y a longtemps... J'ai changé.

– T'es devenue égoïste !

– Non. Écoute-moi bien, Zoé... J'ai un livre qui pousse dans ma tête. Une envie d'écrire qui se précise chaque jour et j'ai besoin de place, de silence, de vide, de solitude...

– Ils ne prendront pas de place ! Ils se feront tout petits. Sa mère veut travailler et lui, il ira au lycée avec moi... Oh ! maman ! Dis oui...

1. Cf. *Les Yeux jaunes des crocodiles*, *op. cit.*

— Non, non et non… c'est fini, ce temps-là !

— Ils iront où alors ? demanda Zoé, la bouche pleine de larmes.

— Je ne sais pas et ce n'est pas mon problème. Ce livre-là, je ne veux pas le sacrifier… C'est important pour moi, chérie. Très important… Tu comprends ?

Zoé secouait la tête. Elle ne comprenait pas.

— Mais tu pourras écrire quand même…

— Zoé… Tu ne sais pas. Tu ne sais pas ce que ça veut dire « écrire ». Ça veut dire donner toutes ses forces, tout son temps, toute son attention à une seule chose. Y penser tout le temps. Ne pas être interrompue, une seule seconde, par quelque chose d'autre… Ce n'est pas être inspirée soudain et jeter quelques notes sur le papier, ça veut dire travailler, travailler, travailler, semer des idées, attendre qu'elles poussent et ne les récolter que lorsqu'elles sont prêtes. Pas avant parce que sinon tu arraches la racine, pas après parce qu'elles sont fanées. C'est être vigilante, obsédée, maniaque… Impossible à vivre pour les autres.

— Et moi alors ?

— Toi, tu fais partie de cette aventure. Mais pas les autres, Zoé, pas les autres…

— Il faut vivre seule, alors, quand on écrit, toute seule…

— Il faudrait, dans l'idéal, c'est sûr. Mais je t'ai, toi, je t'aime plus que tout au monde, cet amour me remplit de joie, de force, cet amour fait partie de moi. À toi, je peux parler, toi, tu entends, toi, tu comprends, toi, tu sais écouter… Mais pas les autres, Zoé, pas les autres…

— Alors, dit Zoé en baissant la tête et en rendant les armes, tu vas l'écrire pour de vrai l'histoire de Petit Jeune Homme ?

Joséphine la prit dans ses bras et chuchota oui, je vais l'écrire, je vais l'écrire.

– Et tu sais qui c'est maintenant Petit Jeune Homme ? demanda encore Zoé, le menton appuyé sur l'épaule de sa mère.

Et Joséphine chuchota encore oui, je le sais.

Elle irait le voir, elle lui parlerait, elle lui demanderait l'autorisation de raconter son histoire. Elle lui expliquerait comment, grâce à Cary Grant et au carnet noir, elle était sortie du brouillard, elle lui décrirait les eaux furieuses des Landes, Henriette et Lucien Plissonnier, le panier de pique-nique sur la plage, Iris, le parasol, l'envie de grandir, l'envie de devenir quelqu'un d'autre, quelqu'un qui tient sur ses deux pieds, qui a trouvé sa place derrière le brouillard.

Et puis elle appellerait Serrurier, elle lui dirait...

Qu'elle avait une idée, mieux qu'une idée...

Un début de livre. Un livre entier qui se mettait en place dans sa tête. Qui s'assemblait morceau après morceau.

D'ailleurs, elle avait trouvé la première phrase...

Elle ne la lui dirait pas.

Elle la garderait pour elle. Afin que les mots gardent toute leur force, qu'ils ne s'évaporent pas...

« Écrire comme personne avec les mots de tout le monde[1]. »

Les mots qu'on va écrire, il ne faut pas les dire, il faut qu'ils restent neufs. Il faut, lorsqu'on les lit, qu'on ait l'impression que c'est la première fois qu'ils servent, que personne n'a jamais jeté les mots comme ça sur le papier...

1. Colette.

Cinquième partie

Shirley posa la prise sur le comptoir et demanda le prix.

C'était la dernière accrochée au présentoir. Il n'y avait pas d'étiquette ni de code-barres. L'emballage était défraîchi, corné aux extrémités. On aurait presque pu dire que c'était un article d'occasion.

L'homme, derrière le comptoir, en tee-shirt noir avec une tête de loup qui montrait les dents, prit son temps, détailla la femme face à lui ; son regard s'attarda sur son sac, sa montre, les deux petits brillants aux oreilles, la veste en cuir et il annonça :

— Quinze livres...

— Quinze livres pour une prise ! s'exclama Shirley.

Il répéta quinze livres.

Il n'y avait pas la moindre lueur dans son regard. Il possédait une prise, il en fixait le prix, si ça ne lui convenait pas, elle pouvait repartir. Shirley remarqua son ventre ballonné, moulé dans son tee-shirt à tête de loup. On aurait dit qu'il était enceint d'un tonneau de bière.

— Vous avez un catalogue que je vérifie le prix ?

— Quinze livres...

— Appelez-moi le patron !

— Je suis le patron...

– Vous êtes un escroc, oui !

– Quinze livres...

Shirley prit la prise dans sa main, la fit sauter en l'air plusieurs fois, la reposa sur le comptoir et vira sur ses talons.

– Allez vous faire foutre, connard !

Quinze livres ! fulminait-elle en descendant Regent Street.

Quinze livres après m'avoir détaillée et s'être dit celle-là, je vais la plumer ! Pour qui me prend-il ? Pour une touriste égarée qui veut brancher son sèche-cheveux ou son ordinateur ? Je suis anglaise, je vis à Londres, je connais les prix et je l'emmerde ! Si j'ai besoin d'un adaptateur, c'est parce que je ne peux pas brancher le fer à friser offert par ma copine française à Noël ! Mon fer coûte trente euros, il n'a pas besoin d'une prise à quinze livres ! Elle marchait à grandes enjambées, avait envie de gifler tous les hommes qui déambulaient avec, lui semblait-il, une arrogance de mâles tout-puissants. Elle ne supportait pas la toute-puissance. Elle ne supportait pas les ordres qui tombent tels des oukases sur la tête du pauvre serf.

Cet homme l'avait traitée comme une pauvre serve.

La colère bouillonnait, devenait lave brûlante, menaçait de faire sauter le cratère et de tout emporter sur son passage.

Le volcan de la colère s'était réveillé, ce matin même...

Elle était passée au bureau de sa fondation « Fight the fat » et avait lu un rapport prouvant, chiffres à l'appui, que certains aliments pour bébés comportaient davantage de sucre, de gras, de sel que la malbouffe pour adultes. On gavait le nourrisson afin de lui faire avaler, plus tard, toutes les saletés qu'on lui proposerait. Elle avait éclaté en imprécations.

Elle voyait rouge. Rouge furieux. Rouge qui aveuglait les yeux.

– Qu'est-ce qu'on fait ? elle avait hurlé à Betty, sa secrétaire et assistante.

– On dresse la liste de ces aliments, on la met sur notre site Internet avec un lien pour tous les autres sites de consommateurs, avait répondu Betty qui ne s'énervait jamais et trouvait souvent des solutions. L'information sera reprise. Ils seront montrés du doigt et mis à l'index.

– Quels salauds ! quels salauds ! répétait Shirley en prenant ses cheveux à pleines mains. Ce sont des criminels, ces mecs ! Ils prennent leurs victimes au berceau ! Et après on s'étonne que le nombre des obèses ne cesse d'augmenter. On devrait les forcer à bouffer leur merde ! Je suis sûre que leurs enfants, eux, ils ne les mangent pas ces petits pots !

Il fallait qu'elle se calme.

Il fallait empêcher la colère de la fracasser.

La colère fracasse. Elle anéantit la personne contre laquelle elle est dirigée, mais elle anéantit aussi celle qui la porte en elle. Elle le savait. Elle en faisait souvent les frais.

Elle voulait apprendre à se maîtriser. Distraire sa colère, la détourner sur une occupation qui l'apaiserait.

Elle avait pensé au fer à friser... Elle l'avait retrouvé le matin même en rangeant les étagères de sa salle de bains. Tout neuf dans sa boîte de Noël. Et le petit mot de Joséphine : « À ma belle amie aux cheveux courts et parfois bouclés. »

Je descends acheter un adaptateur, je me concentre sur mes mèches et je relativise.

L'homme au tee-shirt à tête de loup avait achevé de la terrasser. Elle frémissait de colère, elle avait envie de pleurer, elle tanguait. Elle ne trouvait plus sa place dans le monde.

Elle entra dans un Starbucks, commanda un Venti Café Moccha, avec lait entier et crème fouettée. 450 calories, 13 grammes de mauvais gras, arrivé huitième au palmarès de la malbouffe 2009 publié par le très sérieux *Center for Science in the Public Interest.* Quitte à se détruire, autant ne pas s'économiser ! pensa-t-elle en voyant arriver le café au lait meurtrier.

– Je peux avoir une paille ou c'est sur option ? hurla-t-elle à la fille à la caisse.

Mais qu'est-ce qui m'arrive ? Je mélange tout, je mélange tout, se reprit-elle, désolée d'avoir blessé la pauvre fille qui devait gagner à peine de quoi payer son loyer. Elle a vingt ans et elle a l'air fatiguée pour toute sa vie.

– Excusez-moi, murmura-t-elle quand la serveuse lui tendit une paille. Vous n'y êtes pour rien. Je suis en colère...

– C'est pas grave, dit la fille, moi aussi je suis en colère...

– ... et c'est vous qui prenez.

– Vous n'êtes ni la première ni la dernière, avait répondu la fille, désabusée. Si vous croyez que la vie est gaie, faudra me donner votre recette !

Ben oui, se dit Shirley en allant s'asseoir à une table, je la trouvais plutôt gaie, la vie avant... Mais depuis quelque temps, je la repeins en noir, la vie me brûle comme le sel sur une plaie ouverte... Elle m'écorche, gratte, décape, désincruste.

Pour quelle raison pleure-t-on quand on verse des larmes au quart de tour ? Sur ce qui vient juste d'arriver ou sur une vieille blessure qui se rouvre et suinte ?

Elle suintait de partout. Depuis qu'elle avait reçu la lettre de sa tante Eleonore.

C'était il y a deux jours...

Un matin...

Elle venait de se disputer avec Oliver. Il lui avait apporté son petit déjeuner au lit et s'était excusé, les tartines étaient trop grillées. Elle avait repoussé le plateau.

– Arrête de t'excuser, arrête d'être gentil...

– Je ne suis pas gentil, je suis attentionné...

– Alors arrête d'être attentionné. Je ne le supporte plus...

– Shirley...

– Arrête ! elle avait hurlé, les larmes aux yeux.

– Pourquoi tu cries ? Qu'est-ce que j'ai fait ?

Il tendait les bras vers elle, elle le repoussait, il secouait la tête, prenait un air désolé.

– Et arrête de faire ta pauvre tête de pauvre gars !

– Je ne comprends pas...

– Tu ne comprends rien ! Tu es... Tu es...

Elle bafouillait, agitait les mains pour attraper des mots, ne les trouvait pas et la colère montait.

– Tu es fatiguée ? Tu as un problème ?

– Non. Je vais très bien, c'est juste que je ne te supporte plus !

– Mais hier...

– Va-t'en ! Va-t'en !

Il se levait, enfilait son blouson, ouvrait la porte.

D'un bond, elle était sur lui et s'accrochait à ses épaules.

– Ne t'en va pas ! Ne me laisse pas seule ! Oh ! ne me laisse pas seule ! Tout le monde me laisse, je suis toute seule !

Il l'attrapait par les épaules, la plaquait contre le mur et demandait d'une voix dure :

– Tu sais contre qui tu es en colère ?

Elle détournait la tête.

– Tu ne le sais pas, tu t'en prends à moi, mais moi, je n'y suis pour rien... Alors pars à la recherche du vrai coupable et arrête de m'agresser...

Elle le regardait partir. Il ne se retournait pas. Il franchissait la porte sans un dernier regard, sans un dernier geste qui pourrait lui donner un indice sur la gravité de son départ. Et elle pensait je vais le perdre, je vais le perdre... Elle se laissait tomber sur son lit en sanglotant, elle n'y comprenait plus rien.

C'est ce matin-là qu'elle avait reçu la lettre de sa tante Eleonore.

Elle disait hier, j'ai rangé des vieux papiers, cela faisait des mois et des mois que je me promettais de le faire, et j'ai trouvé ça. Je ne sais pas ce que tu en feras, mais c'est pour toi.

Deux photos en noir et blanc et une enveloppe bleue.

La première photo représentait son père en short long lors d'une excursion avec des copains au bord d'un lac. Il avait posé son sac de randonnée dans l'herbe, était adossé au sac et mordait à pleines dents dans un sandwich. Il avait la joue gauche gonflée par la bouchée de sandwich et éclatait de rire en même temps. Grand nez, grande bouche, grand éclat de rire. Longue mèche de cheveux qui tombait sur les yeux, longues jambes musclées, gros godillots de marche. Un foulard autour du cou. Elle regarda la date au dos de la photo ; il avait dix-sept ans. La seconde photo les représentait, elle et lui, dans un parc à Londres. On apercevait au loin des gens assis dans des transats en train de lire ou de se prélasser. Elle devait avoir six ans et levait les yeux vers l'homme qui lui montrait un arbre. Elle, toute petite, avec deux tresses blondes, lui immense et long, en tweed. Ils vivaient au palais dans l'appartement réservé au grand chambellan. Il l'emmenait dans Hyde Park pour lui apprendre le nom des arbres, des essences, des fleurs ; ils observaient les écureuils. Un jour, ils avaient vu deux boxers courser un écureuil, l'acculer contre un grillage et pendant que l'un lui coupait la route, le second lui tranchait la gorge.

Shirley avait été fascinée par la violence de la scène. Elle avait senti un long frisson lui parcourir les jambes, faire une boucle dans son ventre et éclater en boule de feu. Elle avait fermé les yeux pour que le plaisir dure, dure. Son père la tirait par la main en lui interdisant de regarder. Les gens s'indignaient et insultaient le propriétaire. Il haussait les épaules, rappelait ses chiens qui dépeçaient l'écureuil sans l'entendre.

Chaque fois que son père l'emmenait au parc, elle guettait les chiens qui vagabondaient, espérant une prochaine curée.

Et puis, il y avait une lettre bleue dans une mince enveloppe ciel.

Adressée à Shirley Ward chez Mrs. Howell, Édimbourg.

Elle avait reconnu l'écriture de son père. Haute, ronde, presque féminine.

Elle était restée un long moment immobile avant d'ouvrir l'enveloppe. Elle pressentait qu'elle tenait entre ses mains un secret. La résolution de son secret. Elle avait pris l'enveloppe, était allée se faire une nouvelle tasse de thé et, tout en ébouillantant la théière, elle avait fermé les yeux et convoqué le fantôme de son père. La veste en grosse toile rêche qu'elle pressait de sa joue quand il la tenait dans ses bras, l'odeur de son savon, de l'eau de toilette Yardley qu'il utilisait le matin après s'être rasé. Elle appuyait sa tête contre son épaule. Imaginait mille dangers. Des hommes la menaçaient, ils l'enlevaient, la bâillonnaient, la maltraitaient, la traînaient dans la poussière. Elle faisait semblant de pleurer, il resserrait son étreinte, elle fermait les yeux.

Elle but une gorgée de thé brûlant et ouvrit la lettre. Elle avait été écrite juste après son départ en Écosse.

« Ma petite fille chérie,

Je ne t'ai pas envoyée à Édimbourg pour te punir. Je n'ai pas le droit de te punir. Je t'ai fait vivre une drôle de vie depuis ta naissance. Une vie dont je suis le seul responsable. Je comprends ta colère, mais je ne peux pas te permettre de mettre en danger une personne qui t'aime tendrement... »

Il parlait de sa mère qu'il n'osait pas nommer. Même quand il écrivait, l'ombre de sa mère l'intimidait. Elle avait ravalé un premier sanglot.

« Nous avons mené une drôle de vie, toi et moi. »

Il avait rayé cette phrase. Il devait penser qu'il se répétait.

« Tu étais une petite fille formidable et tu es devenue une jeune fille remarquable. Je suis fier de toi... »

Ensuite, il y avait un grand blanc. Il avait laissé l'espace de quelques lignes. Comme s'il comptait le remplir plus tard. Il avait repris plus loin.

« Je voudrais te dire tant de choses, mais je ne sais pas...

Comment t'expliquer quelque chose que je ne comprends pas moi-même ? »

Il y avait encore un espace.

Et puis ces simples mots...

« Retiens simplement que tu as été, que tu es, que tu seras toujours ma petite fille chérie, celle que je portais dans mes bras quand nous rentrions de la campagne le dimanche soir... J'aimais tellement ces moments-là... »

Et le souvenir roula en avalanche...

Elle était petite, ils revenaient de la campagne, d'une des résidences de la reine ; elle était allongée à l'arrière de la voiture, enroulée dans un plaid. Elle regardait dans le ciel noir la lune qui lui faisait un clin d'œil à travers les nuages. Quand ils arrivaient au palais, elle levait les yeux vers la grande bâtisse sévère, vers la petite lumière rouge qui brillait à leur étage, tout au bout, sur la gauche. Il ouvrait la portière, se penchait sur elle. Elle respirait son odeur de tweed usé et de lavande. Il posait une main sur elle pour vérifier si elle dormait. Elle faisait semblant de dormir afin qu'il la prenne dans ses bras et la porte jusqu'à son lit. Jusqu'à la petite lumière rouge dans l'appartement.

Et il commençait lentement l'ascension des escaliers...

Les yeux mi-clos, elle se laissait aller. Elle se demandait s'il ne s'apercevait pas, parfois, qu'elle fermait les paupières un peu trop fort pour que ce soit vrai.

Deux bras experts à soulever un corps endormi, à enserrer en même temps les reins et la nuque, en faisant bien attention à ce que la couverture ne tombe pas et qu'elle garde sur son corps la chaleur de la voiture, en veillant à ce que ses pieds ballants ne heurtent pas le chambranle d'une porte. Elle fermait les yeux, percevait l'air plus froid, le pas assourdi et lourd de son père ; elle imaginait chaque marche d'escalier gravie, chaque coin de couloir franchi et chaque pas la berçait d'une secousse molle, de la certitude qu'elle était dans les bras d'un géant. Elle se répétait son histoire préférée, celle dont elle ne se lassait pas, une forêt, des cris, des coups de feu, des brigands et son père qui avançait fort, audacieux, la serrant contre lui.

Elle prolongeait le faux sommeil, geignait quand il la déposait sur son lit, balbutiait des mots d'enfant pour lui faire croire qu'elle dormait vraiment. Il essuyait son front, disait tu vas dormir, maintenant d'une voix grave qui ordonnait. Elle tremblait et se laissait déshabiller, ôter ses chaussures, tourner, retourner, manipuler comme une chiffe molle, un pantin envahi de plaisir...

Dieu, qu'elle l'aimait dans ces moments-là ! Il n'était plus l'homme humble qui s'effaçait derrière la reine, courbait la nuque, se retirait en reculant pour ne pas montrer son dos à Son Altesse.

Elle lui avait rendu sa toute-puissance.

Le temps de cette longue et lourde marche dans les couloirs du palais, elle redevenait une petite fille fragile sur laquelle il régnait ; elle lisait, à travers ses yeux mi-clos, le sourire de fierté sur ses lèvres, le sourire qui disait dors, ma fille, dors, je veille sur toi, je te protège ! Et ils se rejoignaient dans cette commune ardeur. Elle à le trouver l'homme le plus fort du monde, lui à la considérer comme une princesse dont il avait la garde. Elle prenait la vaillance sur son front pour s'en faire une parure de femme ; il devenait son champion.

Elle détestait quand il s'inclinait. Quand il n'était plus qu'une ombre dans les couloirs du palais...

Elle détestait le père qui marchait derrière la reine, le père qui n'était pas un homme puisqu'il acceptait de n'être qu'un sujet.

Elle relisait la lettre qu'il n'avait jamais envoyée.

Elle suffoquait, le nez rouge, les joues brûlantes. Et c'était comme si son cœur crevait.

Elle se souvenait...

Elle avait envie de crier à son père, redresse-toi, sois un homme ! Pas un larbin !

Elle ne disait rien.

Elle faisait la guérilla dans les couloirs rouges de Buckingham Palace.

En se redressant, il m'aurait légitimée...

C'était donc ça, mon secret...

Comment avait-elle fait pour l'ignorer si longtemps ?

Elle n'avait pas réfléchi. Ça fait trop mal de réfléchir.

Elle racontait toujours la même histoire de sa mère qui l'aimait, mais ne pouvait pas le montrer. Elle prétendait que ça lui allait bien.

Mais je crevais d'envie qu'elle me le montre à moi, qu'elle le lui montre à lui. Alors je me vengeais, je le vengeais. Je sortais de l'ombre avec fracas. Je ne pouvais aimer que comme ça... La tendresse, la douceur, les yeux qui caressent ? Je les rejetais. C'était l'apanage des vassaux...

Elle pleurait, elle ne pouvait plus s'arrêter, elle pleurait sur la petite fille qui se laissait enlever les bottes, essuyer les pieds, mettre des chaussettes chaudes, étendre les jambes au feu qu'il avait allumé pour qu'elle se réchauffe. Elle aurait tout donné pour qu'il balance un coup de pied aux bûches de la cheminée, qu'il la prenne par la main, traverse les longs couloirs du palais, enfonce la porte, se plante dans la chambre de sa bien-aimée, la mère de son enfant, et lui dise, elle a faim, elle a froid, occupe-toi d'elle... C'est ta fille aussi.

Il ne le faisait pas.

Il s'agenouillait, il s'inclinait, il essuyait ses pieds, y déposait un baiser, les rapprochait du feu. Posait sa main sur ses jambes...

Sa main dont elle chérissait chaque centimètre, chaque durillon, chaque ongle coupé trop court, sa main qui lissait ses cheveux, pinçait ses oreilles, passait et repassait sur son front pour savoir si elle avait de la fièvre.

Elle avait pris en horreur la tendresse, la gentillesse, elle les avait assimilées à de la couardise, elle s'était précipitée contre des rustres...

Le désir était né, déformé par cette image de père incliné.

Elle partait voir des hommes comme elle serait partie

à la guerre, légère, affranchie, emportée par ce désir qui n'autorisait que les brèves étreintes, les étreintes de brigands.

Elle était allée voir sa tante Eleonore.

Entre Eleonore et elle, il y avait toujours eu une tension sourde comme le bourdonnement d'une grosse mouche qui insiste.

Eleonore Ward était une femme forte, à la poitrine de walkyrie et au gros visage couperosé. Elle avait travaillé toute sa vie en usine. Ne s'était jamais mariée. « Je n'ai pas rencontré la chance », elle disait en soupirant. Quand ils passaient Noël ensemble, elle les regardait sans aménité, son père et elle, disait qu'ils étaient vernis, ils ne savaient pas ce que c'était que de travailler à la chaîne, l'air qui pue, l'odeur âcre qui pique la gorge, le bruit qui engourdit et les yeux qui se ferment à force de vouloir rester ouverts. Chaque jour est le même, on ne sait pas si on est lundi ou mardi ou mercredi ou jeudi. On est juste soulagé quand le vendredi arrive parce qu'on va pouvoir dormir tout le samedi et tout le dimanche.

Elle habitait Brixton, au sud de Londres. Une petite maison en briques rouges en face d'un *council estate*[1]. Elle y occupait un petit appartement en sous-sol. Shirley ne venait pas souvent lui rendre visite. Au bout d'un moment, elle suffoquait dans ce sous-sol lugubre et il fallait qu'elle sorte vite, vite.

Elle descendit quelques marches, passa entre les poubelles et les *recycling boxes*[2] qui débordaient de canettes, de cartons, de bouteilles. Un paradis pour les

1. HLM anglais.
2. Conteneurs pour tri sélectif.

rats, se dit-elle en faisant attention où elle posait les pieds.

Eleonore lui ouvrit. Elle avait les cheveux blancs, jaunis au bout, accrochés sur la tête avec des épingles, semblables aux branches d'un sapin de Noël. Elle portait une robe verte avec un gilet jaune citron qui hurlait qu'il était en acrylique, des lunettes maintenues par un sparadrap. Il y avait des trous de cigarettes sur le devant du gilet jaune.

Shirley entra par une petite cuisine qui donnait sur une pièce à vivre. Derrière les vitres, elle aperçut un jardin, voulut se montrer aimable et dit :

– C'est vraiment agréable, un jardin...

– C'est pas un jardin, ils ont bétonné le sol pour pas avoir d'infiltrations...

Elle se frotta le nez et ajouta :

– C'est gentil de venir... Je sors plus beaucoup. Je suis comme les vieux, j'ai peur. Tu savais qu'ils installaient des caméras à l'intérieur des appartements maintenant ? Un circuit de vidéosurveillance... Pour repérer de futurs terroristes...

– Je trouve ça monstrueux, on est en train de se construire une société à la Big Brother...

– C'est qui, c'lui-là ?

– C'est dans un roman... Ça raconte ce qui risque de nous arriver si on met des caméras de surveillance partout...

Eleonore haussa les épaules quand elle entendit le mot « roman ».

– J'avais oublié que t'étais une intello !

– Je ne suis pas une intello !

– Tu t'entends pas parler !

Eleonore avait cessé d'aller à l'école à l'âge de quatorze

ans. Elle avait été embauchée à l'usine de jute, à Dundee, au nord d'Édimbourg, ville dont sa famille était originaire. Quand elle était jeune, les habitants de Dundee entraient à l'usine de jute ou émigraient. Il n'y avait pas d'autre choix. Quand elle débauchait, le soir, elle crachait des filaments de jute et ne pouvait rien manger. Plus tard, quand son frère s'était installé à Londres, elle l'avait rejoint. Elle était la sœur aînée, elle devait prendre soin de lui. Il faisait des études supérieures. Puis il avait été engagé dans un des régiments de la reine, les Cold Stream Guards. Au début, il était resté en garnison à Londres, puis il avait été envoyé à l'étranger. S'était distingué lors de campagnes militaires et avait été repéré comme un élément honnête, solide et sûr. C'est comme ça qu'il était entré au palais et était devenu le secrétaire particulier de la reine, le *Principal Private Secretary*. Il était l'espoir et l'honneur de la famille. À Londres, Eleonore avait trouvé un travail dans une autre usine, un atelier de confection à Mile End. Elle travaillait toute la journée et rentrait, le soir, faire le ménage, la cuisine, le lavage, le repassage. Quand il était parti vivre au palais, elle était restée à Londres. Elle ne voulait pas retourner dans sa famille. Elle avait pris l'habitude de vivre seule. Il venait la voir le dimanche. Ils prenaient le thé en écoutant le balancier de la grande horloge. Il avait dû travailler dur pour se fondre dans le décor du palais, gommer son accent, ses rudes manières, apprendre l'étiquette, apprendre à s'incliner.

– Moi, je trouve ça très bien de mettre des caméras chez les gens ! Si tu n'as rien à te reprocher, qu'est-ce que tu crains ?

– Mais c'est monstrueux !

– Tu dis ça parce que t'habites les beaux quartiers,

que t'as pas la peur au ventre quand tu rentres chez toi avec ton filet à provisions ! Nous, par ici, on est tous pour... Y a que les riches pour mettre de la morale là-dedans !

Shirley décida de ne pas argumenter. La dernière fois, elles s'étaient disputées. Shirley affirmait que son père était grand chambellan, sa tante lui rétorquait qu'il n'était que secrétaire particulier. Pas plus, pas moins qu'un valet de pied ! On l'avait choisi pour sa docilité. Et dire que j'ai trimé dur pour un homme docile ! Y a pas loin de docile à servile ! elle râlait en fixant la théière, en mettant ses mains en coupe autour du bec verseur de peur qu'il ne goutte et salisse sa nappe.

– Papa n'était pas servile, il était bien élevé et discret ! avait protesté Shirley.

– Un laquais ! Moi, j'avais la force, moi, j'avais la rage ! Mais à moi on ne m'a pas payé d'études ! Parce que j'étais une fille et que les filles, à mon époque, elles comptaient pour rien ! Et lui, qu'est-ce qu'il a fait de ces années d'études, hein ? Il est devenu un larbin ! Belle réussite !

– C'est faux, c'est faux, répétait Shirley, il était grand chambellan et tout le monde le respectait...

Elles avaient fini en bougonnant chacune de leur côté, avaient regardé un feuilleton idiot à la télé et quand Shirley était partie, sa tante lui avait tendu sa joue sans se lever.

Eleonore lui proposa une tasse de thé, des gâteaux secs ; elles s'assirent autour de la table. Elle demanda des nouvelles de Gary. Dit que les jeunes, il fallait qu'ils voyagent parce que la vie passait vite et après, on était enfermé dans un trou à rats avec un jardin en béton.

– Je te remercie pour la lettre et les photos...

Eleonore leva la main au-dessus de la tête comme si cela n'avait aucune importance.

– J'ai pensé que tu en aurais plus besoin que moi...

– C'est arrivé à un moment où je me posais plein de questions...

– Tu ne connaîtrais pas l'adresse d'un bon pédicure, j'ai les pieds qui me torturent... y a plus que mes pantoufles que je supporte !

La pièce était plongée dans l'obscurité. Eleonore se leva pour allumer la lumière. Shirley lui demanda de lui parler de son père. S'il te plaît, Eleonore, c'est important.

Elle répondit qu'elle ne savait pas grand-chose, il ne se confiait pas.

– Et toi non plus, d'ailleurs... C'était comme si vous aviez chacun votre petit secret que vous gardiez farouchement. Vous étiez distants. Ou alors j'étais pas assez bien pour vous...

Shirley insista :

– Tu veux dire quoi par « distants » et « petit secret » ?

Eleonore soupira, c'est compliqué, c'est compliqué d'expliquer ces choses-là... C'était plutôt une impression que j'avais, parce qu'on n'a jamais vraiment parlé avec ton père.

– C'était un brave homme... Un brave homme docile qui se la fermait.

– Et moi, j'étais comment ?

– Toi, t'étais méchante !

– Méchante ?

– Tu te mettais toujours en colère !

– ...

– Je ne comprenais pas pourquoi. Ça partait d'un rien, on te disait « fais pas ci, fais pas ça » et tu hurlais. T'étais pas facile, tu sais...

Elle pointait un doigt accusateur vers Shirley. Une mèche du sapin de Noël tombait et elle la replaçait d'un doigt déformé par l'arthrite.

– Mais tu peux me donner un exemple ? C'est trop facile de dire ça sans expliquer !

– Ben, tu me demandes, je te dis...

– Je veux savoir ! Fais un effort ! Putain ! Eleonore ! t'es ma seule famille !

– Je me souviens d'un jour... il pleuvait, on était partis se promener tous les trois, et j'avais rabattu d'un geste sec la capuche sur ta tête pour que tu ne sois pas mouillée. Tu avais hurlé ! Tu criais *Don't ever do that again ! Ever ! Nobody owns me. Nobody owns me*[1] *!* Ton père te regardait avec tristesse, il disait c'est ma faute, Eleonore, c'est ma faute... Et moi, je disais comment ça, c'est ta faute ? C'est ta faute que sa mère soit morte en couches ? C'est ta faute que tu sois tout seul pour l'élever ? C'est ta faute qu'on t'impose des horaires impossibles au palais ? C'était un homme qui prenait tous les péchés du monde sur les épaules... Il était bien trop gentil. Et toi, je crois que je n'ai jamais rencontré une petite fille aussi violente. Et pourtant tu l'aimais. Tu le défendais toujours... On ne pouvait pas y toucher à ton papa...

– C'est tout ?

– Ben... C'était pas agréable ! Tu devenais rouge et

1. « Ne fais plus jamais ça ! Jamais ! Je n'appartiens à personne ! Je n'appartiens à personne ! »

furieuse pour un rien ! Jamais vu une gamine comme ça...

Et puis, ce fut l'heure de son feuilleton.

Eleonore avait allumé la télé. Shirley était partie.

Elle avait posé quatre billets de cinquante livres sur le buffet.

C'est facile de se souvenir du passé, après. Quand il n'y a plus personne pour vérifier...

Assise au Starbucks, elle se souvenait de la petite fille toujours en colère et observait les gens. La serveuse, penchée sur le lave-vaisselle, rangeait les tasses et les assiettes, se relevait, s'essuyait le front.

Shirley se leva. Chercha le regard de la fille pour lui dire au revoir. N'attrapa que son dos. Renonça.

Elle marcha dans Brewer Street à la recherche d'une quincaillerie. En trouva une sur Shaftesbury. Entra. Se dirigea vers un présentoir, trouva un adaptateur à 5,99 livres qu'elle posa fièrement devant la caisse, paya et empocha.

***

Henriette s'était inscrite à des cours d'ordinateur, rue Rennequin.

Elle y allait l'après-midi. Les cours avaient lieu dans une boutique qui vendait des accessoires pour ordinateurs et imprimait des brochures. L'après-midi, il n'y avait que des vieux qui posaient mille fois la même question, promenaient leurs doigts et leurs yeux usés sur le clavier, marmonnaient que c'était trop difficile et se plaignaient. Elle trépignait, je hais les vieux, je hais les vieux, je ne serai jamais vieille.

Elle prit des cours, le soir. Les élèves étaient plus dégourdis, elle apprendrait plus vite. C'était un investissement. Il ne fallait pas gaspiller son argent.

Chaval lui avait remis la clé du tiroir où la Trompette rangeait ses codes. Il lui avait donné le code de l'alarme. Elle savait qu'on le changeait tous les trois mois environ. Il ne fallait pas traîner.

Elle attendait le soir où elle pourrait se faufiler dans l'entreprise. Un soir où Ginette et René seraient sortis... Elle passait et repassait devant le 75, avenue Niel, guettant leurs allées et venues. Elle remarqua qu'ils allaient dîner chaque jeudi chez la mère de Ginette. René râlait en montant dans la vieille Renault grise garée dans la cour, il grommelait ta mère ! ta mère ! on est pas obligés d'aller la voir tous les jeudis tout de même ! Ginette ne répondait pas. Elle s'asseyait à l'avant, un paquet sur les genoux avec un beau ruban rose comme ceux qu'on noue dans les pâtisseries. Henriette, dissimulée derrière la grille, attendait.

Chaval découvrait le plaisir de régner en maître sur une pauvre fille.

Il commandait, elle obéissait, il menaçait, elle tremblait, il souriait, elle s'alanguissait. Il la faisait tourner bourrique et elle se prosternait avec une dévotion qui lui donnait envie de la maltraiter.

Il ne la touchait pas, ne l'enlaçait pas, ne l'embrassait pas, il se contentait d'entrouvrir sa chemise blanche sur son torse bronzé et elle baissait les yeux. Je la dresse, songeait-il, je la dresse en attendant de savoir ce que je vais faire d'elle. Elle est si docile que tous les espoirs sont permis.

Dommage qu'elle soit vieille et moche, je l'aurais mise sur le trottoir. Bien que... Bien que... Certaines vieilles travaillent très bien. Il s'était renseigné. Il y en avait une qui claquait le pavé, près de la porte Dorée. Il l'avait rencontrée. S'était fait faire une gâterie en fermant les yeux pour ne pas apercevoir la nuque fripée qui montait et descendait le long de son membre. Il l'avait interrogée en se rebraguettant. Elle se faisait appeler la Panthère, prenait trente euros pour une pipe, cinquante s'il y avait pénétration. Elle était surtout connue pour ses travaux de bouche. Elle en faisait une bonne dizaine chaque soir, avait-elle précisé en crachant dans un Kleenex.

– T'avales pas ?

– Et puis quoi encore ? Tu veux un *doggy bag* et l'emporter chez toi ?

Il pensa à dresser la Trompette. Des heures supplémentaires en sortant du travail pour aider son bel amour dans le besoin ? Cette idée l'émoustillait et il se caressait en y pensant. Habillée en putain, elle arriverait peut-être à l'émouvoir...

Puis il songeait à sa combine avec Henriette... Il n'avait pas encore discuté son pourcentage. Erreur ! Erreur ! Il fallait lui tenir la dragée haute à la vieille. Elle ne lâcherait pas facilement. Il devrait obtenir 50 % sans difficulté...

Et sans rien faire !

Henriette, la Trompette... Il allait devenir riche grâce à ces femmes.

La vie lui souriait enfin. Il émergeait de sa torpeur. Il s'était surpris, le matin même, à chantonner dans la salle de bains. Sa mère l'avait entendu et avait poussé la porte.

– Ça va, mon bel enfant ?

– J'ai des projets, maman, de beaux projets qui vont nous rendre riches... On va enfin sortir de la mouise ! On s'achètera une belle voiture et on ira voir la mer le dimanche... Deauville, Trouville, *tutti quanti*...

Elle avait refermé la porte, confiante, et était allée acheter une bouteille de mousseux pour la boire, le soir même, avec des langues de chat. Il en avait été tout retourné. Il aimait voir sa mère heureuse...

Il s'était posté devant la glace, en slip. Avait cambré les reins, posé la main sur son ventre plat, avait gonflé biceps, triceps et quadriceps. Qu'est-ce qui m'a pris de devenir tout mou et flapi alors que j'ai de l'or dans les mains grâce à mon physique avantageux ? Avant je ne doutais pas, je ne tremblais pas, j'emballais, j'emballais et la vie s'emballait...

Je jonglais avec les femmes et cela me réussissait.

Il avait quitté à regret son reflet dans la glace, s'était appuyé sur le bord du lavabo, avait réfléchi... Il va falloir que j'appelle Josiane. Elle doit s'ennuyer avec son rejeton. Je la flatterai, je lui dirai qu'il n'y avait pas meilleur limier qu'elle. Elle se dilatera d'aise et me trouvera des projets à présenter au Vieux.

Cette fois-ci, j'imposerai le pourcentage d'entrée.

Elle sera le dernier rouage de mon ouvrage.

Kevin Moreira dos Santos dépérissait.

Ses notes piquaient du nez. La menace de la pension se précisait. Son père avait déclaré la veille pendant le dîner qu'il s'en irait en septembre prochain chez les Augustins à Marne-la-Vallée.

– C'est quoi, cette plaisanterie ? il avait demandé en repoussant son assiette.

– Ce n'est pas une plaisanterie, c'est un fait, avait dit le père en découpant de son Opinel une tranche de pain qu'il mettrait dans la soupe. Ils te prennent en sixième à condition que tu suives des cours de rattrapage tout l'été. Je t'ai inscrit. Affaire réglée, on n'en parle plus.

La vieille bique avait déclaré forfait. Elle avait pris la

mouche un jour où il lui avait, soi-disant, mal parlé. Elle s'était cabrée sur sa chaise et avait déclaré, ça suffit, j'en ai trop entendu, je jette l'éponge...

Il s'était esclaffé. Comment elle parle, la vieille ! Comment elle parle ! Ça veut dire quoi je jette l'éponge, tu perds les eaux ou quoi ?

– Ça veut dire que je me casse...

– Alors plus d'ordinateur, avait lâché Kevin, sûr de son effet, en faisant vibrer son élastique entre les dents.

– Je n'ai plus besoin de ton ordinateur, espèce de rat gélatineux. Je vais m'en acheter un tout neuf. J'ai appris à m'en servir. Les vents te sont contraires et me sont favorables... Je mets les voiles !

Il était resté bouche bée.

S'était pris l'élastique dans le nez. Avait couiné lamentablement.

– Ça t'en bouche un coin, hein ?

Il n'avait pas trouvé de réplique cinglante.

Elle avait poussé le bouchon encore plus loin.

– Et souviens-toi d'une chose, je sais comment tu t'enrichis aux dépens de ta mère. Alors si, d'aventure, j'ai besoin de tes services, tu t'exécuteras. Et sans broncher ! Sinon je te dénonce... Je suis claire ?

Sujet, verbe, attribut.

C'était clair.

Junior et Josiane avaient étalé leurs dossiers sur la table de la salle à manger et se faisaient des politesses pour savoir qui allait parler en premier.

– Je crois que j'ai trouvé un truc formidable, dit Junior. Et toi ?

– J'ai deux ou trois bricoles, pas terribles...

– Vas-y, montre-moi, dit Junior.

— Non, toi d'abord...

— Non, toi...

— Je n'en ferai rien, commence, Junior ! Je suis ta mère, tu dois m'obéir !

Junior brandit une chemise cartonnée orange et en sortit un projet.

— Un mur floral..., expliqua-t-il.

— Quézaco ? dit Josiane en se penchant dessus.

— C'est une idée que j'ai trouvée sur le site jeunes-inventeurs.org...

— Tu sais te servir d'un ordinateur ? demanda Josiane, ébahie.

— Enfin... m'man ! C'est l'enfance de l'art !

— Mais justement tu n'es encore qu'un enfant !

— Bon... On parle sérieusement ou on s'épuise dans de vaines querelles ?

— OK, OK. Tu permets quand même que je sois étonnée...

— Donc, je reprends... il existe un site pour jeunes inventeurs et ils ont plein d'idées...

— Sauf qu'elles ne sont pas encore réalisées ! s'exclama Josiane. Et ça prend des années de passer de l'idée au produit fini. Et toc !

— Tu ne m'as pas laissé finir, chère mère... J'ai trouvé l'idée sur le site des jeunes inventeurs et ENSUITE, j'ai fait une enquête pour savoir si elle avait été réalisée. Et... et... Elle l'est... Par un industriel normand à la retraite, M. Legrand, une sorte de génie qui travaille dans son coin, invente, farfouille, brevette et ça marche ! Il a résolu tous les problèmes : le poids, la résistance, l'esthétique, l'ensemencement. Il est prêt, il attend une grosse commande. Il était en contact avec Alinéa quand je l'ai appelé...

— TU l'as appelé ?

– Pour être honnête, c'est Jean-Christophe qui a posé les questions, mais on avait mis au point une stratégie...

Jean-Christophe était le professeur de l'après-midi, celui qui avait trouvé grâce aux yeux de Junior.

– Alors tu dis quoi, là ? conclut Junior.

Josiane réfléchissait. C'était une sacrée bonne idée mais...

– Un mur floral... Ça marche comment ?

– Imagine un fin, très fin matelas pneumatique avec des ouvertures...

Josiane hocha la tête.

– Dans le mince coussin, on implante un système d'irrigation, une couche de terreau, des graines... Les graines vont pousser et éclore dans les trous prévus à cet effet, tous les dix, vingt centimètres, faisant ainsi un rideau de fleurs ou de végétation. Tu accroches ton mur floral où tu veux. Tu peux le mettre dans ton salon, ta chambre, ton bureau, à l'intérieur ou dehors...

– Mais c'est formidable, Junior...

– Cet homme possède des dizaines de murs floraux prêts à être emportés ! Il a imaginé plusieurs thèmes : forêt vosgienne, forêt tropicale, roseraie, clairière, palmeraie, bambouseraie, etc.

– Tu veux dire qu'on peut commencer tout de suite ?

– Affirmatif.

– Mais comment as-tu pu le convaincre de ne pas signer avec Alinéa ?

– J'ai doublé son pourcentage... Et il connaissait Casamia.

– Ça reste intéressant pour nous ?

– Absolument...

– Tu es incroyable, mon amour...

— J'ai juste fait marcher mes neurones ! Tu savais qu'on naissait avec cent millions de neurones et que, dès l'âge de douze mois, on commençait à en perdre si on ne les utilisait pas ? Moi, je ne veux en perdre aucun ! Les faire tous marcher... D'ailleurs, chère mère, j'ai décidé d'étudier le piano... Tu crois que ce serait un atout pour séduire Hortense ?

— Euh...

— Tu penses encore que je suis trop petit pour elle ?

— Ben...

— C'est fatigant ! Tu me mets toujours des limites ! Une mère est censée propulser son enfant vers l'avant et non lui couper les ailes ! J'ai le regret de te dire que tu es une mère castratrice. Freud, à ce sujet...

— Je m'en bats la paupière, moi, du Viennois ! Et si je me permets d'être sceptique c'est que tu as dix-sept ans de moins qu'elle et que cela me paraît beaucoup !

— Et alors ? La belle affaire ! Quand j'aurai vingt ans, elle en aura trente-sept, elle sera dans la fleur de l'âge, belle et rebondie... Et je l'épouserai.

— Et qu'est-ce qui te fait croire qu'elle dira « oui » ?

— Parce que je serai devenu brillant, riche, étourdissant. Elle ne s'ennuiera jamais avec moi. Une fille comme Hortense, il faut lui envoûter le cerveau... Lui remplir la tête d'idées. Quand on était à Londres, on s'asticotait, c'était un jeu amoureux entre nous, elle me disait *I'm a brain !* et je lui répondais *I'm a brain, too*[1], ça la faisait rire... On est du même bois, elle et moi. Notre voyage de noces, nous le ferons en montgolfière, nous survolerons la Mongolie et la Mandchourie, vêtus de longues robes safran, je lui lirai du Nerval et...

1. « Je suis un cerveau ! » « Moi aussi. »

– Junior, l'interrompit Josiane, si on revenait au mur floral ?

– T'es vraiment pas romantique, mère !

Le téléphone sonna. Josiane décrocha. Eut un léger haut-le-corps et se renfrogna. Junior leva un sourcil, demanda qui était l'intrus. Il reniflait une embrouille, un gars malintentionné.

– Chaval..., chuchota Josiane. Il veut me proposer une affaire...

– Mets le haut-parleur, dit Junior.

Josiane s'exécuta. Elle écouta Chaval lui proposer une collaboration et lui fixer rendez-vous. Junior acquiesça de la tête. Josiane accepta. Puis raccrocha.

– Cet homme mitonne un louche ragoût, dit Junior en passant un doigt dans ses boucles rouges. J'aimerais bien savoir ce que c'est. Allons-y ensemble...

– Mais tu joueras à l'enfant..., dit Josiane. Sans ça, il va se méfier...

– Promis.

– Je me demande bien ce qu'il me veut... Je sais qu'il traîne avenue Niel, qu'il essaie de retrouver sa place auprès de ton père... Il a besoin de moi pour montrer patte blanche.

Junior ne répondit pas. Il était tout entier concentré sur les raisons de l'appel de Chaval et ses neurones tournaient à un million de tours/seconde.

– Il doit me prendre pour une gourde sans bouchon..., marmonna Josiane en se souvenant des jours anciens où Chaval la menait par le bout du nez.

– T'en fais pas, maman, c'est lui qu'on va mettre en bouteille, pas nous...

Sept heures quarante-cinq. Comme tous les matins, Marcel Grobz monte dans sa voiture conduite par Gilles, son chauffeur. Gilles lui a acheté les journaux afin qu'il ait le temps de feuilleter la presse avant son premier rendez-vous à Bry-sur-Marne, au grand entrepôt de Casamia. Après avoir racheté le premier fabricant de meubles chinois, Marcel Grobz a dû changer la structure de sa société et déménager. L'affaire devenait trop grosse pour tenir dans les murs de l'avenue Niel. À Bry-sur-Marne étaient centralisés les services commerciaux, les laboratoires d'idées, les commandes en attente d'être livrées. Ne demeuraient avenue Niel que les bureaux des cadres principaux et de leurs secrétaires, une salle de réunion, les services juridiques et comptables. Et un entrepôt qui s'occupait des livraisons urgentes, des échanges, que dirigeait René.

Neuf heures. Réunion des directeurs de départements. Ce matin-là, Marcel Grobz valide l'ensemble de la stratégie des mois à venir : les achats, les budgets, les grands axes de développement. Parmi les priorités : l'accélération du processus de centralisation de l'entreprise et l'accueil réservé aux clients. Marcel Grobz en est persuadé, c'est en soignant le service clientèle qu'ils marqueront des points face à la concurrence. Plus personne ne fait attention aux gens, on les traite comme des numéros, on les fait attendre, ils sont au bord de l'apoplexie... La crise actuelle doit nous rapprocher de nos clients. Nous devons nous engager à leur assurer le meilleur service et le meilleur prix.

Douze heures. Marcel Grobz descend au showroom pour voir les nouveaux produits. Inspecte chaque article, en vérifie la provenance, lit les fiches techniques. Valide les envois en province, à l'étranger, à Paris.

Treize heures trente. Retour au siège, avenue Niel, après avoir avalé un sandwich jambon-beurre-cornichons dans la voiture. Gilles lui a préparé une Thermos de café noir. Il défait la ceinture de son pantalon, se déchausse et s'assoupit quelques minutes.

Arrivé porte d'Asnières, Gilles le réveille. Marcel s'ébroue, passe la main sur son visage, demande s'il n'a pas trop ronflé. Gilles sourit et lui répond que ce n'est pas grave...

Quatorze heures quinze. Marcel Grobz reçoit dans son bureau la responsable du développement durable afin de valider les accords de la mission Handicap qui prévoit l'embauche d'un certain nombre de salariés handicapés.

Quinze heures. Conférence téléphonique quotidienne avec le responsable Chine, l'assureur, l'avocat et un médecin. Récemment, la marque Casamia a vendu des fauteuils de relaxation produits en Chine et certains clients se sont plaints de crises d'eczéma dues à un lot contaminé par un fongicide. Marcel Grobz tient à ce que chaque client soit entendu et indemnisé. Ils ont déjà reçu cinq cent quarante-quatre dossiers de plaintes et les indemnisations se situent entre trois cents et deux mille euros selon le cas.

Seize heures. L'après-midi se poursuit avec le comité d'investissement. Examen des magasins en perte de vitesse, étude des possibilités pour les relancer ou les fermer. Marcel rechigne à licencier. Il préfère se dire qu'ils vont trouver des produits qui relanceront le chiffre de vente. Examen des dossiers des produits nouveaux. Lecture des tests. Projections en chiffres. Discussion avec les responsables.

Dix-sept heures trente. Réunion avec les financiers du groupe. Si Marcel est toujours majoritaire, ils détiennent 35 % de son affaire et ont leur mot à dire. Chiffre d'affaires de l'année en cours. Résultat opérationnel courant. Projet de convention des cent vingt grands leaders de la chaîne. Avec la conjoncture tendue, la responsabilité de Marcel Grobz est de maintenir la pérennité et la santé financière du groupe. Dans le sud de l'Europe, certains magasins ne garantissent pas un niveau d'activité suffisant dans les cinq années à venir, il va falloir les fermer, à moins que...

Et Marcel Grobz se heurte à nouveau à la découverte du produit qui donnerait un coup d'accélérateur aux ventes. Dans le regard des financiers, il lit l'inquiétude liée à la récession majeure qui s'annonce et il ne sait quoi leur répondre.

Dix-neuf heures. Retour avenue Niel et étude au calme des problèmes du jour et de ceux du lendemain. Le développement de l'économie numérique, la montée en puissance d'Internet, l'appétit croissant des consommateurs pour les achats en ligne. Signature du courrier. Il est seul. Une lumière crue éclaire le plateau de son bureau. Il passe un doigt sur la surface, le regarde et l'essuie sur sa manche. Il pose son menton dans sa main, fixe la glace face à lui. Aperçoit un homme corpulent, la cravate de travers, deux boutons de sa chemise défaits, le ventre qui déborde, des mains épaisses, des cheveux roux en couronne sur le crâne rose. Réfléchit. Se renverse dans son fauteuil, s'étire. Se dit qu'il faudrait qu'il fasse un peu de sport, qu'il maigrisse... Et qu'il se trouve un bras droit. Il ne suffit plus à tout faire. Il n'a plus l'âge ni la force.

Vingt et une heures. Marcel Grobz quitte son bureau et rentre chez lui.

Une autre journée passée sans que je m'en aperçoive,

se dit-il en regardant l'heure à sa montre. Et demain, je recommence...

Il est fatigué. Il se demande combien de temps il pourra tenir à ce rythme.

Il ne monte plus jamais les escaliers à pied.

Il prend l'ascenseur.

La lettre était arrivée le matin au courrier. Iphigénie avait reconnu l'en-tête au nom du syndic et l'avait posée sur la table de la cuisine. Elle n'arrivait plus à respirer, se tenait les côtes et ses jambes ne la portaient plus. C'était comme si un troupeau de chevaux sauvages l'avait piétinée.

Elle attendit la pause-déjeuner, fit cuire les saucisses et réchauffer la purée de Clara et Léo. Ils rentraient déjeuner à la maison. Cela lui coûtait moins cher que la cantine.

Elle ouvrit la lettre en la déchirant presque.

Elle lut une fois puis relut.

Le troupeau de chevaux sauvages lui passa à nouveau sur le corps.

Elle devrait quitter sa loge. Elle avait trois mois pour trouver un nouvel emploi, puisque le podologue ne l'avait pas engagée, un nouveau toit. Tout se mit à tourner autour d'elle.

Clara et Léo cessèrent de dessiner des rails dans la purée et demandèrent :

– Ça va pas, maman ?

– Si, si...

– Alors pourquoi t'as de l'eau dans les yeux ?

Mylène Corbier tendit son passeport au douanier de Roissy.

– Bienvenue à Paris, dit le douanier en levant les yeux sur la belle blonde qui se cachait derrière de grosses lunettes noires.

Elle dodelina de la tête.

– Vous pouvez ôter vos lunettes ?

Elle s'exécuta. L'œil droit ressemblait à une grosse betterave.

– Vous vous êtes pris l'aileron de l'avion dans l'œil ? dit-il.

Elle soupira.

– Si seulement...

Un dernier souvenir de M. Wei[1]. Ou plutôt de son garde du corps. Il l'avait conduite à l'aéroport pour être sûr qu'elle partait seule et n'emportait rien. Elle aurait pu cacher une valise dans une consigne. Il avait voulu fouiller son sac avant qu'elle passe la douane. Elle avait refusé – elle avait caché ses bracelets en diamants et sa parure Chaumet dans de vieux Kleenex. Il l'avait secouée. Elle s'était défendue, avait trébuché, heurté le bord métallique d'une rampe. Il avait haussé les épaules et s'était éloigné, craignant un scandale.

Elle avait pris le vol de treize heures quarante qui arrivait à dix-sept heures quarante à Roissy. Onze heures de vol. Onze heures à remâcher sa désillusion. À l'aéroport de Pékin, l'hôtesse chinoise avait été surprise qu'elle voyage sans bagages. Des groupes de Français qui rentraient au pays se montraient des photos sur leurs téléphones portables. Le personnel de nettoyage, discret, balayait le moindre papier jeté à terre. Le terminal 2 resplendissait de propreté. On pourrait manger par terre, se dit-elle en enregistrant chaque détail. Elle ne reviendrait plus. Son bel appartement resterait vide. Ses

1. Cf. *La Valse lente des tortues, op. cit.*

meubles seraient vendus. Que deviendrait sa ligne de produits de beauté ? M. Wei avait besoin d'elle pour la développer. Il serait furieux...

Le douanier lui rendit son passeport, elle sortit, sans passer par les bagages.

M. Wei avait bien voulu lui rendre son passeport, mais rien d'autre. Et puis, avait-il aboyé, de quoi avait-elle besoin pour se rendre au chevet de sa vieille mère malade ? Lons-le-Saunier n'est pas Paris... Elle n'aurait pas de toilettes à porter, de frais à faire. Tu laisses tout ici, comme ça je suis sûr que tu reviens, il avait lancé, furieux. Je dois t'empêcher de faire des bêtises, tu le sais... Tu n'es pas heureuse ici ? Pense à tout l'argent que je t'ai fait gagner. Ton bel appartement, tes meubles, ta télé à écran plat... Tout ça grâce à moi... Elle avait baissé la tête. Ses doigts s'étaient refermés sur son passeport comme s'ils agrippaient un bout de liberté. Elle partait pauvre comme Job, après avoir trimé deux ans à Pékin. Outre les bijoux, elle avait réussi à dissimuler dix mille dollars dans sa gaine Sloggy.

Elle avait fêté son départ dans l'avion. Avait demandé un whisky bien tassé en prétendant que c'était son anniversaire. L'hôtesse lui avait demandé avec un clin d'œil complice quel âge elle avait, elle avait répondu trente-six ans. Et elle s'arrêterait là. Elle n'aurait jamais quarante-deux ans. Elle lui avait apporté trente-six bonbons en papillotes de toutes les couleurs, lui avait souhaité bonne chance.

Et maintenant, qu'est-ce que je vais faire ? se dit-elle en se plaçant dans la file d'attente du bus pour rejoindre Paris. Personne ne m'attend... Ni à Paris ni à Lons-le-Saunier.

Elle chercherait un emploi de manucure ou d'esthéticienne. Elle retournerait dans son ancien salon à

Courbevoie, demanderait s'il n'y avait pas une place pour elle. C'est là qu'elle avait rencontré Antoine Cortès. Elle n'avait pas tiré le bon numéro. Il y en aurait d'autres. Elle leur chanterait la chanson de son succès en Chine, ça leur donnerait peut-être des idées.

Elle se mit à fredonner tout en suivant les touristes qui montaient dans le car Air France en traînant leurs grosses valises. Elle fredonnait d'une voix rauque et sensuelle en tâtant les billets cachés dans sa gaine.

*
**

Dottie retrouva Becca dans la cuisine. Elle préparait le repas du soir, avait ouvert son livre de cuisine à la page des *crumbles*. Fronçait le sourcil en lisant une recette, les mains blanches de farine. Dottie se demanda si c'était le bon moment pour lui parler.

– Philippe n'est pas là ?

– Il a emmené Alexandre chez le dentiste...

– Il a dit quand il rentrait ?

– Non...

– Je peux te parler, Becca ?

– C'est pas vraiment le moment, je me lance dans les desserts... C'est grave ?

– Oui.

– Ah...

Becca posa un couteau entre les pages du livre pour ne pas perdre la recette, repoussa les pommes, la farine et la cassonade, garda ses deux mains dressées en l'air tels deux candélabres blancs puis posa ses yeux bleus sur Dottie.

– Je t'écoute...

Dottie prit son courage à deux mains et dit :

— Il va falloir que je parte, n'est-ce pas ?

Les candélabres, surpris, ne bougèrent pas.

— ...

— Il ne me regarde plus. Il ne me parle plus. Il ne me prend plus dans ses bras la nuit quand il fait son cauchemar. Je ne sens plus ses bras qui m'entourent... Avant, c'était moi qui le rassurais... Je m'alourdissais contre lui pour l'amarrer au sol, je me disais il a besoin de moi, il a besoin de moi quelques heures durant la nuit... et ces heures-là, Becca, elles me rendaient heureuse toute la journée...

Elle marqua une pause et murmura :

— Il n'a plus besoin de moi.

— ...

— Il s'est apaisé grâce à toi, Becca. Je ne sers à rien. Je n'y suis pour rien dans le fait qu'il aille mieux...

— J'avais tellement espéré, tellement espéré...

— ...

— Je l'aime, Becca. Je l'aime cet homme. Mais il n'a pas menti. Il ne s'est pas moqué. Il n'a jamais prétendu qu'il m'aimait... Oh ! Becca... J'ai tant de peine...

— ...

— C'est l'autre femme, n'est-ce pas ? C'est Joséphine...

Becca écoutait comme elle seule savait le faire. Avec ses oreilles, ses yeux, son cœur, sa tendresse. Et ses deux mains en candélabres blancs.

— Tu as trouvé du travail ? demanda-t-elle d'une voix douce, sans reproche.

— Oui...

— Et tu ne le disais pas...

— Je voulais rester ici...

— J'avais deviné... et il le sait, lui aussi, sûrement. Il

n'ose pas te parler. Tu sais, les hommes ne sont pas les champions de l'affrontement...

– Il l'a revue ?

– Il n'y a pas que cette femme, Dottie... Il est en train de changer. Et il le fait tout seul... C'est un homme bien.

– Je le sais, je le sais, oh ! Becca...

Elle éclata en sanglots et Becca lui ouvrit les bras en écartant ses mains pour ne pas la couvrir de farine.

Dottie se laissa aller contre Becca.

– Je l'aime tellement ! Je m'étais dit qu'il finirait bien par l'oublier, qu'il s'habituerait à moi... Je me faisais légère pour prendre la place d'une plume. Oh ! je sais bien que je ne suis pas aussi bien qu'elle, aussi jolie, brillante, élégante... Suis pas finie, moi... mais je me disais que j'avais une chance...

Elle renifla, s'écarta des bras de Becca. Puis soudain, elle éclata, poussa un cri, donna des coups sur la table, des coups dans les placards, des coups dans le Frigidaire, des coups dans les chaises, les pommes, le sucre et la farine.

– Et pourquoi je m'excuse en plus ? Je passe mon temps à m'excuser ! Pourquoi je me dis que je ne vaux rien ? Que je lui arrive pas à la cheville ! Qu'il est bien bon de me garder avec lui, de me laisser une petite place dans son lit ! J'ai tout changé pour lui plaire. Tout ! J'ai appris les beaux tableaux, les beaux mots, les couverts à poisson, le dos droit, la petite robe noire pour aller au concert, les applaudissements du bout des doigts, le sourire poli, et ce n'est pas assez ! Qu'est-ce qu'il veut ? Qu'est-ce qu'il veut ? Il n'a qu'à le dire et je le lui donnerais ! Je donnerais tout pour qu'il me prenne avec lui. Je veux qu'il m'aime, Becca, je veux qu'il m'aime !

– On ne décide pas ces choses-là. Il t'aime beaucoup...

– Mais il ne m'aime pas. Il ne m'aime pas...

Becca ramassait les pommes, rassemblait le sucre et la farine, rinçait ses mains, ses avant-bras sous le robinet, s'essuyait au torchon accroché à la barre du four.

– Il va falloir que je rentre chez moi alors... Toute seule... Oh ! comme j'aime pas cette idée... Cet instant où je vais me retrouver dans mon petit appartement sans lui, sans vous. Où j'allumerai l'électricité en rentrant le soir et il n'y aura personne... J'étais heureuse ici.

Elle s'assit et pleura doucement, le nez écrasé dans sa main, les épaules basses.

Becca aurait voulu l'aider, mais elle savait qu'elle ne changerait pas le cours du désir et le désir n'avait pas voulu de Dottie.

Elle tendit un couteau à Dottie.

– Aide-moi. Épluche les pommes, coupe-les en gros cubes... Il faut occuper ses mains quand le cœur flanche. C'est le plus sûr moyen de repousser le chagrin.

– Tu vas devoir porter un appareil, ça ne t'ennuie pas trop ? demanda Philippe à Alexandre comme ils rentraient chez eux en voiture.

– Suis bien obligé..., soupira Alexandre en observant le profil de son père. Tu en as porté un, toi ?

– Non.

– Et maman ?

– Je ne crois pas... Je ne lui ai jamais demandé...

– Ça ne se faisait pas de votre temps ?

– Tu veux dire, il y a cent ans ?

– J'ai pas voulu dire ça..., protesta Alexandre.

– Je sais. Je plaisantais...

— Maman, elle sera jeune tout le temps, maintenant...

— Elle aurait bien aimé cette idée...

— C'est quoi ton meilleur souvenir avec elle ?

— Le jour où tu es né...

— Ah... c'était comment ?

— On était, ta mère et moi, dans la chambre de la clinique. On avait posé le matelas par terre et on a passé la première nuit tous les deux enlacés et toi, au milieu. On faisait bien attention à ne pas t'écraser, on se reculait pour te faire de la place et pourtant on n'a jamais été aussi proches. Cette nuit-là, j'ai su précisément ce que signifiait « être heureux ».

— C'était si bien ? demanda Alexandre.

— J'aurais voulu que cette nuit dure toujours...

— Ça veut dire que tu ne seras plus jamais heureux comme ça...

— Ça veut dire que je serai heureux différemment... mais que ce bonheur-là restera au sommet de tous mes bonheurs...

— Je suis heureux d'en faire partie même si je ne m'en souviens pas...

— Si ça se trouve, tu t'en souviens et tu ne le sais pas... Et toi ? s'enhardit Philippe. C'est quoi ton plus grand bonheur ?

Alexandre réfléchit. Il mâchouillait le col de sa chemise. C'était une habitude qu'il avait prise récemment.

— Il y en a eu plusieurs et c'est pas du tout les mêmes...

— Le dernier, par exemple ?

— Quand j'ai embrassé Annabelle au feu rouge en

revenant du lycée... C'était mon premier vrai baiser et je crois que, moi aussi, je me suis senti le roi du monde...

Philippe ne dit rien. Il attendait qu'Alexandre précise qui était Annabelle.

– Quand j'ai embrassé Phoebe, ça n'a pas été aussi fort et avec Kris, c'était bien mais encore différent... Tu crois que je pourrai embrasser une fille avec mon appareil ? Ça va pas gêner, cette ferraille sur les dents ?

– Elle t'embrassera pour ta manière de l'écouter, de la regarder, de lui raconter des histoires, pour plein d'autres choses qu'elle verra en toi... et que, si ça se trouve, tu ne connais même pas...

– Ah..., fit Alexandre, étonné.

Il se tut. La réponse de son père ouvrait mille questions dans sa tête.

Philippe se dit qu'il n'avait jamais eu une conversation aussi longue, aussi intime avec son fils et il fut heureux. Un peu comme sur le matelas par terre à la clinique quand, l'espace d'une nuit, il avait été le roi du monde.

Hortense Cortès se détestait.

Elle avait envie de se gifler, de se clouer au pilori, de ne plus jamais s'adresser la parole. De se gausser d'une dinde qui s'appelait... Hortense Cortès.

Elle venait de laisser passer la chance de sa vie.

Et c'était entièrement sa faute.

Nicholas l'avait emmenée à Paris voir le défilé Chanel. Chanel ! Elle avait hurlé, Chanel pour de vrai ? Et Karl Lagerfeld en vrai sur scène ?

– Et l'opportunité de rencontrer Anna Wintour, avait ajouté Nicholas en lustrant sa cravate pamplemousse et rose, je suis invité au cocktail après le show et tu viendras aussi...

– Oh ! Nicholas..., avait balbutié Hortense. Nicholas, Nicholas... Comment te remercier ?

– Ne me remercie pas. Si je te propulse en avant, c'est parce que je sais qu'on peut faire quelque chose de toi et qu'un jour ou l'autre, j'en profiterai...

– Menteur ! C'est parce que tu es fou amoureux de moi !

– C'est bien ce que je disais...

Ils prirent un Eurostar pour Paris à sept heures douze du matin. Ils s'étaient levés à cinq heures pour étudier leur tenue et être à la hauteur de l'événement. Ils sautèrent dans un taxi à la gare du Nord. Vite ! Chauffeur ! Au Grand Palais !

Hortense, l'œil rivé à la glace de son poudrier Sisheido bleu, demanda dix fois à Nicholas je suis comment ? Je suis comment ?

Dix fois, il répondit divine, divine...

Elle lui demanda une onzième fois.

Ils présentèrent leur carton à l'entrée du Grand Palais.

Firent la queue pour se placer dans la grande salle sous la haute verrière en tournant la tête de tous côtés afin de ne rien manquer du décor et des personnalités présentes. Il y en avait tellement qu'Hortense renonça à les reconnaître. Le défilé fut éblouissant. Le décor représentait la boutique de la rue Cambon, réduite à la taille d'un kiosque à musique. Des répliques géantes de sacs matelassés, de boutons, de nœuds, de cloches Chanel, de colliers de perles étaient accrochées aux parois du kiosque. Tout était blanc, élégant ; les modèles défilaient, impeccables.

Hortense avait applaudi à tout rompre.

Nicholas s'était penché vers elle et avait murmuré :

– Modère ton enthousiasme, ma chère, on va croire que je sors ma petite cousine de province...

Elle avait aussitôt pris un air blasé et avait bâillé en s'éventant avec son invitation.

Lors du cocktail, elle avait joué des coudes à s'en écorcher et s'était retrouvée à la hauteur d'Anna Wintour. Il fallait agir vite. Anna Wintour ne restait jamais longtemps, elle ne traînait pas avec le *vulgum pecus*.

Hortense avait franchi la barrière de sécurité des deux gardes du corps. S'était présentée comme journaliste et avait déclaré :

– Je voudrais savoir si vous pensez que la récession va avoir une influence sur les défilés de cette semaine à Paris ou, pour être plus explicite, si la crise financière peut ruiner non seulement le carnet de commandes des maisons de couture, mais aussi le moral et l'imagination des couturiers ?

Elle était très fière de sa question.

Anna Wintour avait tourné vers elle son regard aveugle derrière ses grosses lunettes noires.

– Hmmm... Laissez-moi réfléchir... Je vous répondrai quand je serai bien sûre d'avoir compris...

Elle lui avait tourné le dos en faisant signe à ses gardes du corps de la débarrasser de cette gêneuse.

Hortense était restée bouche bée, un sourire idiot aux lèvres. Mouchée. Elle avait été mouchée par Anna Wintour. Sa question était nulle. Longue, prétentieuse, alambiquée.

Elle venait de se ridiculiser devant la seule personne

au monde qu'elle aurait voulu impressionner. Elle se dit que c'était exactement cela « être ridicule » : vouloir être plus aimable, plus originale, plus intelligente qu'on n'en a les moyens et s'étaler devant tout le monde.

La fin du mois de mai approchait, Liz allait partir pour Los Angeles et Gary n'était pas mécontent. C'était le genre de fille qui clamait son indépendance, refusait la domination du mâle, jetait les bouquets de fleurs à la poubelle, tirait sa langue percée si on lui tenait la porte, mais c'était la même aussi qui employait le « nous » conjugal à tire-larigot, avait, crime suprême, posé sa brosse à dents près de la sienne et apporté son haut de pyjama chez lui.

Le bas ? Elle n'en portait pas.

Il comptait les jours qui le séparaient du 27 mai.

Ce jour-là, il la mit dans un taxi pour l'aéroport, claqua la portière, attendit que le taxi jaune ait tourné au bout de la 74e Rue et poussa un cri de joie qui fit se retourner plus d'un passant.

Le soir même, c'était un vendredi, il alla faire la fête avec Caillebotte – c'est ainsi qu'il appelait désormais Jérôme. Au Village Vanguard, il rencontra une femme magnifique. Une vraie femme avec des pattes-d'oie et de grands yeux tristes. Une brune, lasse, longue, qui buvait des whiskies secs et portait des bracelets à breloques. Il la ramena chez lui, la roula dans son lit. Cela fit un bruit de grelots et de soupirs. Ils ouvrirent un œil vers midi. Elle lui plaisait beaucoup. Elle avait dans le regard un voile de tristesse qui la rendait mystérieuse. Elle lui avoua qu'elle avait quelques années de plus que lui, il répondit que c'était très bien, qu'il était fatigué d'être jeune. Ils forniquèrent jusqu'à quatre heures de l'après-midi. Elle lui plaisait de plus en plus. Il s'imaginait des baisers crapuleux, des dîners à la chandelle, des réflexions sur l'amour et le désir, la liberté et la faculté de choisir ses contraintes, l'homme qui sait tout et ne comprend rien, l'homme qui ne sait rien et comprend tout... Jusqu'à ce qu'elle lui demande, en agrafant son soutien-gorge, de l'accompagner : elle allait chercher ses fils à leur cours de judo. Il tomba de haut.

Il ne la revit plus.

Il se souvenait encore des prénoms des deux garçons : Paul et Simon.

Quelques jours plus tard, Caillebotte l'invita au Met[1] à l'ouverture d'une exposition sur la fondation Barnes. Il y aura plein d'impressionnistes, lui dit-il, les yeux roulant hors des orbites. Gary passa le prendre chez Brooks Brothers à la fermeture du magasin. Le temps était doux, les nuages faisaient des points de suspension dans le ciel, les joggeurs tournaient comme des fous appliqués et les écureuils vaquaient à leurs affaires. Ils traversèrent le parc en devisant. Caillebotte ne tenait pas en place, il bondissait à gauche, il bondissait à droite, s'enflammait, Gary brisa son élan en lui déclarant que le caillebotte était aussi un fromage, originaire du sud-ouest de la France. Caillebotte le foudroya du regard. Comment pouvait-il assimiler son peintre favori à un fromage de brebis ? Sa bouche se retourna en une grimace pincée. Il semblait outragé.

Gary fit des excuses, il faisait beau, il était d'humeur facétieuse. L'envie de rigoler l'avait emporté. Pauvre amitié ! dit alors Caillebotte en lui tendant son ticket d'entrée et en précisant que leurs chemins se séparaient.

1. Metropolitan Museum of Art, dit Met par les New-Yorkais.

Gary se dit que c'était mieux ainsi. Caillebotte commençait à l'irriter. Cette dévotion fiévreuse à un peintre unique le rendait claustrophobe.

Il entra au Met en sifflotant. Il était seul, il était libre, ses cheveux avaient séché sans faire d'épis, le col de sa chemise ne rebiquait pas, la vie était belle, mais que faisait Hortense, en ce moment ?

Devant un très beau Matisse, *La Table de marbre rose*, il rencontra une fille étrange. Il l'aperçut d'abord de dos ; elle portait ses longs cheveux relevés en queue-de-cheval ; il eut une envie furieuse de lui mordre la nuque. Elle avait un long cou, doux et souple, une manière spéciale de l'incliner, de l'étirer comme une antenne de coléoptère. On aurait dit une sauterelle chevelue. Il était fasciné. Il la suivit de tableau en tableau sans quitter sa nuque. Elle s'appelait Ann. Il se rapprocha d'elle. Lui parla de la France et du musée d'Orsay. Racla ses souvenirs pour l'impressionner. Savait-elle que Henri Émile Benoît Matisse était né un 31 décembre 1869 à Cateau-Cambrésis ? C'est terrible de naître un 31 décembre, on vous compte à vie une année entière qu'on n'a pas vécue. Quelle injustice !

Elle gloussa. Il se dit que c'était gagné. Savait-elle aussi qu'à vingt ans, alors que Matisse était étudiant en droit...

– Comme moi, dit-elle. J'étudie le droit à Columbia, j'écris une thèse sur la Constitution des États-Unis.

– Eh bien... à vingt ans, il a eu une crise d'appendicite, il a fallu l'opérer et il est resté une semaine au lit. Sa mère, pour le distraire – il n'y avait pas la télévision à l'époque –, lui a offert une boîte de crayons de couleur et il s'est mis à gribouiller. Il n'a jamais repris ses études de droit et il est parti faire les Beaux-Arts à Paris...

– Moi, je dessine très mal, dit-elle, je continuerai donc mes études...

Elle étudiait le droit et préparait son *bar exam.* Il l'invita à dîner. Elle refusa, elle devait étudier. Il la raccompagna jusqu'au campus de Columbia sur la 116e Rue. Elle laissait échapper, quand elle levait les bras, une odeur de vanille poivrée qui l'enivrait. Ils se revirent. Elle portait des Converse de toutes les couleurs et des petits hauts assortis. Elle se couchait tôt, ne buvait pas d'alcool, était végétarienne, raffolait du tofu. Elle le mangeait salé, sucré, avec de la confiture d'airelles ou des champignons noirs. Elle lui racontait l'histoire des États-Unis et de la Constitution. Il attendait qu'elle reprenne son souffle pour l'embrasser.

Un jour, elle lui confessa qu'elle était vierge et qu'elle ne se donnerait qu'à son mari. Elle faisait partie d'un mouvement *No sex before marriage.* Nous sommes nombreux à pratiquer la chasteté, c'est une belle valeur, tu sais.

Il convint que cela allait poser un problème.

Il aimait toujours autant son long cou de coléoptère inquiet, ses grands yeux flous. Même s'il lui arrivait de les observer comme des éléments indépendants... Il aurait voulu les arracher et les épingler dans un cahier. Elle goûtait peu la facétie.

Un soir où il lui faisait entendre le nocturne de Chopin en *mi bémol majeur,* celui qu'il écoutait les yeux fermés en imposant le silence, qu'il l'avait prévenue de bien écouter la main droite qui jouait soprano comme une voix qui s'élève, légère, et la basse de la main gauche, si forte, si puissante, elle interrompit Chopin pour préciser qu'en 1787, il n'y avait que treize États confédérés et trois millions d'Américains. C'est très peu si on compare avec les pays européens, par exemple...

Outré, il décida de ne plus jamais la revoir.

Décidément, se dit-il, Glenn Gould avait raison quand il affirmait « je ne connais pas la proportion exacte, mais j'ai toujours pensé que pour chaque heure passée en compagnie d'êtres humains, il fallait x heures passées seul. Ce qu'est ce x, je l'ignore, deux heures et sept huitièmes ou sept heures et deux huitièmes, mais c'est une quantité considérable ».

Il allait arrêter de perdre un temps considérable.

*
**

Joséphine poussa la fenêtre du salon et s'installa sur le balcon. La nuit était lumineuse, éclairée par une lune qui semblait sourire d'un bon sourire de fille heureuse. La lune sourit souvent en regardant la terre. On pourrait croire qu'elle se moque si on ne lui prêtait pas cette bonhomie tranquille qui rassure.

Elle avait besoin de regarder les étoiles, de parler à son père. Le jour même, elle avait lu un article sur Patti Smith dans *Le Monde*. Elle avait relevé cette phrase de Pasolini, citée par la chanteuse « ce n'est pas que les morts ne parlent pas, c'est que nous avons perdu l'habitude de les écouter ». Patti Smith se promenait dans les cimetières et parlait aux morts. Joséphine avait reposé le journal et s'était dit qu'elle avait perdu l'habitude de parler à son père.

Le soir même, elle prit son édredon et alla s'asseoir sur le balcon, suivie de Du Guesclin qui ne la quittait pas d'une semelle. Partout où elle allait, il la suivait. Il l'attendait derrière la porte des toilettes, celle de la salle de bains et si elle se déplaçait pour ouvrir ou fermer une fenêtre, allumer ou éteindre la radio, rectifier le pli d'un rideau, nettoyer l'intérieur du frigo, il l'accompagnait. Il devait craindre qu'elle ne l'abandonne et lui emboîtait le pas avec application.

– Tu sais quoi, mon gros chien ? Tu deviens un peu collant...

Il la regarda avec tant d'amour qu'elle regretta de l'avoir traité de pot de colle et lui frotta les oreilles. Il gémit, elle s'excusa, elle avait oublié son otite. L'inflammation passait d'une oreille à l'autre et elle n'en finissait pas de le soigner, de lui nettoyer le pavillon irrité, de verser des gouttes, de le garder entre ses bras pour qu'il reste immobile et que les gouttes pénètrent.

Dans le ciel noir luisaient un millier d'étoiles qui scintillaient comme si elles se parlaient. Cela faisait un bruit assourdissant de lumières. Elle repéra la Grande Ourse, se concentra sur la dernière petite étoile en bout de manche et appela son père.

Il fallait toujours attendre un moment avant qu'il ne réponde...

Et il le faisait en envoyant de brefs éclairs.

Elle le remercia de lui avoir envoyé le carnet noir de Petit Jeune Homme.

– J'ai compris une chose... Une chose importante... Tu te souviens de ce jour sur la plage des Landes ? Ce jour où tu m'as emportée contre toi en me serrant très fort, en traitant Henriette de criminelle ? J'ai compris que, ce jour-là, j'étais sortie de l'eau toute seule. Toute seule, papa... Personne ne m'a aidée à me remettre sur mes deux pieds... Et, ensuite, toute ma vie, je suis sortie de l'eau furieuse, toute seule. Mais je ne le savais pas...

Tu te rends compte ? Je n'accordais aucune importance à ce que je faisais... Donc, je ne pouvais pas me féliciter, me conforter, prendre confiance en moi...

Elle crut apercevoir la dernière petite étoile qui s'allumait et s'éteignait. Des éclats longs, des éclats brefs comme s'il lui parlait en morse.

– Aujourd'hui, j'ai moins peur... Tu te rappelles combien j'avais peur quand je me suis retrouvée avec Hortense et Zoé dans l'appartement de Courbevoie, sans argent, sans mari, sans aucune idée de ce qui allait m'arriver[1] ? Je n'avais plus envie de lire, plus envie d'écrire, ni d'étudier... Je me laissais rouler par la vie, par les gens qui me maltraitaient, par les factures à payer. Tu te rappelles comment je me tendais vers toi, le soir, sur le balcon de Courbevoie, en guettant un signe, une réponse, et tu te souviens que tu me parlais, que tu me donnais du courage ? C'était un dialogue entre toi et moi... Je n'en parlais à personne. On m'aurait traitée de folle...

Il lui sembla que la petite étoile avait arrêté de clignoter et brillait en continu. Cela lui donna du courage :

– Ça va mieux, aujourd'hui, papa... beaucoup mieux... J'ai arrêté de tourner en rond, de douter, de me comparer à Iris, de me juger incapable. J'ai trouvé une idée. Une idée de livre. Il est en train de s'écrire en moi. Je le nourris, je l'arrose, je ramasse tout ce que je trouve dans la vie, tous les infimes détails que personne ne voit, dont personne ne veut, et je les verse dans le livre...

Du Guesclin entendit une alarme de voiture dans la rue et aboya.

Elle étendit un bras hors de la chaleur chaude et

1. Cf. *Les Yeux jaunes des crocodiles, op. cit.*

rassurante du duvet, l'attrapa par le col et le rappela à l'ordre.

— Tu vas réveiller tout le monde !

Il se tut, fixa un point dans la nuit, dressé sur ses pattes, prêt à sauter à la gorge de l'ennemi.

Joséphine releva le regard vers la nuit noire. Un voile blanc et lisse glissait dans le ciel et cela faisait comme une longue traînée de soie qui atténuait l'éclat des étoiles.

— Cela me fait du bien d'avoir un projet. Le soir, quand je me couche, je me dis que j'ai fait quelque chose, j'ai utilisé mon intelligence, ma science du travail. J'ai trouvé une histoire... Celle de Petit Jeune Homme et de Cary Grant, de ce que nous donne la vie quand on la commence et de ce qu'on en fait au fil des années. Le courage obstiné d'Archibald Leach pour devenir Cary Grant et les hésitations de Petit Jeune Homme. Je ne sais pas si je vais y arriver, mais je vais essayer... Ça me rend heureuse. Tu comprends ?

Elle savait qu'il comprenait même si elle n'était pas sûre que la petite étoile clignotait encore. Il était à ses côtés. Il l'enveloppait de ses bras, posait sa joue contre la sienne.

Il demandait tout bas :

— Et Philippe ? Qu'est-ce qu'il devient dans tout ça ?

— Philippe... J'y pense, tu sais.

— Et...

— Je vais te dire ce que je vais faire et juste tu clignotes un peu, d'accord ?

— D'accord.

C'était une émotion étrange de lui parler ainsi. Quand il était mort, un soir de 13 juillet alors que les pétards et les bals populaires éclataient en France, dans tous les petits villages de France, elle avait à peine dix ans. Ils portaient chacun en eux le souvenir de cet après-midi sur la plage des Landes, mais n'en parlaient jamais. Il aurait fallu prononcer des phrases terribles. Des phrases qui accusent, agitent la boue, en maculent les protagonistes. Alors ils se taisaient. Il la prenait par la main, il l'emmenait, ils cheminaient ensemble, muets. Il avait perdu l'habitude de parler, sa langue était prise dans un nœud.

La mort avait défait le nœud.

Elle prit une profonde inspiration et se lança :

– Je vais aller à Londres... Sans le lui dire. Un soir, comme une ombre, j'irai rôder près de chez lui. Ce sera une belle nuit d'obscurité bleue, le salon sera éclairé, il sera assis en train de lire, de parler ou de rire, je l'imagine, heureux...

– Et ensuite...

– Je ramasserai des petits cailloux en passant la main à travers les grilles du parc et je les lancerai contre la vitre... Tout doucement, un bruit de pluie d'été... Il ouvrira la fenêtre, il se penchera dans le noir pour regarder qui est assez fou pour lancer des petits cailloux sur ses belles fenêtres éclairées...

Elle tendit son visage dans la nuit et mima la scène.

Il ouvre la fenêtre et se penche dans la rue. Il n'y a personne sur le trottoir. Il tourne la tête à droite, à gauche, hésite. Il y a les réverbères, leur pâle halo de lumière, les vasques de fleurs, où les fougères et les géraniums s'emmêlent, qui se balancent doucement, qui font des taches tremblantes de couleur.

Il scrute l'obscurité. Se prépare à refermer les deux battants lorsqu'il entend une petite voix :

– Philippe...

Il se penche, scrute à nouveau, mais cette fois-ci en faisant très attention, en fouillant toutes les ombres, toutes les taches sombres ; ses yeux détaillent les bosquets et les arbres, la grille noire qui entoure le petit parc, l'espace entre les voitures garées le long des trottoirs. Il aperçoit une silhouette dans la nuit. Un imperméable blanc, une femme. Une femme qu'il croit reconnaître... Il cligne des yeux, il se dit ce n'est pas possible, elle est à Paris, elle ne répond pas à mes lettres, aux fleurs que je lui envoie et il demande :

– C'est toi, Joséphine ?

Elle remonte son col d'imperméable blanc, le ferme de ses deux mains. Elle tremble d'avoir entendu sa voix. Ses mains sont froides, elle se sent nerveuse. Elle a honte d'attendre dans la rue. D'insister comme une femme qui s'impose. Et puis elle n'a plus honte. Une allégresse grelottante l'oblige à serrer les dents, mais elle parvient à sourire et lâche dans un souffle :

– Oui.

– Joséphine ? C'est toi ?

Il ne le croit pas. Il l'a trop attendue pour penser qu'elle est là. Il a appris la patience, l'humilité, la légèreté, il a appris à se débarrasser de tant de choses, il se dit que ce n'est pas possible, il veut refermer la fenêtre, mais il se penche encore pour écouter l'obscurité.

– C'est moi, elle répète en serrant le col de son imperméable.

Il se dit qu'il ne rêve pas. Ou alors il est fou. Il ne dépend que de lui, à cet instant, d'être un homme raisonnable, un homme qui referme la fenêtre et va reprendre sa place dans le salon éclairé en haussant les épaules. Un homme qui ne croit pas qu'une femme puisse l'attendre dans la nuit et jeter des petits cailloux contre les vitres pour lui dire qu'elle a traversé la Manche pour le retrouver.

Il se retourne. Il aperçoit Becca et Alexandre dans un coin du salon, ils regardent la télévision. Dottie est partie dans l'après-midi, elle a laissé un mot sur la commode de la chambre. Elle a trouvé un nouveau travail, elle retourne vivre chez elle. Elle le remercie de l'avoir hébergée. Elle aurait aimé rester, mais ce n'est pas sa place, elle le sait. Elle a compris. Un mot mélancolique, mais un mot qui dit qu'elle part. Il n'est pas triste quand il lit les mots. Il est soulagé. Reconnaissant qu'elle soit partie sans faire de scène ni verser de larmes.

Il fait un dernier pari, le pari de l'homme insensé qui croit aux apparitions qui jettent des cailloux, et il s'adresse encore une fois à la nuit noire, au trottoir où peut-être il n'y a personne :

– Tu es venue...

– Je suis là...

– Toi ? C'est vraiment toi ?

Il s'incline par-dessus le balcon. Tout son corps se penche, la cherche, la guette, l'invente peut-être.

– Je suis là, elle dit encore. Je suis venue te dire que je n'ai plus peur.

C'est bien elle, c'est sa voix. Il en est sûr maintenant.

– Attends-moi, je descends...

– Je t'attends...

Ça a toujours été comme ça, elle l'a toujours attendu.

Même quand elle ne le savait pas.

– C'est comme ça que ça va se passer, dis, papa ? Tu ne dis rien, tu sais pourtant ce qui va arriver...

– Je ne suis pas une diseuse de bonne aventure, Joséphine, je ne peux pas te livrer plus de détails sur ce qui t'attend...

– Tu comprends, il ne voudra pas me retrouver avec tout le monde autour de lui... Il descendra, je l'attendrai sur le trottoir. J'aurai mis ma jolie jupe qui se balance quand je marche, mon chandail blanc à gros pois noirs, des ballerines pour marcher sans trébucher et mon trench blanc que je peux remonter sur le menton pour me cacher un peu. Mon cœur battra très fort. J'aurai moins peur dans le noir. Moins peur de rougir, d'avoir les cheveux qui transpirent... On a beau se dire qu'on est guérie, qu'on est vaillante, on se trouve toujours un peu gauche... Il ouvrira la porte sur la rue, il descendra les marches en hésitant – il n'a pas encore compris que c'était pour de vrai –, il dira plusieurs fois Joséphine ? Joséphine ? et je m'avancerai lentement. Je marcherai vers lui comme dans un générique de fin de film. Il me prendra dans ses bras, il me traitera de folle et il m'embrassera... Un baiser chaud, long, tranquille, un baiser de retrouvailles. Je le sais... Je ne l'ai pas perdu, papa, je viens de le retrouver. Et je vais aller à Londres... J'en suis sûre maintenant. C'est toujours bon d'avoir quelque chose qu'on imagine, qu'on attend le cœur battant. C'est vrai que, parfois, ce quelque chose vous hisse trop haut et qu'on se casse la figure... mais je crois qu'il m'attend tout en haut des marches...

Elle envoya un baiser dans la nuit, s'entoura les épaules de ses bras, se balança sur le sol dur du balcon, chercha la petite fente qu'elle grattait du doigt et qui la rassurait.

La petite étoile en bout de manche clignotait faiblement. Il allait partir. Elle se dépêcha de dire ce qu'elle avait encore en tête :

– Mais avant, avant... il faut que j'aille parler à Petit Jeune Homme. Il est vieux, maintenant... Oh ! pas si vieux que ça... mais, vieux dans la tête parce qu'il a renoncé. Il a renoncé à l'étincelle qui aurait embrasé sa vie... Je voudrais qu'il m'explique pourquoi. Je voudrais comprendre comment on peut passer toute sa vie en dehors de son rêve sans essayer de le rejoindre.

– C'est pourtant ce que tu as failli faire, soupira son père.

– Je veux qu'il me raconte... avec ses mots à lui. Je veux qu'il sache qu'il n'a pas vécu cette histoire en vain, qu'elle m'a sortie de l'eau des Landes, qu'elle peut sauver d'autres gens encore. Des gens qui n'osent pas, qui ont peur, des gens à qui on répète toute la journée qu'il est vain d'espérer. Parce que c'est ce qu'on nous dit, hein ? On se moque des gens qui rêvent, on les gronde, on les fustige, on leur remet le nez dans la réalité, on leur dit que la vie est moche, qu'elle est triste, qu'il n'y a pas d'avenir, pas de place pour l'espérance. Et on leur tape sur la tête pour être sûr qu'ils retiennent la leçon. On leur invente des besoins dont ils n'ont pas besoin et on leur prend tous leurs sous. On les maintient prisonniers. On les enferme à double tour. On leur interdit de rêver. De s'agrandir, de se redresser... Et pourtant... Et pourtant... Si on n'a pas de rêves, on n'est rien que de pauvres humains avec des bras sans force, des jambes qui courent sans but, une bouche qui avale de l'air, des yeux vides. Le rêve, c'est ce qui nous rapproche de Dieu, des étoiles, ce qui nous rend plus grand, plus beau, unique au monde... C'est si petit, un homme sans rêves. Si petit, si inutile… Un homme qui n'a que le quotidien, que la réalité du quotidien, cela fait peine à voir. C'est comme un arbre sans feuilles. Il faut mettre des feuilles sur les arbres. Leur coller plein de feuilles pour que ça fasse un grand et bel arbre. Et tant pis s'il y a des feuilles qui tombent, on en remet d'autres. Encore et encore, sans se décourager… C'est dans le rêve que respirent les âmes. Dans le rêve que se glisse la grandeur de l'homme. Aujourd'hui, on ne respire plus, on suffoque. Le rêve, on l'a supprimé, comme on a supprimé l'âme et le Ciel…

Ce n'était plus elle qui parlait, mais son père qui lui soufflait les mots, lui donnait raison de croire, d'espérer, de mettre des feuilles sur les arbres.

Pasolini avait raison. Les morts nous parlent tout le temps, c'est nous qui ne prenons pas le temps de les écouter…

*
**

Elle se trouvait devant la porte de M. et Mme Boisson. Une grande porte vert sapin avec deux belles boules en cuivre doré. Un long paillasson beige avec un liséré vert. Elle allait sonner. Sonner à la porte de Petit Jeune Homme. Iphigénie lui avait mis la pétition dans la main et avait dit c'est maintenant, madame Cortès, c'est tout de suite. Pas demain, pas après-demain… Elle avait regardé Iphigénie, avait hésité encore, je ne sais pas si je suis prête, je ne sais pas. Allez ! Allez ! avait dit Iphigénie, ce n'est rien à faire. Vous montrez la lettre du syndic, vous montrez le texte que vous avez rédigé et vous demandez juste s'ils veulent bien signer… Il suffit qu'on obtienne les signatures de l'immeuble A et on a gagné, madame Cortès, on a gagné. Qu'est-ce qu'il croit, ce syndic ! Il croit qu'il peut faire la loi de façon inique ? Qu'il peut mettre sa poule dans mon poulailler ? Que je vais me coucher et laisser faire ? Allez, allez, madame Cortès !

— Maintenant, Iphigénie ? Maintenant ? Il faut que je me prépare... Qu'est-ce que je vais leur dire ?

— Vous expliquez le problème et si les gens sont satisfaits de mes services, ils signeront. Ce n'est quand même pas compliqué... Je n'ai rien à me reprocher, moi, je le bichonne votre immeuble, je l'astique, je l'encaustique, je répare les tringles de l'escalier, je change les ampoules, je livre le courrier, je prends les recommandés, j'arrose les plantes l'été, je balaie les flaques de pluie, je laisse entrer le soleil, je me lève à six heures chaque matin pour sortir les poubelles, je les lave à grand jet, je les remets bien en place dans le local, je signale les fuites d'eau, je nettoie les caves, ils le savent tout ça ou ils ont de la merde dans les yeux ! Je suis désolée d'être grossière, mais y a des fois où j'ai plus envie du tout de châtier mon langage...

— C'est que...

Elle n'était pas prête à rencontrer Petit Jeune Homme. La pétition, elle en faisait son affaire. Elle la signait des deux mains, mais se trouver face à face avec M. Boisson, le personnage de son roman, elle hésitait. Et s'il refusait ? S'il se mettait en colère ? S'il lui disait qu'elle n'avait pas le droit de lire ce carnet, qu'il l'avait jeté à la poubelle justement pour que personne ne le lise jamais. De quel droit vous plongez votre nez dans ma vie privée ? De quel droit ? Et il la renverrait, détruite, dépouillée, les mains et le cœur vides. Elle ne s'en remettrait pas.

— Vous n'y croyez plus, c'est ça ? Vous pensez que je

dois partir, que c'est normal qu'on me jette comme une peau de banane ?

– Mais non, Iphigénie... mais non...

– Alors, zou ! Allez-y ! Je monte avec vous si vous voulez, je dis rien, je reste à vos côtés droite comme la Justice...

– Oh ! non ! Surtout pas...

Je veux y aller toute seule. Je veux entrer chez lui, m'asseoir avec lui, parler doucement, doucement. Je veux qu'il m'écoute, puis qu'il me dise... qu'il me dise... oui, madame Cortès, racontez cette histoire, racontez mon histoire, mais ne dites pas que c'est moi. Je ne veux pas qu'on puisse me reconnaître. Inventez un autre homme qui a jeté sa vie dans une autre poubelle...

– Alors... alors, répétait Iphigénie, vous y allez ?

Elle avait dit oui, j'y vais et on verra bien.

Je verrai bien.

Elle avait appelé son père. Lui avait dit tu viens avec moi ? Tu ne me laisses pas ? Oh ! fais-moi un signe, n'importe quoi, fais qu'une ampoule s'éteigne brusquement, que la télé s'allume toute seule, que le bouton de l'ascenseur se mette à clignoter, que le feu éclate dans l'escalier...

Il n'y avait pas eu de signe.

Elle avait commencé par M. et Mme Merson. M. Merson n'était pas là, mais l'ondulante Mme Merson, une cigarette coincée entre les lèvres, avait dit bien sûr, je vais signer, elle est top, Iphigénie, j'aime trop qu'elle change de couleur de cheveux chaque semaine, ça me rend gaie...

Le fils Pinarelli avait signé aussi. La concierge ? Je m'en tape total, mais il faut reconnaître qu'elle fait son boulot. Pourrait être plus gironde... mais on ne demande pas à une concierge de rouler des hanches, hein, madame Cortès ?

Yves Léger avait signé aussi. Il était au téléphone, il n'avait pas le temps de discuter, il faut signer où, c'est pour quoi au juste ? La concierge ? Elle est parfaite...

Il ne restait plus que M. et Mme Boisson. Iphigénie exultait, vous voyez, vous voyez ? Je vous l'avais dit, je suis nickel chrome, je fais mon boulot comme personne et vous savez quoi ? lorsqu'on aura toutes les signatures de l'immeuble A, je demanderai une augmentation. Et toc ! dans les gencives au syndic qui veut placer sa poule, faire des siestes crapuleuses aux heures de pause, parce qu'il s'agit bien de ça, madame Cortès, ni plus ni moins ! Des siestes crapuleuses !

– M. Boisson, j'irai demain... Il est tard, Iphigénie, c'est l'heure du dîner. Ils vont passer à table...

– Taratata, vous vous dégonflez si près du but ! Allez, zou ! Les Boisson, l'autre jour encore, je les ai dépannés, j'ai débouché leur évier, alors ils me doivent bien ça !

Elle attendait, l'arme aux pieds. Commençait à s'énerver.

– Mais enfin, madame Cortès, on y est presque !

– Bon d'accord, soupira Joséphine, épuisée d'argumenter. J'y vais. Mais allez m'attendre chez vous, vous me coupez mes moyens en me mettant la pression...

– Heureusement que je vous la mets la pression, madame Cortès, parce que je vous trouve bien peureuse sur le coup ! Vous avez peur de quoi ? Je me le demande bien. Parce qu'il a fait Polytechnique ? Mais, vous aussi, vous avez fait des études difficiles et longues...

– J'y vais, mais vous m'attendez dans la loge...

– OK, fit Iphigénie en faisant son bruit de trompette

bouchée. Mais j'ai comme un pressentiment que vous allez me lâcher en route...

– Non, Iphigénie ! J'ai dit que j'y allais, j'y vais...

Iphigénie était redescendue en se dévissant la tête pour vérifier que Joséphine ne se défilait pas.

C'était le moment de vérité. Le moment où tout allait se jouer...

Le moment où Joséphine allait avoir le droit ou pas d'écrire ce livre qui se déployait en elle. Elle se retrouva devant la grande porte verte avec les deux boules en cuivre.

Elle sonna.

Attendit.

Entendit une voix d'homme qui demandait qu'est-ce que c'est ?

Répondit, c'est Mme Cortès, la dame du cinquième étage.

Un œil se collait contre le judas.

Elle entendit le bruit d'une serrure qu'on déverrouillait. Un tour, deux tours, trois tours, un verrou, deux verrous, une tirette, un verrou encore...

Un homme ouvrit.

– Monsieur Boisson ?

– Oui...

– Il faut que je vous parle...

Il se gratta la gorge. Il portait un veston d'intérieur en laine bordeaux avec une ceinture en passementerie bordeaux et un foulard gris autour du cou. Il était pâle, on apercevait la peau tendue sur les os, presque transparente. Il se tenait à la porte entrouverte et l'observait.

– C'est au sujet de la concierge...

– Ma femme n'est pas là, c'est elle qui s'occupe de ça... Revenez une autre fois.

– C'est important, monsieur Boisson, j'ai juste besoin d'une signature. Tous les autres ont signé, il s'agit de réparer une injustice...

– C'est que...

– Juste une petite signature, monsieur Boisson.

Elle le dévisageait. Ainsi c'est lui, le petit jeune homme qui courait de joie dans les couloirs du métro parce qu'il découvrait l'amour... Qui embrassait la moustache de Geneviève, séchait les cours, buvait du champagne avec Cary Grant, achetait une écharpe en cachemire à un homme qui vivait au soleil et suppliait qu'on l'engage comme chauffeur ou homme à tout faire ?

Il la fit entrer dans le salon. Une vaste pièce triste avec des meubles torsadés, solennels. Un buffet vitré où elle aperçut, rangées côte à côte, des flûtes à champagne. Des fauteuils raides au dossier inconfortable et des tapis d'Orient jetés sur un parquet vitrifié. La pièce était froide, triste. Un journal était ouvert sur un canapé. Une seule lampe éclairait la pièce. Elle avait dû l'interrompre pendant qu'il lisait.

– Ma femme est partie à Lille chez sa sœur... Je suis seul, d'habitude c'est rangé...

– Oh ! Mais c'est très bien rangé ! dit Joséphine, vous devriez voir chez moi !

Il ne sourit pas. Il demanda ce qu'il pouvait faire pour Iphigénie.

Il l'écouta et dit que oui, il était très content de la concierge. Un peu moins de ses cheveux. Il eut un petit sourire comme s'il répétait quelque chose dont il n'était pas convaincu. Pas très classe pour une concierge d'avoir les cheveux rouges, verts, bleus, jaunes... mais sinon, il n'y a rien à dire. Où devait-il signer ? Joséphine lui tendit la pétition. Il lut les autres noms et y ajouta le sien. Lui rendit son stylo. La reconduisit à la porte.

– Je vous remercie, monsieur Boisson, vous réparez une injustice...

Il ne répondit pas, s'apprêta à ouvrir la porte.

Si ce n'est pas maintenant, c'est jamais, pensa Joséphine. Sa femme n'est pas là, il sera libre de me parler.

– Monsieur Boisson, vous auriez un moment à me consacrer ?

– J'allais me faire réchauffer mon dîner. Ma femme m'a préparé des petits plats...

– C'est important, très important...

Il eut l'air étonné.

– Il y a un autre problème dans l'immeuble ?

– Non, c'est plus délicat... Je vous en prie, il faut que vous m'écoutiez... C'est important pour moi.

Il eut un sourire embarrassé. L'insistance de Joséphine le mettait mal à l'aise.

– Je ne vous connais pas...

– Mais moi, je vous connais...

Il releva la tête, étonné.

– On s'est vus l'autre jour à la pharmacie ? C'était vous, n'est-ce pas ?

Joséphine acquiesça.

– Ce n'est pas ce que j'appelle se connaître, dit-il, réticent.

– Pourtant je vous connais... Bien plus que vous ne pouvez l'imaginer...

Il sembla hésiter, puis lui fit signe de revenir dans le salon. Lui montra un siège. Se posa lui-même presque prudemment sur un fauteuil raide et droit. Joignit ses mains sur ses genoux et déclara qu'il l'écoutait.

– Alors voilà..., commença Joséphine en rougissant.

Elle lui raconta tout. Zoé, son chagrin d'avoir perdu son cahier noir, la fouille des poubelles et la découverte du petit carnet. Il porta sa main à sa bouche et se mit à tousser. Une toux sèche, déchirante, qui résonnait dans ses côtes. Il attrapa le verre d'eau qui était sur une petite table, but quelques gorgées, s'essuya la bouche avec un mouchoir blanc et lui fit signe de la main de continuer son récit.

Il avait du mal à se tenir tranquille sur son fauteuil et respirait par à-coups.

– Il est magnifique votre récit, monsieur Boisson. J'avais l'impression que j'étais avec vous. Je vous écoutais parler tous les deux et j'étais émue, émue au-delà de ce que vous pouvez imaginer...

– Vos mots dépassent sûrement votre pensée...

– J'ai été bouleversée. Ce n'est pas une histoire banale, convenez-en...

– Et c'est pour cela que vous vouliez me voir ? Vous vouliez voir à quoi je ressemblais ?

– Ça, je pouvais l'imaginer... Je vous croisais dans l'immeuble...

– C'est vrai... et à la pharmacie, l'autre jour, vous m'avez dévisagé ! J'étais très gêné...

– Je vous demande pardon...

– Personne n'est au courant de cette histoire, madame Cortès, personne ! Et j'entends bien que personne ne le soit...

– Je ne vous dénoncerai pas, monsieur Boisson. Je voulais juste vous dire qu'elle est formidable, votre histoire... et qu'elle m'a beaucoup apporté.

Il la fixa, étonné.

– Pourtant c'est une bien triste histoire...

– Cela dépend comment vous l'interprétez...

Il sourit tristement.

– C'est une belle histoire, c'est l'histoire d'une belle amitié, dit Joséphine.

– Qui a duré trois mois...

– Une belle amitié avec un homme extraordinaire...

– C'est vrai. Il était extraordinaire...

– Peu de gens ont vécu ce genre de choses...

– C'est vrai aussi.

Elle sentit qu'elle gagnait du terrain. Qu'en s'abandonnant au souvenir, il s'attendrissait.

– J'étais si jeune...

– J'ai autre chose à vous demander, monsieur Boisson...

– Écoutez, madame Cortès, je vous trouve sans-gêne... Vous venez sonner chez moi sous le prétexte d'une pétition...

– Mais ce n'est pas un prétexte. Iphigénie est vraiment menacée...

– Elle ne l'est plus, maintenant, n'est-ce pas ? Puisque j'ai signé et que tous les habitants de l'immeuble A ont signé... Nous achèverons de régler cela avec le syndic le jour de la réunion des copropriétaires. C'est bientôt, n'est-ce pas ?

Il disait « n'est-ce pas » tout le temps. Cette expression scandait ses phrases.

– Oui. Dans quinze jours...

– Alors, on va se dire au revoir, madame Cortès. Je vous en prie, n'insistez pas. Je suis fatigué, j'ai eu une journée difficile...

Une autre quinte de toux le surprit en pleine phrase et il porta son mouchoir à ses lèvres. But une nouvelle gorgée d'eau. Joséphine attendit qu'il retrouve son souffle et demanda :

– Est-ce que je peux revenir demain ?

– Je veux surtout que vous me rendiez ce carnet. Je le brûlerai cette fois...

– Oh non ! Ne le brûlez pas !

– Mais, madame Cortès, je fais ce que je veux. Il m'appartient...

– Il ne vous appartient plus à vous tout seul, puisque je l'ai lu et que j'ai aimé chaque ligne. Il m'appartient à moi aussi...

– Vous exagérez, madame Cortès. Je vous demande poliment de vous retirer... En me promettant de me remettre ce carnet que je puisse en disposer...

– Oh non ! monsieur Boisson, ne faites pas ça. C'est une question de vie ou de mort pour moi...

Il leva un sourcil ironique.

– Ah ! vraiment... Vous employez de trop grands mots, il me semble.

– Ce carnet a changé ma vie. Je vous l'assure. Ce ne sont pas des mots en l'air.

– Je suis fatigué, madame Cortès, fatigué... Je voudrais aller dîner et me coucher.

– Il faut que vous me promettiez de me revoir. J'ai une grande, grande faveur à vous demander...

– Une autre pétition...

– Non, quelque chose de très particulier.

– Écoutez, madame Cortès, je suis las de vous répéter la même chose. Vous avez votre signature, alors partez !

– Je ne peux pas...

– Comment ça ? Vous ne pouvez pas...

Il paraissait irrité, impatient de la voir partir. Il s'était levé et lui montrait la porte.

– Je vais mourir si vous me renvoyez...

– C'est du chantage ?

– Non, c'est vrai...

Il leva les bras dans un geste d'impuissance et allait se mettre à parler quand une nouvelle quinte de toux le plia en deux. Il tituba et dut s'asseoir. Il lui montra du doigt une petite bouteille sur la table et murmura trente gouttes, donnez-m'en trente gouttes dans un verre d'eau. Elle prit le flacon, compta trente gouttes, ajouta de l'eau, lui tendit le verre. À côté du flacon, il y avait l'ordonnance avec sa longue liste de médicaments.

Il acheva de boire et lui tendit son verre vide, épuisé.

– Laissez-moi, je vous en prie, vous remuez des souvenirs terribles... Ce n'est pas bon pour moi.

– Depuis que j'ai lu, il ne s'est pas passé un seul jour sans que je pense à lui, sans que je pense à vous... Je vis avec vous, c'est cela que vous ne comprenez pas. Je ne peux pas vous laisser sans vous parler d'abord... Vous n'avez qu'à vous taire et à me répondre par signes.

Il semblait si faible, si pâle qu'on aurait pu croire qu'il était en cire. Que la vie s'était retirée de lui.

– Monsieur Boisson, je n'exagérais pas quand je disais que ce carnet a changé ma vie... Ne parlez pas. C'est moi qui vais vous dire pourquoi...

Elle raconta. Ce jour sur la plage des Landes, comment elle avait failli mourir, comment elle s'en était sortie, comme elle avait boité toute sa vie, jamais sûre d'elle, jamais sûre de faire quelque chose de bien, toujours bancale. Elle raconta Antoine, Hortense et Zoé, Iris, la mort d'Iris...

– On m'a dit qu'un des présumés coupables avait occupé cet appartement, murmura-t-il en se tenant la poitrine.

– C'est vrai...

Elle parla de sa mère, d'Iris, de la beauté d'Iris qui l'éteignait, elle aussi pensait qu'elle était un ver de terre, elle aussi ne savait pas qu'elle pouvait tenir sur ses deux pieds... Jusqu'à ce qu'elle comprenne en lisant le carnet noir qu'elle était sortie de l'eau toute seule. Comme Archibald Leach était devenu Cary Grant, tout seul. Elle parla de son livre, *Une si humble reine*.

– Même mon livre, je ne voulais pas croire que c'était moi qui l'avais écrit...

– Ma femme l'a lu... Elle a beaucoup aimé...

Il voulut parler encore, mais suffoqua et serra sa poitrine entre ses mains.

– Ne parlez pas. Ne dites rien. C'est maintenant que je voudrais vous demander une faveur, une immense faveur... Je préfère vous prévenir parce que je ne voudrais pas que vous ayez encore une quinte de toux...

Il tenait sa poitrine à deux mains et respirait avec grande difficulté.

– Je voudrais écrire un livre en partant de votre carnet noir. Raconter votre histoire, enfin celle d'un jeune homme qui tombe amoureux d'une étoile, qui veut le suivre, aller vivre avec lui...

– Mais ça n'a aucun intérêt !

– Si. Ce que vous dit Cary Grant, ce que vous éprouvez... C'est formidable. Ça emporte, ça transporte...

Il la contempla avec un petit sourire.

– J'étais ridicule, mais je l'ignorais...

– Vous n'étiez pas ridicule, vous l'aimiez et c'est beau comme vous l'aimiez...

– Cela vous dérange si je m'allonge ? J'étouffe, assis.

Il alla s'allonger sur un petit canapé Napoléon III rayé vert et jaune. Lui demanda de lui donner deux comprimés avec un verre d'eau. Des gouttes de sueur perlaient à son front.

Elle attendit qu'il soit installé, qu'il ait bu son verre. Son regard fit le tour du salon. Ils n'avaient pas fait repeindre après le départ des Van den Brock, les murs étaient noirs le long des tuyaux du chauffage. Le plafond, lézardé. Tout semblait à l'abandon. Il lui fit signe de lui donner une couverture et un coussin qu'il plaça contre sa nuque. Sa respiration s'allongea, il ferma les yeux. Joséphine crut qu'il allait s'endormir... Elle attendit. Songea, il n'a pas protesté quand je lui ai dit que je voulais écrire un livre en partant de son carnet. A-t-il bien entendu ?

Il ouvrit les yeux. Lui fit signe de rapprocher sa chaise.

— Vous êtes qui, vous ? demanda-t-il en la regardant, étonné, avec une lueur de bienveillance.

— Une femme...

Il sourit. Ramena la couverture sous son menton. Constata cela va mieux, cela va mieux quand je suis allongé...

— Vous ne l'avez jamais revu ? demanda Joséphine.

Il hocha la tête en soupirant.

— Je l'ai revu longtemps après. Je suis allé en Amérique avec Geneviève... Je vais vous faire rire, c'était notre voyage de noces ! On ne l'avait pas fait tout de suite, on l'avait remis à plus tard... et je l'ai emmenée voir Cary Grant... C'est ridicule, n'est-ce pas ? J'ai fait le siège devant sa maison. On s'était procuré l'adresse. On s'est trouvés devant la grille de sa propriété. Il s'était marié avec cette Dyan Cannon...

— Vous ne l'aimiez pas beaucoup Dyan Cannon...

— Non. Il a divorcé d'ailleurs ! Ils ne sont pas restés

mariés longtemps. Il a eu une fille, Jennifer... Je savais tout de lui parce que je le voyais dans les journaux. C'est l'avantage de tomber amoureux de quelqu'un de célèbre... On a de ses nouvelles, même s'il ne veut pas vous en donner !

– C'est un avantage et un inconvénient parce qu'on n'arrive pas à l'oublier...

– Oh ! Mais je ne voulais pas l'oublier. Je découpais tout ce que je trouvais sur lui. Et Geneviève aussi... On s'était fait de gros cahiers remplis de photos et de coupures de presse. Je les ai brûlés quand j'ai épousé ma seconde femme... Elle ne l'aurait pas supporté tandis que Geneviève... Geneviève...

– Elle vous aimait beaucoup ?

– On n'était pas les seuls à l'attendre, ce jour-là. Mais je m'en moquais, je me disais, il va me voir et il va me dire *hello, my boy !* et je serai heureux... Geneviève était à côté de moi, tout excitée, elle aussi... Elle avait fini par être aussi fanatique que moi. Elle a été formidable, Geneviève, et j'ai été assez lamentable avec elle. C'était une belle personne, je veux dire, elle avait une belle âme...

– On sent que vous avez été complices, tous les deux...

– Il faisait beau, ce matin-là, comme il fait toujours beau en Californie si on oublie la nappe de brume qui tache l'horizon. On a attendu longtemps, on devait être une dizaine. Un jeune homme est arrivé au volant d'une voiture, il a klaxonné comme s'il fallait qu'on lui ouvre immédiatement, qu'il ne supporterait pas d'attendre. Il est descendu, a carillonné au portail d'entrée. La porte ne s'ouvrait toujours pas. Le gardien devait être occupé... Alors il s'est garé et a attendu comme nous. Je me suis dit qu'il faisait semblant d'être un proche pour passer devant nous et je me suis avancé près de la grille pour être le premier...

Il était redevenu le jeune homme qui piétinait devant la résidence de Cary Grant. Son visage était détendu, il souriait, tendait son visage au soleil californien.

– Au bout d'une heure environ, Cary est sorti en voiture. Une belle voiture décapotable vert amande avec des ailerons argentés et un intérieur en cuir rouge. On faisait encore de belles voitures dans ce temps-là, ça devait être dans les années soixante-dix, 1972, je crois bien... Il a fait un signe de la main, très gentiment je dois dire, il nous a souri, un large et beau sourire avec sa fossette dans le menton et ses yeux chauds, doux, bons... Je me tenais là, je m'étais un peu détaché de Geneviève. Je voulais qu'il me voie tout seul, je crois même que je me suis dit qu'il y avait peut-être une chance pour qu'il...

– ...

– Qu'il me dise *hello my boy !* Qu'est-ce que tu fais ici ? Qu'est-ce que tu es devenu ? Viens avec moi... Et je l'aurais suivi ! Je n'aurais pas hésité une seconde ! J'aurais laissé Geneviève et j'y serais allé ! J'ai eu cette illusion. Alors j'ai agi comme si je n'étais pas avec Geneviève. Je me suis avancé, il m'a regardé, il a agité la main, il a dit *hello ! my boy !* qu'est ce que tu fais là ? et j'ai cru m'évanouir... J'ai dit Cary, vous me reconnaissez, vous me reconnaissez ? Cela faisait dix ans que je ne l'avais pas vu ! Et il me reconnaissait ! J'avais les pieds cloués au sol de stupeur. Ça a duré quelques secondes, mais pour moi ça a duré un an, deux ans, dix ans. J'ai revu toute ma vie en un clin d'œil, je me suis dit je laisse tomber Paris, je laisse tomber les Charbonnages de France, je laisse tomber Geneviève, je laisse tout tomber et je viens vivre avec lui. J'ai regardé sa propriété par-dessus les murs et je me suis dit voilà ma nouvelle maison, ma nouvelle vie, il faudra refaire ce bout de toit, il manque une tuile... J'étais heureux, heureux, j'avais l'impression que mon cœur allait exploser, qu'il ne pouvait plus tenir dans ma poitrine... Et alors, le jeune homme impatient s'est avancé, Cary est descendu de la voiture, il l'a pris par le bras, il a dit *come on, my boy !* et d'autres choses, genre que fais-tu là ? on ne t'a pas ouvert ? Baldini devait être occupé, on a un problème avec la piscine... Il ne m'a pas vu ! Il est passé à côté de moi pour prendre le bras du jeune homme impatient... Il m'a frôlé. J'ai senti sa manche sur mon bras... J'ai baissé les yeux, je n'ai pas voulu attraper son regard, pas voulu que son regard glisse sur moi. Ou qu'il me fasse un sourire automatique, son sourire de cinéma... Ç'a été horrible. Je n'ai pas pu reprendre le volant de la voiture de location. C'est Geneviève qui nous a ramenés à l'hôtel. J'étais une chiffe molle. Sans souffle, sans vie, sans rien... Je suis resté alité tout le séjour, je ne voulais rien voir, rien manger, rien faire... J'ai cru que j'étais mort.

Il poussa un long soupir rauque, se remit à tousser, sortit son mouchoir, cracha dedans. Remit le mouchoir dans sa poche.

– Et c'est maintenant que je vais mourir, mais je m'en fiche, si vous saviez ce que je m'en fiche...

– Mais non ! Vous n'allez pas mourir ! Je vais vous aider à vivre, moi !

Il éclata d'un petit rire nerveux.

– Vous êtes très présomptueuse !

– Non. J'ai un projet. Un projet avec vous, Cary Grant et moi...

– Je vais mourir. Le médecin me l'a dit. Cancer du

poumon. Je n'en ai plus que pour trois mois. Six mois, au mieux... Je n'ai rien dit à ma femme. Ça m'est égal. Ça m'est complètement égal. J'ai raté ma vie et je ne sais même pas si c'est de ma faute... Je n'étais pas armé pour cette rencontre, pas armé pour prendre les commandes de ma vie. On m'avait appris à obéir.

– Comme beaucoup d'enfants à votre époque...

– Pour lui, j'aurais eu tous les courages, pour moi, je n'en ai eu aucun. J'aurais été son larbin, son chauffeur, son secrétaire, je voulais être près de lui, tout le temps... Quand il a quitté Paris, ça a été la fin. La fin de ma vie. J'avais dix-sept ans... C'est idiot, n'est-ce pas ? Il me restait mes souvenirs, ce petit carnet noir que je relisais en cachette... Ma femme, je veux dire, ma seconde femme, ne sait rien. Elle ignore tout de moi, d'ailleurs. Je ne sais même pas si elle est inquiète quand elle m'entend tousser. Vous avez eu l'air plus concernée qu'elle tout à l'heure... C'est peut-être pour cela que je vous ai parlé. Et puis... c'est curieux de se dire qu'une étrangère connaît votre secret le plus intime. Cela fait un peu froid dans le dos...

Joséphine pensa à Garibaldi qui avait enquêté sur lui et ne fut pas fière.

– La vie me joue de drôles de tours... Je deviens intime avec des inconnus et une énigme pour mes proches, c'est bizarre, n'est-ce pas ?

Il eut un petit rire d'homme qui s'économise pour ne pas tousser.

– Ça m'est égal de mourir... Je suis fatigué d'être sur terre, fatigué de faire semblant. La mort sera, pour moi, un soulagement, la fin d'un mensonge. J'ai passé ma vie à faire semblant. Il n'y avait que Geneviève qui savait qui j'étais. J'ai beaucoup perdu en la perdant. Elle a été ma seule amie... Avec elle, je n'avais pas besoin de prétendre... Vous voulez que je vous avoue quelque chose de terrible, je m'en fiche maintenant, je peux tout dire... On n'a jamais fait l'amour ensemble, Geneviève et moi. Jamais...

— ...

— Quand elle est morte, elle a emporté le passé avec elle. En un sens, j'ai été soulagé. Je me suis dit que j'allais enfin pouvoir tourner la page... La disparition du dernier témoin gênant ! Sauf que Cary Grant était toujours vivant, j'avais de ses nouvelles par les journaux, il s'était retiré du cinéma, il travaillait chez Fabergé, il faisait le représentant de charme pour une marque de cosmétiques... Il s'était encore remarié. Une cinquième femme !

— Et vous n'avez plus jamais aimé personne ?

— Plus jamais. Je me suis concentré sur ma vie professionnelle. J'ai rencontré un homme qui m'a beaucoup aidé dans ma carrière, il m'a conseillé de me remarier. Il prétendait que les hommes seuls n'inspirent pas confiance. J'ai épousé Alice, ma femme actuelle. Je ne sais pas comment j'ai réussi à faire deux enfants. Pour être comme tout le monde, sûrement. C'est tout ce qu'il me restait dans la vie, être comme tout le monde... J'ai deux garçons, lisses et éteints comme moi. On dit qu'ils me ressemblent. Cela me glace... Je ne voulais pas qu'ils tombent sur le carnet noir. Leur père amoureux d'un homme ! Quel choc ! Ma femme, je m'en moquais, à vrai dire ! Elle peut penser ce qu'elle veut, cela m'importe peu... Vous êtes mariée ?

— Je suis veuve...

— Oh ! excusez-moi...

— Ne vous excusez pas... Je suis divorcée et veuve du

même homme. Moi non plus, je ne sais pas pourquoi je me suis mariée... J'étais une petite jeune fille timide qui croyait qu'elle n'avait pas le droit de respirer. Je vous ressemble beaucoup. C'est pour cela que je voudrais écrire votre histoire et je voudrais que vous m'aidiez en me racontant ce que vous n'avez pas marqué dans le petit carnet noir...

Il regarda Joséphine, lui tendit la main. Elle la prit ; sa main était froide, mince, fine. Elle la serra pour la réchauffer.

– C'est trop tard, dit M. Boisson, c'est trop tard...

*
**

Josiane et Junior se dirigeaient vers la place Pereire. Chaval leur avait donné rendez-vous à seize heures au Royal Pereire.

Josiane avait prévenu, je viendrai avec mon fils, il a trois ans... C'est obligé ? avait demandé Chaval. Non négociable, avait répondu Josiane.

Ils descendaient la rue de Courcelles tous les deux. Junior, dans sa poussette MacLaren bleu marine, Josiane, drapée dans un long pashmina rose, derrière lui. Elle jubilait et dirigeait la poussette d'une main experte.

– Quel bel équipage nous formons ! s'exclama-t-elle en apercevant leur reflet dans une vitrine.

– C'est exceptionnel, souviens-toi, dit Junior, engoncé dans une veste bleu ciel. Il fixait ses pieds chaussés de bottines décorées d'une tête de lion royal sur le pied gauche et d'un poulpe maigrelet sur le pied droit. Comment peut-on faire porter de telles horreurs à des enfants, mère ? C'est un outrage à leur sensibilité...

– Au contraire, cela les éveille, leur apprend ce qu'est

la vie. Le lion et le poulpe... Le lion dévore le poulpe, mais le poulpe, retors et rusé, tente de fuir... L'un a la puissance, l'autre l'habileté. Qui l'emportera ?

Junior préféra ne pas répondre et enchaîna :

– Rappelle-toi ce qu'on a dit... Tu le laisses venir, tu réponds à ses questions de manière évasive, tu le balades, le temps que je me branche sur son cerveau et que je lise dans ses pensées... Au début, il ne se méfiera pas, son esprit sera ouvert, j'y entrerai facilement. C'est quand il commencera à t'exposer son plan que ses neurones s'échaufferont et feront barrière. J'aurai du mal alors à pénétrer ses circuits... On n'a qu'à décider d'une phrase que je te dirai en langage bébé pour te signaler que ça y est, je suis branché... Que penses-tu de Tatamayabobo ?

– Tatamayabobo ? OK, patron !

– Ensuite... Une fois branché, à chaque mensonge qu'il prononcera, je dessinerai un large trait rouge dans la marge de mon livre... Tu n'auras qu'à jeter un œil distraitement en parlant, d'accord ?

– Tatamayabobo, Junior ! Gouzi-gouzi, boum-boum j'exulte, je jubile, je me dilate la rate, je folâtre, je batifole, j'explose ! Je suis la grande duchesse de Hohenzollern et je promène mon petit prince...

Josiane savourait cette nouvelle complicité avec son fils. Ils partaient tous les deux sur le sentier de la guerre sauver leur Gros Loup en danger.

– Parfait, mère ! Mais fais attention, c'est toi qui vas retomber en enfance !

Chaval les attendait. Lunettes de soleil, chemise entrouverte, jean noir serré, santiags noires, fine moustache bien dessinée, rasé de près. L'homme paraissait serein, prospère. Il se flattait l'encolure d'une main manucurée. Josiane se demanda ce que cachait cette insolente désinvolture.

Elle rangea la poussette, prit Junior dans ses bras et l'assit à leur table.

– Ça parle à cet âge-là ? demanda Chaval en montrant Junior du doigt.

– Pas des phrases entières, mais il parle... Et il a un prénom, il s'appelle Junior !

– Salut, mec ! ne put s'empêcher de dire Junior en regardant Chaval droit dans les yeux. Lui non plus n'avait pas apprécié d'être réduit à un « ça ».

– T'as entendu ? sursauta Chaval. Il est ouf, ton gamin !

– C'est l'âge où ils répètent tout ce qu'ils entendent..., affirma Josiane, et elle pinça la cuisse de son fils sous la table.

Junior s'empara du livre que lui tendait sa mère et réclama des crayons de couleur. Kayons couleur, Kayons couleur... Josiane les chercha dans son grand sac. Il hurla qu'il les voulait de suite. On lui avait demandé de se comporter comme un bébé, il le faisait. Les gosses sont si mal élevés aujourd'hui... Une femme à la table voisine jeta à Josiane un regard noir qui condamnait clairement sa manière d'éduquer son enfant. Josiane tendit à son fils les crayons de couleur et il se calma.

Un silence embarrassant s'installa. Chaval regardait Junior avec répugnance. Josiane comptait les secondes qui défilaient et s'impatientait.

– T'attends quoi pour me rincer ? Que les mouches s'asseyent au fond du verre ?

– Tu bois quoi ? demanda Chaval, mal à l'aise face à Junior.

Ce gamin avait une étrange manière de le regarder. Ses yeux le perçaient comme deux tournevis.

– Je vais prendre un thé et un jus d'orange pour Junior...

– Il va en mettre partout !

– Non. Il boit très proprement...

– Dis, c'est normal qu'il soit si rouge ?

– Il dessine, il se concentre...

Junior était en train de pénétrer le cerveau de Chaval. Il avait franchi le corps du fornix et butait sur le *septum lucidum*, membrane double et fine séparant la partie antérieure des deux hémisphères cérébraux. L'effort le congestionnait, il poussait, poussait comme s'il était assis sur son pot.

– Et ses cheveux rouges, c'est normal aussi ?

– Oui, parce que en fait, c'est un clown... Tu n'as pas remarqué ? répondit Josiane, piquée au vif. Un clown rouge avec des joues rouges, des cheveux rouges, un nez rouge... et si tu le branches, il clignote. C'est idéal à Noël, on économise les guirlandes... Il m'arrive de le louer parfois pour des anniversaires, ça t'intéresse ? Je te ferai un prix...

– Excuse-moi, dit Chaval, battant retraite, je ne suis pas très habitué aux enfants.

– Je te demande, moi, si c'est normal d'avoir un long filament d'excrément sous le nez ?

– C'est pas un trait de merde, c'est une fine moustache !

– Junior, c'est pareil... Ce n'est pas un clown, c'est mon fils adoré, et tu la fermes ! Si tu continues à te comporter comme ça avec les gens, à les mépriser du haut de ta grandeur de nain, t'iras pas au paradis, je te le prédis !

— C'est pas grave, j'ai réservé ailleurs...

Junior, ravi du temps gagné en joute oratoire entre Chaval et sa mère, progressait, franchissait le *septum lucidum*, le corps calleux et établissait enfin une liaison directe avec le cerveau de Chaval.

— Tatamayabobo ! s'écria-t-il touchant au but.

Josiane tapota son brushing, humecta ses lèvres, se drapa dans son pashmina rose et demanda :

— Donc, tu voulais me voir pour faire la connaissance de mon enfant ?

— Pas vraiment, dit Chaval en étirant un fin sourire qui déforma sa joue gauche. Je me suis souvenu de ton ingéniosité à trouver des produits pour Casamia... Je vais être honnête avec toi, Josy...

Josy... Une alerte retentit dans le cerveau de Josiane. L'homme tentait de l'amadouer en lui donnant le petit nom de tendresse qu'il lui murmurait autrefois près de la machine à café pour la plier dans ses bras. Junior crayonna un grand trait rouge dans son livre.

— ... j'aimerais beaucoup retourner travailler à Casamia. Je pense que Marcel a besoin de quelqu'un. Il ne suffit plus à la tâche. Il s'épuise, ton homme.

Josiane restait muette et, suivant les conseils de Junior, le laissait parler.

— Il a besoin d'un commercial fringant, disponible, avisé et cet homme rare, c'est moi !

— Tu as besoin de moi pour te présenter devant lui ?

— Je voulais savoir si tu étais favorable à cette idée...

— Il faut que j'y réfléchisse, dit Josiane en versant son thé Lipton étiquette jaune. On ne peut pas dire que je te porte dans mon cœur...

– Je sais très bien que si tu t'opposes, Marcel ne m'engagera pas...

– Qui me dit que tu as changé, Chaval ? Que tu n'es plus cette fripouille qui a essayé de nous détruire, une fois passé à la concurrence ?

– J'ai changé. Je suis devenu un homme honnête. Je fais attention aux gens à présent...

Junior dessina trois longs traits rouges dans la marge du livre, en appuyant de toutes ses forces.

– Je les prends en considération, je les respecte...

Rouge, rouge, rouge.

– J'aime beaucoup ton mari...

– On ne te demande pas de l'aimer...

– Je ne voudrais pas qu'il lui arrive malheur...

Rouge, rouge, rouge.

– Même par inadvertance, vois-tu. Je ne voudrais pas, par exemple, qu'il ait un infarctus parce qu'il est surmené... Or ça risque de lui arriver s'il continue à travailler comme un forcené. Cela me ferait de la peine...

Rouge, rouge. Les doigts de Junior blanchissaient à force de serrer son crayon.

– Donc tu m'aides à me faire embaucher et moi, je te promets de veiller sur lui, d'alléger son fardeau, je te le conserve en bon état. Cela me paraît honnête comme contrat, non ?

Josiane jouait avec son sachet de thé. Elle le pressait contre la paroi de la tasse du dos de la cuillère, l'écrasait, le pliait, le dépliait.

– Je vais y réfléchir...

– Et tu pourrais encore davantage m'aider en partant à la recherche d'un projet... Tu avais du flair, souviens-toi...

– Je me souviens surtout que tu me dévalisais chaque fois en t'attribuant ma trouvaille. Je me suis fait berner comme un pauvre bulot mayonnaise !

– J'ai besoin de toi une dernière fois... Si tu m'aides, je te le rendrai au centuple !

Rouge, rouge, rouge. Le petit livre de Junior se barbouillait de traits rouges.

– Mais je n'ai pas besoin de toi, Chaval. Les choses ont changé... Je suis la femme de Marcel, maintenant.

– Vous êtes mariés ?

– Non, mais c'est du pareil au même...

– Il peut rencontrer une jeunesse et te larguer...

Josiane éclata d'un rire sarcastique.

– Même pas en rêve !

– Ne sois pas si sûre de toi...

– Je suis persuadée que ça n'arrivera jamais. Je ne suis pas Henriette, moi !

– Henriette ? tressaillit Chaval. Pourquoi me parles-tu d'Henriette ?

Rouge, rouge, rouge. Junior tirait des traits rageurs en bavant copieusement. Il y en avait partout sur le livre. De larges traces grasses semblables à des traînées de rouge à lèvres. La dame à l'air réprobateur assise à la table voisine le dévisageait sans se cacher. Il est vraiment curieux cet enfant, chuchota-t-elle à son ami. Tu as vu comme il bave et crayonne à la fois ? Il tire des traits, que des traits rouges !

– Je te dis juste que je ne suis pas Henriette.

– Qu'est-ce qu'elle a à voir avec moi ? demanda Chaval, mal à l'aise en grattant sa moustache fine.

Rouge, rouge, rouge.

– Elle, elle s'est fait larguer... Mais il y avait une excellente raison. Elle était mauvaise, vipère, sèche, fermée à double tour. Une sorcière sur son balai... Moi, je suis crémeuse, douce, amoureuse, voluptueuse, généreuse... Un chou à la crème. Donc il ne me larguera jamais. Élémentaire, mon cher Chaval !

– D'accord, d'accord, soupira Chaval, rassuré. Mais... Revenons à nos affaires. Réfléchis. Pense à la santé de Marcel, oublie ton ressentiment envers moi... Il faut faire table rase du passé. Nous projeter vers l'avenir...

Il se passa la main dans les cheveux, puis se caressa le torse dans l'échancrure de sa chemise. Josiane l'observait, amusée. Il dépendait d'elle, maintenant. Il était à sa merci, pieds et poings liés. Quelle belle revanche sur son passé ! Sur la pauvre fille qu'elle avait été...

– Nous devons faire équipe... Pour sauver Marcel, répéta-t-il en levant vers elle un regard inquiet, un regard qui se tourmentait au sujet de Marcel. J'ai appris à l'apprécier ton homme, tu sais...

Junior redoubla de longs traits rouges. C'est curieux, se dit Chaval, ce gamin doit être demeuré. C'est normal, c'est un enfant de vieux. Une raclure de bidet. Ce n'est pas comme ma fée, ma longue déesse aux yeux dorés, aux boucles souples, à la taille de liane furieuse, au sexe en éventail qui se plie et se déplie...

Junior releva alors la tête et, fixant Chaval dans les yeux, il prononça ce simple mot :

– Hortense ?

Et le cerveau de Chaval s'emporta. Une onde de chaleur en envahit les plis et les replis. La substance grise de la moelle épinière s'enflamma. La corne antérieure et la corne postérieure tressaillirent, irrigant d'un flot sanguin la pie-mère et les méninges. Tout le cerveau de Chaval prenait feu et Junior crut que son crayon allait fondre entre ses doigts. Il le lâcha sur la table. Il avait capté deux sources de chaleur intenses : Henriette et Hortense. Mais si Henriette avait mobilisé la zone réservée à la peur, à l'effroi, aux poils qui se hérissent, le prénom d'Hortense avait touché les zones du plaisir, de la jouissance physique, de la volupté incandescente. Chaval redoutait Henriette et brûlait pour Hortense.

Junior décida de poursuivre ses recherches, se concentra de toutes ses forces, passa dans le troisième repli de la zone de jouissance et trouva une image d'Hortense étrangement déformée. Peinte par Francis Bacon. Deux petits seins fermes, un ventre dur, de longues jambes fuseaux et un sexe immense, un long tuyau rouge qui serpentait, se déformait, se tordait et dans lequel flottaient des petites éponges pourpres en forme de ressorts. L'intérieur du sexe d'Hortense. Ainsi Chaval avait connu ce long boyau et l'avait imprimé au fer rouge dans un repli de son cerveau. Junior fut saisi d'un spasme de répulsion. Ce n'était pas possible ! Mon Hortense n'a pas pu copuler avec ce débris d'homme, cet avorton lubrique et affamé de vice !

Il poussa un long cri et s'effondra sur la table en gémissant, en se frappant le front, en se déchirant les joues. Sa mère, affolée, le prit dans ses bras, le berça, litania que se passe-t-il, mon bébé ? dis-moi, dis-moi... Junior ne pouvait parler, le chagrin le submergeait, il poussait des petits cris, se débattait et protestait oh non ! oh non. Josiane se leva, lui tapota le dos, lui souffla sur les cheveux, lui tamponna les tempes. Rien n'y faisait, il convulsait, s'étranglait, de grosses larmes roulaient sur ses joues. Elle dit adieu à Chaval, installa son fils dans sa poussette et s'éloigna le plus vite qu'elle le put.

Junior, haletant, s'était laissé ficeler dans la poussette

MacLaren et, pour une fois, fut heureux de rentrer chez lui tracté sur deux roues. Il avait les jambes en coton.

Josiane attendit d'avoir franchi l'angle de l'avenue Niel et de la place Pereire pour se pencher au-dessus de son fils.

– Que s'est-il passé, mon bel amour ? Qu'as-tu vu qui te mette dans cet état d'épouvante ?

– Maman, maman... Vite, vite, ton portable, il faut que j'appelle Hortense..., balbutia Junior.

– Hortense ? Qu'a-t-elle à voir avec nos affaires présentes ?

– Maman, s'il te plaît, ne me pose pas de questions... Mon cœur saigne...

– Reprends-toi, mon bel amour. Apaise ton tourment...

– Je ne peux pas, maman, je suis trop malheureux... Je tremble de partout.

– Mais pourquoi, mon bel amour, ma prunelle dorée ?

– Oh ! Maman ! Dans le cerveau de Chaval, j'ai vu Hortense...

– Hortense ?

– Le vagin d'Hortense comme un long tuyau de caoutchouc rouge... Il l'a touchée, maman, il l'a pénétrée de son appendice odieux... Oh ! maman, je hais cet homme !

– Junior, reprends-toi. C'était il y a longtemps...

– Justement, elle était encore jeunette, tendrelette. Pourquoi a-t-elle laissé faire ça ?

– Je ne sais pas, chéri... Tu sais, nous faisons tous des choses dont nous ne sommes pas fiers... Elle voulait se prouver qu'elle pouvait séduire un homme, un vrai...

– C'était quand ? Tu te souviens ?

– Juste avant ta naissance...

Junior se redressa, armé d'un fol espoir.

– Elle ne me connaissait pas...

– Non.

– C'est pour cela... Elle ne le ferait plus aujourd'hui !

– Sûrement pas. Ce dont je me rappelle, c'est qu'elle l'a ratatiné. Il n'a plus jamais été le même ensuite... Il avait de la pâte à modeler dans la tête. Mais dis-moi, mon amour, qu'as-tu vu d'autre dans le cerveau de cet homme lamentable ?

– Cet homme est dangereux, mère, assura Junior, reprenant ses esprits. Il fait voler les corbeaux à l'envers. Il est en train d'ourdir un complot contre papa avec l'aide d'Henriette. Une manigance à base de chiffres secrets. Il joue sur deux tableaux, en fait. Il veut revenir dans l'entreprise, se faire une situation et il intrigue avec Henriette... J'ai vu dans un repli de son cerveau une histoire d'argent, une sorte de cambriolage avec des codes, des comptes bancaires, une trompette...

– Une trompette ? s'exclama Josiane.

– Oui, mère, je te l'affirme, il y avait une trompette... Et une djellaba !

– Une djellaba ! Il fait partie d'al-Qaida ?

– Je ne sais pas, mère, je ne sais pas...

Il revenait peu à peu à lui. Hortense avait changé, il lui pardonnait son erreur de jeunesse. Hortense était une conquérante insatiable. Chaval avait été un marchepied. Rien de plus... Il comprenait soudain qu'il lui faudrait attendre avant d'imaginer un avenir avec elle. Il lui faudrait aussi apprendre à se protéger. Mais, se dit-il, la vie est comme une bicyclette, il faut avancer pour ne pas perdre l'équilibre[1].

– N'empêche, murmura-t-il en levant les yeux vers sa mère, ça fait mal d'être amoureux, maman. Ça fait toujours mal comme ça ?

– Cela dépend sur qui tu jettes tes yeux, mon enfant. Hortense n'est sûrement pas de tout repos... Mais tu dois l'oublier et te consacrer au bien-être de ton père. Qu'allons-nous faire, Junior ? Tout ça n'est pas très clair...

Junior, assis dans sa poussette, regarda ses pieds. Les frotta l'un contre l'autre. Un lion royal et un poulpe maigrelet. Hortense et Chaval. Le lion allait dévorer le poulpe maigrelet. Il n'en ferait qu'une bouchée.

– Avec Hortense, nous tenons une carte maîtresse. Elle ensorcellera Chaval, le fera parler... Il ne lui résistera pas. Il confessera ses plans. Il faut la contacter de toute urgence. C'est la fin de l'année scolaire, elle va sûrement revenir en France. Nous tiendrons un conseil de guerre et elle nous aidera à démasquer les coupables. Car ils sont deux, au moins... Chaval et Henriette. J'en suis sûr, maintenant. Chaval et Henriette... et peut-être un comparse...

Josiane lui caressa la tête, passa ses doigts dans les boucles rouges emmêlées.

– Que ferions-nous sans toi, mon bébé ?

– Mère, je suis épuisé. Je crois bien que je vais faire un somme... Il posa son menton sur sa veste bleu ciel et s'endormit, bercé par le bruit des roues de la poussette.

*
**

1. Citation du grand Albert Einstein.

Shirley Ward aimait la pluie.

Elle aimait la pluie du mois de juin à Londres. La pluie des petits matins du mois de juin quand le jour se lève, que les feuilles des arbres frémissent, que les branches s'agitent, que la lumière du soleil se glisse sous les gouttes et allume des petits feux sous la pluie qui hésite. Il faut alors plisser les yeux, fixer un point par-delà la vitre pour être certaine de voir la pluie tomber, attendre, attendre jusqu'à ce qu'on distingue les traits verticaux de pluie, des traits presque invisibles, se dire que les trottoirs seront mouillés, qu'il faudra prendre un parapluie ou un chapeau pour sortir...

Shirley Ward n'aimait pas les parapluies. Elle les trouvait raides, prétentieux, dangereux.

Shirley Ward aimait les chapeaux de pluie. Elle en avait toute une collection. En toile cirée, en coton, en feutre, en crochet. Elle les entassait dans un grand panier dans l'entrée de son appartement et en choisissait un avant de sortir. Elle le pétrissait longuement avant de le poser sur ses cheveux. Tirait quelques mèches blondes qui lui faisaient un halo de lumière autour du visage. Un trait de rouge à lèvres et le tour était joué. Elle devenait femme, belle. Elle allongeait ses grandes jambes sous la pluie, marchait dans les rues de Londres en ignorant les feux rouges et les passants. Quand la pluie cessait, elle repliait le chapeau, le roulait en boule dans sa poche, ébouriffait ses cheveux et tendait le nez au soleil.

Il vaut mieux aimer la pluie et les chapeaux de pluie quand on vit à Londres.

La caresse de la pluie, la pâle chaleur du soleil, l'odeur des feuilles vertes qui tremblotent et les gouttes que l'on chasse du revers de la main, la main qu'on lèche, distraite, en s'étonnant presque qu'elle ne soit pas salée... Shirley Ward aimait la pluie, les chapeaux de pluie et les grands arbres de Hyde Park. Ce matin, elle irait se promener dans le parc.

Elle sortirait de chez elle.

Cela faisait dix jours qu'elle ne sortait plus de chez elle.

Dix jours, enfermée, à ruminer un millier de pensées et de souvenirs qui défilaient, saccadés, comme les images accélérées des films muets.

Dix jours en pyjama, à grignoter des amandes salées, des abricots secs, de la confiture d'oranges amères, une théière ou une bouteille de whisky à portée de main.

Le whisky, elle le buvait le soir. À partir de dix-neuf heures. Pas avant. Elle ne voulait pas passer, à ses yeux, pour une poivrote. C'était sa récompense. Elle le buvait avec des glaçons. Elle faisait tinter les glaçons dans le verre biseauté. Ils lui rappelaient qu'elle était vivante, bien vivante, qu'il allait falloir qu'elle vive avec tous les souvenirs qu'elle avait décollés, un à un, de sa mémoire.

Avec les souvenirs, on a le choix. Soit on les ignore et on s'empare de chaque journée comme si elle était nouvelle, soit on les ressort un à un, on les regarde en face et on les identifie... On va fouiller dans l'obscur pour trouver la clarté.

Elle remuait la glace dans le verre et écoutait la chanson des glaçons. Ils disaient que tout lui arrivait brusquement, les joies, les peines, les broutilles. Elle pédalait tranquillement dans la ville, et tout d'un coup, une saccade...

Son fils partait...

Elle rencontrait un homme.

Un homme qui ouvrait la boîte du passé.

Les glaçons avaient fini leur chanson dans le verre. Elle se levait, allait à la cuisine, ouvrait le Frigidaire. Elle avait besoin du son des glaçons pour entendre la plainte du passé. Elle retournait s'asseoir dans le fauteuil, croisait une jambe de pyjama sur l'autre, la laissait battre dans le vide. Les glaçons changeaient d'octave, ils se faisaient plus légers.

Son père revenait...

Les couloirs rouges de Buckingham. Les moquettes qu'on foulait en silence, les mots qu'on chuchotait, ne jamais élever la voix, c'est si vulgaire, les gens qui parlent fort ! Si vulgaire les gens qui parlent des tourments de leur cœur... *Never explain, never complain*.

Et sa colère devant la porte close et le dos courbé...

Elle restait en pyjama encore un jour et encore un autre. Elle voulait comprendre. Il lui fallait comprendre.

Elle balançait ses longues jambes. Changeait de siège. Allait se poser dans le grand fauteuil en cuir près de la fenêtre. Regardait au plafond danser les ombres des voitures et des arbres dans la rue.

Le jour tombait...

Elle prenait la bouteille de whisky, se servait un autre verre, allait manger un abricot sec et une amande. Posait les pieds nus bien à plat sur le plancher, sentait les nœuds du bois et appuyait le pied encore plus fort.

Apaiser la colère... Elle la connaissait maintenant, sa colère. Elle pouvait mettre des mots dessus. Des souvenirs. Des couleurs. La regarder en face et la renvoyer au passé.

Les jours passaient. Certains matins, il pleuvait et elle

plissait les yeux pour s'en assurer. D'autres matins, il faisait soleil, des grands rayons venaient lui lécher les jambes dans son lit. Elle disait *hello, sunshine !* étendait un bras, une jambe. Se faisait un thé, une biscotte de confiture d'oranges amères, retournait se coucher, posait le plateau sur ses genoux, parlait à la biscotte. Et qu'est-ce qu'il aurait pu faire d'autre, le grand chambellan ? Qu'est-ce qu'il aurait bien pu faire d'autre ? C'était un homme démuni, impuissant, il l'avait écrit : « Comment est-ce que je peux t'expliquer quelque chose que je ne comprends pas moi-même ? »

Est-ce qu'on est obligé de tout expliquer et de tout comprendre pour aimer ?

Elle suivait la course du soleil à travers les deux hautes fenêtres. Elle se disait il va falloir que j'apprenne à vivre avec cette colère. Il ne me reste plus qu'à l'apprivoiser, à la moucher quand elle pointera le bout de son nez...

L'heure du whisky arrivait, elle se levait, détachait les glaçons du bac à glace, les versait dans le verre, les faisait tintinnabuler, écoutait leur chanson, écoutait la pluie, balançait un pied, puis l'autre.

Le dixième jour, la paix descendit fine comme la pluie.

Je crois bien que la houle est passée, elle se dit, étonnée, et elle se fit couler un grand bain. Elle ne savait pas exactement ce qu'elle avait compris, ce qu'elle avait appris. Elle savait juste qu'elle allait vivre le premier jour de sa nouvelle vie. Elle prenait l'addition et payait.

Elle sourit en versant un flacon de sels de bain dans la baignoire, ce n'était pas très clair encore, mais avait-elle vraiment envie que ce soit transparent ? Juste envie de rire et de prendre son bain. Elle mit la *Valse funèbre* de Chopin, se glissa dans le bain.

Demain, elle sortirait dans la ville.

Elle mettrait son chapeau de pluie, elle tirerait quelques mèches blondes, un trait de rouge à lèvres et elle irait dans les rues, dans les parcs, sur les étangs, comme avant...

Ne crois pas que tout est résolu, ma pauvre fille, tu n'en as pas fini encore avec tes mauvaises pensées...

Elle appela Oliver.

Elle lui demanda s'il pouvait la retrouver au Spaniard's Inn, leur pub à Hampstead. Elle laissa son vélo dans le jardin, sans antivol, et entra. Émue, inquiète. Elle avait mis en place dans sa tête la douane des mauvaises pensées.

Il était assis dans le fond du bar sombre, une bière devant lui, ses grosses boucles mal coiffées. Un gros sac de randonnée jaune et vert était posé sur la chaise. Il se leva, pressa si fort ses lèvres contre les siennes qu'elle crut disparaître dans ce baiser. La patronne du bar, grande et sèche avec des joues très rouges et presque pas de cheveux, avait mis de la musique pour remplir le silence, c'était Madness.

Il demanda ça va mieux ?

Elle ne répondit pas. Elle n'aimait pas cette question. Qu'est-ce qu'il pensait ? Qu'elle était malade et qu'il fallait qu'elle se soigne ? Elle s'écarta et détourna son regard pour qu'il ne voie pas la lueur d'irritation dans ses yeux.

Ils restèrent debout, l'un en face de l'autre, les bras ballants, comme deux débutants mal à l'aise.

Puis il ajouta on fait pas un peu cliché ?

Et elle sourit, le cœur à zéro.

– Alors je ne m'en vais plus ? il demanda en faisant son grand sourire d'homme des bois.

Elle entendit la tendresse dans sa voix. Elle entendit la soumission. Comme elle l'enviait de pouvoir aimer si fort, si simplement, sans fantômes qui le tirent par les pieds...

Il lui ouvrit les bras.

Elle vint se placer prudemment contre lui.

– Tu crois que tu pourras m'aimer un jour ?

– Tout de suite, les grands mots, elle soupira en relevant la tête vers lui. Est-ce que tu ne vois pas que je suis en train de m'attacher ? C'est une grande victoire, tu sais...

– Non justement, je ne sais pas. Je ne sais rien de toi. C'est ce que je me suis dit pendant tous ces jours...

– Moi non plus, je ne savais rien de moi. C'est toi qui m'as forcée à voir...

– Tu devrais me remercier...

– Je ne sais pas encore... Je suis fatiguée, fatiguée...

– Tu es revenue et je suis heureux... Je n'étais pas sûr que tu reviennes...

– Et tu aurais fait quoi ?

– Rien. C'est ton choix, Shirley...

Elle se cala contre son corps, ne bougea plus. Elle gardait des forces pour se débattre. Il se pencha et l'embrassa en lui immobilisant les deux bras pour qu'elle ne se défende pas. Cela lui parut si doux après ces dix jours à ronger sa peine et sa colère, qu'elle s'accorda ce baiser comme un repos et pensa embrasse-moi, embrasse-moi, délivre-moi du souci de penser, je ne veux plus penser à rien, je veux retourner dans le présent, sentir ta bouche contre la mienne, tes lèvres fermes, élastiques qui ouvrent les miennes, et tant pis si ce ne doit être qu'un baiser, qu'une volupté de passage, je la prends et je la savoure. Ils s'embrassèrent longuement, savamment, en prenant tout leur temps, et elle pensait, elle pensait que ce baiser ressemblait davantage à une lutte heureuse qu'à un baiser de reddition. Il la serra contre lui encore, l'écrasa de son poids confiant, la roula entre ses bras comme le tronc d'un arbre lourd, la respira, l'écarta, la reprit, lui tapota le crâne, fit tss... tss... et l'embrassa à nouveau comme s'ils n'étaient pas dans un pub anglais, mais dans un grand lit ouvert.

Elle guetta le mouvement de colère en elle.

Elle savait que la colère ne s'en irait pas comme ça.

Elle commençait une longue convalescence.

*
**

Henriette attendit que René et Ginette montent dans la voiture, que Ginette mette sa ceinture et maintienne le paquet de gâteaux fermement sur ses genoux. Joue avec la boucle rose que la pâtissière avait nouée sur le dessus. Marche arrière, marche avant, ouverture du portail, fermeture du portail. Ils s'en allaient dîner chez la mère de Ginette. Ils dîneraient, regarderaient *Qui veut gagner des millions* ? La route était libre.

Il lui fallait encore attendre qu'il fasse un peu plus sombre, qu'elle puisse se fondre dans le gris du jour qui tombe, ce gris incertain où tous les chats se ressemblent... Elle attendit, assise à la terrasse du café, en face des bureaux de Casamia. Elle avait tout son temps. Elle avait envie de savourer ce temps qu'il lui restait avant de passer à l'assaut.

Je veux lui faire mal, elle pensait en regardant la cour

pavée de l'autre côté de la rue, cette cour pavée qui, jadis, était son domaine. Quand elle y entrait, tous les dos s'inclinaient, on la craignait. J'aimais lire la peur dans les nuques inclinées. La peur dans les yeux de Marcel qui ne savait comment rompre la chaîne que je tenais d'une main ferme. Ah ! Il a cru m'avoir évincée... Il a cru pouvoir installer sa poufiasse à ma place ! Et maintenant il parade avec enfant et femme à son bras... Ça ne se passera pas comme ça. Je veux chaque mois prélever ma dîme sur ses gains. Tout ce qui se trouve dans ces bureaux m'appartient. C'était mon coffre-fort, mon assurance vieillesse. Il m'a écartée d'un trait en rayant mon nom de sa nouvelle société. J'ai été grugée. Il paiera. Et de savoir sa vengeance si près d'être assouvie la faisait tressaillir d'un étrange bien-être. La salive revenait dans sa bouche sèche, le sang battait dans ses tempes, un rose léger fardait ses joues blafardes. Vengée ! Vengée ! Je commencerai doucement d'abord, je prélèverai quelques centaines d'euros et puis j'irai *crescendo* et ferai valser ses comptes. Il ne les regarde jamais et la Trompette est occupée ailleurs. Avec les bilans de Pékin, de Sofia, de Bombay, de Milan et d'ailleurs. Des bilans qui parlent plusieurs langues, plusieurs banques, elle ne sait plus où donner de la tête, la Trompette. Les comptes particuliers, elle ne les vérifie pas. Elle se dit que c'est son domaine à lui. Et lui... Il n'a pas assez de vingt-quatre heures pour tout faire, il laisse flotter les rênes. L'homme se tasse, s'assoupit, il n'a plus de nerf. Tandis que moi, je reste vigoureuse, insatiable, revigorée par le besoin de vengeance... Moi, j'apprends à me servir d'un ordinateur, je vais sur Google, je tapote, je fais mes gammes, j'ouvre Safari, j'entre sur mon compte, je vérifie mes investissements. Moi, j'ai appris, je n'en finis pas d'apprendre. Je monte mon entreprise dans l'ombre. Il faudra que Chaval veille, qu'il interroge la Trompette, qu'il m'alerte en cas de danger. Ce sera un nouveau défi. C'est une question d'honneur. Je ne fais que réparer une injustice...

L'argent, c'est chaud, c'est doux, ça palpite, c'est ce qui vous irrigue de désir quand la peau devient grise et les lèvres blanches. Attraper l'argent au vol, c'est comme jeter la canne à pêche dans l'eau tranquille. Le plaisir est autant dans l'attente que dans la prise... Ils ne savent pas cela, ceux qui maltraitent l'argent. Ils croient qu'on le dépense, qu'on s'en grise. Ils ne pensent pas à ce petit temps d'attente, ce frisson délicieux quand le poisson va mordre, qu'il tourne autour de l'hameçon... Que de joies dont ils se privent ! Cet argent qui m'attend, c'est mon soupirant, mon amoureux ardent, ma délivrance. Je vais redevenir une femme et une femme toute-puissante !

Elle divaguait ainsi en regardant sa montre. En surveillant la lumière du jour qui se retirait. En serrant ses lèvres minces et son sac qui contenait les clés de l'entreprise et le code secret.

Elle se leva.

L'heure était arrivée.

Elle traversa l'avenue, passa par la petite porte, à gauche du portail. Clap-clap-clap, franchit la cour pavée. Tapa le code d'accès. Se glissa dans les couloirs. Il y régnait un silence étrange. Un silence de ville fantôme. Elle ouvrit la porte du bureau de Denise Trompet. Aperçut le bureau. S'empara de la petite clé. Ouvrit le tiroir. Fouilla les dossiers. Lut les étiquettes. Elle brûlait, elle brûlait. S'arrêta un instant pour ne pas faire d'erreur, ne pas laisser de désordre ni de trace. Elle avait mis des gants. Repéra un dossier qui portait une étiquette « Marcel Grobz-Personnel » avec un taille-crayon posé dessus. L'ouvrit. Les codes étaient là. Inscrits en grosses lettres, au feutre rouge. « Codes personnels », avait rédigé la Trompette de son écriture de femme consciencieuse. Elle les prit, les posa sur la photocopieuse. Le rayon lumineux les balaya. La machine cracha une feuille imprimée. Elle remit le dossier à sa place, remit le taille-crayon bien droit sur l'étiquette. Referma le tiroir, la porte du bureau. Rebrancha l'alarme. Ferma les portes à clé. Clap-clap-clap, traversa la cour pavée. S'abrita un instant sous la glycine pour vérifier que personne ne l'avait vue. Respira le parfum des fleurs et se dilata de bonheur.

S'échappa par la petite porte jouxtant le portail.

Un jeu d'enfant...

Elle était presque déçue.

Elle se dit qu'on s'habituait au danger, à l'audace.

Dès ce soir, elle effectuerait un premier rapt d'argent. Elle prélèverait une première rançon...

— Il me semble qu'on a oublié un détail, madame Grobz, dit Chaval, agenouillé aux côtés d'Henriette.

Il lui avait donné rendez-vous à l'église Saint-Étienne, dans la petite chapelle de la Vierge Marie. Ils étaient seuls. L'église était vide. Des cierges brûlaient chargés de vœux silencieux qui montaient vers le ciel et des branches de glaïeuls fanés chatouillaient les pieds nus de la Sainte Vierge. Il faudrait changer ces fleurs, pensa Chaval qui se montrait soudain généreux maintenant qu'il allait être riche.

— Tout a marché comme sur des roulettes... que voulez-vous d'autre ? demanda Henriette Grobz, la tête penchée, les doigts croisés comme si elle priait.

— On a juste oublié de préciser mon pourcentage...

— Un pourcentage ? s'exclama Henriette, outrée, en tressautant sous son large chapeau.

— Oui, madame, un pourcentage. Il me semble que j'ai ma part sur ce qui vous revient...

— Mais vous n'avez presque rien fait !

— Comment ça, je n'ai rien fait ! Qui vous a donné la clé du tiroir ? Qui a détourné la brave Trompette de son devoir ? Qui veille au grain afin que tout se passe bien ? Moi, moi et encore moi.

— Et qui a pénétré par effraction dans les bureaux ? Qui ouvre l'ordinateur et fait glisser les euros d'un compte à un autre ? Qui prend le risque de se faire attraper ? Moi, moi et encore moi !

— C'est bien ce que je disais, nous sommes deux... Deux complices. Si l'un rompt le contrat, l'autre est fait comme un rat...

— Maîtrisez votre langage, Chaval ! Je n'aime pas votre métaphore...

— Je répète. Nous sommes liés l'un à l'autre, vous ne pouvez rien sans moi comme je ne peux rien sans vous. Marchons donc du même pas, égal et fraternel et partageons l'argent... 50-50. C'est mon dernier mot, je ne transigerai pas...

Henriette faillit s'étrangler et tourna son visage crispé de colère vers Chaval.

— Vous n'avez pas honte ? Rançonner une pauvre femme ?

— Et ma conscience ? Vous y avez songé ? Elle vaut combien ma conscience ? Au moins 50 %, je pense...

— Votre conscience ! bafouilla Henriette, hors d'elle. Elle ne vaut rien du tout... Elle est paresseuse comme une couleuvre et ne se réveille que lorsqu'on lui marche sur la queue... Et je pèse mes mots !

— Pesez-les, ma chère, pesez-les si cela vous amuse, mais je n'en démordrai pas.

— Je refuse de vous donner la moitié de mes gains...

— De nos gains, ricana Chaval, heureux de l'avoir mise en rage.

Elle perdait pied, la vieille, elle s'étouffait, elle n'avait pas prévu qu'il se montrerait gourmand. Il se pencha vers elle et d'une voix traînante, faussement suave, il murmura :

— Vous n'avez pas le choix... et vous savez quoi ? N'essayez pas de me berner. J'irai vérifier. Moi aussi, j'ai la clé. J'en ai fait faire deux copies. Je ne suis pas stupide... Et qui a la clé a les codes... Vous croyiez que j'allais vous laisser agir à votre guise ? Plumer ce vieux Marcel et me plumer moi aussi ? Me donner quelques centaines d'euros pour que j'achète un parfum à Hortense et l'emmène dîner dans un bon restaurant ? Me faire l'aumône de temps en temps en allongeant un peu la sauce ?

Oui, se dit Henriette en grinçant des dents. C'était exactement ce que je comptais faire. Lui jeter la pièce de temps en temps pour le maintenir en haleine.

— Vous êtes une grande naïve... Je surveillerai donc chaque mouvement d'argent sur chaque compte. Je vous laisse, ma chère, je vais aller m'acheter une veste que j'ai repérée chez Armani et ensuite, je passerai chez mon concessionnaire Mercedes me commander un cabriolet SLK... Vous connaissez le cabriolet SLK 350 sport ? Non ? Vous devriez aller voir sur Internet maintenant que vous savez vous en servir... Il est éblouissant. Des performances et une pureté de ligne ! Je ne sais pas si je vais le choisir gris foncé ou noir. J'hésite encore. J'en rêvais depuis longtemps... Je voudrais emmener ma vieille maman à Deauville faire un tour sur les planches, manger des huîtres, flâner sur le sable... Elle a votre âge, il ne lui reste plus beaucoup de temps à vivre et j'entends la dorloter. J'aime beaucoup ma vieille maman...

– Jamais ! Jamais ! Jamais ! martela Henriette d'une voix rageuse. Vous n'aurez pas de pourcentage, Chaval. Je veux bien vous dédommager pour votre peine. Vous accorder une commission sur l'ensemble de notre affaire, mais c'est tout... Il est fini le temps où je dépendais d'un homme. Et en aucun cas, je ne veux dépendre de vous.

– C'est ce qu'on verra, madame, c'est ce qu'on verra... Mais réfléchissez bien à ce que je vous ai dit. Si vous ne pliez pas, je me confesserai à la Trompette et je mettrai tout sur votre dos. Je lui dirai que j'ai fait cela pour elle, pour être digne de son amour, je vous rendrai seule coupable. Et elle marchera, elle courra même... Elle se débrouillera pour que Marcel Grobz change ses codes et que tout rentre dans l'ordre. Elle m'aime, la pauvre fille, elle est folle de moi ! Elle ferait n'importe quoi pour moi... Pensez-y, madame Grobz... Je vous donne rendez-vous demain ici à la même heure...

Sur ces mots, il se leva. Salua Henriette Grobz et mima une génuflexion devant la Vierge Marie.

L'air frais et doux déposa une caresse sur son visage quand il sortit de l'église.

Après son rendez-vous avec Josiane, il s'était dit que son espoir de se faire engager par Marcel Grobz était vain. Josiane ne ferait jamais la paix. Il ne lui restait plus que la combine d'Henriette pour vivre. Il allait reprendre des forces, se refaire une garde-robe, une santé, aller respirer l'air de la mer, s'inscrire à une salle de sport, soulever de la fonte et, une fois rétabli, il aviserait. Pourquoi chercher un emploi ? Il aurait bientôt deux femmes qui travailleraient pour lui. Il n'aurait plus besoin de suer à la tâche. Il investirait l'argent dérobé. Ou il monterait sa propre entreprise... Il aurait tout le temps de réfléchir.

Il n'y avait pas urgence.

La veille, il était allé voir les comptes de Marcel. Il avait failli tomber à la renverse ! Il avait dû cligner des yeux pour compter les unités. Prendre un crayon, un papier. Recopier. Compter. Se pincer, se dire qu'il ne rêvait pas. Cela se chiffrait en centaines de milliers d'euros ! Il avait aussitôt oublié l'idée de travailler. Il allait se laisser engraisser tout doucement par la vieille. Elle ferait glisser les sommes d'un compte à l'autre et lui en reverserait la moitié.

Voilà comment cela allait se passer...

Il s'arrêta chez Hédiard. Il achèterait du foie gras, une bonne bouteille de vin blanc. Du pain Poilâne pour le griller et y déposer une belle tranche de foie gras. Canard ou oie. Lequel choisirait-il ? Il avait encore une fois l'embarras du choix... Et il achèterait un beau bouquet de glaïeuls pour la Vierge Marie.

Ce n'était pas qu'il fût devenu pieux soudain.

Il voulait juste mettre toutes les chances de son côté.

*
**

Hortense rêvassait, allongée sur son lit en faisant tourner ses chevilles. Rotation à droite, rotation à gauche. Ça décontractait les muscles et renforçait les articulations. Elle avait marché toute la journée à la recherche d'un appartement. Tout était trop moche ou trop cher. Elle commençait à désespérer.

Elle tenait entre les mains les notes de sa deuxième

année à Saint-Martins. Une moyenne de 87 %. C'était plus que Très Bien. Le Très Bien commençant à 80 %. Dans la marge, son tuteur avait inscrit un seul mot « remarquable » et un point d'exclamation. Son projet de fin d'année – réalisez un modèle pour une chaîne de magasins populaires – avait été élu meilleur projet de l'année. Elle en avait eu l'idée en remarquant, dans le métro, le retour en force du zip. Il y en avait partout, sur les sacs, les chaussures, les blousons, les gants, les écharpes, les bonnets. C'était le détail mode de la saison. Elle s'était dit et pourquoi pas une petite robe noire très chic construite autour d'un long zip ? *The zip dress !* Une longue fermeture Éclair devant et une longue fermeture Éclair dans le dos. Le zip rendra la petite robe noire canaille. Deux morceaux de tissu tout droits. On peut jouer sur la matière, sur la longueur. On pourrait la porter ouverte devant, décolletée derrière ou entièrement fermée. Version stricte ou séductrice. Le tissu devrait être élastique afin de mouler le corps ou plus flou si on voulait faire un modèle pour femme enrobée. Une petite robe noire fabriquée à un prix dérisoire, vendue trente-neuf livres. Idéale pour une chaîne genre H&M. Elle avait couru voir Adèle qui tenait une boutique de vêtements anciens près de chez elle, à Angel. Lui avait dessiné le modèle et Adèle l'avait réalisé en un clin d'œil. Tu iras loin, petite ! avait dit Adèle. J'espère bien ! avait répondu Hortense.

Elle avait à peine tressailli en lisant ses notes et les remarques flatteuses de ses professeurs qui lui prédisaient un bel avenir si elle continuait de la sorte. C'est parfait, se dit-elle en observant ses pieds, mais je n'ai toujours pas de stage pour cet été... Et ce n'est pas en restant allongée sur mon lit à faire tourner mes pieds que je vais en trouver un. Il faudrait que je m'habille, que je sorte, que je me pavane... les stages, on ne les trouve pas sur un tableau d'affichage à l'école ou en lisant le journal, on va les chercher avec les dents en traînant dans les soirées, les bars et les boîtes de nuit et je suis là sur mon lit à regarder mes pieds ! Je manque d'appétit...

Nicholas lui avait proposé de travailler chez Liberty, mais elle avait refusé. J'ai envie de quelque chose de plus grand, de plus exotique. Un petit bond hors d'Angleterre, franchir les frontières, Milan, Paris, New York... Et puis je n'aime pas l'idée de toujours devoir te remercier... Il avait dit fais comme tu veux ! mais si tu n'as rien d'autre... Il paraissait sûr de lui. Sûr de la garder à ses côtés tout l'été. Elle n'avait pas aimé son air de propriétaire tranquille.

Elle n'aimait pas sa vie en ce moment. Elle n'aurait pas pu expliquer pourquoi. Elle manquait de piment. Ou alors elle était fatiguée... Ou alors... Elle ne savait pas et elle n'avait pas envie de chercher l'intrus.

Elle était là sur son lit à faire tourner ses chevilles, à imaginer comment occuper les longues vacances qui s'annonçaient quand le téléphone sonna. C'était Anastasia, une fille de l'école. Elle l'invitait à la rejoindre au Sketch, la nouvelle boîte à la mode. Elle buvait un verre avec un copain.

– T'as reçu tes notes ?

– Oui, dit Hortense en regardant ses doigts de pieds dont le vernis s'écaillait.

– T'es contente ?

– 87 %... Et ma petite robe noire élue projet de l'année...

– Alors rejoins-nous ! On célèbre !

– D'accord...

Elle se leva. Ouvrit sa penderie. Eut envie de se recoucher. Mais qu'est-ce que j'ai ? Qu'est-ce que j'ai ? Passa une main sur les cintres où pendaient des jeans, des robes, des vestes, un manteau, un long chemisier blanc. Les effleura. Aperçut dans le fond, tout étriqué sur un cintre, le petit blouson en jean que lui avait acheté Gary, un jour, à Camden. Ils marchaient dans les rues de Camden quand ils étaient passés devant une friperie. Le petit blouson était exposé dans la vitrine. Bleu délavé, étroit, usé, un blouson de petite fille qui joue encore à la poupée. Trente livres. Hortense l'avait accroché du regard. Elle le voulait. Il était pour elle. Elle avait ouvert son porte-monnaie et calculé qu'elle n'avait pas assez d'argent. Elle n'avait pas encore payé sa part d'électricité. Quatre-vingt-dix livres... Elle avait caressé le blouson des yeux, avait tourné la tête et repris sa marche en gardant le petit blouson imprimé dans sa mémoire. Il est fait pour moi, cela fait des mois que je le cherche, c'est exactement celui-là que je veux... Elle y pensait si fort qu'elle avait trébuché. Gary l'avait rattrapée et avait dit hé ! reste avec moi, je ne veux pas te perdre ! Il lui avait pris le bras. Elle s'était laissée aller contre lui.

Ils s'étaient arrêtés pour manger une pizza. Gary avait dit commande-moi une quatre-saisons avec plein de fromage, je meurs de faim, je vais aux toilettes. Elle l'avait regardé partir. Elle aimait bien son dos, sa manière de marcher, de contourner les tables et les gens comme s'il les laissait de côté. J'aime cet homme parce qu'il n'a besoin de personne. J'aime cet homme parce qu'il ne cherche pas à plaire. Parce qu'il s'habille n'importe comment et réussit à être élégant. J'aime les gens élégants qui ne calculent pas, qui ne passent pas des heures devant leur glace, j'aurais été si jolie dans ce petit blouson en jean, je l'aurai porté avec de hauts talons rouges et une robe noire ou avec des pantalons noirs étroits et des Repetto. Oh ! comme elle en avait envie ! À s'en couper le souffle. Mais si elle ne payait pas sa part d'électricité, l'ayatollah allait encore lui faire la morale et lui pourrir la vie...

Elle avait commandé deux pizzas avec beaucoup de fromage et deux cafés. Avait dessiné sur la nappe en papier un petit blouson abandonné dans une vitrine. Lui avait ajouté deux bras qui se tendaient vers elle... Il était délavé juste ce qu'il fallait. Et le col ? Elle avait eu le temps de remarquer le col... Parfait. Et les manchettes aussi. Parfaites, les manchettes... On pouvait les retrousser.

J'en ai marre de ne jamais avoir d'argent, elle avait marmonné en posant son crayon, en déchirant le bout de nappe en papier, en en faisant des confettis qu'elle avait éparpillés sur le sol.

Mais que faisait Gary ? Il y avait la queue aux toilettes ? Elle lui piquerait bien son écharpe...

Il était revenu avec un sac en papier marron, l'avait posé sur la table. J'ai trouvé ça aux chiottes, il avait dit, regarde ce qu'il y a dedans. Ça va pas, la tête ! elle avait répondu en haussant les épaules, j'ai commandé les pizzas et deux cafés. Si, ça va très bien, regarde... Elle avait ouvert le sac du bout des doigts d'un air dégoûté. C'était le petit blouson en jean. Elle avait eu des larmes aux yeux.

— Oh ! Gary... Comment as-tu deviné que...

— Tu crois qu'il t'ira ?

Elle l'avait enfilé.

— Il est pas un peu petit ? il avait demandé.

– Il est parfait ! Je t'interdis de dire du mal de mon blouson !

Elle l'avait gardé tout l'après-midi et toute la nuit.

Et pendant des semaines, elle ne l'avait pas quitté.

Elle attrapa le blouson en jean. Enfouit son nez dedans. Se souvint de ce jour-là. Ils avaient marché en se tenant par la main, en arpentant les rues pavées de Camden. Ils avaient fouillé les étalages à la recherche d'un objet bizarre. Une vieille hélice d'avion ou une maquette de bateau. Gary cherchait un cadeau pour un copain dont c'était l'anniversaire. Il s'appelait comment déjà ? Elle ne se souvenait plus. Mais elle se rappelait les pavés luisants sur lesquels elle glissait, sa main dans la main de Gary et le petit blouson en jean qui la serrait un peu aux épaules. Elle pensa que fait-il en ce moment ? Pourquoi n'appelle-t-il pas ? Pourquoi se faire toujours la guerre ? Elle prit la robe noire à fermetures Éclair. Elle en avait fait faire un prototype rien que pour elle. En tissu élastique qui la moulait de très près. Elle ne pouvait presque plus respirer. L'enfila. Brossa ses longs cheveux, se maquilla de deux longs traits noirs qui faisaient ressortir le vert de ses yeux, blanc, le teint, très blanc, rouge, la bouche, très rouge. Mit ses hautes sandales roses. Quoi d'autre ? se dit-elle en scrutant le miroir. Le petit détail qui allait tout enlever. Où es-tu, petit détail ? Elle retroussa les manches du blouson, choisit une paire de gants noirs en cuir qui dénudaient le poignet. Une grosse broche de chez Topshop qu'elle accrocha au col du blouson. Recula d'un pas. Parfait.

Empoigna une grande besace. La balança pour juger de l'effet. Plus que parfait.

Une longue écharpe noir et blanc. Une paire de lunettes noires.

En route pour la gloire !

Elle sauta dans un taxi, se fit déposer devant le Sketch. Salua le videur à l'entrée qui la laissa entrer sans faire la queue et la salua d'un *hi honey !* Toujours aussi belle et bandante ! Elle lui accorda un sourire parfait, le sourire de chat qui tue à bout portant. Il avait raison, elle était belle, bandante, elle le sentait en marchant, tout était parfait, ce soir, tout était parfait sauf qu'elle avait toujours le cœur lourd. Lourd et vide à la fois. J'ai 87 % et je suis projet de l'année, se dit-elle, pour se fouetter l'humeur, et elle donna un coup de hanche en franchissant la porte, comme si elle voulait se débarrasser de ce cœur trop lourd ou trop vide.

Elle heurta un homme dans l'entrée. Il s'excusa. Lui dit on se connaît ? elle répondit un peu vieux, le truc, non ? Il sourit. La détailla des pieds à la tête en prenant le temps. Lui sourit encore d'un petit sourire sec.

– J'aime bien votre façon de vous habiller... C'est vous qui avez trouvé tout ça ?

Elle le regarda, interloquée.

– Je veux dire... La robe noire, le zip devant, le zip derrière, le petit blouson en jean trop court, les gants retroussés, la broche, la grande écharpe...

Elle écarquilla les yeux.

– Ben oui... La robe, c'est une création à moi... Pour H&M, mentit-elle avec aplomb. Un projet qu'ils m'ont commandé... Ils comptent en faire le clou de leur collection d'hiver.

Il la considéra avec respect.

– Vous êtes jeune pourtant...

– Et alors ?

– Vous avez raison... c'est idiot de ma part de dire ça...

– Je ne vous le fais pas dire...

– Je travaille chez Banana Republic. Je dirige le département stylisme. J'aime beaucoup votre allure... Je vous propose un marché. Vous venez passer deux mois chez Banana, vous trouvez des idées et je vous paie. Vous serez très bien payée...

– Vous avez une carte ?

– Oui...

Il lui tendit une carte de visite. Elle lut son nom, son titre, Banana Republic.

– Je peux la garder ?

– Vous ne me répondez pas...

– J'ai un agent, vous l'appellerez, il vous dira mes conditions.

– Vous me donnez son nom et ses coordonnées ? Je l'appelle demain matin à l'aube. Il faudra commencer en juillet. Vous serez libre ?

Elle donna le nom de Nicholas et son téléphone. Elle aurait juste le temps de le prévenir.

– C'est lui qui s'occupe de mes contrats...

– Vous avez le temps de boire un verre ?

Hortense réfléchit. L'homme avait l'air honnête et la carte de visite paraissait sérieuse.

– Je préviens ma copine qui m'attend et je vous retrouve au bar ?

Elle s'éloigna, vérifia qu'il ne la suivait pas des yeux, bifurqua, prit la direction des toilettes, s'enferma et appela Nicholas.

– J'ai une proposition de travail pour cet été ! J'ai trouvé, j'ai trouvé ! Deux mois chez Banana Republic pour dessiner des modèles ! Pas pour ranger des boîtes au sous-sol et coller des étiquettes, mais pour trouver des idées pour leur collection ! C'est pas génial, Nico, c'est pas génial ! Et dire que j'avais pas envie de sortir, ce soir ! J'ai failli rester à la maison...

Il voulut avoir des détails.

— Je sais rien d'autre. Je lui ai dit que tu étais mon agent et il t'appelle demain matin pour discuter du prix, des conditions et tout le reste. Tu me rappelles dès que tu as raccroché avec lui, d'accord ? Pince-moi, pince-moi, je peux pas y croire !

— Tu vois, ma belle, fallait pas désespérer... Quand je te disais que dans ce milieu de la mode, tout peut arriver en un clin d'œil...

— Attendons que ce soit signé... Vends-moi comme la star montante, fais-le saliver...

— Compte sur moi !

Elle retrouva l'homme au bar. Il s'appelait Frank Cook. Il était grand, sec, des traits fins, des cheveux légèrement grisonnants sur les tempes, un regard acéré de maquignon. Il devait avoir quarante-quarante-cinq ans. Il portait une alliance et une veste en toile bleu marine.

— Je n'ai pas beaucoup de temps, j'ai un rendez-vous, dit Hortense en s'installant sur le tabouret du bar. Un haut tabouret rouge avec un dossier en forme de cœur.

L'homme fut impressionné par son aplomb et commanda une bouteille de champagne.

— Vous avez déjà travaillé pour une grosse boîte ?

— Je suis jeune, peut-être, mais j'ai de l'expérience. La dernière, c'était Harrods. J'ai décoré deux vitrines pour eux sur le thème du détail dans la mode... J'ai tout créé, tout mis en scène, c'était magnifique. Il y avait mon nom écrit en gros sur les vitrines. Hortense Cortés. Elles sont restées deux mois en place et j'ai eu plein de propositions... Je suis en train de les étudier avec mon agent...

– Harrods ! s'exclama l'homme. Va falloir que je révise mes prix...

Son regard s'alluma d'une lueur moqueuse mais bienveillante.

– Vous avez intérêt, dit Hortense. Je ne travaille pas pour des cacahuètes...

– J'en suis sûr... Vous n'avez pas l'air d'une fille qu'on a pour rien...

– Mais personne ne m'a jamais !

– Excusez-moi... Vous êtes déjà allée à New York ?

– Non, pourquoi ?

– Parce que nos bureaux sont à New York et que si nous nous mettons d'accord, c'est là que vous travaillerez... en plein Manhattan, dans notre bureau de stylisme.

New York. Elle reçut un coup de poing au plexus. Elle encaissa le choc et se cala contre le dossier du tabouret de bar. Elle avait le souffle coupé.

– Vous n'aviez pas parlé d'un verre ?

Elle avait besoin de boire pour défaire le nœud qui l'étreignait. New York. New York. Central Park, Gary. Les écureuils sont tristes le lundi...

– Garçon ! lança-t-il au type qui s'agitait derrière le bar. Elle vient cette bouteille ou pas ?

Le garçon cria que ça arrivait et ne tarda pas à déposer une bouteille et deux verres devant Hortense et Frank Cook.

– On boit à notre succès ? demanda l'homme en versant le champagne dans les verres.

– On boit à mon succès..., corrigea Hortense qui se demanda si elle ne rêvait pas.

Elle n'avait plus le cœur ni vide ni lourd.

*
**

C'était devenu une habitude. Le mardi et le jeudi après-midi, Joséphine retrouvait M. Boisson dans le grand salon aux meubles tristes et torsadés. À quatorze heures, Mme Boisson partait faire sa partie de bridge, la voie était libre. Joséphine sonnait, M. Boisson la faisait entrer. Il avait préparé un plateau avec des boissons. Du vin blanc, du jus d'ananas, du Martini rouge. Il se versait un vieux bourbon. Une drôle de marque qu'il appelait « mon petit jaune ».

— Je n'ai pas le droit de boire quand ma femme est là. Elle dit qu'il y a des heures pour ça et je n'ai jamais osé demander quelles étaient ces heures...

Il souriait. La regardait. Ajoutait :

— Ça fait près de cinquante ans que je n'ai pas souri !

— C'est dommage...

— Avec vous, je suis léger, j'ai envie de dire des bêtises, fumer une cigarette, boire du petit jaune...

Il s'allongeait sur le canapé Napoléon III rayé, prenait son verre de petit jaune, ses comprimés, mélangeait le bourbon et les cachets, perdait l'équilibre, calait un petit coussin derrière sa nuque et parlait. Il parlait de son enfance, de ses parents, du salon de ses parents et des meubles dont il avait hérité et qu'il n'aimait pas. Joséphine était étonnée de la facilité avec laquelle il se livrait. Il semblait même y prendre un réel plaisir.

— Allez-y, posez-moi toutes les questions que vous voulez... Vous voulez savoir quoi ?

— Vous étiez comment à dix-sept ans ?

— Un petit-bourgeois triste. Étriqué. En blazer bleu marine, pantalon gris, cravate et des pulls en laine que ma mère tricotait... Des pulls horribles. Bleu marine ou gris. Vous ne pouvez pas imaginer ce qu'était la France et le monde dans ces années-là... Enfin... l'idée que je m'en faisais embusqué chez moi... Il y avait des gens qui s'amusaient beaucoup, je crois, mais vu de mon salon, tout était morne, guindé ! C'était bien différent d'aujourd'hui. La France continuait à vivre comme au dix-neuvième siècle. Il y avait un gros poste de radio dans la salle à manger et, à table, on écoutait les informations. Je n'avais pas le droit de parler. J'écoutais. Je me demandais en quoi cela me concernait. J'avais l'impression que je comptais pour du beurre. Je n'avais ni idées ni opinions. J'étais une sorte de singe savant, je répétais ce que disaient mes parents et ce n'était pas gai... On venait de signer les accords d'Évian et la guerre d'Algérie prenait fin. Je ne savais pas si c'était bien ou pas... Pompidou était Premier ministre et le général de Gaulle avait failli être abattu au Petit-Clamart... Je me souviens du nom de Bastien-Thiry, l'organisateur de l'attentat, un partisan de l'Algérie française. Il a été fusillé le 11 mars 1963. Le général avait refusé de le gracier. Mes parents étaient de fervents gaullistes, ils trouvaient que le général avait eu raison. Bastien-Thiry était responsable et coupable. Le ministre de la Culture s'appelait André Malraux. Il faisait voyager *La Joconde* dans le monde entier. Mon père disait que cela coûtait des millions aux contribuables français... La guerre du Viêtnam n'avait pas encore commencé, John Kennedy était président des États-Unis et Jacky, une icône. Les femmes portaient crânement son fameux petit chapeau et des jupes droites, très serrées. Les femmes, à cette époque, étaient soit des mères, soit des secrétaires. Elles portaient des gaines et des soutiens-gorge pointus comme des obus. Lyndon Johnson était vice-président. C'était la crise des missiles de Cuba. Khrouchtchev ôtait sa chaussure au siège de l'ONU à New York et en martelait son pupitre... On le voyait à la télé. En noir et blanc avec l'image qui sautait. On était en pleine guerre froide et le monde entier retenait son souffle. Au lycée, on nous parlait de conflit mondial, de guerre atomique, on nous affirmait qu'il fallait se préparer au pire. Les jeunes n'existaient pas, les jeans n'existaient pas, la musique pour les adolescents était la même que celle des parents : Brassens, Brel, Aznavour, Trenet, Piaf. Dans les journaux, on voyait les premières pubs pour des collants pour les filles et ma mère disait que c'était dégoûtant ! Pourquoi ? Je ne sais pas... Tout ce qui était nouveau était dégoûtant ! Les parents lisaient *Le Figaro, Paris Match* et *Jours de France.* Moi, enfant, j'avais eu droit au *Journal de Mickey* et puis, plus rien... C'était un monde qui ne s'adressait qu'aux adultes. L'argent de poche existait à peine, les jeunes n'avaient aucun pouvoir d'achat. On obéissait. Aux profs, aux parents... Et pourtant, ça commençait à frémir. Il y avait à la fois une furieuse envie de vivre et l'idée que rien ne changerait jamais. Les gens fumaient comme des pompiers, on ne savait pas que c'était dangereux pour la santé. Moi, je me bourrais de bonbons Kréma, de boules de coco, de Car en sac. Quand les parents recevaient des amis, ils mettaient des disques, on appelait ça des 33 tours... Il y avait des 45 tours aussi. J'en avais acheté un de Ray Charles, *Hit the Road, Jack,* rien que pour énerver mes parents ! Ma mère disait que Ray Charles était un nègre méritant parce qu'il était aveugle ! J'écoutais, caché derrière la porte. Parfois, ils dansaient... les femmes avaient des choucroutes sur la tête, des twin-set et des talons aiguilles. Mon père avait acheté une Panhard. Le dimanche, on descendait les Champs-Élysées en voiture.

Malraux avait commencé à faire ravaler les façades noires de Paris et les gens criaient au scandale ! Moi, j'étais partagé entre le monde conventionnel de mes parents et celui que je devinais en train de naître mais dont je ne faisais pas partie. Johnny était une idole, on fredonnait *Retiens la nuit,* Claude François chantait *Belles, belles, belles,* les Beatles triomphaient avec *Love me do* et passaient à l'Olympia en première partie de Sylvie Vartan avec Trini Lopez. Je n'avais pas eu le droit d'y aller... J'écoutais *Salut les Copains* en sourdine dans ma chambre. Je cachais mon transistor derrière un énorme Gaffiot au cas où ma mère entrerait. Maman suivait le feuilleton radio *Ça va bouillir !* de Zappy Max sur Radio Luxembourg, mais ne l'aurait reconnu pour rien au monde ! Au cinéma, on allait voir *West Side Story, Lawrence d'Arabie, Jules et Jim.* Truffaut, avec son histoire d'amour à trois, était considéré comme subversif ! C'étaient les années Bardot, je la trouvais si belle. Insouciante et légère. Je me disais qu'elle était libre, elle, libre et heureuse, elle avait plein d'amants et elle se promenait toute nue, et puis j'ai appris qu'elle avait fait une tentative de suicide... Marilyn était morte le 5 août 1962. Je m'en souviens, ça avait été un choc... Elle était sexy et triste à la fois. C'est pour ça que les gens l'adoraient, je crois. Je vivais tout ça intensément mais de loin... Les ondes de la vie extérieure n'atteignaient pas notre salon. J'étais fils unique et j'étouffais... Je faisais de brillantes études, j'avais été reçu à mon bac avec mention et papa avait déclaré que je ferais Polytechnique. Comme lui... Je n'avais pas de petite amie et je faisais tapisserie dans les soirées... Je me souviens de ma première surprise-partie, j'y étais allé assis derrière le Solex d'un copain, il tombait des cordes et j'étais arrivé trempé ! Le premier disque que j'ai entendu en entrant, c'était *I Get Around* des Beach Boys et j'avais une folle envie de danser. Mais je n'avais pas osé... Je vous le répète, je n'avais aucune audace... Et puis il y a eu cet ami de mes parents qui m'a proposé de faire un stage sur le tournage de *Charade* et là, je ne sais pas pourquoi, les parents ont dit oui. Je crois que ma mère aimait beaucoup Audrey Hepburn, elle la trouvait élégante, raffinée, délicieuse. Elle aurait aimé lui ressembler... et c'est comme ça que je l'ai rencontré.

Joséphine écoutait. Elle avait acheté un gros bloc de feuilles blanches et prenait des notes. Elle voulait tout savoir. Jusqu'au moindre détail. Elle avait retenu la leçon de Cary Grant : « Il faut au moins cinq cents petits détails pour faire une bonne impression », et elle voulait des centaines de détails pour que son histoire s'anime, que ses personnages soient vivants. Qu'on ait la sensation de les voir bouger devant soi. Elle savait que pour qu'une histoire tienne debout, il fallait la remplir de détails. « Pas de mots abstraits, rien que du concret », affirmait Simenon. Elle avait lu ses *Mémoires*. Il expliquait comment il construisait chaque personnage en additionnant les détails. Une fois que les personnages étaient construits, l'histoire se déroulait comme par magie. L'histoire doit venir de l'intérieur des personnages, elle ne doit pas être plaquée de l'extérieur. Elle comptait sur M. Boisson pour lui confier ces petits détails afin que Petit Jeune Homme prenne vie.

Il parlait. Allongé sur le canapé, les pieds surélevés, le coussin qu'il rattrapait de la main quand il tombait. Le plateau avec la bouteille de bourbon, ses gouttes et ses cachets à portée de main. Il alternait verres d'eau, cachets et alcool et ressemblait à un adolescent un peu souffreteux qui boit en cachette de ses parents... Elle regardait ses maigres cheveux sur sa nuque, sa peau transparente. Elle était émue par sa fragilité. Une phrase de Stendhal surgissait : « Il faut secouer la vie, autrement elle nous ronge. » M. Boisson ressemblait à un homme rongé. Un squelette de poisson...

Elle avait souvent l'impression qu'il repartait dans le passé et l'oubliait sur sa chaise dans le salon. Il fermait les yeux, retrouvait le plateau de tournage, la suite de Cary Grant à l'hôtel, le balcon d'où ils regardaient Paris. Elle attendait un peu et le relançait d'une voix douce :

– Il vous parlait de son pays, de ses contemporains, des metteurs en scène, des autres acteurs et actrices ?

Il ne répondait pas toujours de manière précise. Il poursuivait son rêve et se parlait à lui-même :

– Certains soirs, quand je rentrais à la maison après l'avoir vu, j'étais si essoufflé de bonheur que je n'avais plus la force d'écrire dans le petit carnet noir... Et puis, je n'écrivais que ce qui avait un rapport avec moi. Le reste m'importait peu. Je crois que j'étais jaloux de tout ce qui l'entourait. J'avais honte du personnage empoté que j'étais. Je me souviens, un soir, ça je ne l'ai pas écrit dans le petit carnet noir, il m'avait emmené dans une soirée. Il m'avait dit en souriant, tu veux connaître les gens du cinéma ? Je vais te les montrer... Je me suis retrouvé dans un grand appartement, rue de Rivoli. Un appartement très grand, très blanc, avec les murs recouverts de tableaux, de livres d'art. J'étais le seul jeune. Les gens parlaient anglais. Ils étaient très bien habillés, les femmes en robe de cocktail, les hommes en cravate et veston avec des chaussures vernies. Ils buvaient beaucoup, ils parlaient fort. Ils parlaient d'amour comme d'un sujet philosophique très important, ils répétaient sans arrêt sexe, sexe. Ils se moquaient des conventions bourgeoises, de ce sentiment absurde de propriété qu'engendre le fait d'aimer et je me suis senti visé. C'était comme s'ils me hurlaient au visage que j'étais niais. Je les dévisageais. Ils buvaient, fumaient, évoquaient des peintres que je ne connaissais pas, des disques de jazz, des pièces de théâtre. Il y avait une femme qui, dès que je disais un mot, éclatait de rire. Elle m'avait vu entrer avec Cary et m'avait aussitôt trouvé charmant. Elle s'appelait Magali, elle disait qu'elle était actrice. Une brune avec des cheveux mi-longs, deux longs traits épais d'eye-liner noir sur les yeux et un pull vert à paillettes. Elle parlait de Paris, de Rome, de New York, elle avait l'air d'avoir beaucoup voyagé. Elle connaissait des tas de gens dans le cinéma et proposait de m'aider si je voulais trouver un autre stage... Je disais oui, oui, je pensais que je voulais être comme elle, à l'aise, sophistiqué. Elle me donnait l'impression de vraiment s'intéresser à moi et je me suis senti très intéressant. Je pensais ça y est ! Je suis comme ces gens, je fais partie de leur monde. J'avais le cœur qui battait. Je m'imaginais un avenir radieux parmi eux. Un avenir où moi aussi, je pourrais parler avec l'air intransigeant et sûr de moi. Où moi aussi, j'aurais des opinions tranchées, des idées sur tout... Et puis... un homme est entré dans le grand appartement blanc et tous les regards se sont tournés vers lui. Cary m'a dit plus tard que c'était un producteur de cinéma, un type très important, qui faisait la loi à Hollywood. Tout le monde l'a entouré. Plus personne ne m'a parlé. Ils passaient devant moi en me bousculant, sans s'excuser, sans me regarder dans les yeux. J'étais redevenu transparent. Alors je me suis dit qu'est-ce que je fiche ici ? Un gros type barbu s'est assis à côté de moi, il m'a demandé quel âge j'avais, ce que je faisais comme études, comment je me voyais dans dix ans. Je n'ai même pas eu le temps de répondre, il est parti se servir un verre. Dix minutes plus tard, il est revenu et m'a redemandé quel âge j'avais, ce que je faisais comme études, et comment je me voyais dans dix ans... Bref, j'en avais de plus en plus marre. Je n'ai rien dit à Cary, j'ai pris mon manteau et je suis parti. J'ai été obligé de rentrer à pied, il n'y avait plus de métro... Cette soirée a été terrible. Ce soir-là, j'ai compris que je ne ferais jamais partie de son monde. On n'en a plus jamais parlé et il ne m'a plus jamais emmené avec lui dans une soirée... De toute façon, je préférais quand on était seuls. Avec lui, je ne me sentais jamais stupide... Même quand on ne parlait pas, qu'on restait assis sans rien dire... Ça arrivait de plus en plus souvent et quand je m'en étonnais, il me donnait une claque sur l'épaule et s'exclamait mais on n'a pas toujours envie de parler, *my boy* !

— Il avait raison, non ?

— Il pouvait rester des heures sans parler. Avec Howard Hughes, ils passaient des soirées entières sans rien se dire. Il arrivait chez lui, buvait des verres, fumait des cigarettes, lisait un livre sans lui adresser le moindre mot ! Quand ils parlaient, c'était Howard Hughes qui lui donnait des conseils. Il lui disait qu'il avait une trop grande idée des femmes, qu'elles ne l'aimaient pas mais couraient après son argent, sa célébrité. Il a toujours été plus proche des hommes que des femmes, je pense. Mais ça, il ne me le disait pas, il devait penser que j'étais trop jeune. En fait, il était bien plus compliqué que ce qu'il laissait voir...

— C'est ce que vous avait dit son habilleuse, vous vous souvenez ? « Le voir, c'est l'aimer et l'aimer, c'est ne jamais le connaître... »

— Plus je le fréquentais, moins je savais qui il était et plus je l'aimais… Et je perdais pied. Un jour, il m'avait avoué qu'il y avait un type qui le détestait à Hollywood. C'était Frank Sinatra…

— Et pourquoi ?

— Ils avaient tourné un film, ensemble. *The Pride and the Passion*[1] de Stanley Kramer. Le tournage avait commencé en avril 1956 et, à la fin de la première semaine, Cary était amoureux fou de Sofia Loren, sa partenaire. Et c'était réciproque. Elle avait vingt-deux ans à peine, il en avait trente de plus, et elle était déjà liée à Carlo Ponti. Ça n'a pas arrêté Cary ! Il lui a proposé de l'épouser. Elle n'a pas dit non tout de suite… Ils ont vécu une folle passion. Ils ne pouvaient pas arrêter les scènes où ils s'embrassaient. Le metteur en scène criait coupez ! coupez ! et ils continuaient à s'embrasser. Frank Sinatra était vert de jalousie ! Lui aussi, il en pinçait pour la belle Sofia et il comptait bien la mettre dans son lit. Alors il s'est mis à raconter que Cary était un homosexuel caché… et elle, devant tout le monde, l'a insulté, tu vas la fermer, espèce de connard d'Italien et Sinatra, furieux, a quitté le tournage. Il a laissé toute l'équipe en plan ! Il n'est jamais revenu… Cary a été obligé de finir le film en parlant à un cintre censé représenter Sinatra ! Il m'avait raconté ça en riant dans sa grande suite à l'hôtel et je ne sais pas pourquoi j'avais été terriblement embarrassé. Je m'étais dit que, peut-être, Sinatra avait raison et que Cary préférait les hommes… Pourtant, il n'a pas arrêté de se marier ! Il a eu cinq femmes !

— Ça ne veut rien dire, dit Joséphine. C'était très mal

1. *Orgueil et passion.*

vu d'être homosexuel à Hollywood... Beaucoup d'acteurs faisaient de faux mariages pour cette raison.

— Je sais et je le savais déjà, je crois... J'avais beau être innocent, il y avait des choses qui m'intriguaient. Comme sa longue amitié avec Randolph Scott. Ils ont quand même habité ensemble pendant dix ans et ils étaient inséparables... Il l'a même emmené en voyage de noces, lors de son premier mariage, avec Virginia Cherrill ! Mais je crois que je ne voulais pas savoir. C'était déjà terrible pour moi de me dire que j'aimais un homme, alors aimer un homme « différent », comme on disait à l'époque, cela m'aurait précipité dans un abîme... Je préférais les moments où on riait. C'était un homme très drôle. Il transformait la moindre chose en comédie. Il assurait qu'il fallait sourire à la vie pour qu'elle vous sourie. Il le disait tout le temps. Il était vraiment doué pour ça... Quand je me plaignais de mes parents, il me secouait, arrête de gémir ! Tu vas t'attirer tous les malheurs qui traînent... Il me distrayait. Il m'apprenait l'élégance. Il avait eu un maître en la matière, le grand Fred Astaire. Il affirmait qu'il n'y avait pas d'homme plus élégant que lui. Fred Astaire cirait ses chaussures avec de la terre de Central Park, de la salive et de la cire d'oreille ! Cary faisait tout comme lui. Il commandait ses costumes chez un tailleur londonien de Savile Row, les sortait de leur housse, les roulait en boule et les envoyait valser dans la pièce. Il faut qu'ils vivent, qu'ils s'usent, je ne veux pas qu'ils aient l'air tout neufs, ça fait plouc ! C'était encore un truc qu'il avait appris de Fred Astaire. Alors on jouait au ballon avec les costumes tout neufs. On les faisait voler dans la chambre, on se jetait dessus, on les empoignait, on les malaxait, on les jetait par terre et à la fin, épuisés, on se congratulait d'avoir maltraité ces costumes prétentieux... Ils en ont pris un fameux coup, hein, *my boy* ! Ils ne seront plus jamais arrogants ! Il possédait cet art très spécial de rendre la vie légère. Quand je retrouvais mes parents et leur appartement sinistre, j'avais l'impression de me glisser dans un cercueil... Je me posais des tas de questions. Je ne savais plus où j'étais, à quel monde j'appartenais. Je jouais mon rôle de fils modèle chez moi et je découvrais la vie avec Cary. C'était violent, vous savez. Tout a été violent dans cette histoire... Et la fin ! Mon Dieu ! Cette enveloppe que m'a remise le concierge de l'hôtel... Je n'ai jamais lu aucune lettre comme celle-là ! La lettre de l'homme que j'aimais... Une véritable cérémonie. Je ne sais pas comment on peut lire autrement la lettre d'une personne qu'on aime... Ou alors c'est qu'on est indigne de son amour ! Je voulais que rien ne vienne troubler ma lecture. Il y a des gens qui lisent des lettres d'amour en répondant au téléphone, en parlant avec leurs copains, en regardant un match de foot, en se servant un verre, en mordant dans une cuisse de poulet, qui posent la lettre, la reprennent, qui la lisent avec une odieuse indifférence... Moi, je me suis recueilli. Seul dans ma chambre... Sans bruit, sans rien pour me distraire. J'ai lu chaque mot, chaque phrase... Trop d'émotions grimpaient de mon cœur à mes yeux...

Son bras droit avait glissé et se balançait dans le vide. Il avait replié ses jambes.

– Après cette lettre, j'étais désespéré. J'ai passé le concours d'entrée à l'X. J'ai été reçu. J'ai fait mes études comme dans un rêve, un mauvais rêve. Il ne me restait plus que Geneviève pour me rattacher à lui. On s'est mariés... la suite, vous la connaissez. Je l'ai rendue malheureuse... Je n'en avais même pas idée. Rien d'autre n'existait que mon chagrin, le sentiment que ma vie m'avait échappé et que j'allais passer le reste de mes jours comme un mort vivant...

Il prenait le verre de « petit jaune », en buvait une gorgée, avalait deux cachets.

– Vous prenez trop de cachets...

– Oui, mais je ne tousse plus... Je peux vous parler. Retrouver tous ces merveilleux souvenirs... La vie a filé si vite. J'ai eu dix-sept ans et puis, j'ai eu soixante-cinq ans... Ma vie est passée comme ça...

Il claquait des doigts.

– Je n'en ai rien fait. Des années blanches. Je ne me souviens de rien. Si, de la petite moustache de Geneviève et de son air penché quand elle m'écoutait... De notre voyage en Californie et de ce tout petit moment où je suis redevenu vivant...

– Et vos enfants... Vous n'éprouvez rien pour eux ?

– J'ai été étonné d'avoir pu les engendrer, c'est sûr. Mais, à part ce sentiment de surprise, non... Je regardais le ventre de ma femme s'arrondir et cela me paraissait incongru. Je me disais, c'est moi qui ai fait ça ? Et puis, ils sont nés... Elle a beaucoup souffert, je me rappelle. Je ne comprenais pas. Je lui disais ça ressemble à quoi, ta douleur ? et elle me fusillait du regard. C'est vrai, quoi... Nous, les hommes, on ne peut pas imaginer ce que c'est... Quand on me les a présentés à la maternité... c'était comme s'ils ne venaient pas de moi, qu'ils étaient abstraits. Ils ne se sont jamais incarnés. Je les ai toujours regardés de loin... Bébés, je les trouvais assez moches et, plus tard, ils n'ont rien fait pour me séduire, se rapprocher de moi...

– Mais c'était à vous de vous approcher d'eux !

s'exclamait Joséphine, indignée. C'est merveilleux, un bébé...

– Vous trouvez ? Moi, ça ne m'a jamais touché... C'est terrible, n'est-ce pas ? C'était comme ça... Je n'éprouvais rien. Pour personne. Je ne sais pas ce que vous allez faire de ce que je vous dis. Je ne suis vraiment pas un personnage intéressant. Il va vous en falloir du talent...

Il était l'heure de partir. Sa femme allait revenir...

Il regardait l'heure. Joséphine se levait. Rangeait le bloc de feuilles blanches, son stylo. Rapportait le plateau à la cuisine. Lavait les verres, les essuyait, rangeait les bouteilles afin que sa femme ne se doute de rien.

Il la regardait s'affairer et respirait doucement. Il disait j'ai la tête qui tourne, je crois que je vais me reposer...

Elle fermait la porte doucement et le laissait, allongé, avec ses souvenirs qui continuaient à tourner comme une vieille caméra qui projetterait un film sur un drap blanc.

Elle revenait un autre jour, ils reprenaient leur conversation. Il savait toujours où il s'était arrêté. Il possédait une excellente mémoire de ses émotions. Comme s'il les avait classées dans des dossiers et les ressortait. Elle se disait qu'il avait dû passer sa vie à se souvenir.

Elle revenait, mais elle avait de moins en moins envie de s'installer face à lui dans le salon lugubre. Elle sortait son bloc, son stylo, prenait peu de notes. Il buvait son « petit jaune » et parfois, sortait une cigarette. Une Camel.

– Monsieur Boisson ! Vous ne devriez pas fumer !

– Pour ce qu'il me reste à vivre...

Il prenait un long fume-cigarette, exhibait un briquet

plaqué or, allumait sa cigarette, poussait un long soupir de plaisir. Suivi d'une quinte de toux.

– Vous voyez, ça vous fait du mal...

– C'est le seul plaisir qu'il me reste, disait-il avec un petit air de comptable contrarié. Je vous ai raconté comment Cary avait pris du LSD ?

– Non !

– ... pour faire une psychothérapie. Il voulait travailler sur son enfance, sa relation avec ses parents et les conséquences sur ses mariages successifs. Il pensait, grâce aux hallucinations que procure cette drogue, retrouver des souvenirs douloureux et les exorciser. C'était considéré comme une technique de pointe à l'époque ; c'était autorisé. D'autres avant lui avaient essayé, des gens aussi connus que Aldous Huxley, Anaïs Nin. Il assurait que ça avait fait des merveilles avec lui, qu'il était né une deuxième fois. Durant ces drôles de séances, il avait appris à être responsable de ses actes, à ne pas en rejeter la faute sur les autres, il avait découvert des choses sur lui-même qu'il n'aurait jamais admises sinon... Il affirmait que l'introspection était un acte courageux, un acte fondateur. Il n'avait peur de rien...

C'était dit sur un ton où perçait l'envie. Un ton qui sous-entendait « il avait de la chance, lui, il n'avait pas peur... ».

Voilà exactement ce qui me dérange, pensait Joséphine en écrasant la plume de son stylo sur la feuille blanche.

Ce filament de phrase prononcé sur un ton un peu amer, le ton d'un homme qui envie la liberté de l'autre et qui, au lieu de l'imiter, lui en veut. Ce n'était pas dit avec générosité ni admiration. Au fond de lui, M. Boisson condamnait l'usage du LSD, condamnait les mariages successifs, les amitiés silencieuses avec des hommes. Il condamnait le mystère de Cary Grant.

Parce que Cary Grant lui avait échappé...

Parce que, devant la grille de sa propriété à Los Angeles, il lui avait préféré un autre petit jeune homme...

Ce jour-là, M. Boisson était devenu un homme aigre.

Il ne le disait pas, mais ça lui échappait. Une intonation, un fragment de pensée, une plainte étouffée...

« Il est plus intelligent d'allumer une toute petite lampe que de se plaindre dans l'obscurité », pensait Joséphine en se remémorant une phrase d'Hildegarde de Bingen. M. Boisson n'avait allumé aucune petite lampe... Sa vie s'était consumée sans lueur ni chaleur. Il blâmait son enfance, son éducation, ses parents. Jamais son manque de courage.

Elle aurait aimé plus de générosité, plus de lucidité, moins de complaisance. Pas cette éternelle rengaine du ver de terre amoureux d'une étoile, qui reproche à l'étoile de briller trop haut... Elle rongeait le capuchon de son stylo et attendait, impatiente, l'heure où elle remonterait chez elle.

Plus elle écoutait M. Boisson, plus elle se disait que son Petit Jeune Homme à elle, celui de son roman, serait plus généreux, moins nombriliste, qu'il aurait retenu autre chose de cette merveilleuse relation qu'une éternelle comparaison, d'éternelles lamentations et ce lancinant refrain qu'il n'avait pas eu de chance.

Plus elle l'écoutait, moins elle avait envie de l'entendre.

Plus elle l'écoutait, plus elle aimait Cary Grant.

Mme Boisson allait rentrer.

Ils dîneraient tous les deux en silence. Ils regarderaient

un programme à la télé, côte à côte, chacun dans son fauteuil, sans se parler, et ils se coucheraient.

Et bientôt, il allait mourir.

Sans avoir rien changé à sa vie ni avoir pris le moindre risque...

*
**

La Trompette n'en démordait pas : son tiroir avait été forcé.

– Mais quel tiroir ? demandait Chaval, assis en face d'elle, dans le restaurant qu'il avait choisi au 5, rue de la rue Poulbot, juste à côté de la place du Tertre.

Elle lui avait forcé la main. L'avait appelé dans l'après-midi. Avait gémi je ne vous vois plus, vous me délaissez, qu'ai-je fait pour mériter ce brusque dédain ? Il avait répondu mais rien, ma chère, rien, je suis préoccupé, c'est tout, ma pauvre mère qui faiblit, l'oisiveté qui me ronge, le temps qui passe... Les hommes disent que le temps passe, le temps dit que les hommes trépassent. La douleur est un chien qui ne mord que les pauvres... Il avait soupiré pour exprimer l'immensité de sa peine et justifier sa brusque volte-face. Elle avait insisté. Elle avait besoin de son aide. Un détail titillait sa conscience, il fallait qu'elle parle à un homme avisé. Chaval avait dressé l'oreille. Un détail concernant l'entreprise ? Oui, avait-elle soufflé dans le téléphone. Il l'avait aussitôt conviée à le retrouver quand huit heures sonneraient au clocher de la basilique au restaurant « La Butte en vigne ».

– Mais quel tiroir ? répéta Chaval qui ne voulait pas comprendre et comprenait trop bien.

– Celui de mon bureau... celui où je range les documents importants. Les codes personnels et secrets des comptes de M. Grobz. C'est ce dossier qui a été fouillé, j'en suis sûre.

– Mais non ! protestait Chaval. C'est impossible... René et Ginette veillent et il y a une alarme...

– Mon tiroir a été forcé, répétait la Trompette, les yeux vides devant le menu, son petit menton têtu pointé en avant. J'en suis sûre...

– Vous lisez trop de livres qui traitent de complots, de rapts, d'enlèvements... Il faut doucher cette imagination fiévreuse, lui dit-il en balayant ses propos d'un revers de la main. Lisez plutôt le code de l'administration des douanes, cela vous remettra sur pied !

– Vous croyez que j'affabule...

– Je ne crois pas, j'en suis sûr ! Allez ! Allez !

Puis se radoucissant :

– Tu as choisi, ma petite pêche dorée ?

Elle parcourait la carte des yeux sans la lire et reprenait :

– J'en suis sûre... Je pose toujours un taille-crayon sur le O de Grobz... Et ce matin, quand j'ai ouvert le tiroir, le taille-crayon était sur le A de Marcel. Il n'a pas pu se déplacer tout seul !

– Choisis un plat et une entrée, petite pêche dorée ! Oublie le bureau... Ce n'est pas très flatteur pour moi de transporter tes soucis de travail dans cet endroit enchanteur où je comptais te bercer de mes mots doux ! Regarde la pauvre tête que tu fais ! Si tu crois que c'est agréable !

Il refermait le menu d'un geste agacé.

Denise Trompet baissait la tête. Se forçait à déchiffrer la liste des plats. Souriait en lisant le nom d'une entrée qui s'appelait « Œufs en couilles d'âne à la façon creusoise ». Baissait les épaules, soupirait.

– Ça a l'air très bon...

– Et ça l'est ! Tu as choisi ?

– Pas encore...

Chaque matin, quand elle arrivait au bureau, elle enlevait la petite clé pendue à son cou et ouvrait le tiroir pour en sortir les dossiers dont elle avait besoin. Chaque matin, elle vérifiait que le taille-crayon noir à deux orifices se trouvait bien sur le O de Marcel Grobz et chaque matin, elle était rassurée. La hantise d'un vol, d'une mise en accusation pour détournement d'argent, pour infraction et délit, disparaissait. Elle s'asseyait, soufflait, rassurée : elle ne revivrait pas la honte de la fermeture du Cochon d'or et le blason de l'Auvergne, d'or au gonfanon de gueules bordé de sinople, ne serait pas à nouveau souillé.

Elle leva la tête, désemparée, et tenta de se justifier :

– Vous ne pouvez pas comprendre ce que j'ai vécu, enfant... Cette honte marquée au fer rouge sur mon front... Je ne veux jamais revivre ça. Jamais !

Son visage s'empourprait, son regard devenait étrangement fixe et hagard. Chaval la dévisageait, inquiet.

– Mais ce n'est rien ! La femme de ménage a donné un coup d'aspirateur trop fort ou a voulu déplacer le bureau pour ramasser un papier...

– C'est impossible ! Il pèse une tonne ! Personne ne peut le déplacer ! M. Grobz en riant l'appelle mon Fort Knox...

– Ou c'est vous qui avez ouvert le tiroir brusquement...

– Impossible aussi ! Je fais très attention...

– Vous avez donc décidé de nous gâcher la soirée, Denise ! disait-il sévèrement en détournant le visage.

Les joints épais et gris entre les grosses pierres des

murs lui évoquaient la prison et lui donnaient envie de fuir.

– Oh ! Non, s'excusait-elle précipitamment. Je suis si heureuse que vous m'ayez invitée ici...

– Alors, n'en parlons plus, voulez-vous ? Cessez ces enfantillages. Vous avez choisi ?

Elle baissait la tête, vaincue, énonçait au hasard de la carte une salade limousine aux châtaignes et une daube de bœuf.

– Parfait, sifflait Chaval. Nous allons pouvoir commander...

Il faisait signe au garçon et lissait son trait de moustache de l'ongle du pouce. Mal à l'aise, énervé. Je les mérite grandement mes 50 %, se disait-il en pensant à Henriette et en observant le décolleté tremblant de la Trompette, le fin collier de perles qui pesait sur la chair molle et faisait une marque rouge. Henriette avait fini par accepter ses conditions. Cela n'avait pas été facile, elle avait opposé une résistance farouche aux pieds de la Vierge Marie et des glaïeuls frais qu'il avait déposés en entrant. S'était débattue comme l'Avare couché sur sa cassette. Avait poussé des couinements hideux en tremblant de tous ses membres, vous me dépouillez, vous immolez une vieille femme spoliée, une pauvre gueuse qui n'a plus que ses yeux pour pleurer. Elle poursuivait son monologue de martyre et Chaval la fixait d'un œil glacé.

– Et n'essayez pas de me tromper ! Je vous ai à l'œil, avait-il conclu en se levant. Vous me ferez un virement tous les quinze jours, je vous ferai parvenir mon RIB.

Il avait claqué les talons de ses santiags sur les dalles de l'église et s'était éloigné. Avait quitté une vieille femme en pleurs pour une vieille fille aux aguets.

Mais qu'ai-je fait pour mériter cette infortune ? gémissait-il en pinçant ses lèvres fines.

La Trompette, face à lui, tentait de faire bonne mine et d'oublier ses craintes. Elle portait une robe hideuse, taillée dans de vieux rideaux qu'on aurait décrochés des tringles d'un château en ruine. Deux manches gigot lui donnaient l'allure d'une dinde éplorée. Ses maigres cheveux se plaquaient en sueur sur ses tempes clairsemées. Elle a des taches partout, ce soir, se dit-il, dégoûté. C'est l'émotion, elle se voit jetée aux fers, dans le fond d'un cachot, et des rats lui grignotent les chevilles. Elle chiffonnait sa serviette, muette et butée. Chaval pouvait l'entendre penser. Le tiroir, les dossiers, le taille-crayon, le O de Grobz, le A de Marcel, « Le Cochon d'or » qui se mettait à grouigner, lui rappelait l'infamie du père, le supplice de la mère, l'exil rue de Pali-Kao, tout revenait à la mémoire de la pauvre fille.

– Vous êtes bien silencieuse, je trouve, lâcha-t-il en dardant sur elle un regard de maître offensé.

– Excusez-moi, je n'ai plus toute ma tête... C'est que je redoute tant que se répètent les scènes de mon enfance ! Oh ! J'en mourrai ! J'en mourrai ! Vous m'entendez ? Vous ne savez pas ce que c'est que les doigts qu'on pointe sur vous, les regards qui vous salissent, les murmures dans votre dos, les accusations... Vous êtes trop noble pour avoir connu ça...

– Arrêtez donc de fabuler, Denise...

Le sommelier présentait la carte des vins. Chaval détailla la liste des crus. Je vais en choisir un fort en alcool et en soleil afin de la réduire au silence. Il indiqua du doigt un vin espagnol à 14 % et le sommelier, surpris par ce choix, s'inclina lentement.

– Vous allez voir, c'est un cépage délicieux...

– Je sais ce que je vais faire, dit soudain Denise Trompet, émergeant de sa douloureuse léthargie. Je vais dire à M. Grobz de changer les codes de ses comptes... Oui, c'est cela ! Je dirai qu'il est bon de le faire régulièrement, que c'est une précaution nécessaire par ces temps de piratages. Il m'écoutera, il me laissera même le soin de choisir les nouveaux chiffres, il est si préoccupé, en ce moment... Le pauvre homme ploie sous le travail...

Chaval réfléchit à toute allure. Voilà une information intéressante ! se dit-il en observant le menton mou de Denise qui tremblait d'excitation. Elle a donc la confiance totale du Vieux ! Le pouvoir de changer les codes... Cette arme qu'elle met à ma disposition innocemment. Je vais laisser la vieille bique faire joujou quelque temps avec les comptes et puis je soufflerai à la Trompette l'idée de modifier les codes et je garderai les nouveaux pour moi... je lui dirai aussi de changer les chiffres de l'alarme. Ainsi Henriette Grobz sera éliminée. À moi les 100 %, les cabriolets Mercedes, les filles qu'on renverse, qu'on froisse dans une débauche de lingerie fine, de chairs élastiques, de petits cris voluptueux, de coups de boutoir furieux...

Il bomba le torse à l'idée de cet avenir radieux.

Mais il lui fallait, auparavant, écarter le danger qui taraudait la Trompette.

– Je vais tout vous dire, Denise... Puisque vous persistez à vous torturer... C'est moi qui suis allé fouiller dans votre tiroir...

– Vous !

– Oui, ma petite pêche dorée... c'est moi ou plutôt, mon démon... Vous vous rappelez le soir où je vous ai confisqué votre clé...

– Oui..., balbutia la Trompette, effarée.

– J'ai cru, ce soir-là, que vous me mentiez... Que vous cachiez dans ce bureau des lettres tendres, les déclarations d'un rival qui soupirait à vos pieds. Ce soir-là après que vous avez disparu, douce, légère, dans la bouche du métro, je suis allé dormir à l'hôtel pour ne pas réveiller ma chère maman. Quand je dis dormir...

Il poussa un long soupir d'homme torturé.

– Je n'ai pas fermé l'œil de la nuit. Chaque fois que le sommeil me gagnait, je me réveillais en sursaut et voyais face à moi un rival me narguant, riant de mes rêves pieux, de mes vœux ardents... Alors j'ai commis un crime. J'ai fait faire un double de la clé et je me suis promis d'aller visiter, un soir, ce tiroir...

La Trompette tressaillit. C'était si romantique, si émouvant. Ce bel homme fringant, l'objet de tous ses désirs, de tous ses rêves, imaginait qu'un autre homme lui disputait ses faveurs...

Sa main trembla et elle murmura :

– Vous m'aimez donc...

– Si je vous aime ! s'exclama Chaval, faussement outré. Je ne vous aime pas, je vous vénère, vous êtes ma madone, ma vierge indomptable, ma palpitante douleur...

Pour la première fois de sa vie, Denise se sentit au bord de l'évanouissement. Il allait lui demander sa main... Et si elle persistait à le repousser, à ruminer de sombres pensées qui l'éloignaient de lui, il l'accablerait de toute sa colère. Il s'en irait en claquant la porte et elle courrait se réfugier dans sa chambre pour se cogner la tête contre le mur jusqu'à le faire s'écrouler...

— Oh ! Bruno... Ne me dites pas que...

— Si... Denise, je vous aime, je vous veux, je vous désire, je brûle pour vous d'un feu implacable et je suis allé fouiller dans ce tiroir infâme afin de pouvoir brandir les preuves de votre trahison. La jalousie est une maîtresse insatiable. Elle vous tient, elle vous harcèle, elle creuse en vous un noir torrent de boue... Je me suis laissé emporter par cette boue. J'ai plongé la main dans la fange et j'ai ouvert le tiroir...

Il exhiba sa longue main blanche aux ongles manucurés de frais. La fit tourner sous les yeux pleins de larmes de Denise.

— Je n'ai rien trouvé ! Ce fut mon châtiment. J'ai été doublement infâme. J'ai douté de vous et je vous ai troublée en déplaçant le taille-crayon... Me pardonnez-vous, cher ange ?

— Bruno... Oh ! Bruno...

Elle sentit un frais zéphyr lui parcourir le corps, elle haleta, portant la main à sa gorge. Elle vit tout tourner et agrippa le bord de la table pour ne pas tomber.

Chaval attrapa sa main et la porta à ses lèvres.

Dès que les lèvres de Bruno touchèrent sa peau, son corps fut foudroyé de plaisir comme celui d'un enfant qui goûte à un morceau de sucre pour la première fois de sa vie...

— Pardonnez-vous au démon qui hante mon cœur ?

— Vous êtes mon ange...

— J'ai souffert, Denise, j'ai souffert... Vous me croyez ?

Elle hocha la tête faiblement.

– Vous ne m'en voulez pas ?

Elle fit signe que non et revint à elle au prix d'un terrible effort.

– Vous m'aimez ! Vous m'aimez ! Dites-le-moi encore... Je ne m'en lasse pas.

Il la regarda sans rien dire et elle prit ce silence pour une nouvelle déclaration.

– Oh ! Bruno, je ferai tout pour vous... Tout pour vous rassurer, vous rendre votre fierté d'homme. Je travaillerai, je ferai des ménages, je serai fille de joie, porteuse d'eau, tâcheronne, acrobate, cracheuse de flammes, je serai l'escabeau qui vous mènera à la gloire, le paillasson sur lequel vous essuierez vos pieds ailés, votre humble servante, je serai celle que vous voudrez... parlez ! Je vous obéirai...

Diable ! se dit Chaval. La vieille fille démarre au quart de tour ! Un grondement sourd s'échappa de sa poitrine.

– Vous pensez vraiment tout ce que vous dites, mon aimée ?

– Je le pense et je m'engage à vous honorer toute ma vie en épouse fidèle et dévouée...

Bruno Chaval tiqua au mot « épouse ». Oh là là ! Que me chantez-vous là ? Vous allez un peu vite en besogne, il me semble... Dans quels liens je me jette et m'empêtre ? Il faut que je mette le frein...

Il ne trouva pas le frein et la Trompette, enfiévrée, ardente, le dévora des yeux toute la soirée en laissant de côté la salade limousine et la daube de bœuf.

Lorsqu'ils se furent levés et eurent quitté « La Butte en vigne », elle se colla à lui au premier réverbère, renversa sa gorge molle, lui offrit sa bouche fripée. Le vin espagnol avait opéré au-delà de tous les espoirs de Chaval.

– Viens, viens, murmura-t-elle en l'enveloppant de ses deux bras avides. Porte-moi jusqu'à ma couche et oublions l'instant, oublions tout... Je veux vibrer sous tes caresses... Je veux adorer chaque centimètre carré de ta chair et te marquer de ma moiteur brûlante.

Il la raccompagna, effrayé, jusqu'à la rue de Pali-Kao.

Elle ne tenait plus debout et divaguait.

Elle couina faiblement lorsqu'il voulut se déprendre. Appuya tout son corps contre le sien. Protesta ne me laisse pas, enfourche-moi et gémit encore, pesant sur lui comme une ventouse molle. Il tenta de se débattre. Elle le reprit, balbutia à son oreille...

Glisse en moi, pénètre mon corps de vierge qui t'attend, fais-moi gémir, fais-moi trembler, éperonne mon intimité de ton dard brûlant...

Elle nouait son corps autour du sien, se frottait contre lui, râlait, poussait des cris, des soupirs, se tordait. Il ne savait que faire de ce corps en chaleur qui se répandait sur lui. Il songea au tiroir, à la clé, se dit qu'il fallait une bonne fois pour toutes la clouer au pilori du plaisir afin qu'elle oublie définitivement l'épisode du tiroir violé.

Il la suivit chez elle, la renversa sur son lit, éteignit la lumière, lui écrasa un oreiller sur le visage et d'un coup de boutoir, sans songer un instant qu'elle était vierge encore, ouvrit entre ses reins un passage interdit...

Il songeait à la clé, il songeait à l'argent, il songeait aux 100 % qui bientôt lui reviendraient, il songeait au cabriolet Mercedes gris fumé, aux sièges rouges, aux petites culottes des filles qui s'y frotteraient... Il se disait que ce n'était pas cher payer que de donner quelques coups de reins furieux dans une vieille fille qui se débattait sous l'oreiller.

Il redevint l'homme fatal, l'homme brutal, plein de morgue et de sève, vibrant comme une arbalète tendue, qu'il était autrefois...

Avant que l'incandescente Hortense ne vienne voler le feu entre ses reins...

À peine avait-il évoqué le prénom de sa bien-aimée que son membre se rétracta, devint mou, flasque, se mit à pendre lamentablement entre les cuisses de la Trompette qui, renversée sous le coussin, haletait de plaisir et tutoyait Dieu...

*
**

Hortense Cortès faisait ses valises. Elle quittait Londres.

Hortense Cortès touchait le ciel et le ciel n'avait pas de limites.

Hortense Cortès mesurait exactement l'air qu'elle déplaçait et s'enivrait de son sillage.

Hortense Cortès ne parlait plus d'elle qu'à la troisième personne.

Le mois de juin s'achevait, l'école fermait, le contrat avec Banana Republic était signé. Nicholas avait joué son rôle d'agent à la perfection. Il lui avait obtenu un contrat mirifique : cinq mille dollars par semaine, un appartement sur Central Park South dans un immeuble avec doorman et fenêtres donnant sur le parc et un engagement de deux mois à renouveler si l'envie lui en prenait.

Elle commençait le 8 juillet. À dix heures du matin.

Au 107 E 42e Rue, tout près de Grand Central et de Park Avenue.

Elle avait envie de chanter, de jouer de la guitare électrique, de marcher pieds nus sur un tapis rouge, de danser sur un air de Cole Porter, de s'abriter sous une ombrelle trouée, de plonger ses doigts dans une boîte de chocolats, de déposer une pincée de sel sur la queue d'un oiseau bariolé, d'adopter des poissons rouges, d'apprendre le japonais...

En attendant de partir pour New York, New York, elle rentrait à Paris. Paris...

Le temps d'embrasser sa mère et sa sœur, d'aller traîner dans les rues, de s'asseoir aux terrasses de café, d'observer les passants et de croquer mille détails qu'elle développerait, une fois installée dans les bureaux de Banana Republic, à Manhattan. Il n'y a aucune autre ville au monde où les filles ont autant d'invention, de flair et de chic qu'à Paris. Elle volerait une allure, une silhouette, engrangerait mille images et s'envolerait, bourdonnante d'idées, pour New York.

Elle chantonnait en faisant sa valise, tout en surveillant de l'œil son portable.

Elle avait, royale, payé deux mois de loyer d'avance à l'ayatollah et lui avait annoncé qu'elle partait. Elle quittait la maison. Elle avait touché le jackpot... Regarde-moi bien, homme vain et minuscule, car tu ne me verras plus ! Plus jamais ! Tu m'apercevras dans les colonnes des journaux, mais c'est tout ! Plus jamais tu ne me persécuteras avec des factures impayées, des calculs mesquins et ta libido de nain ! Il avait pâli, avait bafouillé tu me quittes ? Elle avait siffloté oui, oui... tu ne pourras plus jouer avec mon téléphone et effacer mes messages, tu vas t'ennuyer ! Il avait protesté, avait juré ses grands dieux que jamais il n'aurait osé faire ça ! Tu me crois, Hortense, tu me crois, n'est-ce pas ? Il avait l'air sincère...

— Alors si ce n'est pas toi, c'est qui ?

— Je ne sais pas, mais ce n'est pas moi...

— « Si ce n'est toi, c'est donc ton frère ! » chantonna Hortense sur un air de fable de La Fontaine. Le Boutonneux ? La Boule puante ? L'autre taré et ses plats de fromage aux spaghettis ? De toute façon, je m'en contrefiche ! Bimbamboum, je me casse d'ici et je ne te reverrai plus jamais ! Ni toi ni les autres...

— Mais tu vas vivre où ?

— Partout où tu ne seras pas !

— Je t'aime, Hortense, j'aimerais tellement que tu me regardes...

— J'ai beau racler le sol des yeux, c'est drôle, je ne t'aperçois pas...

— Tu n'éprouves donc rien pour moi ?

— Un immense dégoût pour ta mentalité de rat...

Et comme il tentait une dernière fois de la retenir, comme il promettait de ne plus jamais l'embêter avec la *council tax*, le gaz et l'électricité, les spaghettis au fromage, elle ferma la fermeture Éclair de son gros sac et le poussa hors de sa chambre.

Elle débarqua gare du Nord, prit un taxi, offrit un pourboire de dix euros au chauffeur afin qu'il porte ses valises jusqu'à l'ascenseur. L'argent lui brûlait les doigts. Cinq mille dollars par semaine ! Vingt mille par mois ! Quarante mille en deux mois ! Et si je fais des merveilles, je demanderai le double, le triple ! Je suis la reine du monde et le roi n'est pas mon cousin !

Elle sonna d'un doigt triomphant. Sa mère vint lui ouvrir. Elle eut envie de l'embrasser et l'embrassa.

– Maman ! Maman ! Si tu savais ce qu'il m'arrive !

Elle étendit les bras, tourbillonna, se laissa tomber dans le canapé rouge.

Elle raconta.

Elle raconta à Joséphine...

Elle raconta à Zoé...

Elle raconta à Josiane et Junior quand elle leur rendit visite.

Junior l'avait appelée :

– Hortense, c'est urgent, il faut que je te voie. J'ai besoin de toi !

– Tu as besoin de moi, la Miette ?

– Oui... Viens dîner à la maison, ce soir. Et viens seule... C'est une conspiration !

– Une conspiration !

– *Yes, Milady !* Et n'oublie pas, *I'm a brain...*

– *I'm a brain, too...*

Elle trouva Josiane et Junior, assis à la table de la cuisine, les sourcils froncés et l'air courroucé. Marcel n'était pas encore rentré du bureau.

– Il rentre de plus en plus tard, soupira Josiane. Et il est tout froissé de soucis...

Elle embrassa Josiane. Posa un baiser sur les cheveux rouges de Junior... Tu savais que Vivaldi avait les cheveux rouges aussi, la Miette ?

Il ne répondit pas.

L'heure était donc grave.

Elle s'assit et écouta.

– Alors voilà, commença Junior, habillé comme un duc anglais dans son château du Sussex, les cheveux aplatis, la raie bien dessinée, un nœud papillon qui lui mangeait le menton. Nous avons toutes les raisons de penser, mère et moi, qu'on en veut à mon père...

Il raconta l'entrevue au Royal Pereire avec Chaval, la lecture des circonvolutions de son cerveau, la découverte de ces phonèmes : « Henriette », « codes secrets », « cambriolage », « comptes bancaires », « trompette », « Hortense », « djellaba »...

– Pour ce qui est de ta présence dans le cortex de l'ignoble individu, je te pardonne... Je ne te dirai pas sous quelle forme tu y figures pour ne pas t'offenser, mais je dois avouer que ce n'est pas très flatteur et je peux te jurer que, dans mon cerveau à moi, tu es beaucoup mieux illustrée...

– Merci, la Miette...

– Maman m'a raconté l'histoire avec Chaval. Je considère que c'est une erreur de jeunesse...

– J'étais très jeune, en effet !

– Pour ce qui est du reste, nous sommes perplexes et nous avons besoin de toi...

– Je ne comprends rien à ton histoire, dit Hortense. Tu veux dire que tu lis dans le cerveau des gens ?

– Oui. Ce n'est pas facile, mais j'y arrive. En faisant un effort terrible. Nous émettons tous des fréquences, nous avons tous un transistor dans la tête. Nous ne nous en servons pas car nous ignorons les pouvoirs merveilleux de notre cerveau... Il suffit donc que mes fréquences se branchent sur les fréquences de Chaval pour que je pénètre dans sa tête et lise ses pensées...

– Je comprends, murmura Hortense, dis donc, c'est drôlement utile, ce truc-là...

– Ce n'est pas un truc, c'est un phénomène physique, scientifique...

— Excuse-moi...

— Avec maman, nous avons reconstitué les morceaux du puzzle entrevu dans le cerveau de Chaval et voilà ce que nous avons déchiffré : Chaval et Henriette ont volé les codes secrets des comptes bancaires de père et veulent le dévaliser... Cela fait du sens, n'est-ce pas ?

— Oui..., reconnut Hortense. Tu es sûre qu'Henriette conspire ?

— Sûr de sûr...

— Pourtant elle ne manque de rien... Marcel s'est montré très généreux lors de leur divorce.

— L'avare n'en a jamais assez, Hortense, entends bien cela... L'avare aime son or, pas l'usage qu'il en fait. Il l'aime comme une personne vivante et chaude. Et puis elle est dévorée par une haine qui la rend insatiable. Je le regrette bien, tu sais, je n'aime pas voir l'âme humaine si noire... Il nous faut donc empêcher ce vol...

— En changeant les codes...

— Bien sûr ! C'est la première chose à laquelle nous avons pensé, nous aussi...

Il haussa les épaules, déçu par la remarque d'Hortense.

— Mais ce n'est pas suffisant, poursuivit-il. Nous devons éradiquer le mal à l'origine et savoir comment Chaval et Henriette se sont procuré ces codes. Nous avons une idée, bien sûr, mais nous avons besoin de la vérifier... Et il n'y a que toi qui puisses le faire.

— Et c'est quoi, cette idée ?

— Il y a une femme qui travaille dans l'entreprise de papa, qui est chef comptable et qui s'appelle Denise Trompet...

— D'où la trompette, dit Hortense.

— Ah ! Tu remontes dans mon estime ! Nous pensons que la trompette et Denise Trompet ne font qu'un. Mais justement... Que vient faire Denise Trompet dans cette affaire trouble ? Maman la connaît très bien et assure que c'est la femme la plus honnête du monde... En plus, elle voue un véritable culte à mon père. A-t-elle été manipulée ? Henriette et Chaval ont-ils agi dans son dos ? Ou avec sa complicité ? C'est ce morceau-là du puzzle qui nous manque...

– Je ne veux pas l'accuser si elle est innocente, dit Josiane, les bras croisés sur la poitrine. Ce serait terrible. Et j'ai du mal à imaginer Denise Trompet tramant une escroquerie. C'est une femme fidèle, scrupuleuse et d'une conscience professionnelle irréprochable. Elle travaille depuis vingt ans dans l'entreprise et n'a pas commis une seule faute. Sa comptabilité est un modèle de clarté. Marcel se repose entièrement sur elle... Or, dans la tête de Chaval, il y a bien une trompette... Junior l'a vue. Et ce ne peut être qu'elle...

– C'est étonnant, ce don, dit Hortense en dévisageant Junior. Tu m'épates vraiment, tu es un génie, un virtuose... Je m'incline, cher maître !

Junior rougit et son visage se couvrit de plaques. Il résista à l'envie de se gratter. Il venait de passer de la Miette à Maître.

– Qu'attendez-vous de moi ? demanda Hortense.

– Que tu ailles prendre un verre avec Chaval et que tu lui tires les vers du nez...

– Que je... quoi ? s'exclama Hortense.

– Que tu le fasses parler...

– Comme ça ! Je l'appelle, je lui dis que je veux le voir et il arrive au grand galop ? Je vous trouve bien optimistes...

– Non ! Il a gardé un souvenir impérissable de toi... Et c'est normal. N'importe quel homme qui t'approche,

Hortense chérie, est calciné de désir ou d'amour, appelle cela comme tu veux. Chaval, le premier... Depuis que tu l'as quitté, il dépérit, j'ai vu ça dans le troisième pli frontal de son lobe gauche...

– Avec la djellaba...

– Non, un peu au-dessus...

– Si tu le dis...

– Devant toi, l'homme se liquéfie, il perd le contrôle de son cerveau... Ce sera un jeu d'enfant de le confesser !

– Parce que tu crois qu'il va tout me raconter ?

– Je pense qu'il voudra se faire mousser, qu'il te dira qu'il a des espérances, de l'argent qui va tomber et, à ce moment-là, tu mentionnes négligemment le nom de la Trompette et tu vois comment il réagit...

– Et comment suis-je censée être au courant de la Trompette ?

– Tu fais comme les flics... Tu lui dis que la Trompette a tout raconté à Marcel et que Marcel se demande comment le châtier... Que tu ne veux pas le croire et veux l'entendre de sa bouche car, malgré tout, tu lui gardes une certaine estime, et même une certaine affection... Et là, il se déballonne, se traîne à tes pieds et on a la preuve qui nous manque...

– Mmmoui..., dit Hortense. Vous croyez que ça va être si facile ?

– Je pense que rien ne t'est impossible, dit Junior. Il te suffira d'aller à ce rendez-vous en te disant, en te répétant Chaval va me parler, il va se confesser et tu verras, il avouera tout...

Hortense réfléchit rapidement. Cela ne lui coûtait rien de prendre un café avec la larve qui avait été autrefois son amant... Et si cela pouvait aider Marcel, Josiane et Junior... La vie était généreuse avec elle, elle avait envie de partager.

Et elle fut étonnée de sa réaction. Serais-je en train de changer ? se demanda-t-elle, inquiète.

– Si je fais ça... Si je démasque Chaval... Je peux te demander un service en échange ?

– Pas de problème..., dit Junior, enchanté que l'affaire soit réglée. Mère ! Sers-nous donc un rafraîchissement... Il fait une chaleur aujourd'hui ! J'ai les bonbons qui collent au papier...

– Arrête de parler comme ton père ! le gronda Josiane qui, depuis qu'elle était mère, tentait de surveiller son langage et veillait à ce que son fils en fasse autant.

Junior l'ignora et se penchant vers la belle Hortense, il demanda :

– Que puis-je faire pour toi ?

– Je veux que tu pénètres dans le cerveau de Gary et que tu me dises ce que tu y vois...

Junior se regimba.

– Ça t'intéresse tant ce qu'il y a dans le cerveau de Gary ?

Hortense lui adressa un petit sourire enjôleur.

– Là, c'est toi qui me déçois, Junior... Je te croyais plus fine mouche...

– Je sais que tu veux le retrouver à New York et tu te demandes dans quel état d'esprit il est vis-à-vis de toi, afin de ne pas te prendre un vent...

– C'est exactement ça...

– Avant, il faut que je te dise une chose, Hortense...

Josiane sentit que sa présence embarrassait son fils et prétexta un coup de téléphone pour sortir de la pièce.

Junior se redressa, planta son regard dans celui d'Hortense et déclara :

— Dans dix-sept ans, toi et moi, on se marie...

Hortense gloussa de rire.

— On se marie ?

— Oui, tu es la femme de ma vie... Avec toi à mes côtés, je ferai de grandes choses. Toi seule as la liberté intérieure nécessaire pour suivre les voltiges de ma pensée...

— Je suis très flattée...

— Pour le moment, je suis trop petit...

Il laissa tomber sa tête entre ses mains. Resta un moment silencieux, prostré sur la table de la cuisine...

— Oh ! que ce corps d'enfant me pèse ! Que j'ai hâte d'avoir de longs bras et de longues jambes pleins de poils ! Je ne peux rien faire, enfermé dans cette carapace de bébé... Mais dans dix-sept ans, je serai devenu un homme et je demanderai ta main... Je veux bien patienter et j'admets qu'en attendant, tu voyages, tu te divertisses, et même que tu éprouves de tendres sentiments envers d'autres garçons...

— Tu es trop généreux, la Miette ! ironisa Hortense.

— Mais dans dix-sept ans, je te demande de me donner une chance... Je ne veux pas que tu me fasses une faveur, je veux juste que tu acceptes de dîner avec moi, d'aller au concert, au cinéma, sur la muraille de Chine, dans les jardins de l'Alhambra et si, d'aventure, un sentiment naît entre nous, que tu ne le refuses pas... C'est tout.

— Écoute, Junior, on verra où on en sera dans dix-sept ans... Tout ce que tu me racontes me paraît un peu bizarre, mais bon... Pour le moment, je voudrais juste que tu ailles te promener dans le cerveau de Gary...

— Il me faudra une photo...

— Nous avons des photos prises lors du dernier Noël,

dit Josiane qui avait écouté derrière la porte de la cuisine et était revenue à pas de loup.

– Parfait, dit Junior. Je m'enfermerai dans ma chambre, je me concentrerai et je te dirai ce que je vois... Mais sache, Hortense, que c'est un acte généreux et magnanime de ma part... Je ne renonce pas à toi pour autant !

– Enfin, Junior ! T'es pas sérieux ! Dans dix-sept ans, je serai une vieille croûte !

– Tu ne seras jamais une vieille croûte ! Et je serai ton mari...

– Tu l'as lu dans mon cerveau ? demanda-t-elle, inquiète.

– Je ne te dirai rien car si on enlève la surprise, le mystère, on tue le désir et je veux que tu brûles pour moi... Que tu braves les interdits, les idées toutes faites et que nous formions un couple étourdissant... Nous le pouvons, Hortense ! Fais-moi confiance, fais-toi confiance...

– Oh pour ça ! s'exclama Hortense. Je suis imbattable !

– C'est ce que j'aime en toi... Entre autres choses !

– Dis donc, demanda Hortense en se tournant vers Josiane, il devient pas un peu mégalo, ton gamin ?

Josiane haussa les épaules. Les délires sentimentaux de Junior ne l'inquiétaient pas. Elle s'était habituée aux fantaisies de son fils. L'important était de sauver Marcel. Elle observait Hortense, son sourire angélique et cruel, ses épaules rondes, ses hanches fines, la masse de cheveux relevés en une épingle, elle écoutait le dialogue entre Hortense et Junior, se disait que la vie se débrouillait toujours pour vous surprendre, qu'elle s'embusquait pour mieux vous sauter à la gorge, qu'il fallait simplement l'accepter et lui emboîter le pas...

*
**

L'histoire de Petit Jeune Homme et de Cary Grant enflait dans la tête de Joséphine...

Parfois, elle enflait tant qu'il fallait qu'elle sorte, qu'elle respire l'air de la rue afin d'aérer sa pauvre tête, encombrée de mots, de sentiments, de décors, de situations, de bruits, d'odeurs... C'était un bric-à-brac pas possible !

Elle attrapait la laisse de Du Guesclin. Ils partaient dans les rues de Paris. Elle avançait à vive allure, la cadence de ses pas entraînait sa pensée. Du Guesclin trottait en avant, ouvrant la marche et écartant les passants.

Elle marchait, marchait et tout se mettait en place comme sur le plateau d'un théâtre dont elle était le grand régisseur.

À gauche, dans un coin de la scène, Petit Jeune Homme...

Elle ne lui avait pas encore trouvé de nom...

Elle l'imagine maladroit, emprunté, habillé d'un pull tricoté gris foncé, d'une chemise blanche, d'une cravate bleu marine, d'un long pantalon en flanelle gris. Les ailes du nez irritées, le front brillant, des poils fins sur le menton. Ses yeux sont pâles, presque transparents. Il se tord, se tasse, se trouble, se tricote un air. Tout est de guingois chez lui.

M. et Mme Boisson tenaient le rôle des parents de Petit Jeune Homme. Froids, raides, avec l'égoïsme tranquille de ceux qui ne se posent jamais de questions et regardent passer la vie, immobiles.

Leur appartement servait de décor, les coupes à champagne enfermées dans le buffet vitré, les tapis sur lesquels il est interdit de glisser, le plateau de bouteilles d'apéritif qu'on sort le dimanche à midi pour recevoir la famille ou des amis, le petit coussin que Mme Boisson place sous ses reins pour être confortable, le gros poste de radio sur lequel ils écoutent les bruits du monde : les discours du général de Gaulle, l'élection du président de la République au suffrage universel, la fin de la guerre d'Algérie, la mort d'Édith Piaf, Henri Tisot qui imite le général, la bénédiction du pape Jean XXIII, le tour de France remporté par Eddy Merckx, la construction du mur de Berlin, le premier étudiant noir dans une université américaine, le droit des femmes de travailler sans l'autorisation de leur mari...

Petit Jeune Homme se dit que le monde est en train de changer même si rien ne change chez lui. M. et Mme Boisson secouent la tête en affirmant que tout fiche le camp, que le monde va à vau-l'eau, la place d'une femme n'est certainement pas dans un bureau ! Qui s'occupera des enfants ?

Son Petit Jeune Homme ne ressemble pas à M. Boisson.

Chaque jour, il s'en éloigne. Il s'habille de détails et grandit. Joséphine lui ajoute du moelleux, des élans d'audace, une vraie curiosité, la générosité de celui qui veut apprendre. Il ne prépare plus Polytechnique, mais l'agrégation d'histoire... Elle lui confie ses peurs, son complexe d'infériorité, ses maladresses. Il rougit comme elle, perd ses moyens, balbutie.

Dans le coin gauche du théâtre, aux côtés de Petit Jeune Homme, se tient Geneviève. Joséphine aime beaucoup Geneviève. Elle feuillette *Modes et Travaux* pour l'habiller, tire sur ses cheveux frisottés pour la coiffer, lui met des rouleaux, lui épile la moustache, lui invente une démarche... Mais Geneviève reste timide, empotée, effacée.

À droite de la scène, Cary Grant et son monde. Ses parents. Son père, en train de boire et de gueuler au pub, de claquer le derrière des filles, un homme rougeaud, brutal qui dégage une forte odeur d'ammoniaque en rentrant de sa journée de travail et a les doigts rongés par les produits qu'il manipule... Sa mère, délicate, raffinée, au col froufroutant de dentelles, aux longues mains fines, qui se plaint des fins de mois difficiles en ramenant sur sa poitrine un châle à impressions cachemire. Elle grappille des pièces de monnaie pour payer des leçons de piano à son fils et en faire un gentleman. Elle lui enseigne les bonnes manières. Son père lui apprend à jurer. Quand ses deux parents s'affrontent le soir, le petit Cary se blottit sous la table et se bouche les oreilles pour ne pas entendre. Il se dit que c'est de sa faute. C'est lui qui est la cause de toutes leurs querelles. Et quand son père ne rentre pas le soir, il pense qu'il est mort et pleure dans son lit... Il est partagé entre les désirs de sa mère et les cris de son père qui le force à se battre dans les pubs pour être un homme, un vrai. Il ne sait plus qui il est. Il est déjà double... Joséphine ajoutait la pluie fine dans les rues de Bristol, les quais où il va se promener, le soir, pour voir les bateaux prendre la mer, il rêve d'Amérique et aperçoit parfois des passagers illustres qui embarquent. Un soir, il croise Douglas Fairbanks qui part pour Hollywood...

Un jour, il fera du cinéma...

Joséphine avait acheté quatre cahiers noirs moleskine. Deux cent quarante pages de papier blanc chacun. Un pour Cary Grant, un pour Petit Jeune Homme, un pour les personnages secondaires, le dernier pour les généralités. Elle avait acheté également tous les livres parus sur Cary Grant. Elle soulignait au Stabilo jaune les détails à utiliser, au Stabilo vert les propos de l'acteur à reproduire, au Stabilo rose les péripéties de sa vie à retenir. Elle faisait des fiches, vérifiait, ordonnait... Elle s'enfermait pendant de longues heures et travaillait.

Son bureau ressemblait à un atelier de menuisier. Tous les outils étaient en place : ordinateur, fiches, papier blanc pour prendre des notes, cahiers noirs, Bic et crayons, agrafeuse, taille-crayon, gommes, ciseaux, photos et un transistor branché sur TSF Jazz.

La musique, c'était pour Du Guesclin, enroulé sur la barre du bureau, la tête reposant sur ses pieds. Quand le téléphone sonnait, il dressait la tête, irrité qu'on le dérange...

Les personnages se développaient et, petit à petit, l'histoire se dessinait.

Il fallait de la patience, attendre que tout se mette en place, ne rien brusquer. Laisser le silence, ou ce qu'elle croyait être le silence, œuvrer, remplir les blancs. Et parfois, elle était impatiente... Mais bientôt, tout serait prêt. Les personnages seraient achevés, habillés de pied en cap, les décors dressés, elle pourrait frapper les trois coups...

L'histoire commencerait.

– Alors ? demandait Gaston Serrurier au téléphone. On est fin juin. Ça avance, ce livre ?

– Je construis les fondations, répondait Joséphine.

Hortense et Zoé étaient parties faire des courses, traîner à la terrasse des cafés et la journée commençait. Elle leur avait demandé de ne pas rentrer avant cinq heures du soir. Ou si vous rentrez, vous me laissez travailler en paix, interdiction de me parler !

– Je peux lire quand ? demandait Serrurier.

– Oh là là ! Je n'en suis pas là ! Je suis en train de construire les personnages...

– Mais vous avez une histoire ?

– Oui, et celle-là, j'en suis sûre, elle ne m'échappera pas...

Elle avait revu les deux grosses dames dans la rue. Elle continuait de penser que cela ferait une nouvelle formidable. Mais, pour l'instant, elle les laissait de côté. La mère et son chemisier en crêpe de soie décolleté sur une large poitrine, son éternel sourire ripoliné en rouge vif, la fille, engoncée dans un tailleur bleu marine en gabardine comme dans une doudoune d'hiver. Ou alors, se ravisait-elle en faisant la queue à la boulangerie, je pourrais les faire entrer dans la famille de Petit Jeune Homme. Oui ! C'est ça ! Une grosse tante et sa grosse fille, cousine de Petit Jeune Homme, qui viennent déjeuner le dimanche... Petit Jeune Homme les observe, inquiet. Il se demande si, lui aussi, il ne va pas être dévoré tout cru par ses parents. Cela me ferait une histoire parallèle...

Elle marquait l'idée dans son cahier « généralités » et attendait qu'elle mûrisse.

– Et vous comptez vous mettre à écrire quand ? reprenait Serrurier.

– Je ne sais pas... Ce n'est pas moi qui décide, ce sont les personnages. Quand ils seront finis, que j'aurai mis toutes les pièces en place, ils s'animeront et l'histoire démarrera...

– Vous parlez comme un garagiste !

– Un garagiste ou un charpentier qui hisse bien haut la poutre maîtresse...

– Vous auriez le temps de déjeuner ? J'ai un emploi du temps surchargé, mais je peux me dégager...

– Je ne peux pas. Je me suis fait des horaires. C'est comme si je retournais à l'école...

– Vous avez raison. Si on compte sur l'inspiration, on ne dépasse pas la page un... Au revoir et tenez-moi au courant...

Joséphine raccrochait, émerveillée. Elle avait refusé de déjeuner avec Gaston Serrurier ! L'homme qui lui soufflait sa fumée de cigare au nez sans qu'elle bronche !

Elle allait se regarder dans la glace. Elle n'avait pas changé pourtant... Mêmes bonnes joues rondes, mêmes cheveux châtains, yeux châtains, tout châtain. Je suis la Française type... Je n'ai rien pour attirer le regard et je m'en fiche ! J'ai la tête qui bourgeonne et mille idées qui m'échauffent.

Elle n'avait pas menti à Serrurier. Elle se faisait des horaires. Travaillait de onze heures du matin à cinq heures de l'après-midi. Puis partait se promener avec Du Guesclin. Un Bic autour du cou, un carnet dans la poche. Il suffisait d'un rien et une idée traversait sa tête.

– C'est vrai, quoi ! disait un jeune à casquette à sa copine. Pourquoi toujours dire du mal des gens ? On n'a jamais vu un chameau se moquer de la bosse de l'autre !

Elle s'arrêtait et notait. Avait envie de soulever la casquette et d'embrasser le garçon. De lui dire j'écris un livre en ce moment, je peux vous piquer votre phrase ?

Et c'est sur quoi, votre livre ? il demanderait... Je ne sais pas encore exactement mais...

C'est l'histoire de comment trouver sa place derrière le brouillard... On a tous une place derrière le brouillard et on ne le sait pas. C'est l'histoire de deux hommes. L'un s'appelle Cary Grant, il a travaillé toute sa vie pour traverser le brouillard, l'autre est resté collé sur la ligne de départ... C'est l'histoire de pourquoi on a le courage de traverser le brouillard et pourquoi on renonce...

Elle sifflait Du Guesclin et reprenait sa promenade.

Si Antoine ne l'avait pas quittée pour Mylène et les crocodiles, si Iris n'avait pas eu l'idée de vouloir écrire un livre, si elle ne l'avait pas forcée à en être l'auteur, elle n'aurait jamais trouvé sa place derrière le brouillard... C'étaient tous ces hasards de la vie qui l'avaient fabriquée. Contre son gré, parfois...

Elle rentrait chez elle, songeuse...

M. Boisson était venu sonner à sa porte.

Il s'ennuyait. Il avait pris goût à ses visites. Il y a des tas de choses que je ne vous ai pas dites, il précisait. Il marchandait ses souvenirs comme un vendeur de tapis. Son regard clair, dur, tombait sur elle. Il réclamait sa présence. Il voulait à nouveau être le centre du monde. Sa bouche dessinait une moue violente, impérieuse, son menton étroit et long disait qu'il avait droit à plus de considération. Il exigeait de l'attention comme un homme qui se sait au-dessus des autres. Il y avait de l'arrogance dans sa manière de demander. Un air de dire vous me devez bien ça... et Joséphine avait envie de lui répondre, je ne vous dois rien, c'est vous qui avez jeté le carnet noir à la poubelle, vous qui en avez eu honte, vous ne vouliez pas qu'il salisse votre image. Et c'est moi qui veux en faire une belle histoire... Elle avait envie d'ajouter, cette histoire ne vous appartient plus, elle est à moi maintenant.

Elle répondait qu'elle était occupée, qu'elle travaillait sur son livre et que cela lui prenait tout son temps. Il restait dans l'encadrement de la porte et insistait :

– Vous m'avez utilisé, vous n'avez plus besoin de moi... et vous me jetez ! Ce n'est pas bien, ce n'est pas bien...

Elle avait un peu honte. Pensait qu'il n'avait pas tort. Se préparait à s'adoucir, à dire OK, je viendrai demain.

Alors, il ajoutait d'un ton plaintif :

– Il ne me reste plus beaucoup de temps à vivre... Et vous le savez...

Elle avait une envie violente de refermer la porte. Elle n'osait pas lui dire la vérité : je ne veux plus vous voir parce que mon Petit Jeune Homme à moi, celui qui est en train de grandir, est tellement plus émouvant, plus ouvert, plus généreux que vous... et je ne voudrais pas que vous l'influenciez. Il est fragile encore...

Zoé et Hortense arrivaient en courant dans les étages. L'ascenseur est en panne ! L'ascenseur est en panne ! Elles dévisageaient M. Boisson qui s'effaçait devant elles et redescendait chez lui en traînant les pieds.

Joséphine refermait la porte et Zoé demandait :

– Il a l'air tout dépité... qu'est-ce que tu lui as fait ?

– Je lui ai dit que je n'avais pas le temps de lui parler, que je travaillais et il est furieux...

– Waou ! M'man ! T'as réussi à lui dire ça ! Je te reconnais plus ! T'as mangé du lion ou quoi ? s'écriait Zoé.

Elle envoyait promener Iphigénie qui demandait deux fois par jour, vous êtes sûre que je la garde ma loge, madame Cortès ? Vous êtes sûre ?

– Mais oui, Iphigénie, on a voté en réunion de copropriété... Le syndic s'est couché comme une carpette. Vous ne craignez plus rien !

– J'en serai sûre quand j'aurai reçu une lettre officielle, elle marmonnait. Ce serait trop bête si...

Joséphine refermait la porte doucement.

Hortense préparait son départ pour New York et demandait où était passé son jean préféré... Voulait savoir si la Carte bleue marchait là-bas, et mon téléphone je le prends ou pas ? Il fait quel temps à New York en été ? Y a l'air conditionné partout ou pas ?

Joséphine répondait : j'ai pas le temps ! j'ai pas le temps ! Débrouille-toi ! Tu es grande, maintenant, Hortense !

Zoé, assise en tailleur sur une chaise dans la cuisine, dévorait une tartine de Nutella.

– Pinaise ! elle disait en imitant Homer Simpson. Je reconnais plus ma maman ! Elle envoie bouler tout le monde !

Mylène l'avait appelée, un soir. Je suis rentrée en France, madame Cortès, la Chine, j'en pouvais plus, j'ai eu le mal du pays...

Elle avait trouvé une place dans un petit salon à Courbevoie, mon ancien salon, madame Cortès, vous vous souvenez ? Celui où j'avais fait les ongles d'Hortense quand elle était petite...

C'est même comme ça qu'elle a rencontré Antoine, pensait Joséphine. Et c'est pour elle qu'il m'a quittée...

Elle revoyait la scène dans la cuisine de Courbevoie. Elle savait qu'Antoine avait une maîtresse. Elle le lui avait dit en épluchant des pommes de terre. Elle s'était coupée et elle saignait...

Ce jour-là, j'ai cru mourir de chagrin, mourir de peur.

Et quand il était venu chercher les filles pour les emmener en vacances. Les premières vacances qu'ils ne prenaient pas ensemble… Il partait avec les filles et Mylène.

Le coude de Mylène qui dépassait de la vitre avant de la voiture…

Elle revoyait le triangle rouge qu'elle avait dessiné…

Le balcon du haut duquel elle avait vu s'éloigner la voiture qui emportait ses deux filles, son mari et la maîtresse de son mari. Ce jour-là, elle s'était laissée tomber sur le balcon de l'appartement de Courbevoie et avait hurlé…

On maudit une épreuve, mais on ne sait pas, quand elle nous arrive, qu'elle va nous faire grandir et nous emmener ailleurs. On ne veut pas le savoir. La douleur est trop forte pour qu'on lui reconnaisse une vertu. C'est quand la douleur est passée, qu'on se retourne et qu'on considère, ébahi, le long chemin qu'elle nous a fait parcourir. C'est grâce au départ d'Antoine que j'ai changé de vie… Que j'ai compris que je pouvais me mettre à mon compte. Avant, je n'existais pas, j'étais la femme de…

Si Mylène n'avait pas surgi dans sa blouse rose de manucure, je serais toujours la gentille Mme Cortès qui travaille au CNRS et que personne ne respecte…

Mylène voulait savoir si, avec toutes ses relations, Joséphine ne pourrait pas la faire entrer dans un salon plus luxueux.

– Vous devez en connaître, vous, de ces endroits chic et chers où les femmes riches se font dorloter… Je m'ennuie dans mon petit salon de Courbevoie. J'ai été une femme d'affaires en Chine, je gagnais beaucoup d'argent, vous savez, et je me retrouve en blouse rose à faire des ongles et des extensions ! Avouez que ce n'est pas exaltant...

– Non, je ne connais pas de salon...

– Ah..., disait Mylène, dépitée. Je croyais pourtant...

– Je suis désolée de ne pas pouvoir vous aider...

– Et... dites, madame Cortès, vous ne connaîtriez pas quelqu'un qui voudrait acheter une parure Chaumet ? C'est une vraie, je l'ai achetée à Paris, je me disais que c'était un moyen d'investir mon argent... J'ai réussi à la sortir de Chine. J'aimerais bien la vendre. J'ai besoin d'argent...

Joséphine répétait que non, elle ne connaissait personne.

Mylène hésitait. Elle avait encore envie de parler.

Joséphine raccrochait. Les filles demandaient c'était qui ? C'était qui ?

– Mylène Corbier... Elle voulait que je lui trouve du travail...

– Elle est gonflée, tout de même ! disait Hortense. Quand je pense à tout ce qu'elle a fait !

– C'est vrai..., admettait Joséphine.

– Elle est vraiment culottée, cette bonne femme !

– N'empêche que maman lui a raccroché au nez ! clamait Zoé. Pinaise ! On m'a changé ma mère !

Hortense se tournait vers Joséphine et laissait tomber :

– Enfin, maman, tu vas devenir fréquentable...

Puis s'adressant à Zoé :

– Et toi, arrête de manger du Nutella ! C'est mauvais pour la santé et ça donne des boutons !

– Oui, mais ça me rassure...

Zoé regardait sa mère changer et s'inquiétait.

Et si bientôt, elle ne m'aimait plus ?

Si le livre prenait toute la place et qu'il n'en restait plus pour moi ?

Heureusement, il y avait Gaétan...

Il était venu passer une journée à Paris. L'aller-retour pour s'inscrire dans un lycée.

Sa mère cherchait un appartement. Elle avait trouvé une place de vendeuse dans un magasin de montres rue de la Paix et semblait radieuse. Il disait pourvu que ça dure, pourvu que ça dure, l'air soucieux. Il disait on va habiter un tout petit studio, on mangera des pâtes et du riz, on n'aura pas beaucoup d'argent, mais ce n'est pas grave...

Ils s'étaient revus...

Il lui avait donné rendez-vous près de la gare Montparnasse.

Il l'attendait, grand et flottant dans son sweat-shirt violet zippé. Il avait grandi encore... Elle ne le reconnaissait plus. Il s'était avancé, l'avait embrassée. Elle s'était dégonflée comme un ballon de baudruche rouge dont on desserre le petit nœud et s'était sentie emportée ! Emportée vers la tour Montparnasse du haut de laquelle il voulait voir Paris, emportée dans l'ascenseur de la tour qui bouche les oreilles, emportée dans l'énorme glace au chocolat et à la framboise qu'ils avaient dégustée à deux, emportée dans ses rires brusques et son regard timide... Emportée vers Montmartre et les boutiques de tissus et de rubans multicolores, à pois, à rayures, emportée dans les jardins du Palais-Royal où ils avaient plongé leurs pieds fatigués dans la fontaine, emportée dans le tourbillon de kiwis et d'oranges dégustés au « Paradis du fruit » aux Halles. C'était Paris à toute vitesse avec lui.

Ses jambes immenses qui gravissaient les escalators du métro comme un géant, et elle, toute petite, qui suivait au pas de course. Il est comme je l'imaginais, doux, drôle, gentil, audacieux, souriant. Ils avaient parlé de l'année à venir, de tout ce qu'ils feraient, des endroits de Paris où ils se promèneraient. Il lui montrait la ville comme si elle leur appartenait. Elle l'écoutait, jamais rassasiée, en levant les yeux vers lui. Elle avait envie de dire encore, encore des projets. Encore des baisers... Ils avaient couru pour ne pas rater le train du retour, elle l'avait embrassé, et trente secondes avant que le train ne parte, elle était montée dans le train et avait dit alors c'est sûr, on se voit à la rentrée ? Il l'avait embrassée, avait dit c'est sûr, c'est sûr et elle était redescendue en entendant le train qui s'ébranlait.

Si le livre mangeait sa mère, elle ne serait pas seule, Gaétan serait là...

Et elle mordait dans sa tartine de Nutella.

*
**

Becca était très occupée.

Elle partait tôt le matin, rentrait tard, le soir. Elle refusait de dire où elle allait et quand Philippe ou Alexandre lui posait des questions, elle répondait *not your business !* Je parlerai quand j'aurai quelque chose à vous dire, mais pour le moment, c'est inutile...

Annie était retournée en cuisine et se plaignait de ses jambes qui la faisaient souffrir. Elle partait passer trois semaines en France, dans sa famille et avait pris rendez-vous avec un phlébologue.

— J'ai l'impression que mon corps change, elle disait en regardant ses jambes comme deux pièces détachées.

— Nous sommes tous en train de changer, lui répondait Philippe d'un air mystérieux.

Alexandre préparait ses vacances : il partait un mois au Portugal chez un copain dont les parents avaient une maison à Porto. Il étendait de grandes cartes de l'Europe par terre pour repérer l'endroit où il allait. Calculait les kilomètres, les étapes qu'ils feraient en voiture... On s'arrêtera là et là et là... Annie disait qu'il était trop jeune pour partir sans son père. Philippe lui répondait qu'il ne risquait rien.

— Il faut qu'il apprenne à se débrouiller tout seul... Et puis, Annie, réfléchissez un peu, il ne sera pas livré à lui-même. Je connais les parents de son copain et ils sont très bien...

Elle bougonnait qu'il n'en savait rien. Il les avait aperçus aux réunions de parents du lycée français, ce n'est pas ça qu'elle appelait « connaître ». Elle ajoutait qu'Alexandre était encore petit...

— Il n'est pas petit ! Il a quinze ans et demi...

— Le monde est dangereux aujourd'hui !

— Mais arrêtez, Annie, d'avoir peur de tout !

— Pourquoi vous n'allez pas avec lui ?

— D'abord, je ne suis pas invité et ensuite parce que je trouve très bien qu'il vive sa vie tout seul pendant un mois...

— J'espère qu'il ne lui arrivera rien..., elle soupirait d'un air de mauvais augure.

Le soir, ils dînaient tous les quatre dans la cuisine.

Becca restait muette sur ce qu'elle avait fait dans la journée. Annie disait que sa tarte aux poireaux était trop salée...

Alexandre demandait ce que devenait Dottie et pourquoi elle était partie. Elle lui manquait...

Philippe répondait qu'elle avait trouvé du travail et que c'était très bien comme ça, donne-moi un morceau de pain, Alex !

Alors il n'était pas vraiment amoureux, pensait Alexandre en observant son père, il n'a même pas l'air triste... Il paraît même plus gai qu'avant. Peut-être que sa présence lui pesait. Peut-être qu'il est amoureux d'une autre... Comme moi. Je change tous les jours d'amoureuse, je n'arrive pas à en aimer une seule. Oui mais, lui, il est plus âgé, il devrait savoir ce qu'il veut... Est-ce qu'on sait exactement ce qu'on veut quand on devient vieux ou faut-il attendre d'être à l'article de la mort pour savoir ? Quand est-ce que je saurai que j'aime quelqu'un pour de bon ? Est-ce qu'il faut que je mente à Salika quand elle me demande si je l'aime ? Est ce que ça se voit quand on ment ? Est-ce qu'on ressemble à ces vendeurs de voitures d'occasions qu'on voit à la télévision ? En attendant, son père avait l'air heureux et c'était ce qui lui importait. Dottie était partie, un beau jour, en prenant un air joyeux qui avait l'air funèbre tant il était forcé. Elle avait empoigné sa petite valise rose et violette et leur avait souhaité bonne chance en triturant la poignée de la valise et en jouant avec les étiquettes. Il aimait bien Dottie. Elle lui avait appris à jouer au backgammon et à boire du jus d'orange avec une pointe de vodka en cachette...

Et puis un soir, Becca parla.

Elle attendit que Philippe et elle soient seuls dans le salon. Les hautes fenêtres étaient ouvertes sur le parc. Il faisait doux et la nuit était tranquille. Philippe avait annulé un dîner. Il n'avait pas envie de sortir.

– Je n'aime plus sortir. J'ai de moins en moins envie de voir des gens... Est-ce grave, docteur Becca ? Je vais finir comme un vieux con...

Becca avait pris un air malicieux et avait dit que ça lui convenait très bien. Son projet était au point, elle pouvait en parler maintenant.

– J'ai trouvé... Au nord-est de Londres... Une petite église avec de grandes dépendances vides... Le pasteur est d'accord pour que nous disposions des communs... J'ai cherché longtemps. Je voulais trouver un quartier où cela aurait un sens de faire un refuge...

– Et vous voulez faire quoi ?

– Un abri pour femmes seules. Ce sont elles, les plus malheureuses dans la rue. On les bat, on les vole, on les viole quand elles sont jeunes. On les frappe quand elles sont vieilles. On leur casse les dents. Elles ne savent pas se défendre... On commencera avec une quinzaine de lits et, si tout va bien, on s'agrandira... On fera cantine aussi. Un repas chaud à midi et un repas chaud le soir. Mais de bons repas, pas des trucs mous et fades qu'on vous jette dans une assiette en carton. J'aimerais qu'il y ait des légumes frais et des fruits. De la vraie viande, pas de l'avariée... J'aimerais qu'on serve les gens, qu'ils ne fassent pas la queue comme des numéros. Qu'on mette des nappes blanches sur les tables. J'ai tout organisé dans ma tête. Vous m'écoutez ?

– Je vous écoute, Becca, disait Philippe en souriant.

Becca s'échauffait, elle déroulait son projet comme un bâtisseur de cathédrales dévoile les plans des ogives, des cintres, des piliers, des allées et contre-allées.

– Je voudrais créer un lieu où les femmes de la rue

se sentent chez elle. Un endroit un peu comme une maison. Pas un asile froid et anonyme où on change de chambre et de lit chaque soir... Je ne veux pas non plus qu'elles restent parquées dans une réserve comme des bêtes curieuses. Je voudrais qu'elles aient l'occasion de rencontrer des femmes dites « normales »...

Elle trébuchait sur le mot et s'arrêtait.

– Continuez, Becca, l'encourageait Philippe.

– Qu'il y ait un échange entre ces femmes. Et que ce ne soit pas de la charité pure... On leur donnerait des cours de peinture, de dessin, de danse, de poterie, de piano, de yoga, de cuisine. Cela m'a fait du bien à moi de faire la cuisine... Les récompenser de leur travail si elles fabriquent des objets. Par exemple, on pourrait faire payer les repas en demandant qu'en échange, elles donnent un gâteau qu'elles ont fait, une écharpe qu'elles ont tricotée, une petite sculpture en terre glaise. C'est sûrement utopique, mais j'ai envie d'essayer... Et, en commençant petit, je ne serai pas déçue si tout s'écroule...

– Et moi, je ferai quoi, à part vous donner l'argent pour ouvrir le centre ?

– Je vais avoir besoin de vous pour tenir les comptes et tout organiser. Ça va être un vrai travail de faire vivre tous ces gens ensemble...

– Je ne travaille qu'à mi-temps. Je passerai la matinée au bureau et l'après-midi avec vous...

– Et puis, ce qui serait bien aussi, ce serait de leur trouver du travail... D'en refaire des personnes qui peuvent s'assumer. Qui savent se présenter, faire un petit boulot de rien du tout, mais un petit boulot. Comme ça, l'abri ne serait qu'une étape dans leur vie... Quand vous avez dormi la nuit sous la pluie, que vous avez été dérangée par des gens en train de se battre ou de s'insulter, vous ne savez plus comment vous présenter, vous adresser à l'autre, vous perdez vos manières, votre vocabulaire... Vous vous sentez sale... On pourrait faire tout ça ensemble... Je vais avoir besoin d'un homme pour faire régner la loi...

– Va falloir que je joue du biceps ?

– Pas forcément... vous savez, l'autorité, ça se devine, vous n'aurez pas besoin de faire le coup de poing !

– Je suis heureux de ce projet, Becca, vraiment heureux... On commence quand ?

– Euh... quand on aura l'argent...

– Vous avez une idée, je suppose...

Becca disait oui, oui, avec le pasteur Green, on a établi un budget et voilà...

Elle montrait des chiffres pour un mois, six mois, un an...

– Ce qui serait bien, c'est qu'on parte sur l'hypothèse d'un an...

Philippe regardait les chiffres. Becca avait bien travaillé. C'était net, clair, détaillé. Elle l'observait, inquiète.

– Vous n'allez pas reculer, n'est-ce pas ?

Il souriait, disait que non ! Au grand jamais...

– Comme ça, ajoutait Becca, si on travaille cet été, on est prêts en septembre...

Philippe fit venir des représentants de Sotheby's et Christie's chez lui.

Il leur proposa un *Butterfly painting* de Damian Hirst, estimé à huit cent mille dollars, un chandelier de David Hammons, estimé un million trois.

C'est Sotheby's qui fut chargé de la vente.

Puis il appela son ami, Simon Lee, un marchand d'art londonien réputé, pour lui vendre un *Center Fall* de Cindy Sherman.

Et il rédigea un chèque à Becca.

Elle dut s'asseoir pour le lire.

– C'est trop ! Beaucoup trop !

– Vous savez, si j'ai bien lu votre projet, vous allez avoir besoin de beaucoup d'argent… Il faudra installer des chambres, des toilettes, des douches, un chauffage, une cuisine entière… Cela va coûter cher.

– Pas à mon nom, le chèque, dit Becca, mais à celui de notre fondation… Il va falloir lui trouver un nom, ouvrir un compte en banque.

Elle marqua une pause, puis s'exclama :

– Philippe ! Enfin ! Vous vous rendez compte du cadeau que vous allez faire à tous ces gens…

– Si vous saviez ce que je me sens bien ! Avant, j'avais un étau à la hauteur de la poitrine, je n'arrivais pas à respirer… Il a disparu. Vous avez remarqué ? Je respire maintenant, je respire !

Il se frappa les poumons et sourit.

– Ma vie a changé, cette année, et je m'en suis à peine aperçu… Je me croyais à l'arrêt, j'étais juste en train de muer lentement… J'ai dû être affreusement ennuyeux !

– C'est souvent comme ça. On change sans s'en apercevoir…

– Vous savez qu'en me faisant vendre en ce moment, vous me faites faire une très bonne affaire…, dit-il, l'air malicieux.

– Ah oui ?

– C'est le moment de vendre, le marché est reparti à la hausse, mais ça ne va pas durer… Le marché de l'art n'est plus qu'un marché tout court. Le mot « art » a disparu… Après une année difficile, la spéculation a repris. Les ventes aux enchères battent tous les records. L'art est devenu la valeur refuge d'un milieu totalement déconnecté du monde réel.

– Mais les artistes, ils ne peuvent pas réagir ? Protester ?

– Des artistes reconnus se sont mis à produire en grande quantité pour satisfaire à la demande. Richard Prince, par exemple, vous le connaissez ?

Becca secoua la tête.

– Je suis nulle en art moderne.

– Une *Nurse Painting* de Richard Prince qui se vendait soixante mille dollars en 2004 a atteint les neuf millions de dollars en mai 2008 chez Sotheby's à New York ! Face à cette situation, Richard Prince s'est mis à produire à la chaîne. Son travail s'est appauvri, standardisé. Beaucoup d'artistes connus ont fait comme lui au détriment de la créativité et de la qualité… Et pendant ce temps-là, les galeries qui font un vrai travail pour dénicher de jeunes artistes rament. Elles n'ont plus d'argent…

– Votre rêve s'est envolé… Avec tous ces dollars…

– Oui. Un rêve qui n'est fait que de dollars est un mauvais rêve… Mon rêve d'enfant, c'était d'entrer dans un tableau, mon rêve d'adulte est d'en sortir…

Il lui parla de sa première émotion devant une toile du Caravage, à Rome.

Becca l'écoutait et ramassait les morceaux de son rêve brisé.

Elle emmena Philippe voir l'église et le petit bâtiment accolé à l'église sur Murray Grove. Un ensemble en briques rouges, entouré d'un jardin et de deux gros platanes. Les salles étaient vastes, les plafonds en ogive, le sol en larges pierres blanches.

Dans le grand espace vide, elle imaginait la cuisine, les chambres, les douches, la salle à manger, la salle de télévision, des étagères pour des livres, l'emplacement du piano, des rideaux... Elle ouvrait des portes et meublait chaque pièce de ses projets.

Le pasteur Green les rejoignit. C'était un homme robuste au regard vif et au nez pointu. Avec des cheveux blancs et le teint rouge brique. Il ressemblait à son église. Il remercia Philippe d'être si généreux. Philippe lui dit qu'il ne voulait plus jamais entendre ce mot-là.

Il repéra une pièce plus petite au premier étage et décida qu'il en ferait son bureau. Une phrase était écrite à la main sur le mur en lettres majuscules : « Lorsque l'homme aura coupé le dernier arbre, pollué la dernière goutte d'eau, tué le dernier animal et pêché le dernier poisson, alors il se rendra compte que l'argent n'est pas comestible. »

Il décida de laisser la phrase sur le mur de son bureau.

En rentrant, Becca lui prit le bras et déclara qu'elle était heureuse.

– J'ai trouvé ma place... J'ai l'impression de l'avoir cherchée toute ma vie. C'est étrange. C'est comme si je n'avais vécu toutes ces années que pour arriver dans cette petite église... Qu'est-ce que cela signifie d'après vous ?

– C'est très intime comme réflexion..., lui fit remarquer Philippe en lui étreignant le bras. Vous seule, savez ce qui se passe en vous... On dit souvent que c'est le chemin à faire qui est exaltant...

– Je déborde de bonheur et j'ai besoin de le dire...

Il la regarda. Une lumière intense embrasait son visage.

– Et vous ? demanda-t-elle. Vous êtes heureux ?

– C'est drôle, remarqua-t-il, je ne me pose même pas la question...

*
**

Hortense fit exprès d'arriver vingt bonnes minutes après l'heure à laquelle elle avait donné rendez-vous à Chaval.

– Seize heures chez Mariage, à côté de la salle Pleyel..., lui avait-elle dit au téléphone. Tu me reconnaîtras, je serai la plus belle fille du monde !

Il sera arrivé un quart d'heure en avance, aura lissé dix fois le revers de sa veste et sa moustache, observé son reflet dans une petite cuillère comme une femme coquette... Une demi-heure d'attente l'aura rendu nerveux et je l'enroulerai autour de mon petit doigt comme un ressort cassé.

Chaval ne s'enroula pas : il fit des boucles, des nœuds, des arabesques, ses yeux tournaient en hélice, son sourire en colimaçon, un sourire tordu de désir douloureux. L'infortune de l'homme déteint toujours sur son apparence physique et Chaval ne tenait plus droit. Il était redevenu un être mou, rampant, aux traits affaissés.

La vue d'Hortense lui fouetta le sang. Tout son corps s'agita d'un tremblement nerveux qu'il ne maîtrisait pas.

Elle était encore plus belle que dans son souvenir. Il se souleva sur sa chaise. Ses jambes tremblaient et se dérobaient. Il la détaillait et recevait des éclats d'obus en pleine face. Le souffle court. Les yeux exorbités. Et il pensait j'ai eu cette fille autrefois, je l'ai tenue sous mes reins, au bout de ma queue, je l'ai broyée, malaxée, j'ai léché ses seins, la chair tendre de son ventre. Il fut comme décapité. Emporté par un boulet. Il n'était plus capable de raisonner. Il eut une envie furieuse de la plaquer contre lui et se retint à la nappe blanche qui couvrait la table.

– Je suis contente de te voir, dit-elle en se laissant tomber sur le fauteuil en rotin blond.

– Et moi alors..., eut-il la force d'articuler.

Sa bouche était sèche, pâteuse. Il mâchait du plâtre.

– J'ai cru que je rêvais quand tu m'as appelé...

– Tu as bien fait de ne pas changer de numéro de téléphone !

– Et quand je t'ai vue entrer... Je... Je...

Il bafouillait. Hortense le trouva lamentable et se dit que l'affaire allait être vite expédiée. L'homme ne se contrôlait plus. Elle fut presque déçue, elle n'aurait rien de palpitant à raconter à Junior. Déçue et soulagée. Elle n'était pas convaincue que le stratagème de Junior soit le bon. Elle ne se sentait pas à l'aise avec l'idée de se comporter en flic, de prêcher le faux pour savoir le vrai. Elle préférait faire confiance à son instinct qui lui murmurait que Chaval se laisserait attraper au lasso par une promesse de volupté. Elle connaissait l'homme pour l'avoir pratiqué.

Elle déclara en étirant ses longs bras nus et en pointant ses petits seins vers lui :

– Je voulais savoir ce que tu devenais... Je pensais à toi et je me disais que fait-il ? Cela fait longtemps...

Il s'étranglait de joie. Elle pensait à lui ! Elle ne l'avait pas complètement oublié ! Il se demandait s'il ne rêvait pas et répétait les mêmes mots stupides, les mots de l'amoureux qui ânonne son bonheur.

– Tu pensais à moi ! Tu pensais à moi ! Mon Dieu ! Tu pensais à moi...

– Qu'est-ce que ça a de si étonnant ? Tu as été mon premier amant. On n'oublie jamais son premier amour...

– J'ai été ton premier amour, ton premier amour... et tu ne me le disais pas ! Ton premier amour...

– A-t-on besoin de le dire ? minaudait Hortense en jouant avec ses cheveux.

– Et je ne le savais pas ! Mon Dieu ! Que j'étais bête !

– Tu ne connais donc rien au langage des femmes amoureuses ?

Il la fixait, désemparé. Ses mains tremblaient.

– Tu es comme tous les hommes, tu t'arrêtes à ce que tu entends, à ce que tu vois, tu ne vas pas creuser derrière ! Il nous arrive de cacher le vrai sous le faux, le diamant sous la boue...

Elle prit l'air offensé d'avoir été mal comprise. Tourna la tête vers le fond de la salle, elle savait que c'était son meilleur profil.

– Je te demande pardon, Hortense, je te demande pardon...

Mon Dieu ! Qu'il est fatigant à radoter de la sorte ! Je vais bâcler l'affaire, sinon il va expirer entre mes bras !

Elle sourit en secouant à nouveau ses lourds cheveux.

– Je te pardonne... C'est de l'histoire ancienne...

Chaval tressaillit et lui jeta un regard de chien battu. Oh ! non ! l'histoire n'était pas finie, il voulait la reprendre dans ses bras, la serrer contre lui, se faire pardonner d'avoir été aveugle, sourd, benêt. Il était prêt à tout pour revenir dans ses bonnes grâces. Il étendit son bras, attrapa sa main. Elle la lui laissa avec la magnanimité de la femme qui pardonne. Il s'en saisit et lui promit que jamais plus, il ne se laisserait aller à douter d'elle.

– J'ai perdu la tête pour toi, Hortense...

Elle lui caressa la main et dit ce n'est pas grave, ne t'en fais pas.

– Ça me fait drôle, tu sais, reprit Chaval en la mouillant des yeux.

Quelle horreur ! Il ne va pas pleurer, en plus ! se dit Hortense. Cet homme est vraiment répugnant.

– J'avais pris l'habitude de penser à toi à l'imparfait... Je pensais ne plus jamais te voir...

– Et pourquoi ?

– Tu as disparu si précipitamment...

– Je fais tout précipitamment, reconnut-elle, c'est de mon âge...

Et vlan ! se dit-elle, je lui rappelle qu'il est plus vieux que moi, qu'il patauge dans la quarantaine. Je le remets bancal à mes genoux.

– Et puis je travaille beaucoup... J'ai décroché un contrat chez Banana Republic à New York, je pars dans une semaine.

– Tu pars à New York ?

– En fait, mon coup de fil était intéressé...

– Si je peux te rendre service...

– Je voulais savoir si tu connaissais cette boîte... Quel est leur point fort ? Leur clientèle ? Des jeunes ou des femmes plus mûres ? Est-ce que je dessine du débraillé ou des tenues de soirée ? Si tu pouvais m'aider...

Flatter l'interlocuteur pour que ses défenses tombent

et que son torse se bombe... Hortense savait la recette infaillible. Surtout avec un homme comme Chaval. Il respira le compliment comme la fumée d'une cigarette interdite et enfla d'importance.

– Je ne connais pas très bien cette enseigne, mais je peux me renseigner...

– Tu ferais ça pour moi ?

– Je ferais tout pour toi, Hortense...

– Merci, je prends note... Tu es un amour...

Elle dit cela avec une pointe de tendresse et Chaval se sentit adouber en preux chevalier. Mon Dieu ! Mon Dieu ! Combien de temps suis-je resté sans penser ? Sans échafauder de brillants projets. La faim m'avait déserté. Il a suffi qu'Hortense entre dans ce salon de thé, jette son sac sur la table et me sourie pour que j'aie la tête et le gosier en feu. J'avais oublié ce qu'était une vraie femme, une femme dangereuse, une femme dédaigneuse qui vous fixe des défis et ouvre un précipice sous vos pieds. Il avait envie de sauter dans le précipice. Il oublia tous ses principes de prudence et n'eut plus qu'un désir : faire part à Hortense de ses projets et de la belle fortune qui l'attendait.

– Et toi ? enchaîna Hortense. Tu fais quoi en ce moment ?

– Je suis sur un gros coup, dit-il en se rengorgeant.

– Ah..., dit Hortense, feignant de ne pas vouloir savoir.

Chaval, piqué, se dit qu'elle ne le croyait pas. Et, comme tous ceux qui pensent que la fortune promise est déjà dans la poche, il fonça, avala tous les obstacles que la prudence lui aurait opposés s'il avait réfléchi et attaqua, sabre au clair.

– Tu ne me crois pas ?

— Oh si…, dit Hortense de l'air de celle qui justement n'en croyait pas un mot.

— Et je vais devenir très riche ! La preuve ? J'ai commandé, pas plus tard qu'hier soir, un cabriolet Mercedes, le tout dernier modèle…

— Si riche que ça ! lâcha Hortense d'un ton froid en consultant la carte des desserts.

Elle fit semblant d'hésiter entre une crème renversée à la framboise et la spécialité de la maison, le miroir aux fruits. Lui demanda son avis.

— Je vois bien que tu ne me prends pas au sérieux…

— Tu as choisi un gâteau ? Tu n'en prends pas, peut-être… J'hésite toujours. C'est si bon, ici.

— Tu penses que je suis fini… cela me chagrine, Hortense !

— Mais non… écoute, je vais être honnête. J'ai cru comprendre, en parlant avec Marcel, que la conjoncture est dure en ce moment. C'est lui-même qui le dit. Et vous êtes dans la même branche, non ?

— C'est là où tu te trompes, ma belle… Moi, je fais dans la finance maintenant. La haute finance ! Je spécule, je spécule…

— Avec ton argent ?

— Avec de l'argent, on va dire…

— Et tu vas devenir riche ?

— Très riche…

— Je ne te cacherai pas que cela m'intéresse, j'aimerais bien lancer ma marque et je vais avoir besoin de fonds… Besoin d'un financier aux reins solides qui me soutienne…

— Tu l'as devant toi ! Je suis ton homme !

— Écoute, Bruno…

Il entendit son prénom dans la bouche d'Hortense et

se ramollit à nouveau. Quand ils étaient ensemble, elle ne l'appelait que Chaval. Il n'était pas question de tendresse entre eux. Que du rut et du fric ! C'est clair ? lui avait-elle lancé un jour où il s'était aventuré à lui dire qu'il était fou d'elle...

– Écoute, Bruno, reprit-elle en modulant les deux syllabes, en les roulant en bouche, en mouillant ses lèvres. Je suis sérieuse quand je parle, moi, je ne dis pas n'importe quoi...

– Et moi alors !

– J'aimerais bien te croire... Mais j'en ai marre des gens qui se vantent et qui, lorsque tu leur demandes quelques subsides, se débinent... Les paroles sont faciles, mais c'est aux actes qu'on juge l'homme !

Il lui était venu une idée pour tirer les vers du nez de Chaval.

– Tu penses à quelqu'un de précis ? demanda-t-il.

– Oui. Quelqu'un que tu connais... Je lui en veux ! Je suis furieuse !

– Dis-moi qui c'est et je le tue, dit-il, moitié sérieux, moitié plaisantant.

– Je vais te dire une chose... Si je trouvais un moyen pour lui piquer son blé, je le ferais et sans complexe. Il ne s'en apercevrait même pas, en plus ! Il est plein aux as ! J'en ai marre de ne pas avoir d'argent, Bruno... J'ai tellement d'idées en tête, tellement de projets... Mais je ne peux pas ! Et personne ne veut m'aider... Cette année, j'ai fini première de ma classe et j'ai dessiné plusieurs modèles qui vont être proposés à des grandes marques. Et ça ne me rapportera rien ! Que dalle ! Et quand je demande à un type qui croule sous l'argent de m'en prêter un peu... Tu entends, « m'en prêter », je le rembourserai au centime près... eh bien ! il refuse ! Il dit que je suis trop jeune, que je sors à peine de mes langes ! Je le déteste, je te dis, je le déteste !

– Calme-toi, dit Chaval, qui se sentait soudain l'homme de la situation.

– Mais ça me sert à quoi d'avoir des idées à la pelle, hein ? Ça me sert à quoi ? Si je n'ai pas le moindre sou pour les réaliser...

Elle frappa la table d'un geste rageur.

– Je vais t'aider, moi, tu vas voir... je vais t'aider...

Elle soupira, excédée. Le garçon s'approcha pour prendre leur commande. Elle choisit, d'un air las, une tarte aux fruits et un thé fumé. Il nota leur commande et s'éloigna.

– Je veux pas finir larbin comme lui, marmonna Hortense assez fort pour que Chaval l'entende.

– Attends un peu, dit Chaval... Attends un peu...

Il était si troublé qu'il n'imagina pas une seconde qu'Hortense veuille le tromper. Il se disait, avec toute sa suffisance d'ancien bellâtre, qu'elle lui revenait, qu'elle avait besoin de lui, qu'elle avait envie à nouveau de goûter à leurs étreintes, il se parfumait à cette idée, la respirait, s'en saoulait. Tout s'embrouillait dans sa tête. Il avait besoin d'y voir clair et il reprit point par point :

– À qui as-tu demandé de l'argent ?

– À quoi bon ? Tu n'y changeras rien... Je lui en veux, si tu savais, je lui en veux !

– Je le connais, tu as dit.

– Tu ne connais que lui...

– Ce ne serait pas Marcel Grobz, par hasard ? susurra Chaval, avec une mine de conspirateur éclairé.

– Comment tu as deviné ? s'exclama Hortense. Alors là, tu m'épates, Bruno, tu m'épates ! Et dire qu'il m'avait affirmé que tu étais totalement fini, essoré, bon à être jeté à la poubelle ! Qu'il ne voulait même pas de toi comme paillasson !

– Il a dit ça ?

– Ce sont ses propres mots !

– Il me le paiera !

– Mais je ne l'ai pas cru, ajouta Hortense, enjôleuse comme une chatte qui lape le lait qu'elle vient de renverser d'un coup de griffe. La preuve ? Je suis venue te voir pour te demander des renseignements sur Banana Republic…

– Ah ! Il va regretter d'avoir dit ça, le Vieux !

Il s'inclina vers elle, lui fit signe de s'approcher. Elle étendit une jambe sous la table et sa cuisse frôla celle de Chaval qui acheva de perdre la tête.

– C'est lui que j'ai en mire ! Grâce à lui que je vais devenir riche !

– Comment ça ? demanda Hortense.

– J'ai réussi à avoir la clé de ses comptes et je lui ponctionne de l'argent… C'est comme ça que j'ai versé le premier acompte de ma Mercedes. Et je me suis dit qu'avec tout l'argent que je lui soutirerai, j'allais monter une affaire. Eh bien ! C'est décidé : c'est avec toi que je vais le faire ! Tu seras vengée, ma belle… Ah ! Je suis fini, essoré, bon à être jeté à la poubelle ! Il va voir ce que j'en fais de sa poubelle ! Je… Je… Je la lui renverse sur la tête !

Hortense l'encourageait du regard. Ne pas accepter tout de suite, le faire lambiner afin qu'il se répande et lui livre les menus secrets de sa combine.

– Tu es un amour, Bruno…

Elle traîna sur le mot « amour », renforça la pression de sa cuisse, le vit s'empourprer.

– ... mais c'est trop risqué. Tu vas te faire piquer ! Et pour le coup, ça me ferait de la peine...

– Mais non ! s'énerva Chaval. J'ai tout plié ! je ne prends aucun risque, c'est Henriette qui les prend tous ! C'est Henriette qui prélève l'argent et m'en reverse la moitié. Moi, je n'apparais nulle part...

– C'est elle qui t'a filé les codes des comptes ? s'exclama Hortense, faisant semblant de ne pas y croire.

– Non, ça c'est une autre... Une pauvre fille qui est tombée folle amoureuse de moi... Elle m'a livré les chiffres. Sans le savoir, d'ailleurs... Elle travaille chez Casamia. Elle s'appelle Denise Trompet. Entre nous, on l'appelle la Trompette...

Nous y voilà ! se dit Hortense. Junior est vraiment très fort. Restait plus que le mystère de la djellaba à éclaircir.

– Tu as couché avec elle ? demanda Hortense en faisant une pauvre moue de femme trompée.

Et elle baissa la tête pour dissimuler sa peine.

– Mais non, mon amour, je n'ai pas couché avec elle, je l'ai séduite des yeux, rien qu'avec les yeux, je te promets ! et je l'ai abandonnée...

– Je n'ai rien à dire, soupira Hortense. Je sais très bien qu'aucune femme ne te résiste... Moi, la première...

– Ça a été un jeu d'enfant avec la Trompette !

Et il raconta tout en se donnant le beau rôle. Il écrasa la Trompette de son mépris, se moqua de ses robes rideaux, de sa chair fade et molle, minimisa le rôle d'Henriette, s'emporta, ajouta quelques zéros à son larcin.

– Je suis riche, Hortense, je suis riche... Ne cherche plus, tu as trouvé ton financier...

– C'est trop beau, dit Hortense en secouant la tête.

C'est trop beau... mais si Marcel se rend compte de l'entourloupe...

– Il a une totale confiance dans la Trompette et la pauvre fille est folle de moi. J'ai tout en main...

Il se mit à échafauder un projet. Parla des modèles à dessiner, suggéra de les vendre d'abord par Internet, c'est l'avenir, ma belle, c'est l'avenir. On ira plus vite au début et après, on ouvrira des magasins, mais, seulement après...

– Tu vas voir, on va gagner beaucoup d'argent tous les deux...

Hortense continuait à faire la moue. Elle ne voulait surtout pas avoir l'air enthousiaste. Il fallait qu'elle sache s'il tramait autre chose. Qu'elle élucide le mystère de la djellaba.

– Tu crois vraiment ?

– Écoute, tu lui en veux pour de bon à Marcel...

– Je le déteste...

– Alors, penses-y... On a tout notre temps... et pendant que tu réfléchis, moi, je ponctionne. Action, réaction, action, réaction ! dit Chaval en se nettoyant les dents de l'ongle de son pouce.

Très élégant, pensa Hortense, très élégant ! L'homme se lâche et redevient lui-même.

– Tu as raison, je vais réfléchir... mais on n'en parle à personne, n'est-ce pas ? insista-t-elle. Il faut rester prudents, très prudents...

– Ça va de soi. Tu me prends pour une bille ! À qui veux-tu que j'en parle ?

– Je pensais à Henriette. Ne lui dis surtout pas que tu m'as vue...

– Je te le promets !

Il posa ses coudes sur la table, la contempla, secoua la tête.

– Si on m'avait dit, il y a trois mois, que je serais riche et que je retrouverais la femme que j'aime !

– La chance sourit toujours aux audacieux...

– Tu fais quoi, ce soir ? On pourrait...

– Oh ! c'est dommage ! J'ai promis à ma mère et à ma sœur de dîner avec elles, je les ai à peine vues depuis que je suis rentrée de Londres... Mais un autre jour, d'accord ?

Elle lui prit la main avec la tendresse d'une femme reconnaissante prête à payer sa dette. Il répondit, magnanime :

– Ça va pour ce soir... Mais j'exige toutes tes soirées jusqu'à ton départ ! Et tiens... je pourrais aller te voir à New York, hein ? Ce serait pas formidable, ça ? On monterait au sommet du Rockefeller Center, on descendrait la 5e Avenue, on logerait dans un palace...

– J'en rêve, Bruno ! dit Hortense en lui caressant doucement les phalanges.

Et que le cul te pèle, pauvre imbécile ! pensa-t-elle.

*
**

Le soir même, Hortense dînait chez Josiane et Marcel.

Marcel était rentré de bonne heure du bureau. Il avait pris un bain en écoutant Luis Mariano, avait chanté les premières notes de Mexico, Mééééxiiiiicoooo, enfilé une robe de chambre à revers de velours parme, versé de l'eau de toilette sur son poitrail roux et s'était attablé, heureux, à l'idée d'une soirée tranquille, paisible où il dégusterait des rognons de veau au cognac préparés par

Josiane et fumerait un bon cigare en caressant des yeux sa femme et son fils... C'était le moment de la journée qu'il préférait et c'était devenu un moment rare.

Il se mit à table en se grattant le ventre, déclara qu'il mangerait un cheval harnaché et sauça les rognons avec son pain.

Le soleil déclinait sur le parc Monceau et on entendait au loin le son limpide d'une flûte qui coulait à travers un silence surprenant comme si la vie s'était arrêtée. Il oubliait l'heure, il oubliait sa journée, il oubliait tous ses soucis. C'est l'été, se disait Marcel, je vais pouvoir lever le pied, sortir en bedaine avec ma Choupette, lui pousser la chansonnette au lit, chasser le brouillard dans ma tête...

Josiane rangeait les assiettes. Junior réclamait une glace aux marrons. Et des macarons...

Marcel ouvrit sa boîte à cigares. En choisit un. Le respira. Le roula entre ses doigts. Rota. S'excusa auprès d'Hortense. Pencha la tête, les regarda, soupira :

– Je voudrais vivre tous les jours comme ça... Sans problèmes, sans nuages au-dessus de la tête, avec l'amour des miens pour me tenir chaud. Je ne veux plus jamais entendre parler d'affaires, enfin jusqu'à demain...

– Ben justement..., commença Josiane en venant se rasseoir à table. Il faut qu'on jacasse, mon brave gros ! Y a des choses qui nous irritent ton fils et moi... On est au bord de l'eczéma.

– Pas ce soir, Choupette, pas ce soir... Je suis bien, je me détends, je me répands... J'ai le cholestérol qui baisse, le myocarde qui se prélasse et j'ai envie de te conter fleurette...

Il se pencha, lui pinça la taille d'un air gaillard.

Elle se détourna et déclara, tragique :

– Y a une couille dans le pâté, Marcel Grobz, une grosse couille !

Josiane commença en narrant le rendez-vous avec Chaval au Royal Pereire. Puis Junior expliqua à son père ce qu'il avait vu dans la tête de Chaval. Enfin, Hortense raconta son entrevue avec ce dernier. Marcel écoutait en poussant la cendre de son cigare dans le cendrier et ses mâchoires se crispaient. Josiane conclut en assenant :

– C'est une histoire à se pendre par la cravate, mais on n'a rien inventé...

– Vous êtes sûrs de ne pas affabuler ? demanda Marcel en se remettant le havane en bouche.

– Chaval m'a tout expliqué, dit Hortense. Tu n'as qu'à vérifier les mouvements sur tes comptes privés... C'est une preuve, ça !

Marcel reconnut que c'en était une, en effet.

– On n'en aura jamais fini avec cette femme, mon gros loup ! Elle nous en voudra toujours. Elle ne supporte pas de s'être fait évincer. Je te l'ai dit mille fois, tu es trop bon avec elle... Ta générosité, au lieu de l'attendrir, la blesse.

– J'essayais juste d'être un homme décent. Je ne voulais pas qu'elle se retrouve sur la paille...

– Elle ne respecte que la force ! En te montrant généreux, tu l'humilies et elle s'aiguise...

– Maman a raison, dit Junior. Il va falloir que tu frappes un grand coup, que tu sois féroce... Elle a tout ce qu'elle veut, elle a gardé l'appartement, tu lui verses une pension, tu garnis son compte en banque pour sa retraite, mais ce n'est jamais assez à ses yeux de rapace. Il faut cesser d'être magnanime ! Il n'y a aucune raison pour qu'elle figure sur ta liste privée à la banque. C'est absurde...

– C'était pour sa retraite..., expliqua Marcel. Je sais ce que c'est qu'être pauvre. Je sais les angoisses de la nuit, la peur au ventre, le courrier qu'on n'ose plus ouvrir, les sous qu'on économise en creusant dans son porte-monnaie. Je ne voulais pas qu'elle s'alarme...

– C'est une femme oisive qui a tout le loisir de remâcher sa revanche, dit Junior. Coupe-lui les vivres, elle fera comme tout le monde, elle sera obligée de travailler...

– À son âge ! s'exclama Marcel. Elle ne peut pas !

– Elle a bien plus de ressources que tu ne crois ! C'est une fouine immonde, mais vigoureuse...

– Je ne vais pas la mettre à la rue, tout de même..., marmonna Marcel en tétant son cigare.

– Elle n'hésiterait pas une seconde, elle ! s'écria Josiane.

– Je sais, je sais... Et je suis fatigué de ses manigances... Elle ne s'arrêtera donc jamais ?

– Jamais ! s'exclama Josiane. Elle dansera encore quand les violons seront rangés !

– J'avais espéré qu'elle se calme... Elle ne peut donc pas faire comme toutes les femmes de son âge ? Jouer au bridge, tricoter, aller au concert, faire des herbiers, prendre le thé avec un vieil amant, lire Proust et Chateaubriand, se mettre au piano, à la clarinette, apprendre à faire des claquettes ! Que sais-je ? Je fais tout pour qu'elle soit bien, je me mets en mille quartiers et elle me crache au nez !

Il s'échauffait, il s'échauffait pour cacher le chagrin qu'il éprouvait à se savoir poursuivi par la haine d'une femme qu'il avait aimée autrefois. Une femme qu'il avait courtisée, chérie, une femme qu'il plaçait si haut.

Il levait les bras, les baissait, s'emportait, crachait un bout de tabac, soufflait, devenait rouge, devenait blanc et laissait entrevoir à travers ces vapeurs l'immense déception de se voir encore une fois méprisé.

– Arrête de t'emporter et de refaire le monde, père ! Tu ne changeras pas Henriette. Te haïr est devenu sa raison de vivre... C'est son occupation unique. Et elle est encore pleine de sève...

– Elle vient de nous le prouver..., dit Josiane. Il faut la chasser de notre vie. Commence par lui réduire sa pitance, et surtout, surtout, supprime son compte privé. Vous êtes divorcés... Un jugement a été rendu. Tu t'en tiens aux termes stricts fixés par la loi...

– Je ne vais pas la dénoncer aux flics... Je ne pourrai jamais faire ça, dit Marcel en secouant la tête.

La flûte avait cessé de jouer et il espérait qu'elle reprenne et égrène le chant de ses notes pour atténuer la douleur qu'il ressentait. Il n'aimait pas l'idée de devoir faire la guerre à Henriette. Il regarda sa femme, il regarda son fils. Ils avaient raison. On ne guérit pas la femme qui hait avec une ration de miséricorde. Il faut frapper fort pour que le serpent se torde et périsse. Qu'elle me prenne mon argent, cela m'est bien égal, mais si jamais elle venait à me prendre mon bonheur, alors je deviendrais fou.

– Convoque-la. Avec Chaval... Confonds-les. Dis que tu as prévenu les flics, qu'une action est en cours, qu'ils risquent la prison, je ne sais pas, moi, mais fais-leur peur. Frappe un grand coup qu'ils comprennent... Tu sais faire peur aux gens quand il le faut, hein, mon gros loup ?

Marcel soupira :

— Je fais la guerre tout le temps... Je suis fatigué.

— Mais ce serait couardise de ne pas les punir, dit Junior en levant l'index comme s'il prononçait une sentence de Marc Aurèle.

— Et Denise Trompet ? demanda Marcel.

— Elle n'y est pour rien, dit Josiane. Et elle ne saura rien. Ce n'est pas la peine... C'est une femme honnête, j'en suis sûre. Chaval l'a utilisée. Et puis, je vais te dire un truc, mon gros loup... Tu ne suffis plus à tout faire, tu es fatigué. Laisse-moi revenir dans l'entreprise. Junior n'a pas besoin de moi, ici. Je m'ennuie à ne rien faire. Je tournibule dans la maison. Tu cherches un bras droit ? Je serai ton bras droit... Et je veillerai au grain. On a déjà commencé à travailler avec Junior et on a trouvé un nouveau produit, un truc formidable. Y a plus qu'à signer le contrat et l'affaire est dans le sac !

— Mais Junior... Il n'est pas en âge de vivre tout seul ! s'exclama Marcel en regardant son fils qui se tenait bien droit en bout de table.

— Maman pourrait faire un mi-temps, proposa Junior. Elle s'occupera de moi le matin, et l'après-midi, elle ira au bureau. Elle a besoin de se dégourdir le cerveau... Et moi, l'après-midi, j'ai mes cours avec Jean-Christophe. L'homme est savant, il m'apprend de belles choses. Je progresse avec lui...

— C'est ce que je vois, mon fils ! Tu m'épates chaque jour davantage...

— Et puis, continua Junior, j'aimerais bien aussi suivre la marche de ton entreprise. Ça m'intéresse. Le monde est en train de changer et tu n'as peut-être plus la force de t'adapter au grand chamboulement qui va surgir... On va vivre des secousses terribles, père.

— Comment tu sais ça, toi ?

— Je le sais, fais-moi confiance... Tu ne peux pas continuer comme ça. Tu vas mourir à la tâche et, pour le coup, maman et moi, on serait bien attristés... Des oiseaux noirs voleront au-dessus de nos têtes et on se fera tout petits pour qu'ils ne nous dévorent pas...

Marcel soufflait. Il secouait la tête comme un cheval qui refuse de franchir l'obstacle, qui n'a plus la force de s'élancer. Hortense écoutait la mère et l'enfant parler. Ils avançaient tous les deux en belle entente dans le souci unique de protéger Marcel. Elle fut presque émue et retint un soupir.

— Vous avez raison, dit Marcel. Je convoquerai Chaval et Henriette. Je ferai en sorte que Chaval s'éloigne à jamais. Je lui dirai qu'il est fiché, qu'il ne retrouvera plus jamais de travail et l'homme sera fini... Quant à Henriette, je lui laisse l'appartement, sa pension et c'est tout. Elle se débrouillera...

— Et tu es encore très généreux, mon gros loup...

— C'est idiot, tu sais. Je pensais que je devais payer pour mon bonheur... J'étais comme ces chiens trop longtemps tenus en laisse qui finissent par s'habituer à la chaîne qui leur lime l'échine. J'ai vécu si longtemps sous la coupe de cette femme, l'esclavage était devenu une habitude... Mais je vais réagir, je vous le promets. Je prends cet engagement devant Hortense. Je te remercie, ma belle, pour ce que tu as fait pour nous... Tu es une brave fille, finalement.

Hortense ne répondit pas. Elle n'aimait pas spécialement être traitée de brave fille, mais elle comprenait ce qu'il voulait dire.

Marcel donna un coup de reins dans la chaise et se leva.

— Ce sera donc la guerre ! Et je la ferai sans état d'âme...

Ils opinèrent.

– Parfait, dit Marcel... L'affaire est close. J'ai deux nouveaux associés et je vais pouvoir m'épiler les poils du nez en toute quiétude ! En attendant, Choupette, allons fêter au lit ton embauche !

Josiane leva la tête et demanda :

– Tu ne faibliras pas ? Promets-le-moi !

– Je serai intraitable... Cruel et sanguinaire !

– Et tu me laisseras travailler à tes côtés...

– Tu seras ma moitié au lit et au travail !

– Sans me faire de reproches, ni me culpabiliser ?

– Et tu recevras un salaire de grand argentier !

– Et moi, dit Junior, j'aurai ma place aussi dans ton entreprise ?

– On formera un triumvirat !

Josiane gloussa de bonheur et lui tendit les bras.

D'un geste ample, il l'enlaça, la redressa, la serra contre lui et la mena vers leur chambre en poussant un rugissement de bonheur.

– Ils sont mignons tous les deux, dit Hortense en les voyant tituber dans le couloir de l'appartement.

Marcel dénudait l'épaule de Josiane, la pétrissait, la mordillait et Josiane protestait attends un peu, attends un peu, ils nous regardent !

– Ce sont de grands enfants..., dit Junior. Je les aime tendrement. Quand j'étais petit, je collais mon oreille à la porte de leur chambre et les entendais mugir de plaisir. Je saurai t'honorer, ma belle, j'ai appris à travers la porte close...

– Tu as regardé dans la tête de Gary ? demanda Hortense qui préférait changer de sujet de conversation.

— Oui...

— Et ? Ne me fais pas languir, Junior, sois sympa...

— Tu es amoureuse ?

— Ça ne te regarde pas ! Dis-moi ce que tu as vu...

— J'ai vu beaucoup de choses. Un billet d'avion à ton nom affiché sur un tableau dans sa cuisine. Hortense Cortès. Londres-New York. Il date de plusieurs mois. Il l'a toujours... quand il est énervé, il lui sert de cible aux fléchettes !

— Il voulait m'emmener avec lui, murmura Hortense.

— Cela me paraît vraisemblable...

— Il m'a appelée et je n'ai pas eu son message... Maman avait raison. Le portable ne marche pas toujours...

— Dans ton cas, il ne faut pas condamner Orange, mais un garçon fort laid, déformé par une acné rebelle... Je vois des bosses partout sur son visage.

— Jean le Boutonneux !

— C'est lui qui a effacé le message de Gary. Et il en a effacé beaucoup d'autres...

— Et moi qui ai soupçonné l'ayatollah... Ainsi, c'était lui. Et que vois-tu d'autre à part le billet d'avion ?

— Je vois une cabane au fond d'un parc. C'est assez étrange car c'est une cabane dans un coin reculé, mais il y a un monde fou autour... Des étangs, des gratte-ciel, des taxis jaunes, des pousse-pousse, des écureuils... Gary s'y trouve souvent. C'est son refuge. Il écoute l'adagio d'un concerto de Bach et s'entraîne à le jouer en frappant un clavier imaginaire...

— Il est seul ?

— Oui. Dans la cabane, il est seul. Il parle aux écureuils et joue du piano... Je vois un pétrin et un château...

— Un château dans Central Park ?

– Non, un château dans un endroit désolé où les hommes portent des jupes...

– C'est en Écosse ! C'est son père ! Il est parti à la recherche de son père en Écosse ! Dis donc, t'es rudement fort...

– Un très beau château en ruine. Il y a beaucoup de travaux... Les mâchicoulis s'écroulent et le donjon vacille...

– Parle-moi de la cabane encore...

– Elle se trouve dans le parc... Au bout d'un petit chemin en graviers blancs. Pas évidente à trouver... Il faut marcher un peu. On passe un petit pont. Le petit pont est en planches. De fines lamelles grises... Ça monte et ça descend. Ça serpentine... Quand on est à l'intérieur de la cabane, on a l'impression d'être seul au monde, on se croit au sommet de l'Himalaya... Un chalet ouvert sur les côtés et rond...

– Tu es sûr qu'il s'y trouve tout seul ?

– Il écoute de la musique et il nourrit les écureuils...

– Est-ce qu'il pense à moi ?

– Je ne vois que des objets, Hortense... Pas les sentiments...

– Tu ne t'es jamais trompé ?

– C'est tout nouveau, ce don. Il m'est tombé dessus par hasard... C'est en étudiant le phénomène des ondes et leur transmission que je me suis rendu compte que l'homme pouvait émettre lui aussi des ondes magnétiques et correspondre... Je ne suis pas encore tout à fait au point. Savais-tu qu'en 1948, le diamètre d'un fil transistor était environ le centième de celui d'un cheveu humain, une réduction phénoménale par rapport aux premiers transistors, qui étaient environ de la dimension d'un comprimé de vitamines...

– Merci beaucoup, Junior, l'interrompit Hortense. Cela me suffit... Je me débrouillerai. Et pour la djellaba dans la tête de Chaval, tu n'as rien trouvé ?

– Non, je sèche lamentablement... J'ai encore beaucoup de progrès à faire, vois-tu...

– On se donne rendez-vous dans dix-sept ans alors ? dit Hortense pour le faire revenir dans le monde réel.

– D'accord, soupira-t-il. Mais je t'appellerai à New York pour prendre de tes nouvelles.

Elle embrassa ses boucles rouges et partit.

*
**

Quand elle arriva chez elle, Hortense aperçut de la lumière dans le bureau de sa mère. Elle poussa la porte. Joséphine était assise par terre face à une multitude de petits cartons rouges, bleus, blancs, jaunes disposés en colonnes. Elle en prenait un, le déplaçait, en prenait un autre, l'intercalait entre deux... Du Guesclin, la truffe posée sur ses pattes, l'observait sans bouger.

– Tu fais quoi ?

– Je travaille...

– Sur ton livre ?

– Oui.

– Et c'est quoi, tous ces petits cartons ?

– Les rouges représentent Cary Grant, les jaunes Petit Jeune Homme, les blancs, des bouts de dialogue de Cary Grant relevés dans les livres, et les bleus, les lieux à décrire et les personnages annexes...

– C'est sioux !

– Quand tout sera bien clair dans ma tête, je n'aurai plus qu'à écrire... et ça viendra tout seul ! Fais attention ! Ne marche pas dessus !

Du Guesclin grogna. Il veillait sur l'ouvrage de Joséphine et prévenait qu'il mordrait si on dérangeait le bel édifice. Hortense se laissa tomber sur le divan dans le coin de la pièce. Elle envoya valser ses chaussures et s'étira.

– Oh là là ! quelle journée ! J'ai pas arrêté de marcher !

– Tu reviens d'où ?

– Je te l'avais dit, maman... T'as oublié ? J'ai dîné chez Josiane et Marcel...

– Excuse-moi. J'oublie tout en ce moment... C'était bien ?

– Oui... Junior est vraiment étonnant, tu sais ! Il veut se marier avec moi. C'est sa nouvelle lubie...

– En effet !

– Il lit dans la tête des gens... Il dit qu'il a des ondes transistor dans la tête... Il a tenté de me faire une conférence sur le diamètre des fibres, j'ai rien compris...

– Il a lu quoi et dans quelle tête ?

Hortense hésita à tout raconter à sa mère. Elle ne voulait pas mentionner le rôle d'Henriette. Sa mère et sa grand-mère ne s'étaient pas revues depuis l'enterrement d'Iris. Henriette avait disparu de leur vie. Elle n'en avait jamais vraiment fait partie, d'ailleurs. Je me souviens, quand on était petites, Zoé se plaignait de ne pas avoir de famille. Moi, je trouvais que cela rendait la vie plus facile. J'ai toujours détesté les groupes... Ils dénaturent l'individu, en font un mouton bêlant.

– Que Marcel devait restructurer son affaire... Il a tout expliqué à son père qui, séduit, a décidé de l'embaucher ! Et Josiane aussi...

– C'est bien pour Josiane, elle s'ennuyait chez elle...

La dernière fois que je l'ai vue, elle voulait faire un bébé... Je ne trouvais pas ça très raisonnable.

Joséphine se frotta les ailes du nez. Je ne supportais pas ce geste autrefois, pensa Hortense, il me filait le bourdon. Il me rappelait que la vie était dure, qu'on n'avait pas d'argent, que papa était parti, que maman était triste.

– Dis donc, ma chérie, on n'a pas eu le temps de se parler, mais cette proposition de travail à New York, c'est sérieux ?

– Très...

– Tu en es sûre ?

– Tu as peur que je tombe entre les mains de trafiquants de drogue ou de chair fraîche ?

– Tu pars et je ne sais rien... Où tu vas habiter ? Qui t'a engagée ? Qui est cet homme, ce...

– Frank Cook...

– Je ne le connais pas. Et s'il t'arrivait quelque chose ?

– Il ne m'arrivera rien et c'est un homme sérieux... Nicholas, mon ami anglais, tu te souviens ?

Joséphine acquiesça.

– Il lui a parlé, il lui a fait signer mon contrat et il a pris des renseignements sur lui... Je serai logée, j'aurai une adresse, un numéro de téléphone, tu pourras m'appeler. Tu peux même venir me voir, si tu veux... J'ai une chambre d'amis. Tout va bien. En plus, j'ai demandé à Philippe de se renseigner de son côté et il m'a dit que tout était OK... T'es rassurée ?

Entendre le prénom de Philippe dans la bouche d'Hortense ébranla Joséphine. Son cœur s'emballa, elle balbutia :

– Tu as vu Philippe ?

– Ben oui... On se voit souvent, on déjeune ensemble, il me donne des conseils, c'est lui qui a trouvé un financier pour mes vitrines...

– Ah...

Hortense regarda sa mère qui avait noué ses mains et épluchait nerveusement les petites peaux autour de ses ongles.

– Allez ! M'man ! Pose-moi toutes les questions que tu brûles de me poser...

– Non, non...

– Mais si... tu sais très bien que tu ne peux rien cacher ! On lit à livre ouvert en toi...

Joséphine eut un sourire en guise d'excuse et dit :

– Je suis si prévisible que ça...

– Tu n'es pas Mata Hari, c'est sûr ! Alors... Tu veux savoir quoi ?

– Il va bien ? demanda timidement Joséphine.

– C'est tout ?

– Euh... C'est que...

– Alors, écoute-moi bien : il va bien, il vit tout seul, il est beau, intelligent, brillant et libre comme l'air... mais tu devrais en profiter parce qu'un homme comme lui déclenche les convoitises...

– Dottie...

– Elle est retournée chez elle et, à mon avis, il n'était pas amoureux du tout, du tout... Il l'a juste dépannée à un moment où elle en avait besoin...

– Il te parle de moi ? Il demande de mes nouvelles ?

– Non...

– C'est mauvais signe ?

– Pas forcément... C'est un homme élégant, il se dit que je suis ta fille, que je ne dois pas servir de boîte aux lettres. Et puis, vous êtes assez grands pour vous débrouiller tout seuls...

– Avant, il m'envoyait des fleurs, des livres, des cartes avec des petits mots énigmatiques... La dernière portait une phrase de Camus qui disait : « Le charme, c'est une manière de s'entendre répondre oui sans avoir posé aucune question... »

– Et tu lui as répondu quoi ?

– Je n'ai pas répondu..., avoua Joséphine.

– T'as pas répondu ? rugit Hortense. Mais enfin... Maman ? Tu veux quoi ? Qu'il se traîne à tes genoux avec des chaînes autour du cou ?

– Je savais qu'il ne vivait pas seul et...

– Si tu ne lui réponds jamais, c'est sûr qu'il va se lasser ! L'homme n'est pas un saint... Tu es désespérante ! Tu as peut-être de hauts diplômes universitaires mais en amour, tu es un double zéro !

– Je suis encore une débutante, Hortense, je n'ai pas ton aisance... J'ai passé toute ma vie dans des livres...

– Alors, maintenant que Dottie a décampé, tu comptes lui répondre ?

– Non... J'ai imaginé quelque chose...

– Vas-y, je crains le pire !

Hortense se cala contre les coussins du divan et se prépara à écouter un récit à l'eau de rose et de violette.

– Je me suis dit qu'un soir, j'irais sous ses fenêtres et que... tu vas te moquer...

– Non ! Vas-y !

– Je jetterai des petits cailloux et... Il passera la tête dehors et alors, je dirai tout bas c'est moi, c'est moi et il descendra...

– C'est d'un ridicule !

– Je savais que tu dirais ça...

Joséphine baissa la tête. Hortense se redressa sur un coude.

– Pourquoi faire compliqué quand on peut faire simple ? Tu l'appelles et vous vous donnez rendez-vous... On est au temps d'Internet, du *speed dating* et du portable ! Plus à celui de Cyrano et de son balcon ! Pour ce que ça lui a porté bonheur à Cyrano ! Je me méfierais, si j'étais toi...

– J'aurai moins peur dans le noir... Et puis s'il ne descend pas, je me dirai que ce n'est pas forcément parce qu'il ne veut pas me parler, mais parce qu'il ne m'a pas vue et je serai moins triste...

– Oh là là ! M'man ! À ton âge ! En être encore là !

– Quand on est amoureux, on est bête à tous les âges...

– C'est pas obligé...

– Regarde Shirley ! Elle qui se croyait si forte, invulnérable... Depuis qu'elle a rencontré Oliver, elle ne sait plus sur quel pied danser. Elle fait un pas en avant, un pas en arrière. Elle m'appelle, me raconte. Elle est morte de peur à l'idée qu'il parte, morte de peur à l'idée qu'il reste... Elle ne sait plus comment elle s'appelle, elle mange des bonbons et se tape des milk-shakes géants ! On est toutes pareilles, Hortense, même toi ! Tu ne le sais pas ou, plutôt, tu fais semblant de l'ignorer. Mais tu verras... Un jour, tu auras le cœur qui dansera dans tous les sens et tu ne pourras te confier à personne tellement tu auras honte !

– Jamais ! Jamais ! s'écria Hortense. J'ai horreur de ces femmes tremblotantes et soumises. Moi, je veux réussir d'abord, on verra pour l'amour ensuite...

– Mais tu réussis, mon amour, tu ne fais que ça... Tu

as à peine vingt ans et tu viens de signer le contrat du siècle !

– N'exagère pas ! C'est juste Banana Republic ! Je vise bien plus haut !

– Mais c'est déjà très bien ! Tu te rends compte que tu vas gagner en une semaine plus que moi en un mois après des années et des années d'études ! Que tu vas pouvoir vivre de ce que tu aimes, de ta passion ! C'est le rêve de tout le monde et tu le réalises à vingt ans !

– Oui... peut-être... Si on se place de ton point de vue, tu as raison... mais je veux encore plus ! Et je l'aurai !

– Ne fais pas comme Shirley. Elle a voulu ignorer l'amour et il lui tombe dessus d'un seul coup. Laisse de la place aux sentiments. Tu apprendras que c'est beau de trembler pour un homme, de penser à lui, d'avoir les jambes qui se plient et les mains moites...

– Beurk ! Beurk ! File-moi du déodorant ! Dis m'man, t'es sûre que t'es ma mère ? Parfois, je me le demande vraiment...

– S'il y a bien une chose dont je ne doute pas, ma chérie, c'est bien celle-là !

– Va falloir que je me fasse une raison...

Joséphine la regardait et pensait et pourtant, c'est bien ma fille. Je l'aime, j'aime qu'elle soit différente de moi, j'apprends de sa hardiesse, j'apprends de son audace, de sa ténacité, de sa fureur à vivre... Et je sais que, tout au fond d'elle, il y a un cœur qui bat mais qu'elle ne veut pas l'entendre. Elle lui tendit la main et dit :

– Je t'aime, ma chérie, je t'aime de tout mon cœur. Et le fait de t'aimer me remplit de joie et de force. J'ai beaucoup appris grâce à toi et j'ai beaucoup appris de nos différences...

Hortense lui jeta un coussin au visage et déclara :
— Moi aussi, je t'aime maman et ça suffit comme ça !

*
**

Une voiture attendait Hortense à l'aéroport JFK à New York. Un homme avec une casquette qui portait un écriteau sur lequel était écrit : « Miss Hortense Cortès. Banana Republic. »

Hortense l'aperçut et se dit c'est pas trop tôt, ce voyage a été un enfer... La prochaine fois, j'exige une place en première classe. Que dis-je une place ? Un rang entier...

Elle était arrivée deux heures en avance à Roissy. Avait dû subir une fouille au corps et l'examen minutieux de tous ses bagages. Ôter ses chaussures, sa dizaine de colliers, sa vingtaine de bracelets, ses créoles, son iPod. Et mon rouge à lèvres, je l'essuie ? avait-elle demandé, exaspérée, à l'homme qui la fouillait. Il avait redoublé de zèle. Elle avait failli manquer son avion.

Avait juste eu le temps d'embarquer sans passer par les boutiques duty-free où elle comptait faire provision de parfum Hermès, Serge Lutens, de poudre Shisheido en boîtier bleu. Avait pété la lanière de ses sandales roses et était entrée dans la carlingue en boitillant.

L'avion était rempli d'enfants qui hurlaient et se poursuivaient dans les allées. Elle étendit une jambe pour en faire tomber un et il chuta dans une cascade de cris et de larmes. Il se releva, le nez et la bouche ensanglantés, et la pointa du doigt. La mère s'en prit à elle et l'accusa d'avoir voulu tuer son enfant, la chair de sa chair. L'enfant hurlait Messante ! Messante ! Elle lui tira la langue, il lui planta ses griffes dans le visage et elle saigna. Elle se rua sur lui, lui flanqua une claque. Une hôtesse dut les séparer... et désinfecta la plaie.

Les plateaux-repas sortaient du congélateur, glacés. Elle demanda un pic à glace pour couper sa viande. Il y eut des trous d'air et elle reçut un sac de golf sur la tête. L'homme assis à côté d'elle eut un malaise et vomit son cabillaud froid. Il fallut qu'elle se déplace et elle se retrouva assise à côté d'un mormon qui voyageait avec ses trois femmes et ses sept enfants ! Une petite fille la dévisageait et demandait tu as combien de mamans, toi ? parce que moi, j'en ai trois et c'est drôlement bien ! Et tu as combien de frères et de sœurs, toi ? Parce que moi, j'en ai six et on en attend deux pour Noël ! Le prophète a dit qu'il fallait se reproduire pour peupler la terre et la rendre meilleure... Et tu fais quoi, toi, pour peupler la terre et la rendre meilleure ? Moi, je viens juste d'égorger ma seule mère et ma seule sœur parce que j'aime pas les filles qui posent des questions et qu'elles n'arrêtaient pas de me bassiner avec les leurs ! La petite fille avait éclaté en sanglots. Il avait encore fallu qu'elle change de place !

Elle avait fini le voyage dans un siège, près des toilettes, à recevoir des coups de coude des gens qui faisaient la queue et à renifler les remugles des cabinets.

Une heure de queue pour passer la douane avec une sorte d'adjudant qui aboyait des ordres...

Une heure d'attente pour récupérer ses bagages...

Et le sourcil pointilleux du douanier américain qui lui demandait ce qu'elle comptait faire de toutes ses valises.

– Des confettis ! Je lance une mode !

– *Please, miss... Be serious !*

– Sérieusement ? Je suis l'agent de Ben Laden et je transporte des armes…

Cela ne le fit pas rire du tout et il l'emmena dans un box à part pour l'interroger sur ses activités en compagnie de deux collègues patibulaires qui la collèrent au mur. Il fallut qu'elle donne le nom de Frank Cook. Ce dernier dut parlementer pendant une demi-heure avec les patibulaires avant qu'ils ne la relâchent. Elle apprit qu'en Amérique, on ne plaisantait pas avec les forces de l'ordre et se le tint pour dit.

Aussi fut-elle soulagée de se savoir attendue et enfin traitée comme elle le méritait en apercevant le chauffeur envoyé par Frank Cook et son écriteau.

Elle demanda au type à casquette de prendre une photo d'elle devant la limousine et l'envoya à sa mère pour la rassurer.

Allongée sur la banquette arrière, elle regardait défiler la banlieue de New York et se disait que c'était comme toutes les banlieues. Des nœuds d'autoroutes en béton gris, des petites maisons, des petits jardins pelés, des terrains de base-ball entourés de grillages, des haies mitées, des types qui traînaient, des publicités géantes pour des tampons hygiéniques et des boissons gazeuses. Il faisait un froid glacial dans la limousine et elle comprit ce que voulait dire « air conditionné ». Elle demanda au chauffeur s'il était au courant du réchauffement de la planète et des économies qu'il serait judicieux de faire. Il la regarda dans le rétroviseur et lui demanda d'épeler tous ces mots compliqués.

Ils prirent le Lincoln Tunnel et arrivèrent à Manhattan.

La première image qu'elle eut de la ville fut celle d'un

gamin noir, assis sur le trottoir, recroquevillé à l'ombre d'un arbre. Il enserrait ses jambes maigres qui dépassaient d'un short beige et grelottait de chaud.

Elle chantonna New York ! New York ! et enchaîna sans s'en apercevoir Gary ! Gary ! S'arrêta, abasourdie. Qu'est-ce que j'ai dit ? Et se reprit. Je ne vais certainement pas me précipiter chez lui ! J'attendrai, j'attendrai que ce soit mon heure... Et je n'irai pas traîner sous ses fenêtres comme ma mère sous celles de Philippe...

Sûrement pas !

La limousine avait emprunté les quais et remontait le long de l'Hudson River.

Hortense essayait de deviner la ville à travers les vitres teintées et sut tout de suite qu'elle l'aimerait. Elle entendait des coups de Klaxon furieux, suivait la cime des gratte-ciel qui tranchait sur le ciel bleu, apercevait un bateau de guerre à quai, des entrepôts abandonnés, des grues et les feux rouges qui se balançaient aux intersections. La limousine semblait fendre la houle de la route et rebondissait dans les cahots de la chaussée.

Enfin le chauffeur s'arrêta devant un immeuble avec une entrée majestueuse. Un large dais blanc s'avançait dans la rue. Il lui fit signe d'entrer, il se chargerait de porter ses valises.

Un doorman en uniforme bleu se tenait derrière un long comptoir en bois blanc.

Il se présenta. José Luis. Elle se présenta. Hortense.

– *Nice to meet you, Hortense...*

– *Nice to meet you, José Luis...*

Elle eut l'impression de faire partie de la ville.

Il lui indiqua le numéro et l'étage de son appartement et lui tendit un jeu de clés.

Elle aima tout de suite l'appartement. Grand, clair, moderne. Au quatorzième étage. Un immense salon-salle à manger, une cuisine étroite qui avait un air de laboratoire et deux vastes chambres avec chacune une salle de bains.

Frank Cook savait traiter les gens avec lesquels il travaillait.

Un mobilier d'hôtel de luxe. Long canapé beige, fauteuils beiges, une table ronde en verre et quatre chaises rouges recouverte d'un Skaï brillant. Les murs étaient blancs, ornés de gravures représentant le débarquement des Pilgrim Fathers sur la côte Est, la construction de la première ville, Plymouth, des scènes de travaux aux champs, de prières, de repas pris ensemble. Ils n'avaient pas l'air de plaisanter, les Pilgrim Fathers. C'était pour la plupart de longs vieillards à barbe blanche, à la mine sévère.

Un appartement de luxe, avec vue sur le parc et une tripotée de gratte-ciel à l'horizon. Elle se sentit princesse des villes, *prima ballerina*, Coco Chanel et eut envie de sortir ses crayons, ses blocs, ses couleurs et de se mettre à travailler. Tout de suite.

Un message l'attendait sur la table ronde en verre : « Espère que vous avez fait bon voyage. Passerai vous prendre vers sept heures et nous irons dîner... »

Parfait, se dit-elle. Le temps de défaire mes bagages, de prendre une douche et de me faire un café. Elle n'était pas fatiguée, elle était terriblement excitée et ne tenait pas en place.

Elle ouvrit le Frigidaire et trouva un pot de *peanut butter,* une bouteille de jus d'orange, du pain de mie en sachet, deux citrons et du beurre *Land O' Lakes* en plaquette avec une petite Indienne qui souriait sur l'emballage. La petite Indienne se détachait sur une prairie verte, verte et un lac bleu, bleu. Elle avait l'air amical et doux. Deux grands yeux noirs, une plume sur la tête, deux tresses noires, un bandeau turquoise et une robe de squaw tirée à quatre épingles. Hortense lui cligna de l'œil et dit *Nice to meet you,* petite Indienne ! Elle avait envie de dire des bêtises. Elle alluma la télé. C'était l'heure des informations locales. Les journalistes parlaient à toute allure et elle ne comprenait rien. Elle écouta le journal en entier. C'était un drôle d'accent, l'accent américain. Un accent nasillard qui trouait les tympans. Elle eut envie de leur arracher les végétations et éteignit la télévision.

Frank Cook vint la chercher à sept heures sonnantes.

Il lui demanda si elle avait besoin de quelque chose.

— Un énorme hamburger et un Coca ! répondit-elle en le regardant droit dans les yeux.

Il l'emmena chez PJ Clarke's à l'angle de la 3e Avenue et de la 55e Rue. Le plus vieux bar de New York, un immeuble d'un étage en briques rouges construit en 1898, les meilleurs chilis et des hamburgers moelleux servis dans des petits paniers avec des frites qui débordaient et des cercles d'oignons frits qui avaient le goût de bonbons. On y jouait des vieux disques dans un vieux juke-box. Les filles arboraient des brushings blonds et des dents blanches, les hommes buvaient de hautes bières en retroussant leurs manches. Les nappes étaient en vichy rouge et blanc, les serviettes aussi, des abat-jour rouges répandaient une lumière douce.

Elle décida que ce serait sa cantine.

Elle commençait tous les matins à dix heures pile.

Frank Cook lui avait montré sa place dans le grand

bureau paysager. Une grande table à dessin contre la fenêtre, des règles, des crayons, une équerre, un compas, des gommes, des feutres de couleur, des peintures pour aquarelles, de la gouache, des feuilles blanches épaisses, des blocs quadrillés. Ils étaient une dizaine à dessiner des modèles qui partiraient pour l'atelier et se retrouveraient sur les portants des magasins. Elle n'avait aucune autre contrainte que de trouver des tenues qui feraient le succès de la ligne.

— Lâchez-vous, dessinez, inventez... Je ferai le tri ! lui dit-il, après l'avoir présentée aux autres filles et garçons qui, comme elle, tiraient des traits et posaient des couleurs.

Il y avait Sally, une gentille lesbienne, qui la mangeait des yeux et dessinait des accessoires. Elle lui proposa, le premier jour, de venir déjeuner avec elle. Puis de lui faire ses courses et son ménage. Hortense lui répondit très gentiment qu'elle n'aimait pas les femmes ou plutôt précisa-t-elle, en apercevant une ombre dans le regard bleu de Sally, je n'aime pas dormir avec une femme, je ne saurais pas quoi faire de son corps, de quel côté le prendre ! Mais je ferai tout ! répondit Sally, tu verras, je te ferai changer d'avis. Elle la remercia très poliment et ajouta que ça ne changerait rien entre elles, qu'elles pourraient toujours déjeuner ensemble.

— Je n'ai rien contre les lesbiennes, ajouta-t-elle pour atténuer son refus. Et je trouve que les gens devraient pouvoir épouser des hommes ou des femmes comme ça leur chante. L'amour devrait tout permettre. Et si jamais quelqu'un tombe amoureux d'un chat de gouttière eh bien ! Il devrait pouvoir l'épouser... Moi, ça ne me gênerait pas du tout.

L'exemple devait être mal choisi parce que Sally se rembrunit.

– Oh ! Je vois, dit-elle, tu te trouves supérieure à moi... Les gens aiment toujours trouver quelqu'un avec qui se comparer pour se trouver supérieur... Ça les rassure, ça leur donne de l'importance.

Hortense renonça à se justifier et reprit ses crayons de couleur.

Il y avait Hiroshi, un Japonais qui souffrait de la chaleur. Il passait son temps libre à prendre des douches. Il ne supportait pas la moindre odeur corporelle. Il s'épilait le torse et les épaules et demanda à Hortense ce qu'elle pensait de sa pilosité et de sa propreté. Hortense déclara qu'elle aimait bien que les hommes aient une petite odeur corporelle. Une petite odeur bien personnelle afin que, lorsque tu plonges le nez dans leur cou avec les yeux fermés, tu saches tout de suite à qui tu as affaire. Et comme il la regardait, dégoûté, elle ajouta une petite odeur bien propre.

Il détourna la tête.

Paul, un Belge albinos, qui mangeait tout le temps et faisait un bruit de broyeur... Son bureau était couvert de miettes de thon, de bacon, de rondelles de tomate et de concombre. Il avait toujours à portée de main un énorme pot de pop-corn et y plongeait les mains comme s'il allait se les laver. Il se coupait les doigts avec son cutter et s'essuyait le front ensuite, ce qui lui faisait de larges traces rouges sur le visage...

Elle décida de garder ses distances.

Sylvana, une Roumaine aux longs cheveux noirs et brillants, qu'ils appelaient Pocahontas. Elle n'aimait que les hommes vieux, très vieux et gentils, très gentils. Qui tu préfères entre Robert Redford et Clint Eastwood ? elle demandait en dessinant un tee-shirt avec des perles. Aucun des deux ! disait Hortense. Moi, reprenait Sylvana, mon homme idéal, c'était Lincoln, mais il est mort...

– Si on parle de morts, interrompait Sally, alors je choisis Garbo.

Julian, un grand brun ténébreux qui écrivait des livres. Il hésitait entre dessiner et écrire et voulut à tout prix qu'Hortense lise ses nouvelles.

– Tu as déjà couché avec un écrivain ? il disait en suçant le bout de son crayon.

– Je déteste les gens curieux...

– Eh bien ! Tu devrais coucher avec moi, parce que quand je serai célèbre, tu pourras te vanter de m'avoir connu et peut-être même d'avoir inspiré un de mes récits... Tu pourras même dire que tu as été ma muse !

– Tu as déjà été publié ? demandait Hortense.

– Une fois... dans une revue littéraire...

– Et ça t'a rapporté de l'argent ?

– Oui. Un peu... Mais pas de quoi vivre... c'est pour ça que je dessine.

– Moi, je ne sors qu'avec des hommes qui ont du succès, disait Hortense pour mettre un point final à ses questions. Alors oublie-moi !

– Comme tu veux...

Le lendemain, il revenait à la charge :

– Tu as un ami, toi ? Un ami de cœur...

Hortense répéta qu'elle détestait qu'on lui pose des questions personnelles. C'était comme si on glissait une main dans sa culotte. Elle se cabrait et refusait de répondre.

— Tu veux rester indépendante et libre ? disait Julian en taillant son crayon.

— Oui...

— Mais un jour, n'empêche, un jour tu sauras...

— Je saurai quoi ?

— Un jour, tu trouveras le garçon à qui tu auras envie d'appartenir...

— Conneries ! disait Hortense.

— Non. Tu trouveras l'endroit, les choses et le garçon... Tout viendra ensemble. Et tu te diras, c'est là, ma place. Parce que tout se mettra dans le bon ordre et qu'il y aura une petite voix en toi qui te le dira...

— Tu l'as trouvée, toi, la fille à qui tu veux appartenir ?

— Non, mais je sais qu'un jour ce sera comme une évidence. Et ce jour-là aussi, je saurai si je veux écrire ou dessiner...

Quand elle en avait marre de toutes ces questions, qu'elle voulait juste entendre le silence dans sa tête et le bruit de New York, elle allait manger un hamburger chez PJ Clarke's. Ça la calmait immédiatement. Elle avait le sentiment que rien de mauvais ne pourrait lui arriver. Et elle avait le sentiment aussi de vraiment appartenir à la ville. C'était un établissement classe. Les serveurs portaient de longs tabliers blancs, des nœuds papillons, ils l'appelaient *Honey !*, lui déposaient son panier de frites en disant *Enjoy* et ajoutaient, sur le côté, une portion d'épinards à la crème. Elle écoutait les vieux disques du juke-box et se vidait la tête de toutes les questions qui l'embarrassaient.

Zoé l'appelait.

– Alors, tu as vu Gary ?

– Pas encore... J'ai du boulot par-dessus la tête !

– Menteuse ! T'as peur !

– Non, j'ai pas peur...

– Si. T'as peur sinon tu l'aurais vu tout naturellement... Tu connais son adresse, tu serais allée traîner sous ses fenêtres et tu aurais appuyé sur le bouton. Il a dû mettre son nom sur le bouton. Gary Ward. Eh bien ! tu appuies sur Gary Ward et le tour est joué...

– Arrête, Zoé !

– C'est que t'as peur... Tu fais ta terroriste, mais tu meurs de trouille !

– Tu n'as rien d'autre à faire que de me harceler au téléphone ?

– On s'en fiche, c'est gratuit ! Et puis je suis toute seule... Mes copines sont en vacances et je m'ennuie...

– Tu ne pars pas ?

– Je pars en août. Je vais chez Emma à Étretat. Et je verrai Gaétan parce qu'il y sera aussi ! Et toc ! J'ai pas peur, moi !

Nicholas demandait :

– Alors t'as trouvé ?

– J'ai trouvé quoi ?

– L'idée de génie qui va faire que tu te détaches du lot... Qu'on te donne un bureau rien qu'à toi pour que tu travailles dans le calme...

– Ça n'existe pas, ce truc-là ! C'est que dans les films !

– C'est que tu n'as pas encore trouvé LE truc !

– Arrête de me mettre la pression ou je ne vais jamais trouver ! Et puis ici, y a pas de bureau pour les génies.

On est tous ensemble et on travaille en jacassant. Ils arrêtent pas de jacasser, d'ailleurs. Ça me gonfle !

– Je te fais confiance, *sweetie*. Londres s'ennuie de toi...

Elle ne s'ennuyait pas de Londres.

Elle aimait tout ici. Le chemin qu'elle faisait le matin pour aller au bureau. Le taxi jaune qu'elle prenait quand il faisait trop chaud et qu'elle dégoulinait de sueur au feu rouge en tâtant le bitume mou du bout de sa ballerine Repetto. Le Chrysler Building, le Citycorp, les cahutes qui vendaient des hot-dogs et des fruits au coin des rues, les joueurs de saxo qui réclamaient des pièces en se tordant sur les touches, les colporteurs qui vendaient des sacs Chanel ou Gucci à cinquante dollars, les Pakistanais qui étendaient sur le trottoir de longs foulards multicolores et les repliaient en vitesse dès que les flics arrivaient.

Et même l'eau chaude noire qui se prétendait café et n'avait que le goût d'eau chaude...

Dans le grand bureau sur la 42e Rue, elle mâchait en silence ses mèches de cheveux et dessinait.

Elle avait apporté ses carnets de croquis de Paris. Avait préparé des tenues, des petits tailleurs, des robes noires étroites, des pulls courts trapèze qui dénudent le nombril et des pulls longs trapèze pour celles qui ne veulent pas montrer leur nombril. Frank Cook se penchait sur ses dessins. Pour chaque tenue, on fera deux versions, expliquait Hortense, une version pour femme liane et une version pour femme pas liane !

Il fronçait les sourcils et disait développez ! développez !

– Comme ça, quand la femme pas liane verra le

modèle pour femme liane, elle achètera les deux et se mettra au régime ! Les femmes adorent faire des régimes et s'imaginer minces quand elles sont rondes...

Frank approuvait et c'était parti.

Des idées, elle en avait tout le temps...

Il lui suffisait de marcher dans les rues de New York, d'entendre les sirènes des ambulances, les cris des coursiers à vélo qui fonçaient sur elle, d'observer les bus en tôle argentée, les drapeaux qui flottaient sur les hôtels et les musées, les parcmètres arrondis, les façades des buildings en verre. Il y avait dans cette ville une énergie qui sortait de la terre, s'ancrait dans les pieds, remontait dans les reins, remontait jusqu'à la tête et finissait en un geyser d'idées.

Elle se disait qu'elle ne pourrait plus jamais partir...

New York était sa ville.

Elle repensait à ce que disait Julian un jour, tu trouveras l'endroit, les choses et le garçon... Tout viendra ensemble. Et tu te diras, c'est là, ma place.

Alors elle posait son crayon et pensait à Gary.

Un soir, elle embrassa un garçon. Il s'appelait José. C'était un merveilleux mélange de peau mate et d'yeux verts brillants. Il portait des costumes en lin blanc et marchait en gardant les mains dans ses poches et en roulant des hanches.

– Tu ne marches pas, lui dit Hortense, tu danses la rumba !

Il venait de Porto Rico et voulait devenir acteur. Il racontait comment les femmes dans son île faisaient des efforts pour se mettre sur leur trente et un, aussi bien les vieilles que les jeunes, les pauvres que les jolies, il ajouta en lui prenant la main que les enfants portaient des rubans de couleur dans leurs cheveux, qu'ils dansaient dans la rue et que cela faisait des arcs-en-ciel si on les aspergeait d'eau.

Cela donna une idée de lunettes à Hortense et elle lui en fut reconnaissante.

Ils avaient dîné sur Broadway et remontaient la 7e Avenue.

Il lui parla encore de son île et de Barceloneta où vivait sa famille. Elle aima les O et les A dans sa bouche et les syllabes qui s'enfilaient dans sa gorge. Elle eut envie de danser et ils allèrent danser.

Il la raccompagna à pied chez elle. Elle lui proposa de monter voir les gratte-ciel.

Elle n'aima pas sentir son nez pointu contre sa bouche. Elle le mit à la porte. Et alla se coucher sans se démaquiller. Elle n'aimait pas ça, mais elle était fatiguée.

Au petit matin, Zoé l'appela et demanda :

– Alors, alors... ? T'as vu Gary ?

– Alors, rien du tout ! Tu m'embêtes !

– Nananère ! Tu as peur ! Tu as peur ! Ma sœur intrépide recule devant un garçon qui joue du piano et parle aux écureuils...

Elle lui raccrocha au nez.

Elle se démaquilla avec un reste de lait Mustela qu'avait laissé une précédente occupante. Alluma une bougie parfumée trouvée sur une étagère. Ouvrit la porte du Frigidaire et se retrouva nez à nez avec la petite Indienne du beurre *Land O' Lakes*.

– Qu'est-ce que tu penses de tout ça, toi ?

La petite Indienne souriait, mais ne répondit pas.

Le lendemain, elle dessina une paire de lunettes psychédéliques et les baptisa « Barcelonita ».

Un soir, Zoé téléphona et dit :

– Du Guesclin a vomi, je fais quoi ?

– Tu demandes à maman. Je suis pas vétérinaire… Tu devrais dormir à cette heure !

– Maman est pas là… Elle est partie pour Londres, il y a deux jours. Elle m'a dit qu'elle partait jeter des petits cailloux… Tu trouves pas qu'elle est bizarre depuis quelque temps ?

– Tu es toute seule à la maison ?

– Non, y a Shirley… Mais elle est sortie. Elle est venue passer une semaine à Paris avec Oliver. Et, quand maman est partie pour Londres, elle est restée pour me garder, maman ne voulait pas me laisser toute seule…

– Ah ! Shirley est là…

– Oui, et elle est toute contente parce que Gary l'a appelée… Ça faisait des mois qu'ils se parlaient plus, il paraît ! Alors elle voit la vie en rose. Elle est rigolote ! On mange des pizzas et des glaces !

– Shirley te fait manger des pizzas et des glaces ?

– Elle est en pleine lévitation, je te dis… Elle a dit à Gary que tu étais à New York ! Il va falloir que tu l'appelles. Parce que sinon, Hortense, ça va être terrible, il va croire que tu ne l'aimes pas…

– Tu peux lâcher la corde, Zoétounette ? T'es fatigante, tu sais…

– C'est que moi, j'aimerais bien que vous soyez ensemble… Y aurait Gaétan et Zoé, et Gary et Hortense. T'as vu nos deux amoureux, ils ont un prénom qui commencent par un G… C'est pas un signe, ça ?

– Arrête ! Arrête ! Ou je te saute à la gorge !

– Tu peux pas ! Tu peux pas ! Et je peux dire n'importe quoi ! Dis, Hortense, tu crois qu'elle est partie jeter des cailloux à Philippe, maman ?

Le lendemain, quand Hortense arriva au bureau, Frank Cook l'attendait. Il lui demanda de le suivre. Il voulait faire le tour des magasins Banana Republic avec elle. Qu'elle lui donne son avis sur les vitrines, la disposition des articles, l'ambiance dans les magasins. Hortense le suivit et monta avec lui dans la grande limousine climatisée.

— J'y connais rien, vous savez...

— Peut-être, mais vous avez du flair et des idées... J'ai besoin d'un œil extérieur. Vous avez travaillé pour Harrods. Je me suis renseigné, vos vitrines étaient fabuleuses, vous aviez proposé et illustré un concept, le détail, je voudrais que vous fassiez la même chose...

— J'avais eu tout le temps pour réfléchir, vous me prenez un peu de court...

— Je ne vous demande pas un rapport, mais vos impressions à vif...

Ils firent le tour des boutiques. Hortense lui donna son avis.

Il l'emmena prendre un café, l'écouta. Puis la reconduisit au bureau.

— Alors ? Alors ? demanda Sylvana, il t'a dit quoi ?

— Rien. Il ne m'a rien dit du tout. Il a écouté. On a été partout, j'ai dit exactement ce que je pensais... Elles sont mortes, ces boutiques ! Il n'y a pas de vie, pas de mouvement, on a l'impression d'entrer dans un musée. Les vendeuses sont en cire et si convenables. On a peur de les déranger. Les vêtements pendent sur des cintres, les tee-shirts et les pulls bien rangés, les vestes bien alignées... Il faut mettre de la vie là-dedans, donner aux gens la fringale de tout acheter, leur proposer des tenues toutes faites avec juste ce qu'il faut de folie pour les faire rêver. Les Américaines adorent qu'on les habille de pied en cap... En Europe, chaque fille se crée son look, ici, chaque fille veut choisir un uniforme pour ressembler à sa copine ou à sa chef. En Europe, tu veux te distinguer, ici tu veux ressembler...

– Toi, alors ! dit Sylvana. Et tu les trouves où toutes ces idées ?

– Je ne sais pas, mais ce que je sais, c'est que je vais augmenter mes prix... Ça vaut de l'or ce que je lui ai dit, ce matin...

Un dimanche matin, elle alla se promener à Central Park.

Il faisait beau. Les pelouses étaient jonchées de gens allongés sur des couvertures. Ils téléphonaient, mangeaient des pastèques, jouaient à des jeux sur leurs ordinateurs portables. Les amoureux se tournaient le dos. Des filles se limaient les ongles en racontant leurs histoires de bureau, une autre plus loin avait retroussé son jean et se peignait les ongles des pieds en faisant des abdominaux.

Des enfants jouaient au ballon...

D'autres au base-ball...

L'un d'eux portait un tee-shirt où était écrit « Parents à vendre, état usagé ».

Hortense aperçut des joueurs de boules habillés tout en blanc. Ils jetaient de larges boules en bois sombre sur un gazon immaculé et parlaient à voix basse, abrités sous leurs chapeaux blancs. Ils avaient une manière élégante de se baisser pour ramasser les boules et les lançaient d'un geste las comme s'il n'y avait pas d'enjeu ni de compétition.

So british..., se dit-elle en admirant leur désinvolture.

Et elle pensa à Gary. Elle ne voulait pas le reconnaître, mais elle cherchait le petit pont en planches grises et le sentier de graviers blancs.

Quand le soleil commença à descendre sur le parc, elle rentra chez elle. Elle prit une douche. Commanda des sushis par téléphone, mit un DVD de *Mad Men*, il lui restait la fin de la saison III à voir.

Don Drapper lui plaisait beaucoup...

So british, lui aussi...

Il était trois heures du matin quand elle éteignit la télévision.

Elle se demanda où était ce foutu pont en planches...

Zoé la réveilla en pleine nuit.

– Encore toi ?

– C'est sérieux, là... Maman m'a appelée. Elle était avec Philippe dans une église. Elle chantait de bonheur. Elle m'a dit qu'elle était heureuse, heureuse et elle voulait que je sois la première à le savoir. Dis, tu crois qu'ils vont se marier ?

– Zoé ! T'as vu l'heure ? Il est six heures du matin ici !

– Oups ! Je me suis trompée en calculant !

– JE DORMAIS !

– Mais dis, Hortense, ça veut dire quoi qu'elle appelle d'une église ?

– Je m'en fiche ! Zoé ! Je m'en fiche... Laisse-moi dormir ! Je travaille demain !

*
**

– J'ai commencé un livre, disait Joséphine dans les bras de Philippe.

Ils s'étaient assis contre un platane sur la petite pelouse devant l'église.

– Tu l'écriras ici...

– Et puis il y a Zoé...
– Elle ira au lycée français...
– Elle a un amoureux...
– Je lui prendrai un abonnement sur Eurostar, elle ira le voir quand elle voudra... et il viendra aussi...
– Et Du Guesclin ?
– On le promènera dans le parc... Ils sont beaux, les parcs, à Londres...
– Et l'université ? Je ne peux pas tout laisser tomber...
– Paris est à deux heures de Londres, Joséphine ! Ce n'est rien... Arrête de dire non, tout le temps... dis-moi oui...
Elle releva la tête vers lui. L'embrassa.
Il la serra dans ses bras.
– Tu as encore beaucoup de questions comme ça ?
– Mais c'est que...
– Tu comptes finir ta vie toute seule ?
– Non...
– Toute seule, tu feras quoi ? Ce n'est pas toi qui disais que la vie était une valse et qu'il fallait danser avec elle ? demanda Philippe, la bouche dans les cheveux de Joséphine. Il faut être deux pour danser la valse...
– Oui...
– Alors valse avec moi, Joséphine, on a déjà trop attendu...

*
**

Un soir, ce devait être début août, Hortense était rentrée chez elle en refusant l'invitation à dîner de Julian qui voulait lui lire sa dernière nouvelle.
C'était l'histoire d'une fille qui avait beaucoup

souffert dans son enfance et poignardait ses amants avec un couteau à beurre. Hortense n'était pas sûre de vouloir l'entendre. Elle avait décliné poliment.

Il faisait très chaud, le thermomètre affichait 88° F et 99 % d'humidité. Elle avait décidé de marcher de son bureau jusqu'à son appartement et avait hélé un taxi jaune au bout de trois blocs.

Elle avait pris une douche, s'était allongée sur le canapé beige avec un citron pressé, du miel et un broc de glaçons. Avait ouvert un livre sur Matisse pour étudier les couleurs et imaginer une ligne « salade de fruits » pour l'été prochain.

Elle tournait les pages en écoutant Miles Davis à la radio, sirotait son citron, dégustait les couleurs de Matisse. Voilà une soirée qui va être formidable, se disait-elle en levant son verre à la santé des Pilgrim Fathers qui la regardaient sur le mur de leur air sévère. J'ai bien droit à un peu de repos, leur dit-elle, j'arrête pas de travailler ! Je vais passer la soirée à ne rien faire...

À ne rien faire...

Elle s'enfonça dans le canapé beige, leva une jambe pour s'étirer, leva l'autre...

Resta la jambe en l'air...

Un sentiment de malaise s'était glissé en elle sans qu'elle s'en aperçoive. Son cœur se serrait, elle étouffait. Elle crut qu'elle était mal installée, se tourna et se retourna sur le canapé, et puis elle entendit les battements de son cœur qui s'amplifiaient, son cœur se mit à trépider et la chanson de la limousine, la chanson qui mélangeait New York et Gary recommença... New York, New York, Gary, Gary... Les mots tapaient comme sur une grosse caisse.

Elle se redressa et dit tout haut il faut que je le voie...

Il faut absolument que je le voie !

Zoé a raison ! Il sait que je suis à New York, il sait que j'ai son adresse, il va croire que je ne veux pas le voir !

JE VEUX LE VOIR !

Je n'ai pas eu envie d'embrasser le nez pointu l'autre jour. Et pourtant il n'était pas mal du tout, mais plus je me rapprochais de lui, plus je pensais mais ce n'est pas Gary, ce n'est pas Gary ! et j'avais une envie folle d'embrasser Gary.

Embrasser Gary !

Elle but une gorgée de citron, accusa la chaleur, j'ai pris un coup de chaud en marchant. Je ne suis pas moi-même. Mais la chanson reprit, et cette fois-ci, il n'y avait plus New York, il n'y avait que Gary, Gary et ça faisait un bruit, mais un bruit... Ça tapait dans sa tête, dans sa poitrine, dans ses jambes.

Elle étouffait.

Elle se rejeta en arrière et reprit son souffle.

Elle se dit tout haut OK, je le reconnais, j'ai peur de le voir, j'ai peur de tomber amoureuse et je crois bien que ça y est ! Je suis amoureuse...

Je suis amoureuse de Gary.

Elle s'assit en tailleur, éplucha ses doigts de pieds. Le malaise devenait angoisse. Il y avait urgence.

OK, elle dit à voix haute, j'irai le voir... Demain, c'est lundi, je prendrai le temps, je trouverai une excuse pour ne pas aller au bureau, je dirai que j'ai besoin de travailler et d'être seule chez moi et j'irai le voir dans sa cabane à Central Park.

Je ferai celle qui se promène et qui tombe sur lui...

J'irai le voir comme par hasard dans sa cabane...

Comme par hasard...

J'aurai emprunté le sentier blanc de graviers, le pont en planches grises et j'entrerai dans la cabane.

Elle eut envie d'appeler Junior pour lui demander où se trouvait ce foutu pont en planches grises. Junior ! Junior ! Concentre-toi et dis-moi où se trouve le pont !

Elle n'appela pas.

Elle irait toute seule. Elle ne dérangerait pas Junior...

Elle entendit son cœur ralentir et se mettre à battre normalement.

Elle avait hâte d'être au lendemain...

À minuit et demi, le téléphone sonna.

Elle se leva et décrocha.

C'était Junior...

– Tu m'as appelé, Hortense ?

– Non...

– Si, tu m'as appelé. J'ai fait transistor avec toi et je t'ai entendue...

– Tu fais transistor ?

– Oui. Je suis de plus en plus fort ! Je vois ton bureau, je vois tes collègues, j'aime bien Julian...

– Il ne s'agit pas de Julian, Junior...

– Je le sais... C'est Gary, n'est-ce pas ?

– Oui, laissa tomber Hortense comme à regret. J'ai eu une crise d'angoisse, ce soir. Je me suis dit qu'il fallait absolument que je le voie et j'ai pensé à toi, c'est vrai...

– Fallait m'appeler !

– J'ai pas osé...

– Va le voir, Hortense ! Vas-y ! Sinon tu vas tomber malade... Je vois une grosse maladie jaune avec plein de pus ! Tu vas somatiser...

– T'es sûr ?

– J'ai beaucoup réfléchi, Hortense. Il est bien, ce garçon, et tu seras heureuse avec lui. En fait, tu l'aimes depuis longtemps... J'ai pas aimé le nez pointu.

– Tu l'as vu aussi ?

– Oui...

– Junior ! Tu vas arrêter de lire dans ma tête ! C'est très dérangeant !

– Oh ! Ça marche pas tout le temps... C'est juste quand tu penses à moi, ça me donne une fréquence, c'est tout. Mais quand tu ne penses pas du tout à moi, je n'y arrive pas...

– J'aime mieux ça...

– Alors t'iras le voir ?

– Oui. Demain, c'est lundi...

– C'est bien...

Ils restèrent silencieux un long moment. Elle entendait son souffle. Il voulait lui dire quelque chose encore.

– Marcel a parlé à Chaval et Henriette ? demanda Hortense pour rompre le silence.

– Oui et ça a été grandiose ! Les événements se sont précipités. Le monde va aller à toute allure maintenant. Il va falloir s'accrocher. Les changements annoncés se précisent. C'est pour cela qu'il ne faut pas perdre de temps...

– Et alors ? Raconte...

– Henriette est dépouillée ! Mon père a été intraitable. Il l'a même virée de l'appartement. Il s'est aperçu que le bail arrivait à terme et il ne l'a pas renouvelé. Il lui a juste laissé sa pension alimentaire. Et tu sais ce qu'elle a fait ? Elle a pris la loge de la concierge !

– La loge de la concierge !

– Quand je te disais qu'elle était vigoureuse et pleine

de sève encore ! Les concierges ont donné leur démission pour suivre leur fils qui va faire des études dans une banlieue lointaine et elle s'est dit que la loge serait un moyen sûr de faire des économies. Logée, chauffée, le téléphone payé, et tous les propriétaires à racketter ! Je peux te prédire qu'elle va faire régner la terreur. Tu veux que je te dise, cette femme force mon admiration.

– Et Chaval ?

– Chaval est à terre. Il a perdu sa vieille mère et sa tête avec !

– Elle est morte d'un coup ?

– Écrasée par une voiture avenue de la Grande-Armée ! Un fils de diplomate qui a brûlé un feu rouge. Chaval sanglote encore... Alors quand père l'a convoqué pour lui signifier qu'il était fini, il n'a rien dit. Il paraît qu'il pleurait sur sa chaise et demandait pardon ! Une lavette ! Une vraie lavette !

– Et la Trompette ?

– Elle l'a recueilli et il habite chez elle maintenant... Elle est vaporisée de bonheur et en devient presque charmante... Elle a montré une photo à papa : Chaval en djellaba dans la rue de Pali-Kao qui la tient dans ses bras !

– C'était donc ça, la djellaba !

– La triste fin d'un triste sire !

– Mais c'est allé à toute allure, cette histoire !

– Le temps est en train de s'accélérer, Hortense. Nous changeons de monde. Tu vas voir... Nous ne sommes pas au bout de nos surprises. Tout va évoluer à toute vitesse... C'est pour cela qu'il faut que tu changes toi aussi et que tu reconnaisses que tu es amoureuse de Gary...

– J'ai peur, Junior, je crève de peur...

— Il faut que tu dépasses ta peur. Sinon, tu vas rester la même et te répéter... Et c'en sera fini de toi. Tu ne voudrais pas te répéter, Hortense chérie... Toi qui n'as jamais peur, ne crains pas de te laisser aller. Apprends à aimer, tu vas voir, c'est formidable...

Ce fut au tour d'Hortense de rester silencieuse. Elle lissait ses cheveux ébouriffés, jouait avec la page d'un livre qu'elle écornait d'un doigt et demanda :

— Et comment on fait, Junior ? Comment on fait ?

— D'abord tu vas trouver le pont en planches grises et tu vas te rendre à la cabane... Et après, tu verras, tout se passera très bien...

— Mais elle est où, cette foutue cabane ? Je me suis promenée l'autre jour dans le parc et je l'ai pas trouvée...

— C'est très simple. Je suis allé sur Google Earth et j'ai vu le chemin. Il faut que tu entres par l'entrée du parc qui se trouve en face de ton immeuble... Ensuite, tu prends la grande allée, au bout de cinq cents mètres, tu apercevras un kiosque qui vend des beignets et des boissons. Là, tu tourneras à gauche et tu monteras tout droit... Jusqu'à une grande pancarte verte qui dit « *Chess and checkers* »... Tu tournes à droite et tu apercevras le petit pont en planches. Après, c'est toujours tout droit...

— Mais tu ne feras pas transistor, promis ? Ça me couperait mes moyens. Déjà que ça va être difficile...

— Promis. Juste, arrête de penser à moi... C'est quand tu penses très fort que ça fait transistor !

Le lundi matin, elle se prépara.

Elle prit une douche, se lava les cheveux, les sécha à la main et vaporisa une lotion qui les fit scintiller. Elle secoua la tête et cela fit une poussière de lumière. Elle mit un trait de crayon brun au ras des cils, un peu de Rimmel brun foncé, un nuage de poudre, un peu de blush rose et un soupçon de rouge cassis sur les lèvres. Glissa dans sa petite robe noire. Elle lui avait porté bonheur une fois quand elle avait rencontré Frank Cook, elle lui porterait bonheur encore. Elle croisa les doigts. Leva les yeux au Ciel en le suppliant de veiller sur elle. Elle n'y croyait pas trop, mais ça valait le coup d'essayer.

Enfila une sandale en lézard vert pomme qu'elle avait achetée la veille. Se demanda où était passée l'autre et la chercha à cloche-pied. Se mit à genoux, tâtonna sous le lit, en rapporta des flocons de poussière, éternua, tâtonna encore et finit par la trouver.

Souffla dessus.

Se redressa, alla se planter devant la glace. Mon Dieu ! Mon Dieu ! Si j'ai le cœur qui continue à battre aussi fort, elle ne va pas durer longtemps, notre romance, je vais me retrouver à l'hôpital sur un brancard.

Est-ce qu'il m'aimera assez pour m'entourer de ses bras sur le brancard ?

Gary...

Et elle laissa tomber ses bras le long de son corps.

Le sourire de Gary...

Un sourire rare comme son dos dans la foule...

Le sourire d'un homme sûr de lui, mais pas trop... Sûr de lui avec confiance, sans arrogance...

Le sourire d'un homme généreux qui embrasse le monde puis vous regarde et vous offre ce monde... Rien que pour vous. Comme s'il n'y avait que vous qui étiez digne de recevoir ce monde à vos pieds.

Comme si, au-dessus du monde, il y avait vous, vous et vous...

Un sourire comme on en croise deux ou trois dans sa vie. On se retourne et on sait qu'on n'oubliera jamais cet homme-là...

Elle avait failli oublier cet homme et son sourire.

Elle se frappa la tête avec sa pochette et se traita de double cruche qui va à l'eau.

Prit ses grandes lunettes noires, un foulard en mousseline rose taché de blanc, redressa les épaules, respira trois fois, se souhaita bonne chance et franchit le seuil de l'appartement.

Le doorman la vit passer et lui cria *have a good day !*

Elle claironna une réponse et entendit sa voix qui tremblait...

Elle entra dans le parc par la route en face de chez elle.

Marcha jusqu'à la cahute qui vendait des sodas et des beignets.

Tourna à gauche. Monta tout droit. Aperçut la pancarte verte qui disait « *Chess and checkers* »... Tourna à droite et marcha, marcha encore. S'arrêta pour vérifier qu'elle n'avait pas le nez qui brillait ni le Rimmel qui dégoulinait, referma d'un geste sec son poudrier bleu, se mouilla les lèvres, releva la tête et eut le souffle coupé. Devant elle, à une dizaine de mètres, se trouvait le petit pont en planches grises.

Elle franchit le pont et vit la cabane.

Une cabane de rondins gris avec un toit en toile d'araignée. Recouverte de branches et de feuillages. Une cabane ouverte à tous les vents de nord, d'est et de sud.

Elle entra dans la cabane et le vit.

Il était assis sur un banc et se penchait vers un écureuil à qui il tendait une cacahuète.

L'écureuil la vit et détala.

Gary se retourna.

– Hortense !

D'abord il eut l'air surpris. Puis il prit un air ombrageux et dit :

– Qu'est-ce que tu fais là ?

– Je passais...

Il la regarda, goguenard.

– Tu passais par hasard ?

– Je passais et j'ai eu envie d'entrer... Je me promène très souvent dans le parc, j'habite tout à côté... Sur Central Park South.

– Depuis un mois. Je le sais...

Il y avait un reproche dans sa voix. Un reproche qui disait tu es là depuis un mois et tu n'as pas essayé de me voir...

– Je sais ce que tu penses, dit Hortense.

– Tu es très forte alors...

– Ça, c'est vrai...

Elle le regarda, ôta ses lunettes noires, planta ses yeux dans les siens et articula en détachant chaque mot pour qu'il lui entre dans la tête et qu'il comprenne :

– Écoute-moi bien, Gary... Je n'ai jamais eu ton message quand tu es parti de Londres. Jamais. Il faut que tu me croies... C'est plus tard que j'ai su que tu voulais m'emmener avec toi... Et j'ai été très triste que tu partes sans rien me dire... Je t'en ai voulu beaucoup, beaucoup... Et pendant longtemps...

Il jouait avec les cacahuètes qui restaient dans le paquet, les écrasait entre ses doigts, les réduisait en poussière et les jetait à terre.

– Je sais que tu m'avais acheté un billet d'avion... Mais je ne l'ai su que récemment. J'étais si en colère que j'ai mis du temps à te pardonner. Je me disais que c'était la guerre, qu'on se faisait toujours la guerre, toi et moi, et puis, tout à coup, je n'ai plus eu envie de faire la guerre...

Il écrasa une cacahuète et la dépiauta avec ses dents. En croqua une autre et finit par dire :

– Tu as décidé que c'était la fin de la guerre et tu t'es dit, je vais aller voir ce vieux Gary, il doit être avec ses potes dans le parc...

– C'est à peu près ça... C'est ta mère qui m'a parlé des écureuils qui sont tristes le lundi...

– Et tu as trouvé la cabane par hasard...

– Non. J'ai cherché...

– Et tu cherches quoi, Hortense ?

Il y avait de la rage dans sa voix. Il raclait le sol avec le bout de sa chaussure et enfonçait les poings dans ses poches.

Elle se cala sur le rebord en planche de la cabane, déposa sa pochette et dit :

– Je me disais que j'aimerais bien savoir ce que ça faisait d'être dans tes bras...

Il haussa les épaules et allongea les jambes comme s'il était hors de question qu'il se mette sur ses deux pieds pour l'embrasser.

Hortense s'approcha de lui. S'agenouilla. Prit grand soin de ne pas le toucher. Et ajouta :

– Je voulais dire dans les bras d'un pianiste de la Juilliard School. De la fameuse Juilliard School de New York...

Gary tourna la tête vers elle et bougonna :

– Je peux te dire que ça fait le même effet que les bras de n'importe qui...

– C'est ce que tu crois... Mais, moi, par exemple, je ne sais pas... Puisque je n'ai jamais été dans les bras d'un pianiste de la célèbre Juilliard School de New York...

– Arrête, Hortense, c'est des conneries, tout ça...

– Peut-être... Mais tant que je n'aurai pas essayé, je ne pourrai rien dire... Et ça ne coûte rien d'essayer, non ?

Il haussa encore les épaules. Son regard l'évitait. Il était assis, pincé, hostile, méfiant.

– Tu veux que je me roule à tes pieds ? demanda Hortense.

– Non, dit-il en laissant échapper un sourire. Tu as une trop belle robe et tes cheveux brillent...

– Ah ! Tu as remarqué ? Tu ne m'en veux pas complètement alors ?

– Je t'en ai voulu beaucoup, moi aussi...

– On devrait faire la paix puisqu'on a été tous les deux floués...

– Facile à dire ! il marmonna. Tu oublies vite, moi pas !

Hortense se redressa et dit :

– Tant pis pour moi ! Je ne saurai jamais comment embrasse un garçon de la Juilliard School !

Elle remit ses lunettes noires, reprit sa pochette et laissant traîner un bras en arrière, fit mine de battre retraite. Se dirigea vers le parc, toujours en laissant traîner son bras au cas où il changerait d'envie comme si elle marchait toujours comme ça, nonchalamment, un bras en arrière...

Elle était sur le point de franchir la limite qui séparait l'ombre de la cabane et le grand soleil du parc quand elle sentit la main de Gary attraper son bras, les bras de

Gary la ramener contre lui et la bouche de Gary se plaquer contre la sienne.

Il l'embrassa, il l'embrassa et elle se laissa aller contre lui en soupirant.

Appuya sa tête dans le creux de son épaule, joua avec le col de sa chemise, releva la tête, lui fit un grand sourire et dit :

– Tu avais raison... Il n'y a rien de formidable à être dans les bras d'un garçon de la Juilliard School.

Il se détacha, surpris et furieux.

– Comment ça « rien de formidable » ?

– Non ! la routine habituelle... je crois même que je préfère le Gary de Paris ou de Londres...

– Ah...

Il la regarda un moment en silence, méfiant, se demandant si elle plaisantait ou pas. Elle fredonnait, jouait avec les boutons de sa chemise en faisant la moue de celle qui est un peu déçue.

Alors il rugit tu vas me rendre fou, Hortense Cortès, tu vas me rendre fou ! la plaqua contre lui et l'embrassa comme si sa vie en dépendait.

L'écureuil gris, sur le pas de la cabane, les contemplait en rongeant sa cacahuète.

Il devait se dire que les lundis, dans Central Park, n'étaient pas si tristes finalement...

Bibliographie

Les livres sur Cary Grant :

A biography..., Marc Eliot.
A class apart, Graham McCann.
Cary Grant, the wizzard of Beverly Grove de Bill Royce.
Tous les propos que je prête à Cary Grant dans le roman sont les siens, extraits de ces trois livres.

Pour le Moyen Âge :

Croisades et pèlerinages. Chroniques et voyages en Terre sainte XIIe-XVIe siècle. Sous la direction de Danielle Régnier-Bohler, Paris, Robert Laffont.
Histoire des femmes en Occident. II. Le Moyen Âge, Georges Duby et Michelle Perrot, sous la direction de Christiane Klapisch-Zuber, Paris, Perrin.
La Femme au temps des croisades, Régine Pernoud, Paris, Stock.
Les Croisades, Anthony Bridge, Paris, Denoël.
Dames du XIIe siècle, Georges Duby, Folio.

Enfin...

Sherry Thomas et son livre *Arrangements privés* (*Private arrange-*

ments), Bantam Books, paru dans la collection « Aventures et Passions », Paris, J'ai Lu.
Les Pintades à Londres de Virginie Ledret, Paris, Livre de Poche.
Le Guide du routard (Angleterre et Écosse).
La biographie de Byron d'André Maurois, *Don Juan ou la vie de Byron,* Paris, Grasset « Les Cahiers rouges ».

Les propos d'Albert Einstein, qui parle souvent par la bouche de Junior, sont des citations relevées dans ses livres.

Et, *last but not least !,* la scène de la fin est écrite en hommage à Cary Grant dans le film de Howard Hawks, *I was a male war bride...*
Merci Cary et Rosalind !

REMERCIEMENTS

Un écrivain, c'est un mur avec deux grandes oreilles et un œil de cyclope.

Écrire, c'est écouter, observer, renifler, devenir marronnier, abat-jour ou toile d'araignée. Tendre l'oreille, le regard, le pif, faire le vide en soi pour que la vie s'y engouffre et dépose ses alluvions...

S'oublier pour devenir tous les personnages, les rires et les larmes, les espérances et les impatiences, plonger tout au fond, saisir une pièce en or...

La déposer dans le récit et repartir...

Quand j'écris, j'ouvre grand les bras et j'avale la vie...

Je franchis les mers et les montagnes, je traque le détail, dévore des kilos de documentation, j'écoute...

À vous tous qui m'avez nourrie de détails, de couleurs, de réflexions, de tendresse, de douceur, d'ouragans, de frais zéphyrs, merci !

Patricia... et le quai aux Fleurs !

Réjane, Michel, toujours là...

Huguette... chapeau bas !
Thierry, ange gardien...

Marie, styliste à Londres...
Andy, futur grand chambellan...
Dom... qui se reconnaîtra dans certains détails.

Lydie, Laurence, Marie, Fatiha, Dominique, Jean, Thierry, et leurs mails qui fourmillent d'enseignements...

Jacqueline qui ramasse les hérissons sur les routes et les soigne...

Aude, ses longues cigarettes turques dans une enveloppe...

Sophie qui m'envoie des livres rares, des *cup-cakes* de Londres...

François, inventeur génial...

Béatrice et ses cours de yoga...

Sarah qui me livre Diderot sur un plateau et des mails étourdissants

Samantha...

Roberta...

Et tous vos messages sur le site qui me font voyager, rire, me donnent envie de vous étreindre et de faire des claquettes...

Merci à Hugues et Alvisé à Londres...

Maggy et Marianne, à New York ! *« I'm a brain ! You're a brain ! »*

Merci Michel... et ses détails d'inspecteur sourcilleux !

Fabrice...

Bruno et les CD de Gould... toujours.

Jean-Christophe, homme cultivé, exact et appliqué...

Béatrice, qui m'a promenée dans les galeries d'art de Paris, Londres et New York...

Sharon, à Édimbourg...

Richard et Jean-Éric en Chine...

Michael Enneser, son refuge pour sans-abri à New York.

Louis et nos longues conversations sur la vie et la menuiserie.

Un baiser à Romain, Daddy doux, George, Laurent...

Merci à Cary Grant de m'avoir prêté un peu de sa vie et de sa substantifique moelle...

À Élisabeth, qui m'a tout appris sur les croisades...

À Lise, qui m'a enseigné les dédales du HDR et les intrigues du CNRS...

À Pierre le Magnifique et son œil pointé sur moi...

À Octavie, mon amie si douce, si affûtée...

Merci, Clément, ma beauté de fils... Merci, Chacha, ma beauté de fille.

Merci, Coco, fée de la maison... Vous êtes ma base fidèle et généreuse et je vous baise le nez, le front, le menton !

Trois petites notes de musique

Glenn Gould joue Bach... Le coffret, chez Columbia.

Russian Romantic Songs, Kaïa Urb, Harmonia Mundi.

Brazilian Sketches, Jim Tomlinson, Candid Productions.

Petite messe solennelle de Rossini, Harmonia Mundi.

Ballads, Enrico Pieranunzi, Marc Johnson, Joey Baron, Cam Jazz.

Mare nostrum, Paolo Fresu, Richard Galliano, Jan Lundgren, Blue Note.

In my Dreams et *Samba tzigane*, Dusko Goykovich, Enja.

Ces disques, je les ai écoutés en boucle pendant que j'écrivais...

Ainsi que TSF Jazz (89.9) et Radio Classique (101.1)...

Chaussette – Du Guesclin aussi !

Composition et mise en pages réalisées
par Text'oh! - 39100 Dole

Achevé d'imprimer par GGP Media GmbH, Pößneck
en octobre 2011
pour le compte de France Loisirs,
Paris

N° d'éditeur : 65653
Dépôt légal : février 2011

Imprimé en Allemagne